A

Martin Schlosser, der bekannte Held des *Kindheitsromans*, macht sich hoffnungsfroh bereit auf seinen ersten Sommer in der emsländischen Kleinstadt Meppen. Doch das Leben meint es offensichtlich nicht gut mit ihm: Fahrradpannen, menschliche Enttäuschungen, Dreieckskongruenzsätze, Gartenarbeit und das ewige Gezänk mit der kleinen Schwester machen ihm die Tage zur Qual. Zum Glück kommen regelmäßig Briefe aus Vallendar am Rhein, in denen sein bester Freund Michael berichtet, was am Ort seiner Kindheit alles vor sich geht. Das Heimweh wird dadurch zwar auch nicht besser, aber zum Traurigsein bleibt Martin Schlosser gar nicht so viel Zeit – denn zu allem Überfluss bricht auch noch die Pubertät über ihn herein.

Gerhard Henschel, geboren 1962, lebt als freier Schriftsteller in der Nähe von Hamburg. Sein Briefroman *Die Liebenden* (2002) begeisterte die Kritik ebenso wie die Abenteuer seines Erzählers Martin Schlosser, die mit dem *Kindheitsroman* 2004 ihren Anfang nahmen. Henschel ist außerdem Autor zahlreicher Sachbücher. Er wurde 2012 mit dem Hannelore-Greve-Literaturpreis ausgezeichnet, 2013 mit dem Nicolas-Born-Preis und 2015 mit dem Georg-K.-Glaser-Preis.

Gerhard Henschel

JUGENDROMAN

Atlantik

Autor und Verlag danken dem Deutschen Literaturfonds Darmstadt
und dem Land Niedersachsen für die freundliche Förderung der Arbeit
an diesem Roman.

*Atlantik Bücher erscheinen im
Hoffmann und Campe Verlag, Hamburg.*

1. Auflage 2019

www.hoffmann-und-campe.de *www.atlantik-verlag.de*
Dieses Werk wurde vermittelt durch
die Literarische Agentur Thomas Schlück GmbH, 30827 Garbsen
Umschlaggestaltung: LNT, Köln
Umschlagabbildungen: © stockphoto-graf / fotolia.com; © Lambert / Getty Images;
© Nerthuz / iStock by Getty Images; © nikada / iStock by Getty Images
Satz: Dörlemann Satz, Lemförde
Gesetzt aus der Minion Pro
Druck und Bindung: GGP Media GmbH, Pößneck
Printed in Germany
ISBN 978-3-455-00672-8

HOFFMANN
UND CAMPE

Ein Unternehmen der
GANSKE VERLAGSGRUPPE

Jugendroman

Die Sonne bollerte ins Zimmer, und als ich mich auf die andere Seite drehte, knarrte das Bettgestell. Ich rieb mir die Augen und gähnte ein Stück Tapete an, das ich nie zuvor gesehen hatte.

Ach du Schreck – jetzt war ich ja in Meppen! In unserem neuen Haus, das ich noch gar nicht kannte, weil ich den Umzug nicht miterlebt hatte und danach erst spätabends aus Jever abgeholt worden war.

Nichts wie raus aus der Kiste! Hastig frühstücken und sich dann alles ansehen, von oben bis unten.

Von meinem Zimmer konnte ich durchs Fenster auf den Balkon klettern. Volker wohnte links nebenan und verfügte über eine Balkontür, weil er drei Jahre älter war als ich und das bessere Zimmer gleich mit Beschlag belegt hatte. Seins war auch viel größer als meins.

»Untersteh dich, hier durchs Fenster zu steigen!« rief Mama, als sie mit dem Staubsauger nach oben kam. »Schluß damit!« Das war das Ende meiner Karriere als Fassadenkletterer und zugleich der Beginn meiner Laufbahn als ruhmloser Einwohner einer emsländischen Kleinstadt.

Den Auszug aus unserem Eigenheim auf dem Mallendarer Berg in Vallendar bei Koblenz hatte Mama uns damit schmackhaft zu machen versucht, daß wir es von Meppen aus nicht mehr so weit zu Oma und Opa Jever hätten. Das stimmte: Früher hatten wir regelmäßig sechs Stunden lang im vollgefurzten Pkw gehockt oder in überfüllten Zügen, und von hier aus würde die Fahrt bloß noch knapp zwei Stunden dauern.

Das Haus hatten Mama und Papa vom Bund gemietet. Georg-Wesener-Straße 47.

Im oberen Flur gab es außer dem Elternschlafzimmer und Renates, Volkers, Wiebkes und meinem Zimmer ein Bad mit Wanne und Waschbecken und ein Klo mit Waschbecken und Dusche. Zum Dachboden führte eine steile Holztreppe hoch, die man mit einem Hakenstiel nach unten klappen und dann ausfahren mußte, wenn man da raufwollte. Dabei mußte man aber aufpassen, daß einem die Leiter beim Herunterklappen nicht in die Fresse donnerte. Da oben hatten Mama und Papa nach dem Umzug allen Kraßel abgestellt, mit dem sie auch schon in unserem alten Haus nicht gewußt hatten wohin.

Verboten war es, vom Balkon in den Garten zu hopsen oder auf die von Papa übertapezierten Klingeln in den Kinderzimmern zu drükken: Wenn man das tat, bimmelte es unten in der Küche. Damit hatten einstige Hausbewohner ihr Personal alarmiert.

Im Erdgeschoß standen einem da und dort noch unausgepackte Umzugskartons im Weg. Hinter der Küche war eine kleine Vorratskammer versteckt.

Das Klavier thronte im Eßzimmer. Aber was heißt Eßzimmer? Das war ein offenes Durchgangszimmer, rechts vom Flur neben der Küche, und hinter dem Eßzimmer fing das Wohnzimmer an und noch einmal rechts davon, hinter einer Schiebetür, Papas Arbeitszimmer, fast so wie in unserem alten Haus. Die Scheißumzieherei verdankten wir dem Umstand, daß Papa als Ingenieur bei der Erprobungsstelle der Bundeswehr in Meppen bessere berufliche Aufstiegsmöglichkeiten hatte als beim Koblenzer Bundesamt für Wehrtechnik und Beschaffung.

Durch eine andere Tür gelangte man aus Papas Büro wieder auf den Flur. Rechts zweigte dann ein Weg zu einem weiteren Klosett ab und vorn ein sogenannter Windfang zur offiziellen Haustür, der zur Begrüßung von Gästen und zum Abstellen von deren Regenschirmen dienen sollte. Einfacher war es, die Seitentür zwischen Küche und Eßzimmer zu benutzen.

Im Keller hatte Papa die Regale des Vormieters abgerissen, neue angedübelt und sein vieles Werkzeug in drei Räumen ausgebreitet. Es gab auch einen großen Trockenraum da unten, in dem es faulig stank, so als ob da einer in den Gulli geschissen hätte.

Die Fenster im Erdgeschoß und im ersten Stock waren alle doppelt. Wenn man eins aufgemacht hatte, war dahinter noch eins.

An den hölzernen Spalieren über den Bögen der Mäuerchen an der Gartenterrasse rankten Kletterrosen empor. Im Garten wuchsen, nach Mamas Zählung, insgesamt sechzig Pflaumenbäume, Kirschbäume, Birnbäume, Apfelbäume und Birken. Die Grundstücksgrenze wurde von einer Hecke gebildet, und links nebenan wohnte ein ruhebedürftiges älteres Ehepaar namens Dr. Schmölders und Gemahlin.

Papa hatte sich einen fabrikneuen Bezinrasenmäher angeschafft und wuchtete dieses brüllende Monstrum über die Grasfläche.

Durch den Briefschlitz in der Haustür vorm Windfang steckte der Postbote mittags eine an mich adressierte Ansichtskarte, die mir mein alter Kumpel Michael Gerlach geschrieben hatte. Vornedrauf war ein Luftbild von Rethem an der Aller zu sehen.

Hallöchen, Martin! Jetzt bin ich in den Ferien doch noch mal weggekommen. Rat mal, wohin: in den hohen Norden. Genau wie Du. Ätsch. Das Dorf, in dem ich wohne, heißt Großhäuslingen. Das liegt bei Verden an der Aller, gleich rechts von Deinem Meppen. Und 'nen Hund haben die hier, wo ich wohne! Meine Güte! Das ist ein lebendiges Vieh! Gerade eben erst ist er im Wohnzimmer aufs Sofa gesprungen, um Schokolade zu kriegen. Mit dem Charly, einem Pony, das ebenfalls meiner Tante gehört, bei der ich wohne, spielt der Hund immer Nachlaufen. Auf dem Pferd bin ich schon geritten, aber mit wenig Erfolg. Ich bin gleich runtergeflogen. Na, denn tschüß, Du Blödmann.

Michael Gerlach war in Vallendar seit der Grundschule mein bester Freund gewesen. Ich wollte ihm gleich zurückschreiben und suchte in Papas Büro nach Papier.

»Du kannst einem den letzten Nerv rauben«, rief Mama. »Mußt du hier rumbirsen wie so 'n wildgewordener Handfeger?«

Um Mamas Nervenkostüm zu schonen, unternahm ich mit Renates Klapprad eine Erkundungstour in die Umgebung. Schräg neben unserem neuen Haus ragte das Maristengymnasium auf und ein paar hundert Meter weiter hinten an der Straße das legendäre Hindenburgstadion des SV Meppen, der in der Oberliga Nord in der letzten Saison den dritten Platz erklommen hatte.

Da durfte man einfach so reinspazieren. Das Stadion auf dem Mallendarer Berg war viel kleiner, aber das in Koblenz-Oberwerth konnte sich durchaus messen mit dem hier, das auch eine Tribüne hatte.

Hier würde ich mir also meine Sporen als Jugendspieler verdienen, erst auf Schlacke, dann auf Rasen, und wenn ich mich ranhielt, hatte ich gute Chancen, vielleicht schon zur Europameisterschaft 1980 in die Nationalelf berufen zu werden, in fünf Jahren, als Achtzehnjähriger. Abiturvorbereitungen hin oder her. Wenn Mama und Papa sich dann auf die Hinterbeine stellen sollten, wäre ich als Volljähriger trotzdem dazu berechtigt, die Einladung des DFB anzunehmen und im EM-Finale den entscheidenden Elfer zu schießen. Pelé hatte sogar schon als Sechzehnjähriger für Brasilien gespielt.

Hinter dem Stadion zweigten verschiedene schmale Waldwege ab, und sobald man querfeldein fuhr, stieß man an den Zaun der E-Stelle und auf Schilder mit dem Hinweis, daß das Fotografieren verboten sei, obwohl es hinter dem Zaun auch nichts Dolleres zu sehen gab als Nadelbäume, Birken, Sträucher und Sand.

Das Gute an dem Wald war, daß es da nicht so steil auf- und abging wie im Vallendarer Wambachtal. Die paar Steigungen konnte man spielend mit dem Rad bewältigen, ohne absteigen und schieben zu müssen, und überall verliefen Trampelpfade. Es würde noch ein Momentchen dauern, bis ich die alle erkundet hatte.

Von unserem Haus aus führte ein holperiger, von Baumwurzeln aufgerissener Radweg an der Herzog-Arenberg-Straße entlang in Richtung Innenstadt, aber da hielten einen zwei schwere Verkehrshindernisse auf. Das erste war ein beschrankter Bahnübergang. Ich kam gerade auf dem Klapprad angepeest, als die Schranken runtergingen, mit Alarm. Pingeling, pingeling! Nachdem der Schrankenwärter die Schranken runtergekurbelt hatte, vergingen ungefähr dreihundert Jahre, in denen man sich die Titelbilder der Heftchen ankucken konnte, die ein Kioskbesitzer da ausgehängt hatte. Dann zockelte in Zeitlupe ein vorsintflutliches Schienenfahrzeug vorüber, aber die

Schranken blieben unten. Nach weiteren dreihundert Jahren rollte dann von links ein Güterzug mit schätzungsweise zehn Milliarden Anhängern heran.

Kattung, kattung, kattung, kattung …

Als der Güterzug endlich bis zum letzten Waggon vorübergerollt war, machten die Autofahrer vorne in der Warteschlange den Motor wieder an, aber die Schranken blieben geschlossen. Was sollte denn jetzt noch kommen?

Nach ich weiß nicht wievielen Jahrtausenden näherte sich von rechts ein Personenzug, der sich im Schneckentempo auf den Meppener Bahnhof zubewegte. Zur allgemeinen Verwunderung kurbelte der Schrankenwärter die Schranken schon drei Monate danach wieder hoch.

Pingeling, pingeling …

Der nächste Verkehrsstau bildete sich vor der Hubbrücke. Wenn die sich für größere Pötte im Schiffsverkehr öffnete, stand der Autodurchgangsverkehr solange still. Für Radfahrer und Fußgänger existierte ein seitlich gelegener Überweg. Da mußte ich das Klapprad hinaufschleppen und am anderen Ende wieder nach unten. Wenn ich den Stadtplan richtig verstanden hatte, floß unter dieser Brücke die Hase hindurch und mündete ein Stück weiter rechts in die Ems.

In der Innenstadt besah ich mir den Brunnen, das Kaufhaus Ceka und Meppens ganzen Stolz, das olle Rathaus. Das war auf neunzig von hundert Ansichtskarten abgebildet.

Links daneben lauerte das Kreisgymnasium Meppen auf mich, mit einer eigenen Kirche und einem geteerten Schulhof, auf den ich vom Hoftor aus einen Blick riskierte. Als Protestanten, hatte Papa gesagt, würden wir auch im Emsland in der Diaspora leben, so wie ehedem im Rheinland.

Am späten Nachmittag radelte ich noch einmal raus, in das Waldstück hinterm Stadion, und da hockte ein Kaninchenrudel und mümmelte Unkraut. Wenn man in die Hände klatschte, hoppelten ein paar von den Kaninchen weg, aber nicht weit. Um sie in die Gänge zu bringen, mußte man mit schrillem Geklingel auf sie zugefahren kommen, mitten hinein in die Meute. Dann spritzte die ganze Bande auseinander und verteilte sich im Unterholz. Rennen konnten sie ja gut, die Karnickel, aber so schreckhaft wie die hätte ich nicht sein wollen.

Meine Starschnitte von Seeler, Grabowski und Bonhof hatten den Umzug glimpflich überstanden, mit kleineren Macken zwar, aber im großen und ganzen doch so heile, daß ich sie in meinem neuen Zimmer wieder aufhängen konnte.

Mamas und Papas altes Radio, das schon in Vallendar die größte Zierde meines Zimmers gewesen war, stand auf dem einen Schiebetürenschrank.

»Dreimal umziehen ist wie einmal abgebrannt«, hatte Papas Tante Hanna mal gesagt, die 1945 die Flucht aus Ostpreußen überstanden hatte und jetzt als Rentnerin im Allgäu residierte. Wir waren schon viermal umgezogen, seit ich auf der Welt war: zwei Jahre nach meiner Geburt von Hannover nach Koblenz-Lützel, dann in das Reihenhaus auf der Horchheimer Höhe, 1970 in unser Eigenheim auf dem Mallendarer Berg in Vallendar bei Koblenz und jetzt nach Meppen. Am öftesten von uns allen war Papa umgezogen. Geboren worden war er in Schwarzenau und großgeworden in Schirwindt, einem ostpreußischen Kuhdorf an der litauischen Grenze, in das Papas Vater als Pfarrer versetzt worden war, und dann in Marienwerder. Nach der Entlassung aus der Kriegsgefangenschaft hatte Papa sich von Petrosawodsk, irgendwo in Rußland, bis nach Cottbus durchgeschlagen, zu Verwandten, und Ende 1945 zu seinen nach Jever geflüchteten Eltern und Geschwistern, und von Jever war's nach dem Abitur nach Hannover gegangen, wo Papa sich als Maschinenbaustudent in Mama, die er schon aus Jever kannte, verliebt hatte, und dann hatten Mama und Papa noch x-mal ihre Mietwohnungen gewechselt …

Meppen war die Endstation. Hier würden wir bleiben, bis auf Renate, die nach ihrem bestandenen Abitur eine Hausfrauenschule besuchen wollte, in Birkelbach, um da Kochen, Backen und Bettenmachen zu lernen. In Maidentracht, mit allem Drum und Dran. Dazu hatte Renate sich von Oma Schlosser überreden lassen. In Birkelbach war Oma Schlosser ihrerseits nach dem Ersten Weltkrieg zur Hausfrau ausgebildet worden. Das Trachtenzubehör hatte Renate bereits beisammen, und als Oma Schlosser uns besuchte, nähte sie in jeden Fetzen ein Namensschildchen: Schlosser, Schlosser, Schlosser, Schlosser …

36 Stück.

In Meppen würden auch wir anderen das Abitur machen: Volker 1979, ich 1981 und Wiebke 1985, frühestens, wenn keiner von uns klebenblieb. Bei Wiebke wußte man nie, ob sie wirklich so doof war, wie sie aussah, in ihren kreischbunten Helancastrumpfhosen, oder ob sie sich nur aus Durchtriebenheit so dämlich anstellte, daß am Ende immer ich die Senge kriegte.

Renates Klapprad war das einzige Fahrrad, das keinen Platten hatte, und damit es nicht geklaut wurde, mußte es abends in den Keller getragen werden. Der Arschkeks, der das tun mußte, weil tagsüber außer mir kein anderer das Rad benutzt hatte, war meistens ich.

Wahrhaft eklig war die Stubenfliegenplage. Sowas hatten wir noch nicht erlebt in Rheinland-Pfalz. Da war ab und zu einmal ein Exemplar um die Stehlampe gekreist, oder es hatte sich eins in der Küche zwischen Gardine und Fensterscheibe verirrt. In Meppen surrten Myriaden der dicksten Brummer durchs Haus, gefolgt von leichteren Schwadronen mit grauem Bauch und fickrigem Flugverhalten. In der Küche burrselten sie über den Kochtöpfen, krabbelten über den drekkigen Mülleimerschwingdeckel, lutschten das Fett von den Kacheln ab und nuckelten am Obst, und wenn man beim Essen nicht wild genug mit den Händen wedelte, kamen die Fliegen angeschnurrt und setzten sich kackfrech auf jeden Gabelbissen. Auf einem Spiegeleidotter, das ich mir bis zum Schluß aufgehoben hatte, ließ sich einmal, als ich mir das ins Maul schieben wollte, eine Fliege nieder und tunkte vor meinen Augen den Saugrüssel ins Eigelb. Das hätte sich auch Mahatma Gandhi nicht bieten lassen.

Mit eingerollten Zeitungen brauchte man den Fliegen allerdings nicht zu kommen. Selbst wenn man sich bis auf kurze Distanz herangepirscht hatte, rieben die sich, was ich besonders widerlich fand, noch genüßlich die Vorderbeine, und dann gingen die Mistviecher plötzlich geduckt in Startposition, so als ob sie den Braten gerochen hätten, und sobald man zuschlug, waren sie abgezwitschert.

Volker fand heraus, mit welcher Waffe wir die Fliegen schlagen konnten: Einmachgummis. Wenn man die straff über den Daumen spannte und genau genug zielte, hatte keine Fliege, die da irgendwo an der Fensterscheibe saß und sich alles mögliche auf ihre natürliche Reaktionsgeschwindigkeit einbildete, die geringste Chance. Selbst aus vier bis fünf Metern Entfernung schlugen die Einmachgummis blutige Schneisen in das Dickicht der Fliegenpopulation.

Wir gingen im ganzen Haus auf die Jagd und zerdötschten Hunderte von den Biestern. Einem bumsenden Fliegenpärchen, das im Freistil durch Papas Arbeitszimmer propellerte, gab Volker im Liegen mit einem Kunstschuß den Rest, wobei auch die Zimmerdecke einen Spritzer abkriegte, und wir hatten eine Weile damit zu tun, die Spuren zu beseitigen.

Unser Verschleiß an Einmachgummis war groß, weil die meisten davon nach einem Volltreffer mit Innereien beschmiert waren und mit spitzen Fingern zur Mülltonne getragen werden mußten.

Mama fiel irgendwann auf, daß ihr Einmachgummivorrat zur Neige ging, und als sie dahinterkam, woran das lag, untersagte sie Volker und mir die Fliegenjagd, aber wir machten trotzdem weiter, heimlich, bis Oma Schlosser uns dabei ertappte: »Hat die Mutter euch denn nicht verboten, hier mit diesen Gummis rumzuflitschen?«

Oma Schlosser trug sich mit dem Gedanken, in eine Wohnung in Meppen zu ziehen, wegen der guten Luft und der Nähe zu Papa, Omas Kronensohn. Es gefalle ihr gut in dieser betriebsfernen Einsamkeit, sagte Oma.

Wenn nachmittags die Spülmaschine lief und es sonst nichts zu tun gab, setzte Oma sich an den Eßtisch und legte Patiencen. Das waren Kartenspiele, die man solo hinter sich bringen mußte, mit dem Kartenhaufen als einzigem Gegner. Zur Geduldsübung. Aber wozu sollte man sich in Geduld üben, wenn man ungeduldig war und Abenteuer erleben wollte, draußen, Ende Juli, in den letzten, brüllend heißen Tagen der Sommerferien?

Oma Schlosser wollte gern mal wieder nach Afrika, nach Deutsch-Südwest, zu einer Jugendfreundin, Wilma von Hammerstein, die dahin ausgewandert war und eine Farm besaß, aber als nächstes mußte Oma zu einem Internisten nach Mettmann.

Sie lud mich dazu ein, mit ihr etwas Vierhändiges am Klavier einzuüben, von Diabelli, aber das ging über meine Kräfte. Da strampelte ich lieber auf dem Klapprad durch die Jagdgründe der Karnickel oder quer durch die Stadt und über die Emsbrücke nach Esterfeld und in andere, noch unbekannte Stadtteile.

Weil der Waschmaschinenschlauch geborsten war und das bestellte Ersatzteil fehlte, mußte Mama unsere sämtliche Kledage von Hand waschen, und weil die Wäscheklammern nicht ausreichten, wurde ich losgeschickt, neue kaufen.

Wiebke wollte mitkommen. Das hatte mir gerade noch gefehlt, diese dumme Nuß bei bengalischer Hitze auf dem Klapprad mitnehmen zu müssen, aber wenn ich stur geblieben wäre, hätte Wiebke losgeheult, und dann wäre Mama mir aufs Dach gestiegen.

Mit Wiebke hintendrauf gondelte ich zu einem Supermarkt in der Haselünner Straße. Wenn man da Wäscheklammern kaufen konnte, dann hatten sie die gut versteckt. Ich hühnerte zehnmal durch den ganzen Laden, ohne welche zu finden, und als ich zum elften Mal an der Eistruhe ankam, holte ich da zwei Eis zu fünfzig Pfennig raus, bezahlte sie an der Kasse mit meinem eigenen Taschengeld und spendierte Wiebke das eine davon. Da konnte sie mal sehen, was für einen generösen großen Bruder sie hatte.

Wir wollten gerade den Laden verlassen, als ein ohrenbetäubender Knall erschallte. Ob da jemand geschossen hatte?

Irrtum. In der prallen Sommerhitze war der Schlauch im Hinterreifen von Renates Klapprad geplatzt. Und ich durfte das platte Rad nachhause schieben.

Schläuche würden nicht so einfach platzen, sagte Papa. »Wahrscheinlich bist du wieder wie so 'n Irrer über die Bordsteinkante gejagt.«

Obwohl Wiebke bezeugen konnte, daß das nicht stimmte, riß Papa mir das Rad aus der Hand und marschierte wütend damit in den

Keller, und Mama war eingeschnappt, weil ich ihr keine Wäscheklammern mitgebracht hatte.

Zwischen Hecke und Bürgersteig zog sich ein zwei Meter breiter Streifen mit Unkraut hin, der vom Ende des Grundstücks in der Herzogstraße bis zur Ecke Georg-Wesener-Straße reichte. Die Vormieter hatten da alles lustig wachsen lassen, aber Mama und Papa störten sich an dem Unkraut, und weil ich mich jetzt auch einmal nützlich machen sollte, wurde ich mit Schubkarre, Schövel und Grabegabel in diese Wildnis entsandt.

»Und sieh zu, daß du das Zeug mit der Wurzel zu fassen kriegst, sonst ist die ganze Arbeit für die Katz!«

Es ging auf keine Kuhhaut, was da alles wuchs. Namentlich kannte ich nur Brennesseln, Disteln, Klee und Löwenzahn, aber ich hätte wetten können, daß da auch Quecke, Melde, Malve, Giersch und Franzosenkraut sprossen. Und Vogelmiere und Knöterich. Um in dem harten, staubtrockenen Boden zu gedeihen, mußten diese Apparate endlos lange, bis ins Grundwasser ausfasernde Wurzelgeflechte besitzen. Aber daß ich hier das Erdreich zwei Meter tief umgrub, konnten Mama und Papa auch nicht von mir verlangen.

Ich hackte, schürfte, stocherte und wühlte eine halbe Stunde lang, bis mir das T-Shirt am Rumpf klebte, und trotzdem hatte ich nur einen kleinen Anfang geschafft. In der Schubkarre lag fast mehr Erde als Unkraut, und ich bedeckte die Erde mit einem Haufen abgerissener Strünke. Um die Wurzeln konnte ich mich auch später noch kümmern. Die liefen mir schon nicht weg.

Als ich mit der ersten Schubkarrenladung zu dem Komposthaufen eierte, den Papa hinter der Garage angelegt hatte, fing Mama mich auf dem Terrassenweg ab und kuckte in die Karre. »Ich hab dir doch gesagt, du sollst das Zeug mit der Wurzel rausholen!«

»Manche von den Dingern sind eben so groß, daß man die nicht in einem Stück abliefern kann«, sagte ich, aber damit konnte ich Mama nicht überzeugen.

Ich lud die Schiete ab und trottete zurück aufs Schlachtfeld. Von den Unkrautwurzeln reichten viele so tief hinab, daß man halb Meppen hätte abreißen müssen, um die alle vollständig auszujäten. Wieso hatte ich bloß Eltern, die sich auch noch für das Unkraut außerhalb ihrer Gartenhecke verantwortlich fühlten? Da hätten sie mich auch gleich zum Jäten nach Nebraska entsenden können.

Die Fingernägel machte ich mir notdürftig mit Wurzelbürste, Wasser, Seife und danach noch mit der Nagelscherenspitze sauber, und dann lief ich zum Hindenburgstadion, wo der SV Meppen den VFL Osnabrück empfing. Es war das erste reguläre Fußballspiel zwischen Erwachsenen, das ich live zu sehen bekommen sollte. Dafür berappte ich zwei Mark Eintritt.

Einem Handzettel entnahm ich das Spieleraufgebot des SV Meppen: Kugler, Bernert, Mindermann, Stricker, Tappel, Hüring, Heuing, Eilers, Höfer, Runde, Persicke und Görts.

Soweit ich wußte, handelte es sich bei diesen Spielern nach den Statuten des DFB um Amateure, die für ihre Einsätze kein Geld kriegten, bevor sie es schafften, mit ihrem Verein in die Zweite Liga Nord aufzusteigen. Davon konnten die Spieler des SV Meppen allerdings nur träumen. Sie holzten und foulten, leisteten sich Fehlpässe, stolperten über die eigenen Füße und verloren verdientermaßen mit 1:5. Da war ja sogar Hannover 96 noch besser!

Ich hatte mir einen Platz an der Mittellinie ausgesucht, gegenüber der Tribüne, und einmal mitbekommen, wie zwei keuchende Spieler sich wenige Meter vor meinen Augen ums runde Leder balgten. Wie zwei blindwütige Ochsen, die aufeinander losgingen und dabei ausschlugen, stöhnten und rotzten. Im Fernsehen sahen Fußballspiele nicht so brutal aus.

Am Donnerstag kam ein Brief von Michael Gerlach.

Lieber, süßer Martin!

Das war die Rache dafür, daß ich ihn in meinem letzten Brief als »Vielgeliebter Michael« angeredet hatte.

Seit ich aus Großhäuslingen wieder raus bin, habe ich nur Ärger. Von meinem Opa habe ich ein Flitschflugzeug, also ein Flugzeug, das man mit 'nem Gummi abschießt, geschenkt bekommen. Und eins mit Gummimotor habe ich mir selbst gekauft. Alles schön und gut. Bloß waren die Dinger nicht sehr haltbar. Bei dem zum Flitschen gingen die

Flügel gleich in Fetzen, denn die Landungen auf dem Sportplatz waren nicht von Pappe. Aber das ließ sich ja wieder kleben, nur waren die Landungen dann noch weniger von Pappe. Und schon – knacks – war das Scheißding in zwei Hälften gekracht. Wenn Du mal zu Besuch kommst, kannst Du die Splitter betrachten. (Holger hat die Überreste nämlich zertreten.)

Na, und das Flugzeug mit dem Gummimotor (Flügel aus 2 mm dikkem Styropor, der Rest aus Plastik, Kostenpunkt 6,95 DM) verhielt sich auch nicht besser. Erstens flog es gar nicht (die Gummis rissen dauernd), und zweitens konnte man das Gummi bald gar nicht mehr aufdrehen. Na ja, zum Segeln eignete sich das Ding noch ganz gut, auch wenn bei den Landungen die Flügel zerbrachen.

Da ich noch etwas Geld übrig hatte und Holger von den Leistungen des Flitschflugzeugs ungemein beeindruckt war, kauften wir uns beide noch mal welche. Holgers kostete 8,00 DM. Man konnte es immerhin als Flugzeug identifizieren. Bei meinem für 4,60 DM war das gar nicht so einfach. Da stand irgendwas von »Apollo« drauf und: »100 feet or higher! WOW!« Man konnte einen Fallschirmspringer, eine Andeutung von Rakete und irgendwelches düsenjägerähnliches Silberzeug erkennen. Also drei Teile, die sich als völlig fluguntüchtig erwiesen, egal was man damit anstellte. Holgers Flugzeug aber flog super! Arrg! Ich ärgere mich noch kaputt!

Wie lange hast Du eigentlich noch Ferien? Ich nur noch zwei Tage. Buuhää! Das waren überhaupt die idiotischsten Ferien, die ich je mitgemacht habe, abgesehen von der Woche in Großhäuslingen. Scheißdreck, verdammter.

So, ich mach jetzt Schluß.

Der Trottel Michael!

Diesen Brief beantwortete ich sofort, obwohl es außer der Sache mit dem Fahrradschlauch nicht viel zu berichten gab. »Lieber Schnukkiputzi …« Dann schrieb ich noch an Bayern München, daß ich gern Autogramme von den Spielern hätte, und ich legte ein Mannschaftsposter aus dem *Kicker* und als Rückporto achtzig Pfennig in Briefmarken bei. Säbenerstr. 51, 8 München 90. Die Adresse stand im *Kicker*-Almanach. Das Poster war von 1974, aufgenommen nach Bayerns Sieg im Europapokal der Landesmeister. Sowas durfte man sich ja wohl auch als Fan von Gladbach an die Wand pinnen, erst recht mit echten Autogrammzügen.

Der nächste Briefkasten hing in der Jahnstraße beim Stadion. Da lungerten zwei Halbstarke rum. Als ich die Briefe eingeworfen hatte, kam der eine von den beiden Typen angeschlendert und schubste mich ins Gebüsch.

Hatte der noch alle Tassen im Schrank?

Ich rappelte mich hoch und ging weiter, und schwubbs, schon lag ich wieder im Gebüsch, ohne daß ich dem Deppen irgendwas getan hätte. Nicht mal schief angekuckt hatte ich den. Weil ich keine Lust hatte, mich noch einmal schubsen oder gar verdreschen zu lassen, womöglich von den beiden Arschgeigen gemeinsam, sprang ich auf die Beine und rannte weg, und der eine von den Typen rief mir hinterher: »Ja, lauf nur, Kleiner! Lauf um dein Leben!«

Um mich zu verfolgen, waren sie zu faul, aber ich rannte noch ein ganzes Stück weiter, ehe ich eine Verschnaufpause einlegte.

Mein lieber Jäger, guter Jäger, lauf, lauf, lauf …

Mit Krawallbrüdern wie denen hatte ich schon in Vallendar Ärger gehabt. Daß die auch in Meppen ihr Unwesen trieben, hätte ich mir eigentlich denken können. Was hatten die bloß davon, einem auf den Sack zu gehen? Wegelagerer waren das, Tagediebe, die Löcher in die Luft glotzten und sich toll vorkamen, wenn sie jemanden, der jünger und kleiner und in der Minderheit war, in die Dornen schubsen durften.

An den Unterarmen hatte ich Kratzer. In den Briefkasten in der Jahnstraße würde ich so bald nichts mehr einwerfen.

Als Mama abends draußen die Wäsche abhängte, war die Gelegenheit günstig, unbemerkt in Vallendar bei Michael Gerlach anzurufen. Ich wollte ihm mein Abenteuer mit den beiden Knalltüten erzählen, und als ich damit fertig war, erzählte Michael mir von den Schweißausbrüchen, die ihn heimsuchten, weil morgen in Koblenz die Schule wieder beginne. Die Sommerferien seien irre schnell verflogen. Wir redeten noch darüber, ob es möglich sei, die Umdrehungsgeschwindigkeit der Erde in Ferienzeiten zu verlangsamen, mit Bremsraketen, und dann blökte Michaels Bruder Harald dazwischen, der mit Volker sprechen wollte.

In Niedersachsen dauerten die Ferien zwar noch eine Woche länger, aber was hatte man davon, wenn nichts los war?

Renate kam aus Jever zurück, mit ihrem geliebten Olaf, den sie nur noch selten zu sehen kriegte, seit er beim Barras diente. Olaf war Juso und wollte nach der Bundeswehrzeit Politologie studieren, wovon Papa nicht begeistert war.

Oma Schlosser hatte Schwindelanfälle. Einmal wäre sie fast hingefallen, als sie vom Eßtisch aufstand, und dann legte sie sich auf dem Wohnzimmersofa in die Waagerechte, und wir durften keinen Pieps mehr von uns geben und nur auf Zehenspitzen durchs Haus schleichen.

Am Samstag kam Michaels nächster Brief.

Lieber und süßer Martin!

Das hatte er sich nicht verkneifen können.

Ich sitze mal wieder hier und schreibe Dir, anstatt Hausaufgaben zu machen, einen Brief. (Vielleicht hast Du's schon bemerkt.) Und ich habe eine Frage: Seid Ihr verrückt geworden? Das Telefongespräch neulich muß doch ein Vermögen gekostet haben! Ihr habt doch mindestens fünf volle Minuten gequasselt, Du und der Volker! Also ich kann Dich nicht anrufen, das lassen meine finanziellen Verhältnisse nicht zu.

Holger und ich waren übrigens beim Friseur. Ach, was sage ich – wir waren in Frankensteins Werkstatt! Der Kerl hat aus uns nämlich echte Monster gemacht! Der Holger sieht aus, also ob er einen braunen Sturzhelm aufhat. Na, und bei mir steht's auch nicht besser.

Und bei Dir? Freust Du Dich genauso auf die Schule, wie ich mich darauf, daß Du bald wieder hingehen mußt? Nur noch fünf Tage, fünf kurze, schnell verrinnende, qualvolle Tage. Und wenn der Brief hier bei Dir ankommt, sind es nur noch vier und sogar nur noch drei Tage. Hihi! Hehe! Das wird ein Genuß, wenn ich mir am 7. vorstelle, daß Du jetzt wieder zur Schule mußt. Hehehe!

Na, tschüß denn, und komm mal vorbei.

Die Bemerkungen über den Schulbeginn mochten gemein sein, aber die Briefe von Michael Gerlach gefielen mir trotzdem besser als die Post, die Papa jeden Tag geschickt kriegte, vom Finanzamt, von Versicherungen oder vom Beamtenheimstättenwerk, mit der Anrede: »Sehr geehrter Bausparer!«

Komisch, daß Papa noch Bausparer war, wo er das Haus in Vallendar doch schon vor sechs Jahren gebaut hatte.

In der ersten Hauptrunde im DFB-Pokal schmiß Borussia Mönchengladbach Werder Bremen mit 3:0 aus dem Rennen. Aber ob Udo Lattek als Trainer wirklich soviel taugte wie Hennes Weisweiler, das würde sich zeigen müssen.

Am Sonntag liefen nach dem Frühstück alle außer Oma noch in Schlafanzug und Bademantel durch die Bude, als es klingelte.

Ick sitze hier und esse Klops,
Uff eenmal kloppt's …

Papa linste aus dem Küchenfenster. »Ach du Kacke«, sagte er, »das ist der Ettinger mit seiner Alten!« Und dann hastete er die Treppe hoch, sich anziehen.

Der Ettinger war ein Arbeitskollege von Papa, und der klingelte schon zum zweitenmal, als Mama, die sich schnell ein Kleid übergestülpt hatte, mit nassen Haaren von oben angebösselt kam, um in rasender Eile das Wohnzimmer aufzuräumen.

Die Ettingers machten bereits Anstalten, wieder zu gehen, obwohl sie das Gepolter im Haus gehört haben mußten, und Mama riß erst im letzten Moment die Tür auf und entschuldigte sich für die Unordnung. Daß es in Meppen üblich war, Bekannten sonntags um elf Uhr vormittags Hausbesuche abzustatten, auch unangemeldet, hatte ja keiner ahnen können.

Mama kochte Kaffee und deckte den Wohnzimmertisch, und nach geraumer Weile stiefelte dann auch Papa die Treppe runter, im Anzug und nach Frisiercreme riechend.

Nach dem Essen lagen Oma die Rindsrouladen so schwer im Magen, daß sie Abstand davon nahm, uns bei dem geplanten Ausflug ins holländische Moor zu begleiten. Renate und Olaf blieben lieber unter sich, bevor Olaf wieder zu den Fahnen eilen mußte.

Mama packte Stullen und Gesöffe ein, und Papa sagte, wir sollten am besten Messer mitnehmen, um uns damit durch die Stechfliegenschwärme zu schneiden.

In Koblenz hatten wir fast nie irgendwelche Sonntagsausflüge unternommen, weil dafür neben dem Hausbau keine Zeit geblieben war. In Meppen sollte das nun anders werden.

Im heißen Peugeot hatte Mama den Shell-Atlas auf dem Schoß und stritt sich mit Papa über die Route.

»Wo zum Teufel sind wir denn hier jetzt?« fragte Papa.

»Zwischen Hamburg und Haïti«, sagte Volker.

Irgendwo in den Niederlanden stiegen wir aus und sahen uns die flache Landschaft an.

Mit den Fliegen hatte Papa recht gehabt. Auf der Rückfahrt surrten sie zu Dutzenden im Auto herum, obwohl wir alle Fenster runtergekurbelt hatten, um die Viecher durch die Zugluft zu verscheuchen. Und trotz Fahrtwind lastete subtropische Hitze auf uns, so daß einem die Oberschenkel aneinanderpappten, wenn man nicht so breitbeinig dasaß wie Volker.

Abends schloß Papa im Eßzimmer und in der Küche die Lampen an. Das sei ja nun auch längstens fällig gewesen, sagte Mama.

Noch drei Tage Ferien.

Wiebkes künftige Lehrerin hatte ein Papier mit den Namen und Adressen von Wiebkes neuen Mitschülern bei uns abgeliefert. Mit diesem Wisch bewaffnet, watschelten Mama und Wiebke zu einem Mädchen, das in einer Parallelstraße wohnte, die Kellners Tannen hieß, und schon hatte Wiebke auch hier wieder eine Freundin. Carola Kowalski.

Renate knüpfte einen Lampenschirm aus gelber Baumwolle mit Holzperlen für Olafs Eltern und schrieb dann einen Brief an Oma Jever zu deren 69. Geburtstag. Im August häuften sich in unserer Sippe die Geburtstage. Das lag daran, daß einst die Winternächte lang gewesen waren und es noch kein Fernsehen gegeben hatte. So hatte Mama mir das mal erklärt.

Enid Blytons Krimis in der Gemeindebücherei bei der Gustav-Adolf-Kirche kannte ich schon alle, und ich lieh mir ein Buch über drei Freunde aus, die bei einem Fahrradausflug eine Bande von Dieben überführten und der Polizei auslieferten. Per pedales durch die Lande streifen, irgendwo zelten, mit guten Freunden, und nebenbei einer Verbrecherbande das Handwerk legen: So hätte auch ich gern meine Sommerferien verlebt!

Am Mittwoch kriegte ich mehr Post als Papa: eine Karte von Tante Dagmar und gleich zwei Briefe aus Vallendar.

Liebes und süßes Martinlein!

Das war typisch Michael. Der konnte es nicht lassen. Meine Rache würde fürchterbar sein.

Aus Langeweile, und weil ich so viel Hausaufgaben aufhabe, will ich Dir einen Brief schreiben. (Eigentlich ja zwei, aber Holger hat mir den einen gerade zerfetzt, oder besser gesagt: Holger und ich zusammen.)

Bei uns ist's stickig heiß. Ins Schwimmbad kann man nicht gehen, das ist viel zu voll. Genausogut könnte man mit zehn Mann in eine Telefonzelle steigen. Also hab ich in den letzten Tagen nichts anderes getan als gelesen und gefernseht. Lesen wäre ja 'ne gute Beschäftigung, aber jetzt lese ich alle Bücher schon zum dritten Mal. (Auch die Fernsehsendungen habe ich schon mindestens einmal gesehen.) Da ist die Schule ja direkt 'ne kleine Abwechslung. Zwar keine der schönsten, aber was soll man machen?

Mit Ottokar Trebitsch ist auch nichts los. Der wird bloß von Tag zu Tag fetter und unförmiger.

Den Trebitsch, der auf dem Mallendarer Berg wohnte, hatte ich mal im Verdacht gehabt, daß er kriminell sei, weil er einen Kontoauszug zerfetzt und weggeworfen hatte. Meine Hoffnung, diesen Fall als neuer Kalle Blomquist aufzuklären, hatte sich jedoch zerschlagen.

Der blöde Kerl könnte wenigstens mal einen saftigen Bankraub veranstalten oder ein flottes Kidnapping. Aber nein, das fette Schwein läuft bloß dauernd in der Kaiser-Friedrich-Höhe herum und entwickelt sich mehr und mehr zu einem ganz normalen Bürger der Bundesrepublik Deutschland.

Sag mal, wie sind wir eigentlich darauf gekommen, daß der irgendwas ausgefressen hat?

Tja. Vielleicht hatten wir uns getäuscht. Das war von Meppen aus schwer zu beurteilen. In dem Umschlag steckte auch ein Brief von Michaels Bruder Holger:

Hallo Martin, hallo Ilja, hallo Freunde!

Wie Du sicher schon weißt, hat für uns am 1. August die Schule wieder angefangen. (Buhuuu!) Seitdem hab ich immer so ein komisches Gefühl im Magen. Es läßt sich leicht mit einem Wort definieren: Mordlust. Wenn Du irgendeine Zeitung aufschlägst, wirst Du lesen: »Mord in Koblenzer Schule! Kind war der Täter!«

Wie Du Dir vielleicht schon gedacht hast, sitze ich jetzt, nämlich auf der Karthause. In einer Woche ist die Gerichtsverhandlung. Mal sehen, was da rauskommt.

Aber jetzt mal zu was anderem: Vorgestern fuhr ich mit dem 1-Uhr-Bus nachhause. Michael war auch dabei. Wir hatten nach der vierten Stunde hitzefrei und mußten bei mindestens 35° im Schatten eine Stunde braten, bis, natürlich mit Verspätung, der Bus kam. Wir setzten uns vorne hin und hofften, daß der Busfahrer die Tür aufläßt. Leider tat er das nicht. (Dieser Schweinehund.) Kein Lüftchen regte sich, als wir am Zentralplatz ankamen. Der Bus war stinkevoll. (Schwitz-puuh.) Die Leute, die in Ehrenbreitstein standen, ließ der Busfahrer schon gar nicht mehr rein. Und fast alle, die im Bus saßen, wollten zum Schwimmbad. Hätten die nicht so viel Zeug mitgenommen, wäre der Bus bestimmt nicht so voll gewesen: 10 Liegen, 15 Kühltaschen, 7 Koffer, 138 Brötchen, 1 Lastauto, 14 Decken, 20 Flaschen Limo usw. Ein Weib mit Limoflaschen stellte sich genau neben den halbverdursteten Michael und mich. Die hat richtig arrogant mit den Flaschen rumgefuchtelt, die doofe Gans!

Noch schlimmer wurde es in Urbar. Da wabbelte so 'ne alte Tante mit zwei Liegen und zwei Kindern am Arm in den Bus und wollte zum Schwimmbad. Der Fahrer verlangte 2.40 DM. Die Alte hatte aber nur 2.– DM in der Hand und kramte fast zehn Minuten lang in ihrer Tasche, bis sie ihren Geldbeutel fand. Dann fiel ihr 1.– DM hinunter. Der Busfahrer lief inzwischen rot an. Als sie ihr elendes 1-Mark-Stück nach einer halben Stunde aufgelesen hatte, fingen die kleinen Kinderlein an zu plärren. Die Mutter versuchte sie zu trösten. Als dies nichts half, putzte sie den Kleinen die Nase, wechselte ihnen die Unterwäsche, ließ alle beide aufs Töpfchen gehen, gab ihnen die Flasche und sang ihnen ein Schlaflied. Das wirkte! Sie waren still. Den Busfahrer hat man bis heute nicht gefunden, obwohl man den Grund des Rheins nach ihm abgesucht hat.

Wie geht es im Fußballclub? Viel Spaß in der Schule. Komm bald mal vorbei und mach mal wieder eine richtige Tour mit uns. Denn seit Du nicht mehr da bist, hat Michael zu nichts mehr Lust.

Tschüß, Dein Holger.

P. S. Meine neue Adresse: Stadtgefängnis Karthause, 5400 Koblenz, Haderlumpenstr. 278.

Da sah man doch, wie gut ich es in Meppen hatte. Hier durfte ich mit dem Rad zur Schule fahren und war nicht auf einen vollgepupten Omnibus angewiesen.

Tante Dagmar schrieb mir, daß das Wetter in Hannover leider Gottes immer noch nicht hochsommerlich sei und daß sie Anfang September nach Italien reisen werde.

Mama hatte einen Duschvorhang gekauft. Den hängte sie an Schlaufen an dem Gestänge über der Duschwanne auf. Als ich die Dusche abends ausprobierte, sauste mir der kalte Vorhang ans Hinterteil. Ob das am Luftdruck lag oder woran auch immer – sobald das heiße Wasser aus der Brause strömte, wehte der Duschvorhang nach innen, und er hörte damit erst auf, wenn man ihn von innen heiß abgeduscht hatte. Dann klebte er unten am Duschwannenrand fest und blähte sich bloß noch ein bißchen.

Papa beanstandete, daß ich zu lange geduscht hätte. Duschen gehe so, daß man sich einmal kurz naßmache, sich dann ohne weitere Wasserzufuhr einseife und sich zuletzt rasch abdusche, am besten kalt. Alles andere sei Wasserverschwendung.

So ging der letzte Sommerferientag zuende. Der einzige Trost bestand darin, daß am Samstag die neue Bundesligasaison anfing.

»Deine Haare haben heute noch mit keinem Kamm Bekanntschaft geschlossen«, meckerte Mama beim Frühstück, das in großer Hektik stattfand, weil Wiebke ihre Brille nicht fand und Papa einen seiner Manschettenknöpfe vermißte.

Wiebke kam auf die Paul-Gerhardt-Schule und Volker auf die Realschule Freiherr vom Stein, in die zehnte Klasse, als zurückgestellter Sitzenbleiber, und wir mußten alle auf Schusters Rappen hinter Mama herhecheln, die auf Renates Klapprad vorausfuhr.

Als Wiebke und Volker in ihren neuen Schulen untergebracht worden waren, mußte ich Mama bis zum Kreisgymnasium nachwetzen.

Im Sekretariat erkundigte sich Mama nach der Klasse, in die ich gehörte. Das war die 8b.

Das Klassenzimmer war im Erdgeschoß, und alle anderen Schüler waren schon da.

Mama stürmte hinein und suchte mir einen Sitzplatz aus: »Hierher, Martin! Da ist noch 'n Stuhl frei!«

Neben einem Mädchen! O Gott. Aber was blieb mir übrig?

Ich setzte mich da hin und hielt die Luft an.

Als der Klassenlehrer aufkreuzte, unterhielt sich Mama mit dem noch eine Weile halblaut draußen vor der Tür. Dann kam er rein und rief: »Hallihallo, ihr Lieben!« Schlüter hieß der. So 'n kleiner Dicker mit Pläte und Hamsterbacken.

Als Neuer sollte ich mal eben kurz nach vorne kommen und mich der Klassengemeinschaft vorstellen. Ach du Scheiße.

»Sag uns doch mal, wie du heißt!«

»Martin.«

»Und wo bist du bisher zur Schule gegangen?«

»In Koblenz.«

»Ach, in Koblenz! Dann bist du ja eine rheinische Frohnatur!«

Ob der mich vergackeiern wollte? Ich sagte lieber nichts dazu. Ich hoffte, daß der Krampf bald überstanden wäre, schon weil ich allmählich nicht mehr wußte, wo ich meine Hände hintun sollte. Zuerst hatte ich sie in die vorderen Hosentaschen gesteckt, dann in die hinteren und dann wieder in die vorderen.

»Gut, Martin, du darfst dich jetzt setzen …«

Das könne ja wohl nicht mit rechten Dingen zugehen, sagte Mama, als ich ihr meinen Stundenplan überreicht hatte. Nie mehr als vier

Stunden, und selbst das nur an zwei Tagen, die restlichen Tage nur drei Stunden, zweimal in der Woche die erste frei und einmal die ersten beiden, und das beste: kein Physik, kein Chemie, kein Zeichnen, keine Musik, kein Bio und kein Erdkäs! Und nur zweimal in der Woche Englisch. In meinen Ohren war das Musik.

Michael schrieb ich, daß die Mädchen in meiner Klasse alle wie Pferde aussähen, und das neben mir sitzende würde unentwegt häkeln und husten.

Um Renate zum 19. Geburtstag einen Rückspiegel für ihr Klapprad schenken zu können, hatten Volker und ich unseren Zaster zusammengelegt. Von dem Rad hatte sie allerdings nicht viel, weil ich das für den Schulweg brauchte. Im Kreisgymnasium war ich weit und breit der einzige Junge, der auf so 'ner lächerlichen Chaise angeeiert kam. Und weil das Klapprad immer darauf aus war, den Saum meines rechten Hosenbeins einzuklemmen, zwischen Kette und Zahnrad, mußte ich eine Fahrradklammer tragen, so eine biegsame, hufeisenförmige Metallspange, die man sich unten ums Hosenbein schnallte, was zwar praktisch sein mochte, aber unheimlich doof aussah.

In Mathe, für das ein haariger Dämon namens Schneidewind zuständig war, ging's um Berechnungsregeln für Terme. Der Term als Produkt, Summe, Quotient, Differenz und Potenz. Mir hätte schon das Rechnen mit Zahlen gereicht, und nun sollte man auch noch mit Buchstaben rechnen und Fremdwörter büffeln.

In Franz war die neue Klasse viel weiter als meine alte. Hier schwallten sie alle Französisch, als ob sie's mit der Muttermilch eingesogen hätten, und ich verstand nur Bahnhof. Le boeuf, der Ochs, la vache, die Kuh, fermez la porte, die Tür mach zu. Um den Rückstand aufzuholen, würde ich jeden Tag, den Gott werden ließ, zehn Stunden lang französische Vokabeln bimsen müssen.

»Nun, liebe Kinder«, sagte der Schlüter am Ende der dritten Stunde, »gebt fein acht: Ihr habt es besser als die blaugefrorenen Schüler im ehemaligen Königsberg, das heute Kaliningrad heißt – ihr habt hitzefrei!«

Er verteilte dann noch einen vom Kultusminister verfaßten Wisch, den die Eltern zur Kenntnis nehmen und unterschreiben sollten.

Den Schülern aller Schulen meines Amtsbereiches wird hiermit verboten, Waffen jeder Art, also auch Gaspistolen, in die Schule oder zu Veranstaltungen der Schule mitzubringen.

»Na, hier scheinen ja schöne Sitten zu walten, wenn das ausdrücklich verboten werden muß«, sagte Mama.

Auch am Samstag hatten wir nach der dritten Stunde hitzefrei, und ich packte so schnell wie möglich meine Sachen, um mit dem Klapprad abzuzischen, bevor mich jemand damit sehen konnte.

Auf der Treppe lag ein neuer Brief von Michael.

Lieber Martin!

Heute habe ich schon wieder hitzefrei bekommen. Die ganze Woche hatte ich jetzt jeden Tag nur vier Stunden. Das Wetter ist aber auch verheerend. Tag für Tag 32–35° C im Schatten. Einfach grauenhaft!

Wie ist's in Deiner Schule? Gute Klassenkameraden, gute Lehrer? Oder weißt Du das noch nicht? Na, toi, toi, toi!

Bei ihm in der Penne werde es immer mieser, an seinem Fahrrad klappere hinten das Schutzblech, und es sei auch noch was Schreckliches passiert:

Unser Fernseher ist hin. Einfach hin. Gibt keinen Muckser mehr von sich. Altes, blödes Ding! Jetzt hat man nachmittags schon überhaupt nichts zu tun, und dann geht auch noch das Fernsehen baden. Mist!

Und im Wambachtal würden Millionen Bremsen herumschwirren. Ich wäre trotzdem lieber wieder mal mit Michael ins Wambachtal gegangen, als zum x-ten Mal alleine mit dem Klapprad durch den Meppener Wald zu brettern. Im Wambachtal gab's mehr Steigungen und weniger Karnickel, aber auf Dauer waren die Karnickel kein Ersatz für einen Schulfreund im Wambachtal.

Weil der Weg von der Küche zum Eßtisch so weit und der Servierwagen so klapprig war, hatte Mama sich einen neuen gekauft und karrte damit das Geschirr, das Besteck und die Schüsseln mit Kartoffeln, Bohnen und Königsberger Klopsen ins Eßzimmer.

»Die müßten eigentlich Kaliningrader Klopse heißen«, sagte ich, und Mama sagte, ich solle mir solche Frechheiten verkneifen, erst recht in der Hörweite von Papa und Oma.

Renate klaubte die Servietten vom Klavier.

Nach dem Essen brachte Papa Oma im Peugeot zurück nach Hilden, und Renate und Mama erledigten die Küchenarbeit in Rekordzeit, weil mit Mamas Schulfreundin Tante Grete der nächste Besuch ins Haus stand, und da sollte es bei uns nicht aussehen wie bei Schweins.

Tante Grete kam mit dem Zug aus Quakenbrück und mußte am Bahnhof ein Taxi nehmen, weil Mama bis auf weiteres keinen fahrbaren Untersatz besaß.

Die kleinen Strolche hatten gerade angefangen, als es Klingeling machte. Wiebke lief zur Tür und wußte überhaupt nicht, wen sie da vor sich hatte, obwohl Tante Grete ihre Patentante war.

Mama schaltete den Fernseher aus. Es war schade, daß der alte nicht mehr ging, den wir von Oma und Opa geerbt hatten. Sonst hätte ich die Sendung in einem anderen Zimmer zuendekucken können.

Vom Teetisch, den Renate gedeckt hatte, holte ich mir drei Kekse, verkrümelte mich damit in mein Zimmer und machte es mir vorm Radio bei der Bundesligakonferenzschaltung bequem. In der Saison 1974/75 war Gladbach Deutscher Meister geworden und mußte jetzt alles daransetzen, den Titel zu verteidigen. Volle Kraft voraus!

Gegen Hannover 96 ging Gladbach schon in der 7. Minute in Führung, aber die Hannoveraner glichen aus und leisteten so heftigen Widerstand, daß Gladbach am Ende noch dankbar sein konnte für das 3:3 und den ersten Auswärtspunkt.

Tante Grete wollte ins Jeverland weiter, und Mama entschloß sich dazu, mitzufahren und mit ihr und Oma und Opa in Jever aufs Altstadtfest zu gehen, statt *Das Haus am Eaton Place* zu kucken, die langweiligste Serie der Welt.

Papa sollten wir sagen, daß Mama morgen nachmittag mit der Bahn zurückkommen werde. »Und keine krummen Touren! Daß ihr mir hier nicht die ganze Bude auf'n Kopp stellt!«

Können vor Lachen. Ich mußte Hausaufgaben machen.

Pourquoi est-ce que Paris est le centre de la France? Quel pourcentage de la population française habite dans la région parisienne? Qu'est-ce qu'on fabrique dans la région parisienne?

Die Franzmänner schienen einen schweren Fimmel zu haben mit ihrer région parisienne. Und dabei wußten sie offenkundig nicht mal, wieviele Leute da wohnten und was die herstellten, und verlangten von mir, das herauszufinden.

Was ich noch weniger schnallte, war Mathe.

Aus Draht soll ein Modell einer Raute mit der Seitenlänge a hergestellt werden. Wie lang muß der Draht sein?

Hä? Woher sollte denn ich das wissen? Und was war eine Raute?

Schreibe dazu zunächst einen ausführlichen Term. Forme diesen dann in einen kürzeren um. Beachte: In einer Raute sind alle vier Seiten gleich lang.

Das half mir auch nicht viel weiter.

Die Raute soll zu einem räumlichen Modell mit der Höhe b ausgebaut werden. Wie lang muß der Draht insgesamt sein? Schreibe dazu mehrere Terme in einer Gleichungskette auf.

Gleichungskette? Da hätten sie von mir auch gleich verlangen können, in echt aus Draht 'ne Raute herzustellen. Aber halt – da standen ja auch die Lösungen, gleich untendrunter!

a) Für die Länge des Drahtes gilt: $a + a + a + a = 4 \cdot a$.

b) Für die Gesamtlänge des Drahtes gilt z. B.: $4 \cdot a + 4 \cdot b + 4 \cdot a = a + a + a + a + a + a + a + a + 4 \cdot b = 8 \cdot a + 4 \cdot b$.

Da wär ich nie drauf gekommen. Aber wenn die Lösungen im Buch standen, konnten wir den Mist ja wohl kaum als Hausaufgabe aufgekriegt haben. Sondern vermutlich den Scheiß auf der nächsten Seite:

Bestätige durch Einsetzen, daß ...

Wie bitte? Was sollte das denn nun wieder heißen? Wenn da gestanden hätte »Schlumpfe durch Schlumpfen«, dann hätte ich genausoviel gerafft.

Bestätige durch Einsetzen,

also mit anderen Worten: Schlumpfe durch Schlumpfen,

daß bei $7a + 2a = 9a$ *die Terme links und rechts vom Gleichheitszeichen jeweils denselben Wert ergeben.*

Oder die Schlumpfe denselben Schlumpf.

Wähle 1; 2; 3; 0; (– 1); (– 2) für a. Lege dazu eine Tabelle an.

Tabelle? Was für 'ne Tabelle? Und »dazu«? Zu was? Zum Wählen? Oder zum Bestätigenkack durch Einsetzenfickfack?

Wähle 3 3 3 auf dem Telefon ... Mann, Mann, Mann, was war doch Mathe für ein geisteskrankes, bekotztes Wildschweingefurze. Zu nichts, aber auch zu gar nichts nutze. Und wenn's außer Mathepauker wirklich irgendwo auf der Welt noch einen Beruf gab, für den man sich mit Termen und Rauten und Gleichheitsketten auskennen mußte, dann würde ich den nie im Leben ergreifen.

Als Mama wieder da war, erzählte sie, daß die Wohnung in der Mühlenstraße verwaist gewesen sei gestern abend, aber dann hätten sie Oma und Opa glücklich auf dem Altstadtfest angetroffen, auf dem Kirchplatz, im dicksten Gewühle.

Um halb sieben rief Tante Dagmar an und sagte, daß ich ihr altes Fahrrad haben könne. Das werde sie mir bei ihrem nächsten Besuch mitbringen, aber da müsse ich mich noch etwas in Geduld üben. »Ich fahr erst mal nach Abano Terme und aale mich da im Fangoschlamm.«

Was daran wohl so schön war, sich im Schlamm zu winden? Aber Hauptsache, daß ich bald ein vernünftiges Fahrrad kriegte, für das ich mich nicht schämen mußte, wenn ich damit auf dem Schulhof eintraf.

Zu ihrem 46. Geburtstag schenkte ich Mama einen Gutschein für dreimal Staubsaugen im Wohnzimmer.

Am Dienstag stellte sich heraus, daß der Religionsunterricht nur für Katholiken war, und ich durfte nachhause fahren. Nun hatte ich noch zwei Stunden weniger Schule und zusammengerechnet sogar vier weniger als Wiebke. Mama kam das spanisch vor.

Nachdem ich ihr oft genug in den Ohren gelegen hatte, rief sie beim SV Meppen an und fragte nach den Trainingszeiten für Jugendspieler. Die Jugend, hieß es, trainiere dienstags und donnerstags am

Nachmittag, und ich stieg in meine Fußballschuhe. Die Leutchen würden sich noch wundern beim SV Meppen: Ich würde als deren erster Nationalspieler in die Fußballgeschichte eingehen, und wenn alles nach Plan lief, würde ich den Verein von der Amateurliga in die Bundesliga führen und dann irgendwann zu Borussia Mönchengladbach wechseln, meinem Traumverein, mit dem ich zehnmal nacheinander Deutscher Meister und auch zehnmal Sieger im Europapokal der Landesmeister werden wollte. Im Verbund mit Kalle Del'Haye, Rainer Bonhof und Jupp Heynckes würde ich auch die Nationalmannschaft neuen Erfolgen entgegenführen, wenn ich mich beim SV Meppen bewährt hatte.

»Das ist genau das richtige für deine überschüssigen Kräfte«, sagte Mama, als sie mich dem Trainer vorgestellt hatte. Uli Möller hieß der. Er ließ sich von mir ein paar Schüsse zeigen und teilte mich dann der C-Jugend zu.

Zu meinem Entsetzen zitierte mich der Schlüter in Franz nach vorne, und ich sollte so tun, als ob ich ein Kunde auf einem französischen Wochenmarkt wäre und dem Schlüter was abkaufen wollte. Pommes de terre et légumes. Des petits pois, des carottes et des tomates. Als ich das vollbracht hatte, im Schweiße meines Angesichts, sollte ich auch noch Wurst kaufen. Wie hieß noch mal das Wort für Wurst? Fleisch war viande und Hackfleisch viande hachée. Und Wurst? Saucisse?

Saucisse war richtig. Die unsichtbare Wurst stopfte ich mir in die Hosentasche, worüber die gesamte Klasse lachte.

»Au revoir, Monsieur«, sagte der Schlüter, und ich durfte wieder Platz nehmen.

Puh.

In Sport demonstrierte ein Schüler namens Hermann Gerdes seine Fitness. Der schaffte es durch rohe Muskelkraft, an zwei nebeneinander baumelnden Tauen bis zur Turnhallendecke zu klettern, mit der einen Pranke am linken und der anderen am rechten Tau.

In Geschi war die deutsche Hanse dran. Wie sich im 14. Jahrhundert die Hansestädte verbündet und die Schlupfwinkel der Seeräuber ausgeräuchert hatten. Darüber hielt die Sportskanone Hermann Gerdes ein Referat. Der Sage nach sei der Pirat Klaus Störtebeker nach seiner Enthauptung an seiner zum Tode verurteilten Mannschaft vorübergelaufen, und jeder, an dem er ohne Kopf vorbeigerannt war, sei begnadigt worden. Die Köpfe der anderen aber habe man auf Pfähle gespießt, zur Abschreckung.

Seeräuber hätte man sein müssen. Das war zwar gefährlich, aber bestimmt nicht so langweilig wie das Mittelstufenschülerdasein in Meppen. Zu allen Übeln kam noch der Konfirmandenunterricht hinzu, der im evangelischen Gemeindehaus hinterm Bahnhof abgehalten wurde, unter dem Vorsitz von Pastor Böker. Da kannten sich natürlich schon alle, und bloß ich kannte keine Sau.

Als ich das erste Mal da war, sollte man pantomimisch ein Hobby darstellen, das man hatte, und die anderen sollten es erraten.

Sterb, reiher, draufgeh! Bei Frau Frischke in Vallendar hatte es genügt, die wöchentliche Katchestunde stumm abzusitzen, was schon anstrengend genug gewesen war, und hier mußte man auf einmal Mätzchen machen. Was hatten denn bitteschön meine Hobbys mit dem lieben Gott und der Konfirmation zu tun? Hatte ich denn überhaupt ein Hobby?

Als erster hampelte ein Junge mit Zahnspange rum. Es sah so aus, als würde er einen schweren Rasenmäher schieben und zwischendurch einen Haufen Kopfnüsse verteilen. Dabei wippte er mit dem Kopf wie einer von diesen Wackeldackeln, die in manchen Autos hinten auf der Hutablage standen. Weil keiner rauskriegte, was das für ein Hobby war, verriet er's: Reiten habe das sein sollen. Pferde seien seine Leidenschaft, und er reite für sein Leben gern.

Danach führte ein Mädchen, das schon 'ne ziemliche Oberweite hatte, spastische Verrenkungen aus, deren Bedeutung auch wieder niemand erriet. Darauf hätte auch niemand kommen können: »Mein Hobby«, sagte das Mädchen, als es fertig war, »sind Stickbilder.«

Wo war ich hier hingeraten? Mit Stickbildern gab sich nicht einmal Wiebke mehr ab, und die war vier Jahre jünger als dieses depperte Weibsbild!

Als die Reihe an mich kam, stand ich auf und verwandelte einen unsichtbaren Elfer. »Fußball!« riefen alle, und der Fall war erledigt.

Michael klärte ich darüber auf, daß er froh sein könne, seine Konfirmandenzeit bei der Frischke zu verhocken.

Der nächste Brief, den ich erhielt, war maschinegeschrieben und stammte vom Staatlichen Krematorium Wuppertal, Höllenfahrtstr. 6. Da aus meinem Weiterleben keine sozialen Vorteile für die Allgemeinheit zu erwarten seien, habe man nach § 67 Absatz 4 des Kontrollgesetzes zur Lenkung des Menschenüberschusses in Europa meine Bestattung beschlossen.

Sie werden aufgefordert, am kommenden Sonnabend um 10.45 Uhr mit Gesangbuch und Leichenhemd im hiesigen Krematorium Ofen 16 Klappe 9 zwecks Verbrennung Ihres schlaksigen Körpers zu erscheinen. Da Sie in Ihrem verpfuschten Leben überreichlich viel Alkohol gesoffen haben, besteht erhöhte Explosionsgefahr. Es wird daher empfohlen, eine Stunde vor der Einäscherung einen halben Liter ungekochte Schafsmilch zu trinken. Und Sie müssen vorher Ihren Wasserkopf entleeren, da das Feuer sonst erlischt.

Unterzeichnet von »Dr. Flammentod, Professor für schmerzarme Jenseitsbeförderung«. Renate lachte sich dermaßen scheckig darüber, daß gleich klar war, wer mir diesen Brief geschrieben hatte.

Tags darauf kam wieder einer von Michael Gerlach. Die hatten jetzt 'n neuen Fernseher.

Deswegen passiert bei uns ja auch nichts. Wir hocken nämlich nur noch vor dem Glotzrohr. Ischa doll, so 'n Apparat: Man braucht die Schalter nur zu berühren, und ›klick‹, schon sendet er seine tödlichen Strahlen aus, und eine Ansagerin grinst uns an. Die sagt natürlich immer das gleiche: »Und nun sehen Sie eine Wiederholung vom Soundsoten, dann folgt Bilanz und dann Monitor und dann ein interessantes Gespräch von sechs Journalisten aus fünf Ländern! Viel Spaß!« Jeden Tag die gleiche Leier.

Um mal was anderes zu erleben, habe er mit seinen Brüdern einen Abend lang Roulette gespielt, und die hätten ihn mit ihrem unverschämten Glück zur Verzweiflung gebracht.

Ich muß jetzt aufhören, die Erinnerung an das Geschehen bringt mich wieder einem Weinkrampf nahe.

Tschüß, Dein gebrochener Michael

P.S.: Spiele nie Roulette!

Toller Ratschlag. Mit wem hätte ich in Meppen schon Roulette spielen sollen? Ohne brauchbare Geschwister und vor allem ohne Roulette?

Die Zeit, in der Volker und ich zusammen gespielt hatten, ob nun Fußball oder Halma, war vorbei. Volker subtrahierte sich nachmittags gewöhnlich in sein Zimmer, um Raketen zu entwerfen, wenn er sich nicht irgendwo mit seinen neuen Schulfreunden herumtrieb, die Meppen auf ihren Mofas unsicher machten. Und Wiebke schied als Spielkameradin sowieso aus, obwohl ich ihr ein Eis spendiert hatte.

Ich war auf mich allein gestellt.

Tante Gisela brachte Oma und Opa Jever nach Meppen, und Oma patschte bei der Hausbesichtigung vor Bewunderung in die Hände: »O Inge, wie hast du es himmlisch hier! So großzügige Wohnräume! Und wie wunderschön der Parkettboden aussieht!«

Das Parkett wollte Mama aber mit Teppichfliesen belegen, weil ihr das im Winter sonst zu kalt sei.

»Nein, wie jammerschade!« rief Oma. »Tu doch das bloß nicht! Das wär ja fast 'ne Sünde!« Für den Eßplatz legte sie Mama einen Reisstrohteppich von Quelle ans Herz.

Auch den Garten fand Oma gut. Mama sagte, daß wir nun wohl nicht länger um die Anschaffung einer elektrischen Heckenschere herumkämen, und Oma versprach, Saatbohnen für uns zurückzulegen. Stangenbohnen und Buschbohnen.

Mittags gab es Hähnchen mit Reis und Tomatensalat. Den Nachtisch, eine Geschichte aus Sahne und Apfelsinencreme, hatte Renate komponiert.

»Du wirst es in Birkelbach sicher leichter haben als die Mädchen ohne Kochkenntnisse«, sagte Oma zu Renate, und dann kam die Sprache auf Gustav, Tante Giselas unehelichen Sohn. Der arbeite jetzt in Jever wieder in der Baumschule Meyer auf dem Acker, jeden Tag neun Stunden, was kein Vergnügen sei bei der Hitze. Aber er müsse ja in den Ferien etwas Einträgliches unternehmen, und bei der jetzigen schlechten Konjunkturlage habe er keinen anderen Job finden können. Allabendlich brüte er als studiosus iuris über seiner Semesterarbeit.

Auf dem Bökelberg mußte Ronnie Hellström vom 1. FC Kaiserslautern dreimal hinter sich greifen, und man konnte Gladbachs Start in die neue Saison als rundum gelungen bezeichnen.

Fast überall in Niedersachsen wüteten Waldbrände. Irgendwo bei Gifhorn waren sogar fünf Feuerwehrmänner verbrannt. Nur bei uns war nichts los.

Obwohl alle Geschäfte geschlossen hatten, pettete Mama mit Oma und Opa und Tante Gisela am Sonntagvormittag in die Stadt. Vorher hatte Mama einen Schweinespießbraten mit Salz und Gewürzen berieben. Der drehte sich im Backofen tropfend um die eigene Achse.

Beim Essen lobte Oma die »tadellosen Einkaufsmöglichkeiten« in Meppen. Dabei konnte man doch überall irgendwas einkaufen, wenn man nicht hinterm Mond lebte. Was war denn so besonders an den Klamottengeschäften in Meppen? In Jever gab es die doch auch alle, so wie in jeder normalen Stadt.

Nach dem Tee wollte Tante Gisela so bei kleinem zurück. Am Montag mußte sie wieder als Chefsekretärin antreten, bei den Olympia-Werken in Wilhelmshaven.

Von Papas Arbeitskollegen hatte sich keiner mehr bei uns blicken lassen. Vielleicht hatte er denen gesteckt, daß er es vorziehe, seine Freizeit in der Werkstatt zu verbringen und nicht beim Kaffeeklatsch im Wohnzimmer.

Mein erstes Training in der C-Jugend des SV Meppen verlief im Sande. Ich müsse erst meinen Spielerpaß aus Vallendar abliefern, hieß es. Den hatte ich noch nie zu Gesicht gekriegt. Ich schrieb sofort einen Brief an Michael, daß er doch bitte zum Stadion stelzen möge, um dem Trainer da meinen Spielerpaß aus den Krallen zu reißen und ihn mir zuzuschicken, aber in Michaels nächstem Brief war davon noch nicht die Rede.

Sehr geehrter Martin!

Ich habe mich dazu entschlossen, Dich wieder mit einem meiner Briefe zu belästigen. Eigentlich müßte ich ja noch Mathe machen. Aber was soll's. Ich habe keine Lust, nachzudenken. Darum schreibe ich ja auch den Brief hier.

Die beschämende Qualität der Schrift mußt Du schon entschuldigen. Der Harald, der Holger und ich haben gestern nämlich wieder Roulette gespielt. Und dazu brauchten wir meinen Tisch. Der steht jetzt also beim Harald. Na, und für mich isser zu schwer, und deshalb sitz ich hier auf meinem Bett. Das Blatt liegt auf, Sekündchen, ich muß nachschauen, »Gesundheitsbuch für die Familie«. Gar nicht mal so bequem!

Bei dem Spiel da gestern hab ich mit einem Einsatz von Chips für 10 000 DM im Handstreich einen Reingewinn in Höhe von 115 000 DM erzielt. Da staunste, was? Die Bank war gesprengt, und wir mußten aufhören. Wenn ich bloß später im Leben mal so 'n Glück hab!

In Katche (besser ja Konfi) wollen wir in den Herbstferien eine Freizeit auf einem Schloß machen. Für 40 bis 50 DM. Ganz schön teuer. Und dann noch mit den ganzen Irren? Also ich weiß nicht. Ich glaube fast, daß ich nicht mitfahre. Würdest Du bei der netten Gesellschaft doch auch nicht tun. Oder?

Meine Mutter hat ein neues Waschmittel bei Spar gekauft. Es steht extra drauf, daß es einen tollen Duft hat. Und den hat es auch! Pfui Deibel, so was Scheußliches hast Du noch nie gerochen! Die ganze Unterwäsche ist versaut. Die kann man jetzt nur noch zum Chloroformieren verwenden.

Sonst passiert aber auch wirklich gar nichts. Für mein Rad habe ich mir zwei neue Schutzbleche gekauft (12 DM). Das eine hat mein Vater schon angeschraubt, und das andere kommt dran, wenn das alte kaputt ist.

Anbei ein kleiner Psychotest, den ich mir selbst ausgedacht habe. Der Lösungsbogen muß irgendwo im Briefumschlag herumliegen.

Tschüß, Michael

Der Psychotest trug die Überschrift »ANTIKOSTISCHER PRÜFBOGEN DER DRECKSAU AG (hohlgurkenversiegelt)«.

Gehen Sie gerne ins Schwimmbad?

Ja: 3 Punkte, Nein: 4854 Punkte.

Lieber im Winter oder im Sommer?

Winter: 10 904 Punkte, Sommer: 147 Punkte.

Lieber mit oder lieber ohne Wasser im Becken?

Mit Wasser: 0 Punkte, ohne Wasser: 19 999 Punkte.

Machen Sie gern Baucher vom Dreier?

Ja: 14 847 Punkte, Nein: 7 Punkte.

Legen Sie sich öfter mit dem Bademeister an?

Ja: 20 000 Punkte, Nein: 38 Punkte.

Zur Hauptfrage: Was tun Sie, wenn Sie jemanden ertrinken sehen?

Helfen: 17 Punkte. Ersaufen lassen: 65 Punkte. Ertrinkenden unter Wasser drücken: 70 Punkte. Sagt Ihnen keine dieser Antworten zu, so kreuzen Sie das an, was Ihnen am ehesten zusagt.

Den Lösungsbogen hatte Michael beizulegen vergessen.

In Englisch, das wir bei Herrn Grieß hatten, einem vollbärtigen Hungerhaken, war ich besser als in Franz.

Present perfect tense: I have met some good friends since I came here. Past tense: I met my old friend yesterday.

Schön wär's gewesen.

In Konfi hechelten wir das Gleichnis vom verlorenen Sohn durch. Der hatte sein Erbe verpraßt und sich als Schweinehirt durchschlagen müssen, und als er zerknirscht zu seinem Vater zurückgekehrt war, hatte der vor Freude ein gemästetes Kalb schlachten lassen. Ich fand ja, daß es eine seltsame Art war, seine Freude auszudrücken, indem man ein Kälbchen zerfleischt, aber darum ging es in dem Gleichnis gar nicht, sondern um Schuld, Reue, Buße und Vergebung. »Was Jesus uns nahebringen möchte«, sagte Pastor Böker, »das sind Tod und Leben in der Verantwortung des Menschen als göttlicher Auftrag …«

Stefan Rüßkamp, einer aus einer meiner Paralleklassen, grinste mich dabei an.

Uli Möller, der Trainer der C- und der B-Jugend, ließ mich bis auf weiteres auch ohne Spielerpaß am Training teilnehmen. Von Beruf war Uli Möller Bäcker, soviel hatte ich schon mitgekriegt. Der legte Wert auf Kondition. Zuerst mußten wir einen Dauerlauf durch den Wald hinter uns bringen und dann dreißigmal einen sandigen Abhang hinaufsprinten. Da spürte man die Wadenmuskeln, und man roch die Fichten, wenn man den Aufstieg gemeistert und sich oben die Lungen mit der Waldluft bepumpt hatte. Manche von der Mannschaft maulten, aber mir machten die Sprints nichts aus. Ich wollte schließlich was werden in der Fußballwelt und mußte natürlich auch Kondition bolzen, wenn ich später als Mönchengladbachs Torjäger Nummer eins meine Schützenfeste feiern wollte, in Heimspielen auf dem Bökelberg und auswärts bei den Zebras, den roten Teufeln vom Betzenberg und den königsblauen Knappen auf Schalke. Und vor allem im Münchner Olympiastadion, der Stätte unseres letzten WM-Triumphs.

Mens sana in corpore sano.

Beim Spiel »Drei gegen einen« mußte man sich immer wieder freilaufen, um für die anderen problemlos anspielbar zu sein, so daß der Mann in der Mitte keine Chance hatte, sich den Ball zu schnappen. Einfacher ging's nicht, hätte man meinen sollen, aber manche waren zu begriffsstutzig dafür. Oder zu lahmarschig.

Ich hatte bald raus, wer gut war, wer mehr so mittel und wer zu den Pfeifen gehörte. Am besten von allen war Didi. Der war kleiner als ich, aber drahtig und plietsch, konnte irre gut fummeln und hatte die größte Klappe von allen. Dem gehorchten auch alle, sogar die Bulldozzer, die einen Kopf größer waren als er und wohl nur deshalb noch in der C-Jugend spielten, weil sie mit ihren zwei linken Füßen in der B-Jugend auf verlorenem Posten gestanden hätten.

Beim Abschlußspiel dribbelte Didi mich einmal aus, aber ich rannte ihm nach und kickte den Ball in der letzten Sekunde, bevor Didi im Strafraum abziehen konnte, ins Toraus, und den von Didi mit scharfem Effet versehenen Eckball beförderte ich mit einem Scherenschlag aus dem Sechzehner. So machte Fußball Spaß!

Am übernächsten Sonntag, sagte Uli Möller, würden wir gegen Schwefingen spielen.

Nachhause kam ich schweinsdreckig, und Mama meckerte, weil sie die Klamotten immer noch mit der Hand waschen mußte.

Der Muskelkater, den ich am nächsten Morgen hatte, war nicht von Pappe. Ich kam kaum aufs Klapprad rauf. Als ob ich zwei Holzbeine gehabt hätte. Daß ich's bis zur Penne schaffte, war ein Wunder.

Geschichte und Deutsch hatten wir bei Wolfert, einem Menschen mit Schnäuzer. In Deutsch sollten wir ein Gedicht interpretieren, das Goethe über andere Gedichte geschrieben hatte, die gemalte Fensterscheiben seien.

Dies wird euch Kindern Gottes taugen,
Erbaut euch und ergetzt die Augen!

Stocksauer soll Goethe allerdings gewesen sein, als Johann Gottfried Herder ihn dazu aufgefordert hatte, ausgeliehene Bücher zurückzuschicken: »Der von den Göttern du stammst, von Goten oder vom Kothe, Goethe, sende sie mir«, hatte Herder geschrieben, in Anspielung auf Goethes Nachnamen, und Goethe hatte sich auf den Schlips getreten gefühlt:

Es war freilich nicht fein, daß er sich mit meinem Namen diesen Spaß erlaubte; denn der Eigenname eines Menschen ist nicht etwa wie ein Mantel, der bloß um ihn her hängt und an dem man allenfalls noch zupfen und zerren kann, sondern ein vollkommen passendes Kleid, ja, wie die Haut selbst ihm über und über angewachsen, an der man nicht schaben und schinden darf, ohne ihn selbst zu verletzen.

Also, der hatte Sorgen! Wenn er als Schüler öfter gehänselt worden wäre, hätte er vielleicht ein dickeres Fell besessen. Wahrscheinlich hatte er auch nie den Spruch gehört: Goethe spielt Flöte auf Schiller sei'm Piller.

Geheimrat war Goethe gewesen, was sich fast so anhörte wie Geheimagent.

Ich selbst hatte ganz andere Sorgen. Vor allem die, daß ich nie wußte, was ich in der großen Pause mit mir anfangen sollte. Von halb zehn bis zehn vor zehn, das waren zwar nur zwanzig Minuten, aber die zogen sich hin, wenn man niemanden zum Quatschen hatte. Im Klassenzimmer durfte man nicht bleiben, und ich konnte ja nicht ewig den Aushang mit den Vertretungsstunden begaffen. Mir blieb nur die Wahl, irgendwo doof rumzustehen, sinnlos über den Hof zu torfen oder mich auf dem Klo einzuschließen. Das hatte zwar den

Nachteil, daß es da stank und man nichts anderes zu sehen kriegte als krakelige Pimmelbilder und eine schedderige Kloschüssel und nichts anderes zu hören als Strullen, Furzen, Abprotzen, Wischen und Wasserrauschen, aber man blieb inkognito.

Einmal, als ich mich gleich zu Beginn der großen Pause in einem der Lokusse eingeschlossen hatte, machten es sich bei den Waschbecken zwei Knilche gemütlich und salbaderten über Drehzahlen, Ritzel, Kettenspannung, Scheibenbremsen, Hinterradfederung, Zylinderköpfe und anderen Quark. Die dachten wohl, sie wären unter sich. Ich wartete und wartete, daß sie endlich abhauten, aber die dachten gar nicht daran, und als ich die Klotür öffnete, wunderten sie sich, wieso da einer so lange stumm auf dem Scheißhaus gesessen hatte.

Dämlicherweise hörte man auf dem Klo die Klingel nicht, und weil ich keine Armbanduhr besaß, mußte ich schätzen, wann die Pause um war, und das ging manchmal so schief, daß ich zu spät zum Unterricht erschien.

»Wo kommst du denn jetzt her?«

Scheiße an der Fahnenstange sieht schlecht aus und hält nicht lange.

Papa bearbeitete die Gartenhecke mit seiner neuen Elektroschere, auf der Trittleiter stehend, was lebensgefährlich aussah. Weshalb er die Hecke nicht so lassen wollte, wie sie war, begriff ich nicht. Wen sollte es stören, wenn da ein Ästchen aus dem Buschwerk ragte? Mußte denn die Hecke dastehen wie 'ne Betonmauer?

Wegen Omas Wunsch nach einer Wohnung in Meppen hatten Mama und Papa eine Suchanzeige aufgeben wollen, aber daraus war irgendwie nichts geworden.

Im Volksparkstadion trennten sich der HSV und Gladbach 0:0. Keine Glanzleistung, aber wieder ein Auswärtspunkt.

Volker brach zu einer Klassenfahrt nach Heidelberg auf. Lust dazu hatte er keine, und es nutzte auch nichts, daß Mama ihm erzählte, wie schön es am Neckar sei und daß sie einiges dafür gäbe, mit Volker tauschen und den Haushalt eine Woche lang in den Wind schießen lassen zu dürfen. Am Neckar und dem Heidelberger Schloß hatte Volker nicht für fünf Pfennig Interesse.

Über den Sportlehrer, der Weiler hieß, kursierte der Spruch: Wo Weiler lange weilt, weilt Langeweile. Unter Sport verstand der Verrenkungen am Barren und an der Sprossenwand sowie Basketball, das nach Völkerball behämmertste Ballspiel der Welt. Da rannten immer alle wie ein Hühnerhaufen hin und her, während die längsten Lulatsche dreihundertmal den Ball aufditschen ließen und ihn sich dann gegenseitig zuwarfen. Schöne hohe Flanken oder steile Pässe und Wettrennen wie auf dem Fußballplatz gab es beim Basketball nicht, sondern nur Gefrickel auf engstem Raum, und sobald man den Ball ergattert hatte, mußte man ihn wieder aufditschen lassen, wenn man nicht riskieren wollte, daß der Weiler abpfiff. Schlechter an Basketball als an Fußball war außerdem, daß man viel öfter den Schweißgestank der Mitspieler zu riechen kriegte, weil man ja permanent deren Achselhöhlen vor den Nüstern hatte.

Der Weiler sorgte aber auch für Überraschungen, zum Beispiel mit einem Langlauf am Dortmund-Ems-Kanal, bis zur Schleuse und zurück. Theoretisch hätte man da weiterlaufen können bis Dortmund, wo Onkel Walter wohnte.

Auf der Strecke bildeten sich verschiedene Pulks. Der Weiler trabte im vorderen Mittelfeld, umgeben von den wichtigtuerischen Bohnenstangen, die in Basketball gut waren, und ganz hinten verschleppte eine Nachhut von Lahmen und Dicken die Durchschnittsgeschwindigkeit. Weil ich nirgendwo dazugehörte, lief ich für mich allein.

Mit der Bitte, meinen Spielerpaß aufzutreiben, hatte ich Michael und Holger zuviel zugemutet, wie es schien.

Huhu! Huhuhuu! Huhuuhuu!

Ich habe gerade Deinen Brief gelesen. Das verlangst Du von uns? Gerade von uns faulen Säcken? Buuhää! Na ja, ich will's am Donnerstag versuchen nächste Woche.

Meine Schwester hat sich am Mittwoch 'n neues Auto gekauft. Kennst Du noch den kleinen schwarzen Mini von ihr? Jetzt ist sie auf Sportwagen übergewechselt. Genauer gesagt auf Alfa-Romeo. 200 km/h soll das Ding fahren. Hat zumindest der Verkäufer gesagt. Und wenn man die Karre so ansieht, grün mit schwarzen Streifen an der Seite, dann glaubt man's auch.

Der Freund von meiner Schwester hat uns dann gleich damit zu Konfi gefahren. Ich mußte hinten im Notsitz eingequetscht werden. Die Karre ist ja nur ein Zweisitzer.

Zurück sind wir nach einigen Schwierigkeiten per Anhalter gekommen. Denn gerade als wir uns hinstellten und den Daumen im vorschriftsmäßigen Winkel von 90° spreizten, kam der fette Sack von Qualle mit noch so einem. Kennste den Schubiack noch? Wenn nicht, dann hastes gut.

O doch, ich kannte Qualle noch! Der hatte mir auf dem Mallendarer Berg mal einen Stein an die Birne geschmissen, und ich hatte geblutet wie ein Schwein.

Jedenfalls konnten Holger und ich dessen Visage nicht länger als zwei Sekunden ertragen und sind dann bis zur Einfahrt vom Hochhaus gelatscht, um von da aus weiterzutrampen, und zum Glück hat uns nach zehn Minuten langen Wartens ein zivilisiertes Mitglied der menschlichen Rasse mitgenommen.

Sonst ist bei uns sehr viel passiert. Nämlich – gar nichts! Absolut gar nichts!

Bloß geregnet hat's wie verrückt. Eigentlich wollte ich ja heute mal wieder ins Wambachtal gehen. Aber ich mußte noch Hausaufgaben machen, abtrocknen, saubermachen etc. etc. etc.

Tschüß denn, und drück uns die Daumen wegen dem blöden Fußballpaß da!

Um nicht gänzlich aus der Übung zu kommen, setzte ich mich ans Klavier und spielte den Türkischen Marsch, mein Bravourstück.

»Nicht so wild!« rief Mama aus der Küche.

Auf dem Mallendarer Berg hatte ich Klavierunterricht gekriegt, aber in Meppen noch nicht. Mama war der Ansicht, daß ich mich erst in der Schule akklimatisieren und gute Noten mitbringen solle. Dann könnten wir über eine Anmeldung in der Musikschule reden.

An den Wohnzimmerfensterbänken machten sich drei Handwerker zu schaffen, mit Stemmeisen, Kalk und Zement. Wenn ich anders enden wollte als diese Brechmänner, mußte ich das Abitur packen oder mir als Fußballprofi einen Namen machen.

Beim Training war ich der dritte, den Didi in seine Mannschaft wählte, und er schoß nach einem Doppelpaß mit mir das 1:0, obwohl Uli Möller im Tor stand, der sonst ausnahmslos alles hielt.

»Achtung, Hintermann!« Das mußte man schreien, wenn einer unbemerkt von hinten angegriffen wurde und den Ball zu vertändeln drohte.

Gladbach besiegte Duisburg mit 3:0 und führte jetzt die Bundesligatabelle an. Auf dem Fußballplatz lief alles wie am Schnürchen, sowohl am Bökelberg als auch im Hindenburgstadion. Richtig mies war nur die Schule. Wenn die nicht gewesen wäre, hätte ich mich in Meppen zwar noch nicht heimisch, aber doch wohler gefühlt.

Am allerbesten war es, die Schule hinter sich zu haben und zuhause einen nagelneuen Brief von Michael zu lesen, und am allerallerbesten war's, wenn er von seinem Pech erzählte.

Am Sonntag haben Holger und ich 'ne Fahrradtour gemacht. Hier die Route: Simmern, Neuhäusel, Arzbach, Bad Ems, Lahnstein, Horchheimer Höhe, Arzheim, Ehrenbreitstein, Mallendar, Gartenstadt und wieder heim. Äääächz! Und in Mallendar waren so Kaugummiapparate. Die waren unser Ruin! Ich habe ja nur 50 Pfennig ausgegeben, aber Holger ganze 60 Pfennig! Zuerst haben wir nur Kaugummis gezogen. Dann war da noch so ein Apparat mit Kapseln für 20 Pfennig. Holger zog. Und was kam raus? Ein grauer, klebriger, schmieriger, verdreckter Kaugummiklumpen! Zu nichts zu gebrauchen! Holger hat ihn gleich weggeschmissen. Und was tut er dann? Er ist übergeschnappt! Er holt sich da noch was! Diesmal kommt eine Kapsel raus. Was ist drin? Ein zwei Millimeter großes Gummivieh und ein Ring. Was steht auf dem Ring? Love you, love you, love you! So ein Schiet!

Und in Arzheim hatte Holger einen Riesendurst. Zu unserer Rettung kamen wir an so 'nem Automaten vorbei, wo man was zu trinken ziehen und zwischen Limonade und Bier wählen konnte. Holger will na-

türlich Limo. Aber was ist das? Vor dem Einwurfschlitz ist Klebeband! Kaputt! Oben beim Bier ist alles in Ordnung. Der Durst treibt Holger zu einer Greueltat: Er zieht sich für 1 DM 'ne Flasche Bier! Und was noch bestürzender ist: Er trinkt sie auch aus! Ganz alleine! (Ich wollte nichts, bää!) Deswegen mußten wir erstmal auf 'ner Bank 'ne halbe Stunde ausruhen. Dann konnten wir so halbwegs weiter. Holger war aber eine Gefahr für den Straßenverkehr ...

Und was war jetzt mit meinem Spielerpaß?

Papa rechnete abends lange herum, mit Papier und Bleistift, bis er herausfand, daß er seiner Lebensversicherung elf Mark sechzig zuviel überwiesen hatte.

In dem Bau, wo auch der Konfirmandenunterricht stattfand, sollte ein Klassenfest steigen, und ich ging hin, aber das hätte ich besser gelassen. Ich kriegte eine Zigarette angeboten von Ulla Nölting, die Klassensprecherin war, und als ich ablehnte, sagte sie: »Du spielst wohl lieber mit Puppen oder was?«

Fünf Minuten lang blieb ich noch da, rein anstandshalber, und dann machte ich mich dünne.

Siehst du die Kreuze am Waldesrand?
Da liegen die Raucher von Stuyvesant.

Großer Gott. Ob jetzt alle dachten, daß ich lieber mit Puppen spielte, als Zigaretten zu paffen? Wäre ich da bloß nicht hingegangen!

Gladbach mußte auswärts gegen Rot-Weiß Essen antreten. Da spielte Ente Lippens mit, ein brandgefährlicher Sturmtank, dem beim Stand von 0:2 der Anschlußtreffer glückte. In der zweiten Halbzeit sorgte der dänische Wunderknabe Allan Simonsen mit dem 1:3 wieder für klare Verhältnisse. Mit drei Toren, einem Gegentor und zwei Auswärtspunkten wäre ich als Trainer mehr als zufrieden gewesen.

Als Volker von seiner Klassenfahrt wiedergekommen war, löcherte Mama ihn mit Fragen nach dem Heidelberger Faß und dem Philosophenweg, aber Volker schaltete auf stur.

»Seid ihr denn auch mal zum Königstuhl gewandert?«

»Weiß ich nicht.«

»Was? Du weißt nicht, ob ihr zum Königstuhl gewandert seid?«

»Wir sind auf alle möglichen Berge gekraxelt«, sagte Volker, und man merkte, daß er keine große Lust dazu hatte, Anekdoten aus dem Ärmel zu schütteln.

Renate reiste nach Birkelbach ab, zu ihrer Landfrauenschule im Rothaargebirge. Das hörte sich gut an: Rothaargebirge. Nicht so gut wie Elfenbeinküste oder Rocky Mountains, aber besser als Emsland.

Vor dem Spiel gegen Schwefingen händigte Uli Möller mir mein Trikot aus, mit der Rückennummer 4, und er zeigte mir Schwefingens Mittelstürmer. Den sollte ich decken. Also rannte ich hinter dem her, wohin er auch lief, über das gesamte Feld, wenn's sein mußte, und sobald ihn jemand anspielte, war ich zur Stelle und kickte den Ball ins Aus.

»Der Pappnase hast du's gezeigt«, sagte Uli Möller in der Pause.

Auch in der zweiten Halbzeit kam der Mittelstürmer nicht mit dem Ball an mir vorbei. Im Rennen, Grätschen und Wegspitzeln war ich gut, und wenn es darum ging, den Ball nach vorne zu treiben, brauchte ich nie lange nach Didi zu suchen, der sich unermüdlich freilief und anbot. Ein echter Aktivposten war auch Glübi, der so hieß, weil er bei der geringsten Kraftanstrengung eine feuerrote Rübe kriegte, wie eine rote Glühbirne. Glübi war ein wendiger und antrittsschneller Linksaußen. Einen hohen Paß servierte ich ihm einmal mit der Fußballschuhspitze, mit der man eigentlich nicht schießen sollte, aber der Ball flog in hohem Bogen – »Schööön!« schrie Didi – über alle gegnerischen Abwehrspieler hinweg und sprang genau vor Glübis Füßen auf, und der zog ab ins rechte obere Eck. 1:0! Das war der Sieg.

In der Kabine knallte Uli Möller einen Pappkarton mit Gebäck auf die Sitzbank: Plunderteilchen, Streuselkuchen, Nußecken, Rosinenschnecken und Mandelhörnchen! Affengeil! Und es gab sogar noch Coca-Cola!

Papa reparierte die Nähmaschine. Wenn ich mal verheiratet wäre und 'ne Frau hätte, die mich darum bitten würde, ihre kaputte Nähmaschine zu reparieren, würde ich dastehen wie Pik Sieben, aber Papa machte das alles mit links. Der hatte eben Maschinenbau studiert, und dazu zählte offenbar auch Nähmaschinenbau.

Ich hätte es ja nicht für möglich gehalten, aber der Weiler hatte was in der Hinterhand, das noch bescheuerter war als Basketball – eine Schwimmstunde im Freibad! Schreckhecklefeck laßhaßlefaß nachhachlefach! Wie grausig, da am Beckenrand antanzen zu müssen, mit nichts am Rumpf als 'ner kneifenden Badehose, mitten zwischen den Mädchen, und dann um die Wette im Chlorwasser zu schnorcheln …

Es war sogar die Rede davon, daß wir vom Fünfer springen sollten.

Irgendwie gelang es mir, mich vor allem zu drücken. Die meiste Zeit standen wir sowieso nur wie Falschgeld rum, während der Weiler mit dem Bademeister am Palavern war.

Kalt erwischt hatte es auch Michael, wie ich seinem nächsten Brief entnehmen konnte.

Brblbrllbl!

So, heute will ich mal probieren, Dir einen richtig langen Brief zu kritzeln. Aber worüber?

Aus der Freizeit in Konfi wird nichts. Erstens habe ich keine Lust, mit diesen Draufgängern irgendwo vier Tage zu verbringen, und zweitens haben wir ja sowieso kein Geld.

Heute war Schwimmwettbewerb von der Schule aus. Wir mußten hin. Freiwillig wäre ich nicht gegangen, wo ich doch kaum schwimmen kann. Aber wo ich ja mußte … Also bin ich heute mit dem 9-Uhr-Bus nach Koblenz zum Beatus-Bad gefahren. Kennste sicher nicht. Jedenfalls hab ich da zehn Minuten lang gewartet, und dann ist unsere Klasse drangekommen. Erst mußten wir uns in einer engen, stinkigen Sammelkabine umziehen. Dann konnten wir zum eigentlichen Bad gehen. Da warteten wir was, und dann ging's los. Nach dem Alphabet wurden wir aufgerufen. Ich kam im zweiten Lauf auf Bahn 2. Man konnte ent-

weder vom Startblock abspringen oder auch schon ins Wasser gehen. Ich wählte letzteres, weil ich mir immer erst die Augen reiben muß, wenn ich mit dem Kopp unter Wasser komme. Schwimmen mußten wir 50 m, und da die Bahn nur 25 m lang war, mußten wir auch einmal wenden. Das war ja wohl der größte Mist, wenn man davon absieht, daß das Wasser eiskalt war und fast geknistert hat vor Chlor. Aber jetzt zum Rennen: Zuerst ging's bei mir noch recht schnell, aber dann … Ich muß wohl als Letzter oder Vorletzter ins Ziel gegangen sein. Schnauf! Und als ich dann aus dem Wasser wollte, da kam ich kaum raus! Meine Arme waren lahm, ich hatte 'nen Krampf in den Zehen, und meine Beine konnte ich wegschmeißen. Ich muß ja wohl 'ne schöne Figur abgegeben haben!

Das »neue« Auto von meiner Schwester ist schon wieder kaputt. Sie hat sich reingesetzt, und irgendwas hat »kracks« gemacht. Na, und jetzt springt die Karre nicht mehr an. Schön blöd, für 3800 DM ein Auto, das nur eine Woche lang hält!

Weißt Du was? Gestern war doch Donnerstag. Um 5 Uhr sitze ich also irgendwo herum, und da fällt mir plötzlich Dein Spielerpaß ein. Ich wetze also zum Sportplatz, treffe den Trainer und frage ihn. Und was sagt der mir? Daß er ihn schon längst weggeschickt hat! Hast Du ihn etwa schon und hast uns nichts davon geschrieben? Na warte, wenn das stimmt! Da blamiert man sich nun für nichts und wieder nichts!

So, und jetzt ist mein Grützehirn ausgekratzt. Nichts mehr, aber auch gar nichts mehr drin.

Vielleicht sollte ich zu Deiner Weiterbildung beitragen und Dir irgendeinen lateinischen Satz schicken. Wenn Du willst, kannst Du ja mal versuchen, ihn zu übersetzen: Scimus cuncti, ut stultus sis.

Dann mach Dich mal dran. Salve, tuus Michaelus!

Daß mein Spielerpaß sich bereits in Meppen befand, hatte ich nicht gewußt.

Beim Dienstagstraining wählte Didi mich als ersten in seine Mannschaft und sagte: »Martin, das bedeutet Kampfgeist!«

Wir gewannen 9:3. Einmal hatte ich auf der Linie geklärt und beim Konter den fliegenden Torwart Uli Möller mit einer unhaltbaren Bogenlampe bezwungen.

Nach dem Training tanzten alle splitternackt in der Gemeinschaftsdusche herum, bis auf mich. Ich duschte lieber zuhause.

Abends erwarteten Mama und Papa Besuch von Herrn und Frau Lohmann, einem Pärchen, das Papa wohl nicht hatte abwimmeln können. Herr Lohmann arbeitete auch auf der E-Stelle und seine Frau als Lehrerin an Wiebkes Grundschule.

Mama war schon seit den ZDF-Nachrichten zwischen Küche und Wohnzimmer hin- und hergehuscht und hatte auf den Couchtischen Salzstangen, Fischlis, Aschenbecher, Weingläser und Untersetzer aus Kork plaziert. »Und nun seid bitte so gut, uns hier in Frieden zu lassen«, sagte sie zu Volker, Wiebke und mir. »Wenn ihr euch still auf eure Zimmer zurückzieht und keinen Streit miteinander anfangt, könnt ihr noch 'ne Viertelstunde aufbleiben. Habt ihr gehört?«

Die einzige, die Streit anfing, war Wiebke, nachdem ich angeblich das letzte Quentchen Zahnpasta aus der Tube gepreßt hatte.

»Spurt ihr jetzt da oben?« zischte Mama. »Oder muß ich euch erst Beine machen?«

Aus dem Wohnzimmer tönten Gläserklirren und Gelächter.

Am nächsten Abend hatte ich die Qual der Wahl: Um Viertel nach neun fing im Zweiten »Lachen Sie mit Stan und Ollie« an, präsentiert von Theo Lingen, und um Viertel vor zehn im Ersten das Länderspiel Österreich gegen Deutschland. Wiebke und Volker wollten Stan und Ollie kucken. Um des lieben Friedens willen verzog ich mich um Viertel vor zehn in mein Zimmer und machte das Radio an.

Österreich verlor 0:2, durch zwei Tore von Erich Beer, und ich war froh, ein Deutscher zu sein. Die Österreicher schnitten immer unter ferner liefen ab, genauso wie die Schweizer mit ihren komischen Möchtegernvereinen. Wer wollte schon bei Grasshoppers Zürich spielen? Juventus Turin, Benfica Lissabon, Real Madrid oder eben Borussia Mönchengladbach, das war ein anderer Schnack.

Michael hatte wieder eine Menge Pech gehabt.

Neulich sind Holger und ich zum Pfarrer gegangen und haben gesagt, daß wir nicht mit zu der Freizeit da können. Aber da hatten wir nicht mit dessen Tatkraft gerechnet. »Ihr kommt schon mit, keine Angst, ich komm demnächst mal vorbei und bespreche alles mit eurer Mutter.« Äff, jetzt können wir, besser gesagt: müssen wir vielleicht doch noch mit! Schöne Scheiße! Mit der ganzen idiotischen Bande! Das wird mein Untergang!

Zur Aufbesserung unserer Lage haben Holger und ich uns für 4 DM bei Spar einen Drachen gekauft. Wenn Wind ist, dann fliegt er ganz akzeptabel, aber: WANN IST HIER DENN SCHON MAL WIND? *Nie, absolut nie. Alles umsonst.*

Hinten auf dem Stoppelfeld beim Rehabilitationszentrum (ein längeres Wort konnten die sich wohl auch nicht ausdenken) bauen sie jetzt 'ne Schule. Dann können wir den Drachen überhaupt nicht mehr fliegen lassen. Und im Wambachtal reißen sie sämtliche Wege für eine Ferngasleitung auf.

Das Schwimmbad war für 14 Tage geschlossen, weil sich da ein paar Leute irgend 'ne fiese Krankheit geholt haben. Schöne Sauerei. 20% Pisse sollen da im Wasser rumgaukeln, und im Schwimmer mehr als im kleinen Becken. Jaja, die lieben Erwachsenen. Auf den Kindern könnense rumhacken, aber sie selbst sind natürlich die größten Ferkel.

Verflixt und zugenäht. Es muß doch noch irgendwas passiert sein? Bei aller Langeweile, da war doch … ja, natürlich. Vorgestern waren Holger und ich in Bad Ems, Tretbootfahren. War prima! Oder, wenn man's genau nimmt, auch wieder nicht. Also, wir sind eingestiegen und gleich runter zum Springbrunnen in der Lahn. Da kann man sich nach Herzenslust vollspritzen lassen. Aber genau in der Sekunde, wo wir dahinkommen, geht das Ding natürlich aus. Verflucht! Zum Abreagieren haben wir die Enten eingeschüchtert, die da so rumschwammen. Und 'ne Flaschenpost haben wir gefunden, allerdings war die Flasche bloß voller Bierdeckel, und die haben wir nicht rausgekriegt. Holger wollte dann unbedingt an einem Brückenpfeiler anlegen. Das hat leider nicht so ganz geklappt. Wir sind irgendwie zu schnell gewesen und zu steil drauflos. Jedenfalls sind wir voll mit dem Bug angeknallt. Die Leute auf der Brücke haben alle doof geglupscht. Hatten ja auch allen Grund dazu. Danach sind wir so 'nem Angler zu nah auf den Pelz gerückt. Mann, hat der gemeckert!

Und dann war die Stunde um.

Das waren die aktuellen Nachrichten aus Vallendar.

Im Training übten wir Ballannahme. Innenrist und Außenrist. Wie man den Ball abschirmt, wenn man trotz Hintermann angespielt wird, und wie man halbhohe Bälle von der Brust abtropfen läßt. Das wollte alles gelernt sein.

Als ich am Samstag aus der Schule kam, schickte Mama mich gleich wieder raus, zum Unkrautschöveln. »Da fällt dir schon kein Zacken aus der Krone.«

Wie ich diesen nutzlosen Dreckstreifen vor der Gartenhecke haßte! Nichts als Arbeit hatte man damit, und wenn sie erledigt war, wucherte trotzdem alles im Nu wieder zu. Meine Beine hatten Schrammen, mein rechter Ringfingernagel war umgeglippt, und während ich da auf allen vieren herumkroch, kamen zwei Weiber aus meiner Klasse angeradelt, Tanja Gralfs und Anneliese Junkers. Denen kehrte ich den verlängerten Rücken zu, bis sie vorbeigefahren waren.

Wenn man's genau bedachte, war eigentlich alles in Meppen zum Kotzen, bis auf den Fußballverein.

Anders als die Gladbacher, die beim 1:1 gegen Bochum ein schwaches Bild abgegeben hatten, spielten wir gegen die C-Jugend des SV Eltern groß auf und gewannen mit 4:1. Für das Gegentor konnte ich nichts. Das war bei einem Handelfmeter gefallen, den unser Vorstopper Andi verursacht hatte. Bei dem mußte man auf alles gefaßt sein. Der brachte es fertig, fünf Leute auszutricksen und seinen Sturmlauf mit einem zentimetergenauen Steilpaß abzuschließen, aber er leistete sich auch Fehlpässe im eigenen Fünfer, wie ein blutiger Anfänger.

Nach dem Spiel erzählte Andi, daß er die Schule satt habe und im nächsten Sommer abgehen werde. Dabei war der gerade mal in der achten Klasse.

»Und was willste dann machen?« fragte Uli Möller. »Ohne mittlere Reife? Betteln gehen? Oder deine Oma auf'n Strich schicken?«

Darüber hatte Andi noch nicht nachgedacht.

»Ja, du Schlauberger, da kuckste!« rief Uli Möller und schüttelte den Kopf. »Echt, manchmal frag ich mich, wo ich hier bin, beim SV Meppen oder im Irrenhaus!«

Da gebe es keinen Unterschied, sagte Didi.

Der Gedanke, daß Andi einen an der Waffel hatte, war mir schon gekommen, als er im Training einmal seine vielen Strümpfe hochgehalten und verkündet hatte, daß er immer mehrere Paare anziehe, entweder drei oder fünf oder sieben oder maximal neun. Es müsse immer eine ungerade Zahl sein; sonst würde er ein Eigentor schießen. Andi war abergläubisch.

Man hätte mal selbst eine Flaschenpost loslassen müssen. Dem ehrlichen Finder winke eine Belohnung von Martin Schlosser, wohnhaft da und da, tippte ich auf ein Blatt Schreibmaschinenpapier und stopfte es zusammengerollt in eine leere Mineralwasserflasche, die ich fest zuschraubte. Dann fuhr ich zur Hasebrücke hinterm Kreisgymnasium, warf die Buddel ins Wasser und konnte zusehen, wie sie langsam aufs Ufergestrüpp zuschaukelte und sich darin verhedderte.

An einer total unzugänglichen Stelle natürlich.

Und ich hatte gehofft, in 'nem halben Jahr oder so vielleicht einen Schrieb aus New York zu kriegen. Oder aus Hongkong oder Rio de Janeiro. Denkste Piepen! Nicht mal schlappe zwanzig Meter weit war meine Flaschenpost auf ihrer Weltreise gekommen.

Am Montag merkte ich erst in der großen Pause, daß ich vergessen hatte, mir die Fahrradklammer vom Hosenbein abzumachen. Au Mann. Das sah so panne aus! Und alle hatten es gesehen, und keiner hatte was gesagt!

Mir blieb doch wirklich nichts erspart.

Nachmittags nahmen zwei Fritzen vom Bundesvermögensamt und vom Staatshochbauamt unser Haus unter die Lupe, und Papa, der sich dafür freigenommen hatte, zeigte denen jede Macke, die es hatte. In mein Zimmer kiekte die Delegation nur einmal kurz rein, als ich an den Hausaufgaben saß. Railroading in the United States.

What was the first American train pulled by?

Which of the two countries pioneered railroading – Britain or the United States? Give reasons.

Renate rief aufgeregt an und erzählte, Olaf habe ihr ein Telegramm geschickt, daß er nach Kanada fliegen müsse, für mehr als drei Wochen, zu irgendeinem Manöver in Camp Shilo oder so ähnlich.

Na und? Der würde schon wiederkommen. Renate übertrieb's gelegentlich mit ihrer Affenliebe, fand ich.

Dem neuesten Brief von Michael lag wieder mal einer von Holger bei. Die Anrede mußte man rückwärts lesen.

Ollah Nitram!

Du scheinst ja, im Gegensatz zu uns, ziemlich viel zu erleben.

Ob das ironisch gemeint war?

Leider passiert bei uns rein gar nichts. Und wer ist daran schuld? Michael Gerlach. Seit Du weg bist, sitzt er nur blöd auf seinem Arsch und tut gar nüscht. Von wegen im Wambachtal sind zu viele Mücken oder es ist zu heiß. Er hat ganz einfach keine Lust. In der Schule und im Bus hockt er sieben Stunden lang rum, und wenn er nach Hause kommt, heult er: »Huuuäääh … hab keine Lust, huuuäääh.« Was soll unsereins da schon ausrichten. Allein macht's eben keinen Spaß. Na ja, manchmal rafft er sich auf, aber dann muß man ihm 'ne Gegenleistung bringen, z.B. Pommes frites oder Kaugummi. Oder auch Schläge kassieren.

Jaja, es ist schon schlimm mit ihm! Hoffentlich brennt Euer Haus ab, und Ihr kommt zurück.

Tschüß – Holger

In seinem eigenen Brief erzählte Michael von ganz was anderem.

Juchhee!

Gerade hat mich Dein jüngstes Gekritzel erreicht. Und so reiße ich mich nun zusammen und schreibe Dir einen meiner berüchtigten Von-der-Langeweile-erzähl-Briefen.

Bei uns herrscht herrliches Wetter. Glühendheiß und stickig. Mir wär's lieber, wenn Schnee läge. Dicker, fester, schöner Schnee. Und eisig kalt müßte es sein. Und Schlittenfahren müßte man können!

In der letzten Zeit habe ich versucht, mein Kett-Car wieder in Schwung zu bringen, damit ich wenigstens irgendetwas zu tun hatte, aber ich hab's nicht geschafft.

Für etwas Abwechslung hat unser Wellensittich Jakob gesorgt. In der letzten Woche ist er dreimal abgehauen. Auch gestern. Zum Glück haben wir ihn jedesmal wieder einfangen können. Irgendwann wird er für immer abhauen. Er kann schon fünf Meter weit fliegen.

Aber was der Holger Dir schreibt, stimmt alles gar nicht. Buuhää! Das stimmt nicht, stimmt nicht, stimmt ja alles gar nicht!

Wovon soll ich denn jetzt noch schreiben? Daß Holger sich in einen Werwolf verwandelt hat? Oder von dem Vulkanausbruch in unserer Nähe? Solche Lappalien werden Dich wohl kaum interessieren.

Im Wambachtal reißen sie jetzt den ganzen Boden auf und verlegen Rohre. Schöne Schweinerei! Und im »Heimat-Echo« schreiben sie: »Der Bürgermeister und die Stadträte besprachen gestern die Kultivierung des Wambachtals.« Ich würde wetten, daß die das im Suff besprochen haben, oder sie waren von oben bis unten mit Heroin vollgepumpt.

So, ich mach jetzt Schluß. Wie der lateinische Satz ging, hab ich vergessen.

Ich wünschte mir ein Kaleidoskop, und Papa, sparsam wie immer, bastelte selber eins, aus Spiegelchen, Kleister, Klebeband, Konfetti und 'ner Pappröhre, aber wenn man da reinkuckte, sah man nicht viel, weil es zu dunkel war innendrin.

In Mathe hagelte es Funktionsgraphen, Koordinatenpaare, Vereinigungsmengen und Teilmengenbeziehungen zwischen Erfüllungsmengen.

Zeichne das Pfeildiagramm der Relation. Setze dazu für x und für y Zahlen aus der Menge A = { −2, −1, 0, 1, 2} ein. Prüfe: Ist die Relation reflexiv, ist sie symmetrisch, ist sie transitiv?

Ein einziger Pillefax war das. Ein mieser, hirnverbrannter, verstunkener Mist, den sich irgendwelche Sadisten aus den Fingern gesogen hatten, um harmlose kleine Untertertianer zu schikanieren. Transitive Relation, wenn ich das schon hörte! Überflüssig wie ein Kropf, der ganze Krempel.

Oder etwa nicht? Schon mal 'ner transitiven Relation begegnet, in der freien Wildbahn, außerhalb der Schule? In echt?

Als ich nachhausefahren wollte, waren die Bahnschranken unten. Na klar. Wieviel Lebenszeit ich wohl inzwischen schon vor diesen Schranken verplempert hatte?

Eine andere gute Frage war, wieso die Schranken regelmäßig eine halbe Ewigkeit, bevor der Zug kam, runtergingen. Hätten, sagen wir mal, zwei Minuten nicht genügt? Mußten es wirklich jedesmal zwanzig Millionen Jahre sein? Ob das so in der Dienstvorschrift für Schrankenwärter stand?

Das war überhaupt ein merkwürdiger Beruf, Tag und Nacht Schranken runter- und wieder raufzukurbeln. Und was machte der Wärter in seinem Türmchen, wenn er nicht kurbeln mußte? In der Nase bohren und Comic-Strips lesen? Oder wedelte der sich da oben dann womöglich heimlich einen von der Palme?

In Konfi blubberte Pastor Böker davon, daß Jesus Christus, Gottes Sohn, uns einladen wolle in seine Nähe. Die Liebe Gottes gegen uns, sage die Bibel, sei daran erschienen, daß Gott seinen eingeborenen Sohn gesandt habe in die Welt, auf daß wir leben sollten durch ihn.

Eingeborener Sohn? Das hörte sich so an, als ob Jesus ein Eingeborener gewesen wäre, mit Knochen im Toupet, Bananengürtel und Missionarskochtopf, aber ich hütete mich, den Böker zu fragen, wie das zu verstehen sei. Der redete auch so schon genug.

Ausnahmsweise durfte die C-Jugend auf dem gepflegten Rasenplatz trainieren, wo sonst die Oberligaspiele stiegen. Mannomann, das war aber was anderes als das Gestocher auf Schlacke! Wie weich und einladend sich das anfühlte, auf Gras, und wie gut das roch! Und dann noch die Tribüne an der Seite! Da konnte man sich fast schon einbilden, wie es wäre, bei einer WM vor ausverkauftem Haus zu einem Jahrhundertspiel aufzulaufen, auch wenn keine Zuschauer da waren und das Hindenburgstadion im Vergleich mit dem Aztekenstadion zugegebenermaßen ziemlich schlapp ausgesehen hätte.

Mit meinem Ball trainierte ich auch bei uns im Garten, wo ich aber darauf achten mußte, daß die Gewächse keinen verplättet kriegten. Ich übte Doppelpässe mit der Hausmauer und dribbelte die Birken aus, und nur wenn's nieselte oder gewitterte, hörte der Spaß für mich auf. Im Unterschied zu Fritz Walter konnte ich das sogenannte Fritz-Walter-Wetter nicht ab. Da igelte ich mich lieber mit einem fesselnden Schmöker in meinem Zimmer ein, selbst wenn ich den schon auswendig kannte. Die Bücher von Enid Blyton und Astrid Lindgren konnte man immer wieder lesen. Wie Barny, Robert, Stubs und Diana das Rätsel um die verbotene Höhle lösen oder wie Kalle Blomquist dem diebischen Onkel Einar auf die Schliche kommt. Da mochte draußen der Regen pesern, so viel er wollte.

Wenn Tante Dagmars altes Rad mein eigen wäre, wollte ich damit nach Jever fahren. In den Herbstferien vielleicht. Die Entfernung zwischen Meppen und Jever, die ich im Shell-Atlas ausgemessen hatte, betrug rund 120 Kilometer, und in Emden gab es eine Jugendherberge, in der ich übernachten konnte, aber Mama sagte, daß ich eine Schraube locker hätte: »Daraus wird nichts, mein Lieber, und wenn du dich auf den Kopp stellst!«

Dabei war Mama als Jugendliche diverse Male mit dem Rad von Jever nach Oldenburg gefahren, um da ins Theater gehen zu können. Sogar im Krieg! Und ich durfte nicht einmal im Frieden 'ne Radtour nach Jever unternehmen!

Vor Wut wäre ich fast geplatzt, so wie dieser eine Schlagersänger, der für seine Angebetete Blumen gekauft hatte, von seinem letzten Geld, und dann sitzengelassen worden war:

Und weil du nicht bist gekommen,
hab ich sie vor Wut genommen,
ihre Köpfe abgerissen
und sie in den Fluß geschmissen …

Als Erziehungsberechtigte glaubte Mama offenbar, sie dürfe sich jede Freiheit herausnehmen. Auch die, ihren eigenen Kindern zu verbieten, was sie selbst als Heranwachsende gedurft hatte.

Gegen Frankfurt spielte Gladbach nur 1:1 und fiel auf den dritten Tabellenplatz zurück, hinter Braunschweig und Bayern. Aber denen würden die Fohlen schon zeigen, was 'ne Harke ist, in einer Woche beim Schlagerspiel auf dem Bökelberg.

Renate kam nach Meppen, um ihren Flokati abzuholen. Der Fußboden in ihrem Zimmer in Birkelbach sei eisig.

Was sie über ihre Arbeit erzählte, klang schauderbar. Die Maiden würden da zu verschiedenen Ämtern eingeteilt: Fußbodenamt, Anrichteamt, Ordnungsamt, Wäscheamt, Blumenamt und so weiter, und dann gäb's noch Unterricht in Wirtschaftslehre, Ernährungslehre, Kochen, Haustechnik, Hygiene, Psychologie, Nadelarbeit, Gartenarbeit, Wäsche und Sport. Gekocht werde immer für hundert Personen. Der schwarze Tee schmecke nach nichts, und abends kriegten sie bloß scheußlichen Hagebuttentee. Zweimal die Woche hätten sie abends Ausgang bis zehn, aber an den anderen Tagen dürften sie nicht weg, nicht mal zum Telefonieren.

Einen Bettvorleger aus Heidschnuckenwolle würden sie jetzt weben. Dafür hätten sie die mit Dreck und Kletten verfilzte Wolle aber erst waschen und trocknen und hinterher noch langwierig von Hand mit Bürsten reinigen müssen. »Den Gestank von dem Wollfett hab ich jetzt noch in der Nase«, sagte Renate.

Übrigens habe sie sich inzwischen schlaugemacht, wofür das blöde Wort »Maid« stehe, nämlich für Mut, Ausdauer, Intelligenz und Demut. Das sei doch nun wirklich Kiki.

Nächstes Jahr, wenn sie in Birkelbach fertig wäre, wollte sie sich zur Tontechnikerin ausbilden lassen. Mama kannte irgendwen, der bereit war, Renate beim WDR in Köln eine Stelle als Praktikantin zu vermitteln. Danach würde sie die Schule für Rundfunktechnik in Nürnberg besuchen und anschließend ihre Moneten beim WDR verdienen, aber als Papa davon hörte, belferte er: »Tontechnikerin! Du hast 'n anständiges Abitur, und dann studierst du gefälligst auch!«

In der C-Jugend besaß ich nun zwar einen Stammplatz, aber bloß als linker Verteidiger und nicht als Stürmer oder Mittelfeldregisseur. Die Mittellinie überquerte ich nur, wenn das auch der Spieler tat, den ich zu decken hatte. Für den Anfang der Karriere eines Torjägers war das eher untypisch. Wenn es dabei blieb, würde ich später als Torschütze in der Nationalmannschaft äußerstenfalls mit Berti Vogts konkurrieren können. Der hatte in seinen 65 Länderspielen noch kein einziges Tor geschossen.

Andererseits war ich meistens schon froh, wenn ich einen Zweikampf siegreich bestanden und den Ball ins Aus oder nach vorne geholzt hatte. Es machte mich nervös, wenn ich angespielt wurde, um den Angriff aufzubauen, und ich gab den Ball am liebsten schleunigst wieder ab und konzentrierte mich auf meine Hauptaufgabe, die Manndeckung.

Uli Möller fand anscheinend, daß ich das am besten konnte, aber noch war ja nicht aller Tage Abend.

Renate hatte eine Pizza gebacken, belegt mit Käse und Tomaten und derartig scharf gewürzt, daß einem die Schweißperlen nur so runterliefen.

Miau! Mio! Miau! Mio!
zu Hilf! das Kind brennt lichterloh!

Ich rannte in die Küche, um mir Leitungswasser in den lodernden Schlund zu gießen.

»Ich weiß gar nicht, was du hast«, sagte Renate, als ich wiederkam. Sie habe ganz bewußt mit Gewürzen gegeizt, damit hier niemand einen Rappel kriege. »Olaf und ich gönnen uns die fünffache Menge!«

Wenn das wahr war, hatten Renate und Olaf 'ne Meise. Oder Gaumen aus Elefantenleder.

Nach Birkelbach nahm Renate auch ihr altes Schmetterlingsposter mit.

Um 21 Uhr mußte sie am Sonntagabend wieder dort sein.

In dem Film »Toll trieben es die alten Römer« lief ein furioses Wagenrennen, als im Hausflur Papas Gebell erscholl: »Martin! Das Klapprad steht noch draußen!«

So jagte er einen gern hoch, obwohl er selbst nicht dafür berühmt war, daß er zur flotten Truppe gehörte. Mama drängelte ihn schon seit langem, den VW zu reparieren, damit sie nicht mehr alle Einkäufe zu Fuß erledigen mußte, aber irgendwie kam Papa nie dazu, die Sache ernsthaft in Angriff zu nehmen. Zum Glück gab es ganz in der Nähe einen Supermarkt, Comet, schräg gegenüber vom Hindenburgstadion.

Ich trug das Klapprad in die müffelnde Waschküche, und bei dieser Gelegenheit nahm Wiebke mir meinen Sofasitzplatz weg. Als ich sie davon vertreiben wollte, mischte Mama sich ein: »Müßt ihr euch denn immer und immer kabbeln? Jetzt ist Sense! Raus hier! Ab nach oben, alle beide!«

Mit einem kleinen Bruder hätte ich mich unter Garantie besser verstanden als mit Wiebke, der dummen Sau.

Seit wir in Meppen wohnten, lief so viel schief, daß ich ohne die Briefe von Michael Gerlach nicht mehr viel zu lachen gehabt hätte.

Grüezi!

Scheibe, jetzt kann ich den Brief nochmal schreiben. Harald hat Exemplar Nr. 1 nämlich in die Finger bekommen und zerknüttelt. So'n Dreckskerl.

Gestern war ich mit meiner Mutter im Wambachtal. Mann, da sieht's ja jetzt stark aus! Alles überwuchert, die ganzen Wege, und an jedem Busch oder Baum hängt was Leckeres dran … dicke Brombeeren, saftige Äpfel und knusprige Nüsse … schade, daß Du das nicht sehen kannst. So ist das da noch nie gewesen. Selbst der Weg nach Simmern ist zu einem Schleichpfad geworden. Jetzt werde ich da wohl öfter runtergehen und schlemmen. Mjamm, mjamm. Das wird lecker! Und dann werde ich in die noch unerforschten Urwälder hinter Hillscheid vagabundieren und versuchen, neue Wege zu finden. Außerdem will Holger dauernd zum Fernsehturm, weil er den ja noch nie so aus der Nähe gesehen hat wie wir. Ach ja, das Leben ist schön … aber vorher muß ich noch abtrocknen und in Deutsch 'ne Inhaltsangabe verzapfen. Ob das Leben dann noch so schön sein wird?

Heute früh hat Harald seinen Führerschein fürs Moped gemacht und fehlerlos bestanden. Das mit dem »fehlerlos« hat er zumindest gesagt. Jetzt darf er endlich auch mit polizeilichem Segen Unfälle bauen. Da macht das ja echt Spaß.

Weißt Du, was ich in einem meiner alten Tagebücher gelesen habe? Wir beiden haben mal 'ne Wette abgeschlossen, wer von uns beiden mit 40 wohl reicher sein wird. Wie die ausgeht, weiß ich heute schon: Du gewinnst als zigarrenrauchender Bonze über einen heruntergekommenen Spieler oder so. Tja, das Leben ist hart.

Ach ja, der lateinische Satz … der heißt auf gut Deutsch: Wir wissen doch alle, daß Du total bekloppt bist. (Du wolltest es ja wissen.)

Tschöken dann.

Mein (und nicht Dein) Michael Gerlachiwitschki – daß Du's nur weißt!

Wenn der geahnt hätte, wie oft ich seine Briefe las, dann hätte er mich für verrückt erklärt.

Im Europapokal der Landesmeister schlidderte Gladbach denkbar knapp an einer katastrophalen Heimniederlage vorbei: Den Halbzeitstand von 0:1 verteidigte Wacker Innsbruck mit Zähnen und Klauen, bis Gladbach in der 83. Minute einen Foulelfmeter zugesprochen bekam, den Simonsen verwandelte. Uffhufflefuff!

Im Rückspiel würde ein 0:0 nicht reichen, weil bei Punktegleichstand Auswärtstore doppelt zählten. Es mußte also mindestens ein 2:2 her. Oder ein Sieg.

Andere hatten sich günstigere Voraussetzungen geschaffen. Nach dem 0:5 in der Partie Jeunesse Esch – Bayern München mußte das Rückspiel bloß noch pro forma ausgetragen werden, und im Europacup der Pokalsieger hatte sich Eintracht Frankfurt mit dem 5:1 gegen den FC Coleraine ein bequemes Polster besorgt.

Zu meiner Erleichterung zeigte sich Gladbach am nächsten Bundesligaspieltag wieder in Hochform. Mehr als ein Ehrentreffer war für die Bayern nicht drin auf dem Bökelberg, obwohl bei denen mit Sepp Maier, Katsche Schwarzenbeck und Franz Beckenbauer drei Weltmeister mitspielten und bei Gladbach mit Berti Vogts und Rainer Bonhof nur zwei. Gladbach siegte hochverdient mit 4:1 und stand wieder an der Tabellenspitze.

Mama und Papa wollten nach Jever, zum Ehemaligenball ihrer Schule, kamen aber erst viel zu spät los, weil Papa den Autoschlüssel verschlumelt hatte. Schubladen, Manteltaschen, Hosentaschen, Fensterbänke, Bücherregale, Küchenschränke, Kellerborde, jeder Winkel wurde hundertmal hektisch durchsucht, Treppe rauf, Treppe runter. So einen Aufruhr hatte die Welt noch nicht gesehen. Und wo steckte das Mistding? Im Zündschloß!

Was man nicht im Kopf hat, muß man in den Beinen haben.

»Stellt hier bloß keinen Unfug an«, sagte Mama noch. »Schließt die Haustür ab und macht die Jalousien runter! Und bleibt nicht alle auf bis in die Puppen!«

Ja, ja, ja.

Als die Alten endlich abgefahren waren, stürzte Volker sich ins Meppener Nachtleben, und Wiebke kuckte Rudi Carrell. Ich ließ mir Badewasser einlaufen und las in der Wanne zum zwanzigsten oder dreißigsten Mal das beste Buch von Enid Blyton, in dem Barny, Robert, Stubs und Diana den Verbrechern in der verbotenen Höhle die Suppe versalzen.

Wenn das Wasser zu kalt wurde, ließ ich heißes nachlaufen. Zweieinhalb Stunden lang baden, das hätte Mama mir nicht erlaubt, aber nun war ich ja einmal mein eigener Herr.

Im Zweiten fing um kurz nach elf ein Film über eine Gaunerbande an, die plante, den Safe einer Spielbank in Monte Carlo zu knacken. Ein paar von den Dieben mußten außen über einen Sims balancieren, in schwindelnder Höhe, was ich spannend fand, aber Wiebke pennte dabei ein. Als der Film aus war und ich sie weckte und ihr riet, ins Bett zu gehen, reagierte sie so quakig, daß ich sie auf dem Sofa liegenließ. Wenn sie da überwintern wollte – bitte sehr. Ich hatte meine Pflicht und Schuldigkeit getan.

Vom Ehemaligenball war Mama enttäuscht. Kein einziger Lehrer habe sich da blicken lassen und kaum jemand Gleichaltriges, und so seien sie um Mitternacht unter Tante Gretes Regie zum Seglerball ins Dorfgemeinschaftshaus Horumersiel umgezogen, wo sie lauter alte Bekannte getroffen hätten. In Jever seien sie erst um halb fünf Uhr morgens wieder gewesen.

Soso. Die halbe Nacht durchfeiern, aber unsereinen zum frühen Schlafengehen ermahnen! Müßiggang ist aller Laster Anfang. Oder wie war das noch gleich?

Early to bed and early to rise.

Am Montagabend fuhr Mama zur Schulelternversammlung, um sich einmal lautstark über die mangelhafte Unterrichtsversorgung am Kreisgymnasium zu beschweren.

Der helle Wahnsinn – auf 'ner Versammlung mehr Schulstunden zu fordern, und das auch noch zu einer Zeit, in der die *Otto-Show* lief. Wo die doch sowieso nur alle Jubeljahre kam!

Otto Waalkes spielte Robin Hood, den Rächer der Enterbten und den Beschützer der Witwen und Waisen, der vergessen hatte, was er war. Der Grützkopf der Waisenkinder? Der Becher ohne Henkel? Als Kommissar Kringel telefonierte er mit einem Polizisten, der einen Mord melden wollte, und schlug vor, alle Nichtmörder verhaften zu lassen. »Dann ist der, der frei rumläuft, der Mörder!« Und er veräppelte Michael Holms Schnulze »Tränen lügen nicht« mit dem Liedchen »Dänen lügen nicht«. »Du hast gedacht, du gehörst zu denen, denen Dänen alles durchgehen lassen. Nein, nein, mein Freund ...« Das beste war der Gag mit den beiden Gerippen, die nachts auf einem Friedhof aus dem Grab klettern und auf Motorräder steigen wollen. Das eine Gerippe packt seinen Grabstein dazu. »Was soll das?« fragt das andere Gerippe und bekommt zur Antwort: »Ja, glaubst du, ich fahr ohne Papiere?«

Volker ging schon wieder auf Klassenfahrt, nach Wertheim am Main diesmal, worauf er aber nur mittelscharf war. Da sei, wie er sich beim Frühstück ausdrückte, ohne jeden Zweifel der Hund begraben.

»Also so was von Undankbarkeit!« rief Mama und haute mit der flachen Hand auf den Tisch. »Freu dich doch, daß du mal rauskommst aus Meppen und was siehst von der Welt! Statt hier den Blasierten zu spielen! Als ich in deinem zarten Alter gewesen bin, hätte ich mich schon für einen Tagesausflug an die Leine glücklich geschätzt! Und du darfst dich am Mainufer ergehen und rümpfst noch die Nase darüber! Ich gehöre ja nun wirklich nicht zu den Leuten, die behaupten, daß früher alles besser gewesen wäre, aber nach dem Krieg hätten wir jedenfalls keine Jeremiaden vom Stapel gelassen, wenn uns jemand zu 'ner Reise an den Main eingeladen hätte!« Die Jugend von heute wisse gar nicht, wie gut sie's habe.

Papa warf ein, daß damals im Rhein-Main-Gebiet alles zerbombt gewesen sei, und Volker schwieg stille.

Der Tag, an dem der Küchenhängeschrank von der Wand fiel, hatte angefangen wie jeder andere. Mama war vormittags einkaufen gegangen und hatte danach die Bescherung entdeckt. »Ich geh in die Küche rein und denke an nichts Schlimmes, und dann sieht's da aus wie Sodom und Gomorrha!«

Der Schrank hatte sich aus der Halterung gelöst, beim Abstürzen die Wandlampe zerdeppert, die offenstehende Spülmaschinenklappe beschädigt und alles Eßgeschirr auf den Kachelfußboden ergossen. Heilgeblieben war nur eine von den zerbrechlichen blauen Teetassen. Ausgerechnet!

Papa bezifferte den Schaden auf fünfhundert Mark. Ein Schweinegeld, das er sich von der Betriebshaftpflichtversicherung der Meppener Firma Schnebeck wiederholen wollte, denn den Hängeschrank hatten zwei Stifte von der an die Wand montiert.

Ein Fidi von Schnebeck kam angedackelt und untersuchte die Unfallstelle. Das kaputte Geschirr hatte Papa in einen Karton gepackt, damit später auch die Versicherungsmenschen die Scherben in Augenschein nehmen könnten. An was Papa alles dachte!

In Konfi wurde darüber diskutiert, weshalb Gott das Böse dulde. Kriege, Sklaverei, Hepatitis, Kinderlähmung und die Unterdrückung der Schwarzen in Südafrika, das hätte Gott ja alles nicht zulassen müssen, wenn er allmächtig war. Oder wenn bei einem Flugzeugabsturz ein ungetauftes Baby draufging: Sollte das dafür büßen, daß Adam und Eva vom Baum der Erkenntnis gegessen hatten, irgendwann in der Bronzezeit? Je genauer man nachdachte über den lieben Gott und die von ihm aufgestellten Regeln und Gebote, desto fragwürdiger kam einem der ganze Zinnober vor.

»Gebt dem König, was des Königs ist, und Gott, was Gottes ist«, hatte Jesus gesagt, aber was war des Königs? Und was Gottes? Und sollte man einem höheren Wesen untertänig sein, das jedes Jahr Millionen afrikanischer Babys verhungern ließ?

Der Herr ist mein Hirte, mir wird nichts mangeln.

Er weidet mich auf einer grünen Aue und führet mich zum frischen Wasser …

Bei meiner Konfirmation wollte ich nicht leer ausgehen, und ich blieb bei der Stange, aber der Käse von Pastor Böker war nicht dazu angetan, meinen Glauben zu befestigen. Das Leben und das Christentum, das waren zwei verschiedene Paar Schuhe.

Volker hatte uns mit einer Ansichtskarte bestückt.

Hallo, Ihr Zurückgebliebenen! Die Fahrt war hinnehmbar, wenn man von den eintausend Staus absieht. Das Bier schmeckt gut. Die Brötchen tun's auch, und die Flöhe, Wanzen und ähnliches stören kaum. Es grüßt Euch Euer Volker!

»Da hätte er sich ruhig mal was Längeres abbängen können«, sagte Mama und kehrte zurück zu dem stinkenden Weißkohlgericht, das sie am Herd in der Mache hatte.

Hertha BSC – Borussia Mönchengladbach 3:0. Frag nicht nach Sonnenschein.

In der ZDF-Serie *Kung Fu* wurde David Carradine alias Kwai Chang Caine von chinesischen Kopfgeldjägern gehetzt, nachdem er als Waisenkind im Shaolin-Kloster aufgewachsen war, als Lieblingsschüler eines blinden, aber superschlauen Lehrers, dessen Weisheiten einem leider schon bald auf den Zeiger gingen. Und dann noch das Karategefuchtel, mit Händen und Füßen …

Percy Stuart hatte ich besser gefunden. Die Serie hätten sie mal wiederholen sollen.

Auf Mamas Frage, wie es ihm in Wertheim gefallen habe, erwiderte Volker, daß er am Mainufer zur Inspektion fürchterlich baufälliger Fachwerkhäuser genötigt worden sei.

Lachen mußte Mama über eine Karikatur im *Spiegel*. Da stand ein einsamer Pauker vor einer Riesenklasse von Schülern und sagte: »Guten Tag, ich bin die Lehrerschwemme! Seid ihr der Pillenknick?«

In Geschi nahmen wir die Goldene Bulle durch, die Magna Charta und den Hundertjährigen Krieg. Fehdebriefe, Kronvasallen, Bogenschützen, Scheiterhaufen. Ein Gemetzel nach dem andern. Der Mongolensturm und dann der Fall Konstantinopels:

Es war ein schrecklicher Anblick, jammervoll anzusehen, wie sie unzählige Gefangene wegführten, vornehme Damen, Jungfrauen und gottgeweihte Nonnen, und wie sie sie an den Haaren aus der Kirche herauszerrten, unter fürchterlichem Jammergeschrei, dazu das Weinen und Heulen der Kinder, die entweihten heiligen Orte – wer könnte all das Grauen beschreiben?

Die Landkarten, die der Wolfert aufhängte, sahen immer buntscheckiger aus. Da hätten nicht einmal die Zeitgenossen durchgeblickt, flüsterte Ulla Kötter mir zu, die neben mir saß. Ganz am Anfang hatten wir witzige Zettelchen zwischen uns hin- und hergeschoben. »Du heißt Kötter, ich heiß Schlosser – wer uns brät, der will uns krosser!« Aber das hatte bald wieder aufgehört, weil die pummelige Ulla Kötter und ich füreinander nicht in Frage kamen.

FC Coleraine – Eintracht Frankfurt 2:6. So war es recht. Daran würde sich hoffentlich auch Gladbach ein Beispiel nehmen.

Papa diktierte Mama einen Brief ans Wehrbereichsgebührnisamt in die Maschine. »Anliegend … übersende ich Ihnen … die Ablichtung … eines sogenannten Beschulungsvertrages Komma … nach dem meine Tochter … für die Zeit vom ersten neunten neunzehnhundertfünfundsiebzig … bis zum einunddreißigsten dritten neunzehnhundertsechsundsiebzig … sich zur Ausbildung … in der Reiffensteiner Schule Komma … Landfrauenschule Wittgenstein Komma … befindet. Punkt. Absatz.«

Mama tippte das in einem Irrsinnstempo, mit drei Durchschlägen. Früher war sie ja mal Sekretärin gewesen, bei Telefunken und beim NDR.

»Nach Abschluß dieser Ausbildung«, sagte Papa, »beabsichtigt meine Tochter Komma … ein Studium aufzunehmen. Punkt. Da ich es … wegen der Numerus-Clausus-Bestimmungen … nicht in der Hand habe Komma … dafür bereits jetzt einen festen Starttermin angeben zu können Komma … muß ich … über den weiteren Fortgang der Ausbildung … Ihnen … zu einem späteren Termin … ergänzend Mitteilung machen Punkt, Absatz. Hochachtungsvoll, Ihr Hans Huckebein.«

Dann regte Papa sich noch über das auf dem Mist verknöcherter Amtsschimmel gewachsene Wort »Beschulungsvertrag« auf.

Ich flehte Mama darum an, den Boxkampf zwischen Muhammad Ali und Joe Frazier kucken zu dürfen, nachts um Viertel nach drei, aber sie blieb eisern bei ihrem Nein: »Schulkinder gehören nachts ins Bett und nicht vor die Glotze. Basta.« Obwohl doch Herbstferien waren!

Ich mußte es wohl oder übel dabei bewenden lassen, mir abends im Zweiten die Zusammenfassung anzusehen. Anfangs hatte Ali gepunktet, aber in der sechsten Runde einen Treffer von Frazier eingesteckt und sich trotzdem noch so gut geschlagen, daß Frazier mit einem zugeschwollenen Auge in die vierzehnte Runde gegangen war, und dann hatte der Schiedsrichter den Kampf abgebrochen, und Muhammad Ali war Sieger durch technischen K.o.

An Joe Fraziers Stelle hätte ich Muhammad Ali gar nicht erst herausgefordert, so als hutzeliger Gnom gegen den Größten. Das war ja fast so, als ob die Schreiberlinge der *Meppener Tagespost* sich mit Goethe hätten messen wollen.

In der *Tagespost* alias *Tagespest*, wie sie bei uns hieß, erschien jeden Tag auf der zweiten Seite ein Kasten mit Kurznachrichten, und die ersten ein, zwei Wörter waren fettgedruckt. Als Papa da einmal das fettgedruckte Wörtchen »Auch« erblickt hatte, war ihm der Kragen geplatzt: »Auch! Als ob das 'ne Überschrift wäre, der man irgendwas entnehmen könnte! Auch!« Den dafür verantwortlichen Redakteur, sagte Papa, solle man verprügeln.

In den Ferien mußten wir »Das Fräulein von Scuderi« lesen, eine Erzählung über einen französischen Goldschmied, der über Leichen ging, um sich alle seine jemals verkauften Schmuckstücke wiederzubeschaffen, aber es dauerte, bis man dahintergestiegen war, und mir graute schon beim Lesen davor, die ganze Geschichte wochenlang in Deutsch durchkauen zu müssen.

Wacker Innsbrucks Führungstreffer hatte Uli Stielike kurz vor dem Pausenpfiff das 1:1 entgegengesetzt, und in der zweiten Halbzeit war Jupp Heynckes zu großer Form aufgelaufen und hatte Wacker vier Tore reingeballert. Ratschbumm!

Bayern München – Jeunesse Esch 3:1.

Und es kam, was kommen mußte: Michael Gerlachs nächster Brief.

Grüeziwohl!

Hier meldet sich wieder der Dusslige Michael-Gerlach-Sender (DMGS) mit den neuesten Nachrichten. Wir bitten um Verständnis für die etwas verspäteten Mitteilungen, aber in der Jugendherberge in der Freusburg gab es leider keine Möglichkeit zum Schreiben. Tatsache, Holger und ich haben an der Konfirmandenfreizeit teilgenommen, da der Preis verbilligt wurde, um 50 %, man stelle sich vor!

Zunächst zu den Koffern: Meiner war noch größer als Holgers, und wahrscheinlich reizte uns die Größe, so daß wir beide bis obenhin vollpackten. Mann, was wogen die! Und was haben wir uns geschämt, als die anderen auf dem Bahnhof alle nur so kleine Täschchen hatten!

Als wir nach mehrmaligem Umsteigen um 18 Uhr in Kirchen angekommen waren, freuten wir uns aufs Abendessen und auf die Betten, aber da wurde uns ein dicker Strich durch die Rechnung gemacht, denn wir mußten erst zur Freusburg hochlatschen, gut anderthalb Stunden lang in völliger Dunkelheit! Zum Glück hatte ich meine Taschenlampe schon ausgepackt. So um halb acht erreichten wir die Freusburg. Wir hatten gedacht, es würde da Geheimgänge und Zinnen und Türme geben, aber wir Jungs wurden in einem Nebengebäude untergebracht, das beim besten Willen nichts mit einer Burg zu tun hatte. Die Mädchen wohnten in der eigentlichen Burg, doch bei Tageslicht entpuppte sich auch diese Burg als keine Burg. Sie sah von außen, wenn man viel Phantasie aufbrachte, einer Burg etwas ähnlich. Das war aber auch alles.

Dann kam der Befehl zum Abendessenfassen. Mit hängender Zunge rasten wir in den »Burghof«, der ungefähr 200 m von unserem Gebäude entfernt war, und von da in den Speisesaal. Und was war gedeckt? Überhaupt nichts! Wir mußten uns Tassen holen, und dann kriegten wir Tee. Sonst nix.

Durch das Fenster unserer Schlafkammer drang der Geruch einer wohlgefüllten Jauchegrube herein, und die Bettgestelle wiesen an Kopf- und Fußende rasiermesserscharfe Verstrebungen auf.

Der nächste Tag begann um 6 Uhr. Frühstück gab es erst zwei Stunden später. Das Wasser im Waschraum war bitterkalt und der Boden mit Sandkörnern bedeckt, daß es nur so knirschte. Frühstück gab es zwar reichlich, doch es fiel für mich wegen meines verfressenen Tischnachbarn etwas dürftig aus.

Der Tag wurde mit Unterricht, Minigolf und Spielchen ausgefüllt. Es war auch ein heiteres Spiel mit Sätzebilden dabei. Der Unterricht endete um elf, und bis zum Mittagessen um zwölf hatten wir Freizeit, die wir mit Herumstehen vertaten. Ringsum war ein riesiger, toller Wald, der größer aussah als der bei uns rund um den Fernsehturm, aber für eine Stunde? Da wäre man gerade am Waldrand angekommen und hätte schon wieder umkehren müssen. Und als wir einmal fünf Stunden Freizeit hatten, da hat's geregnet. Überhaupt war es ein Kreuz mit dem Wetter da oben im Siegerland. Dauernd Nebel, und morgens hatte man Eisfüße. Mir hat das Ganze nicht besonders gefallen. Es war zu langweilig, und alles, was ich da gemacht habe, hätte ich hier genausogut machen können, wenn nicht besser.

Der nächste und der übernächste Tag unterschieden sich vom ersten nur im Grad der Langeweile, der sprunghaft anstieg.

Der schönste Tag war der der Heimreise.

Heute abend schlaf ich beim Holger. Warum? In meinem Bett schlängelten sich zwei Silberfischchen. Igittigitt!

Und ich hätte trotzdem lieber mitgelitten auf der Freusburg, als allein in Meppen zu versauern.

Zu Konfi sollten wir Obst mitbringen, zur Besinnung auf das Erntedankfest. Pastor Böker zählte auf, was Gott alles sprießen lasse: Äpfel, Birnen, Erdbeeren, Himbeeren und Johannisbeeren, aber auch Weizen, Gerste, Roggen, Hafer, Zuckerrüben und Weintrauben. Und obendrein den Augenschmaus des Blumenmeeres – Rosen, Anemonen, Tulpen, Lilien und Aurikel …

Und Giersch und Quecke, hätte ich hinzufügen können, aber ich sagte nichts, weil ich mich an eine Stelle in der Bibel erinnerte, wo es hieß, daß Gott, unser Herr, ein eifernder Gott sei, der da heimsucht der Väter Missetat an den Kindern bis in das dritte und vierte Glied. Mit dem lieben Gott war nicht zu spaßen. Er übertrieb's allerdings ein bißchen, wie ich fand, mit seinem unersättlichen Verlangen nach Dankbarkeit. Es hatte ja kein Mensch darum gebeten, von Gott erschaffen zu werden. Man war gar nicht gefragt worden, ob man existieren wollte, und auf einmal lebte man und sollte auch noch dankbar dafür sein, von Ewigkeit zu Ewigkeit, selbst als Blinder oder Krüppel oder Leprakranker. Oder meinetwegen auch als armes Würstchen, das dazu verdammt war, die binomischen Formeln zu pauken. Wo blieb denn da die Logik?

Im neuen *Stern* prangten Farbaufnahmen nackter Negerinnen vom Stamm der Nuba im Sudan, mit eingeölten, glänzenden Brüsten und Schenkeln und Arschbacken. Man konnte sehen, wie die Mädchen einen Fruchtbarkeitstanz aufführten, vor den jungen Männern ihres Stamms, die solange reglos dabeisitzen und zu Boden blicken mußten.

Wenn eine der Schönen sich entschieden hat, schwingt sie ein Bein über den Kopf des Auserwählten. Es kann passieren, daß ein Mann während eines Fests gleich ein Dutzend solcher Liebeserklärungen bekommt.

So gut hatten es die Männer bei den Nuba aber nicht immer. Sie mußten auch Leoparden jagen und unter sengender Sonne rituelle Messerkämpfe ausfechten. Den Oberschenkel eines nackten Nubamädchens hätte ich ja auch wohl gern auf meiner Schulter liegen haben mögen, doch die Messerstechereien wären nichts für mich gewesen. Sich den Bauch aufschlitzen lassen oder das Gesicht? Oholefo neinheinlefein!

So wie die Burschenschaftler hier, die sich in sogenannten schlagenden Verbindungen beim Fechten ihre »Schmisse« eingefangen hatten und danach ein Leben lang mit vernarbter Fresse rumliefen. Der Arbeitgeberverbandspräsident Hanns-Martin Schleyer war so einer. Den hatte ich mal in den Nachrichten gesehen mit seiner »Mensur«. Der häßliche Deutsche, wie er im Buche stand.

In meinem Antwortbrief teilte ich Michael mit, daß in Meppen der Glückspilz-Martin-Sender gegründet worden sei und seine Arbeit an der Verbreitung meines Ruhms in aller Welt aufgenommen habe.

Mama zankte sich mit Papa, weil er den VW noch immer nicht wieder fahrtüchtig gemacht hatte. Das Ende vom Lied war, daß Papa brüllte und Mama weinte. Das abschließende Türengeknalle kannte ich schon vom Mallendarer Berg zur Genüge.

Warum hatten die eigentlich geheiratet, wenn sie sich pausenlos in den Haaren lagen? Ein Liebespaar hätte sich anders benommen. Bei uns war es bereits das höchste der Gefühle, wenn zwischen Mama und Papa Waffenstillstand herrschte.

Ob das in anderen Familien auch so vor sich ging?

Von Bayern München kriegte ich das Poster zurück, mit Autogrammen von Sepp Maier, Kaiser Franz, Gerd Müller und fast allen anderen Spielern bis auf Bulle Roth und Rainer Zobel. Vielleicht hatten die gerade geduscht, als ein Vereinsmeier mit meinem Poster in der Kabine herumgelaufen war.

In einem Western räumte Errol Flynn als Marshal von Dodge City mit einer Banditenbande auf, die nicht einmal davor zurückschrak, Kinder über den Haufen zu schießen. Als im Saloon eine Riesenkeilerei ausbrach, ließ Mama einen Stoßseufzer los und sagte, von diesen Wildwestfilmen sei doch wirklich einer primitiver als der andere. »Nix als Raufereien und Geballer! Und mit so was soll man nun seinen Feierabend verquansen!«

Ich wollte schon protestieren, weil ich dachte, sie würde umschalten, doch sie ging raus und ward nicht mehr gesehen.

Das Spitzenduell zwischen Gladbach und Braunschweig endete null zu null. Die Bayern hatten in Kaiserslautern verloren, aber der HSV hatte Frankfurt mit 4:2 geschlagen und war an Gladbach vorbei auf Platz 2 geklettert.

Am Samstagabend kam der beste Krimi, den ich je gesehen hatte, mit James Cagney als Gangster, der in seiner Jugend einmal beim Wegrennen vor der Polente zu langsam gewesen war und dann alle Knäste von innen kennengelernt hatte. Sein etwas fixerer Freund war Priester geworden und mühte sich redlich, die Jugendlichen von der Straße wegzukriegen, aber die himmelten den von James Cagney gespielten Gangster an. Als über den dann das Todesurteil verhängt worden war, bat ihn der Priester darum, vor der Hinrichtung um Gnade zu winseln und sich damit als Idol für die Jugend zu entwerten. Zuerst wollte er das nicht, aus Stolz, aber dann machte er es doch und war wie gewünscht am Kreischen und Jaulen, wie ein Feigling, als ihn die Henkersknechte auf dem elektrischen Stuhl anschnallten.

Der Witz bestand darin, daß Jimmy Cagney seine Feigheit nur vorgetäuscht hatte, damit die Jugendlichen ihn für einen Waschlappen hielten. Aber was heißt Feigheit? Auf dem elektrischen Stuhl hätte ich mir auch ohne Schauspielerei in die Hose geschissen vor Angst, obwohl ich nicht viel zu verlieren gehabt hätte, wenn man's genau bedachte. Auf dem Mallendarer Berg war's schöner gewesen als in Meppen, im Wambachtal war's schöner gewesen als in den Wäldern rings um Meppen, und selbst im Eichendorff-Gymnasium war es schöner gewesen als im Kreisgymnasium. Wiebke hatte hier schon längst 'ne neue Freundin, und Volker gurkte mit 'ner ganzen Clique rum. Und ich?

In den Sommerferien mit Michael Gerlach an der Mosel zelten, das wär's. Nach Lützel spazieren, zur Straßburger Straße, und mal nachsehen, ob da heute noch die Halbstarken am Hoftor rumhingen und die Kleinkinder drangsalierten. Zum Mittagessen mit dem Bus auf den Mallendarer Berg fahren, dann 'ne Radtour nach Bad Ems und später in Koblenz Eis essen und ins Kino gehen.

Scheiß Meppenkaff.

Ich holte unseren alten Plattenspieler vom Boden und baute das Ding in meinem Zimmer auf. Ob das noch funktionstüchtig war? Um es in Gang zu setzen, brauchte ich einen Doppelstecker.

Probieren geht über Studieren. Als erstes legte ich eine LP von Reinhard Mey auf.

Wie vor Jahr und Tag ist noch immerfort
Das Glück und dein Name dasselbe Wort …

Ging doch! Auf dieser Platte war auch das Lied, in dem Reinhard Mey sich Gedanken übers Sterben und seinen Sargtischler machte:

Wenn der so hastig daran sägt,
Als käm's auf eine Stunde an …

Wie alte Leute es ertrugen, zu wissen, daß sie höchstens noch einige Jährchen zu leben hatten und jeden Moment abnippeln konnten, ging mir über den Verstand.

Für die Müllabfuhr war der *Stern* von letzter Woche zu kostbar. Die Ausgabe mit den Negerinnen wollte ich mir noch öfter ansehen, und ich mußte das Heft in Sicherheit bringen. Aber wo? Mein eigenes Zimmer war zu riskant. Da stellte Mama dauernd alles auf den Kopf, und ich hatte keine Lust dazu, die Frage zu beantworten, was ich denn an diesem alten *Stern* so furchtbar interessant fände, daß ich den bei mir hortete.

Ich entschied mich für Wiebkes Kleiderschrank. Da obendrauf türmte sich soviel unaufgeräumtes Zeugs, daß ein alter *Stern* nicht weiter auffiel, und ich konnte ihn jederzeit wieder hervorkramen.

Gegen Griechenland ging Deutschland mit 1:0 in Führung, durch ein Tor von Heynckes. Der Bundestrainer Helmut Schön hatte auch Günter Netzer mal wieder aufgestellt, aber der konnte sich nicht so recht profilieren, was ich traurig fand, weil ich mir wünschte, mit Netzer auf dessen alte Tage zusammenspielen zu dürfen. Ein Doppelpaß zwischen Netzer und mir, dann flankt Netzer den Ball Abramczik zu, der ihn per Hackentrick an mich weitergibt, und ich schlenze die Pille aus einem physikalisch unmöglichen Winkel ins obere linke Toreck!

Delikaris hieß der Grieche, der das Ausgleichstor geschossen hatte.

In Geeste verloren wir mit 0:2. Da hatte Didi bei unseren Kontern noch so oft »Flügelwechsel!« schreien können. Der Schiedsrichter war parteiisch gewesen. Der hatte ein brutales Foul an Glübi übersehen, Geeste einen unberechtigten Freistoß zuerkannt und Didi in der zweiten Halbzeit wegen unbotmäßigem Verhalten einen Platzverweis erteilt. Nur weil Didi an der Seitenlinie ausgespuckt hatte.

»Was ist los mit euch?« fragte Uli Möller nach dem Spiel unsere Sturmspitzen. »Habt ihr kein Zielwasser gesoffen heute?«

An den beiden Gegentoren war ich unschuldig. Die hatte der Linksaußen von Geeste geschossen, und zwar aus abseitsverdächtigen Positionen.

Aus dem Radio kriegte man morgens meistens sofort um die Ohren gehauen, wie das Wetter auf dem Kahlen Asten war. Komischer Name für 'n Berg. Im Volksbrockhaus stand er nicht drin, und ich fragte Mama danach.

»Manchmal hab ich den Eindruck, daß du in Heimatkunde nur geschlafen hast«, sagte sie. »Der Kahle Asten ist der zweithöchste Gipfel des Rothaargebirges.«

Also da, wo Renate hauste. Schien wohl doch 'ne eher unwirtliche Gegend zu sein, wenn die Eingeborenen ihren Berggipfeln Namen gaben, bei denen man das rauhe Felsgestein förmlich vor sich sah, inklusive windzerzauster Krähen, die da womöglich nisteten und sich mit jeder Wetterlage abfinden mußten. Teils heiter, teils wolkig.

Ohne jede Vorwarnung hatten jetzt auch die Evangelischen Reli. Der Pauker hieß Böhringer und trug Jeans, was aber noch lange nicht hieß, daß man sich bei dem vorbeibenehmen durfte. Mit Schwätzern machte er kurzen Prozeß: Die kriegten einen Klassenbucheintrag, und im Wiederholungsfall durften sie ihr Verhalten dem Direktor persönlich erläutern, Herrn Berthold, der als graue Eminenz in einem Anbau der Gymnasialkirche sein Amt versah und sich nur selten in den Klassenzimmern blicken ließ.

Die schlimmsten Finger in der 8b waren der Holzmüller, der Harms, der Albers und der Miesowski. Bei denen mußte man darauf gefaßt sein, daß sie einem den Ranzen auskippten und die Hefte zerfetzten oder einem Wasserbomben auf den Kürbis feuerten, wenn man friedlich auf dem Kackstuhl saß. Seit ich einmal mit dem Miesowski gerauft hatte und im Nullkommanichts untergedükert worden war, ging ich handgreiflichen Auseinandersetzungen lieber aus dem Weg.

Als auch Holger Bohnekamp eine Abreibung bezogen hatte, in der großen Pause, hinter der Turnhalle, munterte ich ihn auf. Er wohnte in Rütenbrock. Das war ein Dörfchen an der holländischen Grenze, dreißig Kilometer von Meppen entfernt, und der Bohnekamp mußte jeden Morgen mit dem Bus die ganze Strecke hergefahren kommen und mittags zurück, genau wie Wolfgang Dralle und Hermann Gerdes, die auch beide in Rütenbrock wohnten. Jott weh deh: janz weit draußen.

Meinen angefangenen Brief an Michael schloß ich mit einer Schimpftirade über den Miesowski ab. Dann lief ich in Papas Arbeitszimmer und kramte in den Schubladen des Schreibtischs nach Briefmarken. Als ich eine gefunden hatte, hielt Mama mich am Arm fest und sagte, es gehe nicht an, daß ich mich hier frech an den Marken bediente. »Die mußt du von deinem Taschengeld bezahlen!« Umsonst sei der Tod.

Fuffzig Pfennig Porto für jeden Brief, das war ein Haufen Schotter.

Irgendwie war der Dampfkochtopf zu heiß geworden, und nun hatte er 'ne Beule am Boden. So gehe alles den Bach hinunter, sagte Papa.

Mama drückte mir einen Zehnmarkschein in die Hand und schickte mich zum Friseurgeschäft in der Herzogstraße. Da waberten die erstickenden Dünste aus der Damenabteilung in die Herrenabteilung rüber. In der Ecke mit den Stühlen, wo man warten mußte, bis man am dransten war, gab es nur Käseblätter zu lesen, mit Tortenrezepten und Gequackel über den Nachwuchs gekrönter Oberhäupter.

Friseur hätte ich nicht werden wollen. Opas auf'm Kopp rumschnibbeln und sich dabei über dit und dat unterhalten, und dann muß man den Besen schwingen und die abgeschnittenen grauen Löckchen zusammenfegen.

Abstoßend waren auch die Fotos von den ondulierten Playboys an den Wänden.

Mit mir unterhielt der Friseur sich nicht, als ich an der Reihe war. Er stach mir mit der Scherenspitze dreimal ins linke Ohr, und ich atmete auf, als ich den engen Kittel nach dem Frisiertwerden wieder abgemacht kriegte.

Das größte Ereignis des Tages hatte ich verpaßt: Wenn man Wiebke glauben durfte, war direkt vor unserm Haus bei einem LKW ein Reifen explodiert.

Im Gestrüpp neben der E-Stelle stolperte ich über ein tolles Ruder, doch was nützte einem das tollste Ruder ohne Ruderboot? Weil ich keine Zulassung als Privatdetektiv besaß, hatte ich auch nichts davon, daß in dem Nachbarstädtchen Haselünne eine Mordtat verübt worden war.

Den SV Hasborn schickte Gladbach im DFB-Pokal mit 3:0 nachhause. Sonst noch jemand ohne Fahrschein?

Als Renate wieder mal angeschlamstert gekommen war, regte sie sich über die faulen Postbeamten in Birkelbach auf. Das Postamt sei da vormittags bloß von Viertel nach neun bis Viertel vor elf geöffnet und nachmittags von drei bis fünf. Und das war auch schon fast die einzige Neuigkeit, die sie mitbrachte. Eine Glasfabrik im Raum Kassel hätten sie neulich besichtigt, das erzählte sie noch, aber damit riß sie niemanden vom Stuhl.

Die Sache mit dem Praktikum hatte sie sich inzwischen anders überlegt. Sie wollte jetzt doch studieren und Grundschullehrerin werden, und das paßte Papa nun auch wieder nicht in den Kram. Kleinen Hosenscheißern das ABC beizubringen, das sei keine Berufsperspektive. Wenn schon Lehrerin, dann besser gleich Studienrätin. Alles andere sei nicht Fisch und nicht Fleisch.

»Ich hab aber keine Lust, mich mit hochnäsigen Gymnasiasten rumzuärgern«, sagte Renate. »Ich will was mit Kindern machen und denen Lesen und Schreiben und Rechnen beibringen! Und mit denen malen und singen!«

»Und wenn du irgendwann die Schnauze voll hast vom Malen und Singen, dann sitzen trotzdem noch alle möglichen Arschlöcher über dir, und du mußt nach deren Pfeife tanzen«, sagte Papa. Im Berufsleben gehe es darum, nach oben zu streben, bis man niemanden mehr über sich habe, der einem Knüppel zwischen die Beine werfe.

So gesehen hätte Papa selbst ja eigentlich Verteidigungsminister werden müssen statt Regierungsbaudirektor. Oder besser noch Bundeskanzler. Oder Bundespräsident.

Als Renate wieder abgeschwirrt war, stellte Volker fest, daß sie im Badezimmer ihre Augenbrauenpinzette vergessen hatte.

Im Europacup machten Heynckes und Simonsen Juventus Turin zur Schnecke. 2:0! Von diesem Schock würden die Itaker sich nicht so bald erholen.

Leider Gottes hatte ein Vereinchen namens Malmö FF den FC Bayern geschlagen, mit 1:0, und Spartak Moskau den 1. FC Köln sogar mit 2:0. Aber dafür war Atletico Madrid Eintracht Frankfurt dank zweier Tore von Bernd Hölzenbein mit 1:2 unterlegen, und die Herthaner hatten Ajax Amsterdam mit 1:0 den Rang abgelaufen. Ha, ho, hee – Hertha BSC! Ajax hätte eben Johan Cruyff nicht verkaufen sollen.

In der Innenstadt gab es ein Fachgeschäft für Turnklamotten, Sport Reinders, und da sollte Uwe Seeler laut *Meppener Tagespost* eine Autogrammstunde abhalten. War das zu fassen? Uns Uwe in Meppen! Der Mann, der 1970 in Mexiko beim Spiel des Jahrhunderts mitgemischt hatte, an vorderster Front! Sogar mit dem Hinterkopf hatte Seeler mal ein Tor erzielt und viele andere durch Fallrückzieher. Satan Zicke!

Der Andrang war groß, aber jeder kam dran. Ich hielt Uwe Seeler mein Sammelalbum von Sprengel hin, das er mit seinem Friedrich Wilhelm signierte: »Für Martin von Uwe!«

Er konnte nicht ahnen, daß ein künftiger Kapitän der Nationalelf vor ihm stand, und ich trollte mich, obwohl ich Uwe Seeler gern noch nach dem dritten Tor von Wembley gefragt hätte. Wie das nun eigentlich genau gewesen sei.

Die letzten Klassenarbeiten waren nicht so doll ausgefallen (Englisch 3, Mathe 4, Deutsch 3), aber nach dem Zähneputzen durfte ich mir am Samstag noch einen Western ankucken. Da schlich sich John Wayne als Texas-Ranger in eine Rotte von Schmugglern ein, die den

Rothäuten Whisky verscherbelten, so daß die bloß noch betrunken herumtorkelten.

»Wenn man ehrlich ist, muß man doch zugeben, daß die Weißen den Indianern ihr Land weggenommen haben«, sagte Mama. »Und hier werden sie jetzt als Besoffskis verhöhnt.«

Das mochte ja sein, aber von Western hatte Mama trotzdem keine Ahnung.

Nachdem Braunschweig und Bayern sich jeweils zwei Punkte gesichert hatten, mußte am Sonntag auch Gladbach punkten, am besten doppelt, und das auch noch auswärts in Karlsruhe. In der 20. Minute brachte Günther Fuchs den KSC in Führung, aber fünf Minuten später glich Jupp Heynckes aus, und gleich darauf brachte derselbe Günther Fuchs seine eigenen Mannen mit einem Eigentor ins Hintertreffen!

Nach der Halbzeitpause stellte der KSC zwar noch einmal Torgleichheit her, aber auch Heynckes und Wimmer trafen ins Schwarze. Endstand 2:4. Zur Statistik: zweimal Gelb für Karlsruhe; zwei Punkte für die Fohlenelf.

Am Montag traf wieder ein Brief von Michael ein.

An den GMS!

Ihre letzten Meldungen waren eine bodenlose Unverschämtheit! Wie kann so ein lächerlich kleiner GMS den großen DMGS vernichten wollen? Das ist eine Beleidigung für den DMGS!

Sag mal, hast Du wirklich Heimweh? Das kann ich aber tatsächlich nicht verstehen! Der Riesenbetonklotz Reha, das Abholzen der Waldbestände ... dagegen bei Dir, jedenfalls entnehme ich das Deinen Briefen, unberührte Wildnis, Schulausfälle ... aber wahrscheinlich hast Du recht. Wenn ich mal 'ne Zeitlang von hier weg wäre, würde ich vielleicht das gleiche denken. Vorstellen kann ich mir's aber nicht.

Mensch Meier, am Dienstag muß ich 'ne Physikarbeit schreiben und am Freitag 'ne Englischarbeit. Äff. Englisch geht ja noch, aber Physik ... die ganzen Formeln da, Ausdehnungskoeffizient, spezifische Wärmekapazität, alles Quatsch mit Bratkartoffeln. Sowas soll sich ein Mensch merken können!

Eigentlich ist mir jetzt schon der Gesprächsstoff ausgegangen. Aber das Blatt ist ja erst zu einem Viertel voll! Scheiß kleine Schrift. Hoffentlich passiert noch was, was ich schreiben kann.

Über den Brief hier läuft gerade so 'ne kleine Fliege. Mal sehen, über welche Wörter: Bratkartoffeln mit Gesprächsstoff passiert gerade läuft Brief den schon … verdammt, jetzt läuft sie auf den leeren Teil der Seite. Dummes Vieh. Hau ab! Hast nur Stuß gefaselt! Nee, im Ernst, die Fliege ist über die zitierten Wörter gekrabbelt.

Das war für mich schon ein Erlebnis. Kannst Dir ja denken, wie der Rest des Tages dann aussieht.

So, schon zwei Drittel der Seite bewältigt.

Was schreib ich auf das letzte Drittel?

Huch – plötzlich überstürzen sich die Ereignisse: Jakob wird beinahe von einer Katze in Stücke gerissen und verdankt sein Leben allein meinem mutigen Dazwischentreten, mein Vater vergißt die Autoschlüssel, und zu allem Überfluß fliegt dann der halbe Motor in die Luft! Das hat gequalmt wie Helmut Kohl, und einen Knall hat das getan! Zum Glück ist nicht allzuviel kaputtgegangen.

Dein Plan mit den Sommerferien klingt sehr utopisch. Fast wie Science Fiction. Hoffentlich wird was draus!

So, jetzt kommt Kung Fu. Das muß ich sehen.

Tschüß, und Dein Heimweh ist bestimmt unbegründet!

Der hatte gut reden. Der mußte sich ja auch nicht dreimal wöchentlich mit dem Fräulein von Scuderi befassen.

Tante Therese, die nach dem Krieg einen Tommy namens Bob geheiratet hatte und in England Grundschullehrerin geworden war, befand sich auf Deutschlandreise und kam für einen Tag nach Meppen, um unser neues Zuhause zu beäugen. Wie geräumig wir's hier hätten, rief sie, und wie bezaubernd hübsch doch der Parkettfußboden aussehe!

Beim Tee warf sie die Frage auf, ob Volker nicht auch mal nach England kommen wolle, um seinen Vokabelschatz aufzupolieren. Wieso fragte mich eigentlich keiner?

Im Sommer, erzählte Tante Therese, habe sie mit Bob eine Busrundreise durch Süddeutschland und Österreich gemacht, mit lauter

Engländern und Amerikanern und Kanadiern und Australiern, über Bad Kreuznach und Rothenburg ob der Tauber und Villach und Lindau und Innsbruck und Wien, doch am schönsten sei's in den Bergen gewesen. »Da hätten wir man gerne noch mehr Zeit zum Rumklettern gehabt ...«

Die Wetterlage sei immer »sunny« gewesen, nur hätten die Engländer den dünnen Tee nicht gemocht. »In Innsbruck hat uns ein Ober verraten, daß auch die Queen bei ihrer Visite in dem Hotel selber ihren eigenen Tee gekocht hat!«

Dank Tante Therese und Onkel Bob besaßen Renate, Volker, Wiebke und ich mit Kim eine britische Kusine und mit Norman einen britischen Vetter. So etwas hatte auch nicht jeder. Norman, sagte Tante Therese, sei mit seiner Arbeit im Zeichenbüro very happy, und Kim gehe in jüngster Zeit viel mit einem katholischen Italiener namens Roman aus. Der habe auch ohne ordentlichen Schulabschluß eine Stelle gefunden, in einem kleinen Papierwarenladen.

Als beschnattert wurde, wie es um Oma Jevers offenes Bein bestellt sei, machte ich mich mit einer Handvoll Kekse vom Acker.

Für den Abend hatte Mama Frau Lohmann eingeladen, die ja ebenfalls Lehrerin war. Frau Lohmann schenkte Tante Therese einen Stapel deutscher Fibeln, und Mama goß Bier ein. Vor einiger Zeit, sagte Tante Therese, habe sie mit einunddreißig Elternpaaren jeweils zehn Minuten über deren Kinder reden müssen und sei danach so aufgedreht gewesen, daß sie um zwei Uhr nachts noch nicht habe schlafen können, und da habe sie sich mit einem von Normans Bieren die nötige Bettschwere verschafft. »Und seitdem mag ich gerne Bier!«

Während die Weibsen im Wohnzimmer auf die nötige Bettschwere anstießen, kloppte Papa in der Werkstatt krumme Nägel wieder gerade.

Der größte Mist am Emsland war, daß einem das Fahrradfahren keine Laune machte. Man brauchte sein Rad zwar nie bergauf zu schieben, aber dafür ging's auch nie steil runter. Platt wie 'n Pfannkuchen, die ganze Landschaft.

Einmal kurvte ich an der Hase lang, bis Bokeloh, wo aber noch weniger los war als in Meppen. Da gab's nur ein paar Bruchbuden mit Jägerzaun und Rhododendron drumherum.

Wo war ich hier bloß gelandet?

Gladbach schlug Bremen mit 3:0. Wenigstens etwas. Die letzten Spiele der Meppener C-Jugend des SV gegen die Mannschaften aus Dalum, Haren, Twist und Haselünne waren weniger hochklassig verlaufen.

Am Samstag chauffierte Mama Tante Therese mit dem Peugeot zur Fähre nach Hoek van Holland, und Papa ging in den Garten, um Erde zu sieben. Ich hoffte schon, mich um das allsonnabendliche Schöveln herumschummeln zu können, aber mitten in der Bundesliga-Konferenzschaltung kriegte Papa mich dann doch am Kanthaken zu fassen.

Wenn die vermaledeite Schövelei der Preis für ein Haus mit Garten war, hätte ich es vorgezogen, eine Hochhauswohnung zu bevölkern. Was hatten wir denn groß von unserm Garten? Schwielen, Frust und dreckige Fingernägel. Und dazu 'n lahmes Kreuz.

Nach dem Schöveln schleppte ich mich ins Wohnzimmer zur *Sportschau.* Kaiserslautern hatte Braunschweig mit 3:1 plattgemacht, und nun führte Gladbach die Tabelle wieder an. Es gab also noch eine Gerechtigkeit auf Erden, wenn auch nicht in Meppen.

Als ich die Ergebnisse des zwölften Spieltags in die Kladde eintrug, die ich mir zu diesem Zweck vom Munde abgespart hatte, sah ich, daß Volker auf dem Balkon heimlich am Rauchen war. Ich kletterte raus, und Volker gab mir einen von seinen Glimmstengeln ab.

Camel Filter. Eine Zigarettensorte für Naturburschen. Ganz was anderes als Attika oder Stuyvesant.

Vom Rauchen wurde mir flau, und ich hätte die halb abgebrannte Zichte gerne ausgemacht, doch ich wollte den Rest nicht verschwenden und rauchte widerwillig weiter.

Mama müsse inzwischen auf dem Heimweg sein, sagte Volker. Er für sein Teil würde Holland als Verkehrsteilnehmer meiden wie die Pest. Oder höchstens wie Speedy Gonzales auf der Überholspur da durchzischen. Die Holländer könnten alle nicht autofahren. Und was die da sprächen, sei keine Sprache, sondern 'ne Halskrankheit.

In Meppen kam Mama erst um zehn Uhr abends wieder an, und schon ging das Gemecker los: »Seid ihr noch bei Trost? Überall Festbeleuchtung, und die Haustür steht hängend offen!«

Weil ich keine große Meinung mehr vom Radfahren hatte, klimperte ich am Sonntagvormittag auf dem Klavier. Kleine Werke großer Meister. Wenn ich noch ein paar mehr gute Zensuren nachhausegebracht hätte, werde sie mich bei der Musikschule anmelden, sagte Mama beim Tischdecken.

»Komm, Herr Jesus, sei unser Gast«, betete Papa dann, so wie jeden Mittag, seit ich denken konnte, »und segne, was du uns bescheret hast.«

Nämlich Weißkohl. Gesegnete Mahlzeit.

Von dem Rechtsaußen, auf den Uli Möller mich angesetzt hatte, als wir gegen Sögel spielten, wurde ich schon kurz nach dem Anpfiff getunnelt. Den Ball durch die Beine gekickt zu kriegen, das war so ziemlich das Blödeste, was einem als Abwehrspieler passieren konnte. Im Eifer des Gefechts gelang es mir jedoch noch, einen todsicheren Torschuß per Köpper zur Ecke zu klären, und in der zweiten Halbzeit rief der von mir bewachte Rechtsaußen seinem Trainer zu: »An dem Arsch ist einfach nicht vorbeizukommen!«

Das ging mir runter wie Butter.

Um den Gruselfilm im ersten Programm kucken zu dürfen, mußte ich Mama schwören, am Sonntag ohne Quakerei mein Zimmer aufzuräumen, staubzusaugen und meine Schuhe zu putzen.

In dem Film schwängerte der Teufel eine halb ohnmächtige Frau, die erst zu spät dahinterkam, daß ihr eigener Mann diesem Begattungsakt zugestimmt hatte, um beruflich davon zu profitieren. Die Frau schleppte sich dann hochschwanger durch New York und suchte nach Hilfe, wurde aber von allen abgelinkt und brachte einen Säugling mit Teufelsaugen zur Welt.

»Was das nun wohl gesollt hat«, sagte Mama, als der Abspann lief. »Einem so ’nen Schrecken einzujagen mit dem ganzen Hokuspokus!«

Mama war mehr für normale Krimis, mit 'ner Leiche am Anfang und 'ner Verhaftung am Ende.

Im Rückspiel führte Juventus nach Treffern von Gori und Bettega bis zwanzig Minuten vor Schluß, aber dann sorgten Danner und Simonsen für den Gleichstand, und Gladbach war eine Runde weiter, so wie auch der FC Bayern, der es Malmö mit 2:0 besorgt hatte. Alle anderen deutschen Mannschaften hatten schmählich versagt. Kein gutes Omen für die bevorstehende Europameisterschaft.

Aus Birkelbach war Renates erster maschinegeschriebener Brief angelangt. Daß sie seit Montag das Amt der Hausstütze innehabe und siebenmal am Tag läuten müsse, vormittags und nachmittags, zum Unterrichtsanfang und zum Unterrichtsende, und dann noch zu den Mahlzeiten ...

Bei uns bestand die zweitnervigste Arbeit nach Unkrautschöveln im Laubharken. Im Nieselregen mit der Forke zentnerweise abgefallene Birkenblätter zusammenkehren, als Aushilfsgärtner im nassen Anorak, mit festgezurrter Kapuze und einem eingelüllten Kapuzenbandknoten im Maul, das hätte den stärksten Indianer umgeworfen.

Bayer Uerdingen war ein Klub, bei dem man sich fragte, was der überhaupt in der Bundesliga zu suchen hatte. Da gab's keine Stars, keine Nationalspieler und noch nicht mal 'ne Flutlichtanlage, und den Vereinsnamen hatte ein Chemiekonzern gestiftet. Mieser ging's überhaupt nicht. Und trotzdem konnte Gladbach in der Uerdinger Grotenburg-Kampfbahn nicht mehr als einen Punkt ergattern, blieb aber Tabellenführer, weil das Torverhältnis ein kleines bißchen besser war als das von Braunschweig. Als Verfolger hatte Gladbach außerdem noch Bayern, den HSV, Schalke 04 und Kaiserslautern im Nacken.

Sonst war nicht viel los. Aber ob in Vallendar mehr los war? Bestimmt nicht soviel wie 1498 in Florenz: Da war der Bußprediger Savonarola auf dem Scheiterhaufen ganz oben an einen hohen Pfahl gefesselt worden, um länger was von seinem Feuertod zu haben. Ketzer totbrutzeln, das war eins der Hobbys der Päpste gewesen. Und nun sollte man den Kunstgeschmack dieser Schweinepriester bewundern und kriegte das als Hausaufgabe auf.

Kennst du Kunstwerke in deiner Heimat, die aus dem Mittelalter oder der Renaissance stammen? In wessen Auftrag könnten sie entstanden sein?

Mittelalterliche Kunstwerke in meiner Heimat? Da kam mir nur die Sporkenburgruine in den Sinn, bei Eitelborn, zu der Michael und ich oft gefahren waren, in der paradiesischen Zeit vor dem Umzug nach Meppen. Zur Sporkenburg hätte ich mal wieder hingewollt. Im Innenhof Nutellabrötchen vertilgen und dann volle Lotte mit dem Rad den steilen Waldweg runterdüsen, so als ob es kein Morgen gäbe.

Mama hatte Marmorkuchen gekauft, Sahne geschlagen und Tee gekocht, für jeden, der welchen wollte, in der Küche, um Punkt fünf, wie bei den Briten. Draußen fiel der Schnee in dicken Flocken, und die Sonne ging unter.

Das Stövchen schimmerte rötlich. So hatten wir früher auch auf der Horchheimer Höhe zusammengesessen beim Tee, im Spätherbst, mit Blick auf das Wäldchen und meinen Lieblingskletterbaum. Wenn's nach mir gegangen wäre, hätten wir da immer wohnenbleiben sollen. Der Garten war nur ein besseres Handtuch gewesen, ohne viel Unkraut, und nach ein paar Schritten bergauf hatte man sich im tiefsten Wald befunden.

Und es hätte auch weniger Schnee zu schaufeln gegeben, dachte ich, als Mama Volker und mich nach dem Teetrinken dazu abkommandierte. Auf der Horchheimer Höhe wäre das nur ein kurzes Stück Bürgersteig gewesen. Hier war's wie der halbe Nürburgring, und dazu gesellte sich noch der Radweg.

Herbstgewitter über Dächern,
Schneegestöber voller Zorn ...

Wenn man das alles nüchtern abwägte, kam unterm Strich heraus, daß wir uns mit jedem Umzug etwas Schlechteres eingehandelt hatten, so à la Hans im Glück, der einen Goldbarren als Lohn erhalten und sich auf dubiose Tauschgeschäfte eingelassen hatte und zuletzt als Habenichts dastand, dem sein Stein in den Brunnen geplumpst war.

Trotz der Klapperkälte hatte ich Dämlack mir morgens keine Handschuhe angezogen. Doof geboren und nix dazugelernt. Und dabei stand mir 'ne Französischarbeit bevor, mit den aberwitzigsten Aufgaben. Ecrivez les questions et les réponses, complétez les phrases, das kannte man ja schon.

Im Fernsehen lief ein Film über Umweltverschmutzung durch die Abgase der Industrie. Da zerfraßen die Schadstoffe den Hausfrauen die Strumpfhosen, und die Leute starben im Smog wie die Fliegen.

Das Drehbuch stammte von Wolfgang Menge, der auch das Ekel Alfred Tetzlaff erfunden hatte.

Oma Schlosser schickte Papa ein Paket mit sechzig Tulpenzwiebeln und einem Kärtchen:

Mögen Dir die Gartenfreuden weiterhin den Ausgleich und die Erholung bringen, die Du neben Deiner Berufstätigkeit nötig hast! Zu spät ist's ja zum Tulpenstecken noch nicht, und ich hoffe, daß Ihr keine Mäuse habt. In Schirwindt habe ich es sogar einmal noch am 22. Dezember getan und Erfolg damit gehabt.

Zur Tulpenblüte werde sie uns dann besuchen kommen. Und ob ich jetzt wieder Klavierstunden hätte?

Nö. Dafür würde ich im nächsten Frühjahr beim Schöveln aber sicher wieder viele Gartenfreuden erleben, als Ausgleich und zur Erholung, die ich neben meinen Schulstunden nötig hatte.

Für den Heimsieg über Fortuna Düsseldorf genügte Gladbach ein einziges kleines Törchen. Braunschweig hatte in Duisburg verloren, und der Abstand zum Tabellenführer Gladbach war auf zwei Punkte gewachsen.

Unser Kräftemessen mit der C-Jugend aus Rühle endete im Desaster. 0:0 hatte es gestanden, bis zur vorletzten Minute, und dann haute Glübi uns mit einem mißglückten Rückpaß ein Eigentor rein.

In der Schweinskälte waren mir die Finger so krummgefroren, daß ich in der Kabine fast eine halbe Stunde lang warten mußte, bis ich meine Schnürsenkel aufknoten konnte.

Gegen die massive Kritik aus der Mannschaft nahm Uli Möller Glübi in Schutz. Wir alle würden mal Fehler machen. »Und man muß auch was riskieren! Wer kein Risiko eingeht, der hat auf dem Platz nichts verloren! Der soll Schlafwagenschaffner werden! Oder Postbeamter! Ist doch wahr! Jetzt hackt ihr auf Glübi rum, aber wenn ihr selbst mal 'n Fehlpaß spielt, ist eure Großmutter schuld oder was! Haltet bloß den Rand, ihr Saftneger!«

Am 17.11. war Papa auf Dienstreise in München. Ob er das so eingefädelt hatte, um seinen Geburtstag nicht feiern zu müssen? Das hätte Papa ähnlich gesehen.

Der Glückspilz-Martin-Sender hatte wieder unverschämte Post vom Dussligen Michael-Gerlach-Sender erhalten:

An den GMS, der es niemals schaffen wird, den DMGS zu vernichten!

Ja, was passiert denn so bei uns? Darüber muß ich erst einmal sinnieren, bevor ich's Dir verklickern kann. Wenn's überhaupt was zu verklickern gibt! Denn ich brauche Dir ja wohl nicht mehr zu erzählen, daß es hier stinklangweilig ist, und da es sonst nichts gibt, muß ich leider Gottes auf die Schule zurückgreifen.

Zuerst das Unerfreuliche: Mein Englischlehrer hat mir eine Standpauke gehalten wegen meiner kleinen Schrift. Eine Lupe brauche man dafür. Dann soll sich dieser Geizkragen doch eine kaufen!

So, und jetzt das Erfreuliche: gar nichts!

Ich bin sehr auf Deine nächste Anrede für mich gespannt. »Ehrwürdiger, unzerstörbarer DMGS« oder so.

Jetzt hab ich eigentlich schon keinen Grund mehr zum Weiterschreiben. Außer dem, daß das Blatt noch nicht voll ist. Wäre doch eine nicht zu verantwortende Verschwendung von Papier. Aber was soll ich machen? Es gibt nun mal nichts mehr zu schreiben.

Tschö denn, herzlichst, der DMGS!

Das schrie nach Rache.

Mama war auf einer Informationsveranstaltung des Maristengymnasiums gewesen und sagte, mit einem guten Realschulabschluß könne Volker dahin wechseln und in drei Jahren das Abitur machen.

Wenn man das Abi nicht packte, war man gearscht. Dann konnte man, wenn man Glück hatte, irgendwo als Lehrling anheuern und durfte für den Rest des Lebens ganz kleine Brötchen backen. Als Klempner womöglich. Heizkörper installieren und verstopfte Klosettröhren auspumpen.

Am Buß- und Bettag kam Renate angetanzt, für anderthalb Tage. Geraniensteckinge hätten sie geschnitten, erzählte sie. Nur mit dem Klavierspielen sei es in Birkelbach schlecht: Der Flügel für Hauskonzerte sei zwar gerade neu gestimmt worden, aber den dürften sie nicht zum Üben benutzen, und dann gebe es noch einen verstimmten Flügel und in der Turnhalle ein verstimmtes Klavier. Aber sie sei jetzt im Chor drinne. Da würden sie Weihnachtslieder einstudieren, dreistimmig, und sie sei Stimmstütze in der zweiten Stimme. Gloria soli Deo.

Gegen Bulgarien spielte Deutschland ohne Netzer, aber mit Dietz, und wir siegten mit 1:0 durch ein Tor von Heynckes in der 64. Minute. Ob Heynckes der neue Müller war? Und ob Netzer seinem alten Mannschaftskameraden Heynckes nicht noch ein paar mehr gute Flanken zugespielt hätte als Wimmer, Stielike und Danner?

Das fragte sich hoffentlich auch Helmut Schön.

Im Zweiten kam die erste von vier Serienfolgen über einen Bauernjungen, der im Dreißigjährigen Krieg nach einem Überfall auf den Hof in Not geriet und bei einem Einsiedler unterkroch. Der nannte den Jungen Simplex, weil er seinen eigenen Namen nicht wußte und weder schreiben noch lesen konnte. Als der Einsiedler gestorben war, verschlug es Simplex in eine Festung, wo er Essen auftragen sollte, und weil er Angst hatte, dabei versehentlich zu furzen, gab ihm einer, der ihn reinlegen wollte, den Rat, ein Bein zu heben, wenn der Furz im Anmarsch sei, mit voller Kraft zu drücken und heimlich zu flüstern: »Je pète, je pète ...« Als Simplex diesen Rat beim Servieren befolgte, ging der Schuß natürlich nach hinten los, und ich kugelte mich vor Lachen.

Diese Szene hatten auch der Gerdes und der Bohnekamp lustig gefunden. Die hopsten am nächsten Tag auf dem Pausenhof auf einem Bein herum und brüllten: »Je pète, je pète!«

Das Versorgungsamt Osnabrück wollte von Papa eine »Lebensbescheinigung« haben, die bis zum 12. Dezember vorzulegen sei. Sonst werde die Zahlung der Versorgungsbezüge eingestellt. Papa sagte, es wundere ihn, daß diese Esel ihm nicht geschrieben hätten: »Wenn die Lebensbescheinigung bis zu diesem Tage hier nicht vorliegt, werden Sie für tot erklärt.«

Dank zweier Tore von Henning Jensen konnte Gladbach im Parkstadion gegen Schalke wenigstens einen Punkt retten. Unentschieden hatte auch Braunschweig gespielt, und die Bayern waren im Waldstadion untergegangen: 6:0 für Eintracht Frankfurt! Da hatte die launische Diva wieder mal hingelangt.

Der Mensch, der mit seiner Familie unser Haus auf dem Mallendarer Berg bewohnte, wollte da wieder ausziehen und hatte den Mietvertrag gekündigt, zu Ende Juni '76.

Es haben sich von uns nicht in diesem Maß vorausschaubare Veränderungen beruflicher und finanzieller Art eingestellt (u. a. Vertrag mit dem Gesundheitsamt Neuwied über Mütterberatungen etc.), die mich so stark nach Neuwied binden, daß wir trotz größerer Investitionen in Form von Möbeln, Dekoration etc. angehalten sind, dorthin zu ziehen, um rascher erreichbar zu sein.

Sollte er doch! Dann könnten wir da ja wieder einziehen, dachte ich, aber Mama winkte ab. So schnell würden die Preußen nicht schießen. »Stell dich mal lieber darauf ein, daß du dein Abitur in Meppen machst. Und steck dir das Hemd in die Büxe! Wie läufst du hier überhaupt rum!«

An meinem Äußeren wäre Mama, wie immer, noch einiges andere

unangenehm aufgefallen, wenn sie nicht gerade ihre Lieblingsserie gekuckt hätte, *Task Force Police*, mit britischen Kriminalbeamten.

Richtig auf achtzig war Mama dann, als sie Plätzchen backen mußte, weil ich die zu Konfi mitbringen sollte, damit sie in der Innenstadt bei einem Basar zugunsten von »Brot für die Welt« verkauft werden konnten. Was dieser Pastor sich dabei denke, hier die Mütter seiner Konfirmanden auf Trab zu bringen mit seinen verqueren Vorstellungen von Mildtätigkeit. »Der hat doch selbst noch nie am Herd gestanden und 'n Backblech eingefettet!«

Mama war sowieso schon fuchsig, weil die Armleuchter bei Ceka alle Fotos durcheinandergerührt hatten. Da war beim Entwickeln irgendeine Maschine zu Bruch gegangen, und Mama mußte Bildbeschreibungen anfertigen, um an die richtigen Fotos zu kommen. »Als ob man sonst nichts zu erledigen hätte! Und nun soll ich hier noch Plätzchen backen, um der Dritten Welt 'n Gefallen zu tun!«

Nachdem Pastor Böker das Backwerk eingesammelt hatte, zählte er die prägenden Kennzeichen der Vorweihnachtszeit auf, das Warten und das Wartenkönnen. Alle würden warten: Kinder, Heranwachsende und Erwachsene. Wer nicht warten könne, der habe ein Stück des Menschseins verloren. »Aber worauf warten?«

Aufs Christkind?

»Wir warten auf Gott und sein Tun«, sagte Pastor Böker. »Menschen warten darauf, daß andere etwas tun. Wir werden aber auch erwartet. Das ist es, was uns aus der stillen Wartehaltung heraustreibt.« Wir würden von vielen Menschen erwartet, mit unseren Worten und unserem Tun. Und hinter diesen Menschen stehe Gott selbst, der auf uns warte. »Gott wartet auf uns, auch heute. So lieb hat uns alle Gott.«

Und wo erwartete uns Gott? Im Jenseits. Das konnte ich nun wieder erwarten. Mir war das ganze Christentum schon längst nicht mehr so recht geheuer. Hexenverfolgung und Ketzerverbrennung, das konnte es doch wohl nicht sein, was Jesus gewollt hatte bei seiner Verkündigung des Evangeliums der Liebe. Und ob Jesus selbst wirklich jemals am Leben gewesen war und Wundertaten vollbracht hatte? Die Brotvermehrung und die Speisung der Soundsovielen? Ich hatte da meine Zweifel. Auch an der jungfräulichen Empfängnis und der Sache mit der Wiederauferstehung. Als kleiner Junge hatte man noch alles geglaubt und sich einen vom Pferd erzählen lassen, aber über dieses Alter war man hinaus, wenn man auf die 14 zuging.

Mama kam mit aufgedonnerter Frisur aus der Stadt zurück. Wobei, Frisur war untertrieben; das war mehr so 'ne Art Astronautenhaube. Ich konnte mir nicht vorstellen, daß Papa sowas schön fand. Es war fraglich, ob das überhaupt irgendein Mann auf der Welt schön finden konnte. Aber weshalb rannten die Weiber dann alle wie besessen zum Damenfriseur und zahlten auch noch Geld dafür, so abartig verunstaltet herumzulaufen?

Gladbach verpaßte Kickers Offenbach mit einem 2:0 einen Denkzettel und stand damit als Herbstmeister fest, weil Braunschweig in Bochum verloren hatte. Die Herbstmeisterschaft war zwar nur die halbe Miete, aber doch ein Indikator für den weiteren Verlauf der Saison. Davon ging ein gewisser Signalcharakter aus, der auch psychologisch ins Gewicht fiel.

In der Küche spickte Mama unseren alten Adventskranz mit frischem Tannengrün und machte sich dann für den großen »Ball der Ingenieure« fein, der irgendwo im Herzen Meppens steigen sollte. Papa mußte aus Loyalität zu seinem Betrieb daran teilnehmen, und Mama freute sich darauf, mal unter andere Leute zu kommen als unter Volker, Wiebke und mich. »Von euch Jöselpötten hab ich für heute genug!«

Und so konnte ich mir spätabends in aller Seelenruhe einen Western ankucken, mit Schießereien, Banküberfällen und Lynchjustiz, ohne mir Mamas Kommentare dazu anhören zu müssen.

Volker wünschte sich zu Weihnachten, daß Papa sein altes Moped wieder flottmachte, die Victoria. Zwanzig Jahre hatte die auf dem Buckel und war 1962 stillgelegt worden.

Papa verdrehte die Augen. Da müsse er ein neues Getrieberitzel beschaffen, und nach all den Jahren wäre das wie die Suche nach der Nadel im Heuhaufen.

Da wuchs man nun zum jungen Mann heran, aber das Aufstehen fiel einem tausendmal schwerer als damals im Vorschulalter. Wer wollte schon aufstehen, wenn die einzige Verlockung auf dem Weg vom Bett in die Penne und zurück in einem winzigen Adventskalenderschokoladenhäppchen bestand?

Mathe, Franz und Geschi. Johannes Gutenberg: Der hatte die Buchdruckerkunst erfunden und war trotzdem in bitterer Armut gestorben. Wenn der Typ mal 'ne moderne Buchhandlung von innen gesehen hätte, wäre er bestimmt hintenübergekippt.

Die größte in Meppen hieß Meyer. Nah an der Schule, gegenüber vom Rathaus. Bei Meyer streifte ich von Zeit zu Zeit durch die Regalreihen, aber die Bücher und selbst die Taschenbücher waren alle zu teuer für mich.

Einmal trat mir da der Gerdes auf den Fuß: »Du auch hier?«

»Die Welt ist doch ein Dorf!« hätte ich antworten können, wenn ich schlagfertig genug gewesen wäre. Oder auch: »So sieht man sich wieder!«

Der Gerdes erzählte mir, daß sein älterer Bruder in Bielefeld Soziologie studiere und daß die da auch Seminare über Sexualität abhielten. Die nähmen kein Blatt vor den Mund, die Herren Studenten. Da werde alles aufgerollt.

Mama ging schon wieder aus, zu irgendeinem Damenkränzchen. Die wollte es jetzt wohl wissen, schien mir, und ich freute mich auf den nächsten Western ohne Mamas Genöcker, aber dann kam plötzlich Papa mit 'ner Flasche Bier ins Wohnzimmer und pflanzte sich dazu. Das machte er sonst frühestens um elf.

John Wayne verkörperte diesmal einen Bankräuber, der mit zwei Komplizen auf der Flucht war. Längelangs durch die Salzwüste von Arizona, und das mit knochentrockener Kehle. Irgendwann stießen sie auf einen Planwagen und darin auf eine schwangere, von ihrem Mann im Stich gelassene Frau. Der mußten sie beim Gebären helfen, ohne einen Funken Sachverstand, und als sie kurz danach starb, war das Trio erst recht angeschmiert: Was sollten die drei entkräfteten Rowdys in der Wüste mit einem krähenden Säugling anstellen?

Der sterbenden Mutter hatten sie geschworen, das Kind zu retten, und so zogen sie dann, während Papa sich eine neue Bierflasche holte, weiter, einem Stern hinterher, wie die Heiligen Drei Könige, in der Hoffnung, in einer Stadt namens New Jerusalem eine Adoptivstation für das Baby zu finden, obwohl sie wußten, daß sie auf diesem Weg dem Sheriff in die Arme liefen.

Der jüngste und am schwersten verletzte von den Bankräubern brach zusammen, hatte aber noch 'ne Masse zu wimmern, als er da so im Wüstensand lag. Daß der Knabe auf der Abschußliste stand, war jedem, der sich auch nur ein bißchen auskannte mit Western, klar wie Kloßbrühe mit dicker Tinte, und dennoch wollten und wollten die letzten Worte kein Ende nehmen. Immer noch eins und noch eins.

»Mann, nun kratz doch endlich ab«, sagte ich, und Papa rief mich zur Ordnung. Ob ich noch ganz bei Groschen sei, solche Ausdrücke in den Mund zu nehmen? Aber ich fand das eben kitschig, und das sagte ich auch, und darauf erwiderte Papa nichts mehr. Ich war mir sicher, daß er das genauso kitschig gefunden hatte wie ich.

John Wayne gefiel mir trotzdem, auch in diesem Western. Rauhe Schale, weicher Kern. Renate hatte mir mal gesteckt, daß John Wayne ein ulktrakonservativer Fiesling sei, aber wen interessierte denn die politische Einstellung von Schauspielern? Mir wär's auch egal gewesen, wenn Raimund Harmstorf CDU gewählt hätte. Na ja, so ganz egal vielleicht nicht. Aber für welche amerikanische Partei John Wayne war, das ging mir doch am Arm vorbei. Vielleicht hätte Renate mal selbst in der Salzwüste von Arizona in so 'nem Planwagen liegen sollen, in anderen Umständen, mit höllischem Durst dazu und womöglich noch mit 'ner Schußverletzung. Wenn dann zufällig John Wayne des Wegs gekommen wäre, hätte Renate ja auch nicht erst über die Gleichberechtigung der Frau diskutiert, sondern sich gefreut, daß ihr da ein gestandenes Mannsbild zu Hilfe eilte und nicht der Juso-Chef von Idar-Oberstein, mit Hängeschultern und Kassengestell.

Shall we gather at the river,
where bright angel feet have trod …

Der größte Cowboy von allen war und blieb John Wayne. Daran gab es nichts zu deuteln.

Papa hatte eine Anzeige aufgegeben, daß er einen alten Victoriamotor suche, und jemand aus Hebelermeer rief an. Der besaß so ein Ding. Hebelermeer, das war irgendwo bei Twist, am Arsch der Welt. Mama und Papa fuhren hin, und als sie wiederkamen, trug Papa den betagten Motor in die Werkstatt, und Mama sagte, daß Hebelermeer in einer wahrlich gruseligen Gegend liege. Da sei der Hund verfroren.

Schweinsbrutal ging es in einem Schwarzweißfilm zu, der auf einer Pflanzung in Hinterindien spielte. Da wurde gleich zu Anfang ein Mann von einer Frau mit sechs Kugeln durchsiebt. Die Frau behauptete, der Mann habe sie vergewaltigen wollen, aber wie sich herausstellte, war er ihr Geliebter gewesen, und sie hatte ihn aus Eifersucht umgeballert, und am Ende wurde sie von dessen Witwe abgestochen.

Die Hauptdarstellerin hatte ziemliche Glubschaugen. Bette Davis. Nicht gerade 'ne Schönheit.

Mama ging abermals abends aus, gemeinsam mit Papa in diesem Fall, zu einem »Barbarafest« mit Tanz und Jux und Dollerei. Barbara, so hieß die Schutzheilige der Artillerie. Bei dem Fest gossen sich die E-Stellen-Mitarbeiter und deren Ehefrauen einen auf die Lampe. Von mir aus hätte diese neumodische Ausgeherei ruhig noch extremere Formen annehmen können. Sonst wurde man abends dauernd in die Kellerwerkstatt gerufen, um Bretter oder Nägel anzureichen oder um den Schraubstockhebel festzuhalten, wenn Papa da was zu hämmern hatte, und wehe, man machte irgendwas falsch. Dann fuhr er sofort aus der Haut: »Du stellst dich mal wieder an wie der erste Mensch!« Es ging ihm schwer gegen den Strich, daß es auch Leute mit zwei linken Händen gab.

Was Papa baute, paßte millimetergenau zusammen, aber in der Werkstatt herrschte ein einziges Durcheinander. Wie er sich in dem

Gewusel aus Kabeln, Schraubenmuttern, Schmirgelbesen, Zangen, Bürsten, Sägeblättern, Pinseln, Kanistern, Autoschrott und Spülmaschinenschläuchen zurechtfand, kapierte ich nicht.

Den Nikolaustag versüßten mir die Fohlen zusätzlich mit einem Auswärtssieg: 1. FC Köln – Gladbach 0:4. Mehr konnte man nicht verlangen.

Im ZDF kam dann ein Krimi über einen Mörder, der die Tat zwar in Notwehr begangen hatte, aber die Leiche lieber verschwinden ließ, als der Polizei Rede und Antwort zu stehen. Doch das Versteck wurde entdeckt, und von da an zog sich die Schlinge um den Hals des Mörders immer enger zusammen. Vielleicht wäre es cleverer gewesen, wenn er die Leiche in der Badewanne zerteilt und im Hausmüll untergewühlt hätte, vermischt mit Hühnerknochen und anderen Küchenabfällen. Dann hätte doch nie einer was gemerkt. Aber wie hätte man einen Menschenkopf zerstückeln sollen? Mit der Axt? Ijasses! Dann lieber gestehen und als Totschläger zu zwanzig Jahren Alcatraz verknackt werden, hätte ich gesagt.

Der Hauptdarsteller hieß Edward G. Robinson. Dessen Schurkenvisage war mir schon öfter begegnet. Mit so 'nem Gesicht hatte der in Hollywood wohl nie die Chance gehabt, einen von den Guten zu spielen. Oder wenigstens jemanden ohne leichengepflasterten Lebensweg.

Für seinen nächsten Brief hatte Michael sich eine Anrede ausgedacht, die ich ihm heimzuzahlen gedachte.

An Martin, den mausigen Mopshund von Meppen!

Du wirst sicher sauer sein, daß ich erst so spät schreibe, aber ich habe eine Entschuldigung. Erstens mal hab ich schon einen Brief geschrieben, aber den konnte ich mangels 2 DM fürs Portoheftchen und aus Faulheit nicht abschicken, und zweitens … aber das erzähle ich ja jetzt: Ich habe also endlich 2 DM zusammengeknausert und sie auch in ein 2-DM-Stück umgetauscht, gehe zum Apparat, werfe das Geld ein und ziehe – nichts. Ich drücke auf den Knopf mit der sinnigen Aufschrift »Bei Versagen drücken«, aber wieder nichts. Da es ohnehin schon kurz vor 5 ist, warte ich auf den Postbeamten, der den Briefkasten leeren soll. Um Viertel nach 5 stehe ich bei klirrender Kälte immer noch da, und der

Briefkasten ist immer noch voll. Also gehe ich nach Hause und muß morgen zur Post nach Vallendar und eine eidesstattliche Erklärung abgeben, daß das auch stimmt mit den 2 DM. Bloß – wie komme ich da runter? Zum Gehen habe ich keine Lust, und fürs Fahrrad ist es zu kalt. Also wirst Du Dich noch ein wenig gedulden müssen, bis Du diesen Brief in die Tatzen kriegst. Denn wo soll ich das Geld für die Briefmarke hernehmen? Na, ich werde mal versuchen, morgen doch zum Postamt zu gehen und mir meine zwei Mark zu holen. Ob ich's wohl schaffe? So, wie Du mich kennst, sicher nicht.

Heute ist morgen (das da oben habe ich gestern geschrieben). Gerade eben ist wieder was mit Jakob gewesen. Holger und ich kommen von der Schule, unsere Mutter öffnet uns mit verweinten Augen die Tür und erzählt uns, daß der Jakob vor zwei Stunden von 'ner Katze gejagt worden und auf 'nen Baum geflogen ist, und die Katze ist abgehauen (die wollte gar nichts vom Jakob, die hat sogar mit meiner Mutter geschmust). Dann ist der Jakob wieder vom Baum runtergeflogen, und meine Mutter hat gedacht, der sei wieder im Käfig. War er aber nicht. Tja, Holger und ich haben uns gleich auf die Socken gemacht, leider ohne Erfolg. Na, und als wir heimkommen, wer hoppelt da in seinem Käfig? Jakob! Weiß der Teufel, wo der die zwei Stunden war. Jedenfalls isser wieder da. O lucky day!

Sonst hat sich kein Vorkommnis zugetragen, das der brieflichen Erwähnung wert wäre (igitt).

Tchühhühüähhäß – BLBLBL DMGS!

Mein Antwortbrief mußte mit einer Begrüßung beginnen, die der von Michael ebenbürtig war. An Micky, den mickrigen Moppel vom Mallerer Berg oder so.

Für Samstagabend hatten Mama und Papa Heerscharen von Gästen eingeladen, und Mama fing bereits am Mittwoch mit den Vorbereitungen fürs kalte Büfett an. Was fertig war, kam in die Tiefkühltruhe. Eine große Sache stand uns da bevor. Eine regelrechte House-Warming-Party, in Mamas Worten. Es gehe nicht an, daß sie in Meppen ihr isoliertes Leben als Hausfrau fortsetze, ohne Bekanntenkreis und alles, was dazugehöre, wenn man ein normales Leben fristen wolle, sagte sie und hantierte am Küchentisch mit dem Gurkenhobel. Immer nur Einkaufen, Kochen und Saubermachen, das sei ihr in Koblenz lange genug auf den Deckel gegangen. Hier müsse das anders werden. »Und nun tu mir die Liebe und bind dir endlich deine Schuhe richtig zu! Muß ich denn alles dreimal sagen? Und kämm dir mal die Haare! Du siehst wieder aus wie bestellt und nicht abgeholt!«

Den Gangsterboß Al Capone hatte das FBI nur wegen Steuerhinterziehung drangekriegt, obwohl dieser Brutalinski in eine Kette von Mordfällen verwickelt gewesen war. Das sah man alles haarklein in einem Film mit Rod Steiger in der Hauptrolle. Auch noch so ein Name, den man sich merken sollte.

»Nun danket alle Gott, daß wir keine Zustände wie in Amerika haben«, sagte Papa, als der Film zuende war.

Die Mafia besaß in den USA noch immer große Macht, und alle wußten darüber Bescheid. Eigentlich ja kaum zu fassen, daß da eine Meute von Schwerverbrechern Millionen und Milliarden kassierte und die Polizei dagegen praktisch wehrlos war.

Die Fohlen besuchten die Zebras vom MSV Duisburg, semmelten ihnen ein Tor rein und fuhren zurück nach Gladbach. Ätschi! Wieder eine Runde weiter im DFB-Pokal.

Wiebke bepinselte einen Kerzenständer für Tante Therese. Ich mußte mir auch noch was einfallen lassen für meine Paten, Tante Dagmar, Tante Gertrud und Onkel Dietrich, und für Oma Schlosser und Oma und Opa Jever. Und für Mama und Papa und meine lieben Geschwister. Aber mit mehr als dreizehneinhalb Jahren konnte ich mich auch nicht mehr gut hinsetzen und Kerzenständer oder Holzlöffel bunt anmalen. Diese ewigen Kerzenständer und Holzlöffel kotzten die Verwandten höchstwahrscheinlich schon seit langem an, nur daß sich das niemand zu sagen traute.

In den meisten Fällen, fand ich, war ein Briefchen als Geschenk genug, wenn man so wenig Geld besaß wie meiner einer.

Auf dem Hinweg zur Schule war die Bahnschranke unten und auf dem Rückweg die Hubbrücke oben. Als ob da Dämonen am Werk wären, die mich unterbuttern wollten. Und gleich hinter der Hubbrücke knallte mir plötzlich von links ein Auto ins Rad.

Ein Mann half mir hoch, und ein anderer sagte, er habe die Autonummer notiert. Der Fahrer hielt mit seinem Käfer erst ein gutes Stück weiter unten am Straßenrand an und stieg aus und kam angelaufen.

Außer dem Schrecken hatte ich nicht viel abgekriegt. Das Fahrrad dafür um so mehr: Der Vorderreifen war völlig verknautscht, und das Rücklicht und der Ständer waren abgebrochen. Papa würde mir 'ne schöne Szene machen. Oder auch nicht, denn der Käferfahrer hatte mir beim Abbiegen die Vorfahrt genommen. Er fragte mich, ob ich verletzt sei, und der Mann, der mir auf die Beine geholfen hatte, pflaumte ihn an: »Was sind denn Sie für 'n Sonntagsfahrer?« Dieser Mann schrieb mir seine Telefonnummer auf, als Unfallzeuge, für den Fall der Fälle. Ich erhielt auch einen Zettel mit Namen, Adresse und Telefonnummer des Käferfahrers. Er riet mir, das Rad bei Geyer reparieren zu lassen. Das war das Fahrradgeschäft neben dem Kreisgymnasium. Die Kosten würde er mir natürlich erstatten.

Ich war froh, daß ich mir nichts gebrochen hatte, und fast noch froher, als der ringsherum entstandene Menschenauflauf endlich wieder auseinanderging. Nicht daß ich mit diesem Scheiß noch in die Zeitung kam. An ein Lied von Ulrich Roski mußte ich dabei denken:

Eine Hausfrau, die gern kocht, geht vorüber und sinniert,
Ob man Menschenauflauf wohl mit Speckstreifen garniert …

Am frohesten von allen war wohl der Käferfahrer. Schließlich hätte ich auch tot sein können. Oder hirngeschädigt und rollstuhlreif, und der Typ hätte die Kosten für siebzig Jahre Klapsmühle übernehmen müssen.

Um das demolierte Rad nachhause zu befördern, mußte ich es beim Schieben vorne anheben und mich dabei anglotzen lassen.

Und die Bahnschranke war wieder unten.

Mit dem Mittagessen hatten die andern schon angefangen. Kartoffelbrei, Spinat und Spiegeleier. Eins von Mamas sieben Standardgerichten, und nicht das schlechteste, obwohl die sich nicht groß was nahmen. Die übrigen sechs waren Kartoffeln mit Klopsen und Bohnen, Kartoffeln mit Klopsen und Erbsen, Kartoffeln mit Klopsen und Möhren und Kartoffeln mit Gulasch und Blumenkohl sowie Spaghetti mit Spiegeleiern. Gerichte mit Koteletts, Schnitzeln und Hähnchen kredenzte Mama uns nur sonntags. Ente, Gans oder Kaninchen blieben hohen Feiertagen vorbehalten.

Wo ich mich so lang herumgetrieben hätte, wollte Mama wissen. Das Essen werde ja schon kalt!

»Mir ist einer reingefahren«, sagte ich, doch das schien niemanden zu interessieren. Ich hatte geglaubt, das sei die Sensation des Tages, aber bitte, wenn man hier noch nicht einmal als Verkehrsunfallopfer im Mittelpunkt stand, konnte ich auch die Klappe halten. Hätte ich ja nicht gedacht, daß Mama und Papa so gelassen auf die Nachricht reagierten, daß mir einer reingefahren sei. Die quatschten einfach weiter übers Finanzamt und Papas Versorgungsbezüge. Man lernte doch wirklich nie aus.

Zum Nachtisch gab's Kirschjoghurt. Ich saß als letzter Mann am Tisch. Volker und Papa hatten hinten im Wohnzimmer schon ihre Kaffeetassen leergepichelt, und ich kratzte gerade meinen Joghurtbecher aus, als Papa reinkam, aufgeregt wie ein Handfeger, und mich fragte, was um Himmels willen mit dem Fahrrad los sei. Ich hatte es im Vorgarten an die Teppichstange gelehnt, und da mußte Papa es erblickt haben, auf dem Weg zum Peugeot.

»Hab ich doch gesagt! Da ist mir einer reingefahren!«

»Reingefahren! Und wer ist dir da reingefahren? Etwa 'ne Dampfwalze?«

Jetzt kam auch Mama angeschossen. Ob ich noch klar bei Verstand sei? »Mann Gottes! Du sitzt hier seelenruhig rum und löffelst Joghurt, ohne ein Wort darüber zu verlieren, daß du fast draufgegangen wärst im Straßenverkehr! Junge!«

»Wieso? Ich hab euch doch gesagt, daß mir da einer reingefahren ist!«

»Reingefahren, ja, aber wir haben doch alle angenommen, daß du mit 'm Radfahrer zusammengerasselt wärst! Und nun erklär dich mal!«

Als ich das getan hatte, rief Mama den Käferfahrer an und ließ sich von dem alles bestätigen. »Und du hättest trotzdem besser die Polizei rufen sollen«, sagte sie, als sie aufgelegt hatte. Man könne nie wissen.

Den Nachmittag verbrachte Mama brötchenschmierenderweise in der Küche und den frühen Abend im Elternschlafzimmer vorm Garderobenspiegel, wo sie sich verschiedene Halsketten umhängte, um abzuschätzen, ob die farblich zum Abendkleid paßten. Danach ging sie zu Haarspray und Lippenstift über und machte kauzige Bewegungen mit dem Mund, um den Farbstoff gleichmäßig zu verteilen. Wie Cheetah beim Betteln um 'ne Banane.

Im Spiegel sah Mamas Mund immer irgendwie schief aus.

Dann kamen fünf Ehepaare hereingeschneit, aus Esterfeld, Rühle, Nödike und Twist und eins sogar aus Emmer-Compascuum. Mama hatte massenweise Besäufnisse organisiert für die Gäste, und es gelang mir, eine Flasche Bier für mich selbst abzuzweigen und die in mein Zimmer zu schleusen. Mit einem halben Liter Bier in der Blutbahn würde ich leichter darüber hinwegkommen, daß ich im zweckentfremdeten Wohnzimmer den Western mit Gary Cooper nicht kucken konnte.

Als ich mich schlafen legte, war unten noch Halligalli. Und wie!

Im Keller wurstelte Papa an dem in tausend Einzelteile zerlegten Moped herum. Wie Daniel Düsentrieb, bloß langsamer.

Und wozu das ganze? Damit Volker durch die Wallachei karriolen konnte, ohne Sinn und Verstand, denn es gab ja kein einziges lohnendes Ausflugsziel, sondern überall nur Äcker, Weiden, Gräben, Zäune, Matsche, Moor und Lehm und öde Käffer. Links 'ne Pappel, rechts 'ne Pappel. Auch die Hünengräber, von denen ich mir wer weiß was versprochen hatte, machten den Kohl nicht fett. Die Germanen, die da in grauer Vorzeit irgendwelche Findlingsblöcke aufgetürmt hatten, mußten sich auch schon ziemlich stark gelangweilt haben, denn sonst hätten sie das gelassen.

Nicht mal schlittenfahren konnte man in Meppen, mangels Gefälle. Die höchsten Bodenerhebungen im Umkreis von einhundert Meilen bildeten die Maulwurfshügel am Haseufer. In Koblenz hatte ich mich zwar auch vieles angeödet, der Stinkebus, die Schule und vor allem das Berghochlatschen nach Katche, aber da war wenigstens noch Leben in der Bude gewesen. Neulich hatte sich da sogar mal 'ne Frau aufgehängt, und alle naselang war Hochwasser oder sonst irgendwas.

Michael und Holger schrieb ich, daß sie doch mit ihren Rädern per Bahn nach Meppen kommen könnten, in den Osterferien oder spätestens in den Sommerferien, und dann würden wir zusammen zurück nach Koblenz radeln. Am Dortmund-Ems-Kanal lang und dann durchs Sauerland zum Rhein. Mit 'nem Dreimannzelt, Flickzeug, Proviant und Kilometerzähler. Heidewitzka!

Beim Abendbrot rühmte sich Mama, daß ihre Aufschnittplatten gestern aufs höchste gelobt worden seien von den Besuchern, und da ließ Papa wieder einmal seinen gehässigen Schnalzlaut hören, für den es keine passenden Buchstaben im Alphabet gab. In manchen Büchern sagten die Leute zwar »Ts, ts!« oder »Dz, dz, dz!«, aber Papas Zungenschnalzen klang anders, und es bedeutete ungefähr soviel wie: »Es ist doch wirklich unfaßbar, mit welchen Idioten ich 's hier zu tun habe.« Er machte es ziemlich oft, und eben auch jetzt, und dann wies er Mama zurecht: »Hätten die etwa sagen sollen, also, das war ja vielleicht 'n widerlicher Schweinefraß, den Sie uns da vorgesetzt haben?«

Ich mußte lachen, aber Mama lief weinend nach oben und schloß sich im Elternschlafzimmer ein. Und Papa verschwand im Keller.

Überschrift: Familienleben.

Am Montagmorgen schleppte ich das kaputte Fahrrad zu Geyer und wurde gleich angeblafft, als ich da vorn durch die Ladentür wollte: »Hier doch nicht! Hintenrum! In die Werkstatt!«

Hätten die Ärsche das nicht draußen dranschreiben können?

In zwei Tagen, hieß es, könne ich das Rad wieder abholen. Solange durfte ich zu Fuß durch Meppen schlurfen.

Mama hatte Weihnachtsgeschenke für die Jeveraner eingepackt: Kalender, Pralinen, Rasierwasser und noch andere Drogeriewaren. Ich sollte meine Zeigefingerspitze auf die Paketschnurschleife pressen, damit Mama einen strammen Knoten binden konnte. Für Onkel Dietrichs eine Tochter, deren Patentante sie war, hatte Mama ein Puppenservice und einen Spielzeugmixer gekauft und für Tante Hanna ein Buch mit Redensarten und Versen in ostpreußischer Mundart.

De Oadeboar, de Oadeboar, de steiht op sinem Nest,
un wöll er sick e Varjneege moake, denn klappert er mit sine Freß.

In das Paket für Tante Therese stopfte Mama ein Marzipanbrot, Wiebkes krummscheibelig bemalten Kerzenständer und eine sogenannte Schwedenkerze, die aber für den Karton eine Nummer zu dick war. Der platzte immer wieder auf, trotz Tesafilm, und Mama kriegte fast zuviel. Zu guter Letzt klebte Papa drei Meter Paketband drumherum, so fest, daß man sich fragte, mit welchen Einbruchswerkzeugen Tante Therese das Paket wieder knacken sollte.

Wiebke wünschte sich zu Weihnachten einen Goldhamster und hatte sogar ein Gedicht deswegen verbrochen, mit bunten Filzern, jede Zeile in einer anderen Farbe:

Ein Goldhamsterchen ist ein reinliches Tier;
ich hätte es gerne zuhause bei mir.
Pepik würde ich es nennen
und mich nie mehr von ihm trennen.
Ich würde ihm ein Häuschen geben
und meinen Pepik gern pflegen.
Aber meine Eltern sind dagegen.
Sie sagen, ich würde ihn nicht pflegen.

Ich für mein Teil hätte lieber einen Hund gehabt. Ein treues Tier, das vor Freude kläffte, wenn ich von der Schule nachhause käme. Vom Mittagstisch hätte ich dem Hundchen Knorpel und Knochen zuschustern und es nachmittags im Fichtendickicht bei der E-Stelle auf die Karnickel hetzen können, und am Abend hätte es in einem Körbchen in meinem Zimmer schlummern dürfen. Es hätte kein Berner Sennenhund sein müssen. Ein Dackel, der mit mir als seinem Herrchen durch dick und dünn gegangen wäre, hätte mir vollauf genügt, oder ein Spaniel, so wie der von dem Vollwaisen Stubs in den Büchern von Enid Blyton.

Im Kleinanzeigenteil gab es eine Rubrik, in der jeden Tag Hundewelpen zum Verkauf angeboten wurden, zu Spottpreisen, aber nein! »Werd du erst mal erwachsen«, sagte Mama, »dann kannst du dir deinen Haushalt so einrichten, daß die Tölen da alles rund um sich zuscheißen. Ich hab genug zu tun, auch ohne so 'ne Flohschleuder im Haus!«

Mit der Quittung für die Fahrradreparatur – neuer Rückstrahler, Räder gerichtet, Gabel befestigt: 10,95 DM – gurkte ich bis ganz nach Teglingen, um die Penunzen von dem Unfallpiloten einzutreiben, aber der war nicht zuhause. Oder er stellte sich tot, der Hallodri. Shampoonierte sich quietschfidel in der Badewanne, während ich vor der zuen Haustür stand.

Im Dritten kam ein Musical mit Fred Astaire. Weshalb Mama sich darauf gespitzt hatte, war mir unbegreiflich. Da wurde nur herumgehüpft und gefeixt und gesteppt, klickedi-klackedi-klack, mit den Schuhabsätzen. Erholen konnte man sich danach im Zweiten bei einem Film, in dem ein Trickbetrüger Stan und Ollie eine Wunderpille zur Herstellung von Benzin andrehte, aber diesen Film fand nun wieder Mama kindisch. Die war, was ihren Filmgeschmack betraf, irgendwie schief gewickelt.

Aus Vallendar waren zwei Briefe für mich eingetroffen, einer von Holger und einer von Michael. Den von Holger nahm ich mir als ersten vor.

Du Primat, Du Geizhals, Dagobert Duck, Blödmann, Depp!

Puuuh, das mußte mal sein. Als Rache dafür, daß Du uns abverlangst, in den Sommerferien zu Dir zu kommen. Warum kommst Du nicht zu uns? Ich dachte, Du vermißt Vallendar! Also, Du kommst in den Sommerferien her, und wenn's Dir gefällt, bleibst Du für immer hier.

Da ich weiß, daß dies nicht klappen wird, mache ich noch einen anderen Vorschlag, bei dem zu ca. 75% wahrscheinlich ist, daß er sich verwirklichen läßt: Wir – Volker, Harald, Michael, Du und ich – treffen uns in den großen Ferien auf einem Campingplatz, der in der Mitte zwischen Meppen und Vallendar liegt. Harald und Volker unterneh-

men was zusammen, und wir drei können ja für uns alleine was machen.

Nun zum Finanziellen: Harald ist in den Herbstferien zur Weinlese gefahren und hat jetzt noch 140.– DM. Davon will er sich ein Dreimannzelt kaufen. Michael und ich haben bis jetzt 25.– DM. Dieses Geld soll der Anfang für die Freßkosten sein (natürlich muß noch viel mehr gespart werden). Für Luftmatratzen und Schlafsäcke ist gesorgt.

Jetzt zu Euch: Soviel ich weiß, besitzt Ihr ein Zelt und einen Spirituskocher. Fehlt nur noch der Ort, wo wir uns treffen. Es gibt, wie ich glaube, viel zu erzählen.

Tschüß, Dein Holger!

Ein Campingplatz in der Mitte zwischen Meppen und Vallendar? Tante Gertrud: Die wohnte in Bielefeld, und wir hätten ja, um Geld zu sparen, vielleicht in deren Garten zelten können …

Als ich Michaels Brief las, fragte ich mich, ob ich in meinem letzten zu stark auf die Tube gedrückt hatte.

Schnüff!

Meine Güte, bist Du ein armes Schwein! Mir sind ja bald die Tränen gekommen, als ich Deinen Brief gelesen habe. Ich werde eine Martin-Schlosser-Stiftung gründen. Da laß ich ganz viel Geld für arme Kinder in Meppen sammeln (mal ganz was Neues) und schicke 3% davon zu Dir. (Den Rest behalte ich selbst, für die Mühe.)

Deinen Wunsch, wieder nach Vallendar zu ziehen, kann ich beim besten Willen nicht verstehen. Tja, hier hat sich wohl mal 'n Weib erhängt, aber was hat unsereiner davon? Wär die Frau erhängt worden, gegen ihren Willen, dann wäre das schon eher ein Grund gewesen, der für Vallendar spräche. Da hätte ich Detektivarbeit verrichten können, wenn's nicht so kalt draußen wäre. Aber so? Ich an Deiner Stelle würde mich nicht wundern, wenn Holger und ich eines Tages als Auswanderer vor Deiner Haustür in Meppen stünden.

Meine eigenen Erzählungen sollen Dir mal zeigen, wie langweilig das hier ist. Erstens: Fast jeden Abend räume ich mein Zimmer auf und stelle Bücher in den Schrank, sammele alle möglichen Zettel und ordne sie, schreibe alles mögliche auf usw. Du kannst Dir gar nicht (oder vielleicht doch) vorstellen, wie schaurig das ist! Du gehst so um 9 Uhr ins Zimmer rauf, lernst 'n bißchen was für die Schule, und dann geht's los.

Irgendein innerer Zwang paukt Dir ein, daß der Tisch da in der Ecke nicht schön steht, daß die Bücher viel zu schief liegen und der Schrank zu unordentlich ist, und mit fiebrigen Augen stürzt Du Dich auf den Tisch, die Bücher und den Schrank und schiebst bis 10, 11 Uhr am Tisch und an den Büchern und am Schrank herum, bis Du die Augen nicht mehr offenhalten kannst und ins Bett kippst. Und wovon träumst Du? Vom Tisch und von den Büchern und vom Schrank, und sogar im Traum bist Du noch am Rumrücken und Schieben. Das ist ein Leben!

Zweitens: Ich bin, stell Dir das mal vor, in eine »Band« eingetreten! Ja, 'ne Band, die so allerhand Zeugs spielt, unter anderem auch Musik. Die Band besteht zum größten Teil aus welchen von meiner Klasse, bloß der Klavierspieler ist aus 'ner anderen. Die Zusammensetzung sieht wie folgt aus: 1 Klarinette, 1 Trompete, 1 Banjo, 2 Gitarren, 2 Geigen (eine bin ich) und 1 Klavier. So was hat's noch nie gegeben. Als wir uns das erste Mal versammelt haben, war das allerdings ein schöner Reinfall. Die Klarinette und die Trompete haben alles andere einfach übertönt, und richtige Noten haben wir auch nicht gehabt, weil's so 'ne Kombination ja noch nie gegeben hat. Doch der Weg zum Erfolg steht uns offen! Morgen ist das nächste Treffen. Dann wollen wir uns am »Entertainer« versuchen.

Wie Du siehst, ist es hier so langweilig, daß man auf die verrücktesten Ideen kommt.

Ach ja, was ich fragen wollte: Spielst Du eigentlich noch Klavier? Bitte, bitte ja! Das wäre schön. Wenn (wenn, wenn, wenn, wenn!) ich dann mal irgendwann vorbeikommen kann, bring ich die Geige mit, okay? Also, spiel gefälligst noch Klavier! Bitterscheen!

Und such im Atlas mal 'nen Ort, wo ganz dick drübersteht: HIER GIBT ES KEINE LANGEWEILE! Im nächsten Brief dann bitte Längen- und Breitengrad angeben, ich wandere dorthin aus.

In Konfi sollten wir uns in Stichworten darüber äußern, wie wir uns das Reich Gottes vorstellten. Pastor Böker schrieb alles auf: Frieden, Einssein, Seligkeit, Harmonie, Erlösung, Ruhe, Liebe, Lockerlassen, Verbrüderung, Vergebung, Nähe, Glück, Entspannung …

Das hörte sich zwar alles ganz erbaulich an, aber im Jenseits als Engel rumzuflattern, mit 'ner Harfe, und dem lieben Gott ein Ständchen nach dem anderen darzubringen, bis in alle Ewigkeit? Das müßte einem doch, wie Karl Valentin mal geschrieben hatte, irgendwann unbedingt langweilig werden. Und was hätte Gott davon gehabt, sich immerzu von seinen Geschöpfen anhimmeln zu lassen?

Da stimmte doch was nicht.

Von meiner zweiten Tour nach Teglingen brachte ich die 10,95 DM mit nachhause. Der Käferfahrer hatte mir das Geld im Hauseingang auf den Pfennig genau in den Handteller gezählt und sich meine Unterschrift auf einem Wisch ausbedungen, der besagte, daß hiermit alle Forderungen von meiner Seite abgegolten seien, und dann hatte er sich wieder in den Zigarettenmief seiner Wohnung zurückgezogen.

Wenn ich am Unfalltag die Polizei gerufen hätte, wären dem Arsch ein paar Punkte in der Flensburger Verkehrssünderkartei sicher gewesen.

Die Weihnachtsfeier des SV Meppen begann in einem Konferenzraum des Hindenburgstadions mit einem Super-8-Film von der WM '74. Da sah man noch einmal die entscheidenden Tore von Breitner und Müller im Endspiel. In ein paar Jahren würde auch ich im Dreß der deutschen Nationalmannschaft aufs Spielfeld laufen: Martin Schlosser, gefürchtet in aller Welt, im Feyenoord-Stadion, im Stadio Olimpico, im Parc-des-Princes, im Maracaná und nicht zuletzt im Münchner Olympiastadion.

Unter Uli Möllers Leitung zogen wir in eine Kneipe um, wo Didi einen Stiefel Bier bestellte. Das war ein Bierglas in Stiefelform, und man mußte, wenn man daraus trank, gut aufpassen, daß die Luftblase aus der Stiefelspitze nicht hochpulschte und einem die Fratze bespritzte.

Uli Möller teilte handgeschriebene Zeugnisse aus. In meinem stand:

Training: 1

Spiel: 1

Na bitte! Wer sagt's denn? Zwei Einsen hatte außer mir nur Didi. Als Prämie erhielten wir jeder einen Schokoladenadventskalender.

Meinen fraß ich auf dem Nachhauseweg leer, vom ersten bis zum letzten Türchen. Die Hülle premste ich in einen Abfallkorb, und dann wischte ich mir mit dem Handrücken den Mund ab.

Beim Nähen hatte Mama seit neuestem 'ne Brille auf. Für diesen Friemelkram seien ihre Augen nicht mehr gut genug. Weitsichtigkeit, die komme mit dem Alter, ob einem das nun passe oder nicht.

Oma Jever war noch schlimmer dran mit ihren Krampfadern. Papas Vater war an Krebs gestorben, Oma Schlosser litt an Gelenkbeschwerden, Tante Gertrud hatte Brustkrebs, Tante Doros Sohn Robert war Diabetiker, und Wiebke schielte. In unserer Sippe war der Wurm drin, keine Frage. Sorgen bereiteten mir selbst vor allem die weißen Flecken auf meinen Fingernägeln. Die Halbmonde unten am Nagelrand hatten die richtige Form, aber woher stammten die Flekken? Kalkmangel? Eisenmangel? Ob Mama uns alle falsch ernährte?

Um zu gesunden, aß ich beim Fernsehen abends sechs geschälte und entkernte Äpfel, während Gregory Peck den Streit zweier Rancher um eine Wasserstelle schlichten wollte, womit er sich aber nur Prügel und Duelle einhandelte. Wenn ich nach meinen Vorlieben bei Westernhelden gefragt worden wäre, hätte ich zuerst John Wayne genannt und dann James Stewart und an dritter Stelle Henry Fonda, der in »Spiel mir das Lied vom Tod« den Bösewicht markiert hatte. Um sich mit denen messen zu können, war Gregory Peck irgendwie zu liebenswürdig. Im richtigen Wilden Westen hätte er mit dieser Masche keine drei Tage überlebt.

Mama nahm mich zu einem Theaterstück mit, das in der Aula des Kreisgymnasiums aufgeführt wurde. Dafür hatte sich auch Frau Lohmann Zeit genommen, und wir saßen in der vierten Reihe. In dem Stück spielte ein ungerecht behandelter Pferdehändler die Hauptrolle, der aus Rache eine wilde Räuberbande gründete. Diese Bande vergewaltigte auch Frauen, und das sah dann so aus, daß eine Schauspielerin dazu gezwungen wurde, die Beine breitzumachen, und ein Bandenmitglied stellte sich demonstrativ dazwischen.

»Also, manches ist da ja nun nicht gerade jugendfrei gewesen«, sagte Mama in der Pause zu Frau Lohmann.

Für das Theaterstück hatte ich auf das Länderspiel gegen die Türken verzichtet. Da war der HSV-Keeper Rudi Kargus getestet worden, und er hatte seinen Kasten saubergehalten. Der Endstand – 0:5 für Deutschland – deutete zwar nicht auf Probleme im Sturm hin, aber wenn ich der DFB-Chef Hermann Neuberger gewesen wäre, hätte ich Gerd Müller trotzdem darum angefleht, die deutsche Equipe bei der Europameisterschaft zu verstärken.

Superspät begann ein Horrorfilm. Da krallte sich der Riesenaffe King Kong im Dschungel auf einer Südseeinsel eine weiße Frau und haute mit der ab. Er wurde dann gejagt und betäubt und nach New York verfrachtet, wo er als achtes Weltwunder ausgestellt werden sollte, aber da riß er sich los und rannte Amok, kletterte am Empire State Building hoch, bis oben, wurde von Flugzeugen aus beschossen, stürzte ab und starb.

Am vierten Advent fing ein ZDF-Vierteiler an, nach Romanen von Jack London. Elam Harnish, der Held, brach zu einer Goldgräberstadt am Klondike River auf. Um dahinzukommen, mußte er Gebirge und Ströme überqueren, und am Wegrand lagen verfaulende Wasserleichen und Pferdekadaver.

Die erste Folge zog sich ziemlich in die Länge.

Bis Weihnachten sei das mit dem Moped nicht mehr zu bewerkstelligen, sagte Papa, als er aus dem Keller heraufkam. Das werde Volker dann eben im Januar zum Geburtstag kriegen.

Für Wiebke und Volker kaufte ich als Weihnachtsgeschenk ein Monopolyspiel. Mama und Papa mußten sich mit Gutscheinen für Staubsaugen und Rasenmähen begnügen und die anderen Verwandten mit schriftlichen Segenswünschen. Ich war nun mal nicht Rockefeller.

Renate hatte Ferien bis zur zweiten Januarwoche und berichtete, daß in der Hildener Kirche das Weihnachtsoratorium gesungen worden sei. Oma Schlosser habe mitgesungen. Die war Chormitglied. Und beim Altmaidentreffen hätten Renate und noch zwei andere auf Blockflöten was von Händel vorgespielt, im Zwölfachteltakt.

Altmaidentreffen! Bei dem Wort lief's mir kalt den Rücken runter. Rentnerinnen, die mit Hörrohr, Dutt und Zwicker angeradelt kamen, auf 'ner Draisine womöglich, um sich das Flötengetröte in ihrer alten Landfrauenschule anzuhören …

In Birkelbach könne man durchaus einen Internatskoller kriegen, sagte Renate. Neulich habe eine überkandidelte Frau eine Rede geschwungen, um alle Maiden von den Vorzügen eines Mikrowellenherds zu überzeugen. Damit lasse sich im Handumdrehen Gefriergut auftauen, und es fehle, wie Renate meinte, bloß noch ein Roboter, der die Mahlzeiten in zwei Sekunden auffresse.

In Hilchenbach hätten sie 'ne Lederfabrik besichtigt, drei Stunden lang. Das sei zwar ganz interessant gewesen, und hinterher hätten sie »Fallreste« geschenkt gekriegt, aber wie es da gestunken habe! »Zweien war's danach so schlecht, daß sie am Nachmittag im Bett geblieben sind.«

Tischdeckamt habe sie neulich gehabt. Morgens nach dem Frühstück abräumen, Tischdecken weg, alle 91 Stühle hoch, Fußboden fegen und bohnern, mit 'nem Besen mit unwahrscheinlichem Linksdrall, gegen den kaum anzukommen sei, und dann die Stühle wieder runter, Heizungen ausmachen, staubwischen, Türfensterscheiben mit Terpentin reinigen und die Tische fürs zweite Frühstück decken. Und so gehe das da bis abends weiter.

Wie im Zuchthaus.

Volker und ich fuhren mit Papa los, einen Weihnachtsbaum kaufen, und dann sahen wir auf der Umgehungsstraße einen liegen, auf der Gegenfahrbahn. Der war wohl von irgend 'nem Laster gepurzelt.

An der nächsten Abfahrt machte Papa kehrt. Über das Verbot, auf der Umgehungsstraße anzuhalten, setzten wir uns hinweg. Papa zwängte den Baum in den Kofferraum, und die Sache war erledigt, auch wenn wir im Schrittempo zurückfahren mußten, mit offener Kofferraumklappe. So billig waren wir noch nie zu einem Weihnachtsbaum gekommen. Und wir hatten sogar noch ein gutes Werk getan, denn auf der Umgehungsstraße hatte der herumfliegende Baum ja eine Unfallgefahrenquelle erster Güte gebildet.

In der Kellerwerkstatt spielten Papa und Renate mit dem Goldhamster, den Wiebke kriegen sollte, aber der Hamster spielte nicht mit. Der wollte sich nicht streicheln lassen, sondern immer nur weg. Er beschnüffelte die Lötbrille auf Papas Werkbank, schmiß ein Marmeladenglas mit Nägeln um und versuchte dann, ein Schraubenregal zu erklimmen.

Hamster waren nachtaktive Tiere und pennten am Tag. Die zwei Lebensjahre, die Wiebkes Hamster Pepik bevorstanden, würde er größtenteils in dem Käfig zubringen müssen, den Mama und Papa gekauft hatten, mitsamt Häuschen, Schlafwatte, Laufrad, Trinkröhrchen, Freßnapf und Spreu. Und das alles ohne Weibchen und auch ohne andere Hamsterkumpel. Total allein, mit Wiebke als einziger Spielgefährtin, die ihm nachts nur was vorschnarchen würde, wenn er sich austoben wollte, so wie einst seine Ahnen im syrischen Wüstensand. Jeder Hund hätte es bei mir besser gehabt als Pepik bei Wiebke.

»Die geht morgen sicher gar nicht ins Bett, wenn sie den Hamster hat«, sagte Renate.

Früher hatte ich mir an Heiligabend schon morgens ein Loch in den Bauch gefreut und war den ganzen Tag über von Vorfreude erfüllt gewesen. Jetzt, in Meppen, sollte ich den Weihnachtsbaum festhalten, als Papa die Schrauben in den Ständer zwirbelte. »Halt das Scheißding senkrecht!« belferte Papa, während er unten die Schrauben anzog.

Das Ergebnis mißfiel ihm. »Hast du keine Augen im Kopp? Das soll doch nicht rumhängen wie so 'n Lämmerschwanz! Dreh du jetzt mal die Schrauben wieder raus, und ich kümmer mich um den Baum!«

Die Schrauben hatte Papa so weit reingewürgt, daß ich mir beim Herausdrehen fast die Finger brach. Dann schrie Papa nach Volker, der sich im 90-Grad-Winkel zu Papas Position aufstellen und von da aus kontrollieren sollte, ob der Weihnachtsbaum noch Schlagseite habe.

»Mehr nach links«, sagte Volker, und Papa brachte seinen sattsam bekannten Schnalzlaut zu Gehör. »Mehr nach links *von wo aus* gesehen?«

»Von *mir* aus gesehen«, sagte Volker. »Aber nicht ganz so weit!

Wieder 'n Stücksken zurück! Stop! Wieder mehr nach links! Stop! Zu weit! Wieder mehr nach rechts! Stop!«

O selige Kinderzeit, als man für solche Aushilfsarbeiten noch zu klein gewesen war.

Mama holte den Karton mit den Christbaumkugeln vom Dachboden. Alle Jahre wieder.

Steht auch dir zur Seite, still und unerkannt,
daß es treu dich leite an der lieben Hand.

Eigentlich ja ganz anheimelnd, die Vorstellung, von einem unsichtbaren Christkind begleitet zu werden, wenn man so einsam wie üblich durchs Leben ging.

In der rappelvollen Gustav-Adolf-Kirche predigte Pastor Böker über Johannes 15,1: Ich bin der rechte Weinstock, und mein Vater der Weingärtner. Rhabarber, rhabarber. Wenn Jesus der Weinstock sei, dann seien wir die ihm vom Gärtner anvertrauten Reben, und wir sollten grüne, frische und gesunde Reben sein!

Einen Hund kriegte ich zwar nicht, aber einen Lederfußball, eine Taschenlampe, Franz Beckenbauers Buch »Einer wie ich«, zehn Mark und 'ne Tafel Schokolade aus Jever, zwanzig Mark von Tante Gertrud, zwanzig Mark von Onkel Dietrich und von Tante Dagmar einen Schokoladenweihnachtsmann und einen Gutschein für ihr altes Fahrrad. Das könnten wir bei unserem nächsten Besuch in Jever abholen.

Wiebke schmuste mit ihrem Goldhamster, der ihr wichtiger war als der Pelikano aus Jever, die Büx und das Strickpüppchen von Tante Therese und Oma Schlossers Federmäppchen mit Knipsverschluß.

Mama hatte der Weihnachtsmann einen neuen Dampfkochtopf und einen neuen Toaster beschert sowie Handtücher, Henkelbecher und Marzipan. Renate hatte von Tante Grete eine Dokumentenmappe und eine Honigkerze abgesahnt, die einen pestilenzialischen Gestank verströmte. Was Volker eingeheimst hatte, erfuhr man nur am Rande. Knete ohne Ende hauptsächlich.

Von Olaf hatte Renate eine Grußkarte mit Snoopy vornedrauf erhalten: »Wenn du am Weihnachtsabend ein Singen und Klingen aus der Luft hörst, dann weißt du, was das bedeutet!« dachte Snoopy, und wenn man die Karte aufklappte, dachte er grinsend: »Du hast zuviel getrunken!« Snoopy hatte immer nur Gedankenblasen.

Für Papa hatte Oma Schlosser eine steinalte Predigt von Opa Schlosser ausgegraben und kopiert, die er 1921 in Altenbochum gehalten hatte, als Synodalvikar, was immer das war. Die Handschrift konnte man nur mit Mühe entziffern.

Wir stehen unter dem schrecklichen Gericht Gottes, unter seiner schweren züchtigenden Hand ... Die Zukunft malt sich in vieler Augen wie in todesahnungsvolle Dämmerungen gehüllt ... Wenn wir um uns schauen, dann sehen wir noch heute die Götzen triumphieren ... Redet nicht Gott wider uns mit Donnerworten?

Weil die Christbaumkerzen nicht genug Licht hergaben, machte ich meine Taschenlampe an und las in dem Buch von Franz Beckenbauer, und da schnauzte Papa mich an: Das sei Stromverschwendung.

Von dem Hamster war Mama schon einigermaßen bedient. Der hatte sich unterm Klavier verschanzt und ließ sich auch mit Vitakraftkörnern nicht wieder hervorlocken.

Am ersten Weihnachtsfeiertag bereitete Mama einen Schweinerollbraten im Römertopf zu. Der leckere Geruch schlingerte bis ins Wohnzimmer, wo Volker, Wiebke und ich Monopoly spielten. Die Regeln mußte man Wiebke leider dauernd neu erklären.

Volker hatte sich in den Besitz der Prinzenstraße und der Schloßstraße gebracht. Ich besaß nur die Elisenstraße, die Chausseestraße und das Wasserwerk, und Wiebke, die außer der Badstraße noch überhaupt nichts ihr eigen nannte, mußte laufend ermahnt werden. »Wiebke! Du bist dranne! Würfel doch mal endlich!«

Wiebke hatte nur für ihren Hamster Augen. Immer, wenn er eingeschlafen war, grabbelte sie ihn aus seinem Häuschen heraus und verpaßte dem armen Vieh neue Streicheleinheiten.

»Vorsicht! Heiß und fettig!« brüllte Volker, als er den Römertopf ins Eßzimmer trug.

Renate erzählte Witze. Zwei Tomaten fliegen nach Cuxhaven. Sagt die eine: »Vorsicht, da kommt ein Hubschraub-schraub-schraub-schraub …«

Der war so ähnlich wie der Witz von dem verliebten Regenwurm, der über die Wiese kriecht und singt: »Chanson d'amou-hu-hur«, und dann kommt der Rasenmäher: »Ra-tatta-tatta …«

Weshalb heißt der Löwe Löwe? Weil er durch die Wüste löwt.

»Kannst du nicht mal mit dem Schmatzen aufhören?« fragte Papa mich. »Da kriegt man ja Zustände, wenn man neben dir sitzt!«

Die Amerikaner, sagte er, fräßen alle rund um sich zu. Das schiere Fett, wenn's sein müsse. Nur die Juden und die Moslems äßen kein Schweinefleisch. Da wären vielleicht mal Trichinen drin gewesen, und die Leute, die davon gegessen hätten, wären reihenweise gestorben, und dann hätten die Leute daraus die Lehre gezogen, kein Schweinefleisch mehr zu essen, und um dem Volk die neue Vorschrift einzubimsen, hätten sie ein religiöses Gebot daraus gemacht.

Franz Beckenbauer regte sich in seinem Buch darüber auf, daß sein älterer Bruder als Teenager zu nachtschlafender Zeit in Schwabing auf Achse gewesen sei, zwischen Bars und Striplokalen, und daß er Mädchen abgeküßt habe.

Als mein Bruder in sein Bett kroch, wurde ich wieder wach. Es roch nach irgend etwas Bitterem.

»Das stinkt«, nörgelte ich.

»Das ist Bier, du Depp.«

Dann schnarchte er bald.

Ich stellte mir plötzlich vor, daß aus dem gleichen Erdboden eine Blume, aber auch eine Brennessel hervorsprießen kann. Sollte etwa mein Bruder eine Brennessel sein?

Ach du Schande. Der biersaufende Bruder als Brennessel und der unschuldige Franz als Blume? Und sowas schimpfte sich Kaiser! Da hatte ich schon fast keine Böcke mehr zum Weiterlesen, aber ich überwand mich, und das war gut, denn sonst hätte ich nie erfahren, daß Beckenbauer einmal von Pelé getunnelt worden war und daß Jürgen Neumann, Uwe Klimaschweski und Otto Rehhagel nach Beckenbauers Ansicht zu den härtesten Spielern der Bundesliga gehörten. Gerd Müller habe sich einmal darüber beklagt, daß ihm die Schienbeine bereits wehtäten, wenn der Trainer nur diese Namen nenne.

Den neuen Ball probierte ich im Garten aus und kriegte gleich eine gelangt, weil ich 'ne Pflanzenstaude umgeschossen hatte.

Mama erlaubte mir, Michael Gerlach anzurufen, und ich schlug ihm vor, ein Damespiel per Brief zu beginnen. Dann holte ich mir von Wiebkes Kleiderschrank den *Stern* mit den nackten Negerinnen runter und verhängte das Schlüsselloch der Klotür von innen mit einem Handtuch, zur Sicherheit.

In dem Film »Die Kaktusblüte« spielte Walter Matthau einen Schürzenjäger, der allen möglichen Frauen den Kopf verdrehte. Da lachte sich selbst Papa schief, aber als der Film vorbei war und die Weihnachtsbaumkerzen wieder angezündet werden sollten, hörte der Spaß auf: »Die oberen zuerst, du Rindvieh!«

Mama erinnerte sich noch gut an den Tod von Oma Thoben, Oma Jevers Mutter, die einen Tag vor Heiligabend gestorben war. »Das war vielleicht 'n Weihnachtsfest!« Und bei Opa Thobens Tod sei das Pendel der Uhr auf dem Wohnzimmerbüfett stehengeblieben, wie von einer Gespensterhand angehalten. Und er habe das Uhrwerk noch am Abend davor selber aufgezogen.

Am zweiten Weihnachtsfeiertag fuhren wir zu sechst im Peugeot nach Jever. Papa wollte Tante Dagmars altes Fahrrad abholen, für mich, und für sich selbst die große alte Eisenbahnplatte, die er mal für Gustav gebaut hatte, als der noch klein gewesen war.

In Papenburg hießen die Querstraßen »Hauptkanal links« und »Hauptkanal rechts«. Die armen Kinder, die da wohnen mußten. Die sehnten sich wahrscheinlich nach 'ner Großstadt wie Meppen.

Eine Weile fuhr ein Opel mit dem Kennzeichen LER vor uns her. Der kam aus Leer.

»Nun kuckt euch mal diesen Ostfriesen an«, sagte Mama. »Kann noch nicht mal den Namen seiner eigenen Stadt richtig schreiben.«

In Aurich ist es schaurig und in Leer noch viel mehr.

Mama wies uns auf die alte Mühle in Bagband hin und trällerte ein Lied übers Jeverland:

Mien Jeverland, wo leev ik di, daar liggt mien Hart, mien Glück!
Daar liggt de ganze Welt vör mi, daar tüschen Warft un Diek.
Daar liggt dat all in'n Sünnenschien, un wat ik seh, is mien, is mien –
daar sün ik tohuus! Daar sün ik tohuus …

Sie kriegte sich überhaupt nicht mehr ein, als sie das sang.

Daar liggt mien Dörp, mien School, mien Kark,
dar kenn ik Boom un Struuk …

Je näher wir dem Ziel kamen, desto mehr freute ich mich auf das Bauchkribbeln, das sich früher jedesmal gemeldet hatte, wenn in der Mühlenstraße Omas und Opas Haus Vorgartenzaun in Sicht gekommen war, aber das Kribbeln blieb aus. Ob das mit dem Erwachsenwerden zusammenhing?

Auf der Haustreppe lief Oma Jever uns mit offenen Armen entgegen. »Oh, ihr Lieben alle! Da seid ihr ja endlich!« Erst durch Omas Entzückensschreie stellte sich bei mir das altvertraute Kribbeln ein.

Im Flur standen Tante Gisela, Tante Dagmar und Gustav Spalier. Opa saß justament auf dem Klo, von wo man ihn husten hören konnte, und im Wohnzimmer hing eine neue Hängelampe von der Decke.

Tante Dagmar zeigte mir ihr Fahrrad. Das war eins mit Tacho und 26er-Reifen. Ich drehte eine Runde durch die Stadt, vorbei am Schloß und an der Brauerei, am Friedhof und am Bahnhof lang und dann durch die Anton-Günther-Straße wieder zurück zur Mühlenstraße. Kilometerstand 1768.

Im Wohnzimmer trug Oma Schalen und Schüsseln mit Rinderbraten, Kartoffeln und grünen Bohnen auf und zum Nachtisch Brombeerpudding mit schaumig gerührtem Brombeersaft. Sie nannte das »Mädchenmund«, weil ein Gast von ihr dazu mal gesagt hatte, daß diese Süßspeise so lieblich schmecke wie ein Mädchenmund.

Die Standuhr gongte. Zwei Uhr nachmittags.

»Elf Personen hast du hier gemästet, Mutti«, sagte Mama, »und nun mach mal halblang! Immer sutje! Und den Abwasch überläßt du bitte deinen vollgefressenen Töchtern!«

In der Mittagsschlafenszeit spielten Gustav, Renate, Volker, Wiebke und ich in der Küche Denkfix. Fragekarten ziehen und die rote Scheibe mit der Lücke zur Bestimmung des Anfangsbuchstabens drehen. Eine Heldengestalt mit U?

»Uwe Seeler!« rief ich, aber das ließen die anderen mir nicht durchgehen. Gustav behauptete sich dagegen mit »Ulysses«.

Ein Wort aus der Bibel, schon wieder mit U.

»Und!« rief ich, aber auch damit konnte ich keine Ehre einlegen. »Das gildet nicht«, sagte Volker, obwohl das Wort »und« in der Bibel wahrscheinlich öfter vorkam als jedes andere.

»Upharsin«, sagte Gustav, unser Bücherwurm. Das stehe so im Alten Testament. »Mene, mene, tekel upharsin.«

Die meisten Fragen, die man da beantworten sollte, waren schwer: Was ist Liebe? Wie soll man sich benehmen? Was wünschest Du Dir? Ein Wort aus der Elektrotechnik, Anfangsbuchstabe P, eine Einrichtung des öffentlichen Lebens, Anfangsbuchstabe X, oder ein Wort, das ein neues ergibt, wenn der letzte Buchstabe wegfällt, so wie in Pappel, und dann sollte man eins finden mit dem Anfangsbuchstaben Ypsilon. Welche Wörter fingen schon mit Ypsilon an, außer Yoga, Yps und Ypern?

Das ganze Spiel war darauf angelegt, Zwietracht zu provozieren, mehr noch als Mensch-ärgere-Dich-nicht oder Mikado, und da ging ich lieber in den Schloßgarten, die Enten füttern und nach Pfauenfedern suchen.

Zum Tee schnitt Oma einen von Gustav gebackenen Klaben auf. Mama schimpfte über die Zugluft in unserem Haus, und Oma erzählte von der überspönigen Frau Borchers, die nun schon so lange im Altersheim vor sich hin vegetiere. Die hatte früher auch in der Mühlenstraße 47 gewohnt, aber dann den Verstand verloren. Über Volker und mich habe sie gesagt: »Mensch, die sind aber groß für den Alter!« Immer »für den« und nie »für das«, weil sie's halt nicht besser gewußt habe. Oma und Opa habe sie mit ihrem mitternächtlichen

Gekokel am Gasherd fast noch das Dach über dem Kopf angezündet. Und dann im Morgenmantel nachts auf die Straße gelaufen, auf der Suche nach ihren Kindern: »Die wissen ja nicht, wo ich bin!«

In Meppen hievten Papa und Volker und ich die Eisenbahnplatte in den Keller. Da konnte sie nun vergammeln. Papa hatte zwar einen ganzen Panzerschrank voller Waggons und Loks, aber fahren ließ er die nie. Mama hätte ihm auch was gehustet, wenn er seine Freizeit am Modelleisenbahntrafo verbracht hätte, statt endlich den VW zu reparieren oder was sonst wieder kaputt war.

In einem Western, in dem Steve McQueen als Halbblut Rache für den Mord an seinen Eltern nehmen wollte, erkannte ich einen der Killer an seiner Kartoffelnase wieder. Derselbe Schauspieler war später in den Straßen von San Francisco als Gesetzeshüter aufgetreten: Lieutenant Mike Stone alias Karl Malden.

Den mochte Mama, doch das hielt sie nicht davon ab, mitten im Showdown ins Erste umzuschalten, weil da eine Schmonzette anfing, die sie vor zwanzig Jahren mal im Kino gesehen hatte. Eine saublöde Verwechslungskomödie mit einem Millionär, der einen armen Schlukker mimt, und einem Arbeitslosen, der für einen Millionär gehalten wird, und dann läuft zwischen denen alles drunter und drüber.

Wer wissen wollte, wie der Western ausging, durfte auf die Wiederholung in fünf Jahren warten.

Mit Tante Dagmars Rad machte das Fahren gleich viel mehr Laune als mit dem schittrigen Klapprad, auch wenn es natürlich ein Damenrad war. Wozu die Längsstange zwischen Lenker und Sattel bei Herrenrädern gut sein sollte, hatte ich sowieso nie verstanden.

Ich fuhr in Richtung Rühlermoor. Mal kucken, was es da so gibt, hatte ich mir gedacht, aber da gab es auf weiter Flur nichts anderes als Schietwetter und Gegenwind und klamme Finger.

O Kinderzeit, o Jugendglück,
für kein Geld der Welt kommst du zurück!

Zurück wäre ich lieber mit dem Bus gefahren.

Im Dritten kam der »Seewolf« in einer alten Schwarzweißverfilmung aus der Zeit des Zweiten Weltkriegs. Starring: Edward G. Robinson. Das war der, der auch den Kopf der Spielcasinodiebesbande gespielt hatte. Als Kapitän der »Ghost« schurigelte er seine shanghaite Crew nach Strich und Faden, aber Raimund Harmstorf hatte mir trotzdem besser gefallen. 1941 war Edward G. Robinson für die Rolle schon zu alt gewesen, fand ich.

Matrosen mußten sich von Schiffszwieback, Schellfisch und Dörrobst ernähren. Noch ein Grund mehr, das Abi zu bestehen und einen Beruf zu ergreifen, in dem man sein eigener Chef war.

Am Sonntag vor Silvester gab's Reis mit Paprika und für jeden ein Stielkotelett. Die Knochen durften nicht in den Komposteimer geworfen werden. »Sonst rücken uns die Ratten auf die Pelle«, sagte Papa.

Die Tatsache, daß er seinen Nachtischteller auslöffelte, ohne zu sagen, daß die Quarkspeise wie Zement schmecke, konnte Renate als großen Erfolg verbuchen.

Mit Volker spielte ich wieder Monopoly. Nach ein paar Runden, in denen wir beide im Gefängnis gesessen, aber auch einige Anteile an Straßenzügen erworben hatten, tauschte ich mit Volker sieben Straßenkarten aus, um Häuser und Hotels errichten zu können. Leider verausgabte ich mich dabei finanziell so stark, daß ich die Miete für den Aufenthalt in der Prinzenstraße nicht mehr berappen konnte. Volker war so gnädig, anstelle der Knete den mit einer Hypothek belasteten Westbahnhof zu übernehmen.

Das Lästigste an Monopoly war das Geldzählen. Wenn man die Scheine nicht akkurat stapelte, verlor man sofort den Überblick.

Volker war soeben auf die in meinem Besitz befindliche Schillerstraße getappt, als Renate uns zur Kuchentafel nach unten rief. Papa sagte, daß er seinen Wanst noch voll vom Mittagessen habe, und dann murkste er im Keller rum, bis im Ersten ein Film über Spinnen kam, von dem Tierfilmer Horst Stern. Dafür ließen wir die dritte Folge des ZDF-Vierteilers sausen. Entweder oder. (Bei Monopoly hatte ich aufgegeben.)

Spinnen seien nützliche Insektenjäger, sagte Horst Stern, und manche Spinnenmütter würden den eigenen Körper selbstlos als Nahrung für ihren Nachwuchs opfern. Man konnte sehen, wie eine Spinne ihr Netz spann, in Zeitlupe, und es gab auch rasterelektronenmikroskopische Vergrößerungen. Wie die Spinnen ihre Beute überwältigten, vergifteten und aussaugten und wie eine Spinne der anderen ein eingesponnenes Opfer raubte. Die Schwarze Witwe fraß ihr Männchen nach der Kopulation einfach auf. Raps, haps! Ich hätte kein Männchen einer Schwarzen Spinne sein wollen. Rund fünfzigtausend Spinnspulen saßen am Unterleib eines Spinnenwinzlings, nebst den dazugehörigen Spinndrüsen.

»Mit diesen Viechern kannste mich trotzdem jagen«, sagte Wiebke, und Mama stimmte ihr zu.

Renate erzählte von dem ZVS-Kram, den sie den ganzen Tag gemacht hatte. ZVS: Zentralstelle für die Vergabe von Studienplätzen. Das sei eine Arbeit für Idis. Für den Computer müsse sie schreiben, daß sie nicht Primarstufe Mathe und Deutsch studieren wolle, sondern 12 32 19, und nicht in Bielefeld, sondern in 345, und sie selbst sei unter der Nummer 51247091 gespeichert. »Den gesamten Mist schick ich morgen ab, dann hab ich eine Sorge weniger.«

Sie wollte irgendwann am selben Ort studieren wie Olaf.

Während Wiebke ihren Hamsterkäfig säuberte, nahm ich Pepik in Obhut und hatte nachher meine liebe Not damit, das Biest in meinem Zimmer wieder einzufangen. In dem schmalen Luftraum zwischen Kleiderschrankrückseite und Wand hatte Pepik sich zwei Meter hoch bis auf die Oberseite des Schranks gezwängt und benagte dort ein staubiges *Teddy-Heft* aus Renates Beständen.

Wenn die Bettelleute tanzen,
wackeln Kober und der Ranzen …

Wie war denn dieses alte Heft überhaupt dahinauf gelangt?

Am allerletzten Tag des Jahres brachte mir der Postbote noch einmal einen Brief von Michael, mit Spätnachrichten über eine Wanderung, die er mit Holger unternommen hatte:

In Simmern fanden wir einen alten Autoreifen. Und weil's von da oben so schön abwärtsgeht auf dem Asphaltweg, sind wir dauernd hinter dem Ding hergerannt. Der Holger hat irgendwann nicht mehr gekonnt, weil er zu kleine Schuhe anhatte und ihm die Füße wehtaten vom vielen Gegen-den-Reifen-Treten. Ich bin aber noch mit letzter Kraft hinterher, und da ist mir erst eingefallen: Wenn jetzt einer da hochkommt, der wird ja kaputtgefahren. Also beschleunigte ich meinen Lauf. Der Reifen aber auch. Und weil dann die Kurve kam und links vom Weg der Abhang anfing, machte der Reifen einen gewaltigen Hopser über die Bank und entschwand meinen Blicken, indem er den Abhang runterrollte. Auch da unten ist ja ein Weg, und somit wurde die Lage immer kritischer. Holger kam inzwischen auch, und er ärgerte sich grün und blau über meine Doofheit, dem Reifen noch hinterherzulaufen. Wenn nun wirklich jemand den Weg hochgekommen wäre, dann hätte der Holger schnell entwischen können, aber ich? Wir schauten dann erstmal den Abhang runter. Zum Glück war der Reifen gegen einen Baum geknallt und lag friedlich davor und döste. Holger und ich sind hin und haben den Reifen den restlichen Abhang runterrollen lassen und platsch in den Wambach, da, wo mal unser Staudamm war. Ja, war, denn er ist nicht mehr. Da befindet sich bloß noch ein riesiger Gulli. Wir haben den falschen Staudamm eingefetzt und einen notdürftigen neuen an die richtige Stelle gesetzt.

So, das war's aus dem DMGS-Studio.

Tschüß! Michael

P. S.: F6 auf E5 (ich nehme Weiß).

Renate war nach Koblenz abgereist, zu ihrem heißgeliebten Olaf, und auch Volker war aushäusig. Der ließ irgendwo bei einer Silvesterparty die Puppen tanzen.

Im Eßzimmer servierte Mama Kartoffelsalat mit Bockwürstchen, und danach gab es Bowle. Ich durfte daran nippen und hatte gleich nach dem ersten Schluck einen Fremdkörper in den Kusen hängen.

»Sind da Schrauben drin?« fragte ich, und Papa brach in Gelächter aus: Ja, selbstverständlich würde Mama uns Schrauben in die Bowle schmeißen! Und dann schüttelte er sich wieder vor Lachen.

Was sich in meinem Gebiß verfangen hatte, war eine Gewürznelke.

In der Bowle schwammen noch mehr von der Sorte, und jedesmal, wenn Papa wieder eine herausgefischt hatte, sagte er, daß er 'ne Schraube geangelt habe, und dann war er wieder am Grinsen und Gnittern.

Auch mal ganz schön, den eigenen Vater zum Lachen zu bringen, aber ich hatte wirklich gedacht, daß ich auf 'ne Schraube gebissen hätte.

Zu späterer Stunde entbrannte zwischen Mama und Papa ein Streit über unser Verhältnis zu den Katholiken. Daß die hier in der Überzahl seien, fechte ihn nicht an, sagte Papa. »Wenn ich keine Katholiken mehr sehen will, mach ich einfach die Tür hinter mir zu, und dann hab ich meine Ruhe vor denen!«

»Wenn sie nicht gerade die Glocken läuten«, sagte ich.

»Das tun auch die Protestanten«, sagte Papa. Ein Schwachsinn sei das, dieses Glockengebimmel im Zeitalter der Armbanduhr. Da könne man auch Nachtwächter losschicken, wie im Mittelalter, und die alle halbe Stunde mit der Hellebarde auf die Fensterläden wummern lassen: »Hört ihr Leut, und laßt euch sagen, uns're Uhr hat eins geschlagen …«

In Friesland, unter ihresgleichen, würde sie sich trotzdem wohler fühlen, sagte Mama.

Prosit Neujahr.

Alle waren noch am Filzen, als ich das Wohnzimmer morgens nach Salzgebäck durchflöhte, aber Mama hatte jeden Krümel abgeräumt.

Was das neue Jahr mit sich brachte, war die Anschnallpflicht im Auto: »Erst gurten – dann starten.«

Früher waren wir immer wie die Affen hinten im Käfer herumgeturnt auf den langen Reisen nach Jever und sonstwohin. Damit war es nun vorbei.

In einem Film, der im Ersten lief, verliebte sich ein junger Spund in eine Omi. Das war überhaupt ein merkwürdiger Mensch. Der tat so, als hacke er sich eine Hand ab, ganz lässig, um die Leute zu schocken, und dann war das nur ein künstlicher Stumpf.

Well, if you want to sing out, sing out,
And if you want to be free, be free …
Harold and Maude. Der Irre und die Alte.

Übers Emsland heulten Orkanböen hinweg. Die Hase führte Hochwasser, und im Garten bog sich die hohe Birke im Wind. Zum Raufklettern hätte man bei der leider 'ne Leiter gebraucht.

Den ersten Satz in den Bedankemichbriefen für die Weihnachtsgeschenke durfte man nicht mit »Ich« anfangen, weil das unhöflich war.

Draußen regnete es Bindfäden, und im Elternschlafzimmer leckte die Heizung.

Bei Ceka hatte Mama einen von Renate zum Entwickeln gebrachten Film mit Birkelbachfotos abgeholt: Renate mit Schürze, beim Fegen, beim Kochen und beim Gackern, mit 'ner Freundin im Arm.

In den Umschlag meines Briefs an Michael steckte ich einen von Silvester übriggebliebenen Ladykracher. Mein Damezug: E3 auf D4.

In der Küche pinnte Mama mit Stecknadeln einen Jahreskalender an die Wand, dessen Vorderseite bis Juni reichte. Gelb markiert waren die Ferien- und Feiertage. Bis zu den Osterferien war's noch entsetzlich lange hin. Und weil 1976 ein Schaltjahr war, hatte der Februar einen Tag mehr als üblich. Also gab's auch einen Schultag mehr, auch wenn der 29. 2. auf einen Sonntag fiel. Sonst wäre eben am 1. 3. schulfrei gewesen.

Die wichtigsten Geburtstagstermine hatte Mama mit Kugelschreiber eingetragen.

Seit er das Leben in der Freiheit kennengelernt hatte, nagte Wiebkes Hamster jede Nacht wie blöd am Käfiggitter, statt in seinem Rad herumzubösseln. War ja auch das Letzte, so 'n Hamsterrad. Das arme Tierchen. Zu lebenslänglicher Gefangenschaft verurteilt, in einem engen Käfig in einem pupsigen Mädchenzimmer, ohne Prozeß, ohne Rechtsbeistand und ohne Aussicht auf Begnadigung, aber mit Wiebke als Gefängnisdirektorin! Eingebuchtet wie der Freiherr von der Trenck in dem einen Film.

Als die Weihnachtsferien zuendegingen, kaufte ich mir von meinem Geld bei Ceka zum Trost eine Langspielplatte von Insterburg & Co.

Vergessen wir das Leben, das a-hach so-ho harte:
Herzlichen Glückwunsch zur Ei-hin-tri-hitts-karte!

So großartig ging das schon los. Hätte mich auch gewundert, wenn von dieser Truppe gar nichts mehr gekommen wäre. Auf der Platte sang Ingo Insterburg:

Im Sex-Shop stand eine Attrappe,
Die war aus Gummi und nicht aus Pappe.
Sie kostete a-hachtzig Mark.
Ich stach hinein, der Knall war stark.

Scharf fand ich auch das Lied von Peter Ehlebracht und Karl Dall über den Urlaubsort Benidorm:

Mein Scheckheft und das Handgepäck ließ ich bei dir zurück,
Du schöne schwarze Spanierin, du warst mein Urlaubsglück.
Ganz leis hast du geflüstert mir zärtlich in das Ohr:
»Der Franco badet blanco …« Das kam mir spanisch vor.

Mit der Spanierin hatten sie's in Benidorm offenbar wie die Wilden getrieben:

Dann kamst du aufs Hotel zu mir, ich sollte dich verführen.
Wie war mein Zimmer doch so eng. Wir stießen an die Türen.
Von draußen kam der Krach herein vom nahen Aeroporto,
Die Spantax in den Himmel stieß, sie brachte Rentner forto.

Die Platte war klasse, von vorne bis hinten. Es gab auch ein Lied, in dem Karl Dall Ingo Insterburg lobte und dafür von ihm verarscht wurde. Zuerst Karl Dall:

Der Ingo ist ein Heiliger,
Seht an ihn, es ist wahr.

Und dann Ingo Insterburg:

Der Karl ist ein Langweiliger,
Sieht aus wie ein Clochard.

Dazu mußte man wissen, daß Karl Dall tatsächlich etwas sonderbar aussah mit seinem Triefauge, der Halbglatze und der zotteligen Nackenmatte. Und weiter ging's:

Der Ingo hat ein reines Gesicht,
Wie hell ist seine Stirne.

Der Karl, das ist ein armer Wicht
Mit Fransen um die Birne.

Erst im letzten Vers zahlte es Karl Dall dem Chef der Combo heim:

Der Ingo ist im Herzen rein,
Im Kopf ist er ein dummes Schwein!

So prima, wie sie angefangen hatte, hörte die LP auch wieder auf, mit einem wilden, von Karl Dall geschmetterten Song, der einer gewissen Barbara gewidmet war:

Und wenn wir mal älter werden,
Wird zwischen uns nichts kälter werden,
Du wirst eine schöne Oma sein …
Wir wer'n viele Enkel haben,
Die uns dann zu Grabe tragen,
Das wird die Erfüllung sein …

Diese Platte war sowas von klasse. Bombig war die. Astig. Spitze. Diese Großinvestition hatte sich rentiert, schon beim ersten Anhören.

Und dann saß man wieder in der Schule. William the Conqueror and the Battle of Hastings. Weil der Eroberer aus der Normandie gekommen sei, hätten viele französische Lehnwörter Eingang in die englische Sprache gefunden: aid, prison, prince, uncle, symbol, judge und money. Und das nur wegen einer Schlacht, die vor mehr als neunhundert Jahren stattgefunden hatte.

In Deutsch war Briefeschreiben Thema. Wie die Menschen früher an ihre Feudalherren gerichtete Bittschreiben unterzeichnet hätten: In tiefster Ehrfurcht verharret Euer Kaiserlichen und Königlichen Majestät alleruntertänigster Diener Sowieso. Oder: Genehmigen Euer Exzellenz die Versicherung meiner vorzüglichen Hochachtung, mit welcher ich die Ehre habe, mich zu zeichnen als Euer Exzellenz allergehorsamster Icks Ypsilon. Da hatte man's ja heutzutage doch etwas leichter.

Geschraubt klangen auch manche alten Gedichte, die der Wolfert im Unterricht durchnahm.

Krankheit, Verfolgung, Betrübnis und Pein
Soll unsrer Liebe Verknotigung seyn.

Ob es wohl jemals eine Frau gegeben hatte, die auf solche Verse abgefahren war? Die hätte sich dann wahrscheinlich auch nach einer Schulrektorin wie Frau Malzahn in der Drachenstadt gesehnt.

Auf Michaels nächsten Brief mußte ich bis zum neunten Januar warten, und dann zahlte sich das Warten nicht einmal aus, denn der Brief war superkurz.

Grrmbl!

Wie ich Deinen Schmierakeln entnehme, fängt bei Dir die Schule erst in einer Woche wieder an, besser gesagt in fünf Tagen oder noch besser in drei? Bei mir war heute erster Schultag, und es ging gleich mit Mathe los. Dann die Lateinstunde, dann Englisch und zum guten Schluß Bio. Äff.

Am Bahnhof hab ich 'nen alten Schulkameraden aus der Sexta getroffen. Aus dem war ein Riese geworden, so bärtig wie Raimund Harmstorf. Ich hab den erst gar nicht erkannt.

Heute ist Mittwoch, und so muß ich gleich zu Konfi. Schöne Scheiße. Wesentlich lieber würde ich nämlich zu Hause bleiben. Ein spannendes Buch, ein schönes Fernsehprogramm … ach, alles Wunschträume.

Heißen Dank übrigens für den Knatter. In den Ferien hätten wir ja recht wenig damit anfangen können. Aber jetzt, wo wieder Schule ist?

Bevor ich noch mehr Stuß zusammenfasele, höre ich lieber auf mit dem Schreiben. Es ist ja ohnehin nichts passiert. Mein Damezug: E7 auf F6.

Tschüß und frohe Ostern!

Das war alles. Mein letzter Brief hatte sich auf sieben Seiten erstreckt, und ich hatte ihn mit ausgeschnipselten Bildern aus alten Comics verziert.

In einem französischen Spielfilm von 1938 spielte Jean Gabin einen Lokführer, der sich auf ein Verhältnis mit einer verheirateten Frau einließ, obwohl schon deren letzter Liebhaber von ihrem Ehemann umgebracht worden war, und nun wollte sie den von Jean Gabin ermorden lassen, ohne zu ahnen, daß es ihr selbst beschieden war, als dessen Mordopfer zu enden, und daß er sich anschließend selber das Leben nähme, indem er vom fahrenden Zug in den Tod sprang …

Das sei ihr 'n bißchen zu dick, sagte Mama, aber mir hatte Jean

Gabin gut gefallen. In deutschen Filmen kamen solche Teufelskerle nicht vor. Da spielten nur lauter schafsköpfige Hirnis und Schwiegermutterlieblinge mit. Daß Jean Gabin mehr Schneid hatte als Heinz Rühmann, war auf den ersten Blick zu erkennen.

Michael teilte ich kurz und bündig meinen Damezug mit: D2 auf E3.

Mittags machte Mama eine Leichenbittermiene, weil Agatha Christie gestorben war, die englische Krimitante. Als ob wir mit der verwandt gewesen wären.

In Geschi war die Reformation dran.

Auf dem Rückweg von einem kurzen Urlaub geriet Luther vor Erfurt in ein schweres Gewitter. Von einem in unmittelbarer Nähe einschlagenden Blitz zu Boden geworfen, rief er in Todesangst die Patronin der Bergleute an: »Hilf du, heilige Anna, ich will ein Mönch werden!«

Wenn dieser Blitz fünfhundert Meter weiter rechts eingeschlagen hätte, wären wir vielleicht alle katholisch geblieben und hätten liebedienerisch vor dem Papst herumkrauchen müssen. Da konnte man von Glück sagen, daß es anders gekommen war.

Uli Möller trainierte mit uns die Ballannahme mit Brust. Didi beherrschte diese Technik perfekt, aber mir sprang der Ball von der Brust immer woandershin, als ich ihn haben wollte, und ich war heilfroh, als wir zum Üben von Einwürfen übergingen.

Statt am VW schraubte Papa wieder am Moped herum. Gabel, Reifen, Schläuche, Felgen, Speichen und Benzinhahn.

Auf seinem Geburtstagstisch fand Volker, als er 17 wurde, einen Bademantel, einen Wandkalender, Geld und einen Gutschein für die Victoria vor, an der Papa noch dies und das flicken mußte.

Abends gab's Käsefondue. Nach den Bestimmungen, die man aus »Asterix bei den Schweizern« kannte, hätte jeder Gast, der seinen aufgespießten Käseschnitz zum soundsovielten Mal im Topf verloren hatte, ersäuft werden müssen, aber wenn wir nach diesen Regeln verfahren wären, hätte keiner von uns den Abend überlebt.

In der großen Pause erzählte Hermann Gerdes mir einen Witz: Ein Cowboy kommt in den Saloon und kriegt einen Dollar dafür angeboten, daß er einen Schluck aus dem randvollen Spucknapf nimmt. Der Cowboy, arm, wie er ist, fackelt nicht lange, setzt den Spucknapf an und schlürft ihn – gluckedigluck – aus, und zwar bis auf den Grund. »Du hättest doch nur einen einzigen Schluck nehmen müssen«, sagt der Typ, der dem Cowboy den Dollar versprochen hat, und der Cowboy wischt sich mit dem Ärmel die Lippen ab und erwidert: »Weiß ich ja, aber das hat irgendwie alles so zusammengehangen …«

Michael Gerlachs nächster Brief begann mit einem Haufen fauler Ausreden.

An den GMS, d.n.s.s.i.w.e.d.!

'tschuldigung, daß mein Brief so spät kommt, aber ich mußte erst einmal einen Weltklasse-Damezug austüfteln: D6 auf C5.

Außerdem wollte ich abwarten, ob noch irgendwas Spektakuläres vorfällt, das ich Dir schreiben könnte. Doch es ist leider nichts vorgefallen. Überhaupt nichts. Ich bin bloß am Fernsehen und am Pauken. Mehr gibt's ja auch nicht zu tun. Genau wie bei Dir: Die Umgebung ist stinklangweilig geworden. Zu allem Unglück ist hier auch noch das Wetter Scheiße. Dauernd Nebel oder Regen.

Morgens komme ich gar nicht mehr aus dem Bett raus. Es kommt mir dann vor, als sei ich eben erst reingegangen. Und das ist gar nicht so abwegig. Schließlich gehe ich in den letzten Tagen immer erst um 11, 12 Uhr ins Bett, wegen den Hausaufgaben. Morgens bin ich wie gerädert. Alles dreht sich, und ich gäbe viel darum, die ganze Woche im Bett liegenbleiben zu dürfen. Ach, wie waren die Ferien doch schön!

Weißt Du, was mir beim Austüfteln des Damezugs aufgefallen ist? Wenn in jedem Brief ein Zug steht, dann dauert's ja Ewigkeiten, bis einer gewinnt. Und wenn man soviel Zeit zum Überlegen hat, dann kommen auch keine Flüchtigkeitsfehler vor. Da passiert's dann, daß nachher keiner mehr einen Zug machen kann, weil man sich gegenseitig eingeschlossen hat. Und wenn wir am Ende jeder nur noch eine Dame haben, wird's langweilig. Aber warum nicht. Hauptsache, man hat was zu tun.

Jetzt muß ich ins Bett.

Dein Michael

P. S.: Das da oben heißt »Glückspilz-Martin-Sender-der-nicht-so-schlau-ist-wie-er denkt«.

P. S. 2: Mein Vater ist arbeitslos.

»Arbeitslos und sechs Kinder, ach du lieber Gott«, sagte Mama, als ich ihr davon erzählt hatte. »Die armen Eltern!«

Den Hamsterkäfig mußte Wiebke jetzt abends immer ins Badezimmer stellen, weil ihr Schlaf nach Mamas Meinung unter dem nächtlichen Hamstergeraschel litt.

Mein nächster Damezug war klar: C1 auf D2. Höhö. Und da verließen sie ihn!

In Konfi sollten wir uns einen Partner aussuchen und uns dann abwechselnd an der Hand herumführen, wobei der Herumgeführte die Augen verbunden haben sollte. Dafür hatte Pastor Böker extra Tücher angeschleppt.

Das darf doch wohl nicht wahr sein, dachte ich, aber dann mußte auch ich mitwirken bei dem Ringelpiez. An der Hand herumgeführt werden von 'ner Siebtkläßlerin. Taps, taps. In Grund und Boden schämte ich mich dabei.

Was uns beim Geführtwerden durch den Kopf gegangen sei, fragte der Böker hinterher, und ein Mädchen namens Waltraud sagte: »Für mich hat das unheimlich viel mit gegenseitigem Vertrauen zu tun gehabt.«

Kunststück! Wenn sie die Treppe runtergekugelt wäre, hätte sie 'ne andere Meinung vertreten.

So wie auf unsere Nächsten dürften wir auch auf Gott vertrauen, sagte der Böker, und dann mußten wir noch einen Kanon singen. Cantate Domino.

Im ersten Rückrundenspiel schlug Gladbach Hannover 96 mit 2:0. Als gebürtiger Hannoveraner hätte ich ja eigentlich niedergedrückt sein müssen, aber ich hatte mich nun mal für Gladbach entschieden. Und ein gutes Näschen gehabt bei der Wahl meines Lieblingsvereins. Mit dem Wuppertaler SV oder Eintracht Braunschweig wäre ich schlechter gefahren.

Als wir gegen Apeldorn antraten, umdribbelte mich der Rechtsaußen, den ich decken sollte, rannte mir davon und trickste auch unseren Torwart aus und schob die Pille ganz gemütlich zum 1:0 ins Gehäuse. Dann schoß er auch noch das 2:0 und das 3:0, und in der zweiten Halbzeit machte ich schlapp. Apeldorn gewann mit 8:0, und an fast allen Toren war ich schuld, direkt oder indirekt.

Soviel zum Thema Nationalmannschaft und Martin Schlosser, der davon träumte, in den Kreis ihrer Aspiranten aufzusteigen.

Sollte ich mich denn so tief in mir getäuscht haben?

Am Sonntagabend statteten Lohmanns uns einen Besuch ab. Herr Lohmann erzählte, daß er seiner genäschigen Sekretärin neulich eine Schachtel Pralinen geschenkt und vorher bei einer davon die Nougatfüllung mittels einer Spritze durch scharfen Löwensenf ergänzt habe. Wie eine Rakete sei das Fräulein hochgegangen, sagte Herr Lohmann, und nun müsse er dieses mißtrauische alte Mädchen vorsichtig wieder anfüttern, bis zur nächsten Überraschungsoffensive.

Michael schrieb mir, daß er trotz Erkältung zur Schule gegangen sei.

Wenn Du gerade beim Essen bist, dann lies bitte nicht weiter, und wenn doch, dann auf eigene Verantwortung: Ich gehe also brav von der Christuskirche zum Max-von-Laue, als ich plötzlich niesen muß. Kein Grund zur Aufregung … ich halte mir lediglich die Hand vors Maul, wie sich's gehört … und batsch, da habe ich mindestens zwei Liter schleimige, grüne Rotze im Gesicht und auf den Händen hängen. Igitt! Zum Glück hatte das keiner gesehen. Bis ich den Salat weggewischt hatte, waren drei Tempotaschentücher hinüber. Das war, wie sich später zeigte, sehr verhängnisvoll. In der Schule lief meine Nase nämlich unaufhörlich weiter, und ich mußte sie mit immer demselben Taschentuch putzen. Das Ergebnis: Mein Riechkolben ist wundgerieben und brennt wie Zunder.

Um den Damezug hatte Michael sich herumgemogelt und seinem Schreiben stattdessen mehrere Bilder raffinierter Süßspeisen beigefügt.

P.S. Hoffentlich ärgern Dich die beigelegten Freßkalenderbilder etwas. Ich mußte dafür nämlich fast den ganzen März und den halben Juni opfern. Bon appetit! Hähä! (Oder gibt's das etwa jeden Tag bei Euch??)

Natürlich nicht. Bei uns gab's meistens auch nichts Bombastischeres als Vanille- oder Schokoladenpudding zum Nachtisch.

Mit der ganzen Klasse mußten wir ein Kraftwerk oder Umspannwerk besichtigen oder was das darstellen sollte. Mit 'nem Bus bis dahin, wobei sich niemand neben mich setzte, und dann alle Mann rein in den Bunker. Treppe rauf und Treppe runter: Kolben, Kabel, Röhren, Armaturen und Barometer. Damit konnten sie mich nicht herumkriegen, die Emsländer, daß sie hier so 'n Dingsbums von Kraftwerk herumstehen hatten. Wenn sie mich für das Leben in Koblenz entschädigen wollten, hätten sie mir schon etwas mehr bieten müssen.

Auf der Rückfahrt rauften sich der Holzmüller und der Miesowski, und der Busfahrer hielt an und schrie, daß er gleich kommen werde und mitmachen.

Das wär 'ne Schau gewesen!

Im Dritten kam ein französischer Spielfilm über einen Pianisten, und in einer Szene sah man die nackten Brüste von dessen Bettgespielin strotzen. Wohin ich in dem Moment kuckte, blieb den anderen verborgen, weil ich es mir zur Angewohnheit gemacht hatte, Filme abends von einem aus Papas Arbeitszimmer geholten und etwas abseits plazierten Sessel aus anzusehen. Den mußte ich zwar allabendlich ins Arbeitszimmer zurücktragen, aber ich brauchte nicht mehr mit Wiebke um die Sitzordnung auf dem Sofa zu rangeln und hatte freie Sicht auf den Bildschirm.

Zwei unrasierte Berserker von Schnebeck dübelten in der Küche den abgestürzten Hängeschrank an die Wand, was ja wohl auch Zeit wurde. Hauruck! Sie hatten Schneetupfer im Haar und jeder einen Zollstock außen in der Hosentasche, und sie rochen nach Bier.

Eines Tages würde auch ich mir meine Brötchen selber verdienen müssen.

Kein Handwerker werden, das war meine Devise. Bibliothekar, Paläontologe oder Museumsdirektor, aber bitte nicht Handwerker! Tag für Tag die schrillsten Bohrgeräusche zu erzeugen und in anderer Leute Wohnungen lecke Abflußrohre flicken, unter der Anleitung eines Meisters mit Keuchhusten und Kacklaune?

Der letzte Schrei in Meppen war ein Gymnastikkurs für Damen mittleren Alters. Da gingen Mama und Frau Lohmann hin, einmal die Woche, um beim Turnen abzuspecken, bei Klimmzügen und Grätsche.

Michael beehrte mich mit einem neuen Brief, in dem er mir mitteilte, daß die Rodelstrecken alle schön viel Huppel hätten.

Man kann von der Ecke Sebastian-Kneipp-Straße/Josef-Görres-Straße bis runter ins Wambachtal fahren. Holger und ich haben auch versucht, von dem Asphaltweg hinterm Bauernhof runterzukacheln, und wir haben einen tollen Zahn draufbekommen, doch dann hat sich das Verhängnis in Form einer Bodenwelle bemerkbar gemacht, und wir sind beide runtergeflogen vom Schlitten. Batsch! Danach kriegten wir wieder etwas Tempo, aber dann blieben wir in einer Autospur hängen.

Genug geschrieben. Dame: C7 auf D6.

C7 auf D6? Ob das eine taktische Finte war? In meinem Zimmer baute ich das Damefeld neu auf. Den Gegenzug mußte ich mir gut überlegen. Da saß ich in meinem Zimmer auch zur Teestunde noch dran, als Mama mit der Nachricht hereingeplatzt kam, daß ich am letzten Januarwochenende nach Vallendar fahren dürfe, zu Gerlachs: Am Freitag mit Papa hin und am Sonntag zurück mit Olaf in dessen VW-Bus. Das Prozedere müsse aber noch etwas genauer abgesprochen werden mit Michaels Eltern.

Ich dachte, ich werd' nicht mehr. Nach Vallendar! Und nächste Woche schon! Das war die beste Nachricht meines Lebens!

Mama telefonierte mit Michaels Mutter, und die hatte keine Einwände.

Kaum zu fassen. Das Wambachtal würde ich wiedersehen, in Begleitung von Michael, und wir könnten zum Fernsehturm wandern, wie früher! Oder zur Sporkenburg fahren!

Gegen Gladbach hatten die überheblichen Lauterer auch zuhause keine Chance und steckten drei Treffer ein, ohne Gegentor.

Zum Schutz gegen die Schweinekälte zog ich mir morgens die Kapuze eng über die Birne und schlang mir meinen Schal um den Hals und ums Maul, und trotzdem war ich spätestens am Bahnübergang durchgefroren im Gesicht, und meine Nase fühlte sich an, als ob ich da Hammerschläge draufgekriegt hätte.

Der Holzmüller und der Miesowski hatten sich darauf spezialisiert, Schülern eine zu knallen, die sich die Mütze ausgezogen hatten, von hinten, voll auf die rotgefrorenen Ohren. Auch ich war einmal erwischt worden, und da hatte ich die Englein singen gehört. So als ob meine Ohren aus Porzellan gewesen und in Scherben gegangen wären.

Als der Holzmüller und der Miesowski in Franz beide eine Sechs geschrieben hatten, gönnte ich denen das von Herzen.

Ich selbst hatte nur ’ne Drei minus.

Mama schleifte mich zu einer Elternprotestdemonstration gegen den Unterrichtsausfall, die in der Meppener Innenstadt stattfand. Das sei auch in meinem eigenen Interesse, sagte Mama, denn es müsse ja nun wirklich mal ein Ende haben mit dieser Dauermisere. Ich konnte nur hoffen, daß mich keiner meiner Mitschüler dabei erblickte, wie ich da vorm Meppener Rathaus als Demonstrant für mehr Schulunterricht eintrat.

Am Wochenende wollte Mama Renate in Birkelbach besuchen und telefonierte deswegen mit ihr und war tödlich beleidigt, als Renate ihr sagte, daß sie schon mit Olaf verabredet sei.

»Du und dein Olaf!« rief Mama. »Denkst du überhaupt noch

mal an uns? Oder betrachtest du deine Eltern als reine Zahlemänner?«

Papa kam die Kellertreppe hoch, und ich verdrückte mich in mein Zimmer.

»Die Gerlachs haben's ja wohl nicht so dicke, mit ihren sechs Kindern«, sagte Mama. Sie mußte, weil die Waschmaschine mal wieder kaputt war, alle Sachen von Hand waschen, in der Badewanne. »Und wenn der Vater da nun auch noch arbeitslos ist ...« Ich solle mich bloß zurückhalten bei den Mahlzeiten. Und ob ich überhaupt hindürfe, das hänge noch von meinen Noten ab.

Mein Zeugnis war nicht überragend, aber es ging so. Reli 3, Deutsch 2, Geschichte 3, Erdkunde nicht erteilt, Englisch 2, Französisch 3, Mathe 3, Biologie nicht erteilt, Musik nicht erteilt, Kunst nicht erteilt, Werken nicht erteilt, Sport 2.

Wiebke hatte auch nur Zweien und Dreien, bis auf eine Vier in »Sachunterricht«. Was war denn das für 'n Fach?

In dem Reisekoffer, den Mama vom Boden geholte hatte, brachte ich als erstes meinen Fußball unter. Als Geschenk für Michael und dessen Geschwister verstaute Mama eine Dose Quality Street in dem Koffer und eine Packung Pralinés für Michaels Mutter und dazu noch 'ne dicke Salami: »Die gibst du Frau Gerlach«, sagte Mama, »und dann sagst du der, daß das ein Gruß aus dem Emsland ist! Hast du mich verstanden? Was sollst du sagen?«

Im Fernsehen kam an dem Abend zum letzten Mal *Der Kommissar*, mit Erik Ode in der Hauptrolle. Der hieß eigentlich Odemar mit Nachnamen und hatte den abgekürzt, um nicht mit seinem Vater verwechselt zu werden, Fritz Odemar, der auch ein bekannter Schauspieler gewesen war, in der Stummfilmzeit.

Über alles das wußte Mama Bescheid.

Ganz so schön, wie ich es mir vorgestellt hatte, war es in Vallendar nicht. Beim Schlittenfahren im Wambachtal bekam ich Eisfüße in meinen Gummistiefeln, und beim Abendbrot traute ich mich kaum irgendwas vom Tisch zu nehmen, weil die Gerlachs so kinderreich und so arm waren. Als ich mir eine Brotschnitte herausgriff, sagte Michaels Vater: »Siehste mal, das sind die wahren Gourmets! Die lassen die Kanten liegen und bedienen sich bei den Filetstücken!«

Von da an suchte ich mir nur noch Kantenstücke raus.

Michael und ich bauten das Damefeld auf, um unser Spiel fortzusetzen. Ich: G3 auf F4. Michael: E5 schägt F4. Weiter kamen wir nicht, weil ich aus Versehen ans Brett stieß, so daß alle Steine verrutschten, und zum Neuaufbauen hatte keiner von uns Lust.

Schlafen durfte ich im selben Zimmer wie Michael, und wir unterhielten uns noch lange über unsere Alten, über die Schule und übers Spurenlesen. Was die Jäger für komische Ausdrücke hätten: Geläuf, Geäfter und Gehörn. Der Vater von einem Mitschüler von Michael war Jäger, daher wußte Michael das. Blut würden die Jäger »Schweiß« nennen, Augen »Lichter«, Ohren »Löffel«, Hufe »Schalen«, Hasenhinterläufe »Sprünge« und Scheiße »Losung«.

Weidmannsdank und Weidmannsheil.

Und das war es dann auch schon. Für die Heimreise, die in Olafs klöterigem VW-Bus vonstatten ging, hatte ich mir von Michael eine der drei Kladden mit seinen Gedichten ausgeliehen.

Ich habe eine Hose,
die hat Löcher große,
doch eine Hose ist sie keine,
denn sie hat nur noch ihre Beine.

Und dazu 'ne Bleistiftzeichnung von einem Trollo mit Fragezeichen über der Birne, der die abgerissenen Beine seiner Hose hochhält.

Geborgt hatte ich mir auch ein Buch mit heiteren Geschichten aus dem Leben des Pechvogels Alfons Zitterbacke. Das war ein Junge, dem in einem fort sein Wellensittich wegflog und volle Kuchenbleche runterfielen. In der Geisterbahn war er mal aus dem Wagen gefallen, und als er Jonglieren geübt hatte, war einer der Bälle bei den Nachbarn durchs offene Küchenfenster in den Suppentopf gesegelt. Den Jungen gebe es wirklich, hatte Michael gesagt.

Daß ich meinen Fußball in Vallendar liegengelassen hatte, fiel mir erst auf, als wir schon auf der Autobahn waren, zwischen Leverkusen und Wuppertal.

Im Achtelfinale des DFB-Pokals hatte Fortuna Düsseldorf Gladbach mit 3:2 abserviert. Das Spiel hätte auch anders enden können, aber das Ergebnis nährte meine Zweifel an Udo Latteks Trainingsmethoden. Mit dem Lattek würde ich bei Gladbach wahrscheinlich noch schwer aneinandergeraten.

Mama rief Tante Therese an und vereinbarte mit ihr einen Besuch zu Ostern. Dann würde auch Volker mitkommen.

Oma Schlosser wiederum lud Mama telefonisch zu einer Reise nach Südwestafrika ein, nach Windhuk, genauer gesagt, in die dreißig Kilometer südlich von Omaruru gelegene Farm von Oma Schlossers Jugendfreundin. Im März wäre das dann. Renate könnte solange in Meppen den Haushalt führen, und für Mama würde sich die einmalige Möglichkeit eines Abstechers nach Tzaneen eröffnen, wo eine Schulfreundin von ihr wohnte.

Ich holte meinen Diercke-Atlas raus.

Die in Südwestafrika wohnende Bekannte hatte Oma seit 1913 nur dreimal wiedergesehen, 1929 und 1953 in Deutschland und dann 1969 in Afrika.

Papa war nicht sonderlich erbaut von der ganzen Angelegenheit, wegen der Terroristen, die sich da im Busch tummelten. Man wisse ja, worauf man sich in der Dritten Welt gefaßt machen müsse. Eben erst waren bei einem Erdbeben in Guatemala mehr als zwanzigtausend Menschen umgekommen.

Ich lud Michael und Holger zu einem Osterferienbesuch nach Meppen ein und versorgte sie mit Auskünften über meine neue Englischlehrerin, Frau Gewonk, die Herrn Rieß vor kurzem abgelöst hatte: Dauerwelle, breites Kreuz und 'ne Brille, die so aussah, als ob die Gewonk die sich verkehrtrum aufgesetzt hätte. Die Bügel verliefen von unten nach oben.

Mama trug sich währenddessen mit dem Gedanken, mich auf das

katholische Maristengymnasium zu schicken, weil es da mehr Unterricht gab. Schreck laß nach!

Anfang Februar erhielt ich einen neuen Brief in Schreibmaschinenschrift von Michael.

Lieber Martin!

Zuerst will ich Dich trösten: Uns ist auch sehr langweilig, seit Du weg bist. Denn denkst Du, daß ich stinkend faule Sau aufbreche, um mit meinem Bruder eine Fahrradtour zu machen? Denkste. Nix da.

Und dann muß ich was zu Deinen Ferienplänen sagen: Wir haben keine Pralinen. Auch keine Salami. Und erst recht keine Quality Street. Doch mit Abwasch kann ich dienen. Zur Genüge.

So, jetzt was anderes. Mir ist hundeelend. Mein Kopf dröhnt, meine Mandeln scheinen sich aufgeblasen zu haben, und morgen werden wir 'ne Mathearbeit schreiben. Tja, das Leben ist hart, mein Junge. Mensch, rede ich einen Blödsinn. Das kommt von der Langeweile. Gehirnverkalkung mit Auflösung des Denkvermögens.

Was ist denn mit dem Farbband von der Schreibmaschine los? Alles so dünn hier … außerdem rasselt die so komisch, wenn ich tippe … hoppala, vielleicht liegt's an dem Hebel da … nxet flab krkst krkrk iwwtofl droch neicht. Siehste, jetzt geht's wieder. Ich muß nur fester aufdrücken.

So, ich bin gerade aus Konfi wiedergekommen. Das einzige Interessante war, daß die Frischke hier oben ein Sozialheim für Waisenkinder hinknallen will, neben die Kirche. Die armen Kinderchen, die da hinmüssen …

Als wir wieder raufgingen, verstellte uns ein großer Laster den Weg, und wir mußten einen Riesenumweg machen. In der Gartenstadt wollten wir dann per Anhalter weiter. Bald kam auch eine gute Seele und nahm uns bis zur Sprungschanze mit. Dann gingen wir bei Eiseskälte zu Fuß weiter hoch. Meine Ohren tun mir jetzt noch weh, ich hatte nämlich keine Mütze auf.

Und nun müßte ich noch Mathe lernen, aber ich hab beim besten Willen keine Lust dazu. Und einen noch besseren Willen als den, den ich gerade habe, kann ich nicht aufbringen.

Mist, die Schreibmaschine fängt schon wieder so komisch zu rasseln an. Wenn die jetzt draufgeht, bist Du's schuld, alleine Du! Wenn Du

Deinen Brief nicht mit Schreibmaschine geschrieben hättest, dann hätt' ich meinen auch nicht mit Schreibmaschine geschrieben. Also kannst Du blechen. Du, Du, Du!

O Gott, die Langeweile. Die wird mich noch meine ohnehin schon kaputten Nerven kosten. Und wenn ich die Arbeit verhaue und erfahre, daß Du mir nicht die Daumen gedrückt hast, dann … dann …

Tschö, Dein Michael

Im Englischbuch war ein Plakat aus den USA abgebildet, von 1829: Bei einer Auktion würde es zwölf Sklaven zu kaufen geben, zwischen 14 und 40 Jahren, und außerdem Reis, Bücher, Stoffe und Nähsachen.

»Tjaja«, sagte Volker, »die Amis!« Hatten die Neger versklavt und die Indianer ausgerottet, aber auch die besten Raketen gebaut, von der Sputnik mal abgesehen.

Mittlerweile war es amtlich: Oma Schlosser und Mama würden Ende Februar nach Afrika fliegen. Papa sagte, daß ihn da keine zehn Pferde hinkriegten, und er äußerte sich geringschätzig über Mamas Zigeunerblut.

Wiebke sollte ihre Zöpfe abgeschnitten bekommen und wurde vorher geknipst, von hinten und von vorne, auf der Terrassenmauer und in der Gartenschaukel.

Movie Star, Movie Star, ahaha,
You think you are a Movie Star …

Die Hamsterscheiße aus Pepiks Käfig mußte sie trotzdem noch wegmachen.

Im Fernsehen kam nur Käse. Olympische Winterspiele: Biathlon, Eiskunstlauf und Zweierbob. Wen das wohl interessierte, ob da zwei Bobfahrer 'ne Hundertstelsekunde schneller gewesen waren als die Bobfahrer davor.

Beim Elternsprechtag hatte Mama mit dem Schlüter über mich geredet. Der habe sich dahingehend geäußert, daß mir ein Schlüsselerlebnis fehle.

Schlüsselerlebnis? Wie bitte? Was? Der Schlüter machte sich Gedanken über mich und meine Erlebnisse?

Gegen den neuen Tabellenzweiten HSV holte Gladbach nur ein Unentschieden heraus, hatte aber fünf Punkte Vorsprung.

Vom Spielfeldrand aus feuerte Uli Möller uns an, als ob wir nicht die C-Jugend des SV Meppen gewesen wären, sondern die erste Mannschaft von Lokomotive Leipzig oder Partisan Belgrad.

»Sauber!«

»Geh, geh, geh!«

»Und Flügelwechsel!«

»Den kriegst du noch!«

»Ecke! Das war Ecke, Schiri!«

»Glübi, Achtung! Hintermann!«

»Wo sind wir denn hier? In der Villa Kunterbunt?«

»Los, los, los, ihr lahmen Scheißer! Alles nach vorne jetzt!«

»Mann, nun spiel doch endlich ab, du Blindfisch! Didi steht frei!«

Zwischendurch stieß Uli Möller martialische Pfiffe aus, mit Daumen und Mittelfinger in den Mundwinkeln, und als Glübi mir im Strafraum einen riskanten Paß zuspielte, schien Uli Möller einmal fast einem Herzinfarkt zu erliegen.

Am Montag wies der Schlüter mir einen neuen Platz in der Klasse zu, neben dem Gerdes. Dessen Vater war Maurer. Geschwister hatte der Gerdes auch drei: eine ältere Schwester, einen älteren Bruder und eine jüngere Schwester. Genau wie ich. Mit dem verstand ich mich auf Anhieb gut.

Statt meine Briefe mit der Hand zu schreiben, setzte ich mich immer öfter in Papas Arbeitszimmer an Mamas Schreibmaschine. Ein Papier einspannen, die Walze drehen, und los ging's. Zwei-Finger-Adler-Suchsystem. Ort und Datum oben rechts, und dann die Anrede links (»Liebes Marzipanschwein!«).

»Hack nicht so auf der guten Maschine rum!« rief Mama aus dem Wohnzimmer rüber, wo sie am Staubsaugen war, unter den Heizkörpern und auch unter den Sesseln, die dafür umständlich verschoben werden mußten.

Mein neuer Damezug: H 2 schlägt G 3.

Den Tee, den ich mir selber braute, gab es in Blechbüchsen bei Comet zu kaufen. Sir Winston Finest Broken Orange Pekoe. Einmal rammte ich da beim Hineingehen aus Versehen einem kleinen Mädchen hinter mir das Drehkreuz an den Dassel. Das Mädchen heulte los, und der Vater blaffte mich an: »Können Sie denn nicht aufpassen?«

Walther liebte sein Leben, war meist unbeschwert,
und wenn er mal was machte, machte er's meist verkehrt ...

Aber immerhin: Der Mann hatte mich gesiezt.

In einem dreieinhalbstündigen Monumentalfilm konnte man sehen, wie Deserteure aus der Armee, mit der Napoleon Rußland erobern wollte, füsiliert wurden. Da gab es kein Pardon, und wenn sie noch so heulten und jammerten. Die wurden an die Wand gestellt und abgeknallt: »Feuer!«

Mit seinem Rußlandfeldzug war Napoleon gescheitert. Was hatte der da überhaupt gewollt? Hätte er die Russen nicht in Ruhe lassen können? Wenn man im Diercke-Atlas Frankreich mit Rußland verglich, ging einem auf, wie unsinnig der Angriff gewesen war. Oder Deutschland später: Ein Pipiländchen wie unseres attackiert ein dreihundertmal so großes! Kein Wunder, daß wir den Zweiten Weltkrieg verloren hatten.

In Konfi ritt Pastor Böker auf Septuagesimä, Sexagesimä und Pentateuch herum, bis man's nicht mehr hören konnte, und im Training verstauchte ich mir den linken Fuß. Meinen guten. Ich humpelte in die Kabine, setzte mich, entknotete das Schnürband und zog vorsichtig den Schuh aus.

War das Gelenk geschwollen? Verdickt?

Mama und Papa hatten abends wieder einmal Gäste. Das mußte Mama irgendwie durchgeboxt haben. Drei Dödel von der E-Stelle mit ihren weiblichen Ehefregatten, und alle waren im Wohnzimmer wie die Schlote am Qualmen und Salzstangenfressen. Salzstangen kaufte Mama sonst nie.

Im Zweiten fing eine neue Serie an, mit einem Rechtsanwalt, der am Wüstenrand in einem Wohnwagen hauste und sich gleich in seinem ersten großen Fall mit dem Sheriff und dem Staatsanwalt anlegte. Petrocelli. Mama fand den gut, und damit war die Frage, welches Programm wir in den nächsten Wochen freitagabends einschalten würden, entschieden.

Um Renate einzuschärfen, was sie für die Haushaltsführung wissen mußte, fuhr Mama nach Birkelbach, während Gladbach im Duisburger Wedaustadion in der 27. Minute durch ein Tor von Allan Simonsen in Führung ging, aber Bernard Dietz und Ronald Worm sicherten Duisburg einen Halbzeitstand von 2:1. Den Ausgleich erzielte Rainer Bonhof in der 71. Minute durch einen Foulelfmeter, und kurz vorm Abpfiff schlug ein Spieler zu, dessen Torgefährlichkeit die Zebras leichtfertigerweise unterschätzt hatten: Berti Vogts! Vielleicht war das der Treffer, der Gladbach am Ende die Meisterschaft bescherte, wenn es noch einmal eng werden sollte.

Menschenskinder, dachte ich. Wie klasse Berti Vogts sich jetzt wohl fühlte! Und Papa brüllte: »Bring das Scheißfahrrad nach unten!«

Am Sonntagnachmittag kam Mama wieder, kochte Tee und servierte Butterkuchen dazu. In Birkelbach, erzählte sie, habe sie sich »den Jokus erlaubt«, an einem Tanzvergnügen in Renates Landfrauenschule teilzunehmen. »Wann komm' ich als vielbeschäftigte Hausfrau sonst schon mal zum Tanzen?« Mit Papa, dem alten Muffkopp, sei das ja leider nicht möglich. Hier mal auszugehen am Wochenende, daß man mal so 'n bißchen unter die Leute komme – Pustekuchen!

Schön sei das gewesen. Erfrischend. Mal was anderes als der ewige Haushaltstrott. »Die Männer allesamt Soldaten, von der Luftwaffe, und einer hat mich rumgewirbelt, da wär mir bald schlecht geworden«, sagte Mama. »Zum Schluß wär das noch fast zum Remmidemmi ausgeartet, aber irgendwann ist Zapfenstreich gewesen. Die führen da ein eisenhartes Regiment in Renates Schule, und das ist auch bitter nötig! Wenn die das nicht täten – da möcht' ich lieber nicht dran denken, was da alles vorkommen würde …«

Um sechs rief Oma Jever an und bekniete Mama telefonisch, sich die Reise nach Südwestafrika aus dem Kopf zu schlagen. Erst letzte Woche hätten angolanische Terroristen ein deutsches Farmerehepaar ermordet.

Den neuen Damezug hatte Michael ganz am Ende eines Briefs untergebracht, den ich am Montagmittag erhielt.

Heißassa!

Da bin ich wieder, mit den allerneuesten Nachrichten! Hier passiert wie immer das Übliche – nüscht. Wenn ich zu Hause bin, mache ich Hausaufgaben, spiele ein bißchen Geige, glupsche fern und langweile mich. Das ist überhaupt meine Lieblingsbeschäftigung.

Unserm Jakob haben wir ein neues Klettergerüst gekauft. Anscheinend hat er sich daran gewöhnt, im Gegensatz zu mir – das Ding stinkt nämlich bestialisch. Uääh, das haste noch nicht gerochen. So richtig nach verfaulter, alter Wellensittichkacke, so als ob wir nicht die ersten Besitzer wären. Dabei hat's uns 11 harte DM gekostet. Und zu alledem hat es noch einen Riesenriß in der Seite. Jaja, so läßt man sich verscheißern.

Ob ich in den Osterferien Zeit habe? Sicher doch. Aber ob ich dann wegkann und darf, das steht auf einem anderen Blatt. Ich habe meine Mutter nämlich schon gefragt, und irgendwie hat's der nicht so gefallen. Das wäre zuviel Arbeit für Deine Mutter und so. Du bist ja schließlich auch ohne Bruder hergekommen, aber wir kämen zu zweit. Ich und der Holger hätten allerdings nichts dagegen, Meppen zu erkunden.

Jetzt aber endlich zu meinem vernichtenden Damezug, der das Spielfeld in eine Trümmerlandschaft verwandeln wird … F6 auf G5.

Scheißkerl! Faule Taktiken anwenden! Drecksack! Buhää!

Ich hatte es geahnt, daß Michael meinen Tricks in Dame nicht gewachsen war. Jetzt hatte ich ihn in der Zange.

In dem Umschlag steckte auch wieder ein Brief von Holger.

Hallöchen!

Hast Du es gut! Du sitzt zuhause und langweilst Dich, weil Du nichts zu tun hast. Ich wäre froh, wenn ich nichts zu tun hätte. Wäre das schön, sich zu langweilen und mal richtig auszuspannen! Mein Tagesplan sieht anders aus:

07^{h00} – 07^{h49} *Busfahrt (diese Strapaze kennst Du ja!)*
07^{h50} – 13^{h10} *Schule (reiher, kotz)*
13^{h25} – 14^{h00} *Bus*
14^{h01} – 14^{h30} *Essen*
14^{h31} – 17^{h00} *Versuch, die Hausaufgaben hinauszuschieben*
17^{h01} – 17^{h05} *Hausaufgaben*
17^{h06} – 18^{h30} *Musikhören*
18^{h31} – 19^{h00} *Essen*
19^{h01} – 22^{h00} *Fernsehzwang*
22^{h01} – 03^{h00} *Musikhören*
03^{h01} – 05^{h00} *Pennen*
05^{h01} – 06^{h59} *Aufstehen*

Jede Sekunde ist ausgefüllt, keine Zehntelsekunde Zeit zum Ausruhen. Ist das ein beschissenes Leben! Gut hast Du es!

Für diesen Brief mußte ich 99,86 Sekunden von meinen Hausaufgaben abknapsen. (Du Schwein.)

Tschüß, Holgerli!

Ja, die Busfahrten morgens und mittags, vom Mallendarer Berg nach Koblenz und zurück, die waren kein Zuckerlecken, aber ich hätte trotzdem lieber jeden Morgen mit Michael und Holger 'ne halbe Stunde lang im Bus am Rhein im Stau gesteckt als hier allein in Meppen.

Als das Moped endlich betriebsbereit in der Garageneinfahrt stand, stülpte Volker sich seinen schon vor langer Zeit erworbenen Sturzhelm über und brauste los. Wrumm, wrumm, spotz, spotz! Und warum auch nicht? Wenn es Volker gefiel, mit einem Vehikel aus der Kreidezeit von A nach B zu pöttern?

Zu meinem Leidwesen kriegten wir jetzt doch noch Erdkunde und Physik. Damit waren's 26 Wochenstunden.

In Erde ging es um die Steuerung der Raumerschließung in den USA und in der UdSSR. Die Russen müßten sich mit Dauerfrostböden abplagen: Tundra und Taiga. Bleicherde und Schwarzerde.

Physik war mir schon in der ersten Stunde so unverständlich wie sonst nur Mathe. Ein Körper würde sich gleichförmig bewegen, wenn er stets in gleichen Zeiten gleiche Wege gehe …

Der Weg s *ist dann der Zeit* t *proportional:* s ~ t. *Unter der Geschwindigkeit* v *dieser gleichförmigen Bewegung versteht man den konstanten Quotienten aus der Wegstrecke* s *und der Zeit* t : v = s/t.

Alles klar?

Aus meinen alten Fußballschuhen war ich herausgewachsen, und ich quengelte um neue. Von Puma sollten sie sein, mit Schraubstollen, aber Mama fiel fast in Ohnmacht, als sie die Preisschilder sah, und ich kriegte wieder nur billige Bunken mit Gummistollen.

Von Michael und Holger wollte ich wissen, wie es mit dem Zelten in den Sommerferien wäre. Wir drei und dazu noch Volker und Harald? Auf einem Campingplatz mit Badesee? Das hätte ich mir lustig vorgestellt. Morgens im See schwimmen, statt sich zu waschen, Radtouren unternehmen, den ganzen Tag nur Erdnüsse futtern und sich abends Spiegeleier braten.

Muhammad Ali war abermals herausgefordert worden, von einem gewissen Jean-Pierre Coopman. Von dem hatte ich vorher noch nie was gehört. Auf deutsch bedeutete dessen Name ungefähr soviel wie: Hans-Peter Kaufmann. Da wollte sich also ein Nobody namens Hans-Peter Kaufmann mit Muhammad Ali messen! Wohl nicht mehr alle Latten am Zaun?

Den Kampf hätte ich sogar sehen dürfen, weil er am schulfreien Samstag übertragen wurde, frühmorgens, aus Puerto Rico, aber als der Wecker mich um zehn vor vier aus dem Schlaf riß, überlegte ich's mir anders. Wenn der Herausforderer George Foreman geheißen hätte, gut, oder Joe Frazier, dann hätte ich mir vielleicht einen Ruck gegeben …

In den Morgennachrichten hörte ich, daß Coopman von Ali k.o. geschlagen worden war. Tja. Morgens um sieben war die Welt noch in Ordnung.

Aus den Fugen geriet sie erst am Nachmittag: Innerhalb von zwei Minuten verwandelten Horst Hrubesch und Werner Lorant Gladbachs frühe Führung gegen Rot-Weiß Essen in einen Rückstand, und dabei blieb's. Eine Heimniederlage! Das war eine kalte Dusche, die an Gladbachs Nimbus der Unbesiegbarkeit kratzte. Falls Duschen an Nimbussen kratzen konnten.

Ich saß am Klavier und pingelte mir da was zusammen (»An der Saale hellem Strande«), als Mama reinkam, um mich ins Gebet zu nehmen: Ob sie mich bei der Musikschule anmelden solle? Dann müsse ich aber auch regelmäßig üben. »Hörst du?«

Pastor Böker stellte klar, daß die Konfirmation die Erneuerung eines uns bereits als Täuflingen gegebenen Versprechens sei: »Fürchte dich nicht, denn ich habe dich erlöst, ich habe dich bei deinem Namen gerufen; du bist mein.«

Durfte man als Christ denn nicht sich selbst gehören? Mir reichte es schon, ständig von Papa in den Garten gepfiffen zu werden, und nun sollte ich auch noch einem Gott gehorchen, der jederzeit sein Copyright an mir geltend machen konnte.

Oma Schlosser rief an. Sie habe einen Brief von ihrer Freundin aus Südwestafrika gekriegt: Nahebei habe ein Guerilla-Überfall stattgefunden, eine weiße Farmerfamilie sei ermordet worden, und die Gegend sei wohl doch zu unsicher für Touristen.

Die Reise wurde abgeblasen.

Mama rief Renate an: »Hast du schon gepackt? Aha. Dann pack mal wieder aus. Deine Mama bleibt hier!«

Sie rief auch in Afrika an, bei der Familie der Freundin von Oma, und auf einmal sah alles gar nicht mehr so dramatisch aus. In einem Telefonat mit Oma Schlosser sprach Mama ihr wieder Mut zu der Reise zu, und Oma lenkte ein. Dann rief Mama noch einmal Renate an: »Kommando zurück! Wir fliegen doch! Schöner Schreck in der Abendstunde, nicht?«

Renate konnte allerdings erst am Aschermittwoch nach Meppen kommen, weil sie nach der Birkelbachzeit noch zu ihrem Abgott Olaf hinwollte.

Bei Mamas Abreise lag Meppen in dichtem Nebel, und Mama bangte um die schöne Vogelperspektive, die sie vom Flugzeug aus haben würde. Geflogen war sie vorher noch nie. In Düsseldorf würde Onkel Jürgen Mama und Oma zum Flughafen bringen.

»Hals- und Beinbruch!« rief Papa Mama vom Bahnsteig aus nach und holte ein Taschentuch raus, um ihr damit hinterherzuwinken.

Von Zürich würden Mama und Oma mit South African Airlines nach Windhuk fliegen, und da sollten sie abgeholt werden.

Eintausendneunhundertundvier Mark pro Nase kosteten Hin- und Rückflug.

»Und ich bin jetzt Strohwitwer«, sagte Papa.

In der EM-Qualifikation zermalmten wir Malta mit 8:0. Ich spitzte mich auch schon auf die WM '78, obwohl die Jahreszahl noch so klang wie der Titel eines irren Zukunftsromans. 1978! Moderner würde es überhaupt nicht mehr gehen, oder frühestens im Jahr 2000, mit Küchenrobotern, fliegenden Autos und Wolkenkratzern aus Plastik oder Aluminium oder irgendwelchen Rohstoffen vom Neptun. Und mit Bildungspillen, die man nur zu schlucken brauchte, und schon würde man perfekt Chinesisch sprechen.

Als ob man auf 'ner Zeitreise wäre. Die Jahreszahl 1976 hatte ich so halb und halb verkraftet, aber auf 1977 würde ich mich nicht mehr einstellen können, und auf 1978 und alles, was danach noch kommen sollte, war ich nicht genügend vorbereitet. Meiner einer, hätte Bugs Bunny gesagt, wäre lieber in das Jahr 1971 oder meinetwegen 1966 zurückgekehrt, um das noch einmal auszukosten.

1976 war ein Schaltjahr. Eine Tochter von Onkel Dietrich – welche, hatte ich vergessen – war am 29. Februar geboren worden und konnte deshalb nur alle vier Jahre richtig Geburtstag feiern.

Papa erlaubte mir, mit dem Rad nach Rütenbrock zu fahren, wo ich Hermann Gerdes besuchen wollte, und ich durfte da auch übernachten.

Von Meppen nach Rütenbrock, das waren dreißig Kilometer. Nach dem Sonntagsfrühstück stratzte ich los, guten Mutes, mit drei Bechern Kaba und sieben Erdbeermarmeladentoasts im Bauch.

Bis Haren hatte ich Rückenwind. Ab dann ging's schwerer, an einem Kanal entlang, wo mir der Wind ins Gesicht blies und ich oft im Stehen fahren mußte, Kilometer um Kilometer.

Hermann Gerdes wohnte im letzten Haus in der Kanalstraße. Da bekam ich gleich die fette Sau gezeigt, die denen gehörte und in deren Stall es so gottsjämmerlich stank, daß ich fast umgekippt wäre.

»Junge«, sagte Hermann, »du bist nichts gewohnt!«

Zu Mittag gab's erst Hühnersuppe und dann Hähnchen mit Kartoffeln und Rotkohl. Hähnchen mit Kartoffeln, das leuchtete mir ja noch ein, aber Rotkohl? Um Hermanns Mutter nicht zu kränken, würgte ich den Rotkohl runter und riß mich zusammen, um ihr den nicht auf den Tisch zu kotzen, denn von Rotkohl wurde mir speiübel. Schon von dem Geruch allein.

Als ich den Fraß endlich verdrückt hatte, bot Frau Gerdes mir einen Nachschlag an. Wie hätte ich den abwehren sollen?

Überm Eßtisch hing ein Klebestreifen von der Decke runter, mit toten und sterbenden Stubenfliegen, die sich in dem Leim verfangen hatten.

Eigenartig war auch, daß sich am Eßtisch alle bekreuzigten.

Nachmittags zeigte Hermann mir die Ruine einer alten, schon vor Jahren stillgelegten Ziegelei. Da konnte man die letzten heilen Fensterscheiben und Dachziegel mit Steinen zerschmeißen.

Aus der Hosentasche holte Hermann ein Feuerzeug raus, doch unser Versuch, im Schatten der Ziegelei ein Lagerfeuer zu entfachen, mißlang.

Am Kanal lieferten wir uns ein Kämpfchen, und Hermann erzählte mir vom Buhkeeler: Das sei ein Ungeheuer, das den Kanal bewohne, so ähnlich wie das von Loch Ness, und wenn ein Kind dem Kanal zu nahe komme, werde es vom Buhkeeler erbeutet und aufgefuttert.

Ulkig an dem Haus von Hermanns Eltern war die Existenz eines zweiten Wohnzimmers, das sie nur an den höchsten Feiertagen benutzten. Da war alles am vornehmsten eingerichtet, aber sie setzten sich nur drei- oder viermal im Jahr hinein. »Die kalte Pracht«, so hieß das.

So sei das nun mal bei den Katholiken, sagte Volker, die hätten eben den einen oder anderen Spleen, und Papa schrie: »Bring das verdammte Fahrrad runter!«

Am Frühstückstisch erschien Wiebke mit aufgemaltem Clownsgesicht und Pappnase. »Wetten, daß du die einzige bist, die so doof beschmiert zur Schule geht?« fragte ich sie, und da fing sie zu heulen an, und Volker sagte, daß ich ein Blödian sei.

Dabei hatte ich doch nur 'n kleinen Witz machen wollen. Mußte die denn jeden Mist so gräßlich ernstnehmen? Obwohl ich ihr mal 'n Eis ausgegeben hatte?

Mittags kochte Papa uns Milchnudeln, und im Viertelfinale des Europapokals der Pokalsieger unterlag Sturm Graz Eintracht Frankfurt mit 0:2.

Auch am Aschermittwoch kochte Papa wieder Milchnudeln, die allerdings anbrannten, und es war gut, daß um drei Uhr Renate kam, mit Olaf, um die Regie zu übernehmen. Beim Rühreizubereiten knabberte Olaf an Renates Ohrläppchen, und er faßte ihr unter die Bluse, aber das Bett mußte Renate ihm in einem anderen Zimmer beziehen als in ihrem eigenen alten.

In Birkelbach, sagte Renate, gebe es eine Telefonzelle, mit der stimme irgendwas nicht: »Da braucht man bloß den Hörer abzunehmen, und dann kann man telefonieren, ohne Geld einzuwerfen.« Da seien dann natürlich immer alle hingerannt. »Aber das ist Schnee von gestern! Jetzt freu ich mich, daß die Birkelbachzeit um ist. Ewig will ich ja auch nicht in Maidentracht rumlaufen und Fußböden scheuern und Baumkuchen grillen!« Die hätten noch nicht mal geschmeckt, die blöden Baumkuchen. Und dafür der ganze Aufwand! Ach ja, und 'ne Freundin von ihr, die habe sich da vor 'n paar Tagen aus dem

Fenster stürzen wollen, aus Liebeskummer. Völlig aufgelöst sei die gewesen. Das heulende Elend.

Dann mußte Renate plötzlich noch 'ne Schnittchenplatte machen, weil Papa Besuch kriegte von zwei E-Stellen-Heinis, und obwohl Papa in seinem Arbeitszimmer zwei Sessel stehen hatte, für Besucher, pflanzte er sich mit den Leuten ins Wohnzimmer, so daß ich nicht im Fernsehen kucken konnte, wie sich Gladbach im Europapokal schlug. Ich mußte mit der Radioübertragung vorliebnehmen, oben in meinem Zimmer.

Den mit Netzer und Breitner angetretenen Madrilenen kloppte Gladbach in der ersten Halbzeit zwei Tore rein. Sekunden vor dem Halbzeitpfiff glückte den »Königlichen« der Anschlußtreffer und in der zweiten Halbzeit der Ausgleich. 2:2.

Das Spiel Benfica Lissabon – Bayern München endete 0:0.

In jeder großen Pause ging ich zuallererst zum Aushang der Vertretungspläne. Vielleicht hatte man ja mal Glück. Und siehe da, der Schlüter war erkrankt: Franz fiel aus, auch Erde war gestrichen, und die gesamte Klasse durfte nachhause!

Renate bereitete Pasta asciutta zu, mit Nudeln und Salat, und Olaf schälte Birnen für den Obstquarknachtisch.

»Warum rülpset und furzet ihr nicht? Hat es euch nicht geschmekket?«

Das hatte Luther mal gesagt, angeblich, zu seinen Tischgästen.

Nach dem Essen mußten Volker und ich Renate Töpfe spülen helfen, und Wiebke sollte den vollen Komposteimer nach draußen bringen. Das gab's bei Mama nicht, daß die uns zum Küchendienst heranzog. Hinterrücks mischte sich auf einmal auch Papa noch ein: »Nicht mit der scharfen Schwammseite! Davon kriegt der Pott nur Kratzer!«

Konnte mir vielleicht mal endlich jemand erklären, wozu die scharfe Schwammseite gut war?

Im Training spielten wir gegen die D-Jugend und verloren mit 1:2. Blamabel! Mehrere Male hatte mich einer der Knirpse ausgedribbelt, und der zweite Treffer ging ganz allein auf mein Konto.

Hermanns Eltern hatten ihm erlaubt, nach der Schule auch mal bei uns zu bleiben, bis abends. Ich wollte Hermann auf dem Gepäckträger mitnehmen, aber das führte zu nichts. Da eierten wie nur rum wie zwei Irrenhäusler. Also schob ich mein Rad, und Hermann ging nebenher.

Zu seinem Erstaunen lagen an dem Tag zwei Postsendungen für mich bereit. Der eine Brief stammte von Tante Dagmar, mit einer Seite aus einem Katalog. Die Armbanduhr, die mir am besten gefalle, solle ich ankreuzen, schrieb Tante Dagmar, und ihr die Seite zurückschicken. Dann würde ich die Uhr meiner Wahl zur Konfirmation kriegen. Der andere Brief war mir von einer Firma zugesandt worden, die berufliche Fortbildungskurse anbot. Ich hatte da, nur um Post zu erhalten, Informationsmaterial bestellt. Zu was man sich so alles umschulen lassen könne: Dreher, Setzer, Stenograph …

Hermann war baff, denn er hatte noch nie in seinem Leben von irgendwem Post gekriegt. »Wie, wie, wie? Du kommst von der Schule nachhause, und da liegen zwei Briefe? Nur für dich?« Er schien das überhaupt nicht begreifen zu können, aber so sensationell war das ja nun auch wieder nicht, wenn man eine weit entfernt wohnende Patentante hatte, die einem was zur Konfirmation schenken wollte, und wenn man sich außerdem aus unstillbarer Gier nach Post um die Zusendung von Broschüren beworben hatte. Es gab Tage, da kriegte Papa weniger Post als ich.

»Ist nicht wahr«, sagte Hermann. »Ist nicht wahr!«

Beim Mittagessen, zu dem Papa nicht erschien, weil er wegen irgendwelcher Machenschaften auf der E-Stelle verhindert war, taten wir uns an den Überbleibseln der Pasta asciutta gütlich. Zum Nachtisch deckte Renate Nußcreme auf, und Hermann rief, als er seinen Teller ausgekratzt hatte: »Das war göttlich! Von Schweizer Küchenchefs empfohlen!«

Wir schmissen unsere Kohle zusammen, spazierten zu Comet und kauften uns Brötchen, zehn Stück für 79 Pfennig, und nachdem wir die Brötchen aufgefressen hatten, gab's zum Tee auf der Terrasse noch Berliner. Für jeden zwei. Die hatte Olaf spendiert.

Hermann wunderte sich auch über die Menge unserer Kinderbücher: So viele habe er noch nie auf einem Haufen gesehen. Dabei waren das, wie ich fand, viel zu wenige. Die waren doch nur ’n Klacks. Ich hätte gern noch zehntausend mehr gehabt von der Sorte.

»Deiner Schwester kannst du von mir bestellen, daß sie dufte kocht«, sagte Hermann, als er abends in den Bus stieg.

Beim Kuchenbacken hatte Renate sich Eigelb auf die Bluse gekleckert und versuchte nun, das mit Gardinenweiß wieder rauszuwaschen. Eine Weile sah ich Renate dabei zu, und dann sagte sie: »Hast du nichts besseres zu tun, als anderen Leuten bei der Arbeit zuzukucken, du Kicheronkel vom Dienst? Mußt du nicht noch Hausaufgaben machen?« O doch, das mußte ich. In Englisch, in Deutsch und in Franz.

Une interview. Un reporter vous pose quelques questions. Lisez les questions et complétez-les.

Interviewt werden und dann noch die Fragen selber vervollständigen müssen, das war ja geradezu paradox.

Von den Uhren, die Tante Dagmar mir vorgeschlagen hatte, suchte ich mir eine wasserdichte und stoßfeste aus, mit Datumsanzeige und Leuchtziffern. Seit ich in Koblenz meine alte Armbanduhr im Hallenbad an der Mosel verbummelt hatte, war ich ohne Uhr ausgekommen.

Die ZVS schickte Renate einen Brief, in dem stand, daß sie einen Studienplatz in Bielefeld habe, für das Lehramt der Primarstufe, Fächer Mathematik und Deutsch. Nun fehlte bloß noch, daß auch Olaf einen Studienplatz in Bielefeld kriegte.

Den SV Eltern schlugen wir mit 3:0, und Uli Möller bollerte einen Karton mit Teilchen in die Kabine: »Männer! Bedient euch! Heute habt ihr Geschichte geschrieben, ihr Spastiker! Stolz könnt ihr sein!«

Leider aber hatte Gladbach in Bochum zwei Punkte verloren, und es fiel wieder dicker Schnee.

»Und Mama hockt bei den Hottentotten«, sagte Papa und verleibte sich ein Leberwurstbrot ein, im Wohnzimmer, wo um kurz nach elf ein Film mit James Stewart anfing, der einen vom Pech verfolgten Kopfgeldjäger spielte: Es gelang ihm zwar, einen Mörder zu schnappen, auf dessen Kopf fünftausend Dollar ausgesetzt waren, aber dann wurde James Stewart bei einer Schießerei mit Schwarzfußindianern verwundet, und als der Mörder bei einem Fluchtversuch draufgegangen war, konnte James Stewart aus Mitleid mit der Geliebten des Mörders nicht einmal die Prämie für dessen Leiche kassieren. Stattdessen schaufelte er ihm ein Grab.

»Und ewig singen die Wälder«, sagte Papa.

Als ich im Bett lag, mit geputzten Zähnen, hörte ich, wie sich Olaf in Renates Zimmer schlich. Da war Papa bereits am Ratzen.

Aber dann am Morgen: Schneeschippen! Ach du liebe Scheiße! Und als ich mich beim Mittagessen einmal kurz mit dem linken Ellenbogen auf dem Tisch abstützte, fauchte Papa mich an: »Nimm die Knochen runter!«

Zum Nachtisch gab es Diplomatencreme.

Olaf mußte abreisen, und Renate buk Berliner, heulend, und zwei davon packte sie ein. Die wollte sie Olaf per Paketpost zusenden, zum Trost. Renate und ihr Olaf, das war wie so 'n Fortsetzungsroman.

Um kurz nach sechs rief Oma Jever an, die neugierig war, ob wir schon ein Lebenszeichen von Mama vernommen hätten, und so gegen neune meldete sich Olaf, und Renate kam aus der Waschküche zum Hörer galoppiert.

Ja, ja, ja, ja,
Weißt nicht, wie gut ich dir bin.

An den Fotos von den nackten Nubierinnen hatte ich mich inzwischen so ziemlich sattgesehen, aber ich brachte es nicht übers Herz, die Ausgabe wegzuschmeißen, bevor ein ebenbürtiger Nachschub unter Dach und Fach war. Dieser alte *Stern* gammelte also weiter oben auf Wiebkes Kleiderschrank herum.

Morgens mußte Papa in der Garageneinfahrt das Eis von der Windschutzscheibe kratzen. In der Garage selbst war ja kein Platz für den Peugeot. Die war vollgestopft mit Brettern, Eimern und Gedöns.

Wenn man bei Zitaten die Gänsefüßchen vorne unten statt oben hinsetzte, so wie in gedruckter Schrift, sah das eindeutig besser aus, fand ich, doch der Wolfert strich mir das bei einer Deutscharbeit als Fehler an, der Arsch.

Und dann waren wieder die Bahnschranken unten, und es war noch immer kein Brief von Mama eingetroffen.

In der Musikschule kriegte ich Unterricht bei einem Herrn Radowski, der nur gebrochenes Deutsch sprach. Mitte dreißig, Vollbart und Nickelbrille. Ob der aus Albanien stammte? Oder aus der Tschechoslowakei?

Ich hatte die Noten vom »Türkischen Marsch« dabei, um meine Künste zu demonstrieren, aber der Radowski ließ mich das Stück nicht zu Ende spielen. Zur nächsten Stunde, sagte er, solle ich die »Zweistimmigen Inventionen« von Bach mitbringen, und er schrieb mir die Adresse eines Menschen auf, bei dem ich diese Noten kaufen könne. Irgendwo in Nödike.

In Mamas erstem Brief aus Afrika stand, daß man da abends im Dunkeln sitze, ohne Musik, bei verrammelten Türen und mit Schießprügeln in Reichweite, wegen der Gefahr, von Terroristen angegriffen zu werden.

»Da haben wir's hier aber gemütlicher«, sagte Renate.

Aus einem meiner Fußballbücher wußte ich, daß die Boeing, mit der Mama und Oma Schlosser geflogen waren, die gleiche Nummer hatte wie die, mit der die deutsche Nationalmannschaft bei der WM '74 nach dem Halbfinale von Frankfurt nach München gedüst war. Vielleicht hatte Mama auf dem Platz von Gerd Müller gesessen. Und Oma auf dem von Sepp Maier! Das hätte ich gern genauer gewußt.

Papa hatte, ohne mich um meine Zustimmung zu bitten, einen Zahnarzttermin für mich ausbaldowert: 9. 3., 16.45 Uhr, Praxis Dr. Kusenbrecher. Alle halbe Jahre müsse halt mal nachgesehen werden. Renate, die an einem kariösen Weisheitszahn litt, kam mit, und der Zahnarzt stemmte ihr ohne Betäubung den halben Rachen auf.

Bei mir lag gottseidank nichts vor. Allerdings hielt mir der Zahnarzt einen kleinen Fetzen Kopfsalat vor die Nase, den er aus meinem

Gebiß gepolkt hatte. Mund ausspülen, Kittel ab, raus und sich vornehmen, beim Zähneputzen in Zukunft gründlicher vorzugehen.

Bei Ceka kaufte Renate sich danach das neue Asterixheft. Da schenkte Cäsar einem versoffenen alten Legionär das gallische Dorf, und der verkaufte es für ein Glas Wein an einen Kneipier, der sich dann dort niederließ und versuchte, mit allen Einwohnern gut auszukommen, auch mit Verleihnix, dessen stinkende Fische er hinterm Haus im Garten verbuddelte. Skeptisch blieb nur der alte Methusalix: »Mich stören Fremde nicht, solange sie bleiben, wo sie hingehören. Wenn sie aber kommen, hab' ich keine Lust, zu ihnen zu gehören!« Es gab auch noch eine große Klopperei zwischen Galliern und Römern, und ein römischer Offizier sagte danach: »Sehr fein, Legionär Hochgenus! Feg das hier zusammen, und dann Schwamm drüber!«

Abends rief Oma Jever wieder an: Sie und Opa hätten einen Brief von Mama vorgefunden und den mit großer Freude und heißem Interesse gelesen! Und wie schön es doch sei, daß Mama nun mal richtig rauskomme aus ihrem Haushalt! Sie selbst, also Oma, sei immer noch bei Tante Doktor in Behandlung, weil das Herz nicht kräftig genug arbeite, Gustav büffele oft bis in die Nacht, und was Omaruru betreffe, unter diesem Namen werde demnächst eine Fernsehserie gedreht, ob wir das schon wüßten? Mit Katinka Hoffmann in der Hauptrolle. Der Bruder von der lebe auf einer Farm im südlichen Afrika …

Im Fach Chemie, das nun leider ebenfalls erteilt wurde, von einem alten, aus dem Ruhestand zurückgeholten Pensionär, lernte ich die Eigenschaften von Sauerstoff und Stickstoff kennen und in Physik die Kräfte und Geschwindigkeiten als Vektorgrößen. Was eine Vektorgröße war, konnte ich mir aber höchstens eine Minute lang merken; dann war alles wieder weg.

Beim Belenus!

Mama hatte jedem von uns eine Ansichtspostkarte geschickt.

Lieber Martin, rate mal, wen ich nächste Woche kennenlerne: einen christlichen Herero-Häuptling, der hier großes Ansehen genießt. Die anderen Schwarzen gehören entweder zu den Hereros, zu den Ovam-

bos oder Namas. Auch Mischlinge gibt es viele, die heißen auf africaans basters. Viele Grüße, Deine Mama!

Basters, das klang unschön. Fast wie Bastarde. Wie es denen da wohl ging, den Mischlingen in Südwestafrika? Krauchten wahrscheinlich auf Müllkippen rum, ausgemergelt, Fliegen im Gesicht und Baby auf'm Buckel, und sie litten an Malaria und hatten Hungerödeme, und die weiße Oberschicht pellte sich da 'n Ei drauf.

Abends telefonierte Renate tierisch lange mit Olaf, und dann fing im Ersten eine neue Krimiserie an, mit James Garner. Wenn der angerufen wurde und schlief oder nicht zuhause war, setzte sich bei dem automatisch ein Band mit seiner Stimme in Bewegung: »Hier ist Jim Rockford. Bitte nennen Sie Ihren Namen, Ihre Nummer, ich rufe zurück.«

Einserseits praktisch, so 'ne Erfindung, aber andererseits auch seltsam, wenn man sich dann als Anrufer mit 'nem Gerät unterhalten sollte.

In der ersten Folge war einer auf der Suche nach den Killern seiner Eltern, und der Detektiv sollte ihm helfen, doch der Sohnemann war seinerseits verdächtig. Jim Rockford hatte selbst schon mal im Knast gesessen, fünf Jahre lang, und zwar unschuldig, und dann platzte Papa zur Terrassentür rein: »Bring jetzt gefälligst das Scheißfahrrad nach unten!«

Spaßeshalber kaufte ich mir mal die *Bild*-Zeitung, für 25 Pfennig. »Minister Bahrs Villa ausgeraubt«, oho, aha! Und noch eine Schlagzeile: »Scheidung! Johannes Mario Simmel verließ Gräfin Lulu« – als ob man die hätte kennen müssen, diese Gräfin, und als ob einem deren Eheleben nicht schietegal wäre.

In meinem Horoskop stand, daß ich impulsive Handlungen vermeiden solle, besonders in den späteren Nachmittagsstunden, und daß es ratsam sei, Vergnügungen auf den morgigen Tag zu verschieben. Welche Vergnügungen? Alles, was ich bis zum Abendbrot noch vorhatte, war die Fahrt nach Nödike, zu dem Notenverkäufer. Das war ein alter Knacker, der mir an der Tür im Bademantel gegenübertrat, im zweiten Stockwerk einer Mietskaserne.

»Guten Tag, ich hätte gerne die zweistimmigen Interventionen von Bach.«

»Gibt's nicht!« bellte der Opa. »Von Bach gibt's nur Inventionen, aber keine Interventionen!«

»Meinte ich ja auch.«

Aus einem schiefen Notenstapel auf dem Schlafzimmerschrank zerrte er das richtige Heft hervor. In der Wohnung roch's nach kalter Asche und Hundefutter, die Bettdecken waren zerwühlt, und als ich bezahlt hatte, ließ der Opa, während er das Wechselgeld herauskramte, freimütig einen fahren.

Und dann hätte ich noch Unkraut schöveln sollen, aber das verschob ich auf morgen.

»Morgen, morgen, nur nicht heute, sagen alle faulen Leute«, gnatzte Renate, die dabei war, den Staub von den Zimmerpflanzenblättern zu wischen, aber ohne große Arbeitsfreude. »Ich weiß nicht, was Mama so schön findet an diesen Strempeldingern, mit denen hier alle Fensterbänke vollgerümpelt sind. Und dann schneidet man sich noch dran, wenn man die murkeligen Apparate gießen will, und in die pappige Erde sickert das Wasser nicht ein ...«

Das einzig Gute an dem Tag war der Science-Fiction-Film um halb elf im Ersten. Da werkelte ein Erfinder im Keller, so ähnlich wie Papa, und konstruierte da einen Desintegrator-Integrator, mit dem man Gegenstände von einem Ort zum anderen beamen konnte, aber als der Mann das mit sich selbst versuchte, vermischten sich seine Atome mit denen einer Stubenfliege, und hinterher hatte er einen riesigen Fliegenkopf auf und an der einen Seite statt 'nem Arm ein Fliegenbeintentakel. Um den Unfall ungeschehen zu machen, hätte der Erfinder die Fliege einfangen müssen, die mit seinem Kopf und seinem Arm herumflog, aber die war verdammt schwer zu finden, und vor allem mußte der Mann erst einmal seiner Frau erklären, was da vorgefallen war im Keller, und zwar handschriftlich, weil er mit dem Fliegenkopf nicht mehr sprechen konnte. Um niemanden zu erschrecken, hatte er sein Fliegenbein verhüllt und sich auch ein Tuch über die monströse Rübe gehängt, aber man konnte erahnen, daß er untendrunter nicht besonders appetitlich aussah.

Am Ende zerstörte er seine Erfindung, vernichtete alle Papiere und flehte seine Frau darum an, ihm beim Selbstmord zu assistieren. Und die zerquetschte ihren entstellten Mann dann in so 'ner Art Dampframme oder was das war, und ganz am Schluß sah man die um Hilfe piepsende Fliege mit dem winzigen Köpfchen des Erfinders in einem Spinnennetz hängen, bevor sie unter einem Stein der Gnadentod ereilte.

Den Film fand auch Volker super. Wiebke hatte sich meistens die Augen zugehalten und genölt, daß ihr das alles zu schauerlich sei. Nur Papa, der ziemlich spät aus der Werkstatt ins Wohnzimmer hochgekommen war, äußerte sich nicht. Der war eingeschlafen, und nun fing er auch noch an zu schnarchen.

»Papa?«

Wir stupsten ihn an.

»Jetzt ist gleich Sendeschluß, Papa!«

»Laß ihn doch«, sagte Volker. »Der findet schon von allein in die Falle.«

Nach der Schule kam der Gerdes wieder mit. Er durfte diesmal auch bei uns übernachten.

Ich kaufte mir noch einmal die *Bild*-Zeitung. Darin gab's eine Fortsetzungsserie über Henker, und es stand drin, wie 1943 eine Frau in einer Bombennacht in Hamburg als »Volksschädling« guillotiniert worden war.

Die Verriegelung löste sich, das Messer sauste herab, der Kopf fiel in den Korb mit den Sägespänen. Der Körper zuckte wie im Krampf.

Das las ich dem Gerdes vor und gleich danach sein Horoskop, worin ihm nahegelegt wurde, sich heute gut auszuruhen und am Sonntag »innige Zweisamkeit« zu pflegen.

»Ach ja, und mit wem? Steht das da auch?« fragte der Gerdes, der Sternzeichen Schütze war.

Im Horoskop für Stiere stand, daß der heutige Tag sich sehr gut für private Vorhaben und Einkäufe eigne. Vergnügungen hingegen – immer diese Vergnügungen! – solle ich besser nicht über 21.15 Uhr ausdehnen. Der Sonntag sei dann ganz schlecht für Liebeleien, aber das hätte ich auch ohne astrologische Expertenauskunft erraten.

Mittags gab's Bratwurst mit Sauerkraut und Bratkartoffeln, und der Gerdes haute rein wie Kasper und Seppel am Mittagstisch der Großmutter in den Büchern von Otfried Preußler. Als einzigen Kritikpunkt meldete der Gerdes an, daß wir nur mittelscharfen Senf besäßen: Mittelscharfer Senf, das sei ein Unding. Entweder scharf oder mild. Mittelscharf, das sei nur was für weinerliche Käseköppe. Das sagte er aber nur mir und nicht bei Tisch. Da hatte er seinen Teller klaglos leergefressen.

Bei Mensch-ärgere-Dich-nicht trug ihm ein schweinisches Würfelglück den Sieg ein, und er wollte sofort wieder von vorn loslegen, aber ich hatte keine Meinung mehr.

Wir hörten uns dann an, was in der Bundesliga Sache war. Als Gladbach gegen Frankfurt in Rückstand geriet, fürchtete ich schon das Schlimmste, aber Wittkamp und Simonsen sorgten dafür, daß die Borussen beim Pausenstand von 2:1 erhobenen Hauptes in die Kabine gehen konnten. In der zweiten Halbzeit glückte Grabowski der Ausgleich, doch kurz darauf machte ein Doppelschlag von Heynckes und Hannes alle Hoffnungen der Eintracht auf ein Remis zuschanden.

»Und dieses Zeugs hörst du dir jeden Samstag an?« fragte der Gerdes. Der kannte sich in der Bundesliga nicht aus, aber dafür hatte er, anders als ich, 1974 zufällig die letzten paar Minuten einer Radioreportage vom Endspiel im Europapokal der Landesmeister gehört. Bayern München gegen Atlético Madrid. Das war mit 0:0 in die Verlängerung gegangen, und dann hatte Madrid sechs Minuten vor Schluß den Führungstreffer erzielt, aber nicht mit Katsche Schwarzenbeck gerechnet! Dessen berühmter Fernschuß aus sechzig Metern Distanz, in der vorletzten Minute, war ein Volltreffer gewesen. »Der Reporter ist vor Freude völlig ausgerastet«, sagte der Gerdes. Und die Spanier waren am Boden zerstört gewesen. (Das Wiederholungsspiel hatte Bayern 4:0 gewonnen.)

Wir stellten fest, daß abends im Dritten ein Stummfilm mit Buster Keaton lief. Das war dieser Komiker, der nie eine Miene verzog, im Gegensatz zu Didi Hallervorden. »Der Film kommt aber erst um zwanzig nach neun«, sagte der Gerdes, »also zu 'ner Zeit, wo du dir besser keine Vergnügungen mehr erlauben solltest …«

Wir kuckten uns den natürlich trotzdem an. Ich hatte zuerst gedacht: Stummfilm, na ja, da hampeln und glotzen alle so übertrieben, und dann diese ewigen Texteinblendungen, aber dieser Film war erste Sahne. Buster Keaton spielte einen amerikanischen Lokführer, der seine Lokomotive retten wollte, mitten im Krieg der Nordstaaten gegen die Südstaaten. Da löste eine haarsträubende Notlage die andere ab, und jedesmal, wenn man glaubte, Junge, aus der Nummer kommst du nicht mehr heil wieder raus, ließ Buster Keaton sich blitzartig was einfallen. Einmal saß er mit'm Balken in den Armen vorn auf der Lok, die auf einen anderen, quer über den Schienen liegenden Balken zufuhr, und dann warf er den einen Balken so genial auf das eine Ende des anderen Balkens, daß der durch die Hebelwirkung weggeschleudert wurde und die Lok wieder freie Bahn hatte.

Ein Spitzenfilm, da waren der Gerdes und ich uns einig. Zu bemängeln hatte er nur, daß die Nordstaaten damals, soweit er wisse, unter anderem für die Abschaffung der Sklaverei gekämpft hätten, und hier seien sie als reine Bösewichter dargestellt worden: »Ich hätt's besser gefunden, wenn Buster Keaton in dem Film gegen die Konföderierten gekämpft hätte.«

Konföderierten? Was der Gerdes für Wörter kannte, und was der alles wußte! Da kam ich nicht ganz mit, und ich faßte den Vorsatz, mal was für meine Bildung zu tun, auch außerhalb der Penne.

Schlafen mußte der Gerdes auf 'ner Luftmatratze in meinem Zimmer. Sonst hätten wir erst noch das alte schwarze Klappsofa aus Wiebkes Zimmer rüberschleppen müssen, und das lohnte sich ja nicht, für die eine Nacht.

Tante Dagmar hatte mich auf eine Radiosendung über Konfirmanden aufmerksam gemacht, die am Sonntagvormittag kam, auf NDR 2. Die hörten wir uns nach dem Frühstück an. Der Gerdes war ja Katholik. Für den mußte das fast exotisch sein, hier mit einem Konfirmanden zusammenzusitzen, vor einem Radio aus dem Nachlaß eines evangelischen Pastors.

»Üppige Geldgeschenke zur Konfirmation«, sagte der Moderator, »sind so üblich geworden, daß Konfirmanden sich gegenseitig fragen:

Wieviel war's bei dir? Kein Wunder, daß die erhofften Geschenke auch zu einem Hauptmotiv wurden, sich überhaupt konfirmieren zu lassen. Viele Gemeinden versuchen, die Konfirmation durch eine neue Art der Vorbereitung wieder sinnvoll zu machen. Der Autor hat eine Konfirmandenfreizeit besucht und sich umgehört.«

Dann kamen Konfirmanden zu Wort, die behaupteten, daß es ihnen auf die Geschenke gar nicht ankomme; die könnten auch wegbleiben. Außerdem wollten diese Konfirmanden freiwillig 'ne halbe Stunde länger Unterricht haben, als nötig gewesen wäre. Ein Mädchen sagte: »Ich glaub, meine Mutter ist innerlich unheimlich religiös, aber ich glaub, die kann das irgendwie nicht praktizieren ...« Dann wurden sie noch gefragt, ob sie schon mal auf den Gedanken gekommen seien, einen Teil der Geldgeschenke für einen guten Zweck zu spenden. Da wären die Eltern gegen, sagten alle. »Und wenn man das Geld, das man jetzt von den Verwandten und von den Eltern kriegt, weggibt, dann sieht das ja so aus, als würde man sich nicht drüber freuen, und das wär dann sehr beleidigend für die Verwandtschaft ...«

Die taten alle so, als wäre man der letzte Dreck, wenn man sich auf das Geld freute. Die Geldgeschenke für mich, das ahnte ich, würden sich in Grenzen halten, aber abfallen würden doch wohl hoffentlich so einige, und weshalb hätte ich so tun sollen, als ob mir die Summe dann ganz egal wäre? So toll war die Aussicht aufs Konfirmiertwerden ja nun auch wieder nicht, daß ich sie aus freien Stücken gegen die Vorfreude auf die Geschenke eingetauscht hätte.

»Und du«, sagte der Gerdes, »welchem Wohlfahrtinstitut wirst du deine Reichtümer überweisen?«

Die Evangelen hätten's gut. Bei Katholiken sei die Kommunion schon für Kinder im Alter von sechs oder sieben Jahren fällig, und da sei's natürlich nicht weit her mit Geldgeschenken, aber manche Konfirmanden würden sage und schreibe fünfhundert Mark hinten reingeschoben kriegen! Oder sogar tausend! »Und wir Katholen müssen uns mit einem Bruchteil zufriedengeben! Mit 'nem winzigen Almosen werden wir abgespeist! Mit fünfzig Mark vielleicht, wenn's hochkommt, und 'ner kleenen Kinderarmbanduhr dazu! Pah! Ich finde, wir sind unterprivilegiert! Am besten wär's, der Staat würde

’ne Ausgleichssteuer einführen, und die müßtet dann ihr Evangelen zahlen, und was da zusammenkommt, wird unter den Katholiken aufgeteilt.« Er lachte und rieb sich die Hände. »Das wäre nur recht und billig!«

Als er abgefahren war, ging ich noch einmal ums Karree: Herzogstraße, Kellners Tannen, Hubertusstraße, Georg-Wesener-Straße. Dem Schicksal eine Chance geben. Vielleicht lief ich ja der Liebe meines Lebens in die Arme.

Doch mit Liebeleien sah es an diesem Tag tatsächlich schlecht aus. Wäre ja auch ’n Ding gewesen.

In der Küche lief Renate morgens der Hamster entgegen. Wiebke hatte den Käfig nicht richtig zugemacht, und da war das Vieh die ganze Treppe runtergekraxelt und in die Küche geflitzt. Das mußte schon vor elf Uhr abends passiert sein, denn um elf hatte Renate die Küchentür zugemacht.

Im Käfig schaufelte sich Pepik Körner in die Backentaschen, bis er breit war wie ’ne Flunder.

Der Radowski spielte mir in der Musikschule die »Inventio I« vor und sagte, daß man Bach nicht zu Unrecht den fünften Evangelisten genannt habe.

In dem Stück war die zweite Stimme ein Echo der ersten, und trotzdem paßte alles harmonisch zusammen, solange man sich nicht verspielte. Das hatte was von Mathe. So als ob Bach sich gesagt hätte: Hier gehört nach Adam Riese diese Note hin und keine andere. Kompositionen wie von ’nem Elektronengehirn, aber da mußte man eben durch, wenn man’s als Pianist zu was bringen wollte.

Die Zitterpartie gegen Sturm Graz, in die Eintracht Frankfurt sich bei Schnee und Glatteis begeben hatte, entschied Bernd Hölzenbein durch ein Tor in der 85. Minute.

Hölzenbein: Mit so einem Namen Flügelläufer und sogar noch Fußballweltmeister zu werden, das war auch eine Kunst für sich.

Der Augsburger Religionsfrieden von 1555 hatte es mit sich gebracht, daß die Leute überall das gleiche glauben mußten wie ihr jeweiliger Landesherr. Cuius regio, eius religio. Wessen das Land, dessen der Glaube. Und wenn sich da einer mausig machte, weil er was anderes glaubte – Rübe runter, zack! Noch irgendwer ohne Fahrschein ins Jenseits? Und die anderen Ungläubigen oder Andersgläubigen hielten dann den Mund.

Was das mit der christlichen Nächstenliebe zu tun haben sollte, hätte ich ja gern mal gewußt.

Am schwierigsten von allen Hausaufgaben waren die in Physik.

Welche Masse hat eine 0,8 cm dicke Schaufensterscheibe, die 4 m lang und 2 m hoch ist? Welche Gewichtskraft (in N und kp) würde sie auf dem Mond erfahren?

Was sollte man denn auf dem Mond mit 'ner Schaufensterscheibe? Das war es, was ich so bescheuert fand an Physik und Mathe, daß man sich das Hirn zermartern sollte über den unmöglichsten Klimbim. Was ging mich die Gewichtskraft einer Schaufensterscheibe auf dem Mond an? Ich hatte andere Probleme: Wann würde ich mal wieder Post kriegen? Wo war die Nagelschere, wenn ich mir schon mal die Fußnägel schneiden wollte? Wie würde Gladbach sich im Rückspiel gegen Real Madrid bewähren? Und wo steckte Mamas zweiter Brief aus Afrika?

»Den hat Papa mit ins Büro genommen«, sagte Renate. Sie rotierte in der Küche, Essen vorkochen für drei Tage, weil sie nach Bielefeld fahren wollte, um sich da zu immatrikulieren und sich 'ne Wohnung zu suchen, und dann wollte sie weiter nach Birkelbach zur großen Abschiedsfeier.

Zu einer Studentenbude in der Großstadt hätte ich auch nicht nein gesagt. Entweder das – oder als millionenschwerer Fußballstar in einem supermodernen Luxusapartment wohnen. Und wenn Mama und Papa mich da mal besuchen kämen, würden ihnen die Augen aus dem Kopp quellen: echte Picassos an der Wand, Eisbärenfell vorm Kamin, Orientteppiche, Quadro-Anlage … und dann kommt mein Butler rein: »Euer Gnaden haben geläutet?«

Und draußen vorm Haus 'n Rolls-Royce mit Chauffeur.

Abends wurde zuerst gezeigt, wie Bayern München Benfica Lissabon das Fürchten lehrte, und zwar mit zwei Toren von Dürnberger, einem von Rummenigge und zweien von Gerd Müller. 5:1! Damit hatten es die Bayern im Europapokal der Meister ins Halbfinale geschafft.

Danach kam zeitversetzt das Spiel Real Madrid – Borussia Mönchengladbach. Die beiden Gegentreffer beim 2:2 in der Hinrunde waren eine schwere Hypothek, weil Auswärtstore bei Torgleichstand doppelt zählten, und ein Auswärtstor im Bernabeu-Stadion zu erzielen, das hatten schon ganz andere versucht.

Jupp Heynckes glückte es aber doch, nach einer knappen halben Stunde, und beim Pausenpfiff lag Gladbach vorn. In der zweiten Halbzeit drehten die Madrilenen auf, denn die wollten sich natürlich die Butter nicht vom Brot nehmen lassen, und bums, schon war's passiert – 1:1.

Wenn's dabei blieb, war alles aus. Das wußten auch die Gladbacher, und sie gingen stürmisch in die Offensive und kamen nur gegen einen einzigen Mann auf dem Platz nicht an, und das war der Schiedsrichter Leo van der Kroft, ein Holländer, der nicht mehr alle Eier im Sack hatte: Ein reguläres Tor von Jensen erkannte er wegen dessen angeblicher Abseitsstellung nicht an, und in der 83. Minute hatte er bei einem Tor von Wittkamp als einziger Mensch auf der Welt ein Handspiel gesehen!

Und dann: Abpfiff, Ende, aus. Das war's! Real Madrid hatte zwar drei Tore kassiert, aber nach der Willkür des Schiris trotzdem 1:1 gespielt, und Gladbach war ausgeschieden. Scheiße, verdammte!

Ich hätte nicht übel Lust gehabt, diesem van der Kroft den Hals umzudrehen. Wer war denn überhaupt so dämlich gewesen, da einen Holländer pfeifen zu lassen? Wo doch alle wußten, daß ganz Holland seit der Endspielniederlage von '74 auf Rache sann? Hätte ich ja selbst getan, als Holländer!

Mit ein paar Zeilen vertröstete Michael Gerlach mich auf seinen nächsten Brief:

Ich weiß, ich weiß!

Ich bin ein Sausack, aber ich hab zur Zeit soviel um die Ohren, daß ich nicht zum Schreiben komme. Also stattdessen dieses Kärtchen.

Wenn der Brief kommt, dann isser aber auch ganz lang. Heiliges Ehrenwort! Und: Der Brief kommt bald! Also nimm diesen Ergebenheitskratzfuß an. Tschüß, Dein gemeiner und schreibfauler Michael, auf den Du ruhig schimpfen kannst – ich hör's ja doch nicht!

Auf der Karte waren Vallendar und Umgebung zu sehen, mit dem Kloster Schönstatt oben rechts, aber in falschen Farben, Rot und Weiß, ganz anders als in Wirklichkeit. Da hatte wohl jemand mit dem Buntstift nachgeholfen im Labor der Kartenfirma. Welche war denn das? Mal nachkucken. Neben dem Adreßfeld stand da hochkant:

Stein-Fotos, 5161 Echtz – Best.-Nr. 73716 – Nachdruck verboten

Auch 'n Beruf: Fotos von Hausdächern nachkolorieren und den Nachdruck verbieten, in 5161 Echtz. Das Örtchen hätten sie umbenennen sollen, in Fälschtz.

Bei der Gartenarbeit ärgerte ich mich schwarz über die Leute, die ihre ausgesüffelten Magenbitterfläschchen bei uns in die Hecke zu schmeißen pflegten. Underberg und Maykamp. Eine Unverschämtheit, sowas, auf dem Bürgersteig Likör aus diesen Dingern zu zutzeln und sie anschließend irgendwohin zu feuern, und ich armes Arschloch durfte dann da rumkrabbeln und den Flaschenmüll auflesen, am Samstag um Viertel vor vier, während sich die Underbergsäufer zuhause an den Rundfunkreportagen aus den Stadien der Bundesligisten delektierten …

Die Bayern lechzten nach einer Revanche für ihre Niederlage auf dem Bökelberg. Mit Maier, Beckenbauer, Schwarzenbeck, Hoeneß und Müller hatten sie fünf Weltmeister im Team. Drei davon – Schwarzenbeck, Hoeneß und Müller – schossen insgesamt vier Tore, und Maier hielt jeden Ball.

Ein klarer Fall: Es wurde höchste Zeit für eine Verstärkung der Fohlenelf durch eine emsländische Nachwuchskraft.

»Ich fühl mich noch leicht weggetreten von der Feierei«, sagte Renate, als wir sie vom Bahnhof abholten. Jedenfalls sei sie jetzt Studentin, Matrikelnummer 002676. In dem Mordsbetonklotz von Universität habe man ihr auf die Frage nach der Zimmervermittlung erwidert:

»Fahren Sie mal in den Gebäudeteil B auf der Ebene 2 und rollen Sie dann die Flure entlang.« Da habe sie 'ne halbe Stunde warten müssen, und dann sei alles rasend schnell gegangen. Das billigste Angebot sei ein möbliertes Zimmer in der Stapenhorststraße 75 gewesen, bei einer Familie Schmidt, für 130 Mark. Sie sei sofort hingefahren, und das Zimmer sei ganz niedlich, im vierten Stock, direkt unterm Dach, leider ohne Wasseranschluß. Ein kleines Waschbecken und ein WC befänden sich auf dem Flur. Die Möbel seien ziemlich brasselig und oll, aber der Kühlschrank sei verwendbar, und Tante Gertrud habe ihr einen alten Schreibtisch versprochen. Und zur PH wären's bloß fünf Minuten zu Fuß. Gleich nach Ostern könne sie da einziehen.

Fürs Wochenende hatte Renate nicht genügend Büchsenmilch eingekauft, und Papa schimpfte deswegen mit ihr, und dann rief Mama an und gab durch, daß sie nach Südafrika weitergereist sei, um da noch eine alte jeversche Schulfreundin zu besuchen.

»Ich hab in 'ne Zigeunersippe reingeheiratet«, sagte Papa.

Mein Rad hatte ich schon beim Ausbruchs des Streits über die Büchsenmilch nach unten gebracht.

In Deutsch wurden Frühlingsgedichte durchgenommen.

Vom Eise befreit sind Strom und Bäche
durch des Frühlings holden belebenden Blick …

Wir sollten uns vergegenwärtigen, sagte der Wolfert, daß die Menschen damals ja noch ohne den Komfort der Industriegesellschaft hätten überwintern müssen. Das Gros der Bevölkerung sei bitterarm gewesen. »Die meisten Leute haben in ihren Hütten und Häuschen gezittert und gefroren und – salopp gesagt – vor sich hin gestunken, und wenn dann der Frühling dieser Drangsal ein Ende bereitete, war das jedesmal wie ein Befreiungsschlag. Das sind Faktoren, die bei der Interpretation von Naturlyrik durchaus auch eine Rolle spielen. Zählen wir doch mal auf, was den Zeitgenossen Goethes noch so alles gefehlt hat. Schlosser!«

Upps. Tja, was hatte den Zeitgenossen Goethes denn noch so alles gefehlt im Winter?

»Warmwasserleitungen?«

»Richtig. Weiter! Was noch?«

Der Dralle zeigte auf und sagte: »Fernsehen.«

Alle lachten, aber der Wolfert meinte, das sei gar nicht so falsch. Ohne die heutigen Massenkommunikationsmittel habe sich so mancher Winterabend in der Goethezeit fast unerträglich lange hingezogen für die einfache Bevölkerung.

Renate kochte schon wieder Essen vor, weil sie Olaf zu dessen Geburtstag besuchen wollte, und Papa stampfte nach einem neuen Streit mit ihr wutgeladen die Kellertreppe runter und reagierte sich in der Werkstatt ab, indem er da seine Maschinen aufheulen ließ.

»Ich hab nun mal Sehnsucht nach Olaf«, sagte Renate und knallte ein Brett auf den Küchentisch und hackte Zwiebeln klein. »Wenn Papa dafür kein Verständnis hat, kann ich ihm auch nicht helfen!« Sie habe sich hier nun doch wahrlich als fleißiges Lieschen betätigt, seit Wochen, und da könne Papa ihr es doch ruhig gönnen, daß sie Olaf mal besuche. »Das ist immerhin der zukünftige Vater von Papas Enkelkindern!« Und sie tue ja alles Notwendige, damit wir hier die Mahlzeiten nur aufzuwärmen brauchten. »Aber Papa wirft mir vor, daß ich egozentrisch bin und mich einen Dreck für die Familie interessiere! Bloß weil ich mal wieder für zwei Tage rauswill aus diesem Irrenhaus!«

»Im Kittchen ist kein Zimmer frei« hieß ein Film, in dem Jean Gabin einen Tippelbruder spielte, der es darauf anlegte, die Wintermonate behaglich im Gefängnis zu verbringen, aber damit kam er, wie der Titel schon sagte, nicht durch, obwohl er auf Deubelkommraus die Gesetze brach: Er haute ein ganzes Café in Klump, hielt den Verkehr auf, störte die öffentliche Ruhe und beleidigte einen Polizeibeamten – alles ohne den gewünschten Erfolg. Jeder Schuß ging nach hinten los.

Sonderbar. Junge, wenn ich noch daran dachte, wie mich die Bullen damals zur Brust genommen hatten, 1972, wegen zwei lumpigen Matchboxautos, als ich bei Woolworth in Koblenz beim Ladendiebstahl erwischt worden war! Und Mama hatte mir sechs Wochen Hausarrest aufgebrummt!

An einem Donnerstag war das gewesen, und es hatte lange gedauert, bis mir Donnerstage wieder wie normale Wochentage vorkamen.

Und dann noch dieser schaurige Moment, irgendwann Anfang '73, als wir uns alle bequem vor der Glotze gefläzt hatten, und in den Nachrichten war plötzlich die Zahl der im letzten Jahr in der Bundesrepublik Deutschland begangenen Ladendiebstähle genannt worden. Mindestens 'ne halbe Stunde lang hatte ich danach noch wie versteinert auf den Teppichfliesen gelegen.

Nach dem Frühstück, bei dem nicht mehr als das Allernötigste gesprochen worden war, ging Papa aus dem Haus, ohne ein Wort des Abschieds, und Renate mußte vor ihrer Abreise noch den Tisch abräumen und die Küche machen und danach zu Fuß zum Bahnhof laufen, die Herzogstraße hoch, an den froststarren Bäumen vorbei.

Gegen Hertha holte Gladbach zuhause nur ein 1:1 heraus. Das war ein leichtsinnig verschenkter Punkt! An Latteks Stelle hätte ich den Spielern gehörig den Marsch geblasen und ihnen geraten, Klaus Fischer nachzueifern: Der hatte bei Schalkes 6:2 gegen den KSC in der ersten Halbzeit innerhalb von 19 Minuten einen lupenreinen Hattrick hingelegt und in der zweiten Halbzeit ein weiteres Tor geschossen.

Es hatte Samstagabende gegeben, an denen Papa schon frühzeitig aus dem Keller hochgekommen war, um sich zusammen mit uns *Am laufenden Band* anzukucken, diese lustige Sendung mit Rudi Carrell, aber diesmal blieb Papa unten.

Am Sonntagmittag kam Renate zurück, und es ging gleich wieder los: Milch ist alle, Butter alle, Sahne alle, Weberknechte in der Vorratskammer, Flurteppiche nicht gesaugt, und der Regenschirmständer von Rostschäden angefressen! Eine anständige Hausfrau müsse sich auch um solche Dinge kümmern, statt in der Weltgeschichte herumzureisen und sich mit Hühn und Pedühn zu treffen …

Abends fand im Gemeindesaal ein gemeinsames Essen der Konfirmanden und ihrer Familien statt. Weil Mama noch nicht zurück war, mußte ich da zum Glück nicht hin. Dachte ich! Aber Papa verdonnerte Renate dazu, mich zu begleiten. Man sollte was zu futtern mitbringen, und Renate bereitete grummelnd einen Tomatensalat zu.

»Ziel dieses Mahles«, sagte Pastor Böker, »ist es, etwas von der Tischgemeinschaft deutlich und lebendig werden zu lassen, wie sie in der Urgemeinde möglich war …« Auch im Urchristentum hätten sich die Gemeindemitglieder zum gemeinsamen Essen versammelt.

Renate und ich hauten wieder ab, so schnell wie's ging.

Es war am Schiffen, seit Tagen. Alles grau und modderig und lehmig, rein zum Trübsinnigwerden.

Renate, die vom Zahnarzt morgens eine dicke Betäubungsspritze ins Zahnfleisch gejagt gekriegt hatte, konnte auch mittags noch nicht wieder richtig sprechen. »Jihähi juorr«, sagte sie zu mir, an der Haustür, was soviel heißen sollte wie: »Zieh dir die Schuhe aus.«

Am ersten Osterferientag rief Mama an, um kurz nach vier: Sie sei gut gelandet und jetzt in Düsseldorf mit Oma bei Tante Doro. »Meine Ankunft in Meppen ist drei nach acht!«

Renate, die Mama das Haus spiegelblank übergeben wollte, astete einen Eimer mit Wischwasser durchs Treppenhaus und schnauzte mich und Wiebke an: »Das ist wirklich unvorstellbar, was ihr hier für einen Dreck und eine Unordnung verbreitet!« Wir sollten oben die Zimmer aufräumen, aber dalli, sonst könnten wir was erleben! An Wiebke erging der Appell, den verpißten Hamsterkäfigboden auszuwaschen und die Spreu zu erneuern.

Volker, der sein Zimmer schon auf Vordermann gebracht hatte, war im Wohnzimmer am Staubsaugen und Jodeln.

Qué será, será, whatever will be, will be …

Ich selbst sang auch immer nur beim Staubsaugen, weil einem die anderen dann nicht so kritisch zuhören konnten.

In den Sechs-Uhr-Nachrichten kam die Meldung, daß die ARD das Spiel Real Madrid gegen Bayern München ab 20.15 Uhr live übertragen werde. Na klasse. Und um 20.03 Uhr würde Mama eintreffen. Blieben fürs Zukucken also gerade mal zwei oder drei Minuten.

Um fünf vor acht fuhr Papa zum Bahnhof. Vielleicht hatte der Zug ja Verspätung. Weitere anderthalb Stunden ohne Mama hätte ich schon noch ausgehalten.

Real trat ohne den verletzten Breitner an und ging in der achten Minute in Führung, und gerade in dem Moment kam Mama ins Haus rein. Wiebke hüpfte ihr freudeschreiend entgegen und wurde umhalst und abgebusselt, und Renate stellte eine Platte mit überbackenen Toastscheiben auf den Eßtisch. Sogenannte Hawaiitoasts, turmhoch mit Ananasringen, Schmelzkäse und Schinken belegt. Offenbar 'ne Spezialität aus Birkelbach.

Weißwein sollte es dazu geben, doch der Korkenzieher war perdü. Die ganze Küche hatte Renate ergebnislos abgegrast. Papa brachte ihn dann aus dem Keller rauf, und Wiebke und ich kriegten zum Abendbrot, wie immer, Kaba eingeschenkt.

Mama war braun geworden, und beim Essen legte sie los: Den Nachthimmel über Afrika, den müsse man schon selbst gesehen haben, sonst würde man's nicht glauben. Ganz anders als hier, tausendmal prunkvoller! Beim Hinflug, von Zürich nach Windhuk, sei das Fenster leider von der Rückenlehne des Sitzes davor fast vollständig verdeckt gewesen. Und die Einrichtung der Farm sei man ja ziemlich primitiv, statt Heizungen nur große Feuerstellen.

Und nachts kein Strom, weil der Motor dafür zu laut gewesen wäre: »Man mußte ja hören können, ob sich ein Auto nähert, in dem dann möglicherweise Terroristen sitzen!« Zweitausend Ziegen und Schafe, und manchmal würden welche von Geparden gerissen. Und dann die Pavianherden! Und sechs Meter hohe Termitenhügel! »Auch auf Schlangen haben wir in der Wildnis immer achten müssen, und im Gebirge haben wir versteinerte Dinosaurierfußspuren gesehen …« Es gebe da auch einen Doppelberg, der den sinnigen Namen Omatako trage, auf deutsch: der Po. (Die eine Pobacke allerdings mit Furunkel.) Und in Transvaal die Granitmassive und die Eukalyptuswälder, unvergeßlich! In Tzaneen habe es leider fast dauernd geregnet. Als Start- und Landebahn für die Flugzeuge habe nur eine rubbelige Graspiste existiert, mit freilaufenden Hühnern drauf.

Renate holte die Nachtischportion aus dem Kühlschrank, die sie für Mama aufgehoben hatte. Apfelsinencreme.

Daß Mama auf demselben Flugzeugplatz gesessen haben könnte wie Gerd Müller, interessierte sie nicht die Bohne: »Glaubst du etwa, daß ich mich dadurch geadelt fühle?«

Dann packte sie ihre Mitbringsel aus: Scherenschnitte und Pötte und einen gelben Wandbehang mit aufgemalten Kudus. Der sollte überm Wohnzimmersofa angenagelt werden. Ich erhielt ein Musikinstrument: ein Holzbrettchen mit Metallstangen, die unterschiedliche Töne von sich gaben, wenn man sie nach dem Runterdrücken wieder hochschnicken ließ. Pling, plong, plung, plöng, pläng. Ein sogenanntes Ovamboklavier.

Als die Versammlung sich aufgelöst hatte, rief Renate Olaf an und fing sich einen Anschiß von Papa ein, wegen der Telefonkosten, und dann rief Tante Dagmar an: Ob wir ein altes Tonband haben wollten. Das habe ihre Nachbarin ihr geschenkt, fürs Katzenhüten, aber sie habe im Funkhaus schon genug mit Tonbändern zu tun. Sie könne es den Moorbachs mitgeben, wenn die uns Anfang April besuchten.

Wenigstens den Schluß von dem Spiel durfte ich noch kucken. In der 43. Minute hatte Gerd Müller ausgeglichen, zum 1:1, und das war auch der Endstand. Am Ende der ersten Halbzeit waren spanische Fans aufs Spielfeld gestürmt und hatten da den wilden Mann markiert.

Ganz spät kamen noch Ausschnitte aus der Partie HSV – FC Brügge, die 1:1 ausgegangen war. Eintracht Frankfurt hatte Westham United mit 2:1 besiegt, aber davon wurde nichts gezeigt, weil die Funktionäre der Eintracht das aus irgendwelchen Gründen nicht gestattet hatten. Weiß der Deubel, was da hinter den Kulissen vorgefallen war zwischen der UEFA, den Fernsehheinis und den Vereinsoberen. Die hatten doch 'n Loch im Kopp.

Von einem Großeinkauf in der Stadt brachten Mama und Renate tonnenweise Utensilien für Renates Studentenküche mit: Kochtöpfe in vier verschiedenen Größen, Kaffeekanne, Teekanne, Bratpfanne, Tauchsieder, Schneebesen, Zuckerdose, Schälchen, Schüsseln, Frühstücksbrettchen, Tassen, Becher, Gläser, Dosenöffner, Eierpieker, Eierbecher, Eßbesteck und zwei pompöse Salatgabeln.

Anhand des Kassenbons wollte Papa die Einzelpostenkosten überprüfen, aber der Bon war weg. Erst nach einer halben Stunde Suche fand Renate den zerknüddelten Zettel im Peugeot unterm Beifahrersitz, aber statt sich darüber zu freuen, geriet Papa in Weißglut über den Wucherpreis für die Bratpfanne und den Aberglauben, daß ein überteuerter Schneebesen zum Inventar einer Studentenküche gehöre, und beim Abendbrot, als ich vorm Fernseher auf dem Bauch lag und mich mit dem einen Fuß am andern kratzte, schrie Papa mich von hinten an: »Nimm die Flunken runter!«

Als ob ich die absichtlich ins Bild gehalten hätte.

Mama und Renate schritten sodann zum Frühjahrsputz: Ärmel aufkrempeln, Schränke von der Wand abrücken, Ecken ausfegen, Deckenlampen entstauben, Teppiche einrollen und untendrunter saugen, Gardinen abnehmen und waschen, tote Fliegen aus den Fensterzwischenräumen aufsammeln, Spinnweben beseitigen, Küchenschubladen ausräumen und auswischen und was Mama sonst noch so alles einfiel. Waschbecken schrubben zum Beispiel. Nur wozu? Da lief doch ständig Seifenwasser durch, so daß die sich von alleine säuberten.

Man kam sich vor wie auf 'ner Großbaustelle. Dauernd war einem die Trittleiter im Weg, überall standen schmutzwasserschwappende Putzeimer rum, und im Flur stank's nach Sagrotan oder wie das hieß.

Still und emsig schaffen sie
stets das Gute, Böses nie.

»Und wenn du nicht willst, daß ich nachher dein Zimmer auf den Kopp stelle, dann machst du da jetzt selber sauber«, sagte Mama. »Aber schleunigst!«

Um halb zwölf marschierte sie zum Friseur, und Renate kochte Nasi Goreng, also Reis mit Scheiß.

Samstagmittag kamen Moorbachs angetöffelt. Renate hatte zum Nachtisch zwei Riesenschüsseln Bananenquarkspeise zusammengerührt und mußte nach dem Kaffeetrinken die Küche aufräumen, während Mama mit Tante Luise, Onkel Immo und deren Trabanten die Innenstadt besichtigen ging. Was es da wohl zu bewundern gab außer Ampeln, Schuhgeschäften und Zebrastreifen?

Das Tonband von Tante Dagmar hatte Volker sich unter den Nagel gerissen. Von mir aus! Was hätte ich schon anfangen sollen mit diesem zentnerschweren Ungetüm aus der Nachkriegszeit?

Nach dem Teetrinken fuhren Mama und Papa mit Tante Luise und Onkel Immo nach Jever, um da am Sonntag Opas achtzigsten Geburtstag zu feiern, und die Ableger der Moorbachs ließen sie uns hier: Hedda, Corinna und Bodo. Mit denen war nicht viel anzufangen. Pennen durften sie zu dritt in Mamas und Papas Ehebett.

Statt sich Werner Höfers *Internationalen Frühschoppen* anzutun, saß Renate beim Kartoffelschälen lieber in der Küche und hörte Radio.

I hear the drizzle of the rain,
Like a memory it falls ...

Wiebke war mit den Moorbachmonstern zu ihrer Busenfreundin Carola abgezogen.

Am Nachmittag telefonierte Renate wieder lange mit Olaf. Sonntags waren die Ferngespräche ja billiger als unter der Woche, aber was Renate da verquasselt hatte ...

Wir würden's erleben.

Zu Opa Jevers Geburtstagsfeier sei sogar der Bürgermeister als Gratulant erschienen, erzählte Mama, und der Chor der Stadtkirche habe auf der Treppe in der Mühlenstraße ein Ständchen dargebracht. Und es sei doch schön, daß alle fünf Töchter Zeit gefunden hätten, sich aus diesem Anlaß wieder einmal zu Füßen des Familienoberhaupts zu versammeln. Selbst Therese aus England! Viel zu selten komme das vor. »Und beim Festmahl im Haus der Getreuen, da hat Vati sich nicht lumpen lassen! Was da alles aufgefahren worden ist, mein lieber Scholli! Und ihr, wie seid ihr hier zurechtgekommen?«

Papa sagte zu Volker, wenn er die mittlere Reife schaffe, dürfe er nach den Sommerferien aufs Maristengymnasium. »Also setz dich auf den Hosenboden und streng deinen Grips an!«

Im Dritten lief ein Film über einen Waisenknaben, der im Wald aufgewachsen war, unter Wölfen, so ähnlich wie Mogli, und da wäre er auch lieber geblieben, als geschnappt und zivilisiert zu werden. Konnte natürlich kein Wort sprechen und hatte noch nie mit Messer und Gabel gegessen. Wie in dem Lied von Reinhard Mey:

Er trinkt nicht vom Geschirre,
Den hat die Wölfin gesäugt!

Nachts schlich sich der Junge nach draußen, um den Vollmond anzuheulen, so wie früher als Wolfskind.

Irgendwie erinnerte der mich auch an Huckleberry Finn. Der hatte sich genauso ungern von der Witwe Douglas umerziehen lassen wollen. Und dann die permanente Beterei bei der … aber andererseits, so ein weiches, warmes Federbett, das hatte doch auch was für sich, verglichen mit 'ner steinigen Kuhle im Wald, ganz allein unter Wölfen und Eulen und Mäusen. Ohne Fernsehen, ohne Fußball? Ohne Geburtstagstorten und Asterixhefte?

Der neue *Stern* enthielt ein fettes Sonderheft über die USA, zu deren zweihundertstem Geburtstag. Fotos von Mammutbäumen im Sequoia-Park: Bis zu sechs Meter Durchmesser hatten die Dinger und waren neunzig Meter hoch und dreieinhalbtausend Jahre alt. Als Jesus ans Kreuz geschlagen worden war, hatten die da schon anderthalbtausend Jahre lang aufgeragt.

The American Way of Life. Wenn die Highways Schlaglöcher hätten, sagte Papa, würden die Amis einfach neue Highways in die Landschaft klotzen, parallel, statt die kaputten zu reparieren.

In dem Sonderheft stand auch was über die Pilgerväter, die im 17. Jahrhundert auf der Mayflower von Europa nach Amerika geschippert waren. Mutige Mannen! Und ich? Als Dreikäsehoch hatte ich mal kurz das Steuer festhalten dürfen, auf dem Fischerkahn von Onkel Bertus, irgendwo bei Hooksiel.

Weil ich mich für keinen der vielen Fortbildungskurse entschieden hatte, kriegte ich wieder einen Brief von dieser einen Firma da, deren Boß mir jetzt mitteilte, daß ich den Wert einer beruflichen Qualifikation nicht unterschätzen dürfe.

Mama wurmte es, daß ihre Fotos vom Abendrot in Namibia nichts geworden waren. Viel zu blaß! In natura hätten die Sonnenuntergänge viel grandioser ausgesehen. »Das ist ja fast zum Heulen«, sagte sie und beförderte einen ganzen Stoß Fotos in den Papierkorb. Wenn man die einklebe, würde man sich später nur jedesmal neu darüber ärgern.

Gegen einen der hartnäckigsten Verfolger, Eintracht Braunschweig, spielte Gladbach auswärts 0:0. Jetzt mußte mal wieder ein Kantersieg her, notfalls auch ohne den verletzten Jupp Heynckes.

Papa chauffierte Mama und Volker nach Rheine, von wo aus sie mit dem Zug zur Küste fahren wollten, um in Ostende eine Fähre über den Ärmelkanal zu nehmen. In Dover sollte dann Onkel Bob Gewehr bei Fuß stehen.

Kein Wölkchen am Himmel. Leuchtender Sonnenschein überm Haus und innendrin eine sturmfreie Bude, aber was hätte ich da schon groß erstürmen sollen?

Als ich genug vom Klavierüben hatte, blätterte ich in Mamas und Papas Büchern, aber die brachten's nicht. »Die Brücke von San Luis Rey«, »Homo Faber« und »Schlaf schneller, Genosse«. Alles Mist.

Ich durfte dann nach Jever fahren, ganz alleine: Mit dem Eilzug nach Norden und von da nach einer Stunde Aufenthalt mit einem anderen Zug weiter bis zum Zielbahnhof. Die Ankunfts- und Abfahrtszeiten der Züge hatte Papa mir aus dem Kursbuch herausgesucht, und Renate hatte mir ein Freßpaket gepackt: sechs Apfelschnitze, drei harte Eier und zwei Käsebrote.

Als Reiselektüre hatte ich mir eins meiner Fußballbücher und ein altes Walt-Disney-Taschenbuch eingesteckt. Da überfiel die Hexe Hicksi Onkel Dagobert mit ihrem Besen Beelzebub, und in einer anderen Geschichte gerieten sich die Panzerknacker in die Haare. Einer mit der Nummer 4032318 beschwor seine zerstrittenen Kumpane: »Hört auf, euch zu hauen! Ihr verschwendet nur eure Energie!«

In dem Fußballbuch wurden Franz Beckenbauers Heber erläutert und zur Nachahmung empfohlen.

Beachtet: Das Knie des linken Schußbeines lag beim Abschuß über dem Ball, die linke Hüfte lag ganz weit vorne. Und die entgegengesetzte (rechte) Schulter hat Beckenbauer ebenfalls nach vorne in die Schußrichtung gedreht …

Und da gab's 'ne Vollbremsung! Irgendwelches Zeug flog am Fenster vorbei, und der Zug kam quietschend zum Stehen, auf freier Strecke. Kurz vor dem Bahnhof Norden. Außerfahrplanmäßig.

Nach ’ner längeren Zeit, in der sich nichts getan hatte, stiegen welche von den Passagieren aus und wollten nachkucken, was da los sei. Einer kam mit der Nachricht zurück, daß der Zug an einem Bahnübergang ein Auto überfahren habe. Fahrer und Beifahrer seien exitus.

Ob das Leichenteile gewesen waren, die ich am Fenster hatte vorbeifliegen sehen?

Ich stieg auch einmal selbst aus, für ein paar Sekunden. Es war nichts zu erkennen, aber ich hörte das Tatütata von Polizeiautos oder Krankenwagen.

Den Anschlußzug in Norden konnte ich vergessen, und was Papa dazu sagen würde, war vorherzusehen. Daß ich noch zu dämlich wäre für Bahnreisen auf eigene Faust.

Nach einer guten halben Stunde kam irgendein hohes Tier an und sagte, daß die Lok ausgewechselt werden müsse.

Weiter ging es erst mit einer Stunde Verspätung.

Auf dem Nordener Bahnhof suchte ich als erstes nach dem Fahrplan, aber ich fand keinen. Dann suchte ich nach einem Bahnbeamten. Als ich endlich einen aufgestöbert hatte, fragte ich ihn nach dem nächsten Anschluß nach Jever. Der Bahnmensch zeigte auf einen Schienenbus, der gerade abfuhr, und sagte, der habe hier auf die Fahrgäste aus meinem Zug gewartet.

Davon hatte keiner irgendwas durchgesagt, und trotzdem war ich Knalldepp als einziger zu blöd dazu gewesen, pünktlich in diesen Schienenbus einzusteigen.

Der nächste fuhr, wie ich herausbekam, erst eine Stunde später ab und hatte dann noch eine halbe Stunde Aufenthalt in Esens.

Weil ich Omas und Opas Nummer nicht wußte, rief ich von einem Münzfernsprecher aus in Meppen an, damit von da aus jemand meine neue Ankunftszeit nach Jever durchgeben konnte.

Am Telefon führte Papa sich so auf, als ob ich selbst die Karambolage verursacht hätte: »Das war ja mal wieder klar, daß du irgendwo im Niemandsland strandest, wenn man dich Hornochsen auf die Menschheit losläßt!«

In Esens las ich das Buchkapitel über den Rechtsaußen George Best. »El Beatle«, so hatten sie den genannt, wegen seiner langen Haare.

Trinken würde er gerne und viel, wenn auch nur das schale englische Schwachbier.

Dafür bummelt er oft bis zum Morgengrauen, und seine Flirts sind kaum zu zählen. »Wenn ich dreißig bin«, so hat er verkündet, »will ich eine Million haben; dann ziehe ich mich zurück.« Meinte er eine Million Pfund?

Die halbe Stunde Zwischenaufenthalt war schon lange rum, und der Zug hätte längst weiterfahren müssen. Um den Schaffner nach dem Grund für die Verzögerung zu fragen, lief ich bis in den letzten Waggon des menschenleeren Zugs und dann nach vorne, bis in den ersten Waggon, aber es gab keinen Schaffner.

Ruhig Blut, sagte ich mir, kehrte zu meinem Sitzplatz zurück und las das nächste Kapitel. Über Bobby Moore. Der war schon zweimal unrasiert vor der englischen Königin erschienen, um aus deren Händen einen Siegespokal zu empfangen. Das sei sein Aberglaube, hatte er gesagt: Vor entscheidenden Kämpfen rasiere er sich nie …

Inzwischen stand der Zug seit über einer Stunde reglos rum. Ob ich nicht doch mal aussteigen sollte, um mich bei irgendwem danach zu erkundigen, was da im Gange war? Aber wenn der Zug dann abfuhr, mit meinem Gepäck und ohne mich? Papa hätte mir den Kopf abgerissen.

Nachdenken und Bahnfahren. Oder Ausharren.

Als der Zug anderthalb Stunden lang stillgestanden hatte, wagte ich es doch. Bahnmenschen waren keine zu finden, und ich rief wieder in Meppen an und erfuhr von Papa, daß mir in Norden Kokolores erzählt worden sei: In Esens habe dieser Zug nämlich geschlagene zwei Stunden Aufenthalt!

Also wieder rein und noch ’ne halbe Stunde warten, und als die verstrichen war, ging’s endlich weiter.

In Jever kam ich mit insgesamt vier Stunden Verspätung an. Am Bahnhof holte Opa mich ab, mit dem Fahrrad. Meinen Koffer klemmte er auf dem Gepäckträger fest.

»Irrungen, Wirrungen«, sagte Opa, und er wollte alles über den Unfall wissen. Darüber werde morgen oder spätestens übermorgen sicherlich was in der Zeitung stehen.

Das wäre mir nur recht, dachte ich, denn dann hätten Oma und Opa es schwarz auf weiß, daß ich mich nicht aus Idiotie verspätet hatte.

In der Veranda standen noch viele von Opas Geburtstagsgeschenken auf dem Schreibtisch. Topfblumen und Alkoholika. Beim Gurkenschnibbeln und Toasten berichtete Oma vom Vettern- und Kusinentreffen in Rastede, wo zwar leider etwas viel Klarer gekreist sei, aber sie und Opa hätten zusammen vorgesungen und seien fast wie Stars gefeiert worden. »Da siehst du mal, was du für flotte Großeltern hast! So bejahrt und noch so rege!«

Papa rief an, nur um sicher zu sein, daß ich jetzt unversehrt am Ziel meiner Reise angelangt sei.

Oma hatte mir eines der Gästebetten im Keller frisch bezogen, und ich wäre auch gleich eingeschlafen, aber daran hinderte mich eine Mücke. Sobald deren Simmen etwas lauter erklang und dann verstummte, konnte man sicher sein, daß sie sich irgendwo auf einen draufgesetzt hatte, um Blut zu saugen. Ich machte das Licht an, um das Biest zu erledigen, und dann sah ich, daß an den Wänden mindestens dreißig Mücken saßen und nur darauf warteten, daß ich mich schlafen legte. Statt die Viecher alle totzuschlagen, wofür ich ein halbes Jahr gebraucht hätte, wickelte ich mich in die Bettdecke ein, so daß nur meine Nasenspitze noch rauskuckte, aber am nächsten Morgen hatte ich trotzdem Mückenstiche an den Armen, an den Unterschenkeln und am Hintern, sogar mitten in der Ritze.

Nach dem Frühstück ging ich in den Schloßgarten, wo ich eine Pfauenfeder aufgabelte, tief im Gesträuch, und zum Elf-Uhr-Tee kam ich zurück in die Mühlenstraße. Den Tee servierte Oma in der Veranda, mit ein paar Keksen, die viel delikater waren als die in Meppen. Dazu rief Oma auch Gustav herbei, der in seinem Zimmer Gesetzestexte am Pauken war, fürs Jura-Studium.

Im Keller bewahrte Gustavs seine Zeitschriftensammlungen auf, jahrgangsweise gebündelt, mit Paketschnur. *Bravo* und *Spiegel.* Die

Hefte vom Jahrgang '76 lagen noch lose rum. Eins mit einer Titelgeschichte über Bordelle: »Sex im Salon«. Bei den Fotos dazu ging's zur Sache: Auf einem sah man, wie zwei Nutten einem nackten Mann den Rücken und den Pöter massierten, und auf 'nem anderen, wie eine Nutte einem Typen, der in der Unterhose dalag, zwischen die Beine faßte. Und es war nicht zu übersehen, daß dieser erwartungsvoll grienende Typ einen Ständer hatte.

Dreist – in ein Bordell zu gehen und sich da auch noch fotografieren zu lassen, mit einer Frauenhand auf dem Familiensilber!

Den *Spiegel* hatte Gustav schon mit zwölf gelesen und gesammelt, und vielleicht sollte auch ich mal damit anfangen, mich mit Politik zu beschäftigen und vorm Fernseher Bundestagsdebatten zu verfolgen, so wie Gustav, der dabei Pfeife zu rauchen pflegte: Exclusiv Cavendish Aromatic, »Prädikat zungenmild«. Neben sich auf dem Tisch hatte er dabei stets das »Handbuch des Deutschen Bundestages« liegen, eine mehrbändige Loseblattsammlung, in der alles drinstand, was man über die Bundestagsmitglieder wissen mußte, sogar deren Kinderzahl und welchen Hobbys sie frönten. Gustav wußte das fast alles auswendig, weil er immer, wenn ein neuer Redner ans Pult trat, sofort dessen Personalien nachschlug.

Der Politiker, den Gustav am wenigsten leiden konnte, war Horst Ehmke von der SPD. »Ähh!« rief Gustav, wenn er den erblickte. »Dieser widerliche Ehmke!« Bei dessen Anblick komme ihm die Galle hoch. Ehmke war aber auch wirklich kein Adonis. »Swienplietsch«, sagte Gustav, das sei das richtige Wort.

Aus Opas Bücherschrank holte ich mir einen schiefgelesenen Wälzer raus, über Adolf Hitler, und setzte mich damit in den einen Wohnzimmersessel. Alan Bullock: »Hitler. Eine Studie über Tyrannei«.

Adolf Hitler wurde am 20. April 1889, abends halb sieben, im ›Gasthof zum Pommer‹ in der kleinen Stadt Braunau geboren …

Und dann noch fast achthundert Seiten im pechschwarzen Umschlag. Ich blätterte zum Fototeil vor: Hitlers Eltern sahen absolut panne aus. Die Mutter wie ein verängstigtes Hühnchen und der Vater mit einem Oberlippenbärtchen wie aus der Staubsaugertüte. Oder dann so ein schielender Nazi auf einem Foto aus dem Bürgerbräukeller. Und Hitlers Freudentänzchen, 1940, bei der Nachricht von der Kapitulation der Franzosen.

In dem Buch wurde genauestens beschrieben, wie Hitler immer alle hinters Licht geführt und angelogen hatte. Großmäulig seine Friedensliebe kundgetan und im Hinterzimmer mit den Generälen heimlich schon die Aufmarschpläne für den Polenfeldzug ausgeheckt. Auch die eigenen Parteigenossen hatte Hitler abknallen lassen, wenn sie ihm im Weg gewesen waren. Und dann die Konzentrationslager, mit Gaskammern für die Juden …

Als Kleinkind war ich mit meinem Kett-Car ja mal einer Nachbarin in die Hacken gefahren. Die hatte ins Krankenhaus gemußt, und dann hatte es noch einen häßlichen Streit mit Papas Haftpflichtversicherung gegeben, weil die nicht dazu bereit gewesen war, das fällige Schmerzensgeld herauszurücken. Immer, wenn ich daran dachte, sah ich diese Frau mit ihrer blutigen Ferse vor mir. Als Vierjähriger ist man ja vielleicht noch nicht für alles verantwortlich, was man anstellt, aber Hitler hatte seine Verbrechen als Erwachsener begangen, in voller Absicht: Wie hatte der das bloß aushalten können? Zu wissen, daß er mit seiner Politik Millionen Menschen unter die Erde brachte? Und dann die Kriegskrüppel, die ja auch nach Millionen zählten: Arm ab, Bein ab, taubstumm, blind …

An Hitlers Stelle wäre ich verrückt geworden. Der größte Feldherr aller Zeiten, kurz GröFaZ.

»Der hätte gar nicht verrückt werden können, denn der war schon verrückt«, sagte Gustav am Abendbrotstisch, und Oma erzählte von einer Jüdin, die sich in ihrer Wohnstube aufgehängt habe, hier in Jever, in der Nazizeit. Eine Hebamme. »Und die hat deine Mutter auf die Welt geholt, mien Jung! 1929! Das werd' ich nie vergessen. Und dann ist dieser frostige Winter gekommen, brrr! Da haben wir ja kaum gewußt, wie wir in der eisigkalten Wohnung unser frierendes Würmchen warmhalten sollten. Vielleicht ist aus deiner Mama ja deshalb so'n Frosteköddel geworden.« Und dann die Inflation: »Du leeve Tied! Zehn Millionen Mark für einen Liter Milch!«

Opa saß kauend und schweigend dabei und fingerte sich Wurstfasern aus dem Gebiß.

Ein Glück, daß wir den Krieg nicht gewonnen hatten. Sonst hätte ich jetzt in der Hitlerjugend dienen dürfen: Paraden, Schanzenbau und Wehrsport, das hätte mir ja nun echt noch gefehlt.

Die Nachricht von dem Eisenbahnunglück stand am Mittwoch im *Jeverschen Wochenblatt*, und das war der Beweis für meine Unschuld:

Zwei Mitarbeiter des Straßenbauamtes Aurich wurden am Montag bei einem Zusammenstoß mit einem Eilzug auf einem mit Lichtzeichen gesicherten Bahnübergang bei Loppersum (Kreis Norden) getötet. Nach Angaben der Polizei hatte der 54 Jahre alte Fahrer des Autos das Blinkzeichen nicht beachtet. Der Pkw wurde in der Mitte des Bahnübergangs des planmäßigen Eilzuges erfaßt und 25 Meter mitgeschleift.

Nun wußte man ja schon mehr, aber mir war immer noch unklar, was ich da am Zugfenster vorbeifliegen gesehen hatte.

Ein paar Tage davor war im *Wochenblatt* der Bericht von einer Tagung der Allianz-Versicherung erschienen, mit einem Foto von Opa, der bei dieser Tagung eine Rede gehalten hatte, auf plattdeutsch, im Audienzsaal des Schlosses. Den Artikel hatte Oma ausgeschnitten. In Jever gehörte Opa zur Lokalprominenz.

In der Veranda wimmelte es von Ameisen. Die krabbelten durch ein Loch im Fensterrahmen herein und waren nach Opas Meinung auf irgendwelches Ungeziefer in den Topfpflanzen aus. Auf den Fensterbänken bekämpfte Oma die Ameisen mit Backpulver, das sie nicht abkonnten, und im Vorgarten mit kochendheißem Wasser: Das kippte sie, ohne mit der Wimper zu zucken, auf die verkehrsreichsten Ameisenstraßen. So erbarmungslos wie das eine Katervieh bei Wilhelm Busch:

Ein schwarzer Kater schleicht herzu,
Die Krallen scharf, die Augen gluh.

Hinten im Garten rupfte Opa Löwenzahn und anderes Unkraut aus dem speckigen Kartoffelackerboden. (Drei Kreuze, daß ich nicht auch in Jever zu sowas herangezogen wurde.) Am Ende des Grundstücks hatte es früher mal einen Maschendrahtzaun gegeben und dahinter einen Bauernhof, und man hatte die Schweine mit Fallobst füttern können. Die waren ganz versessen darauf gewesen. In ihrer

Freßgier hatten sie gequiekt und sich um jeden einzelnen Appel gebalgt, auch wenn er schon schimmelig und braun gewesen war, mit Wurmlöchern und weißem Pilzbewuchs.

Der Bauer hatte seinen Hof irgendwann verkauft, und jetzt war leider keine Sau mehr da.

Gegen Bayern trat Real Madrid diesmal mit Breitner an, und der wurde von den Bayern-Fans gnadenlos ausgepfiffen. Gerd Müller sorgte mit seinen Toren für einen 2:0-Sieg, und dann kamen noch Ausschnitte aus den anderen Spielen, aber die erwiesen sich, wie Gustav sich ausdrückte, als »weniger erquicklich«. Aus den europäischen Vereinswettbewerben schieden Eintracht Frankfurt und der HSV nach ihren Niederlagen aus.

»Da beißt die Maus keinen Faden ab«, sagte Gustav, und dann ging er pullern, ziemlich lange und laut, denn er hatte sechs Flaschen Bier getrunken.

Oma war am Abtrocknen, und im Küchenradio lief ein Hit dieser schwedischen Trallala-Band, mit der ich mich nicht anfreunden konnte.

Knowing me, knowing you (ah-haa)
There is nothing we can do …

Gustav erlaubte mir, seine Bücher zu lesen. Er besaß unter anderem »Alle meine Tore« von Uwe Seeler, eine Chronik der amerikanischen Präsidenten, und auch ein Buch über die Beatles, aber das hatte er selbst nicht bis zu Ende gelesen: Es tangiere ihn, wie er sagte, nur peripher, ob sich die Beatles die Zähne mit Blendamed oder Colgate putzten, dem Doppel-Stopper gegen Mundgeruch.

Das Nachschlagewerk »Das treffende Zitat« war nach Stichworten geordnet.

Das jüdische Volk wagt einen unversöhnlichen Haß gegen alle Völker zur Schau zu tragen, es empört sich gegen alle seine Meister; immer abergläubisch, immer gierig nach dem Gute anderer, immer barbarisch –, kriechend im Unglück und frech im Glück.

Ein Zitat von Voltaire. Ob das Buch aus der Nazizeit stammte? Nein, das war eine Neuauflage aus dem Jahr 1974, und Gustav verriet mir, daß auch Oma keine wind- und wetterfeste Demokratin sei. Wenn er mir das hier einmal stecken dürfe. Die habe zum Beispiel was gegen Hänschen Rosenthal, diesen hopsenden Fernsehfritzen, weil das ein Jude sei. Bei dessen Sendung *Dalli-Dalli* habe Oma mal gesagt: »Geh mir weg mit diesem Itzig!«

Eines Morgens machte Omas Herz Theater, und sie mußte zu Tante Doktor. Von der verschriebenen Medizin fühlte Oma sich schlagartig aufgemöbelt, aber was einfach nicht weichen wollte, trotz Tante Doktors Behandlung, war Opas ewiger Husten. Wenn Opa sich morgens im Badezimmer mit elektrischem Gebrumm rasierte, konnte man das Gehuste und Geröchel gut bis in die Küche hören. Das waren die Salven, die jeden Morgen ertönten, während Oma den Frühstückstisch deckte. Brettchen, Tassen, Butterdose, Teelöffel, Messer, Marmeladengläser und Kandiszuckertopf.

»Vati hat wieder seinen ollen Pferdehusten«, sagte Oma dann.

Als im Radio ein Bericht darüber kam, daß irgendwelche kubanischen Söldner in Angola gelandet seien, um dort den Frieden zu sichern, kuckte Opa mich böse an und rief: »Waffen! Was haben denn Waffen mit Frieden zu tun?«

Opa hatte einen Rochus auf die Kubaner, aber was da wirklich los war in Angola, zwischen Russen, Amis, Angolanern und Kubanern, das entzog sich meiner Kenntnis.

Vorm Einschlafen las ich in Gustavs alten Fußballbüchern. Wie Helmut Rahn 1954 den Siegtreffer im WM-Endspiel erzielt hatte, aus der Sicht von Fritz Walter:

Der Ball flitzt knapp am Pfosten vorbei in den Kasten und auf der anderen Seite schon wieder heraus, so unheimlich schnell ist seine Fahrt. Der Schiedsrichter pfeift …

Oder Uwe Seelers Memoiren: »Der Lütte muß in einen Kindergarten«, hatte Seelers Mutter eines Tages gesagt, »er wird zu wild. Er hat jetzt schon nichts mehr im Kopf als nur noch Fußballspielen!«

Friede sei mit dir, o Frau Seeler.

Mama rief an und sagte mir, daß ich mich als Konfirmand am Karfreitag ruhig auch mal in Jever in der Kirche blicken lassen könne. Das sah auch Oma so, und wir gingen zusammen hin.

Die Stadtkirche war 1959 abgebrannt, weil da wohl ein Bauarbeiter im Dachstuhl seine Zigarette nicht richtig ausgedrückt hatte. Vor den Flammen gerettet worden war das Edo-Wiemken-Diekmal, das man jetzt noch in der Kirche bekucken konnte. Das stand hinter einer Glaswand. Ein riesiges geschnitztes Dingens aus dem sechzehnten Jahrhundert, zur Erinnerung an Edo Wiemken, den letzten Häuptling des Jeverlands.

Der Kirche war größer und lichter als die in Meppen, aber das Gesinge hörte sich nicht viel besser an als in der Gustav-Adolf-Kirche.

Wenn ich einmal soll scheiden,
so scheide nicht von mir!

Für die Kollekte steckte Oma mir zwei Groschen zu, und sie hielt Ausschau nach Bekannten und entdeckte auch so einige: Frau Mammen, Frau Petersen, Frau Pfaff, Frau Börger, Herrn Kammrath, Frau Dingsbums und Herrn Sowieso. Alte Freunde der Familie, die hier schon zu Kaiser Wilhelms Zeiten zur Gemeinde gehört hatten und jetzt auf Krückstöcke und künstliche Hörhilfen angewiesen waren.

Am Nachmittag fuhren wir allemann mit Tante Gisela im Auto ins Wangerland, nach Ziallerns, ein sogenanntes Wurtendorf mit krähenden Hähnen, blühenden Osterglocken und einer angeblich niemals versiegenden Süßwasserquelle. Durch die Gärten streunten goldgelbe und schwarze Katzen.

Das müsse man mal gesehen haben, sagte Oma, und Opa sagte, eine Wurt sei eine künstliche Erhöhung aus Kuhmist und Marschenklei. Die hätten die Bewohner hier schon vor Jahrhunderten errichten müssen, als der Meeresspiegel angestiegen war, sonst hätten sie sich nasse Füße geholt.

Wir gingen einmal rundherum und fuhren dann wieder nachhause.

Am 28. Spieltag fegte Gladbach Karlsruhe mit 4:0 vom Platz. Und Klaus Fischer hatte schon wieder zwei Tore geschossen.

Für die Eiersucherei am Ostersonntagmorgen fühlte ich mich eine Spur zu alt, aber ich tat Oma und Opa den Gefallen, ihnen vorzugaukeln, daß ich es ganz toll fände, im Garten schlecht versteckte Ostereier aufzuspüren. Die ersten drei fraß ich nach dem Pellen auf einen Satz auf und bekam plötzlich keine Luft mehr. Gustav klopfte mir auf den Rücken, und Opa schüttelte den Kopf.

Die nächste Autoreise führte uns zum Knyphauser Wald bei Rispel, einem Örtchen in der Nähe von Wittmund. Fichten gab es da zu sehen, Birken, Buchen, Wassergräben und einen voluminösen See, aber der Knyphauser Wald war nicht so der Bringer. Bis auf den See hätte ich das alles auch in Meppen haben können.

Papa kam mit Renate und Wiebke, um mich wieder abzuholen. Sie hatten mir einen Brief von Michael mitgebracht.

Hallihallo!

Ferien! Endlich Zeit, Dir den angekündigten langen Brief zu schreiben. Vorher war zuviel los: Klassenarbeiten, Hausaufgaben, Pauken … na, das hat ja jetzt alles ein Ende, zumindest für kurze Zeit. Aber wenn ich ehrlich bin … eigentlich war es gar nicht die Schule, die mich so beansprucht hat, sondern mein neuer Elektronikbaukasten. Auf der Verpackung stand ganz groß drauf: Hieraus kann man ein Radio bauen. Zwar nicht wörtlich, aber sinngemäß. Also fing ich gleich an meinem Geburtstag zu basteln an. Ich dachte, das sei so wie bei 'nem Modellflugzeug: Man setzt sich hin, legt alle Teile zurecht und baut sie dann einfach zusammen. Von wegen! Da mußten erstmal Versuche gestartet werden mit Parallelschaltungen, Wechselschaltungen, Wasserstandsmeldern und all so 'nem Zeugs, was nicht das Geringste mit 'nem Radio zu tun hat. Und weil wir (meine lieben Brüder natürlich auch) alles ganz richtig machen wollten, haben wir diesen ganzen Dreck auch zusammengefrickelt. Nach ein bis zwei Wochen war es dann endlich soweit: In dem Anleitungsbuch kam die Aufbauschaltung für ein Mittelwellenradio. Ich schloß mich in meinem Zimmer ein (das wollte ich ganz alleine machen) und fing an. Mensch, war das ein Kuddelmuddel aus Drähten, Widerständen, Kondensatoren und anderen Gerätschaften, von denen ich noch nie was gehört hatte. Außerdem mußte ich noch 'ne

6 m lange Antenne aus Draht anfertigen. Mein ganzes Zimmer war bis obenhin mit Drähten vollgestopft. Als schließlich alles fertig war, schob ich feierlich den Knopf nach links, steckte mir die Hörer in die Ohren und lauschte versonnen in die Stille, die mich umgab. Nach stundenlangem Suchen fand ich heraus, daß ich einen Draht ins falsche Loch gesteckt hatte. Also nochmal die Ohrhörer angelegt, Knopf nach links und gelauscht. Jetzt brachte sich immerhin ein leises Rauschen zur Geltung. Nach dem Versetzen einiger Drähte und eifrigem Drehen am »HF-Gewindekern«, der irgendwo versteckt unter den Drähten lag, hörte ich irgendwo im fernen Weltenraum eine menschliche, wenn auch ausländische, Stimme. Da ich inzwischen einige Übung im Drehen und Versetzen hatte, gelang es mir sogar, die verzerrten Umrisse von so etwas Ähnlichem wie Musik zu vernehmen, allerdings sehr leise. Aber diese armselige Ansammlung von Drähten und Kondensatoren auf meinem Tisch als Radio anzusehen, das brachte ich trotz größter Willenskraft nicht fertig.

Doch es war noch nicht aller Tage Abend, denn in meinem Kasten befand sich noch eine ansehnliche Zahl von Drähten, Kondensatoren usw., und es gab auch einen Drehknopf für die Senderwahl und zwei andere, einen für die Lautstärke und einen, um das lästige Rauschen wegzukriegen. All das in einem hübschen weißen Gehäuse mit einer dunklen Abdeckplatte. Sogar für die drei Batterien war Platz. Das sah ja alles sehr vielversprechend aus. Aber dann begann eine Pechsträhne: Zuerst ging mir einer von den Drehknöpfen kaputt (4,50 DM). Dann zerbarst ein Transistor (2,50 DM). Sodann zerriß ein Ohrhörer (1,20 DM). Das mußte ich alles neu bestellen (ein Bestellschein lag bei) und den Betrag per Zahlkarte überweisen (1,00 DM). Summa summarum kostete mich die Kaputtgeherei also 9,70 DM plus 2,00 DM für die Verpakkung. Also 11,70 DM. Dazu noch die ganze Schererei mit dem zur Post gehen, Zahlkarte ausfüllen ... und dann das Warten. Übrigens hatten die mir auch einen neuen Bestellschein geschickt, und auf dem kostete der Drehknopf schon 6,50 DM. Uff!

Endlich kam das Päckchen an, aber ohne Ohrhörer, weil die Vollidioten keinen hatten. Nachlieferung in zwei Wochen. Und als ich glücklich alles wieder beisammenhatte, machte ein Kondensator schlapp. Da ich zum Bestellen keine Lust mehr hatte, ging ich in das nächste Elektro-

geschäft und holte mir einen für zwanzig Pfennig. Jetzt frag ich mich, warum ich wegen der anderen Sachen nicht auch in das Geschäft gegangen bin. Na ja, auf jeden Fall klappte das mit dem Radio dann leidlich gut, und ich konnte sogar bald auf diese Scheißdrahtantenne verzichten.

Meine Mutter hatte am 9. Geburtstag. Was kriegt sie? Ein Radio!

Und dann ist mir noch was Blödes passiert: Der Bogen von meiner Geige ist mir durchgebrochen. Ich hatte den Harald in die Seite gepiekt, na, und da hat er halt zugehauen. Mein Geigenlehrer hat gesagt, das billigste Ding sei so 50 DM teuer. Mich hat bald der Schlag getroffen. Zum Glück hat Holger sich als Bastler betätigt und den Bogen mittels Holzleim und weißen Klebestreifen wieder zusammengepappt. Wenn ich nach der Konfirmation genug Geld habe, dann hole ich mir einen neuen. Hoffentlich hält der alte noch so lange.

Das mit dem Zelten in den Sommerferien, das klappt auch nicht. Harald hat kein Geld mehr, um sich ein Zelt zu kaufen. Der Holger hat sowieso kein Geld, und ich … das geht alles für den Bogen drauf, denn soviel Zaster werde ich zur Konfirmation auch nicht bekommen, daß es dazu reicht.

So, Schluß für heute, und ich werde auch nicht mehr so schreibfaul in nächster Zeit (hoffe ich).

Schö, Michael

P. S. Zum Damespiel: Ich geb's auf!

Eine Gemeinheit! Feige aus dem Spiel auszusteigen, nur weil ich das schon so gut wie gewonnen hatte!

Immer klappte alles nicht. Immer, immer kriegte man eins vor die Zwölf, mittenrein, wenn man sich auf was Schönes gefreut hatte, und sei's auch nur ein Sieg im Damespiel oder ein Zelturlaub in den Ferien.

Auf der Rückfahrt nach Meppen wollte ich in meinem Fußballbuch lesen, aber Wiebke war am Kotzen, Papa am Mosern und Renate wegen irgendwas am Flennen. Da hätte sich auch der stärkste Mann der Welt nicht mehr auf Franz Beckenbauers Beschreibung seiner Ballannahmetechnik konzentrieren können.

In Meppen mußte Papa abends gleich wieder los, um Mama und Volker vom Bahnhof in Rheine abzuholen.

Wiebke lief zu ihrem geliebten Hamster hoch, und Renate sagte, daß Papa Mama versprochen habe, in der Zeit ihrer Abwesenheit den VW zu reparieren, aber daraus sei nichts geworden. Und nun müßten sie und Mama mit dem Zug nach Bielefeld juckeln. »So ein Umstand! Wenn Papa den VW in 'ne Werkstatt gebracht hätte, wäre der längst wieder verkehrstüchtig!«

Gegen Mitternacht kamen Mama, Papa und Volker in Meppen an. Bei der ewig langen Überfahrt nach Hoek van Holland, sagte Mama, hätten hoher Seegang und infolgedessen allgemeine Übelkeit obwaltet.

Im Wohnzimmer entkorkte Papa eine Flasche Weißwein. Nachdem alle angestoßen und den ersten Schluck getrunken hatten, sagte Papa, daß er mit sich zu Rate gegangen sei und beschlossen habe, sich einen Tag freizunehmen und Renate am Donnerstag nach Bielefeld zu fahren.

Das war ein Wort.

»Dann fahr ich aber mit!« rief Mama.

Wiebke schlief schon, aber ich noch nicht, und zur Feier des Tages kriegte ich nun auch mal einen Schluck Wein zugeteilt. Der schmeckte säuerlich, und als ich ihn runtergewürgt hatte, wußte ich nicht, was ich davon halten sollte.

Mama schwärmte von den Londoner Museen (eins davon mit Thomas Edisons erster Glühbirne). London, das sei eine Weltstadt aus lauter Kleinstädten. Übrigens hätten da herrenlos herumstehende Gepäckstücke dem nächsten Bobby gemeldet werden sollen, wegen der vielen Bombenattentate, und einmal habe Mama genau einem solchen Gepäckstück gegenübergestanden, aber keinen Bobby gesehen, und 'ne halbe Stunde später sei die Stelle von der Polizei abgeschirmt und von Menschen umlagert gewesen. Volker habe sich währenddessen Madame Tussauds Wachsfigurenkabinett angesehen. Und nun noch was ganz anderes: Im feinen Pipps Hill Country Club, sagte Mama, hätten Volker und sie das Schwimmbad benutzen dürfen, weil Tante Therese und Onkel Bob da »members« seien. »Und

Norman, dieser Größenwahnsinnige, der hat sich jetzt 'n Sportwagen mit Lotusmotor angeschafft!«

Nur habe Volker leider nie die Klappe aufgemacht und sich bloß immer verschämt »Hello« und »Good-bye« abgebängt.

Dann wurden Klamotten ausgepackt, von Marks & Spencer, die schwere Menge. Für mich fiel ein gnatschblaues, mit meterlangen Kragenlappen versehenes Hemd ab, dem mit unbewaffnetem Auge anzusehen war, daß man nicht mehr in die Sauna zu gehen brauchte, wenn man das Ding einen Tag lang getragen hatte.

»Don't drink water because fish shit in it«, sagte Papa.

Am Ostermontag kriegte Papa Volker, Wiebke und mich zur Gartenarbeit ran: Klee aus dem Rasen rupfen. Keinen anderen Menschen auf der Welt hätte das kümmerliche bißchen Klee zwischen den Grashalmen gestört, aber Papa war jedes einzelne verdammte Kleeblättchen ein Dorn im Auge. Der Klee würde sich über den ganzen Rasen ausbreiten, wenn man nichts dagegen unternehme, behauptete Papa, und dann hätten wir irgendwann keinen Garten mehr, sondern 'ne Unkrautplantage.

Na und? Ich hätte lieber in 'ner Unkrautplantage gewohnt, statt den Rasen stundenlang nach wildwüchsigen Kleeblättern zu durchforsten. Und das an einem der heiligsten Feiertage der Christenheit!

»Nun stell dich doch nicht so bockbeinig an«, sagte Mama. »Gartenbesitzer müssen halt auch mal was tun für ihr Paradies! Ihr freut euch doch auch alle darüber, daß wir hier 'n schönen Garten haben und nicht irgendwo im Hochhaus eingepfercht sind!«

Nein, darüber freute ich mich nicht im mindesten.

In Deutsch las der Wolfert eine Erzählung des Dichters Heinrich von Kleist vor, eine »Ankedote aus dem letzten preußischen Kriege«, von anno dunnemals. Wie da ein Reiter gegen die Franzosen losgeritten sei:

»Bassa Manelka!« ruft der Kerl, und gibt seinem Pferde die Sporen und sprengt auf sie ein; sprengt, so wahr Gott lebt, auf sie ein und greift sie, als ob er das ganze Hohenlohische Korps hinter sich hätte, an; dergestalt, daß, da die Chasseurs, ungewiß, ob nicht noch mehr Deutsche

im Dorf sein mögen, einen Augenblick, wider ihre Gewohnheit, stutzen, er, mein Seel, ehe man noch eine Hand umkehrt, alle drei vom Sattel haut, die Pferde, die auf dem Platz herumlaufen, aufgreift, damit bei mir vorbeisprengt, und »Bassa Teremtetem!« ruft, und »Sieht Er wohl, Herr Wirt?« und »Adieus!« und »auf Wiedersehn!« und: »hoho! hoho! hoho!« – – So einen Kerl, sprach der Wirt, habe ich zeit meines Lebens nicht gesehen.

Kleist, sagte der Wolfert, sei der bedeutendste Grammatiker der deutschen Literaturgeschichte.

Auf dem Pausenhof stürzten Hermann Gerdes und ich mit Luftsäbeln aufeinander los: »Bassa Menelka!« rief Hermann, und ich rief: »Bassa Teremtetem!«

Besser das als alle Dreieckskongruenzsätze in Mathe oder in Erde die natürlichen und wirtschaftlichen Voraussetzungen der Agrarnutzung und des Wandels der Agrarlandschaften in den USA und in der UdSSR. Kolchosen und Sowchosen. Obwohl ja auch die zur Allgemeinbildung gehörten.

Morgens um halb acht klingelte es an der Tür: ein Eilbrief, für Renate von Olaf! Wiebke flitzte damit hoch in Renates Zimmer. Was in dem Schrieb drinstand, würde man wahrscheinlich nie erfahren.

In Englisch kam ich auch ohne größere Anstrengungen einigermaßen zurecht. Das fiel mir irgendwie so zu.

New York is the most active city on earth, with the world's biggest harbour, busiest station, largest department store, highest skyscraper, largest theatre.

Die Insel Manhattan hatte ein Holländer den Indianern vor 350 Jahren für ein paar Glasperlen und anderen Krimskrams abgekauft.

In Physik lernte ich das Wort »Proportionalitätsfaktor« kennen. Der reinste Zungenbrecher. Fischers Fritze fischte frische Proportionalitätsfaktoren.

Mittags stürzte ich mich auf Michael Gerlachs neuesten Brief.

Gähn!

Mensch, ist das hier langweilig! Nichts los, nichts zu tun, zu nichts

Lust. Deshalb sitz ich ja auch um elf Uhr nachts noch hier und schreibe dämliche Briefe an noch dämlichere Ostfriesen in Meppen.

Vor Tatendrang zu bersten würde mir auch nicht helfen, denn was nützt einem der Tatendrang, wenn keine Taten da sind? Außer Geschirrspülen und Staubsaugen? Noch nicht mal Lust zum Schlafengehen hat man. Zumindest nicht vorher. Morgen penne ich garantiert bis 12 Uhr mittags, wie ich das bisher an jedem Ferientag gemacht habe. Außer an einem, da sind der Harald, der Holger und ich zum Köppel gefahren. Was heißt gefahren, geächzt! Zumindest ich. War total fertig. Beinah wäre ich auf'm Rad noch eingeschlafen, bloß die rasenden Kopfschmerzen waren hinderlich. Na, der Rückweg ging dann ja, den schmalen Serpentinenweg runter und dann über Ransbach-Baumbach.

Dabei habe ich mir den rechten Zeigefinger an der Gangschaltung aufgerissen. Irgend so'n tückischer Draht lünste vor, und schon war's zu spät. Sauerei, verdammte. Hindert außerordentlich am Schreiben, so'n aufgeschlitzter Finger. Aber was tut man nicht alles gegen die Langeweile. Selbst größte Schmerzen scheut man nicht.

Jetzt isses halb zwölfe. Scheiße.

Bin immer noch nich' müde. Wenn ich schon das ungemachte Bett sehe, vergeht mir die Lust am Pennen. Überhaupt sieht meine Bude aus wie'n Saustall, nur ohne Sau (oder irre ich mich?). Daran ist diese vermaledeite Antenne vom Elektronikbaukastenradio nicht unschuldig. Die fliegt nämlich irgendwo hier im Zimmer rum. Momentan in meinem Gesicht. Aber daran hab ich mich schon gewöhnt, an dieses bribblige Gefühl in der Nase, wegen meiner Brille. Die is' kaputt, und weil ich zu faul bin, sie zur Reparatur zu bringen, laß ich sie einfach in meine Nase pieken. Das hält mich wenigstens wach, tagsüber.

Die Patrone vom Füller läßt nach. Wahrscheinlich, weil er wie verrückt ausläuft, aber nich' aufs Papier, nee, auf meine Finger. Besonders auf den aufgeschlitzten. Au, das brennt. Mensch, geht's mir dreckig!

So, mir reicht's. Vielleicht schreib ich den Brief morgen weiter, wenn ich besserer Laune bin, was allerdings sehr unwahrscheinlich ist.

Du hast Pech, ich hab einigermaßen gute Laune. Wir haben den ganzen Vormittag Monopoly gespielt. Ich hab verloren. Harald und Holger sind noch dran. Sonst ist nichts los gewesen.

Bleibt noch Tschüß zu sagen. Und: Happy Birthday to you!

Ach Gott, ja, mein 14. Geburtstag! Der würde ohne Feier über die Bühne gehen. Wen hätte ich schon dazu einladen sollen, außer Hermann Gerdes?

Ich schrieb zurück, daß auch Meppen vom Virus der Langeweile befallen worden sei und herzzerreißend unter dessen Knute stöhne. Das heißt, der einzige, den ich stöhnen hörte, war ich selbst. Alle anderen schienen das Leben in Meppen für ganz normal zu halten, abgesehen vielleicht von Renate, der bei jedem ihrer Besuche spätestens am dritten Tag die Decke auf den Kopf fiel.

In ihrem alten Zimmer war Renate am Packen. Im Flur standen schon drei Koffer, ein pralles Einkaufsnetz, ein Papierkorb mit Kleiderbügeln, Pappröhren mit Postern, eine Henkeltasche mit dem zusammengefalteten Bettüberwurf, zwei Klappstühle und 'ne rote Holzkiste mit Küchengeschirr, und quer in der Landschaft lag Renates Flokati, eingerollt und verschnürt.

Unser Haus auf dem Mallendarer Berg sollte nicht wieder neu vermietet, sondern endgültig verkauft werden. Das eröffnete Mama uns abends beim Schnittenschmieren. In den Sommerferien wollten Papa und sie Haus und Garten auf Zack bringen und die Immobilie dann an den Meistbietenden verscheuern.

Aus der Traum!

Und dann sollte Mama ein neues Auto bekommen. Von dem durchgerosteten VW hatte Papa die Faxen dicke.

Am Donnerstag kaufte ich mir nach der Schule zum erstenmal im Leben den *Spiegel*, von meinem eigenen Taschengeld. Wenn Gustav dazu in der Lage war, dann konnte ich das ebenfalls.

Mama war nach dem Frühstück mit Papa und Renate nach Bielefeld abgedüst und hatte Volker vorher alle Handgriffe beigebracht, die er kennen mußte, um Wiebke, mich und seine Wenigkeit mittags mit Dosenravioli zu versorgen.

Zum Nachtisch pfefferte Volker drei Kirschjoghurtbecher auf den Tisch. »Löffel könnt ihr euch ja wohl selber holen!« Und dann braute er sich in der Küche einen Kaffee zurecht.

»Auto-Preise – Die Konzerne schlagen zu«, so hieß die Titelgeschichte der aktuellen *Spiegel*-Ausgabe.

Nachdem Daimler Anfang 1976 getreu den Bräuchen der Branche die Vorstellung seiner neuen »kleinen Klasse« zu einem Aufschlag von etwa acht Prozent genutzt hatte, folgten ungeniert die Produzenten von Massenautos: Ford legte, noch vor Abschluß der Lohnrunde, fünf Prozent Preisaufschlag vor, Volkswagen erhöhte am 29. März im Durchschnitt um 4,6 Prozent. Die General-Motors-Tochter Opel folgte einen Tag später: Ihre Verkäufer verlangen seither 4,7 Prozent mehr.

Ob man sich das merken mußte? Gustav hatte sich das bestimmt alles bereits am Montag durchgelesen und es bis ins kleinste Detail in seine Gehirnwindungen eingekerbt, irgendwo neben den Ergebnissen jedes Spieltags der Bundesliga seit 1963.

Wenn es zur Zeit Christi schon Atomreaktoren gegeben hätte, dann wäre laut *Spiegel* jetzt erst ein Prozent der Zeit abgelaufen, in der der Atommüll von damals radioaktiv gestrahlt hätte. Ein einziges mageres Prozentchen, nach zweitausend Jahren! Das hatten irgendwelche Physiker ausgerechnet. Also produzierten die Atomstromfabrikanten unserer Tage Müll, den unsere Nachfahren noch in rund zweihunderttausend Jahren wie die Schießhunde bewachen müßten. Da konnte man ja wohl nur mit den Ohren schlackern. So eine Frechheit! Hier die dicken Leuchtreklamen anbringen, und die Zeche dafür durften noch im Jahr 201976 die Nachfahren bezahlen, denen wir unsere Atommüll-Endlagerstätten vererben wollten? Was konnte da nicht alles vorfallen, in zweihunderttausend Jahren, wenn man bedachte, was allein in den letzten fünfzig Jahren los gewesen war: Zweiter Weltkrieg, Hiroshima, Korea-Krieg, Vietnam-Krieg …

Im *Spiegel* stand auch ein Artikel über bayrische Katholiken, die mit einem »Gebetssturm« gegen den Sexualkundeunterricht kämpften, damit »alles wieder echter und sauberer wird« und die Kinder aus dem »Teufelskreis der Onanie« wieder zu »Zucht und Ordnung zurückfinden«.

Dann gab es noch Berichte über den Linksruck in Italien und das sadistische Härtetraining der US-Streitkräfte, und man erfuhr, daß Uli Hoeneß für eine Autogrammstunde zweitausend Mark verlangte.

Höchst interessant. Man ließ sich ja praktisch für dumm verkaufen, wenn man den *Spiegel* nicht las. Den wollte ich mir jetzt jede Woche holen und ihn am besten auch sammeln, so wie's Gustav tat.

Pastor Böker bereitete uns auf den Konfirmationsgottesdienst vor und auf die Prüfungsfragen, die wir da zu beantworten hätten, in Anwesenheit der Gemeinde. Er spielte das schon mal durch: Wer wann was gefragt werde und welche Antwort man dann zu geben habe.

Lug und Trug. So wie früher in der Grundschule die vorab mit der Klassenlehrerin abgesprochene Stunde, wenn der Schulrat mit der Aktentasche auf dem Schoß ganz hinten gesessen hatte, um ein objektives Bild von der Qualität des Unterrichts zu gewinnen.

Am Ende würden wir einzeln nach vorne gerufen und eingesegnet, wobei wir knien müßten, und dann gäb's die Konfirmationsurkunde.

Üben mußten wir auch das Verzehren der nach Pappe schmeckenden Oblate und das Nippen am Weinkelch.

Volker und ich hatten schon alle Jalousien runtergelassen, als Mama und Papa wiederkamen.

Renates Zimmer sei man winzig, aber nicht weit weg von der PH, sagte Mama. Einen Kleiderschrank hätten sie noch besorgen müssen, weil da nur ein Mini-Exemplar gestanden habe. Und dann stutzte sie: »Häch? Wie kommt'n der neue *Spiegel* hierher?«

»Den hab ich mir gekauft«, sagte ich.

»Aha? Und wovon?«

»Von meinem Taschengeld.«

»Na, kiek mol eener an! Aus Kindern werden Leute, was? Aber jetzt hopp ab ins Bett, wenn ich bitten darf. Marsch, marsch! Und vergiß nicht wieder, dir den Hals zu waschen!«

In einem Märchenfilm spielte die blutjunge Judy Garland ein Mädchen, das mitsamt ihrem Hündchen von einer Windhose ins Zauberland Oz geweht wurde und da sofort eine abgrundtief böse, grüngesichtige und spitznasige Hexe an den Hacken hatte. Um wieder nachhause zu kommen, brauchte das Mädchen Hilfe von einem

Zauberer. Ein ziemlicher Mumpitz, das ganze, mit ’ner lebendigen Vogelscheuche, äpfelschmeißenden Bäumen und reichlich viel Singsang.

Somewhere over the rainbow
Bluebirds fly …

Und dann kam raus, daß alles nur ein Traum gewesen war. Wie blöd!

Tags darauf stand Mama mittags in meinem Zimmer und sortierte alte Plünnen aus: Jeans mit durchgescheuerten Knien, zu klein gewordene Oberhemden, verfärbte T-Shirts, Gürtel mit kaputter Schnalle und fransigen Kanten, ausgeleierte Unterhosen und Kniestrümpfe mit Kuhllöchern.

Es war eine weise Entscheidung gewesen, den *Stern* mit den nackten Nubierinnen nicht in meinem Kleiderschrank zu verstecken.

Oma Jever rief an, in heller Aufregung: Gustav sei vom Fahrrad gestürzt, in Göttingen, mitten im dicksten Stoßverkehr, und ohnmächtig ins Krankenhaus verbracht worden, in die Chirurgische Poliklinik, wo die Ärzte eine schwere Gehirnerschütterung festgestellt und ihm strengste Bettruhe verordnet hätten. Wenn er zu früh wieder aufstehe, werde er bis an sein Lebensende an Kopfschmerzen laborieren!

Einfach so, aus heiterem Himmel, sei an dem Rad der Lenker abgebrochen, wegen Materialermüdung möglicherweise, und Gustav, der sich an überhaupt nichts erinnern könne, müsse bei dem Unfall mit dem Kopp auf das Metallgestänge geknallt sein. So reime Gustav sich den Unfallhergang jedenfalls selbst zusammen, im nachhinein.

»Da hat er ja noch Glück im Unglück gehabt, unser Studiker«, sagte Mama, die als junge Frau auch ganz gern irgendwas studiert hätte, wenn das bezahlbar gewesen wäre, und dann ging sie in die Küche, Stullen schmieren. »Der soll sich bloß nicht so anstellen! Mutti hier mit seinen Wehwehchen zu beeindrucken, das sieht ihm mal wieder ähnlich, dem fetten Kerl!«

In der EM verpaßten uns die Spanier mit dem 1:0 in der 21. Minute einen Nasenstüber, aber in der zweiten Halbzeit konnte Erich Beer, der tüchtige Herthaner, ausgleichen. 1:1. Die Siegestrauben hatten für beide Mannschaften zu hoch gehangen, und darauf lief es auch hinaus, als wir die C-Jugend von Hesepe zu Gast hatten. Deren Mittelstürmer war ein Brecher im Kaliber von Bud Spencer und rannte mich einfach um. Bumm! Dafür kriegte er einmal die Gelbe Karte, aber viermal walzte er ungestraft über mich hinweg. Daß das Spiel unentschieden ausging, 4:4, hatten wir allein Didis Torinstinkt zu verdanken.

Nach der Schule kaufte ich mir am Montag bei Meyer den neuesten *Spiegel*. In der Titelgeschichte ging es um die Frau von Mao Tse-tung und deren Rolle in der chinesischen Politik. Tschiang Tsching, 63, war heiß darauf, als Nachfolgerin ihres Mannes Mao, 82, China zu regieren. Dieses Riesenland! War die denn plemm, die Alte? Hätte die nicht besser daran getan, Pullis für ihre Enkelkinder zu stricken?

In einer »Hausmitteilung« wurden diverse Schreibweisen des Namens des libyschen Staatschefs aufgelistet: Khadhafi, Ghaddafi, Ghadhafi, Gadaffi, Gadafy, Kazafy, Quaddafi und Gaddafi. »Lübien«, das sagte man, aber geschrieben wurde das: Libyen.

Im *Spiegel* stand auch was über den hessischen CDU-Abgeordneten Manfred Kanther, 36, der die Todesstrafe für »Terroristen deutscher Bauart« gefordert habe, über die Schnakenplage am Oberrhein, die Funktionsweise der Selbstschußautomaten an der DDR-Grenze, die Studentenunruhen in Frankreich und die Mammographie, eine maschinelle Art der Durchleuchtung weiblicher Brüste bei der Suche nach Krebszellen.

Der Radowski gab mir eine Sonatine von Dussek auf. G-Dur, op. 20. Die sollte ich Ende Mai bei einem Konzert in der Musikschule vorspielen. Wenn das nur mal gutging!

Ich freute mich über die Abwechslung, weil ich endlich Johann Sebastian Bachs erste zweistimmige Invention abhaken durfte, obwohl die immer noch nicht richtig saß, aber das Klavierstück von diesem Dussek war auch keine Erholung. Da verhaute ich mich oft, und bei jedem Fehler kreischte Mama aus der Küche: »Falsch!«

Ich hätte lieber mal was Flotteres gespielt. Tanzmusik. Boogie-

Woogie, Rumba und Cha-Cha-Cha statt immer nur dieses dröge Etüdenzeugs.

Das Beste, was ich zu meinem vierzehnten Geburtstag geschenkt kriegte, war, außer dem Geld, ein Buch mit Geschichten von Edgar Allan Poe, das Onkel Dietrich mir zugedacht hatte. In dem Brief, der dabeilag, berichtete er vom Terrassenbau in Wiesbaden:

Du mußt wissen, daß jeder Stein und jeder Krümel Sand an der Straße abgeladen und dann mit der Schubkarre bis zum Haus gebracht werden muß. Alles in allem haben wir 5 m³ Erde und 9 m³ Kies und Sand weggefahren sowie 2800 Steine zur Verwendungsstelle befördert. Zum Nachbarn habe ich eine Wand aus Kalksandsteinen gemauert, die gleichzeitig einen Grill aufnimmt. Den Boden habe ich aus Klinkersteinen gemacht, die wie bei den ostfriesischen Straßen hochkant verlegt worden sind. Auf der Terrasse steht ein runder Betontisch, dessen Platte einen Durchmesser von 1,30 m hat, so daß die gesamte Familie bequem daran Platz findet …

Irgendwie schien das den Schlossers im Blut zu liegen, dieses ewige Bauen und Basteln und Fliesenlegen. Gut, daß wir hier schon 'ne heile Terrasse hatten, auch wenn Papa das Terrassendach für erneuerungsbedürftig hielt. Das bestand aus irgendeinem durchsichtigen Material, und auf der Oberseite hatten sich fette Blätterplacken angesammelt.

In einer der Geschichten von Poe stach ein Tierquäler und Säufer seinem schwarzen Kater ein Auge aus und erhängte ihn dann, aber der Kater spukte in seinen Träumen herum, und der verrückte Säufer kaufte sich einen neuen, ebenfalls einäugigen, der ihm bald unheimlich wurde, und als er mit einer Axt nach ihm haute, ging die Frau von dem Säufer dazwischen, und da erschlug er sie mit der Axt und mauerte die Leiche im Keller ein. Und als er der Polizei selbstgewiß die Kellerräumlichkeiten vorführte, fing hinter der Mauer der Kater zu schreien an. Die Polizisten stemmten die Mauer auf, und dahinter hockte der mitsamt der Leiche eingemauerte Kater auf deren Kopf.

Gut war auch die Geschichte, in der ein Mörder die Leiche seines Opfers unter den Zimmerdielen versteckt hatte. Die Polizei konnte er zwar davon überzeugen, daß der Mann, den er erstickt hatte, aufs

Land gefahren sei, aber in seiner Einbildung hörte der Mörder das Herz des Opfers immer lauter und lauter schlagen, so daß er außer Rand und Band geriet und alles gestand.

Oder dann die Geschichte von dem lebendig Begrabenen oder die von dem gefesselten Kerkerhäftling, auf den sich im Zeitlupentempo ein schwingendes, halbmondförmiges Pendel herabsenkte, mit messerscharfer Klinge ... Das war zehn Nummern besser als alles von Enid Blyton, die im übrigen bei Edgar Allan Poe abgekupfert hatte: Der Schimpanse, den sie in »Rätsel um die grüne Hand« als dressierten Dieb überführt hatte, stammte von dem mörderischen Orang-Utan aus Poes Kriminalgeschichte vom »Doppelmord in der Rue Morgue« ab.

Aus der Stadtbücherei wollte ich mir noch mehr von Poe besorgen. Dessen Geschichten waren weißgott spannender als meine anderen Freizeitbeschäftigungen, als da wären die chemische Analyse der Aggregatzustände der Stoffe und die physikalische Unterscheidung der Hubarbeit von der Reibungsarbeit.

Bei Comet kaufte ich mir einen Plastikball, um damit im Garten rumzukicken, aber dem Ball ging gleich beim ersten Schuß die Luft aus, und dann raste auch noch irgendein fremder Köter durchs offene Gartentor rein, stürzte sich auf den Ball und biß hinein.

Eins achtzig hatte sie mich gekostet, die Pille.

Weil die Drucker streikten, gab's am Montag keinen neuen *Spiegel* zu kaufen. Die Verleger boten 5,4% Lohnerhöhung, die IG Druck und Papier forderte 9%, und der Gewerkschaftsboß Leonhard Mahlein regte sich über die »Aussperrung« auf, was ich nicht verstand, weil die Streikenden doch sowieso streikten. Da hätte es ihnen doch egal sein können, wenn sie »ausgesperrt« wurden. Oder nicht?

Mama boste sich über die Fotoabteilung von Ceka, weil die Englandfotos noch immer nicht fertig waren. »Das ist das allerletzte Mal gewesen, daß ich mich mit diesen Tröpfen eingelassen habe«, sagte Mama, aber das Problem war eben, daß die Filmentwicklung in Fachgeschäften wie Mundus viel mehr Geld verschlang.

Tante Dagmar teilte uns telefonisch mit, daß sie Anfang Mai nach Venedig und an den Gardasee reisen werde. Nach Venedig wollte Mama auch noch irgendwann einmal, bevor dieses illustre Lagunenstädtchen im Meer versank: »Ich hab's nun mal nicht so bequem wie meine Schwestern, die zweimal im Jahr in Urlaub fahren können, und nach Venedig zieht's mich mehr als nach Hebelermeer! Und nun mach mir mal die Tür auf!«

Ich tat wie geheißen, und Mama trug einen Stapel gebügelter und gefalteter Bettlaken, der ihr vom Bauch bis zum Kinn reichte, ins Obergeschoß hinauf.

Mama bügelte auch Papas Taschentücher, obwohl gebügelte Taschentücher zum Reinrotzen genausogut waren wie ungebügelte. Mama bügelte sogar Papas Unterhosen.

Der Kindesmörder Jürgen Bartsch hatte sich von Ärzten kastrieren lassen wollen, um sicherzustellen, daß er nie mehr einem Kind etwas antun werde, und nun war er bei der Operation an Herzversagen gestorben, in der Narkose.

Sie könne diesen Mann verstehen, sagte Mama. Der habe seine perverse Veranlagung erkannt und unter seinem eigenen Trieb gelitten, und er sei dazu bereit gewesen, die entsprechenden Konsequenzen zu ziehen. Das müsse man diesem Menschen zugutehalten, und vielleicht sei es das beste, auch für ihn selbst, daß er nun unter dem grünen Rasen liege. »Wer will denn schon mit so 'ner Schuld beladen durchs Leben gehen? Sich an Kindern zu vergreifen und die auch noch abzumurksen hinterher … hurrijassesnee! Und denk mal erst an die armen Eltern! Das kann man sich gar nicht vorstellen, was die durchzumachen haben. Die werden doch zeit ihres Lebens nicht mehr froh!« Und ich sollte Mama eins versprechen, in die Hand: »Daß du nie, nie, nie zu irgendeinem Fremden ins Auto steigst! Egal, was der dir sagt!«

Jürgen Bartsch, Andreas Baader und Hans-Georg Rammelmayr: Das waren die drei größten Gangster meiner Zeit, die ich dem Namen nach kannte. Und wen gab's sonst noch so, aus vergangenen Tagen? Nero, Judas, Al Capone. Jack the Ripper und Billy the Kid.

In der *Meppener Tagespost* stand, daß am Donnerstagvormittag eine partielle Sonnenfinsternis zu erwarten sei, die um 10.24 Uhr ihr Maximum erreichen werde, aber davon war nicht viel zu merken, als ich in der Schule hockte.

Michael Gerlachs Schrift wurde von Brief zu Brief winziger. Da hätte mir ein Experte für Hieroglyphen gute Dienste leisten können.

Traramtrari!

Kommt Ihr wirklich in den Sommerferien? Wäre ja astrein! An Eurem Garten habe ich allerdings bis heute nichts entdeckt, was einer Aufbesserung bedürfte. Aber ich hab ja auch nur den Vorgarten gesehen. Und kommt Ihr die ganzen Sommerferien oder nur einen Teil davon? Denn wenn ich Schule aushab, kann man ja auch noch weggehen oder sonst was unternehmen. Mensch, ich bin schon ganz aufgedreht. Heißa! Wenn ich da aber so viel aufhabe wie heute, dann wird nicht viel aus den Unternehmungen.

Du wirst staunen, wenn Du das Reha siehst, jetzt wo's fertig ist. Sieht eigentlich ganz passabel aus, besonders abends, wenn die überall das Licht anknipsen. Bin ja mal gespannt, wann sich da der erste Selbstmörder runterschmeißt. Die Schule gleich gegenüber ist auch schon im Rohbau. Komisch, für Schulen brauchen die nur die halbe Zeit. Typisch.

Wir werden übrigens am 30. konfirmiert. Am Dienstag ist »Generalprobe«. Hinknien üben und so weiter. Kann ja heiter werden.

Jetzt sind schon wieder sechs Tage vergangen. Und es hat sich etwas Unerwartetes begeben: nichts! Wer zum Deibel hat die Langeweile erfunden? Unbestreitbar einer meiner Vorfahren. Muß ich von ihm geerbt haben, dieses Talent.

Seit einer Woche ist mein Fahrrad kaputt. Bin aber zu träge, um mir Flickzeug zu kaufen. Aber ich würde mich wahrscheinlich auch dann nicht aufs Fahrrad schwingen, wenn's repariert wär. Dazu bin ich nämlich auch zu faul.

Und jetzt bin ich auch noch schreibfaul geworden, gerade in diesem Moment.

Also, bis dann, und hoffentlich werden die Sommerferien nicht langweilig!

Tschüß, Michael

Stinksauer war Papa über die Telefonrechnung: 29 Mark hatte eins von den Afrikatelefonaten gekostet und ein anderes gar stolze 74! Er werde diese Sabbelkiste abschaffen und verschrotten, rief Papa und knallte die Kellertür hinter sich zu.

Mama klebte ihre Afrikafotos in zwei Alben, eins für uns und eins für Oma Schlosser. Einkleben mußte Mama auch die Fotos von der Englandreise, in das soundsovielte Elternalbum und andere Abzüge in Volkers Album: Trafalgar Square und Piccadilly Circus. Leider hatten die meisten Bilder aus England einen Blaustich.

Im Anschluß daran mußte Mama noch einen dicken Briefumschlag mit Fotos von Opas achtzigstem Geburtstag zur Post bringen, für die Jeveraner.

Fünfzehn Runden brauchte Muhammad Ali, um den Herausforderer Jimmy Young nach Punkten zu besiegen. Die Runden, fand ich, waren immer viel zu schnell wieder zu Ende gewesen, und Muhammad Ali hatte sich das Gesicht öfter als nötig mit beiden Boxhandschuhen zugehalten und sich in die Ringseile gelehnt.

Die tropfnassen Spargelstangen, die Mama mittags auf die Eßteller verteilte, sahen irgendwie unanständig aus, wie dünne Pimmelchen mit weichgekochter Eichel obendran, aber wenn das außer mir noch jemand dachte, dann behielt er es für sich, und ich war selbst nicht scharf darauf, bei Tisch die Ähnlichkeit zwischen Pimmeln und Spargelstangen zu thematisieren.

In der Begegnung zwischen Bremen und Gladbach, die 2:2 ausgegangen war, hatte Peer Roentved einen Elfer verschossen. Am Vorabend hatte Klaus Fischer mal wieder zwei Treffer gelandet, diesmal in Düsseldorf. Klaus Fischer – der neue Gerd Müller?

Als Professor sollte Gregory Peck in einem Spionagefilm von einem zwielichtigen Ölmagnaten einen Haufen Geld für die Entzifferung einer Schriftrolle bekommen und verknallte sich in dessen Frau, die von Sophia Loren gespielt wurde und ihn davor warnte, daß ihr

Mann die Absicht hege, ihn kaltzumachen, und dann ging's in die Vollen, mit Verfolgungsjagden und Schießereien.

Was die Leute alle an Sophia Loren so schön fanden, begriff ich nicht. Die mit ihren meterlangen Wimpern und der komischen Frisur?

Viel besser war am Sonntagabend der Film mit Jack Lemmon und Walter Matthau im Ersten. Die spielten zwei Männer, die zusammenwohnten, obwohl sie gar nicht zusammenpaßten, so wie Felix und Oscar in der alten Fernsehserie *Männerwirtschaft*, aber dieser Film schien noch älter zu sein. Der war offenkundig das Vorbild für die ganze Serie gewesen.

Die Wohnung gehörte dem schlampigen und verlotterten Trunkenbold und Sportreporter Oscar, und er ließ den von seiner Frau verlassenen Ordnungsfanatiker Felix bei sich wohnen, allerdings nur zähneknirschend, weil der ihm ständig die Sachen hinterherräumte und die schönsten Pokerpartien ruinierte, indem er Oscar und dessen Kontrahenten fettige Appetithäppchen vorsetzte.

Bei Felix Unger und Oscar Madison wäre ich gern eingezogen. In deren Domizil hätte es mehr zu lachen gegeben als in der Georg-Wesener-Straße 47. Felix hätte einen gut bekocht und einem jeden Morgen das Bett gemacht, und an Oscars Seite hätte man Sportveranstaltungen besuchen und Schabernack mit Nachbarinnen treiben können.

Es miechte mal wieder. Ein rauschender Regenguß wäre mir lieber gewesen als dieses tagelang anhaltende Tröpfchengepinkel. Wenn man morgens zur Schule fuhr, konnte man dem Himmel schon ansehen, was los war, und dann saß man in der ersten Stunde mit dem Nachgeschmack naßkalter Anorakbommeln da und durfte sich die Mathescheiße anhören.

Nach der Schule wollte ich mir bei Meyer den neuen *Spiegel* kaufen, aber es gab keinen, weil die Drucker immer noch streikten. Konnten die sich nicht endlich mal zusammenraufen, die Arbeitgeber und die IG Druck und Papier?

Gustav sei aus dem Krankenhaus entlassen worden, solle aber etwas kürzertreten als gewöhnlich, sagte Oma Jever am Telefon.

Wer das Pech hatte, in einem Buch von Edgar Allan Poe vorzukommen, der konnte sich auf was gefaßt machen. So erging es auch dem Jüngling Arthur Gordon Pym, der sich aus Abenteuerlust als blinder Passagier an Bord eines Walfängers schlich und im Versteck unter Deck fast verhungert und verdurstet wäre. Auf dem Schiff war eine blutige Meuterei ausgebrochen, und dann geriet es auch noch in Seenot, mit dem Ergebnis, daß Pym und drei andere Männer auf dem Wrack im offenen Meer umhertrieben, von Haifischen bedrängt und halb irrsinnig vor Hunger und Durst. Damit sie nicht alle krepierten, schlug einer vor, auszulosen, wer umgebracht werden sollte, um von den Kameraden aufgefressen werden zu können, und das Los traf den, der den Vorschlag gemacht hatte. Ironie des Schicksals!

Und dann fraßen sie den Erstochenen auf, natürlich roh, bis auf die Eingeweide und den Kopf.

Bevor die Rettung in Gestalt eines Segelschiffs nahte, starb der beste Freund von Pym an Wundbrand, aber wenn die beiden Überlebenden gedacht hatten, daß sie in Sicherheit wären, dann hatten sie sich getäuscht: Die Reise ging zum Südpol, immer neuen und unheimlicheren Gefahrenquellen entgegen, bis an die Grenzen des Verstandes und der Welt, und am Ende verlor sich der Erzähler irgendwo im weißen Nichts, umgellt von Vogelschreien: »Tekeli=li! Tekeli=li!«

Das hätte auch Hermann gefallen, und ich empfahl ihm dieses Buch.

Am Mittwoch lag der *Spiegel* nur als Notausgabe zum Verkauf aus, ohne Inhaltsverzeichnis und mit seltsamen Schrifttypen und einer Titelgeschichte über Korruption in Deutschland: »Und alle wollen sie ein Bakschisch«. Ich schlug das Wort im Volksbrockhaus nach.

B'akschisch [pers.] der, Trinkgeld.

Zu entnehmen war dem *Spiegel* auch, daß Astrid Lindgren in Schweden 102% Steuern zahlen müsse und der Filmemacher Ingmar

Bergman sogar 139 %. Die hatten ja wohl nicht mehr ihre Sinne beieinander, die Schweden.

Eine Notiz in der Rubrik »Personalien« brachte die mangelhaften Englischkenntnisse des Außenministers der Vereinigten Staaten ans Licht:

Henry Kissinger, 52, deutschstämmiger US-Außenminister, hatte auf einer Pressekonferenz wieder eimal Schwierigkeiten mit der englischen Sprache. Auf die Frage, warum Präsident Ford in einer Wahlkampfrede den kubanischen Regierungschef Castro als »internationalen Gangster« bezeichne, das Außenministerium aber sehr viel schwächere Vokabeln gebrauche, antwortete der Außenminister, der Präsident formuliere seine Kritik eben »more plastic«, während er selber sich komplizierter ausdrücke. Was Kissinger mit »more plastic« meinte, war »plastischer«, die Journalisten jedoch verstanden das Substantiv »plastics«, das in der Sprache als Sammelbegriff für alle Kunststoffe steht, und bohrten nach: »Plastik schmilzt, wenn es heiß wird. Meinten Sie es so?«

Ganz hinten im Heft war etwas über den schlüpfrigen Inhalt eines neuen französischen Spielfilms zu erfahren:

Bei der Erstkommunion drückt Daniel sein wohl eher aus heiliger Erregung steif gewordenes Glied sanft an den Rücken des Mädchens vor ihm, während er für die Hostie Schlange steht … und er erlebt auch die Wonnen, zum erstenmal durch raschelnde Petticoats einen Mädchenschenkel zu spüren.

Wie sich das wohl anfühlte. Den Film hätte ich gern gesehen. Vielleicht würde der ja mal im Fernsehen kommen, im Spätprogramm, wenn Mama und Papa schon schliefen.

Abends klagte Renate am Telefon darüber, daß alle Seminare und Vorlesungen überfüllt seien, und es würden auch dauernd Veranstaltungen ersatzlos gestrichen, und dann kam »Dracula« mit Christopher Lee als Vampir, der in Transsylvanien Menschen nachts das Blut aussaugte und dann auch Appetit auf das Blut der Verlobten eines Besuchers aus England verspürte. Die Tage verschlief Graf Dracula in einem Sarg, weil Sonnenlicht für ihn tödlich war, und nachts ging er auf die Jagd. Wer von ihm gebissen worden war, der verwandelte sich selbst in einen Vampir. Töten konnte man Vampire nur durch Sonnenlicht oder durch einen mitten ins Herz gerammten Holzspieß.

Diesen Gruselfilm kuckten sich auch Volker und Wiebke an. Nur Mama hatte schon nach zwanzig Minuten genug davon und ging raus und mistete die Vorratskammer aus und kam alle paar Minuten wieder rein: »Wem gehört dieser verdreckte Handschuh hier?«

In der letzten Szene zerfiel Graf Dracula im Sonnenschein zu Staub.

Für Anfang Mai war es draußen schon viel zu schwül. Es klebte einem das Hemd am Leib, sobald man in die Sonne ging, und das mußte man leider, wenn man dazu vergattert worden war, Underbergfläschchen einzusammeln, Unkraut zu schöveln und Klee auszurupfen.

Im neuen *Stern* protestierten Mütter gegen die Zumutung, ihre Säuglinge zu stillen (»Ich bin doch keine Kuh«).

Nach allem, was ich wußte, hatte auch Mama mich als Baby nicht gestillt. Das hätte ihr zu doll wehgetan, weil ich sie beim Stillen immer gebissen hätte, und so sei ich dann eben als Flaschenkind aufgepäppelt worden, nicht anders als meine Geschwister, und denen habe das ja auch nicht geschadet, wie man sehen könne. Renate habe der Speisebrei allerdings gewaltsam reingezwängt werden müssen.

Keine schöne Vorstellung. Aber Mama an den Brüsten zu nuckeln? Es war schon merkwürdig genug, daß ich ihr bei meiner Geburt gesund zwischen den Beinen rausgeflutscht war. 1961 hatte auch Mama das Schlafmittel Contergan eingenommen, ohne daß aus mir ein Contergankind geworden wäre, mit verstümmelten Armen und Beinen.

Im *Stern* stand auch ein Artikel über den CSU-Abgeordneten Friedrich Zimmermann. Der war mal wegen fahrlässigen Falscheids zu vier Monaten Gefängnis verurteilt und dann doch wieder freigesprochen worden, aufgrund einer medizinischen Expertise, in der gestanden hatte, daß er seinen Eid im Zustand »verminderter geistiger Leistungsfähigkeit« abgelegt habe, wegen einer »Unterzuckerung des

Bluts« infolge einer »Überfunktion der Schilddrüse«. Seitdem trug er den Spitznamen »Old Schwurhand«.

Vor dem Gesetz, sagte Mama, seien alle Menschen gleich, aber manche seien eben gleicher. »Besonders die von der CSU!« Bestimmte Bazis würden immer wie Fettaugen obenauf schwimmen, auch wenn sie noch so viele Leichen im Keller hätten.

Die Englandfotos waren immer noch nicht abholbereit.

In Norditalien hatte die Erde gebebt. Hunderte von Toten, und Tante Dagmar war doch gerade da! Stärke 7,1 auf der nach oben offenen Richter-Skala.

»Da hätte sie eben zuhausebleiben sollen, die dumme Kuh«, sagte Papa, der allen Urlaubsreisen generell ablehnend gegenüberstand. Den alten VW hatte er an die Firma Kamps verkloppt und 700 Mark dafür eingehandelt, weil der Motor und die Reifen noch einigermaßen gut waren.

Einen Teil des Geldes investierte Papa in die Anschaffung einer Hängematte, die er hinten im Garten zwischen zwei Kirschbäumen anbrachte.

Beim Schaukeln in der Hängematte fielen mir glitzernde Fäden von Spinnengeweben zwischen den Ästen auf. Man konnte die Augen beim Schaukeln aber auch zumachen und an gar nichts denken oder schläfrig in den Himmel hinaufschauen, bis man von Papa angepupt wurde: »Nimm dir jetzt mal die Terrassenbeete vor, du Faulpelz!«

Das einzige Familienmitglied, das man niemals in der Hängematte liegen sah, war Papa.

Als Renate zu Besuch kam, sah Mama sich deren Ausgabenbuch durch und zog daraus den Schluß, daß Renate zu verschwenderisch gelebt habe: Rotwein? Und satte achtzehn Märker für eine Vergnügungsfahrt nach Koblenz und zurück? »Und machst du dir da etwa jeden Tag 'n Festessen in Bielefeld?«

Renate hielt dagegen: Sie habe sich bislang nur ein einziges Mal ein Schnitzel geleistet und sonst überhaupt kein Fleisch, und außer der einen Flasche Rotwein bei Olafs erstem Besuch habe sie in der ganzen langen Zeit keine weitere Weinpulle mehr gekauft, aber da kriegte Mama ’n Hals: »Was die Telefongespräche mit deinem geliebten Olaf kosten, das geht selbstverständlich von deinem Taschengeld ab! Das will ich doch mal festgehalten haben! Du kannst hier nicht einfach ’n Vermögen vertelefonieren!«

»Tu ich doch auch gar nicht«, greinte Renate, und ich suchte das Weite.

Neu oder nicht älter als zwei Jahre sollte der Zweitwagen sein, den Mama und Papa aussuchen wollten. Dafür fuhren sie bis Rheine.

Renate, Volker und ich mußten währenddessen in einer Ecke des Gartens Steine ausgraben. Wiebke hatte sich mal wieder zu einer Kindergeburtstagsfeier abgemeldet.

Die reinste Schutthalde hatte man da vor sich. So als ob an dieser Stelle extra mal ’ne Fuhre Kiesel hingekippt worden wäre, irgendwann im Pleistozän, allein für uns, zur Samstagsvormittagsbeschäftigung. In der Erde ringelten sich Würmer, Asseln und Käfer, ein Getier immer noch abstoßender als das andere. Die konnten einem leidtun. Was ein Scheißleben, als winziges Krabbelvieh in Meppen durchs Erdreich zu krauchen und da Milbengebeine oder Mäusekot zu fressen.

»Bloß gut, daß dieser olle Zankapfel jetzt weg ist«, sagte Renate, womit sie die Ruine des VW-Käfers meinte.

Papa ging in den Keller, um nach dem Rasensprenger zu suchen, und Mama sagte, daß die Sache mit dem Zweitwagen noch nicht entschieden sei. »Das will alles gut überlegt sein, denn so’n Auto kost’ ja auch ’n Haufen Geld.«

Ein Schützenfest war das Rückspiel gegen Bayer Uerdingen: Vier Minuten vor Schluß stand es 6:0, und den Ehrentreffer in der 87. Minute konnten sich die Uerdinger in Geschenkpapier einwickeln lassen.

Abends zofften sich Mama und Renate wieder übers Geld. Renate sollte weiter Buch führen und die Taschengeldausgaben rot markieren und nach Ablauf eines Monats alles zusammenzählen. Mama wollte dann mit ihr die einzelnen Posten überprüfen, ob die Ausgaben nötig gewesen seien oder nicht, aber Renate hatte keine Lust, Kassenbons zu horten und die dann mit Mama einzeln durchzudiskutieren.

Noch nachts um halb zwei war's brühwarm. Damit das Fenster offenblieb, hatte ich einen meiner Pullunder in den Rahmen geklemmt. Leider wurde irgendwo in der Nachbarschaft 'ne große Party gefeiert. Ein Prosit der Gemütlichkeit.

Es wird Rabatz gemacht
Solange bis die ganze Bude kracht ...

Und diese Kacke hatte ich mal gut gefunden, als Zehnjähriger oder wann. Um wieder einpennen zu können, mußte ich das Fenster verrammeln. Lieber an 'nem Hitzschlag sterben als an Verblödung.

Am Muttertag buk Renate morgens Brötchen, und im Küchenradio lief der neueste bekloppte Schlagerdünnpfiff.

Oh, Schmidtchen Schleicher mit den elastischen Beinen,
wie der gefährlich in den Knien federn kann ...

Renate begriff nicht, was ich daran auszusetzen hatte. »Du kommst hier runter, und das erste, was du tust, ist meckern! Mecker, mecker, mecker, so geht das den ganzen Tag bei dir! Mach dich doch mal nützlich, du oller Meckerpott! Hilf doch mal Wiebke beim Tischdekken, statt mich hier mit deiner Stinklaune zu ärgern!«

Die Terroristin Ulrike Meinhof hatte sich in ihrer Gefängniszelle erhängt. Das war die Nachricht des Tages. »Ich glaube ja, die Frau hat eingesehen, daß sie sich da in irgendwas verrannt hat«, sagte Mama. »Sonst bringt man sich doch nicht um. Und schon gar nicht am Muttertag.«

Nach dem Mittagessen – Lasagne mit Hühnerragout – reiste Renate ab. Ihr Klapprad hatte sie schon zwei Tage davor mit der Bahn aufgegeben.

Papa brachte Renate zum Bahnhof. Zum Winkewinkemachen war's mir zu heiß, und ich fand auch, daß Renate übertrieben hatte mit ihrer Gardinenpredigt über meine Meckerei, denn »Schmidtchen Schleicher« war einfach Scheiße, und was anderes hatte ich mit meiner Kritik ja gar nicht zum Ausdruck bringen wollen.

»Nun muß sich Papa aber endlich um den Garten kümmern«, sagte Mama. »Schließlich müssen wir vor den gestrengen Augen der Verwandtschaft bestehen, wenn du konfirmiert wirst.«

Oma Jever rief an, um uns darüber aufzuklären, daß Tante Dagmar noch am Leben sei und sich telefonisch aus Venedig gemeldet habe.

Auf die erhoffte Lustreise nach Venedig mußte Mama noch warten. In den Pfingstferien würden wir ja erst einmal zur Hausverschönerung nach Vallendar fahren und in den Sommerferien abermals.

Unkrautschöveln bei Affenhitze, das war mein Los als Konfirmand. Papa begoß alle Beete und Bäume mit Wasser aus dem Gartenschlauch. Dreißig Grad im Schatten waren's, aber da, wo ich zu schöveln hatte, gab es keinen Schutz vor der Knallsonne, und wenn ich ins Haus ging, um meinen Durst zu löschen, war ich bei den ersten Schritten halbblind. Meine Augen brauchten eine Weile, um sich vom grellen Sonnenschein an das Dämmerlicht im Haus zu gewöhnen.

Einen Flächenbrand auf der E-Stelle hatten die Spezialisten da erst nach fünf Tagen unter Kontrolle bekommen.

Den *Spiegel* kriegte man die ganze Woche über nicht zu kaufen. Da faßte man schon mal den Beschluß, sich eine eigene *Spiegel*-Sammlung anzulegen, und dann streikten die Drucker.

Mindestens so gut wie die Geschichten waren auch die Gedichte von Poe. Traurig, meistens, aber tröstlich. Der war auch mal unglücklich verliebt gewesen. »Song« hieß eins, in dem ein Mann von einer Frau erzählte, die bei ihrer Hochzeitsfeier rot wurde, weil sie womöglich den falschen Mann geheiratet hatte, nämlich einen anderen als den Verfasser des Gedichts:

I saw thee on thy bridal day,
When a burning blash came o'er thee,

Though happiness around thee lay,
The world all love befor thee …

In einem anderen Gedicht machte sich ein Rabe breit, um Mitternacht, indem er sich auf eine Büste setzte und unentwegt »Nevermore« krächzte, um einem trauernden Witwer die Hoffnung auf ein Wiedersehen mit seiner verstorbenen Frau zu nehmen.

And the Raven, never flitting, still is sitting, still *is sitting,*
On the pallid bust of Pallas just above my chamber door;
And his eyes have all the seeming of a demon's that is dreaming,
And the lamp-light o'er him streaming throws his shadow on the floor;
And my soul from out that shadow that lies floating on the floor
Shall be lifted – nevermore!

Mit dem Jenseits und dem Grauen vor der ausweglosen Einsamkeit schien Edgar Allan Poe es irgendwie gehabt zu haben, fast bis zur Nekrophilie. Auf seine Liebe zu Annabel Lee waren selbst die Engel im Himmel so neidisch, daß sie die Frau in einem See ersäuften, doch die Liebe blieb über den Tod hinaus bestehen:

For the moon never beams without bringing me dreams
Of the beautiful Annabel Lee;
And the stars never rise but I see the bright eyes
Of the beautiful Annabel Lee …

Ob Poe verheiratet gewesen war? Ähnlich hätte ihm das nicht gesehen. Oder wenn schon, dann mit einer Frau, die ihm kurz nach der Hochzeit weggestorben wäre, an Cholera oder Schwindsucht.

In der Nacht kam Mama im Nachthemd in mein Zimmer gestürzt und verriegelte das Fenster. Draußen heulte der Wind, und es ging ein fetter Regenschauer nieder.

In den Radionachrichten war morgens die Rede von einem jähen Temperatursturz um zwanzig Grad.

Die Schwitzerei hatte ein Ende, aber dafür kam man in der Schule an wie ein nasses Handtuch.

Im Bundestag beschimpften welche von der CDU/CSU Herbert Wehner, den Fraktionsvorsitzenden der SPD, wegen seiner Vergangenheit als Kommunist, und da merkte man, wie er innerlich kochte. »Wissen Sie«, sagte er, »daß ich Kommunist gewesen bin, habe ich nie geleugnet. Ich werde mein Leben lang büßen dank derer, die patentierte Christen sind und sich als solche bezeichnen!«

In ihrem nächsten Brief wollte die Berufsfortbildungsfirma von mir wissen, ob mir mein Leben gleichgültig sei oder ob ich's nicht doch besser fände, neue berufliche Chancen zu erkennen?

Die ließen nicht locker. Die wollten mir ein schlechtes Gewissen machen, und deshalb taten sie so, als ob sie traurig darüber wären, daß ich mich nicht gerührt hatte seit ihrem letzten Schrieb.

Ich steckte den Brief in den Mülleimer, aber ein schlechtes Gewissen hatte ich trotzdem.

Die Sonatine von Dussek mußte ich noch üben und das Vaterunser für die Konfirmandenprüfung auswendig lernen, die Zehn Gebote, das Glaubensbekenntnis, die Gottesdienstordnung und von wann bis wann Martin Luther gelebt hatte.

Du sollst nicht ehebrechen. Was heißt das? Wir sollen Gott fürchten und lieben, daß wir keusch und züchtig leben in Worten und Werken und ein jeglicher sein Gemahl lieben und ehren.

So wie Mama und Papa. Oder Cindy & Bert.

Wozu aber, verdammt, hatte der liebe Gott einen denn überhaupt mit dem Geschlechtstrieb ausgerüstet, wenn man keusch und züchtig leben sollte? Da kam ich nicht mit, aber ohne Konfirmationsgeschenke wollte ich auch nicht ausgehen.

Ich glaube an Gott, den Vater, den Allmächtigen, Schöpfer Himmels und der Erden. Und an Jesus Christus, Gottes eingebornen Sohn, unseren Herrn, der empfangen ist vom Heiligen Geist, geboren von der Jungfrau Maria, gelitten unter Pontius Pilatus, gekreuzigt, gestorben und begraben; niedergefahren zur Hölle, am dritten Tage auferstanden von den Toten, aufgefahren gen Himmel, sitzend zur Rechten Gottes, des allmächtigen Vaters, von dannen er kommen wird, zu richten die Lebendigen und die Toten …

In die Tarifverhandlungen zwischen den Verlegern und der IG

Druck und Papier hatte sich als Schlichter der Politiker Friedhelm Farthmann eingeschaltet.

Zwei Treffern von Bayern München versagte der ungarische Schiri im Endspiel um den Europapokal der Landesmeister die Anerkennung, aber dann machte Bulle Roth in Glasgow durch ein Freistoßtor die schwachen Hoffnungen des AS St. Etienne zunichte.

Ich gönnte den Bayern ihren Sieg. Wenn sie sich jetzt vollaufen ließen, würden sie mit geschwächter Kondition in die Schlußphase der Bundesligasaison gehen. Das war mein Hintergedanke.

Im Tarifstreit hatten sich die Arbeitgeber und die IG Druck und Papier auf einen Kompromiß geeinigt: 6% mehr Lohn und für April und Mai ein Festbetrag von 275 Mark.

Schlauer wär's gewesen, wenn die Streithähne sich gleich darauf verständigt hätten, ohne dieses wochenlange Tauziehen.

Der einzige Vorteil, den das Dauerregenwetter hatte, war die Unterbrechung der Gartenarbeit, dachte ich, bis Papa mich dazu zwang, im strömenden Regen mit einem stumpfen Küchenmesser das Unkraut aus den Ritzen zwischen den Pflastersteinen vor der Haustür zu schaben, und da kroch ich dann herum, im wasserabweisenden Ostfriesennerz, mit Kapuze über, während Wiebke sich mit Mittelohrentzündung und 'ner Wärmflasche im Federbett aalte und *Fix & Foxi* las.

Laut Wettervorhersage sollte es bald wieder wärmer werden, und dann würde die Gartenarbeit erst richtig losgehen.

Bei Kamps hatten Mama und Papa einen VW-Polo bestellt. Mama legte einen Leitz-Ordner dafür an und schrieb mit Filzstift in Schönschrift »Polo« auf das Rückenschild.

9250 Eier sollte die Kiste kosten. Im Prospekt stand, daß der Polo einen Wendekreisdurchmesser von 9,6 Metern habe und 'ne beheizbare Heckscheibe.

Das Auto mit dem eingebauten Fahr-Spaß. Kilometer für Kilometer.

Bis zum Erbrechen debattierten Mama und Papa über Schadenfreiheitsrabatt, Teilkasko, Lastschrifteinzug, Nockenwelle, Verbundglas, Radstand, Scheibenbremsen und Zündverteiler, und ich schwor mir, als Erwachsener niemals ein Auto zu kaufen, weil ich keine Lust dazu hatte, meine Lebenszeit mit so einem Dreck zu vertun.

In Düsseldorf holte Gladbach einen Punkt und führte jetzt, drei Spieltage vor Saisonende, die Tabelle an, mit fünf Punkten Vorsprung vor dem HSV, Bayern, Kaiserslautern und Braunschweig. Theoretisch konnte noch so einiges danebengehen.

In der *Sportschau* war zu sehen, wie Sepp Maier im Münchner Olympiastadion eine vor dem Tor herumwatschelnde Ente einzufangen versuchte, mit Hechtsprüngen, aber er kriegte sie nicht zu fassen; die Ente flatterte immer wieder auf und davon.

Für solche Späße war Sepp Maier gut. Man nannte ihn auch die Katze von Anzing. Auf das Spielgeschehen übte die Ente aber keinen Einfluß aus: Bayern München schlug den VfL Bochum mit 4:0.

Nach dem Abendbrot warf Papa sich in Schale, für einen Kegelabend mit Kollegen von der E-Stelle. Blauer Anzug, blauer Schlips. Daß Papa da nicht aus Übermut hinging, wäre mir auch klar gewesen, wenn er beim Anziehen nicht unausgesetzt über die »Scheißkegelei« und die »Rindviecher« geflucht hätte, mit denen er es da zu tun haben werde.

Am Sonntag verloren wir 0:7, und ich hatte ein Eigentor geschossen. Das heißt, der Ball war, als ich mich in das Getümmel vorm Tor gestürzt hatte, unglücklich von meinem Oberschenkel abgeprallt, und ich hatte danach alles Menschenmögliche gegeben, um die Niederlage abzuwenden.

Zwischen Mama und Renate herrschte dicke Luft, weil Renate sich in Bielefeld bei einer Fahrschule angemeldet hatte, ohne vorher um Erlaubnis zu bitten. Und dabei war Renate schon lange volljährig. Mußte sich Mama da wirklich noch telefonisch in jeden Pipifax einmischen?

Am Montag erschien eine dicke *Spiegel*-Doppelnummer mit einem Leserbrief von jemandem, der es rührend fand, daß die Redaktion sich in der letzten Ausgabe vorab für streikbedingte Druckfehler entschuldigt hatte: Eine gelegentlich verrutschte Krawatte gebe gerade einem »Bestangezogenen« wohltuend menschliche Züge.

Abends im Bett faltete ich meine Hände: Lieber Gott, wenn du willst, daß ich an dich glaube, dann mach doch bitte, daß sich Tanja Gralfs in mich verliebt.

Die fand ich nämlich gut.

Bei Wöbker kaufte ich mir ein Schachspiel, für dreizehn Mark, mit Plastikfiguren und einem Brett aus Pappe. Aber was hieß das schon? Wenn ich der neue Bobby Fischer war, brauchte ich kein Brett aus Edelstahl und keine handgedrechselten Türme, Läufer und Springer nach Entwürfen von Chirico oder Salvador Dalí. Großmeister Martin Schlosser. Die Eröffnungen mußte man studieren, das war wichtig, und dann galt es, im Finale nicht die Nerven zu verlieren.

In Schach war Volker mir überlegen, so wie früher in Mühle, das merkte ich bald, und Wiebke verstand rein gar nichts von dem königlichen Spiel. Einen ebenbürtigen Kontrahenten fand ich erst in Hermann, aber schon im dritten Spiel sah ich kein Land mehr, obwohl ich Hermann die Regeln selbst beigebracht hatte. Der stellte meiner Dame eine Falle, und als sie hineingetappt war, ließ er meinen König über den Jordan gehen. Schachmatt!

Um Hermann Paroli bieten zu können, zog ich die Fachliteratur aus der Stadtbücherei zu Rate. »Freude am Schach« von Gerhard Henschel: Da wurde einem geraten, bei der Eröffnung zuerst die Mittelbauern zu ziehen, um den Offizieren den Weg freizumachen. Hast du die Mitte, dann hast du die Zukunft. Schäfermatt, Französische Partie und Sizilianische Verteidigung. Vielleicht schlummerte in mir ja wirklich ein Schachgenie à la Alexander Aljechin oder Bobby Fischer, der schon als Fünfzehnjähriger Schachmeister der Vereinigten Staaten geworden war, dachte ich, aber als ich Volker noch einmal herausforderte, klaute der mir gleich im neunten Zug meine Dame und setzte mich im dreizehnten matt.

Ausgeliehen hätte ich mir gern auch das eine oder andere Buch über Aktmalerei und Aktphotographie, aber damit traute ich mich zu der fetten Schreckschraube am Tresen der Stadtbücherei nicht hin.

Vor der Konfirmation schickte Mama mich zum Friseur: Fassonschnitt, zehn Mark, und das Wechselgeld sollte ich wiederbringen.

Im Friseursalon lag ein altes Micky-Maus-Heft zwischen den Illustrierten. Da klebten Tick, Trick und Track Onkel Donald einen langen künstlichen Bart an, während Donald ein Nickerchen machte, irgendwo im sonnigen Süden, und als er wach wurde, behaupteten sie, daß er nach dem Stich einer Tsetsefliege 24 Jahre lang geschlafen habe. Sich selbst hatten sie als Erwachsene verkleidet. »Damit du im Bilde bist: Track ist inzwischen Arzt, Trick Anwalt, und ich hab' die Fachhochschule für Frisöre besucht! Mit Erfolg!« Donald wollte das nicht glauben. Seiner Erfahrung nach konnte das ja auch kaum angehen, denn von den Entenhausenern wurde nie einer alt. Vielleicht hätte mal jemand nachzählen sollen, wieviel Zeit Donald Duck, in allen Geschichten zusammengerechnet, mit seinen Neffen schon verbracht hatte. Bestimmt 'n paar Jahrzehnte. Das einzige Indiz dafür, daß auch Entenhausener alterten, waren die Rückblenden in Onkel Dagoberts Goldgräberjugend im Klondyke.

Jedenfalls verlangte Donald Beweise: »In so einer Zeitspanne muß sich die Welt doch stark verändert haben. Das will ich sehen. Mit eigenen Augen!« Die Neffen reagierten ratlos: »Was nun, Leute?« – »Er erwartet von uns Erscheinungen aus dem Jahr 2000!« Und sie schwindelten ihm was vor: »Also … äh, die Häuser sind heut aus Gummi, damit nichts passiert. Es schwirren so viele Raketen in der Luft rum und Sputniks und so.« Damit hatten sie Donalds Neugierde geweckt: »Los, wir fahren in die nächste Stadt! Ich will die Wunder des Jahres 2000 sehen.« Und gerade hier, wo's spannend wurde, kam ich dran.

Wer hatte bloß diese Scheißfriseurbesuche erfunden? Und welcher innere Zwang spornte Frauen dazu an, sich die Haare so affig hochtoupieren zu lassen wie die Gewitterhexe, die soeben den Laden verließ? Und wie wohl die Frisuren der Weiber im Jahr 2000 erst aussehen würden?

Bis ein passender Anzug gefunden war, mußte ich mich in mehr als ein Dutzend Beinkleider quälen, und dann folgte noch die Schuhsuche. Mir langte schon der Gestank in den Schuhgeschäften. Da wäre ich am liebsten jedesmal gleich rückwärts wieder rausmarschiert, aber Mama setzte ihren Willen durch und nötigte mir ein schwarzes Paar Halbschuhe auf.

An der Kasse zückte sie einen Fünfzigmarkschein und kriegte nur sehr wenig Wechselgeld zurück.

War denn Jesus selbst nicht barfuß rumgelaufen in Jerusalem? Oder mit billigen Jesuslatschen?

In der Gustav-Adolf-Kirche mußten wir das würdevolle Schreiten zum Altar und das Hinknien, das Weintrinken und das Oblatenverspeisen üben, und zuhause trug Papa mir auf, die Grashalme an der Rasenkante rings um die Terrasse mit der Gartenschere zu stutzen.

Wenn ich jemals irgendwelche Neffen oder Nichten haben sollte, dann würde ich bei denen zuhause niemals mit der Lupe im Garten herumkriechen.

Abends holte Mama Renate vom Bahnhof ab. Sie sei heute auf den Tag genau drei Jahre mit Olaf zusammen, sagte Renate. Er hatte nicht mitkommen können, wegen seiner Verpflichtungen bei der Bundeswehr. Nach der Zeit beim Barras werde er wahrscheinlich Jura studieren, am besten natürlich in Bielefeld.

In seiner Eigenschaft als Juso hätte Olaf auch in Bonn Karriere machen können. Im Kabinett von Helmut Schmidt wurden ja immer wieder einmal Plätze frei für ehrgeizige Neulinge. Als neutraler Beobachter der politischen Szenerie war ich allerdings nicht erpicht auf Umbesetzungen im Kabinett, nachdem ich mir gerade alles so schön gemerkt hatte: Genscher Außen, Maihofer Innen, Friderichs Wirtschaft, Apel Finanzen, Vogel Justiz, Leber Verteidigung, Matthöfer Forschung und Technologie, Arendt Arbeit, Franke Innderdeutsche Beziehungen, Ertl Landwirtschaft, Ravens Raumordnung, Rohde Bildung, Bahr Entwicklungshilfe, Gscheidle Verkehr und Focke Jugend, Familie und Gesundheit.

»Und hast du nun endlich dein Zimmer gestaubsaugt?«

»Mach ich gleich …«

Den Staubsauger die Treppe raufzuschleppen, das war ein Akt. Und Wiebkes Zimmer sah viel übler aus als meins.

»Schluß da oben mit dem Hickhack!« rief Mama. »Ich komm gleich hoch und werd euch helfen!«

Bei der Zimmerpatrouille riß sie meinen Kleiderschrank auf. »Außen hui und innen pfui!«

Als ob sich die Verwandten dafür interessiert hätten, wie gründlich mein Strumpfkorb aufgeräumt war und ob da irgendwelche Halmafiguren drin rumflogen.

Abends klebte Mama am Eßtisch wieder Fotos aus Afrika ein. Papa setzte sich dazu und wollte den Sherry probieren, den Mama eigentlich für morgen und übermorgen gekauft hatte, und zu Renate, die im Wohnzimmer am Stricken war, rief Papa rüber: »Los, komm her, dann kriegst du auch was zu saufen!«

There was something in the air that night
The stars were bright, Fernando …

Von ihm aus, sagte Papa, könnten ihm alle, die uns als Gäste ins Haus stünden, den Buckel runterrutschen. Auch Onkel Rudi. Der erst recht! Daß der Jurist geworden sei, das sehe ihm ähnlich: Maulaffen feilhalten und anderen Leuten in ihre Arbeit reinquatschen, das sei das tägliche Brot der Juristen. Wenn sich alle Menschen an die Zehn Gebote hielten, wären die Juristen arbeitslos.

Noch weniger hielt Papa von Politologen, aber als er diesbezüglich in Fahrt kam, war der Sherry alle. Das sei egal, sagte Papa. Dafür sei es heute abend hier im trauten Verein der Familie gemütlicher gewesen als morgen abend mit der ganzen buckligen Verwandtschaft. Und dann ging er in den Keller. Und dann kam er noch einmal hoch und brüllte: »Martin! Dein Fahrrad steht noch immer draußen!«

Am Samstag trudelten die ersten Konfirmationsgäste ein, während Deutschland gegen Spanien spielte. Nach einem Fallrückziehertor von Uli Hoeneß hupte draußen Tante Hilde, die Tante Dagmar als

Beiladung aus Hannover nach Meppen befördert hatte. Die stellten sich alle so an, als ob sie sich seit Jahren nicht mehr gesehen hätten, und nachdem Klaus Toppmöller kurz vor der Halbzeit das 2:0 erzielt hatte, machte Mama den Fernseher aus.

Renate kochte Tee und Kaffee, und dann ging es Schlag auf Schlag mit den Besüchern: Oma und Opa Jever, Oma Schlosser, Tante Jutta und Onkel Dietrich. Da saß ich gerade auf dem Klo. »Und wo steckt der Konfirmand?« rief Onkel Dietrich.

Tante Gertrud und Onkel Edgar konnten erst am Sonntag kommen, weil sie abends noch in Bielefeld zum Kirchenchor mußten.

Im Flur nahm Onkel Dietrich mich in den Schwitzkasten: »Na, du Räuber? Immer noch der alte Frechdachs?«

Mama und Renate hatten auf der Terrasse die Kaffeetafel gedeckt. »Und wie war das nun mit dem Erdbeben?« fragte Tante Jutta, und Tante Dagmar sagte, daß in Venedig die Wände gewackelt hätten. »Telefonverbindungen kaputt, zwei Stunden Strom weg und andere Scherze«, aber mehr habe sie davon nicht mitbekommen. Viel kniffliger sei das Einkaufen in Italien gewesen. Wenn man da mit einem großen Schein bezahle, würden einem statt Wechselgeld Bonbons, Briefmarken oder Zahnstocher hingelegt. Es gebe sogar Hotels, die ihr eigenes Hausgeld druckten. Und am letzten Tag sei sie beim Aussteigen aus einem Motorboot in den Gardasee geplumpst, mit Klamotten an. »Und das war kalt, das kann ich euch wohl sagen!«

»Und schwimmst du auch nach Montreal?« fragte Onkel Dietrich. Bei den Olympischen Spielen in München hatte Tante Dagmar als Hosteß gejobbt.

»Würde ich zwar gerne, darf ich aber nicht«, sagte sie. »Wahrscheinlich bin ich dafür schon zu alt! Und wie geht's dem Star des Abends?« (Damit war ich gemeint.) »Was machen deine fußballerischen Erfolge?«

Ich erstattete Bericht.

»Also bitte«, sagte Tante Dagmar, und dann ging sie ins Haus, ihre Stola holen. Ohne diesen Fummel um die Schultern war es ihr auf der Terrasse zu kalt.

Tante Gisela fehlte, weil sie in Göttingen dem rekonvaleszenten

Gustav beistehen mußte. Dem habe der Arzt für den Rest des Sommers das Sonnenbaden verboten, sagte Oma Jever.

»Und hat Tante Gisela nicht sogar auf ihren Urlaub verzichten müssen deswegen?« fragte Renate.

»Nee, die reist erst im Juni nach Abano Terme«, sagte Tante Dagmar, die immer über alles am genauesten Bescheid wußte. »Morgens Fango, abends Tango.«

Wiebke führte dem Volk ihren Hamster vor, der aber lieber pofen wollte.

Abends hatten alle einen in der Kiste. Renate war erkältet und heiser. Ihr eines Auge tränte, und sie düngte ihre Nasenlöcher mit Rhinospray. Die Vorlesungen, sagte sie, seien überbelegt, und auch sonst liege vieles im argen. Ein Dozent sei neulich nicht erschienen, wegen Besoffenheit, und Oma Schlosser erzählte, daß Tante Doro am Knie operiert werden müsse.

Sieben Gäste übernachteten bei uns im Haus.

Nach dem Frühstück knotete mir Papa einen seiner Schlipse um den Hals, und ich sah aus wie ein Streber.

Tante Gertrud und Onkel Edgar waren noch immer nicht da, als wir zur Gustav-Adolf-Kirche aufbrachen. Im Peugeot rieselte Papas Zigarettenasche auf meine Hose, und Mama reichte mir ein angelülltes Tempotaschentuch nach vorn, mit dem ich die Bescherung wieder wegtupfen sollte.

»Mensch, doch nicht so, du Unglückswurm! Was machst du denn! Du schmierst ja alles erst so richtig breit!«

Vor dem Portal mußten alle Konfirmanden warten, bis die Gemeinde sich in der Kirche versammelt hatte, und dann in Zweiergruppen einmarschieren. Ich ging neben Stefan Rüßkamp in die Kirche hinein, vom Orgelspiel umtost, und ich war dem lieben Gott dankbar, als ich vorn einen Sitzplatz gefunden hatte, in der zweiten Reihe.

Dem Vater aller Güte, dem Gott, der alle Wunder tut und allen Jammer stillt, sei Ehre, sang der Chor. Dann kam eine Lesung aus dem Evangelium, dann wurde wieder gesungen, »von guten Mächten treu und still umgeben«, dann kam das Glaubensbekenntnis, und dann mußte man noch einmal das Gesangbuch aufschlagen. Zwischendurch gingen irgendwelche Mädchen mit Klingelbeuteln rum, und man mußte Geld reinschmeißen, als Dankopfer für die »Patengemeinde Marienberg«, von der kein Mensch wußte, was es mit der auf sich hatte.

Hier sind die starken Kräfte, die unerschöpfte Macht,
das weisen die Geschäfte, die seine Hand gemacht …

Das Gebet, predigte Pastor Böker, sei das Atemholen der Seele. Als Christen seien wir mit der Taufe in Jesum eingepflanzt, und wir dürften vom Kelch des Nachtmahls trinken. Gottes Herz sei dazu bereit, uns zu empfangen, auch wenn wir irregegangen seien wie Schafe ohne Hirten. Wir sollten unsere Augen aufheben zu der großen, seligen Gnadengemeinschaft mit Gott, der uns aus dem Bösen endlich gar hinausführen werde, und je mehr unser Gebet eine zwingende Forderung werde, desto eher werde Gott unsere Bitten erfüllen.

Ob das auch für Bittgebete um das Wohlergehen von Borussia Mönchengladbach galt?

Auf meinem linken Knie hatte sich eine Fliege niedergelassen. Ich scheuchte sie weg, aber sie kam sofort wieder angeflogen. Wer wußte schon, auf welchem Kackhaufen die vorher gehockt hatte? Ich scheuchte das Mistvieh wieder weg, und dann setzte es sich auf Stefan Rüßkamps Kragen in der Reihe vor mir.

»Ich weiß, daß mein Erlöser lebt«, sagte Pastor Böker. In der Obhut Gottes seien wir geborgen. Halt und Hoffnung: Siehe, habe Gott der Herr gesagt, er sei bei uns alle Tage bis an der Welt Ende. Wer den Sohn liebhabe, zu dem komme der Vater, und wer nach Christo sich sehne, den werde der Vater trösten. Es verzeihe uns der Herr, daß wir uns unterfingen, mit Ihm zu reden, dieweil wir ja nur Staub und Asche seien, und noch mehr verzeihe Er uns, daß wir als Kinder des Allerhöchsten nicht besser zu ihm redeten. »Herr, lehre uns beten, hilf uns glauben, laß uns alles überwinden um Jesu Christi willen! Amen.«

Nach Christo sehnte ich mich weniger als nach dem Ende der ganzen Veranstaltung, und so wurde ich eingesegnet, und ich erhielt meine Konfirmationsurkunde.

Dein Wort ist meines Fußes Leuchte und ein Licht auf meinem Wege.

Nach dieser Zeremonie mußten wir singen.

Ich bin getauft auf deinen Namen,
Gott Vater, Sohn und Heilger Geist,
ich bin gezählt zu deinem Samen,
zum Volk, das dir geheiligt heißt ...

Erst bei der dritten Strophe sang auch die Gemeinde mit, und dann kam das Abendmahl. Den Becher wischte Pastor Böker jedesmal mit einem Lappen ab. Das zweite heilige Sakrament nach der Taufe.

»Lasset uns beten«, hieß es dann.

Gemeindelied, Fürbittgebet, Vaterunser, Segensspruch, Kyrieleison, Orgelsolo und Schluß: Nun war ich durch, aber ich mußte noch fotografiert werden, gemeinsam mit allen Konfirmanden vor der Kirche. Die Mädchen setzten sich vorn auf Stühle, dahinter kam eine Reihe Jungs, und in der dritten Reihe mußten sich die restlichen Jungens auf Stühle stellen und grinsen.

Daß inzwischen auch die Bielefelder eingetroffen waren, Tante Gertrud und Onkel Edgar plus Bodo, kriegte ich erst zuhause mit, als Onkel Edgar mir im Flur herzhaft die Hand schüttelte.

Auch die Lohmanns ließen sich kurz blicken. Deren eine Tochter war im selben Durchgang konfirmiert worden, so wie drei andere Typen aus meiner Klasse.

Renates Auge tränte immer noch. »Arme Renate, hat vor Rührung geweint!« rief Onkel Edgar.

Aber ich war der Held des Tages, und ich kam mir vor wie Konsul Bollerstedt.

Von Tante Dagmar kriegte ich eine Armbanduhr, von Oma und Opa Jever eine Schreibmaschine, von Onkel Dietrich einen AGFAMATIC 2008 pocket Sensor mit Ledertasche, Handgelenkschlaufe, Repitomatic-Funktion, acht Philips-topflash-Blitzwürfeln zum Aufstecken und einem Farbfilm mit zwanzig Bildern, von Tante Gisela per Brief zwanzig Mark, von Mama und Papa ein *Zeit*-Abonnement, von Tante Gertrud zwei Bildbände über das Dritte Reich und eine dazugehörende Schallplatte mit Reden von Hitler und Goebbels und außerdem eine Unterschriftenmappe, 500 Blatt Papier, ein Tangramspiel und einen Wimpel von Arminia Bielefeld und von Oma Schlosser ein Buch: »Womit wir leben können. Das Wichtigste aus der Bibel in der Sprache unserer Zeit. Für jeden Tag des Jahres ausgewählt und neu übersetzt von Jörg Zink«. Und dazu noch ein Fremdwörterlexikon und einen Zehnmarkschein von Tante Lena aus Bochum. Begegnet war ich der noch nie. Der eckigen Handschrift konnte man ansehen, daß es die von einer uralten Frau war.

Das Altsein ist oft recht schwer und will auch gelernt sein. Nun muß ich aufhören, denn die rechte Hand streikt …

Was ich an Bargeld eingesackt hatte, belief sich auf müde dreißig Mark.

Als Mama und Renate die Bratenplatten und Soßenschüsseln ins Wohnzimmer geschleppt hatten, stand Papa von seinem Stuhl auf, stellte sich dahinter, wischte sich den Mund an einer Stoffserviette ab und hielt dann eine Ansprache, der er die Bemerkung voranschickte, daß er vom lieben Gott nicht als Redner geboren worden sei. Dabei hielt Papa sich mit beiden Händen an seiner Stuhllehne fest.

Die Konfirmation, sagte er, sei ein Schritt zum Erwachsenwerden. »Zum Erwachsenwerden, wohlgemerkt, nicht zum Erwachsensein!« Denn das Erwachsensein, das sei noch einmal etwas anderes als das Erwachsenwerden.

Daß ich noch nicht erwachsen war, wußte ich selbst. Das hätte Papa mir nicht unbedingt noch einmal aufs Brot schmieren müssen.

Zum Nachtisch gab's Birne Helene, und dann schoß ich viele Fotos. Opa Jever auf der Terrassenmauer, Oma Jever in der Küche, Tante Dagmar im Flur, Onkel Dietrich beim Naseputzen, Tante Gertrud vorm Komposthaufen und Wiebke und Bodo zu zweit in der Hängematte.

Renate goß den Gästen Bier und Sekt und Wasser nach. Was ich albern fand, war, daß Oma Jever und Oma Schlosser einander siezten, obwohl ich die alle beide duzte. »Könnt ihr euch nicht duzen?«

fragte ich, und da sahen sich die beiden Großmütter an und giggelten wie die Backfische. Und dann sollte ich ihnen was zu trinken bringen, damit sie ihre Duzfreundschaft begießen könnten.

Beim Kaffeetrinken um halb fünf hatte man die Wahl zwischen Kirschtorte und Nußtorte, und als die Verwandten endlich alle abgedackelt waren, führte ich mir mein neues Fremdwörterlexikon zu Gemüte. Bordell, Defloration, Ejakulation, Intimität, Klitoris, Koitus, Kondom … Masturbation, Nuditäten, Nudistik, Onanie, Orgasmus … Penis, Pollution, Sexualpathologie, Smegma, Syphilis … Vagina, Vaginismus, Vaginitis und Zölibat …

Ich fand auch die Wörter Analfistel, Gonokokken, Penetration und Pessar. Und sowas kriegte man nun zur Konfirmation geschenkt.

Nymphomanie war ein »psychischer Aufregungszustand mit starker geschlechtlicher Erregung beim weiblichen Geschlecht«, und ein Pedant war ein »kleinlicher, peinlich genauer, auf Unwesentliches Wert legender Mensch«.

Ich fragte Mama, ob Papa ein Pedant sei, und sie mußte ein paar Sekunden lang überlegen, bis ihr als Antwort einfiel, daß es darauf ankomme, was man darunter verstehe. Es gebe da ganz unterschiedliche Auffassungen.

Im Bett sah ich mir die Leuchtzeiger meiner Armbanduhr an. Wenn man die vorher unter eine Glühbirne gehalten hatte, leuchteten sie strahlend hell.

Am Montag erzählte Hermann mir, daß Cassius Clay am Samstag in der Fernsehshow von Rudi Carrell von einer Omi aus Jux k.o. gehauen worden sei. Und der Holzmüller habe zur Konfirmation zweitausend Mark eingesackt.

Nach der Klavierstunde durfte ich die Sonatine in der Aula der Musikschule auf dem Konzertflügel üben. Die Tasten gingen zehnmal schwerer runter als auf unserem Klavier.

In meinem Zimmer legte ich die Platten von Tante Gertrud auf. Die hatten Schmiß. Da rief Joseph Goebbels aus:

Läutet die Glocken von Turm zu Turm!
Und dann, mit wachsender Begeisterung:
Läutet die Männer, die Greise, die Buben!
Läutet die Schläfer aus ihren Stuben!
Läutet die Mädchen herunter die Stiegen!
Läutet die Mütter hinweg von den Wiegen!
Dröhnen soll sie und gellen, die Luft!
Rasen, rasen im Donner der Rache!
Läutet die Toten aus ihrer Gruft!
Deutschland, erwache!

Dann kam eine Rede von Adolf Hitler. Darin feierte er mit Gebrüll »das neue Deutsche Reich der Größe und der Ehre und der Kraft und der Herrlichkeit und der Gerechtigkeit! Amen!«

»Hast du sie noch alle?« fragte Mama, mit einem Stapel gebügelter Unterhosen auf dem Arm. »Was hörst du dir denn hier für einen Käse an?«

Sie sei froh, sagte Mama, daß sie die Hitlerzeit heil überstanden habe.

Den Wettstreit gegen Richard Dunn in der Münchner Olympiahalle gewann Muhammad Ali nach fünf Runden durch technischen Knockout.

Um vom Bund das Geld für die nach dem Umzug neu angeschafften Vorhänge und Gardinen erstattet zu kriegen, mußte Papa sämtliche Fenster ausmessen und alle Maße in ein Formular eintragen, und wenn man ihm dabei zu nahekam, brüllte er: »Nimm deine Knochen da weg!«

Beim Tangramspielen bestand das Ziel darin, schräg geformte Holzstücke zu einem Rechteck zusammenzuschieben. Da hätte ich mich auch freiwillig zum Nachsitzen in Mathe melden können, und ich schmiß die Tangramklötze in die Ecke.

In Englisch sollten wir so tun, als ob wir Urlaubspostkarten zu schreiben hätten. Going on Holiday.

Thought you'd like a card from the end of England. The weather has been really terrific since we've been here. So we've been able to go swimming every day …

Von wegen. Eigentlich 'ne Frechheit, in der Schule schmachtenden Sträflingen solche Lügen abzuverlangen.

Zum Vorspielabend in der Musikschule kam Mama mit. Die Aula war proppenvoll, aber in der vorletzten Reihe eroberten wir noch zwei Sitzplätze.

Ich mußte an achter Stelle auftreten, so ziemlich in der Mitte des Konzertprogramms. An sechster Stelle kamen irgendwelche ungarischen Weisen, und danach stand eine Trompetensuite von Telemann auf dem Programmzettel: Andante, Allegro, Siciliano, Presto und Vivace. In den rauschenden Beifall riefen ein paar Leute »Bravo!« hinein, und dann war ich an der Reihe, mit meinem Stücksken, das nach der Trompetensuite wirken mußte wie Hänschenklein.

Zuerst mußte ich noch an der Sitzbank herumkurbeln, weil die zu tief war, und dann fielen mir die Scheißnoten runter. Wie bei Dick und Doof. Oder wie in einem Comic, aber dann hätte mir anschließend 'ne Gedankenblase überm Dassel schweben müssen: »Nicht verspielen! Nicht verspielen! Nicht verspielen!«

Und obwohl ich mich tatsächlich nicht verspielte, fiel der Applaus erschütternd mager aus. »Das war ja so kurz, daß sich das Hingehen kaum gelohnt hat«, sagte Mama, statt mir zu gratulieren. Bis die mich da als neuen Artur Rubinstein hochleben ließen, hatte ich noch viele Übungsstunden vor mir.

Der jüdische Pianist Rubinstein hatte das Gelübde abgelegt, nie wieder in Deutschland Klavier zu spielen, aber dann war er doch noch einmal aufgetreten, in Hamburg, achtzehn Jahre nach Kriegsende, und Mama sagte, daß wir Rubinstein dafür dankbar sein könnten. Die Nazis hatten dessen Familie fast vollständig ausgelöscht.

Es regnete sich ein, und zwar so elendiglich, daß man die Hoffnung aufgab, jemals wieder einen Sonnenstrahl zu erblicken. Unablässig war's am Miegen, wie Mama das nannte, und zu Papa sagte sie, daß es am besten wäre, in unser Haus als nächsten Mieter wieder einen

Bundesbediensteten reinzusetzen. So einen könne man besser an die Kandare nehmen als einen Freiberufler.

Weil ich mein Zimmer nicht ordentlich genug aufgeräumt hatte, war Mama kurz davor gewesen, mir den Film zu verbieten, in dem Jack Lemmon als Kameramann bei einem Footballspiel von einem Schwarzen über den Haufen gerannt wurde. Als tückischer Rechtsverdreher setzte der mit Jack Lemmon alias Harry Hinkle verschwägerte Winkeladvokat Walter Matthau alles darauf an, die Versicherung zu betrügen und möglichst viel Geld aus dem Vorfall herauszuschinden. Widerlich war das, aber auch lustig. Walter Matthau, dieser Typ. Der konnte mit seiner Knautschfresse nur Ganoven spielen.

Im Stellenanzeigenteil der *Zeit* stand eine Annonce der Firma Phonogram International. Gesucht wurden

Translators willing to work on a freelance basis for the translation of classical record-sleeve texts from English into German.

Bei dieser Firma wollte Mama sich als freie Journalistin bewerben, um auch mal wieder ein eigenes Bein an den Grund zu kriegen.

Weiter hinten in der *Zeit* befand sich eine Rubrik namens »Zeit-Lupe«, in der Leute unter 21 jede Woche ihren Senf zu einer Frage abgeben durften.

Kann man aus der Geschichte lernen?

Ich setzte mich an meine Schreibmaschine und legte los. Die Politik von heute, schrieb ich, habe zwar kaum noch was mit abenteuerlichen Kreuzzügen und der Verehrung von Kaisern und Königen zu tun, aber aus den Fehlern früherer Staatsmänner etwas zu lernen, das sei durchaus möglich. Innen- und außenpolitisch anwenden könne man das Gelernte natürlich nur, wenn man selber in der Politik etwas zu sagen habe.

Marke drauf und ab die Post.

Am drittletzten Spieltag steckte Gladbach eine Heimschlappe ein. 0:2 gegen Schalke! Der HSV und Kaiserslautern hatten beide verloren und waren weg vom Fenster, aber Bayern und Braunschweig hatten beide Unentschieden gespielt. Wenn Gladbach jetzt noch zweimal hoch verlor und Bayern oder Braunschweig hoch gewannen, dann adieu, du holder Traum von der Meistertitelverteidigung! Der nächste Gegner war allerdings der Abstiegskandidat Kickers Offenbach. Der mußte zu packen sein.

An die holländische Firma ließ Mama einen ellenlangen Schrieb los, in dem sie auch auf ihre familiäre Situation und ihren Werdegang als Hausfrau einging.

Obwohl meine praktischen Fertigkeiten auf musikalischem Gebiet (Klavier, Geige, Gitarre) eher bescheiden sind, habe ich doch stets großes Interesse an allen Zweigen der Musik gehabt …

In meinem ganzen Leben hatte ich Mama noch keine Sekunde lang musizieren gehört, weder auf dem Klavier noch auf der Geige noch auf der Gitarre, und von Mamas großem Interesse an allen Zweigen der Musik hatte ich auch noch nicht viel gemerkt. Sonst wäre ja jeden Abend ein Streit ausgebrochen zwischen Mama, die sich Opern oder Sinfoniekonzerte im Radio anhören wollte, und dem Rest der Familie, der aufs Fernsehen scharf war. Und was sollte diese Firma mit der Information über Mamas bescheidene Fertigkeiten als Hausmusikantin anfangen? Das konnte da doch unmöglich irgendwen interessieren.

An Mamas Stelle hätte ich die Sentenzen über unser Kleinfamilienleben weggelassen aus dem Bewerbungsschreiben.

In der neuesten *Spiegel*-Titelgeschichte ging es um »Schul-Angst«, an der angeblich Tausende von Kindern litten.

Nervös oder aggressiv, verzweifelt bis zum Selbstmord – Schulkinder. Woran liegt es, daß trotz aller Bildungsbemühungen die Klassenzimmer häufig Krankenzimmern gleichen?

Der Unterricht im Meppener Kreisgymnasium mochte ja der langweiligste der Welt sein, aber von einem Selbstmord hatte ich noch nichts läuten gehört.

Auf dem Konfirmationsfoto war ich der einzige Junge mit Schlips. Alle anderen hatten 'ne Fliege um.

Ich brachte meinen ersten Film zum Entwickeln, und es lief mir heiß und kalt über den Rücken, als ich bei Ceka erfuhr, was der kosten sollte: sieben Mark! Ein so teures Hobby konnte ich mir auch als konfirmierter Großkapitalist nicht leisten. Allenfalls die Zeitschrift *Sport Niedersachsen*. Die wollte ich mir jetzt jede Woche kaufen, um mich nicht allein vom *Kicker* beeinflussen zu lassen bei meiner Meinungsbildung.

Außer Bierbuden und Kinderkarussells hatte das Schützenfest in Meppen nicht viel zu bieten. Ein einziges Mal ging ich da hin und dann nie wieder.

In Franz wurde der Holzmüller als Fälscher enttarnt: Der hatte ganze Passagen aus Aufsätzen seines älteren Bruders Wort für Wort von Spickzetteln in eine Klassenarbeit übertragen. Als entlarvter Missetäter führte der Holzmüller auf dem Pausenhof das große Wort, wobei er sich von der halben Klasse umringen ließ.

»Den schmeißen sie von der Schule«, sagte der Bohnekamp, aber irgendwie kriegte der Holzmüller trotzdem noch die Kurve.

Dann ging es in einer Physikarbeit um die Wurst.

Welche Kraft entwickelt ein Auto, das bei Vollgas eine Leistung von 35 PS hat, wenn es im ersten Gang mit 5 m/s fährt? Wie groß ist die Kraft im vierten Gang bei gleicher Drehzahl und Leistung des Motors, wenn das Auto die Geschwindigkeit 108 km/h hat? Rechne 35 PS in kW um!

Das gelang mir nicht. Weg damit. Nächste Aufgabe:

Mit welcher Geschwindigkeit kann ein 20 kW-Motor ein Werkstück von 0,5 t Masse hochziehen?

Ein Werkstück? Was sollte das sein? Ein anderes Wort für Dingsbums? Die nächste Aufgabe war auch nicht leichter:

Welche Leistung liefert eine Freistahlturbine, die bei einem Gefälle von 195 m in 1 s von 9,4 m^3 Wasser durchlaufen wird, wenn man von Verlusten absieht?

Da hätten sie einen anderen fragen müssen als mich.

In Mathe wurden elektronische Taschenrechner ausgegeben. Wenn man die Zahl 7353 eintippte und den Taschenrechner umdrehte, dann stand da: ESEL.

Hermann hatte inzwischen den »Arthur Gordon Pym« gelesen und war hin und weg, besonders von der Menschenfresserei auf dem Floß. Wenn ich ihm noch mehr Romane dieser Güteklasse empfehlen könne, sagte er, wäre er mir dankbar.

Im Flur führte Mama ein längeres Telefongespräch mit Renate. Wir hatten ja vor, in den Pfingstferien nach Vallendar zu fahren, und Renate wollte dann bei Olafs Eltern in der Schubertstraße pennen. Mama sagte, das gehe nicht an. Sie habe da zwar keinerlei moralische Bedenken, aber Renate sei ja immer noch ein Mitglied der Familie Schlosser und nicht der Familie Blum. »Für dich und deinen Olaf ist das viel zu selbstverständlich, daß du immer bei dessen Eltern übernachtest!« Darüber werde sie sich auch mit Olafs Mutter noch unterhalten. »Du benimmst dich, als ob du da schon zur Familie gehörst, und das geht nun mal nicht! Und außerdem ist Pfingsten, und da kannst ja wohl mal zuhause sein! Deinen Olaf hast du noch lange genug! Wir existieren schließlich auch noch! Du mußt doch auch mal an uns denken und nicht bloß immer und immer an deinen Olaf!« Abendliche Besuche würden vollkommen ausreichen. »Und dann wirst du von der Gartenarbeit ohnehin so kaputt sein, daß du kaum irgendwelche Lust hast, dich da riesig zu amüsieren. Dann solltest du lieber früh zu Bett gehen … nein … nein … also wirklich, du bist nur auf dein Vergnügen aus! Du kannst nicht einfach entscheiden, was gemacht wird, und alle anderen werden gar nicht gefragt! Olafs Eltern ist das sicher auch schon längst nicht mehr recht, was sich da bei euch eingebürgert hat!«

So ging es hin und her. Als ich mich daran sattgehört hatte, ging ich ins Wohnzimmer, um mir den Vampirfilm anzusehen, der um viertel nach neun im ZDF anfing: »Blut für Dracula«, wieder mit Christopher Lee.

Am ersten Pfingstferientag sollte gleich nach dem Mittagessen gestartet werden, aber Papa würgte viel länger als geplant an den Dachgepäckträgerschrauben herum, obwohl das alles eigentlich nicht so schwierig sein konnte wie das Kopplungsmanöver von Apollo und Sojus.

Weil Renate nicht mitfuhr, stand diesmal auch mir als Drittältestem ein Fensterplatz zu, und Wiebke mußte in der Mitte sitzen. Als sie ihren ersten Furz in den Peugeot entließ, fühlte ich mich sofort zurückversetzt in die Tage der Spanienreise.

Fünf Stunden Fahrt.

Unterwegs tankten wir bei Deutschlands Autopartner Nr. 1, Aral.

Auf dem Mallendarer Berg inspizierte Papa unser Haus vom Keller bis zum Dach. In der Waschküche war ein Gullirost zerbrochen, und das Ausgußbecken war aus der Verankerung gerissen. Das wurde nur noch durch das Abflußrohr in seiner Lage gehalten. Papa stieß Flüche aus, und Mama rief: »Nicht doch vor den Kindern, Richard!«

Aus dem Radio war zu erfahren, daß Offenbach noch in der 81. Minute mit 1:0 in Führung gelegen hatte, aber dann war Allan Simonsen nach vorn geprescht, zum Ausgleich, und als der Schiri Ohmsen aus Hamburg abgepfiffen hatte, war Borussia Mönchengladbach zum vierten Mal Deutscher Meister.

»Nun reg dich mal wieder ab«, sagte Mama, als ich freudig erregt die Treppe hinunterhüpfte. »Sieh dich mal lieber nach Wiebkes Zahnbürste um!«

Die war irgendwo verschüttgegangen.

Ratzen mußten wir auf wabbeligen Luftmatratzen, und am Morgen gab's nur Schwarzbrot mit SB-Magarine als Grundlage für die Erdbeermarmelade. Aus dem Marmeladenglas hatte Mama vorher mit dem Messer ein Fitzelchen Schimmel entfernt, und nach dem Frühstück durfte ich Michael Gerlach besuchen gehen.

Finanziell sei die Konfirmation unergiebig gewesen, sagte Michael. Auch für seinen Bruder Holger sei nicht viel herausgesprungen. Ins Wambachtal wollten sie alle beide nicht gehen. Das hätten sie satt.

In der Küche spielten wir eine Stunde lang zu dritt Mensch-ärgere-Dich-nicht, bis Frau Gerlach den Tisch brauchte, zum Abstellen von Töpfen und Schüsseln beim Essenkochen. Der Versuch, das Spielbrett mit allen Figuren ins Wohnzimmer zu tragen, scheiterte kläglich: Beim Transport fielen sie allesamt runter, und Michael sagte, ihm sei die Lust an diesem Spiel sowieso schon vergangen.

Olaf holte Renate vom Busbahnhof ab und brachte auch zwei Gartenliegen mit, von seinen Eltern, als Leihgabe für uns, und dann wurden auf der Terrasse Zukunftspläne durchgesprochen, bei Kaffee und Butterkuchen. Ein Studium in Bielefeld wäre nicht nach seinem Gusto, sagte Olaf. Er wollte lieber in Bonn studieren, Politologie und Jura, und Renate hatte sich deshalb auch mit dem Gedanken angefreundet, in Bonn zu studieren.

Nächtigen durfte sie dann ausnahmsweise doch in der Schubertstraße.

Papa saß noch lange biertrinkend und rauchend auf der Terrasse und zog über Olaf vom Leder. Politologie! Das sei keine ernstzunehmende Wissenschaft. »Da wird nichts als leeres Stroh gedroschen! Und was will Renates Waldschrat später mal anfangen mit seinem Diplom? Etwa 'ne Familie ernähren?« Heutigentags würden die Familienväter ja nicht mehr um ihre Einwilligung gebeten, wenn die Kinder sich verheiraten wollten. »Aber Renates Eheschließung mit diesem rauschebärtigen Politologen kann ich nun mal nichts abgewinnen!«

Das sei doch noch längst keine beschlossene Sache, sagte Mama und wedelte mit der Hand Papas Zigarettenqualm weg. »Dieses Verhältnis wird sich noch gewaltig abkühlen, und dann werden wir ja sehen …«

Nebenbei hatte Mama eine Mängelliste erstellt: Beide Balkontüren klemmten, das Fenster im oberen Bad beschlug von innen, der Vorkeller roch muffig, die Küchenschublade ging nicht ordentlich zu, der Kühlschrank vereiste zu schnell, und die Schrankwand hatte Macken.

Bloß nie ein Haus bauen oder kaufen, das würde einem nur Ärger bescheren.

Am Pfingstsonntag erschien Renate zwar morgens zum Unkrautjäten, aber um vier Uhr nachmittags holte Olaf das edle Freifräulein wieder ab, und wir anderen wurden noch bis zum Einbruch der Dunkelheit im Garten herumgescheucht.

Bis zum Sommer, sagte Papa, müßten die Garage und die Waschküche verputzt werden. Großer Gott. Wenn man ein Häuschen im Grünen besaß, war man rund um die Uhr zum Malochen verurteilt.

Auch am Pfingstmontag war's noch affenartig heiß, und ich lernte am eigenen Leib das Phänomen der Unterarmnässe kennen.

Tri-Top bringt den Riesenspaß – erfrischend fruchtig Glas für Glas!

In der Küche machte Mama Gurkensalat fertig und zuckerte den Rhabarberpudding, obwohl ihr klar war, daß der niemandem schmeckte.

Renate ließ sich erst lange nach dem Essen wieder blicken, als auf der Terrasse Kaffee getrunken wurde.

In aller Herrgottsfrühe düngte Papa den Rasen, und Michael versprach mir, ganz bald wieder einen Brief zu schreiben.

Renate rubbelte in der Küche mit einem benzingetränkten Schwamm die Scheißprilblumen von den Kacheln ab, während Papa draußen wieder mit dem Dachgepäckträger kämpfte. Die kannte ich schon aus Spanien, die Brüllerei. Und die Hitze war so viehisch, daß einem die Zunge raushing.

Im Peugeot zurück nach Meppen. Ich saß hinten, und Renate sagte, daß Olaf heute ins Manöver ziehen müsse, nach Grafenwöhr.

Auf einem Rastplatz vor dem Leverkusener Autobahndreieck kriegten wir hartgekochte Eier und belegte Brote zu essen.

Kurz vor Rheine machten wir noch einmal Rast, und ich mußte eine ganze Weile ins Grüne wandern, um an einen Strauch ohne Klopapier und sonstigen Müll drumherum pissen zu können.

Zuhause machte Mama den Fernseher an: Der dicke polnische Parteichef Edward Gierek weilte zu Besuch in Bonn. Papa schleppte seine

Utensilien von der Einfahrt in den Keller. Dann wurde im Wohnzimmer Bier gesoffen, und nur ich kriegte nichts ab.

In Erdkunde kamen die Rassenkonflikte in den USA dran und die Reservate für die von den Amis dezimierten Indianerstämme. Von den Indiandern würden viele heute bloß noch saufen.

Nach Schulschluß suchte ich mir in der Stadtbücherei was Neues zu lesen aus: »Lausbubengeschichten« von Ludwig Thoma, über einen bayrischen Jungen mit schlechten Schulnoten und hundsgemeinen Lehrern. Einmal, als er gerade aufgerufen wurde, fiel ihm ein geheimer, parfümierter Liebesbrief runter, und den angelte sich der Lateinprofessor:

Zuerst sah er mich an und ließ seine Augen so weit heraushängen, daß man sie mit einer Schere hätte abschneiden können. Dann sah er den Brief an und roch daran, und dann nahm er ihn langsam heraus. Dabei schaute er mich immer durchbohrender an und man merkte, wie es ihn freute, daß er etwas erwischt hatte.

Und dann las der Lehrer den Brief der ganzen Klasse vor. Laut.

»Innig geliebtes Fräulein! Schon oft wollte ich mich Ihnen nahen, aber ich traute mich nicht, weil ich dachte, es könnte Sie beleidigen.«

Ich wäre eingegangen wie 'ne Primel, auf der Stelle, aber dieser Junge ließ sich nicht so leicht ins Bockshorn jagen. Der schmiß den Leuten, die ihn ärgerten, einfach das Fenster ein. Grausame Rache nehmen wollte er auch an der zickigen Nachbarin, einer Frau Geheimrat, und deren geliebter Angorakatze den Schwanz abschneiden.

Wenn sie dann ruft: »Wo ist denn nur unser Miezchen?« schmeiße ich den Schweif über den Zaun hinüber. Aber ich muß mich noch besinnen, wie ich es mache, daß es niemand merkt. Da bin ich wieder lustig geworden, weil ich gedacht habe, was sie für ein Gesicht machen wird, wenn sie bloß mehr den Schweif sieht.

Beim Spielen mit einem vornehmen preußischen Knäblein sprengte er dessen Spielzeugdampfschiff in die Luft, und bei einer Eisenbahnfahrt blies er den empörten Erwachsenen Zigarrenqualm ins Gesicht und soff Bier und warf das Glas zum Fenster hinaus, um einen Bahnwärter zu treffen. Aber dann kam das böse Ende:

Ich dachte, wieviel schöner möchte es sein, wenn es mir jetzt nicht schlecht wäre, und ich hätte ein gutes Zeugnis in der Tasche, als daß ich jetzt den Hut in der Hand habe, wo ich mich hineingebrochen habe.

Davon mußte ich Hermann erzählen.

Manchmal fuhr Papa noch nach Einbruch der Dunkelheit zur E-Stelle, zum sogenannten Nachtschießen, das die Militaristen dort mit Donnergetöse zu praktizieren pflegten. Dann hallten Böllerschüsse durch die Nacht.

Für mich kam endlich wieder Post von Michael.

Huhuhu …

Morgen Schule, und gleich Bundesjugendspiele! Das gibt wieder was. Ich hab ja noch nicht mal 'ne Turnhose! Noch in diesem Brief werde ich Dir Bericht erstatten, wie alles gelaufen ist.

Mann, bin ich schlapp. Ich hocke hier um neun Uhr abends in meinem Zimmer und bin müde. Fernsehen darf ich nicht, und schlafen kann ich nicht, ist noch viel zu hell. Und in dieser ausgezeichneten Verfassung soll ich zu den Bundesjugendspielen? Das ist doch Irrsinn. Vielleicht gehe ich auch gar nicht hin. Wozu gibt's diesen Mist überhaupt? Ich bin seit einem Jahr keine 100 m mehr gerannt, und weitgesprungen bin ich erst recht nicht. Da steht mir 'ne schöne Blamage bevor.

So, jetzt geh ich pennen.

Habe ausgepennt. Die Bundesjugendspiele sind vorbei. Wir sind dauernd bloß rumgelatscht, und als wir endlich angefangen haben, ist es selbst im Schatten heißer gewesen als in der Sahara. Ächz! Das Fußballspiel Schüler gegen Lehrer hab ich mir noch angesehen. Die Lehrer haben 5:0 gewonnen! So ein Mist. Und danach war der Bus vielleicht voll! Da wollten Tausende ins Schwimmbad. Ich darf wohl behaupten, daß die Drängeleien im Bus zermürbender waren als die ganzen blöden Bundesjugendspiele.

Heute ist einer von den Schaltern an unserem Kassettenrekorder kaputtgegangen. Macht ja nichts, haben wir uns gesagt, wir haben ja 'ne Garantie. Von wegen! Da steht, daß die nur gilt, wenn die Garantiekarte ordnungsgemäß ausgestellt worden ist, mit Datum und mit Un-

terschrift des Verkäufers. Aber der Arsch von Verkäufer hat nicht unterschrieben! Schweinerei!

Heute nacht hab ich kaum geschlafen, es war so'n dolles Gewitter. Mann, so einen Donner haste noch nicht gehört! Und erst die Blitze! Na, ich hab mir einfach die Ohren zugehalten. Aber dann hat es wieder ganz abscheulich gekracht. Und als es da blitzt und tost und wütet und donnert, da sehe ich an meinem Fenster 'nen Mann! In fahles Licht getaucht, ganz violett, mit dem Rücken zu mir. Ich dachte ja erst an 'nen Albtraum, aber dafür sah alles zu echt aus. Da bekam ich einen sagenhaften Schrecken, weil der Mann sich umdrehte. Er ging an mir vorbei und aus der Tür …

Nun könnte ich ja schreiben, es war ein Einbrecher oder Dracula oder so, aber ich will ehrlich sein: Es war bloß mein Vater, der das Fenster zugemacht hatte, wegen dem Regen. Aber den Schrecken kann ich jetzt noch spüren.

Weißt Du schon genau, wann Du kommst?

Bis dann, der große Michael!

An den Rand hatte er eine Zeitung gezeichnet, mit der Schlagzeile: »Kind beging Selbstmord – aus Langeweile!« Und darunter: »Scheel im Klo ersoffen«. Und daneben: »Bundesjugendspiele in Koblenz – 11 Tote!«

Von mir kriegte Wiebke zum zehnten Geburtstag einen feuchten Händedruck. Immerhin hatte ich ihr mal ein Eis ausgegeben.

»Ja«, sagte sie, »letzten Sommer!«

Ihre Geburtstagsgäste fielen mir zwar auf die Nerven, aber von der Erbeertorte Marke Renate wollte ich auch was abhaben. Renate, die Küchenfee: Wiebke zu Ehren hatte sie außerdem noch einen dicken Pott Bananenquark und einen glibberigen Götterspeisefisch mit Kirschen und heißer Vanillesoße fabriziert.

»Und wer soll das alles fressen?« Das war Papas Kommentar.

Der bei Kamps bestellte Polo ließ auf sich warten. Mama war schon mehrfach vorstellig geworden, um den Schlafmützen da Feuer unterm Arsch zu machen. Auf die Bude rücken müsse man den Kerlen, sonst rührten die sich nicht. Ein guter Grund mehr, sich kein Auto zu kaufen: Dann brauchte man niemandem einzuheizen und konnte selbst 'ne ruhige Kugel schieben.

»Der Doofkopp hat die halbe Zunge mitbetäubt«, sagte Renate, als sie ihren nächsten Zahnarzttermin überstanden hatte, aber das enträtselten wir erst nach der zweiten Wiederholung. Sogar den sprechenden Hund von Loriot hatte man besser verstehen können.

»Du hörst dich an wie 'n Chinese«, sagte Papa.

Mama hatte sich beim Treppewischen einen Hexenschuß zugelegt und verhielt sich dementsprechend gereizt, wenn man ihr abends in die Entscheidung über das beste Fernsehprogramm reinzureden versuchte.

Dann fuhr Papa Renate zum Krankenhaus, weil sie an mysteriösen Unterleibsschmerzen litt. Ob das der Blinddarm war? Oder ob sie was Falsches gegessen hatte? Aber dann wären wir ja wohl auch nicht verschont geblieben.

Sie hatte eine »Eileiterentzündung« und mußte im Ludmillenstift bleiben. Liegend, und zwar stramm! Zehn Tage Minimum. Voraussichtlich. Eisern liegen und den Bauch mit Eisbeuteln kühlen. Der geringste Leichtsinn in dieser Beziehung könne zur Folge haben, daß Renate eine »Verklebung« behalte und steril werde.

Was die Frauen untenrum so alles für Geschichten haben konnten, darum waren sie nicht zu beneiden. Das gleiche komplizierte Elend wie bei Autos: »Eileiter«, das klang auch nicht viel verlockender als »Zündverteiler«.

Der letzte Spieltag war eine reine Formsache, jedenfalls für die Gladbacher, die ihre Gäste vom 1. FC Köln mit 2:1 wieder nachhause schickten.

Im Spiel gegen Hertha BSC legte Gerd Müller mehr als einen Hattrick hin: Nach einer guten halben Stunde hatte er vier Tore geschossen. Am dramatischsten verlief diese Begegnung in den letzten acht Minuten – 6:2 Detlef Szymanek (82.), 7:2 Gerd Müller (84.), 7:3 Detlef Szymanek (87.), 7:4 Detlef Szymanek (89.). Phantastisch! Sowas wollte man doch sehen, auch wenn einem die Torhüter leidtun konnten, so wie Bernd Franke von Eintracht Braunschweig, der das runde Leder nicht weniger als sechsmal aus dem Netz holen mußte. Einmal hatte Bernd Hölzenbein getroffen, zweimal Bernd Nickel und dreimal Jürgen Grabowski.

Die rote Laterne teilten sich am Tabellenende Hannover 96, Kickers Offenbach und Bayer Uerdingen. Diese bedauernswerte Werksmannschaft hatte sich aus der Bundesliga mit einer 2:0-Niederlage in Duisburg verabschiedet und die Saison mit 28:69 Toren beendet. Es war mir schleierhaft, wie die Fans dieser Mannschaft das aushielten. Als Gladbachfan hatte man bessere Karten.

In einem Film abends im Ersten spielte Rod Steiger einen griesgrämigen jüdischen Pfandleiher, der in einem Slum in New York sein Dasein fristete und nur noch ans Geld dachte, seit die Nazis seine Frau und seine Kinder umgebracht hatten. In einer Rückblende war zu sehen, wie er in einem überfüllten Viehwaggon auf dem Weg ins KZ seinen Sohn auf den Schultern zu tragen versuchte und dafür irgendwann nicht mehr genug Kraft hatte. Lauter solche grausigen Szenen.

»Das kann man ja verstehen, wenn einem Menschen da die Gefühle absterben«, sagte Mama.

Aber dann wurde ihm bei einem Überfall von jemandem das Leben gerettet, der dabei starb, und in der Erschütterung darüber quetschte der Pfandleiher eine seiner Hände auf den Quittungshalterspieß.

Am Ende schleppte sich der Pfandleiher nach draußen, und man sah ihn irgendwo zwischen den Leuten auf der Straße davonirren.

Als ich Renate im Ludmillenstift besuchte, verriet sie mir im Flüsterton, daß die eine von beiden Frauen neben ihr im Zimmer eine Abtreibung hinter sich habe und die andere eine »Ausschabung«. (Mit einem Spachtel im Uterus? Das wollte ich lieber nicht so genau wissen.)

Von den Ärzten hatte Renate keine hohe Meinung: »Alles widerliche alte Säcke, die an einem rumgrapschen und -tatschen.« Eine Penicillinspritze hätten sie ihr verpaßt, gleich bei der Einlieferung, ohne nach allergischen Reaktionen zu fragen, und jetzt saßen Renate die Arme voller Quaddeln, die schauderbar juckten, und sie bekam Tabletten gegen den Juckreiz verabreicht. »Sowas Blödes! Und von

’ner anderen Spritze hab ich nur ’n schleimigen Mund gekriegt und sonst nichts, und den kodderigen Geschmack muß ich mit Pfefferminzdrops weglutschen!«

Das Semester könne sie abbrechen und die Fahrschule desgleichen. Zehn Fahrstunden hatte sie schon hinter sich.

Wenn das Eis in dem Beutel auf Renates Bauch geschmolzen war, mußte sie klingeln und neues bestellen.

Wir hatten ein Heimspiel, und der Rechtsaußen, den ich zu bewachen hatte, lief in brenzligen Momenten oft zurück bis zum eigenen Strafraum. Ich natürlich hinterher! Die Mittellinie überquerte ich als Manndecker sonst nur zum Abspielen, und bis zum gegnerischen Strafraum kam ich so gut wie nie. Vielleicht rollte mir da ja irgendwie der Ball mal so glücklich vor die Füße, daß ich bloß noch draufzuhalten brauchte, dachte ich. Für das erste Tor in meiner Laufbahn wurd’s ja auch allmählich Zeit.

Und tatsächlich – einen hoch hereingegebenen Eckball faustete der Torhüter genau in meine Richtung! Jetzt das Leder locker und elastisch von der Brust abtropfen lassen und als Dropkick mit Karacho unter die Latte jagen: Das wäre die richtige Reaktion gewesen. Tausendmal trainiert. Allerdings ohne Lampenfieber und rempelnde Gegenspieler, und auch nicht in einem Stadion, das urplötzlich einem Hexenkessel glich.

Von der Seite hörte ich Uli Möller brüllen: »Mach ihn rein!«

Bei der Brustannahme berührte der Ball meine Schulter, und der Schiedsrichter pfiff ab: Handspiel.

Und zurück, marsch-marsch.

Für den Rest der ersten Halbzeit lief ich wie umnebelt übers Feld.

»Den hättest du reinmachen müssen, Martin«, sagte Uli Möller in der Pause.

Unter einer Eileiterentzündung konnte sich auch Hermann nichts Konkretes vorstellen, aber etwas Fieses sei das ganz bestimmt. Eine Erbkrankheit vielleicht. »Wer weiß, was ihr für räudige Vorfahren habt!« In seiner Familie sei noch nie einer krank gewesen. Sein Vater habe in seiner gesamten beruflichen Laufbahn noch keinen einzigen

Tag auf der Arbeit gefehlt. »Für uns ist das Krankfeiern unter unserer Würde!«

Nur einmal, aber davon wisse er nur aus Erzählungen, habe sein großer Bruder an einer schweren Krankheit gelitten, mit lebensgefährlichen Fieberschüben, und die Ärzte hätten ihn aufgegeben. »Und dann haben meine Eltern jemanden zu Hilfe geholt, von dem sie gehört hatten, daß er auch in anderen hoffnungslosen Fällen die letzte Rettung gewesen war. Und zwar einen Gesundbeter! Und der kam dann an und hat meinem Bruder irgendwie die Hand aufgelegt und die passenden Gebete gesprochen ...«

»Also ein Wunderheiler.«

»Nenn ihn, wie du willst! Der hat seinen Dienst getan, und simsalabim, zwei Tage später war mein Bruder wieder munter und gesund. Obwohl die Ärzte ihn schon abgeschrieben hatten.«

»Und das soll ich dir glauben?«

»Das brauchst du mir nicht zu glauben. Ich geb nur wieder, was meine Eltern erzählt haben. Und die tischen mir gewöhnlich keine Lügenmärchen auf.«

Als Hermanns Mutter zwei Jahre nach ihrer Hochzeit noch immer kein Kind unterm Herzen getragen hatte, sei der Pfarrer angestrunzt gekommen und habe gefragt, was da los sei.

Am meisten zu schaffen machten mir, neben der Schule, die Klavierstunden und der nichtendenwollende Frondienst im Kampf gegen die Unkrautplage.

»Meinst du etwa, uns anderen würde das Vergnügen machen?« fragte Mama. »Das war auch nicht das Ziel meiner Träume, zwei große Gärten am Hals zu haben!«

In der Küche füllte sie eine Thermoskanne mit Kaffee ab, für Renate, die im Ludmillenstift nur Muckefuck bekam.

Für Geschichte brauchte Volker alles mögliche über die USA, und er graste fluchend das ganze Haus nach dem *Stern*-Sonderheft ab. Überall wühlte er rum, auch in meinen Schränken, wie 'ne Wildsau, und wir hätten uns fast gekloppt.

Und wo lag's, das blöde Heft? Bei Volker auf der Fensterbank.

Ich selbst war in Geschichte erst beim Dreißigjährigen Krieg, der ausgebrochen war, als böhmische Adlige drei vornehme Leute durch ein Schloßfenster auf einen Misthaufen geschmissen hatten. Der Prager Fenstersturz.

Um der Klasse einen Eindruck davon zu vermitteln, wie es zugegangen war, wenn den umherziehenden Soldaten der Sinn nach Plünderung, Brandstiftung, Vergewaltigung und Folterung gestanden hatte, las der Wolfert ein paar Seiten aus Grimmelshausens »Simplizissimus« vor.

Den Knecht legten sie gebunden auf die Erd, steckten ihm ein Sperrholz ins Maul und schütteten ihm einen Melkkübel voll garstig Mistlachenwasser in Leib: das sie ein schwedischen Trunk nenneten ...

Dem gefesselten Bauern hatten sie nasses Salz an die Fußsohlen geschmiert und es von einer Ziege ablecken lassen, so daß er vor Lachen starb.

In der Pause fragte mich Hermann, was ich denn bevorzugt hätte, die Ziegenzunge oder den Schwedentrunk? Und ob ich eigentlich was für Tanja Gralfs übrig hätte? Ich würde so oft in deren Richtung kucken.

Das gewöhnte ich mir ab.

Für Renate waren gleich zwei dicke Briefe von Olaf angekommen und dazu noch eine Karte und eine amtliche Mitteilung, aus der hervorging, daß Renate in Bonn weiterstudieren dürfe.

Ein geschäftliches Schreiben hatte auch ich erhalten, von dem Berufsfortbildungsfritzen mal wieder. Anstelle einer höflichen Anrede fing der Brief mit den Worten an:

ICH FORDERE SIE HERAUS!

Auf den Fotos in den früheren Briefen hatte einem dieser Mensch noch freundlich zugezwinkert, aber davon war er mittlerweile abgekommen. Für die aktuelle Lieferung seiner Korrespondenz hatte er ein Foto ausgewählt, auf dem er mich grimmig anstarrte. Keine Spur mehr von einem Lächeln. Verkniffener Mund, gerunzelte Stirn, zusammengezogene Augenbrauen und darunter ein kalter, stechender Blick. Klarer Fall: Ich hatte diesen Mann enttäuscht. Zutiefst.

Und das nahm er mir persönlich übel. Wenn ich so weitermachte, schrieb er mir, sinngemäß, dann wäre der Ofen bald aus. Dann könnte ich die Flinte auch gleich ins Korn werfen. Er habe mehr von mir erwartet! Ob ich denn wirklich die Hände in den Schoß legen und von einer entscheidenden Verbesserung meiner beruflichen und damit auch privaten Situation nur phantasieren wolle? Während andere das große Geld machten und der Verwirklichung ihrer kühnsten Träume durch harte Arbeit täglich ein Stück näherkämen?

Der Typ versuchte es mit allen Mitteln, und ich fragte mich, ob der mir irgendwie am Zeug flicken konnte, weil ich ihn reingelegt hatte? Der ahnte ja nicht, daß ich noch die Mittelstufe besuchte.

Ich ließ es darauf ankommen und steckte auch diesen Brief in die Mülltonne. Wer die Hände in den Schoß legte, der brauchte ja, wie man von Otto Waalkes wußte, noch lange nicht untätig zu sein.

Renate durfte wieder aufstehen, ging aber noch ziemlich eierig nach ihren fast einhundert Liegestunden.

Die ausgeschabte Frau im Nachbarbett hatte Besuch von ihrem Mann, aber sie stierte stumm zur Zimmerdecke, und der Mann saß da und blätterte in einer Illustrierten. *Frau mit Herz.*

Renate nörgelte über ihre Plimpersuppe und das eklige Aroma von Äthanol und Sagrotan und das ewige Kirchenglockengeläute. Ihre Ohren seien schon fast taub davon.

Aus der Stadtbücherei besorgte ich mir den »Simplizissimus«. 766 Seiten hatte die Schwarte, in der ich als erstes nach der Stelle mit dem Furz beim Servieren suchte. Die war im Buch sogar noch komischer als im Fernsehen:

Je greulicher der Unterwind knallete, je grausamer das »Je pète« oben herausfuhr, gleichsam als ob meines Magens Ein- und Ausgang einen Wettstreit miteinander gehalten hätten, welcher unter ihnen beiden die schröcklichste Stimm von sich zu donnern vermöchte.

Zur Strafe wurde Simplex »zerkarbeitscht«, was den Tischgästen nicht viel nutzte:

Da brachte man Rauchtäfelein und Kerzen, und die Gäst suchten ihre Bisemknöpf und Balsambüchslein, auch sogar ihren Schnupftobak hervor, aber die beste Aromata wollten schier nichts erklecken. Also hatte ich von diesem Actu, den ich besser als der beste Komödiant in der Welt spielte, Friede in meinem Bauch, hingegen Schläg auf den Buckel, die Gäst aber ihre Nasen voll Gestank und die Aufwarter ihre Mühe, wieder einen guten Geruch ins Zimmer zu machen.

Solche Unterwinde waren mir wohlbekannt. »Die leisen sind die schlimmsten«, sagte man im allgemeinen, aber das stimmte nicht.

Im Dritten lief ein angsteinflößender Spielfilm über ein autoritäres Regime, in dem gedungene Mörder, korrupte Staatsanwälte und ein Oberfinsterling von Polizeipräsident die meiste Zeit über am längeren Hebel saßen als ihre Gegner, und als man aufatmen wollte, weil es endlich andersrum zu kommen schien, putschte sich das Militär an die Macht. Und das ging noch brutaler zur Sache.

Als normaler Mensch hätte man da in den Untergrund gehen müssen. Oder abhauen, wenn man nicht gefaßt und beim Verhör aus dem siebenten Stock des Polizeipräsidiums geworfen werden wollte.

Constantin Costa-Gavras hieß der Regisseur.

Gegen die Jugos taten wir uns schwer im Halbfinale der EM in Belgrad. Die gingen früh in Führung und erhöhten dann auf 2:0, und nach dem Seitenwechsel sah's anfangs kaum rosiger aus. Gerd Müller fehlte eben an allen Ecken und Enden! Erst in der 65. Minute bescherte uns der eingewechselte Kölner Heinz Flohe wenigstens den Anschlußtreffer, aber das genügte noch nicht. Ein glückliches Händchen hatte Helmut Schön dann allerdings auch bei der Einwechslung von Dieter Müller, der in der 79. Minute für Herbert Wimmer auflief und sofort den Ausgleichstreffer schoß, gleich bei der ersten Ballberührung in seinem allerersten Länderspiel!

In der Verlängerung ging den Brüdern vom Balkan die Puste aus, und Dieter Müller krönte seinen Einstand mit zwei weiteren Toren.

O happy day!

Renate machte ein Gesicht wie sieben Tage Regenwetter: Nach der Entlassung hatte sie zu ihrem Oläfchen abdampfen wollen, aber dann gab's neue Malessen mit ihrem Eileiter, und sie mußte noch am selben Tag zurück zur stationären Behandlung.

Im Fernsehen wurde die Hochzeit von Sylvia Sommerlath und dem schwedischen König Karl Gustav übertragen. Die kannten sich von den Olympischen Spielen in München, wo Sylvia Sommerlath als Hosteß gearbeitet hatte, genau wie Tante Dagmar. Ewig schade, daß es damals nicht zwischen Karl Gustav und Tante Dagmar gefunkt hatte. Oma Jever wäre im Dreieck gesprungen! Und ich hätte jetzt die Königin von Schweden als Patentante gehabt.

Im »Simplizissimus« war ich steckengeblieben. Ich wollte was Spannenderes lesen und suchte mir im Wohnzimmer vor dem Zubettgehen einen von Mamas Krimis aus, »Der Pate« von Mario Puzo, und da gingen mir die Augen über. Im ersten Kapitel verkloppte ein besoffener Mann seine untreue Frau, aber die ließ ihn kalt auflaufen:

Mit gespreizten Beinen daliegend, das lange Brokatkleid weit über die Schenkel hinaufgerutscht, höhnte sie lachend: »Los, Johnny, steck ihn doch rein! Steck ihn rein, Johnny, das willst du doch nur.«

Ein paar Seiten weiter trieb es ein anderer Gangster im Stehen mit seiner Braut:

Ihre Hand schloß sich um eine ungeheure, blutgeschwollene Muskelmasse, die in ihren Fingern pulste wie ein Tier. Fast weinend vor dankbarer Ekstase lenkte sie ihn in ihr feuchtes, geschwollenes Fleisch. Der Schock des Eindringens, das unglaubliche Lustgefühl ließ sie keuchen, ließ sie die Beine fast bis hinauf an seinen Hals schieben, und dann empfing ihr Körper wie ein Köcher die wilden Pfeile seiner blitzschnellen Stöße; zahllos, quälend. Höher und höher bog sie ihr Becken, bis sie zum erstenmal in ihrem Leben eine erschütternde Klimax erreichte, bis sie spürte, wie seine Härte zerbrach, und dann die langsame Flut seines Spermas sich auf ihre Schenkel ergoß …

Und sowas stand bei uns im Bücherschrank!

Auf den Fotos, die ich von ihm kannte, sah der südafrikanische Präsident Johannes Vorster wie ein Schwein aus. Dieser Übelmann stattete der Bundesrepublik jetzt eine inoffizielle Visite ab. Was er hier wollte, wußte außer seinen engsten Kontaktleuten niemand so genau. Wickelte der hier heimlich irgendwelche Waffengeschäfte ab?

Aus der *Meppener Tagespost* erfuhr man darüber nichts.

Abends meldete sich Oma Jever: Sie mache sich Sorgen um Kim, die in London arbeiten wolle, ohne eine Ahnung, worauf sie sich da einlasse.

»Bei meinem ersten Trip nach London bin ich ja selbst kaum flügge gewesen«, sagte Mama. »Man muß die Youngster auch mal ihre eigenen Erfahrungen machen lassen …« Oma sei da manchmal etwas überängstlich.

Ach nee. Und Mama selbst? Die ging ja schon an die Decke, wenn man als Youngster mit dem Rad nach Jever fahren wollte!

Auch im EM-Finale gegen die Tschechoslowakei mußten wir ein 0:2 aufholen, aber darin war die deutsche Elf geübt, da war mir nicht bange. Was sollte schiefgehen in Franz Beckenbauers einhundertstem Länderspiel? Und peng – in der 28. Minute verkürzte Dieter Müller auf 1:2. Noch keine siebzig Minuten hatte dieser Joker für Deutschland gespielt und bereits vier Tore geschossen!

Wie sinnig, daß er auch noch Müller hieß.

Dann kam leider lange nichts mehr, und je länger nichts mehr kam, desto schlechter wurden unsere Chancen. Bei Einwürfen ließen die deutschen Spieler sich viel zu viel Zeit, da hätten sie hinrennen sollen zum Ball und nicht schlurfen und sich's dann auch nicht noch dreimal anders überlegen, wem sie den Ball zuwerfen! Und bis die mal einen Angriff aufgebaut hatten, einen vernünftigen, das dauerte Jahre.

»Gib doch endlich ab, du Kackarsch!« Das entfuhr mir so, und Mama sagte, wenn ich mich zu so etwas noch einmal unterstünde, wäre Feierabend.

Die Tschechen mauerten natürlich, um ihren Vorsprung über die Runden zu retten. Ein schönes Spiel sah anders aus, aber die wollten ja auch keinen Schönheitspreis gewinnen. Mit ihrer Defensivtaktik konnten sie sich allerdings keine neuen Torchancen erspielen, und das mußte sich irgendwann rächen, wenn der Fußballgott nicht schlief.

»Ich weiß wirklich nicht, wozu diese Torhüter den Ball immer so weit nach vorne dreschen«, sagte Mama. »Der landet doch jedesmal beim Gegner!«

Und da waren's bloß noch drei Minuten.

Papa kam rein, mit dem üblichen Stullengebirge auf dem Teller und dazu noch Radieschenvierteln und Gewürzgurken, die beim Zerkauen krachten wie 'ne Mischmaschine.

Mein Rad hatte ich wohlweislich schon am frühen Abend nach unten gebracht.

»Welche Uhus spielen denn da?« fragte Papa mit vollem Mund.

Und da geschah das Wunder, kurz vor Ablauf der regulären Spielzeit – 2:2 durch Hölzenbein! Yappadappadu! In der allerletzten Minute! So wie damals Karlheinz Schnellinger im Jahrhundertspiel gegen Italien oder anno '66 Wolfgang Weber im Wembleystadion! Und das auch noch mit dem Hinterkopf, so wie einst Uwe Seeler im Viertelfinale gegen England in Mexiko!

Beim 2:2 blieb's auch nach zweimal fünfzehn Minuten Verlängerung, und dann ging das Elfmeterschießen los. Fünf Schuß für jede Mannschaft, immer abwechselnd. Da hätten wir Breitner gebraucht! Das dachte in dem Augenblick bestimmt auch Helmut Schön.

Die Tschechen fingen an. 1:0. Na und?

Kein Problem für Rainer Bonhof: 1:1.

Dann wieder die Tschechen: 2:1.

Flohe war der Nächste ... 2:2!

Und wieder ein Tscheche ... 3:2. Verflucht!

Für uns lief Hannes Bongartz an und verwandelte den Schuß. 3:3. Uff uff!

Sepp Maier hätte ruhig mal einen Elfer halten können, aber auch gegen das 4:3 war er machtlos, und nun durfte uns kein Fehler mehr unterlaufen.

Als Schütze Nummer vier legte sich Uli Hoeneß den Ball zurecht. Wieso nicht Dieter Müller? Oder Dietz? Oder Hölzenbein? Uli Hoeneß hatte doch schon 1974 versagt, in der Frankfurter Wasserschlacht. Da war er an Polens Elfmetertöter Tomaszewski gescheitert.

Und was machte Hoeneß diesesmal, die alte Pflaume? In die Wolken schoß er! Meilenweit über das Tor!

Jetzt ging's um alles oder nichts. Noch ein Treffer, und die Tschechen wären Sieger. Konnten die nicht auch mal danebenhauen? Oder den Ball verstolpern? Oder ihn Sepp Maier in die Arme schießen?

Leere Hoffnungen! Die Tschechen gewannen das Elferschießen mit 4:3, und das war's. Gute Nacht, good evening, bon soir.

Was ich noch zu sagen hätte,
dauert eine Zigarette …
Dieter Müller war überhaupt nicht mehr zum Zug gekommen.

Ich lag noch lange wach, aus Ärger über Helmut Schöns kapitale Fehler bei der Mannschaftsaufstellung, und als ich endlich eingeduselt war, polterte Mama ins Zimmer: »Was denkst du dir eigentlich? Hier nachts um halb zwei noch das Licht brennen zu lassen?«

Bevor ich begriff, was überhaupt los war, haute Mama wütend auf den Ausknopf meiner Leselampe, stürmte wieder raus und zog die Tür hinter sich zu, und ich saß im Dunkeln, mit Herzklopfen, hellwach.

Hatte ich nicht eben noch davon geträumt, daß mir ein Mädchen aus der Parallelklasse bei uns im Kellerabgang einen Kuß geben wollte? Irgendwas Anrüchiges hatte sich da angebahnt, aber die Erinnerung an den Fehlschuß von Uli Hoeneß machte alles zunichte.

Hätte Mama mich nicht weiterschlafen lassen können? Was kostete denn so 'ne 45-Watt-Birne an Strom, wenn man die brennen ließ? Und war die Ersparnis eine schlaflose Nacht wert?

Ich knipste die Lampe wieder an und überlegte, womit ich mich müde lesen könnte. Edgar Allan Poe?

Elend ist mannigfach. Die irdische Erbärmlichkeit vielgestaltig. Dem Regenbogen gleich überspannt sie den weiten Horizont …

Das war nicht ganz das richtige zum Einpennen, wenn man von etwas Schönerem zu träumen hoffte als von Nachtgespenstern. Also Buch zu und Licht wieder aus. Das Gehirn konnte man leider nicht so leicht ausknipsen.

Licht aus, Licht aus,
Vater holt den Dicken raus,
einmal rein, einmal raus,
fertig ist der kleine Klaus.

Woher kannte ich diesen Spruch überhaupt? Aus der Straßburger Straße?

Der neue Mieter unseres Hauses auf dem Mallendarer Berg war Jurist, und den wollte Papa vor der Vertragsunterzeichnung persönlich kennenlernen, weil er mit Vertretern dieses unseriösen Berufsstandes schon zu viele schlechte Erfahrungen gesammelt hatte. Nach Papas Meinung waren die Juristen Halunken, alle miteinander. Wenn's Spitz auf Knopf stehe, vor Gericht, dann würden sie zusammenhalten, auch entgegen den Interessen ihrer Mandanten. Eine Krähe hacke der anderen kein Auge aus.

Mittags half ich beim Kartoffelschälen, wovon ich als Linkshänder am linken Zeigefinger eine wunde Stelle kriegte, wegen der ständigen Reibung an der einen Krümmung des für Rechtshänder hergestellten Kartoffelschälmessers.

»Freedom 's just another word for nothin' left to lose«, schrie eine Rocksängerin aus dem Küchenradio, und Mama sagte, die habe gar nicht mal so unrecht.

Verarzten mußte ich mich alleine, mit Pflaster und Nagelschere, und nach dem Essen sollte ich den Komposteimer ausleeren gehen. Über der stinkenden Kompostmatsche surrten draußen Insekten aller Waffengattungen herum.

Die Hitze war schon nicht mehr feierlich. Am besten streckte man irgendwo im Schatten die Glieder aus und rührte sich nicht mehr. Aus Mamas Bücherschrank hatte ich mir zur Siesta die Autobiographie des Schauspielers Anthony Quinn mitgenommen. Darin berichtete der ganz offen, daß er als Achtjähriger ein paar älteren Jungs zugekuckt habe, die in einem Keller um die Wette onaniert hätten. Der Größte habe sich ein Ding aus der Hose geholt, »das wie ein Stück Gartenschlauch aussah«.

Plötzlich lachte der Große wir irr. Ich bekam es mächtig mit der Angst zu tun. Und dann sah ich, wie etwas aus seinem Pimmel spritzte wie das Gift aus einer Kobra …

In dem Buch gab es noch mehr solche Stellen. Zum Beispiel die, wo Anthony Quinn sich als Vierzehnjähriger beim Wellenreiten an ein älteres Mädchen drängt und unauffällig deren Brüste und Schenkel berührt und sich dann mit Bier einen andudelt und am Sandstrand einschläft:

Als ich aufwachte, spürte ich etwas höchst Seltsames. Ich hatte das

Gefühl, daß jemand an meinem Penis lutschte. Es war das Mädchen. Sie nahm ihn sehr behutsam in ihren warmen Mund. Ich wagte nicht, mich zu rühren, aus Furcht, den Bann zu brechen und sie in Verlegenheit zu bringen. Ich täuschte tiefen Schlaf vor. Bald war mein Penis steif, und sie schien mit noch größerer Begeisterung dabeizusein. Ich explodierte in ihrem Mund und versuchte, es so ruhig und unauffällig wie möglich zu tun, damit sie immer noch glauben mußte, ich schlafe.

Danach ging's wieder normaler weiter. Ob Mama das wohl auch alles gelesen hatte? Oder Papa?

Ich blätterte noch ein paar andere Bücher durch – »Dshamilija«, »Der wachsame Träumer«, »Der Geist der Mirabelle«, »Asche und Diamant«, »Wenn das Auto Schnupfen hat« –, aber an die Memoiren von Anthony Quinn oder an den »Paten« reichte keins von denen im entferntesten heran.

Und dann hieß es endlich: Sommerferien! Das hieß allerdings auch: Zeugnisse!

Meins hätte schlechter ausfallen können. Drei Dreien hatte ich und fünf Zweien, selbst in Erde und Physik, und der einzige Makel, die Vier in Mathe, würde Mama mehr kratzen als mich.

»Wiedersehen tun wir uns dann in der neunten Klasse«, sagte der Schlüter. »In alter Frische!«

Schulfrei bis zum 5. August, und dabei war's noch nicht mal Juli. Und ich war nicht sitzengeblieben. Nie wieder achtes Schuljahr!

All's well that ends well.

Mama fand auch Volkers Zeugnis nur mittelprächtig. Volker graute es dagegen vor Latein, das er nach den Ferien auf dem Maristengymnasium als zweite Fremdsprache wählen mußte, weil sich für den geplanten Französischkurs nicht genügend Schüler angemeldet hatten.

»Da kommt ja noch was auf uns zu«, sagte Papa. In Jever hätten ihn die Pauker bis zum Gehtnichtmehr mit Latein getriezt. Mamas Einwand, daß Latein das logische Denken schule, verfing bei Papa nicht: »Das logische Denken wird auch durch Mathematik geschult, und damit kann man mehr anfangen als mit 'ner toten Sprache, für die sich bloß noch Bücherwürmer interessieren!«

Es sei denn, Volker wollte Theologie studieren, aber so sah er nicht aus. Sein Lateinbuch hatte er schon. Was da so drinstehe, verheiße nichts Gutes, sagte er mit düsterer Miene.

Wiebke hatte nur Zweien und Dreien, außer in Kunsterziehung. Da war sie auf 'ne Vier abgerutscht.

Vor der Abreise nach Vallendar wollte Wiebke ihren Hamster bei Carola Kowalski in Pflege geben, die selbst alle möglichen Viecher besaß. Volker bettelte darum, die Strecke mit dem Moped fahren zu dürfen, aber das erlaubte Papa nicht. Viel zu gefährlich! »Wenn du soviel Wert auf das Ding legst, mußt du's eben im Zug mitnehmen und beim Umsteigen von einem Güterwaggon in den anderen verfrachten.« Das sei billiger, als das Moped mit der Bahn per Expreß aufzugeben.

Damit sich in den kommenden Wochen kein Spaziergänger durch den Anblick von Grashälmchen oder Disteln auf dem Unkrautstreifen vor unserer Hecke beleidigt fühlen konnte, wurden wir alle wieder zum Jäten eingeteilt, bis auf die rekonvaleszente Renate natürlich. Die durfte nach ihrer Entlassung aus dem Krankenhaus mit einem von Papas Arbeitskollegen, der da jedes Wochenende runterbretterte, nach Vallendar vorfahren und sich bei Olafs Eltern auf die faule Haut legen, zur Erholung vom Kräfteverschleiß beim Däumchendrehen im Ludmillenstift.

Das DFB-Pokal-Endspiel schenkte ich mir. HSV gegen Kaiserslautern, besten Dank. Als Unkrautvertilger im Dauereinsatz hätte ich sowieso nur Bruchstücke von der Begegnung sehen können.

Gerettet wurde der Tag erst durch einen Spielfilm im Spätprogramm, mit Jack Lemmon und Tony Curtis als zwei Musiküssen, die sich in der Unterwelt als unfreiwillige Augenzeugen eines Massakers unbeliebt gemacht hatten und dann in Frauenklamotten Zuflucht in einer weiblichen Big Band suchten. Da lachte sich selbst Papa schief.

Als ich aufs Klo mußte, rief Volker mir hinterher: »Kannst du mal für mich mitgehen?«

Hahaha.

Die Fliegenplage war noch ekelhafter als im Jahr davor. Wenn die Biester wenigstens so schlau gewesen wären, durch die Ritzen wieder zu verschwinden, durch die sie reingekommen waren! Wegen der Gluthitze konnte man nicht alle Fenster Tag und Nacht verrammelt halten, und durch jedes offene Schlupfloch zwängten sich die scheißdämlichen Fliegen ins Haus. Und wenn sie erst einmal drin waren, wollten sie nicht wieder raus, auch wenn man sämtliche Fenster weit aufriß und das Geschmeiß auf die offenstehenden Notausgänge zuzutreiben versuchte. Die emsländischen Fliegen versteckten sich lieber in den Gardinenfalten, und am frühen Morgen tanzten sie einem dann auf der Nase herum, so wie die Maikäfer im Bett von Onkel Fritz.

In meinem Zimmer hatte ich das Rollo dreiviertel runter, aber trotzdem kam ich mir wie in einer Sauna mit Schwitzpackung vor. Als ich einmal was vom Speicherboden holen wollte, wäre ich fast erstickt, und ich troff vor Schweiß, obwohl ich nur eine Minute da oben verbracht hatte.

Schwitz, ächz, stöhn, keuch, schnoif.

Gesucht hatte ich ein altes Kinderbuch, und ich war auch fündig geworden. »Schweinchen-Schlachten, Würstchen-Machen, Quiek-Quiek-Quiek« hieß dieses Elaborat. Ich wollte wissen, ob das wirklich so bestialisch war, wie ich's in Erinnerung hatte, aber es war sogar noch bestialischer, mit Zeichnungen von heulenden Säuglingen und Lämmchen und einem mit den Haaren an einem Ast hängengebliebenen Mädchen:

Dort hängt das Kindchen und zappelt noch!
Ist denn das Kindchen gestorben?
Nein! Es zappelt ja noch!

Und dann das Bild von den gierigen alten Weibern, die sich ihre Klöße schmecken lassen, und ein hungriges Kleinkind darf zukucken.

Palästinensische Terroristen hatten einen französischen Airbus mit mehr als 250 Passagieren nach Uganda entführt. Dem Klang des Namens nach war das ein Land von Kannibalen, irgendwo in dem Urwald, wo Donald Duck und Onkel Dagobert nach den grünen Steinen der Gapas-Gapas gesucht hatten.

Mama kochte Bohnen ein und schimpfte über die Stoffel von Ceka, die zum zweitenmal hintereinander die verkehrten Fotos von dem Konfirmationsfilm abgezogen hatten. Dafür mußte sie jetzt nicht mehr lange auf den Polo warten. Nur noch zwei Tage, nach Auskunft von Kamps.

Papa pflanzte Grünkohl. Irgendwann wollte er sich eine Pumpe zulegen und einen Brunnen bohren lassen. Dann müßten wir nicht mehr so viel Geld für die Bewässerung des Gartens ausgeben.

Mein eigenes Geld hatte mit Müh und Not für den *Spiegel* und den *Kicker* gereicht und für die neueste Ausgabe von *Sport Niedersachsen* sowie für die nächsten vier davon. Die hatte ich bei Meyer im voraus bezahlt, damit sie für mich zurückgelegt wurden. In Koblenz, das ahnte ich, würde ich mir vergeblich die Hacken danach wundrennen, und in meiner Sammlung sollte keine Lücke klaffen.

In der *Spiegel*-Titelgeschichte ging es um den Aufstand der Schwarzen in Südafrika. Die vier Millionen weißen Südafrikaner würden durchschnittlich achtzehnmal soviel wie die 21 Millionen Farbigen verdienen und drei Viertel des Volkseinkommens unter sich aufteilen, und bei den Protestdemonstrationen in Soweto hätten Polizisten einfach in die Menge geschossen, auch auf Kinder. Ein Blutbad, abgesegnet von Präsident Vorster.

Ich war am Packen. Fußballschuhe, Fußball, Fußballuftpumpe, Bücher, Schreibmaschine, Strümpfe, Hemden, Unterbuxen und zwei Jeans, zum Wechseln. Und was sonst noch?

Feuer, Pfeife, Stanwell.

»Grundgütiger!« rief Mama. »Du willst doch wohl nicht diesen Trumm von Schreibmaschine mitnehmen? Wenn du in Vallendar was zu tippen hast, dann kannst du mich auch höflich darum bitten, ob du meine haben darfst, vorausgesetzt, du haust die nicht in Dutt. Und vergiß deine Zahnbürste nicht!«

Bessere Laune kriegte Mama erst abends bei einem Film, in dem eine scheinbar harmlose Rentnerin auf raffinierte Weise eine Bank aufs Kreuz legte. Da rieb Mama sich die Hände und schenkte sich und Papa noch einen Sherry ein.

Abfahren mußten wir schon morgens um sechs. Papa hatte sich für elf Uhr mit unserem neuen Mieter in Vallendar verabredet, aber wir kamen erst um kurz vor halb sieben los, weil der Peugeot nicht anspringen wollte, und dann hätten wir noch fast Papas Koffer in der Einfahrt stehengelassen. Wir waren schon in der Kurve zur Umgehungsstraße, als ich im Rückspiegel Mama angerannt kommen und gestikulieren sah.

Das fing ja prima an.

Mama wollte mit Wiebke im Polo nachkommen und unser Bruchpilot Volker per Bahn und Moped.

Bis Münster ging's noch mit der Temperatur, aber dann wurde man im Auto fast malle vor Hitze, und erst recht im Stau auf der Autobahn.

Wenn das so weitergehe, kriege er bald 'n Dahlschlag, sagte Papa.

Ich blätterte im »Shell-Atlas«. Das Pannenhilfe-ABC. Schlüssel abgebrochen?

Laubsägeblatt mit der Zähnung einführen und gegen die Zähnung herausziehen, evtl. mit Graphit, Öl oder Magnet unterstützen.

Den Autofahrer hätte ich sehen wollen, dem dieser Tip irgendwas genützt hätte. Wer fuhr denn mit Laubsägeblättern im Handschuhfach los? Beim Abschleppen sollten Strumpfhosen von Nutzen sein:

Wußten Sie, daß ein Nylonstrumpf gut und gerne ein Abschleppseil ersetzt?

Nein, das hatte ich nicht gewußt. Und was war mit langen Männerunterhosen? Ob man auch damit Autos abschleppen konnte?

Vor uns kroch ein Renault mit dem Stadtkennzeichen UFF herum, und Papa wollte wissen, wofür das stand. Laut »Shell-Atlas« stammte der Wagen aus 8704 Uffenheim.

Ich lauerte auf andere auffällige Autokennzeichen, aber es kamen keine mehr, weder S-EX noch KO-TZ noch KA-CK. Das Lustige an den Kennzeichen mußte man sich selbst ausdenken, wenn man die Bedeutung nicht schon kannte. BA (Bamberg): Blutiger Anfänger. BB (Böblingen): Blinder Bauer. BS (Braunschweig): Besengte Sau. KG (Bad Kissingen): Kein Gehirn.

Am witzigsten waren die mir bekannten Auflösungen der dreibuchstabigen Stadtkennzeichen. FFB (Fürstenfeldbruck): Fahrer fährt besoffen. SHA (Schwäbisch Hall): So hasten Arschlöcher. VIE (Viersen): Vollidiot im Einsatz. WUN (Wunsiedel): Wildsau unter Naturschutz.

Und wir selber? MEP: Muß eilig Pipi. Oder: Möchte Europa plattwalzen.

Ein Mercedes aus Jever überholte uns. JEV: Jeder ein Verrückter.

Es war schön, auch mal vorne sitzen zu dürfen, mit freiem Blick auf Täler und Höhen oder im nächsten Stau auf die Kinder, die sich in dem Wagen vor uns zu viert oder zu fünft auf der Rückbank zusammenquetschten und stritten.

Einmal mußte Papa bei 137 km/h einen Schlenker über die Standspur machen, um den sterblichen Überresten eines Igels auszuweichen.

Ich nahm mir die neuen Lausbubengeschichten von Ludwig Thoma vor. Da ging's zuerst dem Vogel der widerwärtigen Tante Frieda an den Kragen, mit Zündpulver, und dann kam eine schöne indische Kusine zu Besuch, die Cora hieß. Der starke und zugleich schüchterne Bierbrauer Franz verliebte sich in Cora, ohne bei ihr landen zu können, weil er eben nur ein Bierbrauer war, aber vor ihrer Abreise lief sie ihm auf dem Bahnsteig entgegen, um einen Strauß Blumen in Empfang zu nehmen.

Sie hat die Blumen genommen, und sie hat gesagt, es freut sie, und sie hat ihm die Hand fest geschüttelt und hat gesagt, leben Sie wohl und behalten Sie mich in einem guten Andenken. Dann ist sie weg, und der Franz hat nichts sagen gekonnt und hat sich geschwind umgedreht, daß man nicht sieht, daß er weint.

Und die schöne Cora fuhr zurück nach Indien. An ihrer Stelle hätte ich den Bierbrauer erhört und wäre dageblieben.

Irgendwo hinter Remscheid war Papa falsch abgebogen und wollte zurück, aber zwischen unserer Fahrspur und der Gegenfahrspur verlief eine niedrige Mauer, die überhaupt nicht mehr aufhörte, kilometerlang. Man dachte immer, nach der nächsten Kurve wäre Schluß damit, aber die Mauer wollte einfach kein Ende nehmen, und rechts abbiegen und wenden konnte man auch nicht.

»Was ist denn das für ’ne bekloppte Scheiße«, sagte Papa, und ich kriegte einen Lachkrampf, von dem sich auch Papa anstecken ließ, umso doller, je länger wir in die falsche Richtung fahren mußten.

Gut, daß Mama nicht dabei war. Von Papas Zigaretten fielen haufenweise Krümel auf den Boden, und der Aschenbecher quoll über.

Auf dem Mallendarer Berg lief ich zu Gerlachs, aber die waren gerade am Essen, und am Nachmittag hatte Michael keine Zeit, weil er so viele Hausaufgaben aufhatte. »Kennste ja, die alte Leier«, sagte er, und Holger zeigte mir durchs Küchenfenster einen Vogel.

In unserem alten Haus wohnten wir nur provisorisch. Tische, Stühle und Matratzen: alles Leihgaben von Rautenbergs, unseren ehemaligen Nachbarn, die wir dann auch noch peu à peu um Filtertüten, Tesafilm, Baldrian, Pflaster, Klopapier und eine Nagelschere und ein Teesieb anzubetteln hatten.

Renate war nach Bonn entschwunden, um da irgendwas Dringendes zu erledigen. Immer auf der Flucht vor der Gartenarbeit: So hätte ich’s auch gemacht, wenn ich gekonnt hätte.

Auf dem Fußballplatz fand ich keinen einzigen meiner alten Vereinskameraden wieder. Da rannten irgendwelche alten Herren um die Wette, mit schwappendem Bierbauch, und ein mir persönlich unbekannter Platzwart wies mich darauf hin, daß die Bolzerei von dreizehn Uhr bis fünfzehn Uhr dreißig zu unterbleiben habe, wegen der Mittagsruhe.

Dreckig und verschwitzt kam Volker abends an und moserte über die Victoria und deren Dreitaktgemisch. Die pesere wie sonstwas. Mit einer einzigen Pferdestärke den Wilgeshohl hoch, bei 24% Gefälle, das habe die alte Kanne fast umgebracht, sagte Volker auf dem Weg in die obere Badewanne, die er aus Gewohnheit benutzte, obwohl die untere im Erdgeschoß länger war und Volkers Extremitäten mehr Raum zur Entfaltung geboten hätte.

Der Polo, in dem Mama vorfuhr, hatte das Kennzeichen MEP–IS 77. IS wie Ingeborg Schlosser. Das hatte Mama der Zulassungsstelle abgetrotzt.

Ewig und drei Tage lang hätten sie und Wiebke da noch warten müssen, sagte Mama. Mitgebracht hatte Mama die neue *Zeit*, und in der stand mein Beitrag drin! Stark gekürzt, und einen Satz hatte ich irgendwie anders formuliert, aber was soll's? »Martin Schlosser, 14 Jahre«, stand untendrunter.

Jetzt war ich also ein freier Mitarbeiter der *Zeit*. Sieh mal kucke.

Als nächstes sollte man in der Rubrik die Frage beantworten, ob Zensuren im Sportunterricht heute noch sinnvoll seien. Ich pflanzte mich vor Mamas Schreibmaschine. Schüler mit guten Sportnoten, schrieb ich, würden diese Frage sicherlich bejahen, während Schüler mit schlechten Sportnoten wahrscheinlich anderer Meinung wären. Zweckmäßig wäre ein Kompromiß: Sport sollte Wahlfach werden. Den Uninteressierten könne man ja ein Ersatzfach anbieten.

Und ab dafür. Briefmarke druff und hinein in den Briefkasten. Die sollten mich noch kennenlernen. Das war erst der Anfang!

In der *Zeit* wurde Helmut Kohl mit den Worten zitiert: »Wir wollen den Sozialismus bekämpfen, zu Lande, zu Wasser und in der Luft!« Das erinnerte mich irgendwie an Tschitti-tschitti-bäng-bäng, das fliegende Wunderauto von Karaktakus Pott, und auch an Robbi, Tobbi und das Fliewatüüt. Und an Goofy als Supergoof. Komische Vorstellung, wie der dicke Helmut Kohl den Sozialismus in der Luft bekämpfte, mit wehender Pelerine …

»Große Klappe, nix dahinter«, sagte Mama, die von Helmut Kohl nichts hielt, und dann wechselte sie das Thema: Wenn die Sonne weiter so knalle wie jetzt, dann dürften unsere Kohlpflänzchen und Tomaten und Erbsen in Meppen am Ende der Sommerferien wohl verdorrt sein.

Volker demonstrierte mir mal wieder, wie man Filtertüten kniffen und sie vor dem Einfüllen des Kaffeepulvers in der Halterung der Kaffeemaschine glattstreichen müsse, aber das fand ich albern. Man hätte Volker mal zwei Kaffeetassen vorsetzen und ihn dann raten lassen sollen, welcher Kaffee aus 'ner geknifften Filtertüte gerieselt war und welcher aus 'ner ungeknifften. Um das herauszuschmecken, hätte Volker Geschmacksknospen im Matterhornformat besitzen müssen, und davon konnte ja wohl kaum die Rede sein nach siebzehn Jahren der Beköstigung mit Mahlzeiten auf der Grundlage von Rezepten aus Mamas speckigem Doktor-Oetker-Kochbuch.

Im Garten spielte Wiebke Federball mit Ute Rautenberg. Falls man dieses traurige Gestümper überhaupt als »Spielen« bezeichnen konnte. Wiebke haute sogar beim Aufschlag oft daneben. »Manno!« rief sie dann jedesmal und kicherte dümmlich, und auch Ute Rautenberg gickste und gackste sich was zusammen. Weiber!

Für eine Radtour mit Michael und Holger Gerlach lieh mir Olaf sein altes Fahrrad aus. Das hatte zwar nur 26er-Reifen, aber eine Dreigangschaltung, und ich freute mich schon auf die abschüssige Piste hinter Simmern. Um uns in den Haarnadelkurven nicht gegenseitig zu behindern, starteten wir von oben mit einem zeitlichen Abstand von jeweils zwanzig Sekunden. Erst Holger, dann Michael und dann ich. Wer wohl als erster im Talkessel ankommen würde?

Obwohl ich als Letzter losfuhr, hatte ich gute Chancen, das Rennen zu gewinnen, wegen der Dreigangschaltung, dachte ich, aber als ich im dritten Gang auf Touren gekommen war, driftete das Rad nach rechts, auf den Straßengraben zu, von ganz alleine, und mit einemmal rasselte ich rein und schlug hart auf und ging über den Lenker koppheister. Pardauz!

Die fette Laubschicht hatte meinen Sturz abgefedert. Arme, Beine, Kopf: Es war noch alles dran. Nur der Rücken tat mir weh.

»Lebst du noch?« hörte ich von ferne Michael rufen.

Als ich aufstand, sah ich die Bescherung: Der Vorderreifen war im Arsch. Total verbeult. Und das bei einem geliehenen Rad! Da würde Papa sich mal wieder schön das Maul zerreißen.

Michael, der mein Mißgeschick mitgekriegt hatte, schob sein eigenes Rad die Straße wieder hoch und gratulierte mir zu meinem Wahnsinnsglück. »Stell dir mal vor, deine Wirbelsäule würde jetzt so aussehen wie diese Radfelge!«

Am Unfallort blieben wir sitzen, um auf Holger zu warten. Der mußte ja eines Tages begreifen, daß irgendwas faul war, wenn er da unten im Tal vergeblich auf uns wartete. Michael hätte runterfahren und Holger alles erzählen können, aber dann hätten sie ja beide ihre Räder wieder nach oben schieben gemußt.

Es dauerte fast eine Stunde, bis die Waldesstille von dem Schnaufen unterbrochen wurde, das Holger beim Radhochschieben ausstieß, und dann sahen wir ihn auch. Mit seiner leuchtend orangen Trainingsjacke hob er sich vom Blättergün farblich gut ab.

»Wetten, daß der sauer ist?« sagte Michael

Sauer war gar kein Ausdruck. Wie ein Idiot habe er sich da unten die Beine in den Bauch gestanden, schimpfte Holger, und bei der Rekonstruktion des Unfallhergangs ließ er den Faktor der Altersschwäche des Fahrrads nicht gelten. »Wie kann man nur so blöd sein, sich dermaßen auf die Fresse zu legen!«

Auf dem Nachhauseweg schulterten Michael und ich das Fahrradwrack, und Holger schob die beiden heilen Räder. Eins links, eins rechts.

»Dir sollte man wirklich verbieten, überhaupt noch am Straßenverkehr teilzunehmen«, sagte Papa, und Mama redete mir wegen Olafs Eltern ins Gewissen: »Wie stehen wir denn nun da? Wir borgen uns ein Rad von denen aus und geben's ihnen nach Benutzung dann als Schrotthaufen zurück, mit schönen Grüßen von Familie Schlosser?«

Ich konnt's ja nun auch nicht ändern. Mama und Papa hätten mal lieber froh sein sollen, daß ich mir bei meiner Rolle vorwärts nicht das Genick gebrochen hatte, fand ich, aber Mama sabbelte nur davon, daß mir die Reparaturkosten vom Taschengeld abgezogen werden müßten und daß ein Wort der Entschuldigung angebracht sei. Gekämmt und mit gewaschenen Pfoten wurde ich in die Schubertstraße geschickt, wo ich Olafs telefonisch vorgewarnte Eltern für das Malheur persönlich um Verzeihung bitten und ihnen einen Tulpenstrunz aus unserem Garten überreichen sollte.

Um die Ecke von der Schubertstraße wohnte der Ventilmops, der mir früher immer die Fahrradventile rausgedreht und mich auf dem Pausenhof oder im Schulbus verwämst hatte. Es war nicht mein Herzenswunsch, mit Blumen in der Hand das Ventilmopsrevier zu durchqueren, aber mir blieb keine Wahl.

Die Türglocke bei Blums machte nicht »Klingeling« wie unsere Klingel in Meppen oder »Ding-dong« wie die in der Theodor-Heuss-Straße, sondern »Bing-bong-bung-böng«, so wie die Glocke von Big Ben.

Olafs Vater, der mir öffnete, hatte kurze Hosen an und Badeschlappen. »Et hett noch immer jootjejange«, sagte er und überreichte mir im Tausch für den Blumenstrauß eine Tafel Milka-Schokolade, womit die Sache aus der Sicht von Olafs Vater offensichtlich erledigt war, denn er winkte mir nur kurz zum Abschied und machte die Tür wieder zu.

Donnerlüttchen. Bei einem so gleichmütigen und spendablen Vater aufzuwachsen, und das noch als Einzelkind, so wie Olaf, das hätte mir zugesagt.

Beim Nachhausegehen ließ ich mir Zeit, damit Wiebke nicht neidisch auf die Reste meiner Schokoladentafel werden konnte.

Aus dem Heizungskessel hatte Papa anderthalb Eimer Ruß und Asche zu Tage gefördert. Auch der Heizölfilter, sagte Papa, sei total verdreckt, obwohl die Firma Gerstacker vertragsgemäß dazu verpflichtet gewesen wäre, die Anlage zweimal jährlich zu warten. Und der eine Heizkörper im Wohnzimmer sei immer noch undicht, ein geschlagenes Jahr nach der Beanstandung des Schadens. »Da fehlt nicht mehr viel, und das rostet durch.« Aber statt sich hier nützlich zu machen, hätten die Stiesel sich im Vertragszeitraum nur ein einziges Mal blikken lassen und dabei eine Badewannenkachel zerdroschen.

Noch schlechter als auf alle Handwerker war Papa auf die Amerikaner zu sprechen, die er bei seinen Dienstreisen kennengelernt hatte. In den USA würden nur Großschnauzen nach oben kommen, und am Feierabend söffen sie gemeinsam Cocktails und versicherten sich gegenseitig ihrer Unentbehrlichkeit. »Happy Hour« heiße das bei denen.

Ein komisches Völkchen, die Amis. Um sich zum zweihundertsten Geburtstag ihrer Nation was zu gönnen, hatten sie die Todesstrafe wieder eingeführt. Mama sagte, daß es keinem Menschen zustehe, darüber zu entscheiden, ob ein anderer Mensch weiterleben dürfe oder nicht. »Einfach zu sagen, der muß jetzt sterben, und dann wird er einen Kopf kürzer gemacht, das ist doch barbarisch!« Ganz egal, was der verbrochen haben möge. »Davon, daß ein Mörder hingerichtet wird, steht niemand von den Toten wieder auf!« Das sollten sich die Amerikaner mal hinter die Ohren schreiben.

Stars and Stripes. Das Land der unbegrenzten Möglichkeiten. Amerika, sagte Volker, sei das Land der begrenzten Unmöglichkeiten, aber den Witz hatte ich schon gekannt.

Amis raus aus USA – Winnetou ist wieder da.

Volker fraß abends Schnitten mit Butter und Salz. Von alleine wäre ich nie darauf gekommen, gesalzene Butterbrote zu essen, aber die schmeckten gar nicht so schlecht. Mama war damit einverstanden, daß wir uns jeder sein eigenes Abendbrot schmierten, und ich experimentierte ein Weile rum. Geschlagenes Ei mit Zucker, gepfefferte Radieschen und danach drei Scheiben Honigbrot und ein halber Liter Kaba, das war die bekömmlichste Mischung. Wenn ich mich ranhielt, brauchte ich für die Zubereitung dieses Drei-Gänge-Menüs nur elf Minuten und fürs Aufessen nur fünf bis sechs.

Spätestens um zwanzig Uhr lag ich dann vollgefressen oben in Renates altem Zimmer und hörte mir die Nachrichten an.

In Entebbe hatten israelische Geheimdienstleute den entführten Airbus gekapert und die Geiseln befreit, bis auf den letzten Mann, und aus einem Berliner Gefängnis waren vier Terroristinnen ausgebrochen. An zusammengeknoteten Bettlaken hatten die sich abgeseilt, wie in einem Krimi. Inge Viett, Monika Berberich, Juliane Plambeck und Gabriele Rollnick. Wo die sich jetzt wohl versteckt hielten mit ihren Gangsternamen im Personalausweis? Die hörten sich schon so verdächtig an: Rollnick, Plambeck, Berberich, Viett. Nicht ganz so schlimm wie Baader und Meinhof, aber doch übler als Kater Karlo.

Zu Höherem berufen war man, wenn man so hieß wie der amtierende französische Staatspräsident: Valéry Giscard d'Estaing. Der weilte gerade zu »Konsultationen« in Hamburg.

Renate mußte in Bielefeld Klausuren nachholen und in Meppen Fahrstunden. Als Olaf bei uns ankam, um noch welche von Renates Sachen einzusammeln, wollte Mama von ihm wissen, wie er sich das denke mit dem Studium und der ganzen Wohnerei in Bonn in wilder Ehe mit Renate und so weiter und was seine eigenen Eltern eigentlich dazu sagen würden.

»Das hab ich mich auch schon oft gefragt«, sagte Olaf, und er machte schnell wieder die Biege.

Auf Geheiß von Michaels Bruder Harald setzten er und seine Freundin Martina sowie Volker, Michael, Holger und ich uns abends in der Gutenbergstraße in einer Kneipe namens Bürgerstube zusammen. Michael und ich bestellten uns jeder eine Cola, und die anderen soffen Bier.

Außer ein paar Zauseln an der Theke waren wir die einzigen Gäste. Über unseren Getränkeverbrauch führte der dicke Wirt eine Strichliste. In einer Saufkneipe hatte ich vorher noch nie gesessen und mich bewirten lassen. Für eine zweite Cola hätte mein restliches Geld noch gelangt.

Aus der Musikbox meldete sich dieser Schönling aus Prag, wie hieß er noch? Der mit diesem unverschämten Namen? Karel Gott.

Herz, Schmerz
und dies und das,
ach, das ist uralt …

Haralds Freundin war schon fast 19, hatte lange blonde Haare und stammte aus Arzheim. Geredet wurde hauptsächlich über Lehrer vom Max-von-Laue-Gymnasium, die ich nicht kannte, aber einmal auch kurz über eklige alte Kindersprüche. Den ekligsten von allen steuerte Michael bei: »Ätschibätschi, Zuckerlätschi!« Das hätten er und seine Freunde im ersten Schuljahr ausgerufen.

Dann debattierten die anderen wieder übers Max von Laue, und ich hatte allmählich genug von der Bürgerstube.

Ein Heizungsmensch, den Papa von einer anderen Firma hatte kommen lassen, fand heraus, daß die Umwälzpumpe auch bei abgestellter Heizungsanlage im Sommerbetrieb unnötigerweise mitlief. Dieser Fehler bestand schon seit der Installation der Anlage durch die Firma Gerstacker. Den Wartungsvertrag wollte Papa kündigen.

Immer, wenn mein Typ im Garten nicht gefragt war, lag ich in Renates altem Zimmer auf der Matratze und hörte Radio.

So hop on, the world is swinging,
Don't sit and twiddle your thumbs,
Get up and meet those pretty girls, girls, girls …

Schmissig war das, aber ich konnte trotzdem ganz beruhigt liegenbleiben. Auf dem Mallendarer Berg trieben sich solche Girls nicht herum. Und wenn sie's doch getan hätten, dann wäre ich bei ihnen abgeblitzt. Ich hatte es ja nicht einmal geschafft, als Grundschüler beim Klassenausflug Roswitha Schricker anzusprechen oder später in der Badeanstalt meine Jugendliebe Piroschka, obwohl die mir goldene Brücken gebaut hatte. Für einen Versager wie mich war es das Klügste, keinen Fuß mehr vor die Tür zu setzen, sondern zuhausezubleiben und Radio zu hören.

Il avait un joli nom, mon guide,
Nathalie …

Gilbert Bécaud. Der hörte sich entschieden besser an als Peter Alexander mit seinem Gesäusel von der kleinen Kneipe, wo das Leben noch lebenswert sei.

Papa reparierte die Spülmaschine. Wenn die wieder lief, sollte die Tapete in meinem alten Kinderzimmer einen neuen Anstrich verpaßt kriegen, und danach war die Garage an der Reihe.

Von den Kohlrabistiften spuckte Papa mittags fast die Hälfte wieder aus. Für Volker, Wiebke und mich brachte das den Vorteil mit sich, daß auch wir das Zeug nicht alles aufzuessen brauchten. Mir war schon vom Geruch der Appetit vergangen. Klopse und Kartoffeln, okay, aber Kohlrabi? Und dann noch so holziger?

Gerlachs hatten Bohneneintopf gegessen. Danach müffelte es bei denen im ganzen Haus. Michael und ich gingen in den Keller runter, Tischtennis spielen, wobei wir uns blaue Flecken holten, weil die Tischtennisplatte fast so groß war wie die Grundfläche des Kellerzimmers, in dem außerdem noch allerhand Gerümpel rumstand.

Wenn man die Netzkante getroffen hatte, so daß der Ball davon auf die gegnerische Hälfte abtropfte, mußte man »Sorry« sagen.

Von den fünf Tischtennisbällen war nach einer Stunde bloß noch einer heile, und der verkeilte sich nach einem Zickzacksprung von der Platte über die Zimmerdecke hinter einer alten Waschmaschine, die wir auch mit vereinten Kräften keinen Millimeter von der Stelle bewegen konnten.

Michael mußte dann sowieso noch seine Hausaufgaben machen. Mathe, Bio, Englisch und Physik.

Zuhause schmierte ich mir Brote und hörte Nachrichten. In Italien war eine Chemiefabrik explodiert und in Berlin der Justizsenator zurückgetreten. Hermann Oxfort. Gustav würde sich an dessen Namen und an das Datum des Rücktritts bestimmt noch in fünfzig Jahren erinnern. Ich wollte mir jetzt auch möglichst viele Namen merken, für immer, aber leichter als bei den Namen von Politikern aus dem zweiten oder dritten Glied fiel mir das bei den Namen von Markenartikeln wie Sexanorma, Sanursex, Repursan, Duscholux oder Libido-6. Die prägten sich mir von ganz alleine ein, ob ich das wollte oder nicht.

Mein Typ werde verlangt, rief Volker hoch, als es geklingelt hatte, und dann zählte mir der Postbote vor der Haustür 25 Mark in die Hand. Ich staunte das Bargeld an. Ein grüner Lappen und ein Heiermann! Womit hatte ich das verdient?

Das sei das Honorar für den Quatsch, den ich in der Zeitung abgesondert hätte, sagte Volker, und da begriff ich erst, was los war: Ich hatte mir diese 25 Mark mit meinem Beitrag für die »Zeit-Lupe« erwirtschaftet! Daß es auch noch Geld gab für die Glücklichen, die ihren Sermon in der *Zeit* in Druckerschwärze wiederfanden, hatte ich nicht gewußt. Und nun war ich auf einmal der stolze Besitzer von 25 selbstverdienten Eiern.

»Wenn du vernünftig bist«, sagte Papa, »dann legst du dir ein Sparbuch an und zahlst dein Kapital als Grundstock ein, statt alles gleich wieder zu verjuxen.«

Genau das wollte ich aber. Nach dem Mittagessen fuhr ich mit dem Bus nach Koblenz, um alles auf den Kopp zu hauen, aber das war leichter gesagt als getan, denn wohin mit dem Schotter? Ich kaufte mir ein Eis und latschte die Löhrstraße lang. Da redeten die Kowwelenzer, wie ihnen der Schnabel gewachsen war.

»Willst dau hej anwaggse?«
»Mir donn die Fööß wieh …«
»Ma haddet nit leischt, awwer leischt haddet eine.«
»Isch hannen Stein im Schoh.«
»Ett gitt Leut!«
»Isch kann nimmie. Hull dau doch emo dä Kinnerware!«
»Dat könnte dir so passe.«
»Asu demm is mit dä geseschnede Kärz nit ze helwe …«

Von einem Grabbeltisch im Kaufhof fischte ich mir ein preislich stark herabgesetztes Buch über Adolf Eichmann, und dann fuhr ich zurück.

Adolf Eichmann hatte im Dritten Reich die Deportation der Juden in die Vernichtungslager organisiert und war 1960 in Argentinien von den Israelis entführt, in Jerusalem vor Gericht gestellt, zum Tode verurteilt und hingerichtet worden. Vorne in dem Buch war ein Foto von Eichmann zu sehen, einmal im Original und zweimal senkrecht halbiert und gespiegelt. Mit der verdoppelten linken Gesichtshälfte sah Eichmann aus wie ein gramzerfressener Uropa und mit der verdoppelten rechten wie ein kerngesunder Olympionike. Mit diesen kraß verschiedenen Ausdrücken in einem und demselben Gesicht war Eichmann herumgelaufen, bis ihn die Israelis geschnappt hatten.

Im Badezimmerspiegel sah ich mir mein eigenes Gesicht an und hielt die Hand mal vor die linke und mal vor die rechte Hälfte, aber große Unterschiede konnte ich dabei nicht feststellen. Links 'n Milchbubi, rechts 'n Milchbubi. Und von Bartwuchs keine Spur. Beim Albers und beim Bohnekamp sproß immerhin schon dürrer Oberlippenflaum, und Volker, der mir ja auch nur knapp drei Jahre voraus war, hatte sein Radiergummibärtchen bereits als Konfirmand gepflegt.

Die neueste Frage in der Rubrik »Zeit-Lupe« lautete: »Ist die Universität zu wenig praxisorientiert?« Ich hätte gern darauf geantwortet, um mir weitere 25 Mark zu verdienen, aber leider war die Frage dafür zu wenig an meiner persönlichen Praxis als Schüler orientiert.

Papa pflasterte den Gartenweg rechts vom Haus mit Steinplatten. Das hätte eigentlich ein Handwerker machen sollen, der jedoch nicht erschienen war.

Den Abendbrotstisch deckte Mama draußen auf der Terrasse. Wiebke biß aus Neugier von einer Schnitte mit Zungenwurst ab und rannte dann mit vor den Mund gehaltener Hand zum Klo, eben noch rechtzeitig, bevor Papa sich auf seinem Chefstuhl niederließ.

Das wäre noch die Frage, sagte Papa, ob wir's jemals wieder irgendwo so schön hätten wie hier. »Verglichen mit diesem Garten ist der in Meppen ein einziges Tohuwabohu.«

Von mir aus hätten wir ja gern sofort wieder nach Vallendar zurückziehen können, aber Mama brachte das Gespräch auf die Finanzen, und dann drehte es sich bald um Oma Schlosser und das Problem ihrer künftigen Unterbringung. Ganz allein würde sich Oma Schlosser nicht mehr lange behelfen können. Welche Herbergseltern da in Frage kämen: Rudi und Hilde? Ausgeschlossen. Gertrud und Edgar? Die hätten genug mit ihrer Baustelle in Sennestadt zu tun. Tante Doro könne man das auch nicht zumuten, Onkel Walter wohne selber nur zur Miete, und mit Onkel Dietrichs Ehegespons stehe Oma Schlosser auf Kriegsfuß.

»Am besten wär's, meine Mutter würde sich 'ne kleine Wohnung in Meppen nehmen, in Fußweite von uns«, sagte Papa, und nur wenig später ging schon wieder alles um das liebe Geld.

»Tante Hanna schulden wir ja auch noch so einiges«, sagte Mama, und da fuhr ihr Papa über den Mund: Solche Themen müßten ja nun nicht in Gegenwart der Kinder aufs Tapet gebracht werden.

»Ihr habt's gehört«, rief Mama. »Händewaschen, Zähneputzen! Aber wie der Blitz!«

Wenn man dann nicht gleich parierte, kriegte man Saures. »Wird's bald, Freundchen?«

Die Information, daß zwei Handwerker die Garage verputzen sollten, verstand Wiebke so, daß die die Garage aufessen müßten. Weiß der Henker, was da los war in Wiebkes unterentwickeltem Kleinmädchengehirn.

Beim Mittagessen hatten wir am nächsten Tag Herrn Lohmann zu Gast, der mit Kennermiene die Beete musterte und dann von Mama mit dem Polo nach Koblenz zum Bahnhof gefahren wurde, und da krachte ihr beim Einparken ein Mercedes rein.

Eine ältere und ziemlich zitterige Frau habe in dem Mercedes am Steuer gesessen, sagte Mama. Die habe ihren Wagen zurückgesetzt, ohne nach hinten zu kucken, und der Lohmann sei der sofort aufs Dach gestiegen: »Halten Sie den Mund, Sie freche Gans! Die Dame hier ist im Recht!«

Der Polo hatte an der Motorhaube eine Delle, und der Lohmann hatte die Mercedesfahrerin an Ort und Stelle dazu herbeigekriegt, einen Wisch zu unterschreiben, in dem sie sich zur Bezahlung sämtlicher Werkstattkosten verpflichtete.

Olaf bot mir für zehn Mark eine LP von Insterburg & Co. an, »Musikalisches Gerümpel«, und die kaufte ich ihm ab. Mit Michael und Holger unterhielt ich mich über die Gefahren, die einem blühen könnten, wenn man sich beim Arzt irgendwann mal ganz nackt ausziehen müsse. Wenn man dann zufällig 'ne Latte hätte, und es käme eine Sprechstundenhilfe rein. Da würde man doch bestimmt sterben vor Scham. Todesursache: Gehirnschlag. Oder Herzinfarkt.

Gerlachs planten, in den Sommerferien nach Österreich zu fahren. Deren Ferien hatten noch gar nicht angefangen, während meine sich schon wieder ihrem Ende zuneigten, und womit sollte ich mir bis dahin die Zeit vertreiben?

Mein erster und einziger Versuch, den Olympischen Spielen am Radio irgendwas abzugewinnen, schlug fehl. Das Eintausend-Meter-Zeitfahren der Radsportler dauerte nur gut eine Minute, und dann gab es Gold für Dänemark, Silber für Australien und Bronze für die DDR. Als Viertplazierte hatten wir das Nachsehen.

Die Nachricht, daß eine Weltraumsonde der Amis auf dem Mars gelandet sei, ging mir erst recht am Arsch vorbei.

Gut war bloß, daß die Polizei die ausgebrochene Terroristin Monika Berberich wieder einkassiert hatte.

Dem Menschen, der unser Haus käuflich erwerben wollte, zeigte Papa alle Räume, vom Keller bis zum Dachgeschoß. Vorher hatte Mama mich oben von der Matratze gescheucht und mit spitzen Fingern eine schwarze Bananenschale unter der Heizung hervorgezogen und zum Kompost getragen.

Abends kam Renate wieder. Am Vormittag hatte sie noch 'ne Klausur geschrieben und in der Zwischenzeit auch die theoretische Führerscheinprüfung bestanden. Die praktische war wegen einer Erkrankung des Prüfers abgesagt worden.

Bei Gerlachs im Wohnzimmer kuckten Michael und ich uns im Fernsehen welche von den Kunststücken der rumänischen Turnerin Nadia Comaneci an. Drei Goldmedaillen hatte die schon abgestaubt und war gerade mal so alt wie wir, und jetzt machte sie Flickflack, halbnackt, auf dem Schwebebalken. Ganz, ganz früher hatte ich ja mal Anita attraktiv gefunden, die zusammen mit Roy Black im Fernsehen aufgetreten war, aber im Vergleich mit Nadia Comaneci schnitt Anita nicht gut ab.

Michael band ich es nicht auf die Nase, daß ich Nadia Comaneci gern mal im Mondschein begegnet wäre. Spätere Heirat nicht ausgeschlossen: Nadia Schlosser, geborene Comaneci. Und die Verwandten dann alle total aus dem Häuschen: »Was ist los? Martin heiratet diese rumänische Olympiasiegerin? Das ist ja 'n Ding!«

Mit der hätte ich mich gut verstanden, aber wie zum Teufel hätte ich an die rankommen sollen?

Mama machte Fotos von Renate, die im Hobbykellerfensterschacht am Pinseln war, mit Kopftuch auf, und auf der Terrasse setzte Olaf einen Grill in Gang. Zur Feier von Olafs und Renates Abreise nach Frankreich sollten Steaks gefressen werden. Olaf und Renate hatten vor, zur französischen Atlantikküste zu fahren, mit Olafs neuem VW-Bus. Aber was hieß neu? Auch der neue war gebraucht. Baujahr 1966.

Von dieser Exkursion riet Papa Olaf und Renate ab, und als Olaf gegangen war, machte auch Mama ihre Bedenken dagegen geltend: Von dem gemeinsamen Urlaub solle Renate sich mal lieber keine zu romantischen Vorstellungen machen. Wenn man so lange aufeinanderhocke, zerstreite man sich irgendwann automatisch.

»Mit Olaf hab ich mich noch nie gestritten«, sagte Renate.

»Na, dann wart's mal ab.«

Das seien ihm die Richtigen, sagte Papa: Politologie studieren und in den Semesterferien ohne einen selbstverdienten Pfennig in der Gegend herumzigeunern. Auf Renates Einwand, daß Olaf sich das Geld für den Urlaub als Zeitsoldat bei der Bundeswehr verdient habe, erwiderte Papa, daß vernünftige Menschen ihre Spargroschen eisern beisammenhielten, statt sie auf irgendwelchen Lustreisen durchzubringen. »Und dein komischer Olaf ist noch nicht mal immatrikuliert und hält sich schon für urlaubsreif!«

Die Wandverkleidung in der Küche wollte Papa komplett erneuern lassen und die Kosten dem Käufer in Rechnung stellen.

Zurück fuhr Papa über Hilden, um Oma Schlosser zu besuchen, und ich fuhr in Mamas Polo mit. Ein Kollege von Papa hatte sich dazu erbarmt, das blöde Moped in einem Auto-Anhänger zurück nach Meppen zu transportieren, und nun saß Volker vorne auf dem Beifahrersitz, und ich saß hinten neben Wiebke. Die wußte überhaupt nicht, wie gut sie's hatte. Von einem Fensterplatz im Auto hätte ich in Wiebkes Alter nicht mal zu träumen gewagt.

Wir waren schon sonstwo, als Mama einfiel, daß sie vergessen hatte, den Zählerstand von Strom und Wasser aufzuschreiben, und sie machte an der nächsten Ampel kehrt.

»Was man nicht im Kopf hat, muß man in den Beinen haben«, sagte Wiebke, aber Volker sagte: »Nein, im Benzintank!«

Ich selbst hatte von der Autofahrerei bereits nach drei Kilometern genug gehabt. Nach der Entfernungstabelle im Shell-Atlas waren's von Koblenz bis Münster 252 Kilometer und bis Emden 475. Irgendwo dazwischen mußte Meppen liegen.

Weiß der Schinder, wie ich diese Reise überstand.

Zuhause lief ich sofort in mein Zimmer, um die Platte von Insterburg & Co. aufzulegen. Am schönsten spielten wie gewohnt Karl Dall und Peter Ehlebracht auf:

Ich saß bei Fräulein Hildegard auf ihrem Kanapee.
Sie aß einen Negerkuß, und ich aß ein Baiser.
Ihr linkes kleines Händchen, das lag auf meinem Knie,
doch eine Sofafeder kniff mich, daß ich schrie:
O Hildegard,
dein Sofa ist so hart,
da wird aus Liebesfreud,
das reinste Lie-bes-la-heit …

Hinten auf der Plattenhülle waren die benutzten Instrumente abgebildet, eins uriger als das andere. Selbstgebastelte zum Teil.

Ich suche mir ein Mädchen, das mir die Schuhe putzt,
und das mich zärtlich bettet und auch zu anderm nutzt ….

Um Sex ging's in den meisten Liedern, aber es gab auch eins über die trostlose Jugendzeit von Dall und Ehlebracht:

Ich denk' an meine Jugendzeit, sie liegt so weit zurück.
Wie war sie voller Harmonie und voll von stillem Glück!
Wie schön war jeder Donnerstag, wenn Vater sich betrank …
Dann saß ich still mit meinem Teddybärn in Mutters Wäscheschrank.

Da konnte man sich schon beim ersten Hören aufs Wiederhören freuen. Eine bessere Truppe als Insterburg & Co. war mir noch nicht über den Weg gelaufen. Absolute Oberklasse war auch Ingo Insterburgs Lied über die Kaulquappen, die nicht sogleich Füße haben und irgendwann ihre Kiemen abgeben müssen:

Und dann verlieren sie ihr Schwänzelein.
Ich möchte nie eine Kaulquappe sein …

Die B-Seite fing mit einem »Vier-Parteien-Lied« an, in dem die Insterburger ihre politischen Präferenzen durchblicken ließen:

Die SPD, juchhee, juchhee, juchhee!
Die CDU, huhu, huhu, huhu …

Zum Schluß nahm Karl Dall Hans Albers auf die Schippe, als schluchzender Seemann beim Abschiednehmen am Hafen. Zum Bepissen! Und ein Jammer, daß ich das Michael und Holger Gerlach nicht vorspielen konnte. Bei uns hatte außer mir ja leider niemand Sinn für diese Art Humor.

Das Unkraut hatte sich inzwischen natürlich wie wild vermehrt, und ich hätte wohl kotzen können, als ich da gezwungenermaßen mit dem Schövel zu Werke ging.

In der Buchhandlung Meyer wußte kein Mensch irgendwas über den Verbleib der im voraus bezahlten und für mich reservierten Ausgaben von *Sport Niedersachsen*. Hä? Zurückgelegt? Für Schlosser? Nein, da sei nichts zurückgelegt worden. Das müsse ein Irrtum sein.

Die blonde Schnepfe, die mir das sagte, war neu bei Meyer, und ich konnte ihr nichts beweisen, weil ich die Quittung verbaselt hatte.

Den Plan, eine vollständige Sammlung von *Sport Niedersachsen* zusammenzutragen, gab ich auf, und die bereits gekauften Exemplare schmiß ich weg. Die hätten mich sonst bis ans Lebensende an die Unvollständigkeit meiner Sammlung erinnert.

Der 29. Juli war in Rheinland-Pfalz der erste Sommerferientag. Die hatten dann noch frei bis zum 8. September, die Schweine, während ich meine letzten Ferientage mit 'ner Nasennebenhöhlenentzündung verbringen durfte. Der HNO-Spezialist, zu dem Mama mich geschickt hatte, verschrieb mir Nasentropfen und Tabletten, die laut Packungszettel den Bronchialschleim verflüssigten, die Auswurfmenge erhöhten und das Abhusten gestauter Sekrete erleichterten. Da wurd's einem ja fast schon vom Lesen übel.

Trotz Schniefnase und leichtem Fieber durfte ich mir abends einen Spielfilm über zwei Glücksspieler ankucken, die sich beim Zocken die Nächte um die Ohren schlugen und sich mit Callgirls herumtrieben.

Papa war zum Glück schon eingeschlafen, als am Ende des Films eine Szene kam, in der der eine der beiden Hauptdarsteller, Elliott Gould, eine Flöte mit seinem Pimmel festhielt. Regie geführt hatte Robert Altman.

Am Pokertisch alles auf eine Karte zu setzen, das wäre auch nicht nach Papas Geschmack gewesen. Der Anblick einer nachlässig ausgekratzten Nachtischpuddingschüssel genügte schon, um Papa wütend zu machen.

Komischerweise gefiel ihm dann am Samstag aber Peter Ustinov als fetter Kaiser Nero, der die Stadt Rom in Brand stecken ließ, um sich an diesem Schauspiel zu weiden. Da gnickerte Papa die ganze Zeit vor sich hin.

Als man am Ende des Films den über Kopf gekreuzigten Petrus sah, sagte Mama, daß es nun aber auch bald mal genug sei.

Nach einer Kollision auf dem Nürburgring war Volkers Idol Niki Lauda halbtot aus seinem brennenden Ferrari gezogen worden.

»Formel Eins«, sagte Mama, »wenn ich das schon höre! Wer sich in so 'ne Höllenmaschine setzt, der braucht sich nicht zu wundern, wenn er irgendwann hopsgeht!« Autorennfahrer waren in Mamas Augen so ziemlich das Letzte. Darunter rangierten bloß noch Zuhälter, Mörder und andere Asoziale. »Und was hat dieser Idiot nun von seinem Geschwindigkeitsrausch? Könnt ihr mir das mal erklären?«

Auf der Fahrt von Vallendar nach Meppen hatte Mama aber selber öfter als nötig auf das Gaspedal gedrückt.

Erst jetzt kam so nach und nach raus, welche Folgen die Explosion einer Chemiefabrik in Seveso bei Mailand zeitigte. Die ganze Gegend verseucht, mit Dioxin, das giftiger als Zyankali war. Notgeschlachtete Tiere, Kinder mit verätzter Haut, und die Behörden hatten abzuwiegeln versucht, statt den Leuten zu helfen.

Aus Dänemark schrieb Onkel Dietrich mir auf einer Postkarte, daß er bei einer ihm von seiner Frau verordneten »Hauruck-Schlankheitskur« innerhalb von drei Wochen sieben Kilo abgenommen und dabei auch einige Nerven gelassen habe.

Am letzten Sommerferientag kurvte ich mit dem Rad durch den Waldverschnitt bei der E-Stelle, obwohl ich wußte, daß es da genauso unbelebt war wie zuhause, aber ich wollte noch einmal raus, bevor das ganze Elend von neuem anfing.

Wiebke würde auf die Kardinal-von-Galen-Schule kommen, in die Orientierungsstufe, Volker zu den Maristen und ich auf meiner Penne in die Neunte. Was einem da wohl in Physik, Chemie und Mathe alles drohte. Die Karnickel hatten's gut: Die konnten sich bei dem geringsten Anzeichen einer Gefahr in ihren Bauten verkriechen. Oder die Vögel, die nicht säten und nicht ernteten, und der himmlische Vater ernährte sie doch.

Neuntes Schuljahr, das hieß, daß ich vor dem Aufbruch in die Freiheit noch fünf Jahre totzuschlagen hatte.

Südafrika wurde von neuen Rassenunruhen erschüttert, und der Fernsehabend endete damit, daß sich John Wayne und Lee Marvin auf einer Insel im Südpazifik gegenseitig die Fresse polierten.

Morgens hätte ich mir fast in die Hose gepißt, weil Wiebke so lange auf dem oberen Lokus hockte, und beim Frühstück kriegte ich Krach mit Mama wegen einer Haarsträhne an meinem Hinterkopf, die sich aber auch mit Gewalt nicht runterbürsten ließ.

Ins Klassenzimmer, das das alte war, kam ich zu spät, um mir einen Stuhl neben Hermann sichern zu können. Den einzigen noch freien Platz fand ich am oberen rechten Ende der in U-Form aufgestellten Tische vor, neben einem Sitzenbleiber aus Rühle, der Ralle hieß. Klassenlehrer war der Schlüter, nach wie vor, und der malte den Stundenplan an die Tafel. Montag: Sport, Sport, Franz, Deutsch, Englisch. Dienstag: Reli, Deutsch, Mathe, Geschi, Franz, Franz. Mittwoch: Chemie, Chemie, Mathe. Donnerstag: Deutsch, Geschi, Physik, Physik, Englisch, Reli. Freitag: erste frei und dann Mathe, Englisch, Franz und Deutsch. Und samstags zwei Stunden Kunst und noch eine in Franz.

»Und was ist mit Erdkunde?« fragte der Bohnekamp.

Erdkunde fiel aus.

Vorne in dem neuen Geschichtsbuch prangte ein Bild von Ludwig XIV. Das war ein Fettsack mit Perücke und hochhackigen Schnallenschuhen und 'nem Umhang, der wie zwei dicke Bettdecken aussah. Und Hosen hatte der Lackel an, wie 'ne Ballerina im neunten Monat. Der Sonnenkönig! Selten so gelacht. Als dessen Untertan hätte ich mich auf dem kürzesten Seeweg nach Lummerland ausgeschifft.

Im Englischbuch hatte ein Abschnitt die Überschrift »Stop to think«, was Hermann witzig fand, weil er dachte, das heiße »Hör auf zu denken«. Wir sollten aber alle mitdenken und auch den Zweck der Massenkommunikationsmittel hinterfragen.

TV, like radio and newspapers, is a means of informing and entertaining people. In fact, it is the greatest mass medium of communication ever invented …

Am gegenüberliegenden Ende der U-Form saß eine Schülerin, die so schön war, daß ich's kaum aushielt. Michaela Vogt. Ich mußte mich zusammenreißen, um die nicht immer anzustarren, aber wohin hätte ich denn sonst kucken sollen, wenn die mir geradewegs gegenübersaß? Und wie sollte ich das ein Jahr lang ertragen, ohne überzuschnappen?

In der neuen *Zeit* stand mein Geschreibsel über die Fragwürdigkeit von Sportzensuren. Da konnte ich mich also wieder mal auf 25 Eier freuen. Leider fiel mir auch zu der neuesten Frage, was Ostdeutsche und Westdeutsche noch verbinde, nichts ein, weil ich keine Ostdeutschen kannte. Außer Papa.

Uff …

Mit diesem Grunzlaut fing Michael Gerlachs neuester Brief an. Dieser Sauhund befand sich ja jetzt im Urlaub in Österreich.

1. Tag: Nach elf Stunden Fahrt sind wir glücklich in Sölden angekommen. Das Nest liegt 1300 m hoch und ist zwischen kahlen Bergriesen eingeklemmt, die es abermals um 1000 m überragen (wenn nicht mehr). Da die Berge für uns dem Anschein nach unbesteigbar sind und sich diese Gebirgslandschaft etwa 20 bis 30 km nach allen Himmelsrichtungen hin ausdehnt, komme ich mir vor wie in einer Mausefalle. Nur mit dem Unterschied, daß die Maus durch baldigen Tod erlöst wird, während ich hier noch drei Wochen hocken muß.

Außerdem ist das Wetter saumiserabel: Die Berggipfel sind in Wolken gehüllt, es nieselt, und es weht ein eisiger Wind.

Wenigstens sind die Unterkünfte einigermaßen ungezieferfrei, und es läßt sich leben, wenn man darüber hinweghört, daß sämtliche Türen, Wasserhähne und Fenster nach einem Tropfen Öl schreien, und wenn man großzügig darüber hinwegsieht, daß sich die mittelalterlichen Zimmerdecken so cirka in Holgers Schulterhöhe befinden.

Dann wäre da noch das Problem mit den Schillingen. Die ewige Umrechnerei – mal 7? durch 14? durch 7? mal 14? – macht einen ganz konfus. Am Ende weiß man nie genau, wieviel man ausgegeben hat.

2. Tag: Die Sonne scheint! Welch eine Veränderung! Es ist zwar nicht sehr warm, aber schön hell. Gefrühstückt haben wir in der Pension, jeder zwei Brötchen, die sehr gut geschmeckt haben. Dann sind wir mit dem Auto losgefahren. Erstmal akklimatisieren. In »Hochgurgl« sind wir ausgestiegen, so in 2100 bis 2300 m Höhe. Tolle Luft. Die Kühe liefen frei rum und blockierten die Straße, zusammen mit hungrigen Pferden (eines hat nach meinem Vater getreten, weil es leer ausgegangen war). Auf der Alm rumzurennen hat auch nicht schlecht Spaß gemacht. Schön steil und alles voller Bäche. Kein einziger Baum, nur Krüppelkiefern. Beim Rumrennen selber war ich gar nicht müde, aber nachher im Auto bin ich fast eingepennt.

In der Pension erhielten wir die frohe Botschaft, daß wir in eine Ferienwohnung nebenan umziehen könnten. Ganz modern, nichts quietscht, und die Decken sind hoch genug. Wir haben gleich umgeräumt. Ist schon doll, daß wir nicht mehr in dem Quietsche-Verlies wohnen.

Tschüß, Dein bergwandernder Michael!

Wenn ich als dessen Zwillingsbruder geboren worden wäre, hätte ich da mitwandern können, statt im Emsland zu verrotten.

Volker schimpfte über die Belastungen in der reformierten Oberstufe: Die Lauferei von einem Kurs zum andern würde ihn völlig wuschig machen. Das Maristengymnasium sei das reinste Labyrinth.

Im DFB-Pokal spielte der SV Meppen gegen Rot-Weiß Essen und verlor 2:3 nach Verlängerung. Da fehlte eben noch einer wie ich, oder nicht? Mit dem SV Meppen durchmarschieren im DFB-Pokal, bis zum Sieg im Endspiel und dann in der nächsten Saison im Finale des Europapokals den FC Barcelona in die Knie zwingen oder Inter Mailand oder von mir aus auch Feyenoord Rotterdam oder Hajduk Split. Die denken dann erst wunder was, wie leicht sie's hätten, weil sie zur Halbzeit schon mit 6:0 in Führung liegen, aber in den letzten zehn

Spielminuten bäumt sich der Abwehrrecke Martin Schlosser auf und brilliert mit einem doppelten Hattrick und läuft nach einem Foul des gegnerischen Kapitäns auch mit Rippenfraktur und gebrochenem Nasenbein wieder auf, erzielt mit einem kolossalen Weitschuß aus dem eigenen Strafraum das allesentscheidende Tor und sichert sich damit einen Platz in der ewigen Ruhmeshalle des Rasensports. Günter Netzer in der *Sportschau*: »Heute haben wir den neuen Fußballgott gesehen.« Gerd Müller widerruft die Erklärung seines Rücktritts aus der Nationalmannschaft, um mit mir gemeinsam stürmen zu dürfen, und Pelé kommt eigens angereist, um mich bei der Siegesfeier in Meppen auf seinen Schultern durch die Innenstadt zu tragen …

Den Kunstunterricht erteilte ein bärtiger Lehrer namens Lorber in einem Neubautrakt mit riesigen Fenstern. Wenn ich mich nicht verhört hatte, standen einem da praktische Übungen mit dem Werkstoff Ton bevor, und nach der Pause ging's im Gänsemarsch zum Sprachlabor, wo man sich Kopfhörer aufsetzen, Knöpfe drücken und verwickelte, auf französisch gestellte Fragen beantworten sollte. Das beste an der Stunde waren die vielen Unterbrechungen. Beim Albers wackelte der Stuhl, beim Dralle überlagerte ein Fiepton die Stimme aus dem Kopfhörer, und beim Holzmüller funktionierte überhaupt nichts.

Zu Oma Jevers 70. Geburtstag hatte Mama ein Gedicht geschrieben, das sie bei der Feier in Jever vortragen wollte.

Mutti siebzig, Vati achtzig –
Das ist mal ein Jubiläum!
Ist man da Chronist, man sagt sich:
Lüttjes' Sippe, ja, die macht sich!
Und kein Hauch da von Museum.

Das war nur die erste von unglaublich vielen Strophen. Am Eßtisch tippte Mama ihr Gedicht ins reine, und bis sie damit fertig war, durfte man sich nicht viel lauter als ein Spinnenschatten durchs Haus bewegen: »Stör mich jetzt nicht!«

Was in Kriegs- und Nachkriegszeiten,
Mutti, Du bewältigt hast,
trotz der tausend Widrigkeiten

und der Not auf allen Seiten,
hat man später erst erfaßt …

Die fertigen Seiten klammerte Mama zusammen, und sie warnte mich davor, die mit Fettfingern anzufassen.

Als Geschenk für Oma Jever hatte sie eine Kaffeemaschine gekauft. Von der Feier kamen Mama und Papa am Sonntagabend aber ohne rauschende Festlaune zurück. Beim Essen im Haus der Getreuen, sagte Mama, hätten fremde Leute einen Tischplatz im Festsaal zu besetzen versucht, und die habe Papa mit seinem finsteren Blick in die Flucht geschlagen. (»Richard, kuck mal böse!«)

Das habe gewirkt.

Montagmorgens ließ der Weiler die ganze Klasse über unterschiedlich hohe Kästen hoppeln, und dann wurde wieder Basketball gespielt.

Mathe hatten wir jetzt in einem anderen Raum im ersten Stock. Da saßen der Maurer, der Bohnekamp, der Dralle, Ralle und ich an den vorderen Tischen. Worum es da ging, war für mich immer noch ein Buch mit sieben Siegeln. Die Zahlfaktoren der Variablen als Koeffizienten der linearen Gleichung.

Oma Schlosser war für drei Wochen zur Kur nach Bad Boll gereist. Da hätte ich auch nicht tot überm Zaun hängen wollen. Bad Boll: Das hörte sich so an wie der Name von einem Kaff mit Gesundheitsbrunnen, Kieswegen, Sackbahnhof und grassierender Furzeritis.

Aus der Vereinskneipe im Hindenburgstadion ertönte ein Schlager, den man nur ein einziges Mal gehört haben mußte, um ihn satt zu haben, aber man bekam ihn immer und immer wieder zu hören, ob man wollte oder nicht.

Aber bitte mit Sahne!

Das war ein Hit, der aus allen Ritzen quoll, und ich hätte Udo Jürgens dafür gern das Maul gestopft. Der Schrott von Tony Marshall war ja schon schlimm genug. Das Schlimmere an dem von Udo Jürgens war die sozialkritische Botschaft.

»Merci, Chérie«, dafür hatte ich mich noch erwärmen können. Oder für »Anuschka« und für dieses eine Lied, in dem er eine Siebzehnjährige angehimmelt hatte.

Am Morgen ihres 48. Geburtstags redete Mama sich darüber in Rage, daß Wiebke, Volker und ich an diesem Tag zum Unterricht müßten. In ihrer gesamten Schulzeit sei das nicht vorgekommen, daß an ihrem Geburtstag Schule gewesen sei: »Heute ist doch wirklich alles verrückt.«

In Geschichte waren wir noch längst nicht bis zum Ersten Weltkrieg vorgedrungen, aber ich sah mir in dem Buch schon mal die Fotos von weiter hinten an.

Auf in den Kampf, mir juckt die Säbelspitze.

Das hatten deutsche Soldaten vor der Abreise an die Westfront mit Kreide außen an einen Waggon geschrieben.

In Chemie mußten wir beobachten, was geschah, als der tatterige Pauker ein Stück Eisenwolle mit dem Bunsenbrenner traktierte, und in der Pause verließen Ralle, der Dralle und ich das Schulgelände und gingen allemann zu Aldi, Maoam kaufen.

Also lautet ein Beschluß:
Daß der Mensch was lernen muß.

Im Aldi trafen wir den Miesowski, der sitzengeblieben war. Der hatte sich einen Träger mit Bierflaschen ausgesucht, um die irgendwo auszusaufen.

Renate schrieb auf einer Karte aus Paris, daß sie und Olaf mit der Metro zum Place Pigalle gefahren und dann bis zum Moulin Rouge gelaufen seien, an lauter Sex-Shops vorbei.

Pigalle, Pigalle,
das ist die große Mausefalle mitten in Paris …

An diesen Schlager konnte ich mich erinnern und auch daran, daß Mama den Refrain einmal mitgesungen hatte, vorm Fernseher im Wohnzimmer.

Für Renates Geburtstag hatte Mama bei Comet für zwanzig Mark ein Fondue gekauft.

Das Wort »Schnoif«, das ich mir ausgedacht hatte, inspirierte Hermann zu dem Vorschlag, in der großen Pause in die Zeitschriftenläden zu latschen und zu fragen, ob der neue *Schnoif* schon da sei.

Wir probierten es zuerst bei Ceka: »Haben Sie den neuen *Schnoif*?«

»*Schnoif*? Kenn' ich nich', sowas«, sagte die Verkäuferin, und wir liefen lachend zum Ausgang. Die dachte wohl, ihr Hamster bohnert.

Dann versuchten wir unser Glück in dem Zeitschriften- und Tabakladen in der Fußgängerzone. Hinterm Tresen stand ein junger Mann von Anfang zwanzig. »*Schnoif*? Hab ich noch nie gehört. Ist das 'ne Monatszeitschrift?«

»Ja.«

»Und wie soll die heißen?«

»*Schnoif*.«

»*Schnoif* … nee, tut mir leid, führen wir nicht«, sagte der Typ, und als wir wieder draußen waren, konnten wir durchs Schaufenster sehen, daß der sich selber kaputtlachte.

Das Schlimmste an jedem Donnerstag war die Doppelstunde Physik. Der Quotient aus der Gewichtskraft *G* und dem Volumen *V* hieß »Wichte«. Das hörte sich noch blöder an als »Samtgemeinde«, aber da saß man nun und rechnete die »Wichte« von Alkohol, Eisen und Quecksilber aus.

Der neue Relipauker war eine Speckwalze namens Wörlitzer. Der Kerl ging auf die Sechzig zu, hatte aber Jeans an, und wir sollten uns im Kreis hinsetzen, damit jeder jeden gut sehen konnte. Reiher.

Ich hockte neben dem Rüßkamp, und als ich dem einmal was zuflüsterte, rief der Wörlitzer: »Na, was hast du denn mit deinem Nachbarn zu bereden? Hmm? Na, sag schon! Isses was Wichtiges? Stell dich doch mal vor die ganze Klasse hin und mach den Mund auf!«

Vor die Füße hätte ich dem Wörlitzer kotzen können.

Beim ersten Training nach den Sommerferien schleifte Uli Möller uns im Dauerlauf durchs Waldgestrüpp, bis sogar Didi protestierte. Das sei nicht mehr normal!

Offenkundig fehlte selbst Didi der Ehrgeiz, der härter gesottene Spieler wie mich irgendwann zu den höchsten Gipfeln des Weltruhms führen mußte. Beim Trainingsspiel siegte meine Mannschaft 16:7, obwohl bei der anderen Uli Möller im Tor gestanden hatte.

In der Nationalelf versprach ich mir eine große Zukunft als offensiver Außenverteidiger, und ich wäre auch einverstanden gewesen, wenn Helmut Schön mich nach meinen ersten Torerfolgen als Linksaußen nominiert hätte. Oder später als Mittelstürmer. Da hätte ich mit größerer Bravour voranstürmen können als auf dem Posten des linken Verteidigers in der C-Jugend des SV Meppen.

Mit dem Polo holte Mama Oma Jever und Tante Therese nach Meppen, für einen Tag und eine Nacht. Beim Tee war zu erfahren, daß Kim von ihrem neuen Job als Tippse in London die Nase schon wieder gestrichen vollhabe und daß Norman jetzt in einer Fabrik in Basildon arbeite, dem Londoner Vorort, wo Onkel Bob und Tante Therese ihr Häuschen hatten.

Und was Norman vor ein paar Wochen widerfahren sei: Der habe ganz friedlich mit seinen Freunden im Pub gesessen, und dann hätten da plötzlich Betrunkene randaliert und nach irgendeinem anderen Kumpel von Norman gesucht, den sie umbringen wollten, wegen irgendwelcher Verfehlungen, und diese Leute hätten eine Massenschlägerei angezettelt, und die mehrfach vergeblich alarmierte Polizei sei erst nach weit über einer Stunde vor Ort erschienen. »Da waren die Radaubrüder natürlich schon längst alle ausgekniffen.« Und nun stünden zwei unschuldige Freunde aus Normans Clique unter Anklage und müßten womöglich jeder einhundert Pfund bezahlen, für den Sachschaden in der Kneipe.

»Vielleicht sollte Norman sich mal 'n paar anständigere Freunde suchen«, sagte Oma, aber statt das Thema weiter zu vertiefen, erzählte Therese von ihrem Urlaub mit Bob auf Korfu. Ein teurer Spaß sei das gewesen, weil das Pfund so schlecht dastehe.

Für die Rubrik »Zeit-Lupe« sollte man die Frage beantworten, ob unser Strafvollzug liberal sei. Tja. Da hätten sie wen anderes fragen müssen als mich.

In Kunst kriegte jeder eine Portion Knete zugeteilt, um daraus ein Relief zu gestalten, das einen Menschen bei der Arbeit zeigen sollte. Die Art der dargestellten Tätigkeit bleibe jedem selbst überlassen, sagte der Lorber, und ich knetete einen Hai bei der Menschenjagd: auf halber Höhe des Reliefs die sich kräuselnden Meereswellen, links darüber der Kopf und ein Arm eines kraulenden Schwimmers und rechts die Rückenflosse des angreifenden Haifischs. Daß der Schwimmer um sein Leben bangte, war an seinem Augenausdruck und an seiner Klappe zu erkennen, die er so weit aufgerissen hatte, daß ich mit dem Spachtel jeden Schneidezahn einzeln modellieren konnte.

»Damit wirst du keinen Blumentopf gewinnen«, sagte Hermann, der sich für das Modellieren eines hämmernden Schmieds entschieden hatte.

Aus Österreich schrieb Michael Gerlach mir, daß es da stinklangweilig sei, genau wie zuhause.

P. S.: Macht die Schule Spaß? Hahahohohihi!

Anstelle des verletzten Stammtorhüters Wolfgang Kleff stand bei Gladbach in der neuen Saison dessen Namensvetter Wolfgang Kneib zwischen den Pfosten. Auf dem Bökelberg trennten sich Gladbach und Duisburg mit 1:1. Den besten Start hatte Hertha BSC erwischt – drei Treffer gegen Karlsruhe, kein Gegentreffer, 2:0 Punkte und Platz 1. Aber nicht für lange! Darüber brauchten sich die Herthaner keinen Täuschungen hinzugeben.

Die Gedenksendungen zum 15. Jahrestag des Mauerbaus im Fernsehen konnte ich mir nicht ansehen, weil Mama und Papa abends Gäste empfingen, zwei ortsansässige Ehepaare, die fast eine halbe Stunde lang brabbelnd im Flur herumstanden, bevor sie sich von Mama ins Wohnzimmer lotsen ließen, zu den Sherry-, Bier- und Weinvorräten und den Häppchentellern.

Zum eigenen ersten Match nach der Sommerpause mußten wir in Schwefingen antreten. Ich heftete mich an die Fersen des Mittelstürmers, der aber von vorsichtigem gegenseitigem Abtasten noch nie etwas gehört zu haben schien. Der rannte blindlings auf einen zu und probierte es dann mit Absatzkicks und solchen Scherzen. Weil er damit bei mir nicht durchkam, stieß er mich, nachdem ich ihm den Ball abgeluchst hatte, von hinten um, und ich schrammte mir im Sturz das rechte Knie auf und verlor den Ball an einen anderen Schwefinger Stürmer, der die Chance nutzte und die Steilvorlage aus dem Stand zum Führungstor verwandelte.

Das vorausgegangene Foul an mir hatte der Schiedsrichter ignoriert.

Mit der Knieverletzung war ich nicht mehr ganz so wendig wie zuvor, aber sobald der Superarsch von Mittelstürmer auf mich zugerannt kam, mobilisierte ich meine Kraftreserven. Der sollte mich kennenlernen!

Freistoß.

Mauerbau.

Abgewehrt.

Und Gegenangriff. Alles nach vorne! Aufrücken, Kombinationsspiel – vorne halbrechts lief sich Didi frei!

»Hinten alles raus!« schrie Uli Möller.

Auf dem rechten Flügel setzte sich Didi durch, lief mit dem Fuß am Ball direkt aufs Tor zu, ließ einen weiteren Verteidiger aussteigen und wurde im Strafraum mit gestrecktem Bein gelegt.

Den Elfmeter schoß Didi selbst, aber an den Pfosten, und aus dem anschließenden Gerangel ging der Torwart als Sieger hervor, und beim Konter griff unser eigener zum zweitenmal daneben.

In der Pause schiß Uli Möller uns alle zusammen und lobte nur Didi in den höchsten Flötentönen.

Die zweite Halbzeit war Schwerstarbeit. Ich verlor mehrere Zweikämpfe und lief meiner Form von früher hinterher. Spürte ich da eine Verhärtung im rechten Oberschenkel?

Mit einem Volleyschuß traf Didi bloß die Latte.

Beim Abpfiff stand es 6:0 für Schwefingen, und wir schlichen in die Umkleidekabine wie begossene Pudel.

Auf der Rückseite einer Ansichtspostkarte aus dem Alpenhochland teilte Michael Gerlach mir seine neuesten Urlaubserlebnisse mit.

Jodltiroh!

Damit Du mal einen Eindruck davon bekommst, wie das hier so aussieht, schick ich Dir diese Karte. Nach Rofen – so heißt das Kaff – haben wir heute 'nen Ausflug gemacht. Das ist der höchstgelegene Ort in Österreich (2014 m). Na ja, Ort ist übertrieben … 'n paar olle Holzhütten stehn da rum, aber sie sind bewohnt. Dann gibt's noch 'ne verschimmelte Kirche, und basta. Als wir da waren, hat's geregnet. Sehr unangenehm. Über die Brücke sind Harald und ich trotzdem rübergegangen. Die war noch verschimmelter als die Kirche, und das will was heißen. Mittendrin war sie zweimal durchgebrochen. Da lagen dann einfach Bretter drüber. An ein paar Nägeln hing also unser Leben. Das Bild untertreibt noch. Es war viel fieser, schmaler und höher da oben.

Tschüß, der Platz ist alle.

Mit der gleichen Post war ein Kärtchen von Renate und Olaf aus Biarritz einegetroffen: Der Rotwein schmecke gut, obwohl er billig sei, und die Landschaft sei schöner als die am Rhein.

Vorne auf der Karte sah man aber ziemliche Betonklötze am Strand herumstehen.

Als ich einmal früher wach geworden war als alle anderen, lief mir auf der Terrasse ein rotbraunes Kätzchen zu. Ich servierte ihm Milch und Cervelatwurst und lockte es dann in mein Zimmer und sperrte es in meinem Schiebeschrank ein. Mama brauchte nichts davon zu wissen.

Von der Unfallversicherung der Tante, die ihr in Koblenz reingefahren war, verlangte Mama mehr als eintausend Mark, obwohl die Reparatur weniger als die Hälfte gekostet hatte. Den Rest forderte Mama für die »merkantile Wertminderung« und den »Nutzungsausfall«, und dann knallte sie noch eine »Unkostenpauschale« drauf und behauptete: »Durchschrift dieses Schreibens mit Ablichtung der Anlagen und des Vorgangsschreibens habe ich vorsorglich meinem Anwalt übergeben.« Was gelogen war, denn Mama hatte gar keinen Anwalt.

Versicherungen, sagte sie, müsse man rotzfrech gegenübertreten, sonst nähmen die einen nicht für voll.

Abends spielte ich mit dem Kätzchen herum, als es satt war vom Fressi-Fressi aus Aufschnitt und Milch. Nach lose baumelnden Wollknäuelfäden zu schnappen, die man ihm hinhielt, das gefiel dem Tierchen gut, und es schnurrte genüßlich, wenn man es auf den Schoß nahm und es im Nacken kraulte oder am Bauch.

Ein halbes Honigbrötchen überließ ich dem Kätzchen morgens und machte die Schiebeschranktür wieder zu.

Nach der Schule stellte Mama mich zur Rede: Wo dieses Katzenvieh herkomme, das ich in meinem Zimmer gefangenhielte. »Ich geh da nichtsahnend rein, um zu staubsaugen, und dann jault da diese Kreatur und kratzt von innen an der Schranktür!« Um die Katze wieder loszuwerden, gab Mama eine Anzeige auf:

Kleines Kätzchen (braun/weiß) zugelaufen. Georg-Wesener-Str. 47.

Die Katze durfte dann bis auf weiteres im Keller hausen und zwischen Papas Werkzeugen herumginstern.

In der »Zeit-Lupe« wurde danach gefragt, wie sich die Sexualkunde aus Schülersicht darstelle. Auch darüber wollte ich mich nicht öffentlich äußern, obwohl ich ziemlich scharf gewesen wäre auf die 25 Mark.

Für das *Zeitmagazin* hatte der Schriftsteller Walter Kempowski Helmut Kohl gefragt, was er so lese, und Kohl hatte gesagt: »Also, wenn Sie mich so fragen – ganz vornean, alles andere totschlagend, das war Hölderlin.«

Hölderlin als Totschläger?

»Der ist doch nicht ganz gar gebacken, dieser Kerl«, sagte Mama.

In dem Interview hatte Kohl auch noch anderen Stuß von sich gegeben: »Ich bin einer, der Politik sehr stark aus der Geschichte heraus begreift.« Ja, wie denn sonst?

Mit dem Begrifferätsel ganz hinten im *Zeitmagazin*, »Um die Ecke gedacht«, verbrachte Mama jedesmal Stunden, und wenn sie irgendwas nicht rauskriegte, rief sie Tante Dagmar oder Tante Luise an, die sich mit der Lösung desselben Rätsels abrackerten. »Hilf mir doch mal bei vierzehn waagerecht auf die Sprünge: ›Tanker können, wenn sie beim Auslaufen da rauslaufen, auslaufen.‹ Fünf Buchstaben, erster R.«

Woraus mochten denn wohl Tanker beim Auslaufen rauslaufen? Aus dem Hafen? Falsch. Mit R sollte das Wort anfangen und fünf Buchstaben haben.

Rickeracke, Hühnerkacke. Wie konnte man sich nur über solchen Mist den Kopf zerbrechen?

Um die richtige Lösung zu finden, mußte Mama erst noch einen Haufen anderer Begriffe erraten, und dann rief sie: »Ruder! Tanker können auslaufen, wenn sie beim Auslaufen aus dem Ruder laufen!«

Da wär ich in hundert Jahren nicht drauf gekommen.

Auf Renates Wunsch rief Mama jeden Tag bei den Menschen vom Arbeitsamt Bielefeld an, um sich nach einem Job für Renate zu erkundigen, aber die hatten nix.

Mein Relief mit dem Schwimmer und dem Hai gab mir der Lorber mit der Note Vier zurück. Ich hätte das »Thema verfehlt«.

Aha. Das Schwimmen auf der Flucht vor einem Hai stellte also keine Arbeit oder Tätigkeit dar. Im Pazifik, mit 'nem Haifisch hinter sich, da hätte ich den Lorber gern mal sehen wollen: Ob er dann wohl ohne echten Arbeitseifer ausgekommen wäre?

»Nimm dir ein Beispiel an mir«, sagte Hermann, der für sein klobiges Produkt, das eine Schmiedewerkstatt darstellen sollte, eine glatte Drei eingestrichen hatte. »Ich bin der neue Picasso!«

Um den Spitzenreiter Hertha BSC aus dem Sattel zu holen, genügte Gladbach in Berlin ein einziges Tor, und den Aufsteiger Tennis Borussia Berlin deklassierte Eintracht Frankfurt im Waldstadion mit 7:1. Drei Tore hatte allein Bernd Hölzenbein erzielt, davon allerdings eins per Foulelfmeter, aber auch das war ja eine Kunst.

In der DDR hatte sich ein Pfarrer mit Benzin übergossen und verbrannt, aus Protest gegen die drakonische Kirchenpolitik der SED. Oskar Brüsewitz.

Zum Gruseln. Ob das wirklich so schlimm war da drüben? Oder hatte der Mann einen Sparren lockergehabt?

Darüber könnten wir uns hier kein Urteil erlauben, sagte Mama.

In einem Interview mit dem *Spiegel* wurde Helmut Kohl hart herangenommen: »Sie insinuieren für unscharf denkende Wähler mit Ihrem Wahlslogan ›Freiheit oder/statt Sozialismus‹, der von der SPD vertretene Sozialismus ähnele dem DDR-Sozialismus.« Darauf Kohl: »Das ist eine Unterstellung, ich insinuiere dies nicht.« Insinuieren? Dieses Wort mußte ich in meinem Fremdwörterlexikon nachschlagen.

Insinuieren, jem. etw. auf feine Art, unmerkl. beibringen, zuflüstern; unterstellen.

Die Befürchtung, daß Helmut Schmidt die Bundesrepublik dem Ostblock ausliefern werde, teilte Mama nicht. »Mit den Jusos kannst du mich jagen«, hatte sie mir mal gesagt, »besonders mit dieser Wieczorek-Zeul«, aber die Ostpolitik der SPD habe doch zu guten Ergebnissen geführt, zur Erleichterung der Reisen zwischen Ost und West und zur Entschärfung der Weltkriegsgefahr. 1962, »wenn ich daran noch denke, wie da die Kriegsschiffe der Supermächte aufeinander zugerollt sind! Da dachte man ja schon, jetzt knallt's!« Und da hätte ich als Säugling eben erst das Licht der Welt erblickt.

Zwei Omas klingelten bei uns und sagten, sie hätten eine Katze hüten sollen, und dann sei sie ihnen weggelaufen. Jetzt wollten sie wissen, ob unsere Katze diejenige welche sei.

War sie aber nicht.

Später kam noch eine andere Frau. Der ihr Kater war gestorben, und sie wollte einen Ersatz dafür haben, und dieser Frau gab Mama unser Kätzchen mit. Von Wiebkes Zimmer aus schoß ich mit meiner Kamera ein Foto von dieser Frau, wie sie mit der Katze auf dem Arm unser Grundstück verließ. Auf dem Foto war nachher von der Katze aber nicht mehr als der Schwanz zu sehen neben dem speckigen Oberarm der Abholerin.

Michael schrieb mir, daß mein Brief aus Meppen eine nette Abwechslung gewesen sei.

Wenn man sonst nur Groschenromane und Heimatgeschnulze über die Berge liest, ist einem ja selbst der größte geistige Dünnschiß willkommen.

Hoch in den Bergen habe es dann aber Ärger gegeben:

Nach 2½ Stunden kamen wir endlich oben an, und Mann, was haben wir uns auf ein deftiges Mittagessen gefreut. Tür auf, reingeschaut: Katastrophe! Alles besetzt! Bis auf den letzten Furziplatz!

Auf Michael Gerlach wartete eben überall das Pech, genauso wie auf mich.

Bei der Versandfirma Zweitausendeins bestellte ich mir eine LP von Cat Stevens. Bezahlung per Nachnahme: Das hieß, daß man das Geld für die Ware dem Postboten geben mußte, der sie einem brachte.

Hoffentlich taugte diese Platte was.

Mama rief Renate an: Im September könne sie hier bei Comet arbeiten. Da würden auch ungelernte Kräfte eingestellt.

In der »Zeit-Lupe« lautete die neue Frage, ob sich das Schriftdeutsch hemmend auf den Wortschatz der hochdeutschen Umgangssprache auswirke. Das war meine Chance. Ich schrieb, daß das Perfekt – »Ich habe gesagt« – in der Umgangssprache gängiger sei als das Präteritum – »ich sagte« –, und sonderte noch ein paar andere Klugscheißereien ab, die mir das nächste Honorar einbringen sollten. 25 Eier abzüglich 50 Pfennig Porto: kein schlechtes Geschäft, wenn's denn klappte.

Ums Geld kämpften auch die Versicherungsheinis, die runde fünfhundert Mark weniger rausrücken wollten, als Mama gefordert hatte,

Minderwert bei der Bagatellhaftigkeit des Schadens unter Bezugnahme auf den 13. Verkehrsgerichtstag in Goslar nicht gegeben. Auf Grund der Neuwertigkeit des Wagens übernehmen wir Beipolierungskosten in Höhe von 75.– DM.

»Was geht denn mich der dreizehnte Verkehrsgerichtstag in Goslar an!« rief Mama. »Die sollen mir den Schaden bezahlen!«

Beipolierungskosten, das war auch so ein Wort aus der Erwachsenenwelt.

Abends fuhr Mama wieder zur Elternversammlung, und ich wollte mich im Wohnzimmer vor die Röhre setzen und mir unbehelligt den französischen Spielfilm »Die süße Haut« ankucken, aber Mama kam schon kurz vor neun Uhr wutentbrannt zurück. Gerade mal fünf jämmerliche Existenzen seien da erschienen, und das bei einer Klassenstärke von 32 Schülern! Die geplante Wahl der Klassenelternschaftsvertreter sei damit flachgefallen.

Den Film mußte ich mir dann mit Mama zusammen ankucken. Dem Titel zum Trotz kamen keine Nacktszenen darin vor. Das wäre wohl auch zuviel verlangt gewesen von einem 1963 gedrehten Schwarzweißfilm. Nach meinen Beobachtungen hatte sich die Frauenwelt erst seit ungefähr 1969 vor den Kameras obenherum zu entblättern begonnen.

Weil Wiebke in ihrer Schule an einer »Arbeitsgemeinschaft Mikroskopieren« teilehmen wollte, wurde Volkers altes Mikroskop vom Dachboden geholt und entstaubt, aber da stimmte mit der Linse irgendwas nicht mehr, und die meisten Plättchen mit Insektenbeinen oder Mikroben oder sonstwas waren hops oder zerbrochen.

Am dritten Spieltag schoß Jupp Heynckes drei Tore beim 4:1 gegen Bochum, und Gladbach hatte sich damit auf den dritten Platz emporgearbeitet, zäh und beharrlich. Deutsche Wertarbeit. Die sah nun einmal anders aus als das Banditentum von Frankie Sinatra und dessen Spießgesellen Dean Martin und Sammy Davis Jr., die die fünf größten Spielcasinos in Las Vegas ausraubten und dann die Einäscherung der in einem Sarg versteckten Beute in einem Krematorium erdulden mußten.

Renate, die im Urlaub rot statt braun geworden war, verdingte sich in Meppen für vier Mark fünfzig Stundenlohn bei Comet. Mama und Frau Lohmann nahmen an den Turnstunden eines Damengymnastikvereins teil, um da abzuspecken, und Papa schimpfte währenddessen über Renates und Olafs Verschwendungssucht.

Als Mama wiederkam, haute sie in dieselbe Kerbe: Die ganze Umzieherei nach Bonn sei doch nur rausgeworfenes Geld!

»Das Geheimnis der falschen Braut« hieß der Spielfilm, der das Gezeter dann für eine Weile unterbrach.

Im Westfalenstadion hatten Gladbachs Stürmer Ladehemmung, aber die Dortmunder ebenfalls. Wolfgang Kneib hielt seinen Kasten sauber. Gezaubert hatte aufs neue Eintracht Frankfurt, die launische Diva vom Main, und das nach einem deprimierenden Halbzeitstand von 0:2 gegen Schalke: Nach dem Ausgleich durch Kraus und Nickel erhöhten Grabowski und Hölzenbein eine Viertelstunde vor Schluß innerhalb kürzester Zeit auf 4:2, und auf den Anschlußtreffer der Knappen ließ das Frankfurter Sturmgespann in den letzten Spielminuten das 5:3 und das 6:3 folgen. Das waren vierzehn Tore in vier Spielen – drei mehr, als der Tabellenführer Köln bis dato verbuchen konnte, und trotzdem rangierte Frankfurt wegen der vielen Gegentore nur im oberen Mittelfeld. Selber schuld!

In ihren Wahlkampf-Fernseh-Spots führte die CDU die Sozialdemokratie als fünfte Kolonne des Kremls vor.

Der Weltkommunismus lächelt auf internationalem Parkett. Und die Bonner Linkskoalition lächelt mit …

Dabei sah man Brandt im selben Boot mit Breschnjew sitzen und Schmidt neben Kossygin, und sie machten alle fröhliche Gesichter.

»Also so ein Quatsch«, sagte Mama. »Sollen die vielleicht die Zähne fletschen? Oder den Russen die Zunge rausstrecken?«

Dann kam wieder mal ein Film mit Rod Steiger, diesmal in der Rolle eines rassistischen Polizeichefs, den es anfangs noch gewaltig wurmte, daß er bei der Aufklärung eines Mordfalls auf die Hilfe eines schwarzen Detectives angewiesen war, aber irgendwie rauften sich die beiden zusammen.

Renate häkelte dabei eine Stola für Tante Dagmar zuende.

Von allen Wochentageszeiten hatte Tom Sawyer den Montagmorgen am meisten gehaßt, wegen der dräuenden Schulscheiße, aber was war ein Montagmorgen in Toms Heimatstadt am Mississippi im Vergleich mit einem Sonntagnachmittag in Meppen an der Ems? Was sollte man tun, wenn man nicht einmal mehr den Quellekatalog aufblättern mochte? Damenunterwäsche, Bademoden, Duschkabinen, Sauna-Seiten, das alles hatte man ja nun schon oft genug gesehen.

Zum Kreisgymnasium hätte ich fahren können, denn da war Tag

der offenen Tür. Mit tollen Freizeitangeboten. Klaro, super, eine klasse Idee, die Penne auch am Sonntag mal von innen zu bestaunen. Ob es wohl Schüler gab, die sich das antaten? Mit ihren Eltern womöglich?

Da blieb ich lieber in meinem Zimmer sitzen, auch wenn es darin nicht viel aufregender zuging als in der Zelle des Häftlings, den Reinhard Mey einmal besungen hatte.

Von Wand zu Wand sind es vier Schritte,

von Tür zu Fenster sechseinhalb ...

In den Kurven meiner Fenstergardine suchte eine Stubenfliege nach einem Ausweg ins Freie, so ähnlich wie in dem Chanson.

Nun, mitgefangen, mitgehangen.

Im Kriegsjahr 1944 spielte ein im Ersten ausgestrahlter Film von Louis Malle über einen französischen Bauernjungen, der sich der Gestapo als Spitzel andient und sich dann in ein jüdisches Mädchen verliebt und im Gespräch mit einem Kollaborateur den Satz aufschnappt: »Manchmal sind jüdische Frauen so schön, daß die andern wie Kühe daneben wirken.«

Als diese Bemerkung fiel, war Mama gerade aufs Klo gegangen. Zum Glück! Noch peinlicher wär's gewesen, wenn auch Papa dabeigesessen hätte, aber der werkelte, wie nicht zu überhören war, im Keller.

»Zieh mit, wähl Schmidt!« sagte Hermann, als wir uns am Montag auf dem Pausenhof über die Wahlwerbung unterhielten. Oberbeknackt war die von der CDU, mit einer Boxerin, die ein Gänseblümchen im Schnabel hatte, und dem Spruch: »Komm aus Deiner linken Ecke.« Einig waren wir uns auch, was die obskure Helga Zepp-LaRouche von der Europäischen Arbeiter-Partei betraf. Daß diese Frau 'ne Schacke hatte, merkte man, sobald sie das Maul aufmachte.

Die FDP warb mit dem Slogan »Leistungen wählen« und einem Foto von Hans-Dietrich Genscher beim Telefonieren in einer Art Kellerloch. Genscher, schrieb der *Spiegel*, wirke auf diesem Plakat verhängnisvollerweise wie der letzte Herstatt-Gläubiger, der seinen geplatzten Wechseln hinterhertelefoniere.

Gekauft hatte ich mir auch eine Ausgabe der neuen Zeitschrift *Der III. Weltkrieg.* Da ging's um alle möglichen Kriege und Konflikte seit 1945, um die sowjetische Atomspionage, um den Bürgerkrieg in Griechenland und um den Sechstagekrieg von 1967, und dann mußte ich wie jeden Montag zur Klavierstunde, der verdammten.

In der neuen *Otto-Show* hielt Otto Waalkes einen Becher mit sprechendem Kaffee in der Hand, den er sich bei dem Versuch, ihn besser zu verstehen, übers Ohr goß.

Kennzeichnend für den Ostfriesen ist seine ganzjährige Brunftzeit …

Gut war Otto auch als Priester mit Doofi-Brille, der sich über den Schlager »Theo, wir fahr'n nach Lodz« ausließ. »Vier fahren. Da sind also vier Menschen unterwegs, und wer sind diese vier? Die vier Jahreszeiten? Die vier Musketiere? Oder sind es vier alle?«

Danach hieß es wieder monatelang Warten auf die nächste Show. Traurig, aber Warzenschwein.

Renate häkelte jetzt an einer Stola für Tante Grete, die versprochen hatte, dreißig Mark dafür lockerzumachen.

Im übrigen gibberte Renate nach Post von Olaf aus einem Kaff namens Waldliesborn, wo ihr Liebster seit allerneuestem stationiert war, aber der Briefträger brachte ihr nur eine Exmatrikulationsbescheinigung, eine Wahlbenachrichtigung und einen neuen Häkelauftrag von Tante Gisela. Das amtsärztliche Gesundheitszeugnis, das Renate benötigte, bekam sie erst nach dem dritten Anlauf im Behördendschungel in ihre Gewalt und meldete sich dann bei einer neuen Fahrschule an.

130 Mark hatte Renate bei Comet verdient, in einer Woche. In dem Laden, sagte sie, würde ein Detektiv herumsitzen, in einem Pappkarton mit Kucklöchern, oben in einem Regal, und diesen Typen würde sie nicht um seinen Job beneiden. Der werde da morgens hochgeorgelt, per Gabelstapler, und abends wieder runter. Das sei überhaupt so'n schnauzbärtiger Idi.

Zu ihrem Kummer hing Renate immer noch ihr Urlaubsspeck auf den Hüften. Diese Pfunde müßten runter.

Seine eigenen Gesetze hatte auch der DFB-Pokal: Gladbach verlor gegen Eintracht Braunschweig 0:2 und flog raus.

Als im Fernsehen die Nachricht kam, daß die ZVS 92 000 Bewerber zum Wintersemester 1976/77 zugelassen und 79 000 abgelehnt habe, wartete Renate nach wie vor auf Olafs Zulassungsbescheid für Bonn, und sie strickte an einem braunen Wollpullover.

Mama war alleine in die Stadt gefahren, um sich ein Theaterstück anzusehen: »Der Besuch der alten Dame«, mit Elisabeth Flickenschildt.

Im UEFA-Cup trennten sich FC Porto und Schalke 2:2.

Als Maos Thronfolger, sagte Hermann, würde er in seiner ersten Amtshandlung den Spucknapf abschaffen, der bei Staatsempfängen in Peking zwischen den Sesseln stehe, und er kritisierte meinen Ankauf eines rororo-aktuell-Taschenbuchs über die Nationale Volksarmee der DDR: »Willst du dich wirklich so stark spezialisieren?«

Von Michael traf eine Ansichtskarte ein, mit einer halbnackten Frau vornedrauf, der auf 'ner Alm eine Kuh den Rücken abschleckt.

Bin aus den Ferien zurück in Old Valla. Morgen geht's von neuem los, und wenn Du das hier liest, bin ich wahrscheinlich schon wieder am Pauken.

Wehmütig grüßt der DMGS – Gütesiegel für Qualität!

Es war auch ein Brief für Renate gekommen, von Olaf, der ihr schrieb, daß er einen neuen Job als Metallarbeiter in einer Aluminiumfabrik in Kesselheim gefunden und im Wahlkampf alle Hände voll zu tun habe.

Das Taschenbuch über die NVA gefiel mir nicht, weil sich die Wehrerziehung in der DDR bei der näheren Untersuchung als unvorstellbar langweilig erwies. Da wurde man schon als Schüler zur Teilnahme an paramilitärischen Übungen verpflichtet, die der »frühzeitigen Herausbildung von sozialistischen Soldatenpersönlichkeiten« dienen sollten. Wehrdienstverweigerer mußten trotzdem exerzieren, als »Bausoldaten«, und wer da nicht mitmachen wollte, der wurde ins

Loch gesteckt. Ein schöner Scheißstaat, diese DDR. Und wie peinlich für die Regierung, daß die westliche Landesgrenze von Soldaten bewacht werden mußte, damit keiner abhauen konnte aus dem Arbeiterparadies.

Renate schenkte Mama einen Grill, so einen runden schwarzen, mit drei Beinen und rotem Windschutzblech. Hatte nur neunfümmenneunzig gekostet, der Apparillo, aber in dem trüben Herbstwetter konnten wir nicht viel damit anfangen.

Und dann rief Olaf an: Seine Zulassung sei da, aber für Trier statt für Bonn! Renate brach in Tränen aus, und Mama schlug ihr vor, sich mit Olaf zu verloben oder ihn zu heiraten. Knall auf Fall. Dann könne Olaf dringende familiäre Gründe für seine Zulassung in Bonn geltend machen.

Das waren ja nun völlig neue Töne.

Werder Bremen hatte einen schweren Stand beim Rückspiel auf dem Bökelberg. Gladbach siegte 3:1 und befand sich danach auf dem zweiten Tabellenplatz, zwei Punkte hinter den Kölnern, die bis jetzt jedes Spiel gewonnen hatten. Den Vogel hatte aber diesmal Bayern München abgeschossen mit einem 9:0 gegen Tennis Borussia. Ein Tor von Jupp Kapellmann, drei von Karl-Heinz Rummenigge und Stücker fünfe allein von Gerd Müller! Wie mochte es danach wohl Hubert Birkenmeier zumute sein, dem Torwart von Tennis Borussia? Es war keine Schande, als letzter Mann von Gerd Müller ausgetrickst zu werden, denn das hatten auch Weltklassetorhüter wie Enrico Albertosi, Jan Tomaszewski und Gordon Banks schon erlebt, aber in einem Spiel durchschnittlich alle zehn Minuten ein Tor zu kassieren, das mußte einen fertigmachen. Und dazu kam ja noch die Gewißheit, daß hinterher Abermillionen Zuschauer der *Sportschau* und des *Aktuellen Sport-Studios* als Augenzeugen auf dem Sofa saßen.

Weil es nicht nach Regen aussah, wurde abends Fleisch gegrillt, auf der Terrasse, und da langte auch Renate kräftig zu. »Ab morgen eß ich dann wieder nur Quark«, sagte sie. Neun Pfund hatte sie angeblich schon abgenommen. Und am Montag wollte sie mal irgendwo in Bonn anrufen und höheren Orts ihre Lage schildern. Studienplätze könne man ja auch tauschen.

Wiebke aß nur eine Spatzenportion, und Mama verschränkte die Arme vorm Bauch, weil sie fror, und dann ging sie rein, um die Ziehung der Lottozahlen nicht zu verpassen. Papa, der an der Fleischfresserei keinen Gefallen fand, war aus dem Keller gar nicht erst nach oben gekommen.

»Ich schrei Kakao!« rief Mama im Wohnzimmer. »Schon drei Richtige! Und jetzt geht's weiter! Kommt mal alle her!«

Auch drei Richtige bildeten noch keine Garantie für ein sorgenfreies Leben. Die 49, die 12 und die 9 waren aus der Lostrommel gezogen worden, und Mama hatte alle diese Zahlen auf einem Feld ihres Lottoscheins angekreuzt und außerdem noch die 7, die 20 und die 36.

Die Trommel drehte sich, und dann purzelte die nächste Zahlenkugel in den durchsichtigen Becher.

30! Oder 20? Oder 29? Nein, die 20 war's, eindeutig, und nun trennten uns bloß noch zwei kleine Glückstreffer vom Durchbruch in die Welt der Millionäre. Vier Richtige hatten wir bereits beisammen, und nun kam auch Papa hoch, angelockt von unserem Freudengeschrei.

Wenn es klappte, würden Mama und Papa den Gewinn zwar irgendwie anlegen, so fest wie möglich, aber ein bißchen was würde auch für Renate, Volker, Wiebke und mich abfallen, da war ich mir sicher. Das mindeste wäre eine dicke Taschengelderhöhung.

In dem rotierenden Gerät hoppelten die Kugeln durcheinander, bis es stehenblieb. Dann bewegte es sich in die Gegenrichtung, und als eine von den Kugeln in die Röhre rollte, schrie Renate: »Die 36!«

Die gezogene Kugel kullerte so rasch durchs Röhrchen, daß man die Zahlenaufschrift nicht gleich erkennen konnte, und dann plumpste die Kugel in den Auffangbehälter.

37.

Scheiße! So verflucht knapp daneben! Als ob der liebe Gott das extra gemacht hätte, um uns an der Nase herumzuführen!

Als letztes kam dann noch die 11.

Zusatzzahl 2.

»Außer Spesen nix gewesen«, sagte Papa, obwohl Mama doch immerhin vier Richtige hatte, aber sie meinte, daß man sich da keinen falschen Hoffnungen hingeben dürfe. Nachher kriege man dafür vielleicht nur popelige zwanzig Mark.

Papa glaubte, daß es noch weniger wäre, wenn die Leute mehr von Statistik verstünden. Dann würden sich bei der nächsten Ziehung Null Komma Null Null D-Mark im Lostopf befinden. Die Wahrscheinlichkeit von sechs Richtigen im Lotto sei geringer als die, in der Wüste Gobi von einem zufällig herunterfallenden Ziegelstein erschlagen zu werden. Eins zu vierzehn Millionen.

Onkel Rudi hatte mal fünf Richtige gehabt, aber keinen roten Heller gewonnen, weil seine verträumte Zweitgeborene vergessen hatte, den Lottoschein abzugeben.

Was hätten Mama und Papa wohl mit einer Million Mark angestellt? Sie auf der Bank gelassen vermutlich und nur einen kleinen Teil der Zinsen abgehoben, um sich davon Preßlufthämmer und neue Gardinen zu kaufen. Auf ein größeres Haus, in dem sie noch mehr putzen müßte, hätte Mama genauso gepfiffen wie Papa auf Kreuzfahrten an Bord eines Vergnügungsdampfers.

Niki Lauda fuhr schon wieder Autorennen. Offensichtlich hatten sich die schweren Brandverletzungen an seiner Birne nicht intelligenzsteigernd auf seinen Grips ausgewirkt.

»Dieser Irre!« rief Mama. »Statt sich das 'ne Lehre sein zu lassen, daß er dem Tod eben noch von der Schippe gesprungen ist! Dem wein' ich keine Träne nach, dem Kerl, wenn der nach seinem nächsten Unfall im Leichenschauhaus liegt!«

Wir hatten oft Streit, aber in diesem Punkt mußte ich Mama recht geben.

Die FDP, sagte der Wolfert in Deutsch, sei die einzige deutsche Partei, die Wert darauf lege, mit Pünktchen geschrieben zu werden, also »F.D.P.«, und sie werde deshalb von manchen Leuten als »Pünktchen-Partei« bezeichnet.

Der Wolfert wählte bestimmt CDU, obwohl er als Deutschlehrer allen Grund dazu gehabt hätte, sich vor Helmut Kohl zu grausen. Im neuen *Spiegel* standen Zitate von Kohl, die ihn nicht gerade als rhetorisch begnadete Geistesleuchte auswiesen.

Ich glaube, daß auf einem wichtigen Platz der Politik sitzend, Politik tragen heute in unserer jetzigen Gesellschaft mit ihren besonderen Verhältnissen eine der wenigen wirklichen Chancen beinhaltet, politische Gestaltung zu bewirken.

Und so ein Faselhans war Kanzlerkandidat! Da konnten einem die Unionsparteien ja fast leidtun, wenn sie keine besseren Leute in der Reserve hatten.

»Jetzt ist nicht die Stunde des Vernebelns und des Beschönigens, jetzt ist die Stunde der Wahrheit«, hatte Kohl im Bundestag gesagt. »Jetzt ist die Stunde des Mutes.« Und Herbert Wehner hatte dazwischengerufen: »Mittag ist jetzt!«

Am Obststand von Comet mußte Renate ständig alles aufräumen, fegen und wischen und nebenher immer noch freundlich grinsend die Kundschaft bedienen, die sich großenteils aus Vollgasidioten zusammensetzte.

Einmal gingen Renate und Mama abends in den Kinofilm »Nordsee ist Mordsee«, mit Musik von Udo Lindenberg.

»Und, wie war's?«

»Nicht so besonders«, sagte Renate.

Wie mir schien, war das gesamte Erwachsenenleben nicht so besonders, wie man sich das als Kind ursprünglich mal vorgestellt hatte.

Verhaßt waren mir vor allem die Wetternachrichten morgens im Radio: »Nordwest sechs bis sieben, Böen acht.« Den Sprechern hätte ich am liebsten eins in die Fresse gehauen. Und dann Chemie: Was ging mich das Gesetz der ganzzahligen Volumenverhältnisse bei Gasreaktionen an?

Aus Hildesheim erreichte uns telefonisch die Nachricht, daß Tante Luises Töchterlein Hedda im Garten beim Klettern von einem Pflaumenbaum gefallen und mit einer schweren Gehirnerschütterung ins Krankenhaus gefahren worden sei, wobei sie wirres Zeug geredet habe, immer dasselbe – daß sie leider keine richtigen Schuhe anhabe, sondern nur ihre Hausclogs, und da habe es Tante Luise mit der Angst zu tun gekriegt, aus Sorge um Heddas graue Zellen, aber jetzt sei alles wieder im Lot, auch wenn Hedda sich weder an den Sturz noch an die Fahrt ins Krankenhaus erinnern könne, und es gehe ihr schon besser.

Schnoif!

Die Sendungen, die man als politisch interessierter Mensch nicht verpassen durfte, hießen *Monitor, Report, Panorama, Kennzeichen D, Pro und Contra, Impulse, Bilanz, Bericht aus Bonn* und *ZDF-Magazin*, und es war ärgerlich, wenn sich welche davon mit Fußball-Live-Übertragungen überschnitten. Die Ergebnisse der Spiele zwischen Bayern München und Köge BK oder zwischen Gladbach und einem international total unbekannten Verein aus Wien mußte man sich dann später vorm Radio zusammenreimen oder auf den neuen *Kicker* warten.

Bei der nächsten Elternversammlung war Mama, wie sie stolz verkündete, als Funktionärin in die Elternvertretung gewählt worden, und jetzt durfte sie an Zeugnis- und Klassenkonferenzen teilnehmen. Auch das noch!

Nach dem Fernsehen als Massenkommunikationsmittel nahmen wir in Englisch die Kreuzzüge durch.

Um Mitternacht kam Papa plötzlich mit einem Strauß roter Rosen aus dem Keller hoch, mitten in einem Western, und gratulierte Mama zum 22. Hochzeitstag. Na sowas? Und auf einmal produzierten auch Renate und Volker ihre Geschenke – Renate eine Strickjacke und Volker zwei Flachmänner von Berentzen und Heydt. Nur mir hatte mal wieder keiner vorher was gesagt.

Von Renate erhielten Mama und Papa zusätzlich eine Faltkarte mit der Inschrift: »Herzlichen Glückwunsch zu Eurem 8037. Ehetag seit der kirchlichen Trauung!«

Dann wurde eine Sektpulle hervorgeholt und aufgewürgt, und Papa, der vor guter Laune fast überschäumte, erzählte eine Schote aus seinem Beamtendasein: Am Morgen habe er seine mit Pferdeschwanz und platt am Schädel anliegendem Haupthaar im Büro aufgekreuzte Sekretärin gefragt, ob sie in einen Windkanal geraten sei, und daraufhin habe diese Person im gesamten Referat herumtelefoniert und jedermann ins Ohr geblasen, daß Herr Schlosser sich heute zum ersten Mal seit Menschengedenken über ihre Haartracht geäußert habe. Am Nachmittag sei die Sekretärin dann wieder mit offenen Haaren erschienen. »Und da hab ich zu ihr gesagt: ›Na, Frau Borgfried, hat Ihnen Ihre Sturmfrisur nicht mehr gefallen?‹«

Manche Frauen, meinte Papa, dürften es durchaus als Kompliment auffassen, wenn man ihnen die Mitteilung mache: »Ihre Frisur ist ja heute nicht mehr ganz so scheußlich wie gestern …«

»Nu is' aber auch gut«, sagte Mama, und dann kreiste das Gespräch um einen zweiwöchigen Lehrgang, den Papa ab dem kommenden Montag in Ottobrunn zu absolvieren hatte, irgendwo bei München. Mama wollte gerne mitfahren, und Renate sagte ihr, das könne sie ruhig tun, wir würden das hier schon irgendwie schaffen, aber Mama erwiderte, das sei 'ne Schnapsidee, schließlich müsse Renate ja arbeiten, und da sagte Papa, daß Renate ihren Job bei Comet ja auch aufgeben und hier solange die Führung übernehmen könne, zum gleichen Preis.

»Ich kann doch von euch nicht vier fünfzig die Stunde verlangen«, sagte Renate. »Da käm ich mir zu unverschämt vor.« Der IG-Metall-Chef Eugen Loderer hätte in einem Tarifstreit sicherlich anders argumentiert.

»Dann bleib eben vormittags bei Comet, und wir geben dir was dafür, wenn du hier nachmittags den Haushalt schmeißt«, sagte Papa, und die Sache war geritzt.

Das sei ja nun wirklich mal 'ne Neuigkeit, sagte Mama. »Eben habe ich hier noch gesessen und mich auf mein Dasein als Strohwitwe eingestimmt, und nun darf ich plötzlich die Weltstadt München sehen! Ich bin baß erstaunt!«

Am Samstag bescherten die angriffslustigen Gäste aus Gladbach Kaiserslautern eine knappe Heimniederlage, während Bochum eine 4:0-Führung gegen Bayern München verschenkte: In nur achtzehn

Minuten hatten Schwarzenbeck, Rummenigge, Müller und Hoeneß daraus in der zweiten Halbzeit ein 4:5 gemacht, und am Ende stand es 5:6. Sagenhaft! Und wie die Bochumer sich jetzt wohl ärgerten über ihre Doofheit!

In der Tabelle hatte Gladbach punktgleich zu den Kölner Geißböcken aufgeschlossen, die zum erstenmal in dieser Saison geschlagen worden waren, und zwar ausgerechnet von Tennis Borussia Berlin, einem Verein, dessen Abwehr der reinste Hühnerhaufen war und den bisherigen Saisonrekord an Gegentoren hielt.

Talentspähern von Tennis Borussia hätte ich im Hindenburgstadion die kalte Schulter gezeigt.

Gegen die Äpfel und Birnen aus dem Garten konnte man nicht mehr anfressen.

Mama kochte welche ein, und ich borgte mir aus dem Wohnzimmer die Autobiographie des Schauspielers Curd Jürgens aus, die Mama sich gekauft hatte. Eine von dessen Geliebten war bei einem Verkehrsunfall gestorben, und an diese Tote richtete Curd Jürgens in seinem Buch die Worte:

Wenn jetzt ein Mädchen zu mir kommt und länger als ein Wochenende bleibt, muß sie ihren Schoß rasieren, so wie du es machtest, wie es bei euch Sitte ist. Und wenn ich dann ihre Schenkel auseinanderzerre und ihren Venushügel mit deinem vergleiche, der hoch und rund war wie deine Stirn, verspüre ich meist keine Lust mehr, ihren »zweiten Mund« zu küssen, der in die Tiefe des Bauches führt, dorthin, wo bei dir der jauchzende Teil deiner Seele verborgen war.

Na, bei dem schien's ja hoch herzugehen. Schenkel auseinanderzerren und rasierte Venushügel vergleichen … und das plauderte er auch noch aus, genau wie alle Einzelheiten seiner ersten Erektion:

Eine halbe Stunde später liege ich in der Badewanne, und Tante Alice wäscht mich. Der Geruch der Kernseife, die sie in den großen Naturschwamm reibt, erinnert mich, wohlig erschöpft, an die Aufregung des Tages. Nach dem Einseifen massiert sie meine Füße, Beine, Schenkel. Schrubbt die Eier und den Schwanz. Etwas schneller, ungenauer als Zehen und Waden. »Encore«, rufe ich. Zu meiner ungeheuren Überraschung hebt sich der Schwanz in Richtung der Hände. Tante Alice nimmt wohlwollend-belustigt den großen Schwamm und fährt damit ein paarmal kräftig zwischen den Beinen hin und her. Es tut angenehm weh, so steif ist das kleine Ding, das mir vorkommt, als glotze es fröhlich aus der Badewanne in die Welt.

Und sowas stellte sich Mama ins Bücherregal! Die dachte wohl, bei uns würde sich niemand außer ihr für den normannischen Kleiderschrank interessieren.

Um halb sechs Uhr morgens hatten Mama und Papa am Montag starten wollen, aber als ich um halb sieben aufs Klo ging, waren sie immer noch da, und Papa suchte überall nach dem Autoschlüssel.

Weil wir in Sport fast nie was anderes als Basketball spielten, wagte ich mich mit der Frage hervor, ob wir nicht auch mal Fußball spielen könnten.

»Alles zu seiner Zeit«, sagte der Weiler, und dann pfiff er das nächste Scheißbasketballspiel an.

Dieser Arsch mit seiner Glatze und den schulterlangen Nackenhaaren. Keine Ahnung von Fußball, aber hier als Sportlehrer den dicken Max markieren.

Nach dem Klavierunterricht mußte ich Renate Einkäufe nachhauseschleppen helfen, einen Kochtopf, Gläser, Gummiringe und 'n Thermometer, und unterwegs zur Post, eine Nachnahmesendung abholen, und zum Schluß noch irgendwelche Backofenringe kaufen, alles im Dauerlauf, damit Renate nicht zu spät zu ihrer nächsten Fahrstunde kam.

Wetz, wetz, wetz! Wenn so das Leben der Hausfrauen aussah, wollte ich lieber Junggeselle bleiben. Und bloß nie eine Familie gründen! Als erwachsener Mann konnte man sich ja auch mit flüchtigen Liebschaften über Wasser halten. Sobald man die ersten Erfahrungen gesammelt hätte, würde keine Gespielin mehr merken, daß man als Jugendlicher mal das eigene Spiegelbild geküßt hatte, zur Übung.

Als Vorgeschmack auf einen echten Kuß trug einem leider auch das Küssen der eigenen Fingerglieder nicht viel mehr als die vage Hoffnung ein, daß sich Mädchenlippen weniger knochig anfühlten.

Abends kochte Renate fünf Gläser Obst ein und ging danach ins Wohnzimmer, um sich den Spielfilm »Szenen einer Ehe« anzukukken. Das war der ödeste Mist, den ich je gesehen hatte, aber Renate verbot mir das Umschalten: »Geh doch einfach raus, wenn dir das nicht gefällt!« Und dabei häkelte sie schon wieder an einer Stola, für Tante Dagmar diesmal. Sechzig Mark war der die Sache wert.

Während Mama und Papa im Freistaat Bayern weilten, machte Franz-Josef Strauß in der heißen Phase des Wahlkampfs Furore mit der Bemerkung, daß Willy Brandt ein »Kunststoff-Messias« sei und in seiner Zeit als Kanzler lediglich den Sockel für sein eigenes Denkmal errichtet habe.

Die merkwürdigsten Blüten trieb aber der amerikanische Präsidentschafts-Wahlkampf. Der Kandidat der Demokraten, Jimmy Carter, hatte in einem Interview mit dem *Playboy* erklärt, daß er in Gedanken viele Male Ehebruch begangen habe.

Was ging denn das die Wähler an?

Am Mittwoch hatte Wiebke als erstes Sport und wollte im Trainingsanzug losziehen, aber Renate erlaubte ihr bloß die Jacke, und da kriegte Wiebke einen Tobsuchtsanfall und brüllte: »Du doofe Kuh hast mir überhaupt nix zu sagen!«

Huiuiui. Und rumms, die Tür geknallt! Und mit Geheul die Treppe hoch, obwohl gar keine Zeit mehr übrig war fürs Bockigsein.

Das Familienministerium hätte mal 'n Dokumentarfilm drehen müssen bei uns, mit Wiebke in der Hauptrolle, und den im Fernsehen zeigen sollen, in sämtlichen UNO-Staaten: Dann wär's mit der Bevölkerungsexplosion vorbei gewesen, von heute auf morgen, weil sich keine Frau mehr freiwillig in die Gefahr begeben hätte, Schreihälse wie Wiebke zu gebären.

Als die LP von Cat Stevens endlich angekommen war, forderte mir Renate das ausgelegte Geld dafür ab, bevor ich nach oben traben konnte, um meine Neuerwerbung auf den Plattenteller zu legen.

The first cut is the deepest, baby I know …

Der mittägliche Blumenkohlgestank quoll schon hoch, und wenn mir ein Song nicht gleich nach den ersten Takten gefiel, setzte ich den Tonarm eine Nummer weiter in die nächste breite Rille.

I know I think a lot
But somehow it just doesn't help
It only makes it worse ...

»Essen kommen!« brüllte Renate, aber aus dem Eßzimmer schickte sie mich dann gleich wieder zum Händewaschen raus. »Und du darfst dir ruhig auch mal die Fingernägel saubermachen, du Schwein!«

In voller Länge konnte ich mir den Song erst anhören, nachdem ich meinen Nachtischteller unter Renates strengem Blick bis aufs letzte Erdbeerjoghurtatom leergefressen hatte.

The more I think
The more I know
The more it hurts ...

Frei Haus mitgeliefert worden war ein *Merkheft*, eingeleitet von einem Begrüßungsschreiben des Zweitausendeins-Chefs:

Guten Tag,

wenn man so alt ist wie wir, nämlich sieben (verflixt, so alt ist unser Unternehmen schon), dann trifft einen schon mal in einem lauen Moment die Identitätskrise und man fragt sich angestrengt, was man ist ...

Außer einigen Nacktfotos enthielt das engbedruckte Heft Informationen über frisch ausgepackte Platten und billige Restposten, doch mein Etat gab leider auch für Sonderangebote nichts mehr her.

Aus einer Postbenachrichtigung ging hervor, daß Mama im Lotto 66,46 DM gewonnen habe, doch in der Annahmestelle biß Renate auf Granit. Das Geld müsse Mama persönlich abholen, hieß es da, und zwar binnen sieben Tagen, und Renate konnte nur mit gutem Zureden und der Leistung einer Unterschrift auf irgendwelchen Papieren eine Verlängerung der Frist bis zum vierten Oktober erwirken.

Auf NDR 3 dolmetschte Tante Dagmar abends Spanisch bei einer Diskussion über die Frankfurter Buchmesse. So eine prominente Tante hatte man, deren Stimme im Äther erklang, was einem aber auch nicht viel nützte, wenn man in Meppen gefangensaß und als Hausaufgabe Goethes »Götz von Berlichingen« lesen mußte.

In der alten Reclam-Ausgabe von Mama konnte ich die Stelle mit dem Arschlecken nicht finden. Die war wohl der Zensurschere zum Opfer gefallen.

Als es nachmittags wie immer regnete, ging ich im Wohnzimmer zum hundertsten Mal Mamas Bücher durch. Vielleicht hatte ich ja doch noch ein verwendbares übersehen?

»Eltern, Kind und Neurose« hieß ein Taschenbuch, in das ich einen kurzen Blick riskierte.

Diagnose: Enuresis und Enkopresis. Dissoziale Fehlhandlungen.

Ach du lieber Gott von Bentheim. Da kehrte ich doch lieber wieder heim zu Curd Jürgens und Anthony Quinn.

Gegen Rot-Weiß Essen glückte Gladbach ein Kantersieg – 6:0! Drei Tore hatte allein Jupp Heynckes geschossen. Wenn die Kölner die Tabellenführung behaupten wollten, genügte ihnen beim Samstagsspiel gegen Bayern rein rechnerisch ein Sieg mit zwei Toren Vorsprung, aber die Bayern waren nicht dafür bekannt, daß sie im eigenen Stadion ihre Siege verschenkten.

Einmal rief Mama abends an, um halb zehn: Sie amüsiere sich bestens, und sie nehme alles mit, was sie kriegen könne, Theater, Kino, Museen, und sie habe sich noch keine Minute gelangweilt, auch jetzt nicht auf der Wies'n beim Oktoberfest mit Blasmusi und Schunkeln überall. Da sei auch Papa von ihr hingeschleift worden, trotz seiner Gegenwehr, und er habe nur leider seinen Personalausweis in Meppen vergessen, so daß sie an diesem Wochenende nicht wie geplant nach Salzburg hätten fahren können …

Renate suchte mehr als eine Stunde lang nach Papas Ausweis und fand ihn dann in einem Aktentaschenschlitz. Gleich am nächsten Tag wollte sie das Ding per Einschreiben nach Ottobrunn spedieren.

Den 1. FC Köln vernaschte Bayern München mit 4:1, und Gladbach war neuer Tabellenführer. Sieben Spiele, fünf Siege, zwei Unentschieden, keine Niederlage, 17:5 Tore, 12:2 Punkte: Das war doch ein prächtiger Saisonstart.

Die Bayern hatten zwar schon 26 Tore geschossen, aber auch 15 Gegentore hinnehmen müssen.

Als wahres Torfestival hatte sich die Begegnung zwischen Schalke 04 und Tennis Borussia erwiesen. Der Endstand – 5:4 für Schalke – deutete nicht darauf hin, daß Bundestrainer Helmut Schön sich mit dem Gedanken tragen müßte, Tennis Borussias Torwart Hubert Birkenmeier in den engeren Kreis der Aspiranten auf die Nachfolge Sepp Maiers einzubeziehen.

Renate sagte ihren überflüssigen Pfunden abermals den Kampf an: Ab Montag wollte sie von ihrer Tausend-Kalorien-Diät auf Nulldiät umsteigen und bloß noch Kaffee, Tee und Wasser konsumieren, eine Vitamintablette täglich und dazu vielleicht noch eine Prise Süßstoff. Wenn schon, denn schon.

Zum Abnehmen hätte ich an Renates Stelle lieber Fußball gespielt. Obwohl: Damenfußball? Gab's das überhaupt in Meppen?

Was für ein trauriges Los, einem Geschlecht anzugehören, dem als magerer Ersatz für den Vereinsfußball nur das Hungern übrigblieb.

Näher als bis Lingen war Helmut Kohl bei seiner Wahlkampftournee an Meppen nicht herangekommen, und ich hatte es mir ein paar Märker kosten lassen, am Stichtag mit dem Zug die zwanzig Kilometer nach Lingen zu fahren und mir dort im Geschiebe und Gedränge der Volksmassen ein Autogramm von Kohl zu besorgen, persönlich und aus erster Hand, als Bestandteil einer Sammlung, deren Umfang irgendwann selbst Gustav schier vor Neid erblassen lassen dürfte.

Der ranghöchste SPD-Politiker, den es im Wahlkampf nach Meppen verschlagen hatte, war der Arbeitsminister Walter Arendt, aber um den hatten sich keine Massen gedrängt, sondern nur ein Häuflein Parteifreunde, in einer verqualmten Kneipe statt unter freiem Himmel, und am Ende der Veranstaltung wären Walter Arendt und die neben ihm sitzenden Lokalmatadoren mit der Erfüllung meines Autogrammwunschs total überfordert gewesen, wenn sich nicht doch noch irgendwo ein Kugelschreiber und ein Papierfetzen angefunden hätten. Autogrammkarten? Fehlanzeige.

Und nun sollte auf dem Meppener Windthorstplatz bei einer Kundgebung der CDU der als Scharfmacher bekannte Spitzenpolitiker Alfred Dregger sprechen, allerdings schon mittags, so daß Hermann und ich die Mathestunde schwänzen mußten, um dieses politische Großereignis nicht zu verpassen, aber so furchtbar groß war's dann auch wieder nicht, sondern ziemlich übersichtlich, und wir konnten uns ohne Schwierigkeiten weit nach vorne drängeln.

Nach dem Wahlsieg, tönte Dregger, werde »Kassensturz« gemacht in Bonn, auf Heller und Pfennig genau, und dann werde sich zeigen, was noch zu retten sei nach sieben Jahren sozialliberaler Mißwirtschaft und deren verheerenden Folgen: wachsende Arbeitslosigkeit, erhöhte Steuern, steigende Inflationsrate, zunehmende Gewaltkriminalität und außenpolitisch der Kotau vor Moskau und den sowjetischen Satellitenstaaten, Milliardengeschenke an die Marxisten der Dritten Welt, Korrosion des atlantischen Bündnisschilds und eine dramatische Gefährdung des Friedens und der internationalen Sicherheitslage …

»Panikmache«, sagte Hermann halblaut, und da drehte sich ein Mann zu uns um, dessen Gesichtszüge jedem Leser der *Meppener Tagespost* vertraut erscheinen mußten: CDU-MdB Burkhard Ritz – einer der edelsten Platzhirsche in der Hackordnung der emsländischen Christdemokratie und zudem der stellvertretende Vorsitzende der Unionsfraktion im Deutschen Bundestag.

Burkhard Ritz bedachte uns beide mit eisigen Blicken und wandte sich dann wieder Dregger zu, der sich jetzt über das schwarz-rot-goldene Emblem der CDU vernehmen ließ. Das sehe nicht so halbherzig und flatterhaft aus wie das wellenförmige der SPD, denn bei der CDU gehe es steil nach oben: »Aus Liebe zu Deutschland!«

Ich applaudierte, und ich bat auch Hermann zu applaudieren, weil sich Burkhard Ritz schon wieder zu uns umdrehte und ich hier nicht als Querulant eingestuft werden wollte, denn ich hatte vor, mir auch von Dregger ein Autogramm zu beschaffen, und nachdem ich lange genug geklatscht hatte, ging ich nach vorn und holte mir eins ab.

Nach allem, was ich gelesen hatte, besaß Muhammad Alis neuer Herausforderer Ken Norton ein größeres Format als seine letzten drei Vorgänger, und ich stellte meinen Wecker auf drei Uhr zwanzig, ohne Renate vorher zu fragen, ob es ihr genehm wäre, wenn ich einen Teil meines Nachtschlafs opferte, um mir die Übertragung dieses Boxkampfs ankucken zu können. Schlafende Hunde soll man nicht wekken, dachte ich mir, und wenn alles glattlief, würde Renate von meinem nächtlichen Ausflug zum Fernseher gar nichts mitkriegen, aber als der Wecker dann klingelte, war mir der gesamte Boxsport auf einmal so egal, wie's nur ging. Ich stellte das Klingeln ab und ratzte weiter und erfuhr erst morgens aus dem Radio, daß Ali den Ring als Punktsieger verlassen hatte, nach fünfzehn Runden.

Im Badezimmer stritten sich Volker und Wiebke mit viel Geschrei über die beste Methode des Ausquetschens einer weitgehend ausgemolkenen Zahnpastatube, und von unten keifte Renate herauf: »Kommt ihr jetzt mal bald zum Frühstück runter, ihr lahmen Säcke?«

Ein Segen, dachte ich, daß ich mich nicht als übermüdeter Zuschauer der fünfzehn Runden in den Kampf ums Dasein stürzen mußte, sondern halbwegs ausgeschlafen war, und ich stellte mich auf einen normalen Scheißschultag ein, bis Renate beim Frühstück die *Meppener Tagespost* aufschlug und kreischte: »Ich lach mich tot! Das bist ja du!«

Verarschen kann ich mich alleine, dachte ich, aber Renate hatte recht. Im Lokalteil prangte ein gestochen scharfes Foto von Alfred Dregger und mir, und untendrunter stand:

Nach der Kundgebung kamen die Autogrammjäger zu ihrem Recht.

Oh no! Das war ja der Beweis dafür, daß ich Mathe geschwänzt hatte, und der lag nun sämtlichen Abonnenten der *Meppener Tagespost* vor, schwarz auf weiß!

Und es hätte noch viel schlimmer kommen können, denn irgendein Idiot hatte das Foto ausgeschnitten und ins Klassenbuch gelegt, aber der Schlüter schenkte dem Fundstück zum Glück keine große Beachtung, sondern drohte mir nur scherzhaft mit dem Zeigefinger, und dem Mathelehrer war es gar nicht aufgefallen, daß Hermann und ich gefehlt hatten.

Nach einem 3:0-Sieg über eine österreichische Außenseitermannschaft hatte Gladbach im Europapokal die nächste Runde erreicht. In jüngeren Jahren hätte ich sämtliche Ergebnisse des Wettkampfs um die großen europäischen Trophäen sowie die Torfolgen mitsamt den Namen aller Schützen säuberlichst in einer Kladde vermerkt, aber das konnte man ja auch alles im nächsten *Kicker* nachlesen, also was soll's?

Gegen den FC Porto hatte Schalke in den letzten vier Minuten aus einem 1:2 ein 3:2 gemacht, und auch Abramczik hatte ein Tor geschossen.

In Deutsch schob Hermann mir sein Reclamheft rüber und tippte auf einen mit Bleistift unterstrichenen Satz, den Goethe einem schißhasigen, vor Götz von Berlichingen und dessen Leuten fliehenden Knecht in den Mund gelegt hatte: »Ich steck mich ins Rohr.«

Da waren wohl Schilfrohre gemeint.

Viel blöder fand ich das krampfhafte Eindeutschen englischer Königsnamen. Da wurden Henry, Charles und James in Heinrich, Karl und Jakob umgetauft, aber wenn denen einer auf der Straße »Hallo, Heinrich!«, »Hey, Karl!« oder »Tagchen, Jakob!« zugerufen hätte, wären die doch nicht mal stehengeblieben, sondern weitergelatscht, tief versunken in Gedanken an die Habeascorpusakte.

Eine ganz andere Frage warf der Physikpauker Pöttering auf, »aber die kann uns ja vielleicht der junge Herr Schlosser beantworten, wenn er die Güte besitzt, sich aus seinen Tagträumen loszureißen. Also?«

Also was? Der Arschkeks wußte doch genau, daß ich nicht aufgepaßt hatte. Ich merkte, daß ich rot wurde, und als sich welche nach mir umdrehten, noch röter.

»Wir haben uns gerade gefragt«, sagte der Pöttering, »ob sich der Auftrieb eines waagerecht in Wasser getauchten Brettes ändert, wenn man es vertikal stellt.«

Aha. Vertikal, das hieß – was hieß das noch? Senkrecht? Ein senkrecht gestelltes Brett und dessen Auftrieb in einem Wasserbad. Auftrieb, das war der Dings, der scheinbare Gewichtsverlust in Wasser, wie mir wieder einfiel, und nun mußte ich mit einer Antwort rüberkommen, denn inzwischen hatte sich die halbe Klasse zu mir umgedreht, um das Schauspiel meiner Folterung zu genießen. Änderte sich der Auftrieb? Ja oder nein? Die Chancen standen fifty-fifty.

»Nein«, sagte ich.

Der Pöttering, von dessen Feindseligkeit ich bis zu dieser Stunde noch gar nichts geahnt hatte, wanderte vor der Tafel umher, die Hände auf dem Rücken ineinandergelegt, und sah dabei zur Decke hoch. »Und was veranlaßt dich zu dieser Vermutung?«

Irgendwas mußte ich sagen. Irgendwas anderes als die Wahrheit, daß ich nur geraten hatte. »Weil Bretter im Wasser nicht senkrecht stehenbleiben«, sagte ich. »Die kippen um.«

Der Pöttering hielt inne und schnitt ein Gesicht, als ob er 'ne Zitrone gefressen hätte.

»Wegen dem Auftrieb eben«, schob ich nach, zur Erklärung, und wenn ich sonst noch was zu sagen gehabt hätte, wäre es im Gelächter der Klasse untergegangen. Und dann im erlösenden Pausenklingeln.

Ihr Hühnerficker, ihr bekotzten!

Warum konnte nicht jeder Schüler eine Einzelkabine haben, mit freier Sicht aufs Lehrerpult, aber ohne Blickkontakt zu den Mitschülern? Das wäre mir lieber gewesen als alle Klassenzimmer, in denen man herumsaß wie auf dem Präsentierteller.

Nach der *Tagesschau* trafen die Spitzenvertreter aller vier Parteien aufeinander, Schmidt und Genscher, Kohl und Strauß, zum letzten direkten Schlagabtausch vor der Wahl. Das war die sogenannte Elefantenrunde, und die sahen sich auch Renate und Volker an, nur Wiebke nicht, weil die sich mehr fürs Nasebohren interessierte als für Politik.

Es ging auch gleich gut los. Helmut Schmidt zitierte jemanden, der geschrieben hatte, daß die Deutschen dem Ziel einer gerechten und humanen Ordnung noch nie so nahegekommen seien wie in der Bundesrepublik, die einen hervorragenden Platz in der Staatenwelt einnehme, und Franz-Josef Strauß brauste auf: »Ja, die Darstellung, die Herr Schmidt von der wirklichen Lage der Bundesrepublik auf den eben angeschnittenen Gebieten gibt, ist mehr ein Poesiealbum als eine die Wirklichkeit treffende Darstellung unserer Probleme!« Und dann meckerte er über die Wirtschaftskrise, die Fehler in der Steuerpolitik und die Zahl der Arbeitslosen, die zehn Milliarden Mark Unterstützung kosteten. Und Schmidt konterte damit, daß das Zitat, das er vorgelesen hatte, aus einem Aufsatz von Helmut Kohl stammte. Gut gegeben!

Kohl kam ziemlich ins Schwitzen bei seiner Erwiderung, und er suchte dann sein Heil in der Kritik an der sozialistischen Indoktrination in deutschen Schulen, aber davon hatte ich am Kreisgymnasium noch nichts gemerkt.

»Für 'ne Führungsposition ist der zu schwach«, sagte Renate, häkelnderweise. »Der windet sich doch wie 'n Aal, wenn er was gefragt wird. Armes Deutschland!«

Die meisten von Hans-Dietrich Genschers Gesprächsbeiträgen fingen mit den Worten an: »Darf ich zunächst noch mal feststellen, daß …« Und dann kam irgendwas wahnsinnig Langweiliges, das im Zigaretten- und Pfeifenqualm unterging.

Um Viertel nach zehn hatte die Debatte zuende sein sollen, aber sie dauerte bis Mitternacht, und da versuchten Kohl und Strauß noch schnell, der Bundesregierung die Verantwortung für den Schießbefehl an der innerdeutschen Grenze in die Schuhe zu schieben, und danach lief *Einsatz in Manhattan*, für Leute, die an diesem Tag noch immer nicht genug gesehen und gehört und gehäkelt hatten.

In Mathe kam das d'Hondtsche Wahlsystem aufs Tapet, ein kompliziertes Verfahren der Sitzverteilung, das der Rechtswissenschaftler Victor d'Hondt ausgebrütet hatte. Dabei spielten auch das Kumulieren und Panaschieren von Erst- und Zweitstimme eine Rolle. Ich strengte mich an, um das zu durchschauen, und einmal war ich auch kurz davor, aber dann klappte es irgendwie doch nicht.

Leichter zu begreifen war der parlamentarische »Hammelsprung«. Da mußten alle Abgeordneten den Plenarsaal verlassen, und je nachdem, durch welche Tür die Mehrheit wieder hereinspazierte, fiel das Ergebnis der Abstimmung aus.

Hinter den Kulissen des Bundestags ging's wahrscheinlich mit Hauen und Stechen zu. Na ja, immer noch besser als die lachhafte

Brüderlichkeit in der Volkskammer der DDR, wo immer alle ein und dieselbe Meinung haben mußten.

In England gab es Oberhaus und Unterhaus, in den USA Kongreß und Senat, in der UdSSR den Obersten Sowjet und in China den Nationalen Volkskongreß. Wie sollte man sich das alles merken?

Knesset, Folketing und Sejm.

Der letzte Schultag vor den Herbstferien war auch Renates letzter Arbeitstag bei Comet, aber da konnte sie nicht hintänzeln wie eine Dancing Queen, denn sie hatte sich über Nacht eine fette Erkältung eingefangen, mit allen Schikanen, einschließlich Heiserkeit, Matschbirne und Gleichgewichtsstörungen.

Im Wahlkampf hatten die Regierungs- und die Oppositionparteien einander nichts geschenkt. Freiheit oder Sozialismus? Den Wankelmut von Franz-Josef Strauß in der Frage der innerbetrieblichen Mitbestimmung hatte Helmut Schmidt auf die Formel gebracht: »Wie der Bulle pißt, eben mal so und mal so.«

Hermann mißtraute den Beteuerungen der Union, den Frieden in Europa aufrechterhalten zu wollen: »Dem Kohl, dem nehm ich das vielleicht noch ab, daß er in Bonn nur gemütlich regieren will, aber dem Strauß? Dem brennen doch sofort die Sicherungen durch, wenn der Russe mit dem Säbel rasselt …« Das hätten inzwischen hoffentlich auch die Wähler kapiert.

»Und was machst du, wenn die Union trotzdem ans Ruder kommt?«

»Dann steck ich mich ins Rohr.«

Die frühe 1:0-Führung der Eintracht bog Gladbach im Frankfurter Waldstadion durch Tore von Simonsen und Wittkamp in ein 1:3 um und blieb damit auch am achten Spieltag Nummer eins. Wohlan.

Um fünf Uhr, gerade rechtzeitig zum Tee, den ich selbst gekocht hatte, weil Renate dafür zu k.o. war, kamen Mama und Papa zurück.

Unterwegs, erzählte Mama, sei der Peugeot kaputtgegangen, und deswegen hätten sie am letzten Sonntag die Wahlkampfrede von

Strauß auf dem Marienplatz in München versäumt, »aber das kann ich verschmerzen!« Ihr, also Mama, sei die penetrante CSU-Reklame in ganz Bayern sowieso schon auf den Wecker gegangen. »Ist ja ganz nett, da mal reinzuschnuppern, aber ewig wollt' ich da nicht leben.« In Bad Tölz habe irgendein Bauer seine Kuhherde über die Straße getrieben, mitten in der Stadt, wie im Mittelalter. »Geschadet hat's nix, nur gestunken.«

Ohne Kinder zu verreisen, das sei eigentlich der ganze Witz. »In Salzburg haben wir das Mozarthaus besichtigt, in der Getreidegasse, und zwar in ruhigerer Gangart als vor elf Jahren.« Was allein ich da 1965 für ein Theater gemacht hätte! »Und denkt mal an – im Hof vom Deutschen Museum in München hat 'n Starfighter aus Upjever gestanden, von der Luftwaffenschule. Da hat Papa natürlich sofort seinen Kopp in den Auspuff gesteckt.«

Wiebke erhielt ein Halstuch, Renate ein mit rosa Steinchen besetztes Armband, Volker ein Buch über Militärflugzeuge und ich einen Bayern-München-Wimpel.

Das Armband würde gut zu ihrem einen Ring von Olaf passen, sagte Renate, aber mein Wimpel paßte absolut nirgendwohin.

Am Sonntagvormittag zogen Mama und Papa sich fein an, bevor sie zum Wahllokal gingen, und anschließend gab's Gulasch mit Kartoffeln und Wirsing und dann fast auch noch Streit, weil Wiebke ein zerkautes Stück Fleisch auf ihren Teller gehustet hatte.

»Was ist denn das für ein Benimm?«

Volker hatte keinen Bock, aber Renate, Wiebke und ich fuhren freiwillig mit, als Mama Oma und Opa Jever nach dem Essen einen Besuch abstatten wollte.

Auf der Hinfahrt bat ich alle darum, mir sofort Bescheid zu sagen, wenn ein Briefkasten in Sichtweite komme. Ich hatte Michael Gerlach einen fünfzehn Seiten langen Brief geschrieben, den längsten meines Lebens, und den wollte ich loswerden.

In Jever fragte Oma uns beim Tee, ob auch wir im Fernsehen verfolgt hätten, wie in Damaskus drei Verbrecher öffentlich gehenkt worden seien, und da mischte sich Gustav ein: »Aus deiner Annahme, liebes Großmütterchen, daß es sich bei den Delinquenten um Verbrecher gehandelt hat, spricht nicht nur ein gesundes Grundvertrauen in die syrische Rechtspflege, sondern auch eine profunde Kennerschaft auf dem Gebiet der Kriminalität im Nahen Osten, und wenn du darüber wirklich soviel weißt, dann solltest du dich den dortigen Justizorganen fürderhin als Gutachterin in Strafprozessen zur Verfügung halten.«

»Ach was«, sagte Oma, »nun red doch nicht so'n Tühnkram daher!«

In den fünfziger Jahren war die SPD noch im Dreißig-Prozent-Turm gefangen gewesen, aber der Genosse Trend war ihr seit 1953 treu geblieben, und sie hatte bei jeder Bundestagswahl ein bißchen zugelegt und es zuletzt auf satte 45,9 % gebracht.

Wie sich schon um kurz nach sechs herausstellte, war diesesmal jedoch die CDU als stärkste Partei aus der Wahl hervorgegangen, und es zeichnete sich ein Kopf-an-Kopf-Rennen zwischen der sozialliberalen Koalition und den Oppositionsparteien ab, sehr zum Verdruß von Oma und Mama, die Helmut Kohl nicht ausstehen konnten.

»Wartet's mal ab«, sagte Gustav. »Wenn Helmut Kohl erst regiert, dann wachsen dem mit der Amtswürde auch Charisma und eine irisierende erotische Ausstrahlung zu, und am Ende der nächsten Legislaturperiode werdet ihr beide Feuer und Flamme sein für diesen Mann …«

»Da luer up!« rief Oma aus, was soviel hieß wie: Darauf kannst du lange warten.

An die absolute Mehrheit kam die Union nach den jüngsten Hochrechnungen aber doch nicht ganz heran, und damit war die Sache bereits nach gut dreißig Minuten entschieden, mehr oder weniger.

Früher sei das spannender gewesen, sagte Mama. Da hätten sich diese Geschichten über viele Stunden hingezogen. »Und wir haben oft bis weit nach Mitternacht gezittert, wenn die Ergebnisse aus irgendwelchen gottverlassenen Wahlkreisen bekanntgegeben worden sind!«

Als mündiger Bürger wollte Gustav von seinem Recht Gebrauch machen, in einem Wahllokal die Auszählung der Stimmen zu beobachten, und ich durfte mitkommen.

In einem Grundschulklassenzimmer brachten Wahlhelfer Ordnung in das Durcheinander der Stimmzettel. Wir sahen eine Weile zu, und dann fiel mir auf, daß oben auf dem FDP-Häufchen einer abgelegt worden war, der nicht gültig sein konnte, weil der Wähler weiter unten in der Zweitstimmenspalte außerdem noch die rechtsextremistische NPD angekreuzt hatte.

»Oh, vielen Dank«, sagte einer der Wahlhelfer und sortierte diesen Stimmzettel aus. Der kam auf das noch kleinere Häufchen mit ungültigen Stimmen von Wählern, die Hakenkreuze aufs Papier gekrakelt oder alles durchgestrichen hatten.

Eine der zur Wahl stehenden Parteien hieß AUD (»Aktionsgemeinschaft Unabhängiger Deutscher«). Wer die wohl gegründet hatte? Und mit welchen Hoffnungen? Da konnte doch nie was draus werden.

Vor den Splitterparteien brauche man sich nicht zu fürchten, meinte Gustav. »Bonn ist nicht Weimar!« Von denen werde keine auf einen grünen Zweig kommen.

Danach begaben wir uns wieder vor den Fernseher. Der nervtötend näselnde Reporter Ernst-Dieter Lueg fragte Willy Brandt, wie die SPD die Probleme jugendlicher Wähler zu lösen gedenke, und Brandt erwiderte, er könne sich jetzt nicht »bei Petitessen aufhalten«.

Petitessen? Das Wort hatte ich noch nie gehört. Es stand auch weder in Opas Duden noch in Gustavs Fremdwörterlexikon.

Alles in allem hatten die Koalitionsparteien zwar viele Zweitstimmen verloren, aber nicht genug für einen Regierungswechsel. Da konnte Helmut Kohl noch so trotzig blaffen: »Ich will Bundeskanzler werden!«

Franz-Josef Strauß war aus München zugeschaltet worden und saß also nur in einem Fernsehgerät mit am Tisch der ARD.

Renate erhielt einen Anruf von Olaf, und hinterher erzählte sie, der sei schon betüdelt, aber einfach süß. In genau 109 Stunden werde sie wieder bei ihm sein. Und dann zog sie mit Gustav zu einer Wahlparty der Jusos los.

Mama, Volker und Wiebke fuhren zurück nach Meppen. Ich selbst hatte mir gewünscht, mal wieder eine Woche lang in Jever bleiben zu dürfen, und ich teilte mir das Kellerzimmer mit Renate, die allerdings erst spät und nicht gerade nüchtern angetorkelt kam.

Vorläufiges amtliches Endergebnis: SPD 42,6 %, CDU/CSU 48,6 %, FDP 7,9 %, Sonstige 0,9 %. Die Koalitionsregierung hatte eine Mehrheit von acht Sitzen, und Helmut Kohl, der sich trotzdem als Wahlgewinner betrachtete, war sauer auf die Freidemokraten, weil die sich nicht mit ihm an den Verhandlungstisch setzen wollten.

Ein besseres Ergebnis hatte die Union bisher tatsächlich nur ein einziges Mal erreicht, in der Ära Adenauer. Wie es damals zugegangen war, konnte man einem alten, in Opas Bücherschrank vorrätigen Sammelband mit den denkbar drögsten Adenauer-Anekdoten entnehmen. Einmal hatte Konrad Adenauer sich im Bundestag mit dem kommunistischen Abgeordneten Heinz Renner gefetzt. »Da lachen ja die Hühner, Herr Bundeskanzler«, hatte Renner ausgerufen und darauf von Adenauer zu hören bekommen: »Dann lachen Se mal, Herr Renner.«

Vollkommen hirnrissig war schon der Titel dieses Buchs: »… gar nicht so pingelig, m. D. u. H.« Wobei »m. D. u. H.« als Abkürzung der Floskel »meine Damen und Herren« auf dem Schutzumschlag stand.

Im Wahlkreis Emsland hatte die CDU 62,2 % der Zweitstimmen gekriegt, und das Direktmandat war natürlich an den christdemokratischen Kandidaten gegangen, Rudolf Seiters aus Papenburg. Im Emsland hätte die CDU auch 'n Besenstiel aufstellen können.

Von dem Taschengeld, das mir von Mama zugemessen worden war, kaufte ich mir bei Tolksdorff ein Buch über Lenin, der in Rußland 1917 die Oktoberrevolution angezettelt hatte. Vorher war er, wie ich aus dem Buch erfuhr, auch einmal in London gewesen und hatte den Stadtplan penibel genug studiert, um selbst Einheimische durch genaue Ortskenntnisse verblüffen zu können. In London! Ich dagegen hätte nicht mal sagen können, wo genau die Meppener Kuhstraße verlief.

Geschildert wurde in dem Buch auch, wie Lenin die Menschewiki ausmanövriert und die Macht an sich gerissen hatte. Die Angehörigen der Zarenfamilie waren 1918 erschossen und die zerhackten Leichen mit Benzin und Schwefelsäure übergossen und verbrannt und dann in einen Sumpf geschmissen worden.

Alle diejenigen abzuschlachten, die im Kampf gegen uns verwundet wurden, ist das Gesetz des Bürgerkriegs.

Das hatte ein Leitartikler der *Iswestija* geschrieben, und es waren Zehntausende liquidiert worden, von Erschießungskommandos der Tscheka, zackbumm, ohne Gerichtsverfahren und Grabreden. Im Hauptquartier des Moskauer Sowjets hatte 1918 ein Arbeiter die Erkennungsmerkmale eines todeswürdigen Bourgeois zusammengefaßt: »Ich würde einfach in sein Haus gehen und in seine Töpfe gukken. Wenn Fleisch darin ist, ist er ein Volksfeind und müßte an die Wand gestellt werden.«

Irgendwann hatte auch Jever mal zu Rußland gehört, aber diese Zeit lag zum Glück schon lange zurück. Sonst hätte uns jetzt bei einer Razzia der Rotarmisten vielleicht bereits der Geruch der von Oma in der Pfanne geschmurgelten Bratwürste ans Messer geliefert.

Wie er nach der Revolution mit den Beamten des alten Regimes umspringen werde, hatte Lenin 1908 einem Freund erläutert: »Wir werden den Mann fragen, ›wie stellst du dich zu der Revolution? Bist du dafür oder bist du dagegen?‹ Wenn er dagegen ist, werden wir ihn an die Wand stellen. Ist er dafür, so werden wir ihn willkommen heißen und ihn auffordern, mit uns zu arbeiten.« Und die Krupskaja, Lenins Frau, hatte dazu angemerkt: »Ja und ihr werdet selbstverständlich die wertvolleren Menschen erschießen, weil sie den Mut haben, zu ihrer Überzeugung zu stehen.«

Und so hatten die Kommunisten die zaristische Diktatur durch einen Staat ersetzt, in dem nur Arschkriecher nicht ständig um ihr Leben bangen mußten.

»Was liest'n du da Schönes?« fragte mich Gustav, als er das Wohnzimmer nach seinem Teerkocher durchsuchte.

Ich hielt das Buch hoch: »Lenin – Geburt des Bolschewismus«.

»Das lies man weiter«, sagte Gustav.

Er selbst las momentan ein Buch aus der Serie *Bonn aktuell* (»Hans Friedrichs – Staranwalt der Marktwirtschaft«). Diese Bücher konnte man, wie mir Gustav mitteilte, kostenlos in Bonn bestellen: »Postkarte genügt.«

Wieso erfuhr ich das erst jetzt? Ich wetzte noch am gleichen Tag zur Post und orderte beim Auswärtigen Amt ein solches Buch über Hans-Dietrich Genscher, und bei der Bundeszentrale für politische Bildung abonnierte ich die Heftreihe *Informationen zur politischen Bildung*. Die gab es nämlich ebenfalls umsonst.

Nachdem Renate abgedampft war, blieb ich als letzter Vertreter der Familie Schlosser in Jever zurück und mußte ganz alleine in dem Gästezimmer im Keller schlafen. Einmal lag ich da mit meinem Buch und ahnte nichts Böses, als ich mitten über meine Bettdecke eine fette, schwarzhaarige Spinne stolzieren sah. Mit einem Wuppdich sprang ich aus der Falle, unwillkürlich, ohne groß zu überlegen, und ich schaltete das Deckenlicht an und wich noch einmal einen halben Meter zurück.

Und nun? Was hätte Lenin wohl getan, nach den Gesetzen des Bürgerkriegs?

Für einen Mutanten aus dem niederen Tierreich und mich war dieses Gästebett auf jeden Fall zu klein. Einer von uns beiden mußte weichen, und ich wußte auch schon wer, aber ich hatte meine liebe Mühe, die Spinne wiederzufinden. Ich drehte Bettdecke und Kopfkissen vorsichtig um, und ich wuchtete sogar die Matratze hoch, doch die Spinne blieb unauffindbar, und das war keine geringe Leistung im Versteckspielen für ein Raubtier mit so vielen und so langen Beinen.

Schließlich ging ich selbst auf alle viere, um auch das Gelände unterm Bett zu kontrollieren, wobei ich die Nachttischlampe zuhilfenahm, und da sprotzelte was, und die Glühbirne war hinüber.

Womit hatte ich nun das wieder verdient?

Den Rest der Nacht verbrachte ich in dem anderen Gästebett.

Oma zeigte morgens kein Verständnis für die Nöte, die ich ausgestanden hatte. »Spinne am Abend, erquickend und labend«, sagte sie, und damit hatte sich die Sache.

Bei einer langen Radtour durchs Wangerland dozierte Gustav über die sogenannte *Spiegel*-Affäre von 1962: Da hätten Adenauer und Strauß nach einem kritischen Bericht über die Stärke der Bundeswehr die Pressefreiheit auszuhebeln versucht und den *Spiegel*-Chef Rudolf Augstein verhaften lassen, wegen »Landesverrat«, aber diese Anschuldigung sei an den Haaren herbeigezogen gewesen. Strauß habe dann im Parlament die Lüge aufgetischt, daß er mit der ganzen Affäre nichts zu tun habe, »im Wortsinne nichts«, aber damit sei er nicht durchgekommen. »Lügen haben kurze Beine«, sagte Gustav, »und aus diesem Grunde mußte Strauß alsbald die Amtsgeschäfte als Verteidigungsminister niederlegen …«

In einer Ortschaft namens Stumpens kehrten wir in ein stilles Wirtshaus ein, wo Gustav sich ein Jever Pilsener bestellte und ich mir 'ne Fanta, auf Gustavs Einladung.

In der Ecke stand eine Musikbox mit säuischen Schlagertiteln. »Bumsfallera« lautete einer. Ich opferte fünfzig Pfennig und drückte die Taste F7. Und schon tschingbummte es durch die Kneipe: »General Schlambambes liegt im Bett mit seiner Frau Elisabeth! Sie liegen beide Arsch an Arsch und furzen den Radetzkymarsch …« Darauf folgten Trompetenstöße, die die Fürze simulieren sollten. Ein einziger Schweinkram.

»Das hast du dir selber ausgesucht«, sagte Gustav, »also beschwer dich nicht.«

Er las in *Bild am Sonntag*. Sonntags gab's in Deutschland nur zwei Zeitungen: *Bild am Sonntag* und *Welt am Sonntag*, *BamS* und *WamS*, und alle beide gehörten dem Verleger Axel Springer.

Im Kellerschrank entdeckte ich ein angegammeltes Pamphlet aus dem Jahr 1947, über die Menschenversuche der Nazis, die sich in ihrer Hybris dazu verstiegen hätten, KZ-Häftlinge zwangsweise in Eiswasser zu baden, um herauszufinden, bei welcher Temperatur ein Mensch erfriere. Als Herren über Leben und Tod hätten sich diese

Schergen aufgespielt, und in der sowjetisch besetzten Zone würden gegenwärtig leider ganz ähnliche Verhältnisse herrschen.

Ich schnürte auch wieder einige der Stöße aus Gustavs eingekellerter *Spiegel*-Sammlung auf, wobei mir eine Fortsetzungsserie über das Leben von Adolf Hitler vor Augen kam. Diese Serie schnitt ich mir aus, mit Omas Handarbeitsschere, und ich war schon fast fertig damit, als Oma beim Kartoffelholen zufällig mitkriegte, was ich da trieb.

»Na, das wird Gustav aber gar nicht recht sein, daß du ihm hier seine geliebten Hefte zerschnibbelst«, sagte sie. »Das leg man alles schön wieder zurück!«

Was ich dann auch tat.

In dem Freundschaftsspiel gegen Wales stand wieder einmal Rudi Kargus im deutschen Tor, und die Waliser mußten sich mit 0:2 geschlagen geben.

Wahrscheinlich dachte Helmut Schön jetzt darüber nach, ob er den alternden Sepp Maier vor der WM '78 durch Kargus ersetzen sollte, was aber auch wieder traurig gewesen wäre, weil ich die Vorstellung anziehend fand, den WM-Pokal spätestens 1982 gemeinsam mit Maier wieder nach Deutschland zu holen. Ich als Newcomer und Sepp Maier als Veteran, und wir beide in einer Mannschaft, deren Glanzvorstellungen die ganze Welt in Entzücken versetzten: »Ramba-Zamba: Deutschland – Brasilien 7:0! Pelé mit Maulsperre auf Intensivstation – Herzinfarkt?«

So in etwa. Aber ich traute mir auch zu, im Fünfmeterraum mit Rudi Kargus oder Norbert Nigbur zu harmonieren. Oder mit Wolfgang Kleff oder wem auch immer.

Näheres über seinen Fahrradunfall und dessen Folgen mußte man Gustav mühsam aus der Nase ziehen.

»Und was hast du gemacht, wenn du gemußt hast?«

»Dann, mein werter Vetter, habe ich in eine eigens dafür bestimmte Flasche hineingestrullt, und wenn es dicker gekommen ist, hat man mir eine Pfanne untergeschoben, mit langem Stiel und breitem Rand. Im allgemeinen sind dafür die Bezeichnungen ›Schieber‹ oder ›Stechbecken‹ gebräuchlich. Zufrieden?«

Im *Wochenblatt* studierte Oma immer als erstes die Todesanzeigen, auf der Suche nach den Namen von Bekannten, die das Zeitliche gesegnet haben könnten, völlig unerwartet oder auch nach langer, schwerer Krankheit. Der größte Teil von Omas und Opas Bekanntenkreis lag bereits unter der Erde, und es paßte irgendwie dazu, daß das *Jeversche Wochenblatt* die älteste Zeitung Deutschlands war. Seit 1791 auf dem Markt, das mußte man sich mal vorstellen.

Gustav erschien mit der neuen *Zeit*, und die enthielt meinen Beitrag über die Umgangssprache. Wieder 25 Eier! Dieser guten Nachricht des Tages folgte am frühen Abend die schlechte, daß Renate bei der Fahrprüfung in Meppen durchgefallen sei. Angeblich hatte sie das Fahrzeug vor einem Stoppschild nicht bis zum völligen Stillstand abgebremst.

Während in Bonn schon die Koalitionsverhandlungen anfingen, tobte in den USA noch der Wahlkampf. Im Fernsehduell mit Jimmy Carter war dem Präsidenten Gerald Ford dabei ein grober, möglicherweise wahlentscheidender Schnitzer unterlaufen, als er einfach rundweg abgestritten hatte, daß es eine sowjetische Vorherrschaft in Osteuropa gebe. Selbst Polen und Rumänien, hatte Ford behauptet, seien unabhängige Länder.

Und dieser Schafskopf amtierte als Präsident der Vereinigten Staaten!

»Falls du dir von dem demokratischen Erdnußfarmer Jimmy Carter größere intellektuelle Leistungen erhoffen solltest, kann ich dir nur empfehlen, dich erst einmal selbst mit den politischen Gegebenheiten in anderer Herren Länder vertraut zu machen«, sagte Gustav. »Könntest du mir beispielsweise aus dem Stegreif einen Vortrag über die geopolitische Situation in Ozeanien halten?«

»Nein, aber ich will ja auch nicht Präsident von Amerika werden.«

»Das könntest du auch gar nicht als Deutscher. Aber wenn du glaubst, daß du dich in der Welt besser auskennst als der Präsident der Vereinigten Staaten, mußt du dir schon gefallen lassen, daß man sich im Gespräch mit dir ein Bild von deiner eigenen Weltläufigkeit verschaffen will! Wie heißt beispielsweise der Bürgermeister von Meppen?«

Was hatte denn wohl der Bürgermeister von Meppen mit den Patzern des Präsidenten der Vereinigten Staaten zu tun?

Aufreizend behäbig stopfte Gustav seine Pfeife, und er bat mich um die Erlaubnis, mein Schweigen dahingehend interpretieren zu dürfen, daß mir der Name des Meppener Bürgermeisters mitnichten geläufig sei.

»Na und?« sagte ich.

Zu weiteren Auskünften war Gustav erst bereit, als er seinen Stinkadori nach allen Regeln der Kunst in Betrieb gesetzt hatte, und dann mußte ich mich darüber belehren lassen, daß es nicht angängig sei, sich als Vierzehnjähriger ein Urteil in weltpolitischen Fragen herauszunehmen, wenn man noch nicht einmal auf der niedersten kommunalpolitischen Ebene der eigenen Heimatregion Äpfel von Birnen unterscheiden könne. »Wenn du mir allerdings bei deiner nächsten Fernreise nach Friesland den Namen deines Bürgermeisters verrätst, dann bin ich gern dazu bereit, mit dir auch einmal über die Salt-II-Verhandlungen und die Hegemonie der Sowjetunion zu disputieren ...«

Und ich fand die Weltpolitik trotzdem interessanter als die Hegemonie der emsländischen CDU.

Eine noch viel herbere Niederlage als die auf dem Bökelberg mit 3:1 abgefertigten Fortunen aus Düsseldorf mußte am Samstag Bayern München hinnehmen – 0:7 gegen Schalke! Und das zuhause, im Olympiastadion! Viermal hatte allein Klaus Fischer zugeschlagen. Vier Tore gegen Sepp Maier, in einem einzigen Spiel: Das war rekordverdächtig. In dieser Form bildeten die Bayern jedenfalls keine Gefahr für Gladbachs Titelambitionen.

In dem Walt-Disney-Taschenbuch, das ich mir für die Rückfahrt gekauft hatte, flog Donald Duck unter dem Decknamen Phantomias als Superheld durch die Gegend. Ich dachte zuerst, das gibt's doch nicht. Wer will denn den als Superhelden in Aktion sehen? Der soll sich mit Ahörnchen und Behörnchen in die Wolle kriegen oder seinen Neffen ihre Taler aus dem Sparschwein stehlen, um Daisy zum Dinner einladen zu können, aber doch nicht am Himmel herumdüsen, unter

Vernachlässigung aller Gesetze der Schwerkraft! Das war ungefähr so sinnvoll, wie wenn Stan und Ollie die Rollen mit Terence Hill und Bud Spencer getauscht hätten.

Als ausgebuffter Profi hätte Walt Disney das eigentlich wissen müssen.

»Dein Freund aus Vallendar hat dir geschrieben«, sagte Mama, als sie mich in Meppen vom Bahnhof abholte, aber nach dem Brief mußte ich dann fast 'ne halbe Stunde lang suchen, bis er sich in den Geröllschichten auf dem Klavier anfand.

Hallo, hallo …

Dein Vorwurf ist berechtigt. Ich bin längst dran mit Schreiben. Aber Schreiben erinnert mich zu sehr an HAUSAUFGABEN (welch schreckliches Wort), und deshalb hab ich's gelassen.

Viel los ist ohnehin nicht. Es regnet. Dauernd. Ständig. Ohne Unterlaß. Wenigstens heute hatten wir Besuch aus Amerika. Eine verflossene Arbeitskollegin meines Vaters, die nach dorthin gezogen ist, kam mal vorbei. Mit ihren zwei Kindern. Das eine war noch Säugling, das andere 4 Jahre alt. Sprach kein Wort Deutsch. Daß es Deutsch jedoch verstand, erfuhren wir erst, als Holger bereits einigemale (zu recht) gesagt hatte (und zwar laut und im Beisein des Vierjährigen), daß der eine Pestbeule sei. Nun ja.

Du hast Ferien? Wie denn das? Etwa schon Herbstferien? Die kriegen wir erst am 29.! Skandal! Und am 27. schreiben wir noch 'ne Deutscharbeit. Es ist zum Weinen.

Unser Kassettenrekorder befindet sich wieder in der Reparatur. Zum dritten Mal (in zwei Monaten). Und immer wegen des gleichen Defekts. Und im Januar läuft die Garantie ab. Au weh. Beim nächsten Mal fragen wir aber, ob wir das Scheißding nicht umtauschen können. Glaub ich allerdings kaum. Auf dem Garantieschein steht irgend so 'ne Klausel.

Ich werde mich bemühen, den Brief hier morgen oder übermorgen oder … äh … also ich werde versuchen, mich zu bemühen, diesen Brief schnellstmöglich abzuschicken.

Schö – es grüßt der DMGS.

Ich konterte mit einem kurzen Schreiben, dem ich das Zeitungsfoto von Dregger und mir beilegte, und nachdem ich den Brief eingeworfen hatte, kamen wir zwei Weiber auf dem Rad entgegen. Irgendwie muß ich wohl ziemlich doof gekuckt haben. Die brachen jedenfalls in Lachen aus, als sie an mir vorbeigefahren waren, und ich verkroch mich in mein Zimmer.

With only solitude to meet me like a friend ...

Und von unten bölkte Papa: »Bring sofort das Fahrrad in den Keller!«

Am 3. Oktober hatten auch Kommunalwahlen stattgefunden. Im Meppener Rathaus hatte die CDU zwei Plätze verloren, einen an die SPD und einen an die FDP, aber mit 26 von 37 Plätzen konnte die CDU noch immer nach Gutdünken schalten und walten.

Bei einer Tour durch das Waldgestrüpp zwischen E-Stelle und Nordradde fand ich in einer Blätterkuhle ein teils aufgeweichtes und teils pappig hartes Sexheft. Welche Sau das wohl da hingeworfen hatte?

Weil ich als Nachwuchsjournalist noch immer im Geld schwamm, forderte ich bei Zweitausendeins postalisch eine LP von Joan Baez mit einer Stunde Spielzeit an, für acht Mark neunzig plus Versandkosten. Die Bestellnummer mußte man hinten in den Coupon neben dem Brief von Frau Susemihl eintragen, die die Bestellungen bearbeitete.

Auf dem oberen Flur hätten Volker und ich die alte Carrera-Bahn wieder aufbauen können, dachte ich, aber Volker zeigte mir nur 'n Vogel.

Na schön. Wenn der Idiot so hoch über den Dingen schwebte, hatte er ja wohl auch nichts dagegen, daß ich mir aus seinem Parka an der Flurgarderobe zwei Zigaretten borgte.

Camel. Dafür geh' ich meilenweit.

Die eine hob ich mir für später auf, und die andere schmökte ich gleich nach dem Essen auf dem Balkon, was kein reines Vergnügen war, aber dafür ein teures, auf Volkers Kosten. Mit etwas Übung würde ich mich vielleicht an diesen schmutzigen Geschmack im

Mund gewöhnen und Lungenzüge nehmen, so wie richtige Raucher, die den Qualm durch die Nasenlöcher wieder nach draußen bliesen.

Unten auf dem Radweg fuhr Tanja Gralfs vorbei, und da wäre ich gern in Deckung gegangen, wenn's eine gegeben hätte. Was sollte ich machen? In mein Zimmer hechten, durchs offene Fenster?

Zum Glück sah Tanja Gralfs nicht zu mir hoch. Sonst hätte sie überall herumerzählen können, daß ich heimlich rauchte.

Den Zigarettenstummel versteckte ich auf Volkers Seite vom Balkon zwischen den vermoderten Birkenblättern in der Regenrinne.

Tanja Gralfs. Womit sich diese Belladonna wohl die Ferienzeit vertrieb? Bestimmt nicht mit dem Studium fader Redensammlungen von Genscher über liberale Außenpolitik im Dienste von Sicherheit und Freiheit, so wie ich, und wahrscheinlich auch nicht mit dem Reinigen eines stinkenden Hamsterkäfigs, so wie Wiebke.

Tante Gertrud wurde 50, und ich mußte mir ein paar Zeilen abringen, aber was sollte ich der schreiben, außer Glückwünschen und der Bitte, auch Onkel Edgar und Bodo und Bodos Meerschweinchen schöne Grüße auszurichten?

Von Mama und Papa kriegte Oma Schlosser zum 77. Geburtstag als Lesestoff »Das Inselbuch vom Alter« zugeschickt. Als ob eine Frau in Omas Alter nicht auch mal an etwas anderes als nur immer und ewig an ihr Altsein hätte denken dürfen. Und was sollte dann als nächstes kommen? »Das Inselbuch vom Friedhof«?

Ich, auf meine alten Tage, würde lieber Comics lesen. Die tollsten Geschichten von Donald Duck, als Reprint, im Schuber, von Zweitausendeins: Mit was anderem würden mir meine Kinder und Enkelkinder, wenn ich dann welche hätte, überhaupt nicht erst zu kommen brauchen.

Als Opa würde ich mir auch den Spaß erlauben, sämtliche Briefe von Michael Gerlach wiederzulesen. Bei einer durchschnittlichen Lebenserwartung von 68 Jahren hatte ich noch einige tausend Briefseiten von Michael zu erwarten. Oder wenigstens einige hundert, wenn dessen Briefe in Zukunft nicht länger ausfallen sollten als der jüngste:

Heißassa.

So, jetzt bin ich aber wieder dran mit Schreiben. Wird mir allerdings schwerfallen, bei dem, was hier so los ist.

Auf dem Zeitungsfoto habe ich ja erst mal nur einen weiblichen Autogrammjäger gesehen. Doch dann entpuppte er sich als Mitglied des GMS, dessen Angehörige alle – von wenigen Ausnahmen abgesehen – männlichen Geschlechts sind. Wenn auch nur – wie dieses Exemplar auf dem Foto – andeutungsweise.

In der Schule (worüber soll ich sonst schreiben) passe ich absolut nicht mehr auf. Ich vertrödele die Zeit damit, Bücher zu malen und irgend 'nen blödsinnigen Titel vorne draufzuschreiben: HOW TO KILL TEACHERS. Oder: GMS – HORT DER IRREN. Oder: TAUSEND BESCHISSENE OSTFRIESENWITZE. Jedes Blatt und jedes Schulbuch ist inzwischen voll davon. Meine Nachbarn fangen auch schon damit an. Alles, alles voller Bücher! Es ist wie 'n Fieber.

Aber was soll man auch machen. Nichts zu tun, nichts los, alles Scheiße. Mein Zimmer hab ich zig-mal umgeräumt vor Langeweile. Und obwohl ich so viel Zeit hab, mach ich keine Hausaufgaben. Alles ist träge und faul. Sogar das Wetter – alles grau in grau und voller Wolken. Ab und an ein Düsenjäger, Böllerschüsse – spinn ich eigentlich? Erzähle dauernd, hier sei nichts los, und dann hat's im Reha gebrannt, zumindest zum Schein. Das war wohl irgend 'ne Notstandsübung. Jedenfalls überall Martinshörner, Geheule, Gehupe, Gelache – kurz, wie auf 'm Volksfest. Bloß 'ne Übung. Und ich dachte schon daran, wieder Trebitsche zu jagen, Brandstifter und so. Ach, eben alles Scheiße.

Es grüßt den doofen GMS der einzigartige, unnachahmliche, doch durchaus nachahmenswerte DMGS!

P. S. Den Nobelpreis für Literatur 1976 erhielt Prof. Erwin Erbswurst für sein Werk: MEPPEN – DAS GLANZLOSE DASEIN EINER STADT MITSAMT IHRER VERSOFFENEN BEVÖLKERUNG.

Frecher ging's ja wohl nicht mehr. Meinem Antwortschreiben, das an Deutlichkeit nichts zu wünschen übrigließ, legte ich den Durchschlag eines Protestbriefs ans Stockholmer Nobelpreiskomitee bei, und im Postscriptum flehte ich Michael darum an, mich in seine Gebete einzuschließen, denn in Niedersachsen gingen die Herbstferien zuende, und in Rheinland-Pfalz hatten sie noch nicht mal angefangen.

In der Schlacht gegen Groß Hesepe streifte der Ball meinen rechten Unterarm, und der Elfer war drin. Dieses Ferienerlebnis hatte sich der liebe Gott noch aufgespart für mich, als letzten Leckerbissen vor dem altgewohnten Trott.

Schule. Deutsch.

Füllest wieder Busch und Tal
Still mit Nebelglanz
Lösest endlich auch einmal
Meine Seele ganz …

Für diese an den Mond gerichteten Verse sei Goethe zu seinen Lebzeiten scharf kritisiert worden, sagte der Wolfert. »*Du* füllest« und »*Du* lösest« hätte Goethe schreiben müssen, um seinen Kritikern den Wind aus den Segeln zu nehmen, aber darin zeige sich eben die Größe eines dichterischen Genies, daß es sich nicht an Koventionen gebunden fühle, sondern im Vertrauen auf den eigenen Kunstverstand Neuland erobere. »Bohnekamp! Worin zeigt sich Goethes Größe?«

Rausche, Fluß, das Tal entlang,
Ohne Rast und Ruh,
Rausche, flüstre meinem Sang
Melodien zu …

Der Bohnekamp hatte gepennt, aber Anneliese Junkers meldete sich und wurde drangenommen.

In der Pause analysierten Hermann und ich die Ergebnisse der Bundestagswahl. Ich plädierte dafür, die NPD zu verbieten, aber Hermann meinte, daß er's lustiger finde, diese Krückelpartei alle vier Jahre an der Fünfprozenthürde scheitern zu sehen. »Ist doch schön, wenn nur so'n paar versprengte Männeken ihre Stimme für die NPD abgeben. Da braucht man die doch gar nicht groß zu verbieten.«

Wie anderswo Wahlen vonstatten gingen, in der DDR zum Beispiel, die Volkskammerwahlen, bei denen jedesmal 99,86% oder so für die Einheitsliste stimmten. Da war doch was oberfaul.

Oder die Machtkämpfe in der chinesischen Führung: Maos Witwe Tschiang Tsching gegen Maos Thronfolger Hua Kuo-feng, wer sollte da durchblicken?

»Kennt ihr überhaupt das chinesische Regierungskabinett?« fragte der Bohnekamp. Der chinesische Verkehrsminister höre auf den Namen Um Lei-Tung. »Und was heißt Dieb auf chinesisch?«

Das hatte ich schon mal gewußt. Es lag mir auf der Zunge.

»Lang-Fing«, rief der Bohnekamp. »Und Polizist heißt Lang-Fing-Fang!«

Beim Lachen flogen ihm die Krümel seiner Cervelatwurstschnitte aus dem Maul, und man konnte sehen, daß er im Unterkiefer eine Batterie von Plomben sitzen hatte. Oder war das Zahnstein?

Laut *Spiegel* ließ Marschall Bokassa, das Staatsoberhaupt der Zentralafrikanischen Republik, seinen innenpolitischen Widersachern gern mal das Rückgrat brechen, die Ohren abschneiden und die Augen ausstechen. Und obwohl Zentralafrika eins der ärmsten Länder der Welt war, besaß Bokassa eine Villa an der Riviera und in Frankreich ein Rittergut und dazu noch ein Schloß.

Hoffentlich schmierte diesem Räuber da mal jemand Senf unter die Palastklinke. Aber den hätten dann wahrscheinlich nur die Lakaien an ihren weißen Handschuhen hängen gehabt, denn Bokassa machte bestimmt keine Tür mit eigener Hand auf, die faule Sau.

Besser wär's gewesen, sich mit einer guten Fee anzufreunden, die das ganze Gemäuer mit einem Wink ihrer Hand so elegant zusammenkrachen ließ wie einst das Schloß des bösen Zauberers Petrosilius Zwackelmann.

Des choses auxquelles on ne s'attendait pas: Ich hatte mit 'ner Arbeit in Franz gerechnet, aber dann fiel der gesamte normale Unterricht aus, und wir kriegten welchen in Erster Hilfe erteilt. Wie man einem Bewußtlosen beizustehen hat, wenn's ihm hochkommt (Gebißprothesen entfernen!), wie die Mund-zu-Mund-Beatmung vor sich geht, wo die Arteriendruckpunkte sitzen und wie man Unfallopfer ohne Krankentrage transportiert. Ich hatte mächtig Schiß, als Opfer aufgerufen zu werden, aber der Albers meldete sich sogar freiwillig und ließ sich gleich mehreremale von verschiedenen Samaritern herumschleppen, wobei er laut stöhnte, so als ob ihn wirklich irgendwelche Knochenbrüche schmerzten.

Hinterher bekam jeder eine Bescheinigung darüber, daß er einem geschockten, verblutenden Opa das Leben retten könne, und wenn man im Ernstfall trotzdem dastand wie der Ochs vorm Berge, würde man wegen unterlassener Hilfeleistung ins Zuchthaus kommen.

Mit diesem Wisch in meiner Tasche war es mir natürlich gleich sehr viel wohler ums Herz.

Das erste Heft von der Bundeszentrale für politische Bildung war gekommen (»Die Bundesrepublik Deutschland 1949–1955«), mit dem berühmten »Teppich-Foto«. Ein Protokollbeamter hatte der deutschen Delegation bei ihrem Antrittsbesuch im Schuppen der drei alliierten Hochkommissare im September 1949 einen Stehplatz vor dem riesigen Teppich zugewiesen, auf dem die Hochkommissare standen.

Adenauer erkannte sofort die beabsichtigte Distanzierung und betrat wie selbstverständlich den Teppich, von wo er seine Antwortrede hielt, eine Geste, die von allen Anwesenden verstanden wurde.

Typisch Adenauer. Papa hatte den mal als »rheinisches Schlitzohr« bezeichnet: »Für Adenauer hat Deutschland an der Elbe aufgehört, und alles dahinter war für den Asien.«

Es waren auch ältere Hefte noch lieferbar, und ich schrieb den Leuten in der Bundeszentrale, daß sie mir restlos alles schicken sollten.

Volker packte mittags einen Bettelbrief vom Schulelternrat des Maristengymnasiums aus.

Der Betrag soll, in Abstimmung mit der Schulleitung, für die Anschaffung eines Videorekorders (Ein Gerät, mit dem man jederzeit wertvolle Fernsehsendungen – etwa naturwissenschaftliche Sendungen, Theaterstücke und dergleichen – aufnehmen und für beliebig lange Zeit speichern kann, um sie dann im Unterricht wiedergeben zu können) verwendet werden, der in allen Klassen als modernes Unterrichtsmittel eingesetzt werden kann.

»Meine Güte«, sagte Papa, »welcher Umstandskrämer hat denn diesen Satz verbrochen? Der Betrag soll für ein Gerät, mit dem man Sendungen aufnehmen kann, um sie wiedergeben zu können, verwendet werden, der eingesetzt werden kann! Können diese Idioten nicht einfach schreiben, daß sie einem Geld abknöpfen wollen? Für irgendein modernes Mistgerät?«

Zehntausend Mark kostete der Rekorder, und da legte auch Mama ihren Suppenlöffel aus der Hand. »Das kann doch wohl nicht deren Ernst sein! Alle Welt regt sich auf, daß die Kinder zuviel fernsehen, und jetzt sollen wir Vater Staat aus unserer Privatschatulle zehntausend Mark zubuttern, damit die Jugend sogar noch in der Schule vor der Glotze hockt!«

»Ich hab mir das nicht ausgedacht«, sagte Volker, und der beim Mittagessen mit Fettflecken und Eselsohren versehene Brief wanderte im weiteren Verlauf des Tages vom Eßtisch über den Couchtisch im Wohnzimmer und den Flurschrank auf den Schreibtisch in Papas Arbeitszimmer, um von dort aus irgendwann auf Nimmerwiedersehen in einem grauen Aktenordner zu verschwinden.

In dem lustigsten Vampirfilm, den ich je gesehen hatte, suchten der zerstreute Fledermausforscher Professor Abronsius und sein hasenfüßiger Gehilfe in den Karpaten nach Draculas Erben und riskierten Kopf und Kragen, um eine schöne junge Frau aus den Klauen der Blutsauger zu retten, als Vampire verkleidet, aber die Tarnung flog auf, als die beiden Abenteurer bei einem Mitternachtsball im Spukschloß als einzige im Wandspiegel zu sehen waren, denn echte Vampire hatten kein Spiegelbild. Die wilde Verfolgungsjagd, die daraufhin begann, ging zwar gut aus, aber in der Fluchtkutsche schlug die gerettete Frau ihre Zähne in den Hals des Gehilfen, und so verbreitete sich diese Pest über die ganze Welt …

Am besten hatten mir die schauspielerischen Künste des Vampirknechts Koukul gefallen. Und ich merkte mir den Namen des Regisseurs. Roman Polanski: Der hatte bestimmt noch andere gute Filme gedreht.

Im Achtelfinale des Europapokals hatten die Fohlen den Spaghettifressern vom AC Turin eine 1:2-Heimniederlage bereitet, die Nieten von Banik Ostrau waren von Gerd Müller mit einem bildschönen Tor quasi im Alleingang besiegt worden, und auch die anderen deutschen Mannschaften hatten sich in den europäischen Wettbewerben wakker geschlagen, aber was half einem das, wenn man sich in Mathe mit der Zielwertgleichung $z = ax + by$ herumschlagen mußte und in Reli mit der tiefschürfenden Frage: »Was ist autoritäre Antiautorität ohne Einsicht?«

Washaslefas weißheißlefeiß ichhichlefich?

Dann schon lieber Englisch. Das lag mir mehr als kryptisches Gesülze à la Wörlitzer oder fruchtloses Kopfzerbrechen über Parallelverschiebungen der Zielgeraden.

Which of the broadcasts do you think are live, part of a film series or a combination of several sources?

Da konnte ich mithalten, und wenn der Wolfert die Quantität meiner mündlichen Leistungen nicht für steigerungsbedürftig gehalten hätte, wäre auch Deutsch die reinste Erholung gewesen. Da kriegte man schon mal Geschichten vorgelesen, über einen schweren Eisenbahnunfall zum Beispiel, der sich tief unten in einem Tal zuträgt, am Ufer eines Sees, und von einem hochgelegenen Hausbalkon sehen Leute dabei zu, irgendwelche Partygäste …

Man stelle sich vor: Tote und Verstümmelte, aber gottlob, man sah sie nicht. Jammer und Hilferufe, aber man hörte sie nicht. So verblaßten die Unglücksbilder bald wieder. Und der Wein in den Gläsern wurde durch sie nicht sauer.

Das sei als Parabel zu verstehen, sagte der Wolfert. Der Text stamme aus dem Jahr 1936 und sei auf die Bevölkerung der Nachbarstaaten Deutschlands gemünzt. Die Leiden der von den Nationalsozialisten verfolgten Deutschen habe das Ausland seinerzeit relativ teilnahmslos hingenommen und sich mit den neuen Machtverhältnissen arrangiert, aus Bequemlichkeit.

»Und was hättst du damals getan, als antifaschistischer Widerstandskämpfer?« fragte Hermann mich in der Pause. »Sabotageakte verübt? Das Meppener Rathaus abgefackelt? Oder Kaninchen mit Mixomatose auf der E-Stelle ausgesetzt?«

Als kritischer Staatsbürger hatte ich mit meinen Kommentaren in der *Zeit* immerhin schon was vorzuweisen. Da hatte ich mich eingebracht. Die neueste Frage lautete, ob Fußballprofis Menschen oder Ware seien, und ich schrieb, daß der Gedanke an Sklavenmärkte zwar naheliege, aber daß doch wohl jeder Mensch sich wünsche, soviel Geld zu verdienen wie Beckenbauer.

Mit meiner Stellungnahme kam ich beim Briefkasten in der Herzogstraße eben angeschossen, als der gerade geleert wurde. Der gelb uniformierte Postmensch erlaubte mir, den Brief in den offenen Postsack zu werfen, und als ich wieder zuhause war, klingelte das Telefon. Ein Leben war das, wie im Taubenschlag!

Mama konnte nicht drangehen, weil sie in der Küche auf der zweitobersten Trittleitersprosse stand und genug damit zu tun hatte, eine der beiden Neonröhren auszuwechseln. Von oben donnerte Wiebke die Treppe runter, doch ich kam ihr zuvor.

»Hier bei Schlosser!«

Renate war dran. »Ist Mama da?«

»Die kann jetzt nicht.«

»Dann erzähl der mal, daß Olaf in Bonn jemanden aufgetrieben hat, mit dem er den Studienplatz tauschen kann!« Daß das klappe, sei bereits so gut wie amtlich, sagte Renate, auch wenn ihr das selbst noch total unwirklich vorkomme.

Um abends den *Bericht aus Bonn* kucken zu dürfen, mußte ich im Wohnzimmer gekämmt, gezahnputzt und im Schlafanzug erscheinen. Moderiert wurde die Sendung von Friedrich Nowottny, einem Grinsekopp mit Stirnglatze und Nasenfahrrad.

Für Kunst hatten wir 'ne Zahnbürste kaufen sollen, zum Farbenverspritzen, aber das fiel mir erst morgens beim Ranzenpacken wieder ein, also viel zu spät, und ich mußte meine normale nehmen. Die war natürlich hinterher total verkniestet, und weil man mit den labberigen Borsten nicht ordentlich spritzen konnte, sah auch das Produkt meiner Anstrengungen saumäßig aus. Das hätte ich lieber sofort zerknüllt, statt erst eine Woche lang auf die schlechte Note dafür zu warten.

Am dichtesten saßen Gladbach wieder mal die Braunschweiger im Nacken. Zur Spitzenbegegnung mit denen mußten die Fohlen auswärts antreten, und da wurde mit Haken und Ösen gekämpft: Bis zur 73. Minute stand es 0:0, dann ging Braunschweig durch einen Treffer von Wolfgang Frank in Führung, und erst vier Minuten vor dem Abpfiff glückte Allan Simonsen der Ausgleich.

Dashaslefas warharlefar knapphapplefapp!

Mama und Papa waren nach Bielefeld gefahren, um da Tante Gertruds Fünfzigsten zu feiern, Volker jachterte mit seiner Mopedclique übers Land, und Wiebke übernachtete bei irgendeiner halbgaren Grundschulfreundin, aber von der ungewohnten Samstagabendfreiheit hatte man nicht viel, wenn im Fernsehen nur Kikifax lief und einem die richtigen Leute fehlten, mit denen man die Bude auf den Kopf stellen konnte.

Ich ließ mir Badewasser ein, mit Sandelholzextrakt als Zusatz, und im Keller angelte ich mir zwei Flaschen Bier aus Papas angebrochener Kiste. Würde der schon nicht merken.

Ohne große Hoffnung auf einen Glücksgriff sah ich vorm Baden Volkers altbekannte Bücher durch: »Die schönsten Tiergeschichten von Ernest Thompson Seton«, »Horst wird Förster«, »Horst und das Raubwild«, »Der Schut«, »In den Schluchten des Balkan«, das war alles nichts für mich. Dann schon eher, wie ich dachte, ein Buch von James Krüss, und damit hatte ich einen echten Joker gezogen. Da verkaufte ein Junge, Timm Thaler, sein Lachen dem Teufel und mußte Himmel und Hölle in Bewegung setzen, um den Tauschhandel rückgängig zu machen. Bis ich das Buch ausgelesen hatte, gingen drei oder vier Stunden rum, in einem Rutsch, und ich hatte schrumpelige Haut vom langen Baden.

Einige Überwindung kostete es mich, die leeren Bierpullen anschließend in den düsteren Keller zurückzutragen. Die abgemachten Deckel in den Küchenmülleimer werfen, das ging ja noch, aber in den Keller stiefeln? Wer sagte denn, daß sich da keine Dämonen oder Hexen breitmachten, wenn man nachts allein zuhause war?

Nach unten tappen, auf leisen Sohlen, um drei Ecken rum und dann bloß weg mit den dämlichen Flaschen, zack-zack, und husch die Treppe wieder hoch und nach oben ins Bett!

Von der Geburtstagsfeier in Bielefeld erzählten Mama und Papa nicht viel. Was hätte es da auch zu erzählen geben sollen außer Bandscheibengeschichten und Tortennamen?

Papa war mit seinen Gedanken sowieso ganz woanders, nämlich bei den Paragraphenreitern, die von ihm verlangten, jede Briefmarke und jedes im Zusammenhang mit unserem Umzug von Vallendar nach Meppen geführte Telefongespräch mit mindestens dreißig an unserem Haus interessierten Arschlöchern nachträglich aufzuschlüsseln und die ganze Scheiße bis ins kleinste zu rekonstruieren. Um das zu vermeiden, hatte Papa die zuständige Behörde um die Erstattung einer Kostenpauschale in Höhe von einhundert Mark gebeten, aber jetzt sollte er jeden einzelnen Posten belegen. Dabei hätte er nach den geltenden Steuerrechtlinien für alle bei der Weitervermietung angefallenen Auslagen die Kosten in Höhe einer ganzen Monatsmiete geltend machen können, also mehr als eintausendzweihundert Mark. »Und jetzt wollen diese Erbsenzähler wissen, wofür ich einhundert Dübel gebraucht hab! Und wieso wir unsere Fernsehantenne und die Küchenzeile nicht nach Meppen mitgenommen haben! Wie hätten wir denn überhaupt das Haus vermieten sollen, wenn ich da die Küchenzeile rausgerissen hätte, mitsamt allen vier Kochplatten und dem Doppelspülbecken? Kann mir das vielleicht mal einer sagen? Und wo hätte ich den ganzen Schamott denn hier wohl unterbringen sollen? Dieser Otto ist drei Meter sechzig lang, und in unserer Küche ist beim besten Willen keine freie Länge von drei sechzig verfügbar! Um die alte Küchenzeile hier einbauen zu können, hätte ich die vollständig zerstören müssen!«

Den Federfuchsern vom BWB durfte Papa diesen Mist noch lang und breit erläutern, schriftlich, in sechsfacher Ausfertigung.

Was war eigentlich der Unterschied zwischen einer Kostenpauschale und einer Unkostenpauschale?

Eine praktische Hilfe bei der Wahl des besten Fernsehprogramms bildete die wöchentliche Vorschau im *Spiegel*. Da wurde man über alles Nötige informiert. Der Regisseur John Ford, zum Beispiel, hatte mit seinem Western »Cheyenne« ein gutes Werk für die Indianer tun wollen, die in seinen älteren Western nicht so gut weggekommen waren, und es ging dann auch des breiten um die schweinösen Methoden der Bleichgesichter, aber das beste an dem ganzen langen Film war die Szene, in der James Stewart als Wyatt Earp in einem Saloon in Dodge City einen Störenfried in den Fuß schoß, im Sitzen, vom Pokertisch aus. Um dem Verletzten die Kugel aus dem Fuß operieren zu können, mußte James Stewart die Pokerpartie unterbrechen, und um zu verhindern, daß die Mitspieler ihn beschummelten, deponierte er auf seinem verdeckt abgelegten Kartenblatt einen Stapel Dollarmünzen und oben darauf eine brennende Zigarre mit einem enorm langen Aschenkegel. So konnte es keiner wagen, in die Karten zu linsen, während James Stewart den Blödmann mit einem Holzhammer anästhesierte und verarztete, denn bei der kleinsten Erschütterung wäre die Zigarrenasche runtergefallen.

Gut war auch, daß James Stewart schon am Gewicht eines Kartendecks in seiner Hand spürte, ob da eine Karte fehlte.

Zum Schluß trat der greise Edward G. Robinson als hohes Regierungstier in der Wüste auf, aber man sah, daß er dabei im Studio stand und sich mit einer Rückprojektion begnügte. In der Wüste wäre es dem alten Kämpen wohl zu heiß gewesen.

Mit dem Eintreffen der LP von Joan Baez hatte ich gar nicht mehr gerechnet, als der Postbote plötzlich per Nachnahme die zehn Mark achtzig haben wollte. Mama mußte einspringen, und die Platte gab sie mir dann erst, als ich versprochen hatte, künftig besser zu spuren und ab jetzt auch das sonntägliche Schuheputzen ohne Riesengequake hinter mich zu bringen.

Mit ihrer durchdringenden Stimme hätte Joan Baez auch im Zirkus auftreten und Gläser zersingen können.

The triangle tingles
And the trumpets play slow …

Am meisten tat es mir ein Lied an, das sie zur Hälfte auf französisch sang und von dessen französischer Hälfte ich auch nur die Hälfte verstand, aber immerhin soviel, daß die Freuden der Liebe in Windeseile vorübergingen, während der Liebeskummer ein Leben lang dauere.

Chagrin d'amour dure toute la vie …

Die Freuden der Liebe wollte ich trotzdem noch auskosten.

Ums Klavierüben konnte ich mich leichter herumdrücken, seit Wiebke als jüngste Musikschülerin der Familie regelmäßig auf die Tasten eindrosch. Es konnte ja immer nur einer üben, und solange Wiebke das Klavier blockierte, brauchte ich mir keine Ausreden für meine Faulheit auszudenken.

Einmal hatte ich dem Radowski welche von Renates Boogie-Woogie-Noten mitgebracht und ihn gefragt, ob wir die mal durchnehmen könnten, aber da hatte er nur meckerig gelacht und mir die dritte zweistimmige Invention von Bach aufgegeben.

Ich hatte mich inzwischen damit abgefunden, daß ich mich mit musikalischen Wunderkindern wie Rubinstein und Mozart nicht messen konnte: Es würde keine Welttourneen geben mit den Berliner Symphonikern und meiner Wenigkeit am Flügel. Da machte ich mir keine Illusionen mehr, aber wenn ich schon die Musikschule besuchte, hätte ich doch wenigstens lernen wollen, wie man Tanzmusik spielt, für den Hausgebrauch.

Man müßte Klavier spielen können,
Wer Klavier spielt, hat Glück bei den Frau'n …

Dem Radowski hätte ich das natürlich so nicht sagen können, und nun saß ich wieder mit den gottverdammten Inventionen da.

Mit Hilfe eines Immobilienmaklers hatten Renate und Olaf in Bonn eine Wohnung an Land gezogen, über einer Metzgerei gelegen, die den Vermietern gehörte. Zwei Zimmer, Küche, Bad für 290 Mark Kaltmiete und 333 warm. Die Adresse hätte mich allerdings abgeschreckt: Graurheindorfer Straße 63. Das hörte sich nach Teppichstange, Hinterhof und Erbseneintopf an. Nach einem Planquadrat, wo pampige Hausfrauen um die Ecke gebogen kamen, mit Raucherhusten und Lockenwicklern, übler als in Lützel.

Mama klebte Fotos vom Oktoberfest ins Elternalbum. Geschmückte Biergäule und ein Stadtrundblick aus dem Riesenrad.

Negativstreifen nur am Rand – Perforation – anfassen. Unnötiges Herausnehmen vermeiden.

Meine eigenen Aktivitäten als Fotograf wurden dadurch beeinträchtigt, daß ich nicht wußte, was ich in Meppen außer meinem

Zimmer, unserm Haus und dem Garten noch groß hätte fotografieren sollen. Außerdem hatte ich sowieso kein Geld für Filme. Oder vielleicht gerade mal für Filme, aber nicht genug für das Entwickeln und die Abzüge.

Wenn man so knapp bei Kasse war wie ich, mußte man die Augen offenhalten. Eines schönen Tages fiel mir eine Anzeige vom Bertelsmann-Lesering auf, in der jedem neuen Mitglied ein Willkommensgeschenk versprochen wurde, das man auch behalten durfte, wenn man seine Unterschrift in der Beitrittserklärung spätestens acht Tage nach dem Eintreffen des Geschenks für ungültig erklärte. Da unterschrieb ich, und als Prämie bestellte ich mir die LP »The World's Best – The Beatles«.

Das war eigentlich nicht ganz fair, weil ich ja schon beim Unterschreiben den festen Vorsatz hatte, meine Mitgliedschaft kaltschnäuzig wieder aufzukündigen, und außerdem hatte die Bertelsmann GmbH immerhin die deutschen Übersetzungen der Rätsel-Bücher von Enid Blyton verlegt und hätte schon deshalb etwas mehr Respekt von mir erwarten dürfen, doch der Versuchung, gratis eine Platte einzusacken, konnte ich nicht widerstehen. Rein rechtlich gesehen war dieser Lesering Schnorrern wie mir wehrlos ausgeliefert.

»L'Etat c'est moi«, hatte Ludwig XIV. erklärt. »Der Staat bin ich.« Inwiefern sich davon unser Grundgesetzartikel unterscheide, wonach alle Staatsgewalt vom Volke ausgehe, wollte der Wolfert wissen, und als ich aufzeigte, sagte er zu mir: »Dich nehm ich dran, wenn du nicht darauf gefaßt bist.« Und dann nahm er den Dralle dran, der sich überhaupt nicht gemeldet hatte.

Fürs nächste Mal sollten wir im Geschichtsbuch die Seiten über den Merkantilismus lesen, und zwar so gründlich, daß wir den Unterricht selbst abhalten könnten.

Am Eßtisch hatten Mama, Papa und Volker jeder eine Seitenlänge für sich, und nur Wiebke und ich mußten uns eine teilen, aber als Oma und Opa Jever zu Besuch kamen, blieb Papa als einzigem das Vorrecht auf eine gesamte Tischseitenlänge erhalten.

»Leute, bitte, bedient euch, bevor alles kalt wird«, sagte Mama und schob Opa die Terrine mit den Kohlrouladen zu, und Oma erzählte von Tante Thereses Nöten mit Kim, die ja Vegetarierin sei und das Fleischessen radikal ablehne: »Rein verrückt!« Vom heißen Kartoffeldampf beschlug Omas Brille, und Mama schickte Volker los, ein Brillenputztuch organisieren, aber der kam dann mit Klopapier an, und da begab sich Mama lieber selber auf die Suche, obwohl Oma gleich mehrmals erklärt hatte, daß das nicht nötig sei.

Ihre olle neue Brille, sagte Oma, würde sie am liebsten wegwerfen. Die tue ihr nun schon seit Pfingsten an den Nasenflügeln und hinter den Ohren weh. »Ich lauf bald jede Woche zu Brillen-Andrae mit dem teuren Unglücksding, und da kucken sie schon immer ganz bedeppert, wenn ich wieder auf der Matte stehe!«

Der Luftwaffengeneral Walter Krupinski und sein Stellvertreter Karl Heinz Franke hatten einen alten Nazi namens Hans-Ulrich Rudel dazu eingeladen, vor einem Aufklärungsgeschwader der Bundeswehr eine Ansprache zu halten, und sich hinterher damit herauszureden versucht, daß man doch auch ehemaligen Kommunisten wie Herbert Wehner das Recht auf Läuterung zugestehe.

Im Zweiten Weltkrieg hatte Rudel an der Ostfront mit seinem Sturzkampfbomber insgesamt 519 sowjetische Panzer abgeschossen und persönlich einen Kreuzer und ein Schlachtschiff der Roten Flotte versenkt. Von Hitler war er dafür mit dem höchsten Orden des Dritten Reichs dekoriert worden: Goldenes Eichenlaub mit Schwertern und Brillanten zum Ritterkreuz des Eisernen Kreuzes. Aber von Läuterung konnte gar keine Rede sein, denn Rudel war noch immer stolz auf seine braune Vergangenheit und wiederholt für die Belange neonazistischer Parteien eingetreten.

Die abfälligen Bemerkungen der Generäle sorgten für böses Blut auf der Bonner Hardthöhe, und der Verteidigungsminister Georg Leber leitete ein Untersuchungsverfahren ein.

Für mein Zahnbürstenkunstwerk kriegte ich eine Drei minus. Wenn weniger Verkehr gewesen wäre, hätte ich auf der Hubbrücke einen extra schlecht konstruierten Flieger aus dem Blatt gebastelt und ihn in den Dortmund-Ems-Kanal segeln lassen, ins nasse Grab.

Volker dagegen brachte eine Zwei in Latein nachhause und war auf einmal der Superstar.

Als kleines Trostpflaster erwartete mich ein Brief vom DMGS.

Sehr verachteter GMS!

Ich muß gleich eingangs sagen, daß es mir wesentlich besser geht als Dir. Und zwar habe ich keine Schule. Aber eigentlich auch nur halb. Denn für Zeichnen müssen wir den Friedrich-Ebert-Ring abpinseln, die Straße direkt neben dem Scheiß Eichendorff-Gymnasium. Und weil ich vor den Ferien nicht fertig geworden bin, muß ich jetzt irgendwann nach Koblenz fahren, mich ins nasse Gras hocken und fleißig kritzeln. Ich kann mir schon vorstellen, wie mich die Leute beglotzen werden. Haben ja auch allen Grund dazu – sitzt da einer mit 'nem verschmierten Zeichenblock mitten in 'ner großen Pfütze und wischt mit 'nem Bleistift auf dem Papier rum. Tja, große Künstler müssen eben leiden. Aber warum soll ich *dann leiden?*

Mein Vater mußte sich 'n neues Auto kaufen. Das alte sah von außen zwar wie neu aus, hat aber laufend Öl verloren, und der Motor hat gehustet und gespuckt. Und weil mein Vater unbedingt 'n Auto braucht (für 'n Beruf), mußte eben ein neues her, das 'n Weilchen hält.

Demnach war Michaels Vater also nicht mehr arbeitslos. Immerhin!

So sind wir dann wieder auf einen Citroen gekommen, weil wir bei denen noch das meiste für die alte Kiste gekriegt haben.

Ach ja, noch was Wichtiges über Zeichnen: Wir müssen auch sämtliche Autos, die da rumstehen, mit abzeichnen. Au weh. Mal mal so 'n VW-Käfer ab, und dann noch »perspektivisch«. Da merkste erst, was für 'ne Scheißkarre das ist, mit diesen komischen Kotflügeln und dem hinterhältig abgerundeten Dach. Und so 'n Citroen erst, mit den fiesen Scheinweifern und der gebogenen Haube und Scheibe. Oder 'ne Ente! Mann, ich geh kaputt!

Daß mein Fahrrad im Eimer ist, weißt Du ja. Also fällt auch diese Beschäftigungsmöglichkeit weg. Ich könnte natürlich … äh … die Bibel lesen? Nein, das wäre ja wohl unter aller Kanone. So was als »Beschäftigung« anzusehen, grenzt schon an Irrsinn. Nun ja, meine Gehirnmoleküle haben diese ohnehin nicht festzulegende Grenze sowieso fast überschritten.

Und weil ich Dich nicht anstecken will, höre ich jetzt auf dabbaduh. Tschüß, der gewaltige DMGS!

Was an dem so gewaltig sein sollte, hätte ich ja gern mal gewußt.

Gegen den HSV schoß Gerd Müller wieder mal allein vier Tore. Daß der nicht mehr in der Nationalelf spielte, wollte mir noch immer nicht in die Birne.

Gladbach siegte abends souverän mit 3:0 über Tennis Borussia Berlin, während irgendwo in der Meppener Innenstadt ein Tanzfest stieg, anläßlich des 75jährigen Bestehens des Maristengymnasiums, aber Volker drückte sich davor, und Papa sowieso, und da mußte auch Mama notgedrungen zuhausebleiben.

Die C-Jugend von Hüntel trat am Sonntag mit einem Rechtsaußen an, der sein Handwerk irgendwo als Catcher oder Preisboxer gelernt zu haben schien. Um dessen Attacken unverletzt zu überstehen, hätte man ein Torero sein müssen.

»Rangehen!« brüllte Uli Möller, mehr als einmal. »Ran an den Mann!«

Meine Knochen hielt ich trotzdem nicht immer hin.

Die Goldfasane Krupinski und Franke waren aus der Bundeswehr gefeuert worden. Wäre ja auch noch schöner gewesen – Altnazis hofieren, Kritikern gegenüber frech werden und im Hauptberuf Paraden von Staatsbürgern in Uniform abnehmen. Und vor solchen Existenzen hatte Renates Liebster zwei Jahre lang strammgestanden?

Nach dem merkantilistischen Wirtschaftsprinzip wurde man reicher und reicher, wenn man mehr Waren exportierte als importierte. Das hatte Ludwig XIV. von seinem Finanzminister Colbert gelernt. Hinhauen konnte die Sache aber nur, solange die anderen Staaten nicht den gleichen Trick anwandten.

Ich machte mich mit dieser Materie vertraut, um gewappnet zu sein, für den Fall, daß ich in Geschichte drangenommen wurde. Der Wolfert, das fiese Hemd, wollte mich zwar erst drannehmen, wenn ich nicht darauf gefaßt wäre, aber wenn ich mich darauf verlassen hätte, in der nächsten Stunde am Dienstag nicht drangenommen zu werden, weil ich ja darauf gefaßt war, drangenommen zu werden, wäre ich andererseits automatisch darauf gefaßt gewesen, nicht drangenommen zu werden. Und dann würde mich der Wolfert drannehmen. Eine Zwickmühle war das, aus der es kein Entrinnen gab.

Fragte sich nur, woher der Wolfert wissen wollte, wann ich nicht mehr darauf gefaßt wäre, in Geschi drangenommen zu werden. Las der das in seinem Kaffeesatz?

Was mir den Rücken stärkte, war mein Horoskop im neuen *Stern*: *Es ist wichtig, daß Sie diesmal nicht zurückweichen, auch wenn Sie der Aussprache mit gemischten Gefühlen entgegensehen. Am 2. XI. wendet sich alles zum Guten.*

Na also, dachte ich, doch der zweite November fing wider Erwarten mit einem Fiasko an. Ich hatte mich noch nicht gekämmt, als ich am Frühstückstisch erschien, und Papa sagte, in einem Ton, der keinen Widerspruch zuließ: »Du gehst heute zum Friseur!«

Ojemine.

Dashaslefas warharlefar meinheinlefein Todhodlefod, dachte ich, aber vorher nahm der Wolfert mich noch in Geschichte dran, und obwohl ich mich supergründlich darauf vorbereitet hatte, kriegte ich nur 'ne 3, weil mir keine Antwort auf die Frage eingefallen war, inwieweit die Landwirtschaft in Frankreich von der merkantilistischen Wirtschaftsweise in Mitleidenschaft gezogen worden sei.

Nicht für die Schule, für das Leben lernen wir, so hieß es, aber ich hätte meine Hand dafür ins Feuer gelegt, daß ich an diesem Tag zum ersten und zum letzten Mal von irgendwem über den Merkantilismus ausgefragt worden war.

Renate, unsere Studentin, weilte zu Besuch und stellte im Wohnzimmer aus Metall, Makrameegarn und Holzperlen einen Lampenschirm her, während Mama die Eßteller mit dem Abendbrot hereintrug und beiläufig danach fragte, wieviel Geld sie Renate für die geleistete Hausarbeit noch schuldig sei.

»175 Mark 50«, sagte Renate, ohne von ihrer Knüpfarbeit aufzublikken, und da wäre Mama fast das Tablett runtergefallen.

»Mann! Du bist ja vielleicht teuer!« rief sie, und dann fing der schönste Streit darüber an, was Renate hier angeblich schon im Frühjahr alles falschgemacht habe. Die Familie tagelang im Stich gelassen und so weiter und die ganze Hausarbeit auf Papa abgewälzt …

Das ließ Renate nicht auf sich sitzen. »Da hab ich doch vorgekocht und hinterher auch den ganzen Haushalt wieder in Schuß gebracht!«

Mama hielt dagegen, daß Renate ja auch alle ihre Fahrstunden bezahlt kriege, und als das Gezänk immer wüstere Formen annahm, ging ich lieber auf mein Zimmer, das Radio abhorchen, wer mehr Stimmen erhalten hatte bei den Präsidentenwahlen, Carter oder Ford, aber das stand auch am nächsten Morgen um halb sieben noch nicht fest, als im ZDF eine Sondersendung für politisch interessierte Frühaufsteher anfing.

Die ganze Welt schaute auf Washington, während ich armer Wurm zur Schule mußte, mit Schnupfen, um mich zwei Stunden lang mit dem Periodensystem und der Natur von Alkalimetallen herumzuquälen und gleich anschließend eine Mathearbeit in den Sand zu setzen.

Auch mittags war noch nicht raus, wer die Wahlen gewonnen hatte. »Ich weiß gar nicht, was dich daran so fasziniert«, sagte Papa. »Das spielt doch überhaupt keine Rolle, welcher Lackaffe da im Weißen Haus sitzt. Kümmer dich mal besser um deinen Haarschnitt! Hab ich dir nicht gesagt, daß du zum Friseur gehen sollst?«

So sah es aus, das graue Alltagsleben: Papiertaschentücher vollrotzen, Bohnensuppe schlürfen, Haare lassen müssen und nicht wissen, wer in den nächsten vier Jahren die Vereinigten Staaten regieren wird.

Renate war noch schwerer erkältet als ich. Sie hatte inzwischen die letzte Fahrstunde vor der Prüfungswiederholung hinter sich gebracht und durfte es sich trotz Triefnase und dickem Hals auf keinen Fall erlauben, ein zweites Mal durchzurasseln.

Ich hatte mir angewöhnt, nachmittags in meinem Zimmer Tee zu trinken und dafür das Geschirr mit dem blauen Japanmuster zu nehmen, aber nachdem mir insgesamt drei von den Teetassen, die ich benutzt hatte, beim Eintunken ins heiße Abwaschwasser zersprungen waren, sollte ich meinen Tee aus was anderem saufen, und ich latschte zu Comet, wo mir eine dickwandige Teetasse mit einer außen aufgemalten Jagdszene ins Auge fiel. Herr und Hund, und das Herrchen knallte mit der Flinte ein Rebhuhn oder sowas ab: Zusammen mit der Untertasse kostete der Pott sechs Mark, aber die war der Spaß mir wert.

Im eigenen Zimmer sitzen, Nachrichten hören und schwarzen Tee aus einer eigenen Tasse trinken, mit Sahne und Kluntjes, friedlich und allein, das war's. Da konnte es mir piepe sein, ob's unten wieder rundging zwischen den jähzornigen Blutsverwandten.

Die Verlierer des Tages hießen Gerald Ford und AC Turin: Jimmy Carter hatte die Präsidentschaftswahlen für sich entschieden, und im Europapokal waren die italienischen Brutalos auf dem Bökelberg über ein torloses Unentschieden nicht hinausgelangt und deshalb ausgeschieden. Drei der Turiner hatten die rote Karte gesehen! Noch einer mehr, und der Schiedsrichter hätte das Spiel abbrechen müssen.

Auch die anderen deutschen Mannschaften waren weitergekommen. Wie wohl die Fußballfans in Ländern mit weniger guten Vereinen ihr Schicksal ertrugen? Die Luxemburger zum Beispiel, die Iren oder die Zyprioten: Denen mußte doch die Galle überlaufen, wenn sie ihre Stoppelhopser immer nur verlieren sahen?

Am nächsten Morgen waren meine Handschuhe verschollen, und ich kam mit Eisklumpenpfoten zum Unterricht an. Der Mann mit der Todeskralle. Wie sollte ich denn so wohl 'ne Physikarbeit schreiben?

Der Januar mit Frost und Reif
macht leider nur die Finger steif …

Und dabei war's erst Anfang November, also noch nicht einmal Mitte Herbst, sondern gerade mal erstes Drittel.

In der sechsten Stunde waren meine Finger zwar besser durchblutet, aber dafür konnte ich mir auch nichts kaufen, als der Wörlitzer in Reli eine Kontroverse über Traditionen und Reformen lostrat. Ob es wünschenswert sei, daß Seeleute zu Weihnachten einen Tannenbaum mit aufs Schiff nähmen, und ob die Begriffe Autorität und Strenge miteinander in Einklang gebracht werden könnten.

Der Wörlitzer immer mit seiner »Autorität«. Was sollte das bloß? Hatte dessen Alte zuhause die Hosen an?

Anneliese Junkers zeigte auf und sagte, daß irgendwo jeder Mensch für sich allein Autorität ausüben und sich seine Mode irgendwie selber schaffen müsse, statt den vorgestanzten Meinungen der breiten Masse zu folgen, und da schlug der Wörlitzer den Mädchen vor, sie könnten doch mal eine Modenschau inszenieren, hier in der Klasse, vor den Herren der Schöpfung: »Na, wie steht's, meine Damen, oder darf ich Dämchen sagen?«

Echt krank, der Typ.

Von allen Kohlsorten aus deutschen Landen schmeckte mir Grünkohl am besten, mit deutlichem Abstand vor seinen ungenießbaren Spießbrüdern Rotkohl, Weißkohl, Spitzkohl, Blumenkohl, Rübenkohl, Rosenkohl und Kohlrabi. Bei uns durfte man sich den Grünkohl sogar zuckern, nach ostpreußischem Rezept, und es gab dazu Bratkartoffeln mit Kassler, Speck und sogenannter Pinkelwurst.

Als sie hörte, wie die Wurst hieß, stieß Wiebke einen Bäh-Laut aus, der ihr mindestens einen Tag Zimmerarrest eingetragen hätte, wenn Papas Blick nicht zufällig im selben Moment auf meine ungekämmten Zotteln gefallen wäre: »Du bist ja noch immer nicht beim Friseur gewesen!«

Das war ein Marschbefehl. Ich mußte also zum Friseur petten und mich stutzen lassen, bis ich aussah wie ein geschniegelter Gimpel. Da half auch hinterher das Zerzausen der Frisur vorm Badezimmerspiegel nichts.

Im Treppenhaus hatte Volker einen ziehengelassen. Wiebke übte Tonleitern, Mama kramte auf dem Dachboden Teppichreste für Renates neue Wohnung zusammen, Papa brachte den fertiggeknüpften Lampenschirm testhalber überm Eßtisch an, und in meinem *Stern*-Horoskop stand der schlaue Ratschlag:

Ärgern Sie sich nicht weiter mit dieser Gesellschaft herum. Kehren Sie ihr den Rücken, für immer!

Nichts lieber als das. Alle Brücken abbrechen und untertauchen, um irgendwo anders ein neues Leben anzufangen. Über den großen

Teich schippern, nach Amerika, wo einen Oliver Hardy am Hafen empfängt, und dann wie Stan Laurel im Schottenkilt mit nichts drunter jedem Weiberrock hinterherrennen …

Die zweite Führerscheinprüfung hatte Renate bestanden, mit Ach und Krach, und nun packte sie ihren Strund ein: Bücher, Schallplatten, Fotoalben, Untersetzer, Wolle, Poster, Nippes, alte Handarbeitshefte, die Strickmaschine und Mamas Dampfkochtopf mit der Bodenbeule, die auf Renates Gasherd in Bonn nicht stören würde.

Papa befestigte den Dachgepäckträger auf dem Polo und obendrauf die Plastiksäcke mit Renates Bettdecken, und zwar so stramm, daß da auch bei Windstärke 12 nichts ins Rutschen geraten konnte, aber dann brach irgendeine Schraube ab, und die gesamte Prozedur fing wieder von vorne an.

»Geh noch mal verschwinden«, sagte Mama zu Wiebke, die es sich auf der Rückbank schon bequem gemacht hatte, zwischen Malbüchern und Fressalien.

Bei der NASA klappte auch nicht jeder Start nach Plan.

Irgendwann war es aber soweit. Renate, die am Steuer saß, um sich Fahrpraxis anzueignen, legte den Rückwärtsgang ein und setzte den Polo mit Mama und Wiebke an Bord von der Einfahrt zurück auf die Georg-Wesener-Straße.

Schöne Grüße vom Getriebe!

Den ersten und den zweiten Gang legte Renate dann nahezu geräuschlos ein, und weg waren sie, die drei weiblichen Familienmitglieder.

»Wenn dat man got geiht«, sagte Papa.

Im Müngersdorfer Stadion holte sich Gladbach dank Toren von Heynckes und Bonhof zwei wichtige Auswärtspunkte, und so saß ich abends grundzufrieden vor dem Fernseher. Es lief ein Spielfilm mit James Dean als Farmerssohn, der im Zwist mit seinem Zwillingsbruder und dem halsstarrigen Vater lebte, und ich hätte gern gewußt, wie die Geschichte ausging, aber mittendrin befehligte mich Papa in den Keller, wo ich ihm beim Zuschneiden von Brettern helfen sollte, an der mörderisch kreischenden Kreissäge. Das hätte auch Volker tun können, aber der dümpelte in der Badewanne.

Wozu Papa die zersägten Bretter brauchte, wußte nur er allein. Das interessierte mich auch nicht. Ich wollte wieder hoch ins Wohnzimmer, um den Rest des Films nicht zu verpassen, aber dann geschah das Unglück: Papa kam mit seiner rechten Hand dem rotierenden Sägeblatt zu nahe, es spritzte Blut auf, und ich sah, wie Papa mit der linken Hand nach seiner rechten faßte. Oder hatte ich mir das mit dem Blut nur eingebildet?

Papa war die Ruhe selbst.

Um die Kreissäge abzustellen, hätte ich nur den Stecker herausziehen müssen, aus dem Steckkontakt neben der Tür.

»Soll ich ausmachen?« schrie ich, doch es war unmöglich, das Geheul der Kreissäge zu überkeifen.

Papa schob kein neues Brett mehr nach. Er betrachtete den roten Klumpatsch am Ende seines rechten Arms.

Ich zog den Stecker raus, und durch das abschwellende Schrillen der Kreissäge hörte ich Papa sagen: »Ruf mal 'n Krankenwagen.«

Sanitäter und Ärzte ließ Papa sonst nie an sich heran. Wenn er es selbst für geboten hielt, einen Notarzt zu aktivieren, mußte es sich um eine ernste Sache handeln, und ich hätte mich bei meinem Spurt zum Telefon fast auf die Schnauze gelegt auf der Kellertreppe.

Aber welche Nummer sollte ich wählen? 110? Polizei? Oder 112? Die Feuerwehr? Die Nummer vom Ludmillenstift hätte ich erst raussuchen müssen. Also die Feuerwehr.

Tuuuut ... tuuuut ...

Als da endlich jemand abnahm, wußte ich vor lauter Aufregung nicht, was ich sagen sollte. »Mein Vater hat sich in die Hand geratzt«, quasselte ich, und da riß Papa mir auch schon den Hörer weg und sprach selbst mit der Feuerwehr. Um die rechte Hand hatte er sich ein Küchenhandtuch geschlungen, und daraus tropfte Blut auf die Fußbodenkacheln.

Überall auf dem Flur reflektierten dicke Blutflecken das elektrische Licht.

Als Papa fertigtelefoniert hatte, schrie er nach Volker: »Komm runter!«

»Ich lieg in der Badewanne!« rief Volker zurück.

»Komm runter!« brüllte Papa.

»Ich – lieg – in – der – Badewanne!« brüllte Volker. Der hielt das ganze Hinundher für doof, weil er nichts von dem Unfall wußte.

Aber Papa konnte noch lauter brüllen: »KOMM!! RUNTER!!«

Von oben war zu hören, wie Volker murrend aus dem Badewasser kletterte. Mich schickte Papa vors Haus, wo ich Ausschau nach dem Krankenwagen halten sollte, für den Fall, daß der Fahrer nicht gleich die richtige Hausnummer fand, und dort trabte ich auf und ab, bis ein Rot-Kreuz-Mercedes angerollt kam und anhielt.

Ein dickleibiger Fahrer entstieg dem Fahrzeug und fragte mich, ob denn schon Erste Hilfe geleistet worden sei.

»Weiß ich nicht«, sagte ich, aber da kam Papa bereits aus dem Haus geschritten. Statt sich hinten in dem Krankenwagen langzumachen, pflanzte er sich auf den Beifahrersitz, knallte die Tür zu, kurbelte mit der unverletzten Hand die Scheibe runter und erteilte mir Instruktionen: Wenn wir nichts weiter von ihm hörten heute nacht, sei alles in Butter. Er werde sich spätestens morgen vormittag telefonisch bei uns melden, und wir sollten bloß um Gottes willen weder in Bonn noch sonstwo anrufen und unnötig die Pferde scheu machen.

Das um Papas rechte Hand gewickelte Küchenhandtuch strotzte vor Blut, und der Krankenwagenfahrer gab Gas.

Um die Blutflecken aufzuwischen, brauchten Volker und ich bald 'ne Stunde. Besudelt hatte Papa vor allem den Telefonhörer, den Flurschrank, die Diele, den Teppich, die Klinken, die Kellertreppe und die nähere Umgebung der Kreissäge. Da sah's aus wie nach 'nem Raubmord, und in den Eimer mit dem blutroten Wischwasser hätte ich um ein Haar hineingekotzt.

Am frühen Sonntagmorgen gab Papa per Telefon eine schier endlose Liste aller Gegenstände durch, die wir ihm ins Krankenhaus bringen sollten: Zahnbürste, Zahncreme, Haarcreme, Kamm, Rasierzeug, Kernseife, Shampoo, Waschlappen, Pflaster, Taschentücher, Bademantel, Unterbüxen, Strümpfe, Schlafanzug, Pantoffeln, Nagelschere, Wärmflasche, Wecker, Zigaretten, Streichhölzer … Velemint, Aspirin, Togal … Kugelschreiber noch, am besten mehrere, und Millimeterpapier …

Kein Mensch außer Papa hätte sich auf dem Krankenbett Millimeterpapier gewünscht. Was wollte er damit anstellen? Seine Fieberkurve verewigen?

»Und wie geht's deiner Hand?«

»Das wirst du dann schon sehen.«

Ich belud einen Koffer, der mir natürlich mitten auf der Hubbrücke vom Gepäckträger fiel, als ich durch einen Nieselschauer zum Ludmillenstift eierte. Volker konnte nicht, der hatte sich angeblich den Fuß verknackst.

Papa lag auf Station 8 in einem Einzelzimmer mit der Aussicht auf 'ne Mauer. Die dick eingegipste rechte Hand war an ein Bettgalgengestell geschnürt.

Die Ärzte, sagte Papa, hätten erwogen, seinen Zeigefinger zu amputieren, es dann aber doch gelassen und alles einigermaßen vernäht, auch den lädierten Mittelfinger und den Daumen. Weil Papa nur örtlich betäubt worden war, hatte er sich das Schlachtfest im OP-Saal vom Anfang bis zum Ende um halb zwei Uhr morgens mit ansehen können. »Und wenn sie mir den Mittelfinger abgesäbelt hätten, dann würd' ich mir den in Spiritus eingelegt auf den Nachttisch stellen, in 'nem Gurkenglas!«

Davon wäre Mama sicherlich begeistert gewesen.

Ein paar Tage werde er hier noch liegen müssen, sagte Papa, und von ihm aus dürften wir jetzt auch in Bonn anrufen und Mama informieren.

Gut. Aber wie lautete Renates neue Nummer? Ich rief die Auskunft an, und da meldete sich eine emsländische Ansagerin: »Biete wahrten Sie, bies ain Auhskuhnftsplaatz frai wiard …« Als ich die Nummer endlich rausbekommen hatte, nahm in Bonn kein Schwein ab. Weiß der Deibel, was die alle trieben, statt ans Telefon zu gehen.

»O Gott!« rief Mama, als sie abends aufkreuzte und von Papas Unfall erfuhr, und sie ließ ihre Handtasche fallen und schlug sich beide

Hände vor den Mund. »Macht mich nicht schwach! Wieso erfahr ich das erst jetzt? Hättet ihr nicht mal anrufen können?«

Hatten wir ja versucht, aber das Telefon stand in Bonn bei Renates Vermietern, und die waren wohl nicht zuhause gewesen.

Mama brauste sofort zum Krankenhaus, um sich persönlich ein Bild von Papas Gesundheitszustand zu machen. Ihre brennende Sorge um Papas Befinden hatte den schönen Nebeneffekt, daß ich mir im Zweiten ungestört ein freizügiges Musical über die Bohéme der Berliner Tanztheatermenschen zu Beginn der dreißiger Jahre ankucken konnte, mit Liza Minnelli in der Hauptrolle und Fritz Wepper in einer Nebenrolle. Das war der Schauspieler, der sonst in deutschen Krimiserien den Assistenten Klein spielte.

Bye-bye, mein lieber Herr,
Farewell, mein lieber Herr,
It was a fine affair,
But now it's over …

Liza Minnelli hatte Sex-Appeal, mit ihrem Schmollmund, ihrem Muttermal und ihrem Silberblick. Da kamen Tanja Gralfs und Anneliese Junkers nicht mit.

Auf dem Weg zum Ludmillenstift sei ihr ein Mopedfahrer ins Heck geknallt, sagte Mama, in der Herzogstraße, vor der Ampel Ecke Poststraße. Dieser Mopedjüngling habe wohl den Bremsweg unterschätzt, aber zum Glück sei weiter nichts passiert, nur daß jetzt wieder ein Papierkrieg mit der Versicherung anfange. »Sonst wüßte ich ja auch gar nicht mehr, was ich mit meiner vielen freien Zeit anfangen sollte, als Ehefrau eines schwerverletzten Heimwerkers und Mutter von vier Kindern!«

Sicherheitshalber hatte Mama sich von dem Fidi Namen, Adresse und Versicherungsnummer geben lassen, und sie genehmigte sich ein Glas Sherry nach all den unvorhergesehenen Schrecken.

Die Physikarbeit kriegte ich mit 'ner 4 minus wieder, und dann mußte ich noch Klavier üben. »Inventio IV« in F-Dur. Die Tonart ging ja noch, aber am Schluß hagelte es ätzend viele b's und Kreuze, und einmal sollte man mit der linken Hand fünf Takte lang einen Triller spielen. Sah ich vielleicht aus wie Maurizio Pollini?

Papa hätte in ein Mehrbettzimmer mit schönerer Aussicht umziehen können, wollte aber lieber in dem Einzelzimmer liegenbleiben.

Für Deutsch mußten wir einen Kriminalroman lesen, der in der Schweiz spielte und mich an einen Witz erinnerte, den Renate mir mal erzählt hatte, über einen Schweizer, der sich ein Bein gebrochen hatte, weil er auf einer Schnecke ausgerutscht war: »Die ist mir von hinten unt'r den Fuß geprescht!«

In dem Krimi ermittelten ein »Kommissär« und ein Hilfspolizist namens Tschanz gegen einen Halunken, dem sie nichts anhängen konnten, und die meiste Zeit ging mit Landschaftsbeschreibungen rum.

Sie fuhren gegen Ligerz hinunter, hinein in ein Land, das sich ihnen in einer ungeheuren Tiefe öffnete. Weit ausgebreitet lagen die Elemente da: Stein, Erde, Wasser. Sie selbst fuhren im Schatten, aber die Sonne, hinter den Tessenberg gesunken, beschien noch den See, die Insel, die Hügel, die Vorgebirge, die Gletscher am Horizont und die übereinandergetürmten Wolkenungetüme, dahinschwimmend in den blauen Meeren des Himmels …

Gähnhähnlefähn. Das einzige Spannende war, daß man den Mörder nicht kannte, bis zuletzt herauskam, daß Tschanz die Tat begangen hatte.

Hermann hatte mit dem Buch noch gar nicht angefangen, und er hielt sich die Ohren zu und rannte weg, als ich ihm verraten wollte, wie der Mörder hieß.

»Tschanz war's!« schrie ich Hermann auf dem Schulhof hinterher, und das brachte mich auf die Idee, auch den Dralle, Ralle, den Holzmüller und den Bohnekamp einzuweihen. Gar nicht erst fragen, ob sie den Roman schon gelesen hätten, sondern gleich mit der Tür ins Haus fallen: »Tschanz war's!«

»Tschanz? Welcher Tschanz?«

»Der Mörder in dem Buch, das wir lesen sollen. Der heißt Tschanz! Wie man's spricht: Tschanz!«

Als sie gerafft hatten, worum es ging, wollten sie mir an die Gurgel springen, doch am Ende der Pause konnte man dem Holzmüller, dem Dralle, Ralle und dem Bohnekamp dabei zusehen, wie sie den noch nicht aufgeklärten Mitschülern selbst auf die Schulter schlugen und ihnen zuriefen: »Tschanz war's!«

Auch Hermann Gerdes konnte sich dem allgemeinen Kenntnisstand nicht entziehen, trotz zugehaltener Ohren, denn der Albers hatte die Parole groß an die Tafel geschrieben:

HEY, LEUTE! TSCHANZ WAR'S!

»Das verzeih ich dir nie«, sagte Hermann. »Du Schwein!«

Nach der Pause dirigierte der Wolfert die gesamte Klasse in ein Neubauzimmer, wo wir uns einen KZ-Film ansehen sollten: Stacheldrahtzäune, Wachttürme, Häftlingsbaracken, Judensterne, Bunkerzellen, Gaskammern und Krematorien. Leichen über Leichen, nicht viel mehr als Haut und Knochen, Totenschädel, geköpfte Rümpfe, Gebeine und ganze Gebirge von Brillen, Schuhen und Haaren.

»Aus den Körpern – man bringt es kaum über die Lippen – aus den Körpern stellt man Seife her«, sagte der Kommentator. »Aus der Haut …« Den Satz sprach er nicht zuende, und das mußte er auch nicht, denn man sah die Stücke tätowierter, abgeschälter und getrockneter Menschenhaut.

Und für die Killer, die das getan hatten, war Opa Jever in den Krieg gezogen, statt ins Exil zu gehen oder bei der erstbesten Gelegenheit zum Feind überzulaufen.

»Kann ich bitte raus?« fragte Ulla Nölting. »Mir ist schlecht.«

Von Michael gab's keine neue Post, aber dafür einen Stapel Hefte mit *Informationen zur politischen Bildung*, über Amerika, China, die Weimarer Republik, die Sowjetunion, die parlamentarische Demokratie, die Entstehung der Bundesrepublik und den Widerstand 33–45, und von Bertelsmann die Beatles-LP. Auf der Hülle waren die Fab Four abgebildet, wie sie vor einem Baum standen, und im Hintergrund zuckten gemalte Gewitterblitze.

Ich schlang mein serbisches Reisfleisch runter und schenkte Wiebke meinen Nachtisch, um mir so schnell wie möglich die Platte anhören und dabei in den Heften blättern zu können.

Good day sunshine, good day sunshine …

Damit fing es an, und das Blättern ließ ich bald bleiben, denn auf politische Probleme konnte man sich bei dieser Musik nicht konzentrieren.

Close your eyes and I'll kiss you,
tomorrow I'll miss you ...

Warum hatte mir bloß nie einer gesagt, wie gut die Beatles waren? Und wozu sollte ich mich jemals wieder mit Bachs zweistimmigen Inventionen abquälen, wenn die richtige Musik ganz woanders spielte?

Whoa, whoa, I never realised what a kiss could be ...

Ich machte noch am selben Tag von meinem Widerrufsrecht Gebrauch: Nein, ich wollte kein Mitglied im Lesering werden, aber diese Platte würde ich nie wieder hergeben.

In Geschi klemmte der Wolfert eine alte Karte in den Ständer, die schon Risse hatte. Das russische Kaiserreich unter Peter dem Großen. Was ein riesiges Land! Dagegen war Deutschland nur Pipikram. Wie ein Hering, der versucht hätte, einen Blauwal zu verschlucken.

Eigentlich hätte Rußland ja längst schon mal Fußballweltmeister werden müssen, bei der Ausdehnung und den Bevölkerungsmassen. Da mußte es doch irgendwo elf Freunde geben, die es mit den westeuropäischen Mannschaften aufnehmen konnten, hätte man meinen sollen, aber die deutsch-russische Länderspielbilanz sprach eine andere Sprache: 7 Spiele, 5 deutsche Siege, 2 Niederlagen, 29:7 Tore. Nur Dynamo Kiew durfte man nicht unterschätzen. Deren Spieler hatten Eintracht Frankfurt 1974 aus dem Europapokal geworfen.

Um mit den europäischen Seemächten gleichziehen zu können, hatte Peter der Große eine Hafenstadt errichten lassen, in einer Sumpflandschaft, von Bauern, und es war ihm ganz egal gewesen, wieviele dabei ersoffen oder an Fieber starben. Ein echtes Herzchen, dieser Zar. Seine Soldaten hatte er mit Brandzeichen markieren lassen und zum Tode Verurteilte gern auch mal eigenhändig geköpft.

Mittags holte Mama Papa aus dem Ludmillenstift ab. Seinen eingegipsten Unterarm trug er in einer Schlinge vorm Bauch, und nach dem Essen mußte Volker unter Papas Kommando eine Halterung ans Elternbett schrauben, mit der sich der Arm nachts hochhalten ließ.

Weil Volker bei der Montage ab und zu von Papas Befehlen abwich, war es fast unmöglich, nebenan in Ruhe Musik zu hören.

Bright are the stars that shine,
dark is the sky ...

Und aus dem Elternschlafzimmer dröhnte Papas Stimme: »So doch nicht, du Ochse!«

Noch keine zwei Stunden war Papa wieder zuhause, und schon wünschte man sich, daß ihn die Ärzte zwei Wochen länger im Krankenhaus behalten hätten.

In Kunst sollten wir ein Bild für eine Schallplattenhülle zeichnen, irgendeins, ohne Vorgabe. »Das kann 'ne Rockgruppe sein, das kann ein klassisches Orchester sein, das kann alles mögliche sein«, sagte der Lorber. »Nur plakativ muß es sein! Ein Blickfang!«

Ich skizzierte den Ömmes von Franz-Josef Strauß, mit heraushängender Zunge, und schrieb als Plattentitel bogenförmig obendrüber: »FJS – Prädikat zungenwild!«

Hermann schüttelte sein Haupt und sagte mitleidig: »So wird das nie was mit dir!« Er selbst hatte irgendwelche karibischen Flötenspieler gekrakelt. Die Perspektive stimmte zwar hinten und vorne nicht, und die Kariben bedienten ihre Instrumente mit verkrüppelten Tatzen, aber ich konnte mir schon denken, welches Bild der Lorber noch schlechter benoten würde.

Nach der Schule mußte ich im Garten nasses Laub zusammenharken, und als ich zwei Haufen aufgeschichtet hatte, ging ich in mein Zimmer hoch.

Is there anybody going to listen to my story,
all about the girl who came to stay?

Unten wurde zum Essen gebimmelt. Bratwurst, Sauerkraut und Salzkartoffeln. Auf die Wahnsinnsidee, Papa mit hackfleischgefüllten gedünsteten Paprikaschoten zu beeindrucken, war Mama bislang nur ein einziges Mal gekommen.

Auf dem Küchentisch lag ein Brief von Oma Jever, mit spitzen Bemerkungen über Papas Unfall und dessen Folgen:

Richard könnte sich doch jetzt einen echten Weihnachtsmannbart wachsen lassen, wie wäre das?

Solche Frechheiten wären Oma Schlosser gar nicht erst eingefallen.

Am Nachmittag wusch Volker den Polo und stellte fest, daß bei dem Zusammenstoß mit dem Moped wohl doch 'ne Beule entstanden war. Auch die Stoßstange hatte was abgekriegt.

Autos konnten überhaupt nichts ab. Wenn ich selber so empfindlich gewesen wäre wie Mamas Polo, hätte ich mich schon als Vorschulkind bestatten lassen können.

Wie sich zeigte, war der Mopedfahrer der Sohn von einem Kollegen von Papa. Das machte die Regulierung des Schadens einerseits einfacher und andererseits komplizierter.

Nach einem 2:0-Sieg über Schalke führte Gladbach die Tabelle triumphal mit 23:3 Punkten an, gefolgt von Bayern, Hertha BSC und Braunschweig mit jeweils 18:8 Punkten. Eintracht Frankfurt krebste gespenstischerweise auf einem Abstiegsplatz herum, noch hinter dem Pennerverein Tennis Borussia Berlin.

In einem Spielfilm schlug Alain Delon als Auftragsmörder Richard Burton, der den alten Leo Trotzki spielte, mit einem Eispickel tot, und im Kreml durfte sich Stalin freuen: Abtrünnige Parteifreunde auf der anderen Seite der Erdkugel umbringen zu lassen, das konnte er sich leisten.

Und die Sache mit den Kulaken. Künstlich erzeugte Hungersnöte, und dann hatten die Leute da ihre eigenen Kinder aufgefressen? Kommunismus ist gleich Sowjetmacht plus Elektrifizierung? Und das alles hinter einem Eisernen Vorhang?

Die CDU war mir suspekt, aber die KPdSU nicht minder. Sonderlich sympathisch konnte ich auch das Politbüro des ZK der SED nicht finden, also Erich Honecker und Konsorten: Was sollte denn der Quatsch, den kritischen Liedermacher Wolf Biermann auszubürgern? Verkrampfter ging's doch wohl nicht mehr. Dann hätten wir ja auch Udo Lindenberg ausbürgern können. Oder Heinz Schenk. Was interessierte sich denn die Regierung da drüben überhaupt für das Gesinge ihrer Bürger, und was hatte sie davon, das abzuwürgen?

In Großbritannien waren die Beatles 1965 von der Queen empfangen worden, im Buckingham-Palast. Da lobte man sich doch die freie Welt des Westens, die natürlich auch ihre Kehrseite hatte.

Unmittelbar nach der Rundfunkmeldung vom Tod des Schauspielers Jean Gabin platzte Mama mit drei gebügelten Hemden in mein Zimmer und erlaubte sich die Bemerkung: »Und du süffelst hier wieder Tee aus deiner scheußlichen Jägertasse?«

Zu Papas 49. Geburtstag kam Oma Schlosser zu Besuch und machte sich im Wohnzimmer so breit, daß ich die Übertragung des Länderspiels gegen die Tschechoslowakei vergessen konnte.

Abends rief Onkel Dietrich an, der Papa gratulieren wollte: »Hat er sich schon wieder was abgeschnitten?«

Der Fernseher blieb aus, und Oma Schlosser erzählte von der Flucht. Im Januar '45, mitten in der Packerei, sei der Familie plötzlich ein Hase ins Haus gebracht worden: »Der Freiherr von Rosenberg, bei dem Vater mal eine Haustaufe vollzogen hatte, brauchte Bargeld, um seine Leute auszahlen zu können, und so war's zu dieser Treibjagd gekommen.« Dem Hasen hatte Oma das Fell über die Ohren gezogen und ihn bratfertig gemacht. »In Schirwindt war ich so manches Mal mit einem steifgefrorenen Hasen, der mich eine Mark gekostet hatte, von Litauen nachhausegepilgert …«

Papa hörte sich das an, zigarettenrauchenderweise, obwohl er vielleicht lieber in der Werkstatt Schrauben sortiert hätte, und ich ging in mein Zimmer hoch, Englischvokabeln lernen. Disapproval: strong feeling or opinion against.

Bei einer Stelle der vierten zweistimmigen Invention kriegte Papa jedesmal zuviel. Das könne unmöglich richtig sein, was ich da spielte, sagte er, aber es stimmte, und ich spielte ihm das Note für Note vor.

»Dann sind entweder die Noten verdruckt oder Bach war verrückt«, sagte Papa. »Laß Oma das mal spielen!«

Oma klimperte das Stück herunter wie nix, obwohl sie es noch nie geübt hatte, und sie gab mir recht: Die Stelle stimme, da sei nichts verdruckt.

»Dann hat der alte Bach ’n Dachschaden gehabt«, erklärte Papa, und das war das Ende der Diskussion.

Für meine Plattenhüllenzeichnung kriegte ich ’ne Vier, weil ich angeblich mal wieder das Thema verfehlt hatte. »Thema war die Gestaltung des Umschlags einer musikalischen Langspielplatte«, sagte der Lorber. »Was du gezeichnet hast, ist ein politisches Plakat.«

Na und? Seit wann war es verboten, politische Botschaften auf Plattenhüllen zu plakatieren? Von der Kunst der Plattenhüllengestaltung hatte der Lorber keinen blauen Dunst. Sonst wäre dieser Blödmann ja auch Grafiker geworden und nicht Pauker.

Ich nahm mir vor, in Zukunft jedesmal das Thema zu verfehlen, absichtlich, um den Lorber zu ärgern. Das würde dem ganz recht geschehen.

Bei einer Klausurtagung in Wildbad Kreuth hatte die CSU beschlossen, ihre Fraktionsgemeinschaft mit der CDU aufzulösen, und nun kriegten sich die Fredis von der CDU gar nicht wieder ein vor Wut auf ihre ehemaligen Fraktionskollegen, aber während ich mir noch ins Fäustchen lachte, setzte der HSV Gladbachs Titelträumen einen Dämpfer auf. Zwei Punkte mußten die Borussen im Volksparkstadion abgeben, und weil Bayern und Braunschweig gesiegt hatten, war Gladbachs einstmals so stolzer Vorsprung auf drei Pünktchen zusammengeschmolzen. Als nächsten Gegner würde die Borussia den Tabellenvorletzen auf dem Bökelberg begrüßen, den 1. FC Saarbrükken. Bis dahin mußte die Mannschaft sich gefangen haben. Gegen Saarbrücken durfte sie nicht verlieren, und erst recht nicht zuhause, denn der Prestigeverlust wäre zu gewaltig, gar nicht erst zu reden vom Punkteverlust, aber was sollte der ganze Quatsch? Im Grunde genommen ließen diese Geschichten mich allesamt viel kälter als der eine lange Blick, den Michaela Vogt mir in der letzten Deutschstunde geschenkt hatte. Der war mir durch und durch gegangen.

Sie hatte mich angeblickt, und ich hatte ihren Blick erwidert, bis der Wolfert mit seinem Gesabbel den Zauber zerbrach.

Michaela Vogt. Weshalb war die mir nicht schon früher aufgefallen? Und was hatte die mir sagen wollen mit diesem langen Blick in meine Augen? Von den meisten anderen Mädchen in der Klasse unterschied sich Michaela Vogt schon dadurch, daß sie gertenschlank war.

In der nächsten Deutschstunde suchte ich wieder den Augenkontakt zu Michaela Vogt, aber diesmal sah sie gar nicht auf. Sie sah verheult aus, und ich hätte sie gern getröstet, aber wie?

Michelle ma belle,
These are words that go together well ...

Sie wußte nichts von meiner Verliebtheit, aber vielleicht wäre sie schwach geworden, wenn sie mich einmal in meinem Zimmer abends verträumt am Fenster sitzen gesehen hätte statt immer nur vormittags unausgeschlafen im Klassenraum. In der Schule konnte ich meine Gefühle nicht zeigen, und so ging es ja möglicherweise auch Michaela Vogt. Auf einer einsamen Insel hätten wir einander leichter näherkommen können als im Kreisgymnasium.

Wenn man bis über beide Ohren verliebt war, interessierte es einen jedenfalls nicht mehr so stark, in welcher Formation der 1. FC Köln gegen die Queen's Park Rangers auflaufen wollte oder Schalke gegen Moelenbek. Im neuen *Spiegel* blieb ich nur an der Nachricht hängen, daß in Italien mehr als siebzig private Fernsehsender existierten und daß manche davon mitternachts Striptease und Sexfilme ausstrahlten.

Als Oma Schlosser abgereist war, lief abends im Zweiten ein Western mit Gary Cooper, der einer ganzen Bande von Gangstern die Stirn bot, als Sheriff, und keiner von den Männern in der Stadt mochte ihm behilflich sein. Die hatten alle Bammel vor dem Obergangster Frank Miller. Gary Cooper riskierte sein Leben und seine Liebe zu einer pazifistischen Quäkerin, als er Frank Miller todesmutig entgegentrat.

Do not forsake me O my darlin'
Although you're grievin', I can't be leavin'
Until I shoot Frank Miller dead ...

Beim letzten Gefecht griff auch die Quäkerin zur Knarre und knallte Frank Miller ab, und da kamen die Drückeberger aus ihren

Löchern gekrochen, um Gary Cooper zu ehren, aber der pfefferte seinen Sheriffstern in den Dreck und fuhr mit seiner Braut in einer Kutsche auf und davon.

So hätte ich mich auch gern verabschiedet, aus Meppen, mit einer rasend schönen Quäkerin neben mir auf dem Kutschbock, die ihr Quäkertum überwunden hätte, um mir das Leben zu retten.

Als Papa seine Armschleife nicht mehr brauchte, durfte er die eingegipste Hand wieder frei bewegen, aber die versteckte er nach Möglichkeit in der Tasche seines Jacketts, weil er es leid war, von jedem Knallkopf darauf angesprochen zu werden.

Im Ludmillenstift wurde Papa der Gips abgenommen, allerdings nicht sachgemäß. Der Arzt habe »alles voll Jod gesaut«, sagte Papa, und er reckte seine ramponierte Rechte ins Licht der Wohnzimmerlampe: Der Daumen war fast doppelt so dick wie vor dem Unfall, der geflickte Zeigefinger ließ sich nicht mehr krümmen, und die Nahtstelle am Mittelfinger hätte Dr. Frankenstein alle Ehre gemacht.

»Ijasses«, sagte Mama, und dann fing im Ersten ein Film mit Marilyn Monroe an: »Wie angelt man sich einen Millionär?«

Den 1. FC Saarbrücken machte Gladbach platt, mit 3:0, aber die Partie zwischen Kaiserslautern und Düsseldorf war in der 76. Minute abgebrochen worden, weil da irgendwelche Eierköppe Flaschen auf den Platz geschmissen hatten. Für so 'ne Typen hätte ich als Bundesligaspieler kein Verständnis aufgebracht. Das wäre für mich ein Grund gewesen, sofort ins Ausland zu wechseln, zu Real oder zu Ajax oder notfalls zu Olympiakos Piräus. Da würde Mönchengladbachs Vereinspräsident Helmut Beyer schön dumm aus der Wäsche kucken, wenn ich den darüber informierte, daß meines Bleibens in Deutschland nicht länger sei.

Es tut mir sehr leid, Ihnen mitteilen zu müssen, daß ich niemals wieder für einen Verein spielen möchte, dessen Fans mit Bierflaschen um sich werfen. In der Hoffnung auf Ihr Verständnis für meinen bevorstehenden Wechsel zu Real Madrid grüßt Sie herzlich Ihr Martin Schlosser …

Vorher hätten mir die Madrilenen natürlich erst einmal ein gutes Angebot unterbreiten müssen.

Der *Spiegel* veröffentlichte eine von Franz-Josef Strauß im Münchner Schulungssaal der Wienerwald-Zentrale vor dem Landesausschuß der Jungen Union gehaltene Geheimrede. »Wenn ich alles sagen würde, was ich weiß, dann kann die CDU/CSU einpacken, dann brauchen wir die nächsten zehn Jahre zu keiner Wahl mehr anzutreten«, hatte Strauß da trompetet und Helmut Kohl die Eignung zum Kanzler abgesprochen: »Er ist total unfähig, ihm fehlen die charakterlichen, die geistigen und die politischen Voraussetzungen. Ihm fehlt alles dafür.« Außerdem hatte Strauß die führenden christdemokratischen Parteifunktionäre als »Pygmäen« und »Reclamausgaben« verspottet.

»Das glaube ich gern, daß die Union einpacken kann, wenn Strauß auspackt«, sagte Hermann, und wir waren guter Dinge. Seine Eltern hatten ihm erlaubt, bei uns zu übernachten, und wir freuten uns auf einen Horrorfilm, der im Residenz in der Haselünner Straße lief. Des Satans jüngste Tochter.

Bei der Vorschau auf die neuesten Filmknüller genossen wir freie Sicht auf die Leinwand, aber dann setzten sich vor uns drei ungekämmte Hippies hin, und wir rückten zwei Plätze weiter nach rechts. Bevor der Hauptfilm anfing, hinkte in dem Kino eine Eisverkäuferin herum, und als er begonnen hatte, störte einen das Taschenlampenlicht des Platzanweisers, der zuspätgekommene Leute durch den Saal geleitete.

Der Film handelte von einem Mädchen, das von seiner Mutter und seinen Mitschülern sadistisch behandelt wurde und blutige Rache nahm, mit Hilfe des Teufels, und als es endlich tot und begraben war, beichtete Hermann mir, daß er es nicht viel länger ausgehalten hätte: Blut und Wasser habe er geschwitzt! »Ein Glück, daß dieses Weib jetzt endlich unter der Erde liegt …«

Eine reumütige Mitschülerin des Mädchens besuchte zum Schluß noch einmal das Grab, und da schoß eine Hand aus dem Erdboden und packte sie am Arm, um sie in die Unterwelt hinabzuzerren. Damit hatte niemand mehr gerechnet.

»Das reicht mir jetzt!« rief Hermann und sprang auf. »Ich will hier raus! Sofort! Ich hab genug gesehen!«

Von da an konnte man ihm mit einer plötzlich vorgereckten Kralle Angst einjagen.

Diepenholz hieß unser Mathelehrer, aber Deppenstolz hätte besser gepaßt. In den Fünf-Minuten-Pausen der Doppelstunde ließ er seine Aktentasche immer auf dem Pult stehen, und er wunderte sich sehr, als er eines Tages aus dem Lehrerzimmer wiederkam und ein Vorhängeschloß entdeckte, mit dem ich die Akentaschenhenkel verriegelt hatte.

In Geschichte ging's um Friedrich den Großen. Der war von seinem eigenen Vater als Deserteur vor ein Kriegsgericht gestellt worden, zusammen mit einem Freund, und bei dessen Hinrichtung hatte Friedrich der Große zuschauen müssen. In der preußischen Armee waren damals auch Stockschläge und der Spießrutenlauf an der Tagesordnung gewesen.

Ich würde beim Fernsehen immer so komisch die Augen zusammenkneifen, behauptete Mama, und sie schleifte mich zu einem Augenarzt. Da sollte ich Buchstabengruppen erkennen, die kein Mensch mit bloßem Auge von Kaninchenkötteln unterscheiden konnte. Als ich diese Prüfung überstanden hatte, verschrieb mir der Arzt eine Brille, und Mama marschierte mit mir gleich weiter zum Optiker, Dr. med. Muke, der mich durch Linsen spähen ließ und mir verschiedene Brillengestelle aufsetzte.

Ein paar Tage werde es dauern, bis wir die Brille abholen könnten, sagte Dr. Muke zu Mama.

Ich war fertig mit der Welt. Ein sehbehinderter Blindfisch sollte ich sein? Und Michaela Vogt und dem Rest der Menschheit als Brillenschlange unter die Augen treten?

»Die Dioptrienzahl gleicht sich irgendwann wieder aus, wenn die Altersweitsichtigkeit kommt«, sagte Mama auf dem Nachhauseweg, um mich zu trösten.

Wie man in der nächsten Mathestunde sehen konnte, hatte der Diepenholz den einen Henkel seiner Aktentasche durchgeschnitten, die beiden Henkelhälften aus dem Vorhängeschloßbügel herausgezogen und die Schnittstelle mit Klebeband geflickt. An dem anderen Henkel hing das Vorhängeschloß noch dran, und weil der Diepenholz leichtsinnig genug war, die Tasche in der Pause abermals auf dem Pult stehenzulassen, holte ich den Schlüssel raus und riegelte die beiden Henkel zum zweitenmal zusammen.

»Ihr seid doch doof«, sagte der Diepenholz, als er merkte, wie doof es von ihm selbst gewesen war, die Aktentasche nicht ins Lehrerzimmer mitzunehmen.

Zu später Stunde lief ein spanischer Film über ein neunjähriges Mädchen, das sich in seiner großbürgerlichen Familie zur Zeit der Franco-Dikatur einen Haschmich zugezogen hatte. Die Mutter wurde von einer Tochter von Charlie Chaplin gespielt, Geraldine Chaplin, die auch ein bißchen so aussah wie ihr Vater, vor allem um die Kinnlade herum. Wenn ich die Tochter von Charlie Chaplin gewesen wäre, hätte ich mir allerdings einen anderen Beruf ausgesucht.

Statt als Tabellenführer allen Konkurrenten davonzueilen, bezog Gladbach im Wildparkstadion Kloppe. Das Spiel endete 4:0 für den abstiegsbedrohten Karlsruher SC, und mir schwante Fürchterliches, denn der nächste Gegner, mit dem Gladbach sich in diesem Formtief messen mußte, war Bayern München. Ganz zu schweigen von meinem eigenen Formtief als linker Verteidiger.

Von einer Spritztour nach Jever brachte Mama die Nachricht zurück, daß Opa auf der Außentreppe hingefallen und danach in der Küche zusammengeklappt sei.

All the lonely people, where do they all belong?

Besser wär's, man würde seine Lebenszeit so gedankenlos verschleudern wie Hägar der Schreckliche. Angreifen, plündern, fressen und saufen. Und danach den Schlaf des Gerechten schlafen.

Natrium, Kalium, Calcium und ihre Hydroxide. In Mathe kam der Diepenholz mit einer nigelneuen Aktentasche an, und die ließ er nicht mehr unbeaufsichtigt herumstehen. Was er wohl mit dem schönen Vorhängeschloß gemacht hatte? Weggeschmissen wahrscheinlich, mitsamt der daranhängenden Aktentasche.

Entgegen dem Wahlversprechen, die Renten am 1. Juli 1977 um zehn Prozent zu erhöhen, wollte die Koalition das jetzt doch erst am 1. Januar 1978 tun. Helmut Schmidt erzählte dazu in einem Fernsehinterview irgendwas über unrichtige »Teilinformationen« und über eine große Zahl von Erwägungen, die noch geprüft werden müßten, und Papa sagte: »Der lügt auch schneller, als 'n Pferd laufen kann.«

In der Pause überraschte Hermann mich mit der Nachricht, daß die CSU einen Rückzieher gemacht habe. »Weißt du das noch gar nicht?«

Franz-Josef Strauß war vor der CDU zu Kreuze gekrochen und hatte die Fraktionsgemeinschaft wiederhergestellt.

Um den Quark an der Tafel lesen zu können, hätte ich meine neue Brille aufsetzen müssen, von der noch keiner wußte, daß ich sie tragen mußte. Ich weihte Hermann ein und den Bohnekamp, aber als ich die Brille in Mathe zum erstenmal aufsetzte, wurde ich dermaßen dämlich angestarrt, daß ich sie unter meinem Tisch verschwinden ließ.

Michaela Vogt saß in Mathe ziemlich weit von mir weg. Die hatte von meinen Augenproblemen noch gar nichts mitgekriegt.

In dem Bundesligaspiel gegen den VfL Bochum hielt der HSV-Torhüter Rudi Kargus einen Elfer. Von Helmut Schön war Kargus bis jetzt nur zweimal eingesetzt worden. Ich fand ja, daß Kargus der beste deutsche Keeper nach Sepp Maier war. Und zudem hatte Bayern München in der laufenden Saison schon 36 Gegentore hinnehmen müssen, elf mehr als der 1. FC Saarbrücken, der auf einem Abstiegsplatz stand. Daß die Bayern auf Platz drei rangierten, lag an ihrer Sturmstärke: Sie hatten in sechzehn Spielen fünfzig Tore geschossen und Saarbrücken nur zwölf.

Auf dem Bökelberg hielt Wolfgang Kneib dann aber jeden Schuß des gefürchteten Bayernsturms. Gladbach gewann mit 1:0 und konnte sich ein weiteres Mal als Herbstmeister in die Winterpause begeben, mit vier Punkten Vorsprung vor Braunschweig und fünf vor Bayern.

Michaela Vogt wohnte in Apeldorn, wie ich anhand von Telefonbuch und Stadtplan herausgefunden hatte, und es war ungewiß, ob sie was für Fußball übrig hatte.

Gegen Apeldorn hatte ich das letzte Mal leider Scheiße gespielt.

Papa meckerte mal wieder wegen der vierten zweistimmigen Invention, und da schnappte ich mir meine Schreibmaschine:

Das Stück »Inventio 4« aus den 15 zweistimmigen Inventionen von Johann Sebastian Bach ist vollkommen richtig. Die Takte 4–8 sind nicht verdruckt.

Diese maschinengetippte Urkunde ließ ich vom Radowski unterschreiben, und der setzte handschriftlich die Worte untendrunter:

Das E in der Baß ist nicht außergewöhnlich. Das ist eine sogenannte Orgelpunkt auf der Dominante, und nach Cembaloart mit Triller verlängert.

Damit konnte ich beweisen, daß ich das Stück richtig spielte, aber Papa sagte: »Dann hat eben auch dein Klavierlehrer Tomaten auf den Ohren.«

Für Papa gab es keine schönere Musik als das Gekreisch seiner Kreissäge. Das einzige, was ich noch ekelhafter fand, war die Reklame für die schrottigen Langspielplatten von K-Tel. Da brabbelten Schnellsprecher auf einen ein, die sich für oberwitzig hielten.

Neu wär's mal gewesen, wenn sich ein Unternehmer vor den Fernsehzuschauern heulend hingeworfen und darum gebettelt hätte, ihm seine Waren abzukaufen, weil er sonst verhungern müsse. »O bitte, bitte, laßt mich nicht verrecken …« Das hätte mir besser gefallen als das selbstherrliche Herumgeschnauze im Stil der K-Tel-Sabbler.

In Mathe half Ralle mir aus, bis er keine Lust mehr dazu hatte, mir das Kleingeschriebene von der Tafel vorzulesen. Sein Interesse flammte nur noch einmal auf, als ich ihm eine Autogrammkarte von Otto Waalkes schenkte, die Tante Dagmar mir besorgt hatte: Da winkte Otto mit bloßem Oberkörper aus einer Herde von Ottifanten, und Ralle diktierte mir den Quadratwurzelscheiß von der Tafel.

»Wurzel rein, Wurzel raus«, flüsterte ich Ralle zu, und in der Pause teilte mir der Bohnekamp mit, daß die ganze Klasse das gehört habe.

Auch Michaela Vogt? O Gott.

Für Onkel Dietrich, Tante Dagmar und Tante Gertrud sollte ich Kalender basteln. Das hatte Mama sich so ausgedacht und mir alles Material dafür aus der Stadt mitgebracht, aber das Gebastel kotzte mich an. Da faulten mir die Finger bei ab.

»Du bist mir vielleicht 'n schönes Patenkind«, sagte Mama, als sie den ganzen Salat wieder abräumte.

Wiedergewählt wurde Helmut Schmidt mit nur 250 Stimmen, obwohl die SPD und die FDP im Bundestag zusammengerechnet 252 Mandate innehatten. Der Präsident des Bundestages fragte Schmidt, ob er die Wahl annehme, und der stand ziemlich schwerfällig von seinem Platz in der ersten Reihe auf und stöhnte: »Herr Präsident, ich nehme die Wahl an.«

Als neuer Arbeitsminister wurde Herbert Ehrenberg vereidigt.

Zu vorrangigen Zielen erhob Helmut Schmidt in seiner Regierungserklärung die Wiederherstellung und die Sicherung der Vollbeschäftigung, und er verriet, daß er seine eigene Wasserrechnung nicht kapiere.

Weil ich nicht erkennen konnte, was in Physik an der Tafel stand, mußte ich meine Brille aufsetzen, und das kriegte Ulla Nölting mit, und die stieß ihre Nachbarinnen an, und da legte ich meine Brille erst einmal wieder unter der Bank ab. Konnten diese Weiber nicht woandershin glubschen?

Die Brille ließ ich natürlich auch beim Training und bei allen Spielen weg.

In der *Zeit* war mein Senf zum Thema Fußballprofis erschienen. Das Honorar dafür konnte ich gut gebrauchen, für Plattenkäufe. Die neueste Frage zielte auf die Absichten der Frauenbewegung ab. Wozu die gut sei, sollte man darlegen, und ich hackte sofort irgendeinen

Mist in die Schreibmaschine und galoppierte mit dem Umschlag zum Briefkasten.

Am Montag fiel Schnee, den ich mir von der Brille wischen mußte, als ich den Kompost nach draußen gebracht hatte, und Mama regte sich über das neueste *Spiegel*-Titelbild auf: Da saß eine nackte Frau auf einer mit lila Stoff drapierten Couch und dichtete irgendwie vor sich hin, mit einem Füllfederhalter in der Hand.

Frauen entdecken sich – Romane von Seele und Sex

»Als ob Frauen nur schreiben könnten, wenn sie nackt wären«, sagte Mama, und Papa schimpfte über die Klotzköpfe vom BWB, die noch immer nicht zufrieden seien mit seinen Angaben zur Umzugskostenvergütung und genauere Angaben über die mit Maklern und Mietinteressenten geführten Telefongespräche angefordert hätten: »Was erwarten die eigentlich von einem? Daß man mit 'ner Stoppuhr neben dem Telefon sitzt?«

Unaussprechlich war der Name von Jimmy Carters Sicherheitsberater, der einer aus Polen eingewanderten Sippe entstammte: Zbigniew Brzezinski. Damit taten sich auch die Nachrichtensprecher schwer.

Im Residenz kam ein Film mit dem Komiker Louis de Funès, aber keiner wollte mit mir hingehen, weder Volker noch Wiebke, obwohl ich dieser doofen Trulla sogar das Eintrittsgeld vorgestreckt hätte. Damit war es also Essig, denn man konnte ja nicht gut alleine ins Kino gehen.

Oder doch? Warum eigentlich nicht?

Kurzentschlossen fuhr ich hin, kaufte mir eine Karte, suchte mir einen Platz, neben dem links und und rechts noch was frei war, setzte mich und zog den Kopf ein. Wenn die anderen Kinobesucher mich für kontaktgestört hielten, konnte ich ihnen auch nicht helfen.

Erstmal durchatmen. Und hoffen, daß keiner aus meiner Klasse im Saal saß und mich erkannt hatte. Der Holzmüller womöglich oder der Albers: »Ey, Schlosser! Ganz alleine hier?« Und dann vielleicht noch Papierkügelchen an den Hinterkopf geflitscht kriegen. Da versank ich lieber in der Anonymität der Masse, und ich fühlte mich erleichtert, als das Licht ausging. Ein Gong ertönte, so daß man bald dachte, jetzt fange die *Tagesschau* an, und dann öffneten sich die schweren roten Vorhanghälften und gaben den Blick auf die Leinwand frei, im Gegensatz zu den Idioten in der Reihe vor mir, die leider gar nicht daran dachten, in der Anonymität der Masse zu versinken oder sich wenigstens so bequem hinzuflegeln, daß sie einem mit ihrer Rübe nicht die Sicht versperrten.

In dem Film beauftragte Louis de Funès einen Deppen, dessen Karre er zu Schrott gefahren hatte, mit der Mission, einen Cadillac von Neapel nach Bordeaux zu überführen. Daß in dem Wagen eine millionenschwere Schmugglerware versteckt war, für die sich außer der Polizei auch ein Gangsterboß interessierte, ahnte dieser Depp natürlich nicht.

Die beste Szene war die, wo sich auf einem Campingplatz ein Muskelprotz im Duschraum einseifte, neben dem mickerigen Louis de Funès, dem das Maul vor Staunen offenstand, als er sah, wie dieser Athlet seinen Bizeps zucken ließ und mit den Rückenmuskelsträngen ruckelte. »Hören Sie auf zu flirten!« schnauzte Louis de Funès den Typen an.

Was für ein Segen, daß Wiebke nicht mitgekommen war! Die hätte mir mit ihrem Gemaule alles verderben können. Ab jetzt wollte ich nur noch alleine ins Kino gehen. Alleine oder dermaleinst mit Michaela Vogt im Arm.

Um nicht erkannt zu werden, und schon gar nicht als Einzelgänger, verließ ich das Kino bereits beim Abspann, zog die Kapuze stramm und schwang mich aufs Rad.

Bei der Weihnachtsfeier des SV Meppen überreichte Uli Möller mir mein Zeugnis, und er sah dabei nicht fröhlich aus.

Training: 2

Spiel: 2

Besser als Dreien oder Vieren, redete ich mir ein, aber mir war schon klar, daß meine Leistungen nachgelassen hatten. Zweimal wöchentlich die Sandberge hinaufsprinten und jedes Wochenende seinen Mann stehen, und dann kam trotzdem niemals ein Jugendtrainer vom DFB vorbei, der einen in die Niedersachsenauswahl berief: Das kostete Kraft.

Zu Weihnachten wollte ich Mama und Papa ein Poster schenken. Fragte sich bloß noch, was für eins, denn bei Ceka gab's keine und bei Comet nur welche mit Motorradrockern, Kätzchen und kackenden Schimpansen als Motiv.

Zwei Tage vor der Bescherung lag ein Brief von Michael auf der Treppe.

Hallo!

Was gibt es diesmal zu schreiben? Es lohnt sich eigentlich gar nicht. Comicbilder, die den Brief verlängern würden, hab ich sowieso nicht, außerdem wäre ich viel zu faul, sie auszuschneiden.

Am Montag sollte ich bei einem Orchester vorspielen. Mann, das wäre was gewesen! Endlich mal 'ne richtige Beschäftigung. Aber … ich habe mich dann einfach nicht getraut, da hinzugehen. Und so bleibt alles wie gehabt. Übrigens stimmt das mit dem Trauen auch nicht so ganz: Mein Geigenlehrer hat – nachdem ich im Unterricht bei ihm das ganze Stück vermasselt hatte – gesagt, ich sollte lieber noch ein Jahr warten. Ähem. Tjaja, so ist das. Jetzt habe ich überhaupt keine Lust mehr, Geige zu üben. Wofür denn?

So, heute ist Buß- und Bettag. Ich habe extra so lange mit Weiterschreiben gewartet, weil ich gehofft habe, daß noch irgendwas besonderes passiert. Es hat aber nur die Bürgerstube dichtgemacht. Die war bankrott.

Gerade mußte ich mal wieder abtrocknen. Mensch, wenn ich pro einmal Abtrocknen in meinem Leben immer eine Mark bekäme, dann wär ich schon Millionär. Nee, kein Quatsch. Jeden Tag mindestens drei Mal, wie lange lebe ich? Jedes Jahr hat 356 Tage, mal drei … 1095 … mal vierzehn, nee, als Baby habe ich ja noch nicht abgetrocknet (o herrliche Kinderzeit!), also mal zehn … macht 10 950 Mark, na, also nicht gerade 'ne Million, aber doch 'ne ganze Stange Geld. Wenn ich die jetzt hätte … was würde ich damit machen? Wahrscheinlich gar nichts. Was soll man hier schon damit machen?

Wenn ich doch wenigstens mein Rad noch hätte! Dann könnte ich auf 'm Berg was rumfahren. Oder noch weiter weg, aber bei dem Wetter – das ginge wohl nicht. Also ein Auto. Damit käme ich zehn Meter weit und dann der Polizei in die Fänge. Oder ein Flugzeug. Bei mir würde es zu Schrottzeug – bei meinen fliegerischen Erfahrungen. Auch als Schiffer würde ich wohl baden gehen. Eine ausweglose Situation. Ist ja schon schlimm genug, wenn einem langweilig ist, aber dann auch noch für immer, ohne Ausweg!

Scheiße. Scheiße, Scheiße, Scheiße. Ich würde jetzt gerne irgendwo hingehen und alles kaputtschlagen. Aber dann tun mir die Hände weh. Also wieder nichts. Mann, Mann, ist das eine Scheiße!!! Man kann es gar nicht oft genug sagen.

Ich mache jetzt Schluß, sonst haue ich tatsächlich noch irgendwas kaputt.

Schöken, der versumpfende DMGS!

P.S.: Du wirst Dich wundern (mit Recht), warum der Brief so spät kommt. Er ist an dem Tag geschrieben, an dem Dein letzter Brief kam (Gott, ist das lange her). Und seitdem ist hier ABSOLUT NICHTS passiert. Rein gar nichts. In all der Zeit. Ich bin seitdem nie länger als 'ne halbe Stunde draußen gewesen, außer in der Schule. Stell Dir das mal vor! Wochenlang NICHT DAS GERINGSTE LOS. Fürchterlich. Scheußlich. Erbärmlich.

Als ob ich nicht gewußt hätte, wie sich das anfühlte.

Auf einer Reklameseite im neuen *Stern* zeigte ein Osterhase einen Korb voller Jägermeisterflaschen vor und sagte: »Ich trinke Jägermeister, weil ich mich anscheinend irgendwie mit den Festen vertan habe.«

Und nun müßten wir ja noch 'n Tannenbaum kaufen, ächzte Mama abends, aber Volker sagte: »Wieso kaufen? Den können wir uns doch einfach von der Umgehungsstraße holen, so wie letztes Jahr!« Im übrigen seien die meisten Tannenbäume in Wirklichkeit Fichten.

Der Baum, den Papa schließlich anschleppte, paßte kaum durch die Wohnzimmertür, und Mama sagte: »Großer Gott! Ist der nicht 'n bißchen zu gewaltig?«

An der Stelle, wo der Weihnachtsbaum aufgestellt werden sollte, hatte Mama Papierservietten ausgebreitet, in mehreren Lagen, damit kein Kerzenwachs aufs Parkett tropfen konnte.

Meine Geschenke ließen mich kalt. Ein olivgrüner Parka, ein Locher, ein Wecker und ein Taschenrechner von Mama und Papa, ein brauner Pulli und zehn ebbsche Mark aus Jever, von Onkel Dietrich ein Buch über die befurzten Olympischen Spiele in Montreal, von Tante Dagmar Briefpapier, ein Buch über Goebbels und eine LP von Melanie, von Tante Gertrud eine neue Platte mit Hitler-Reden und von Oma Schlosser zwanzig Mark und dazu Noten: »Das wohltemperierte Klavier« in zwei Bänden. Fast noch am besten fand ich einen von Renate gestrickten Rollkragenpullover, aus dem drei Schokoladenweihnachtsmänner herausfielen, als ich den anzog.

Früher war Weihnachten irgendwie geiler gewesen.

Um Geld zu sparen, hatten Volker und ich einander feierlich gelobt, uns gegenseitig nichts zu schenken. Für Wiebke, der ich nichts geloben wollte, hatte ich einen auf der Straße gefundenen Plastikring in einer Streichholzschachtel verstaut und die Streichholzschachtel in einer alten Zigarrenkiste von Opa Jever und die Zigarrenkiste in einer leeren Dash-Trommel und die Dash-Trommel in einem Karton und den Karton in einem noch größeren Karton, und als ich Wiebke den überreichte, machte sie Glotzaugen, weil sie für mich nur eines ihrer miesen Stickbilder verfertigt hatte, während ich mit so was Großem ankam, aber als sie der Sache dann auf den Grund gegangen war, hätte ohne Mamas Eingreifen nicht viel gefehlt, und der Ring wäre mir um die Ohren geflogen.

»Benehmt euch gefälligst! Alle beide!«

Mehr als über meine Gutscheine für mehrmaliges Blätterharken und Rasenmähen und auch mehr als über das neue, von Renate übersandte Schneidbrett und die braune Keramikschale von Tante Grete freute Mama sich über den von Papa ausgestellten Gutschein für eine Flugreise nach Venezuela, wo eine alte Freundin von ihr wohnte. Als Geschenk an sich selbst hatte Mama ein Paar Winterstiefel kaufen wollen, aber keine passenden gefunden.

Volker zählte seinen Mammon. Für das neue Moped, nach dem er geierte, hatte er jetzt mehr als hundert Mark zusammengekratzt.

(»Die alte Nuckelpinne tut's ja doch nicht mehr lange …«) Und von Onkel Walter hatte er eine LP von Roger Whittaker gekriegt. Den hatte ich schon mal im Radio gehört.

A little good-bye, a little I'll do what I must do …

Es war mir neu, daß Volker diesen Schnulzen-Opa favorisierte. Zum Glück schuldete man niemandem Rechenschaft für die Geschmacksverirrungen der eigenen Geschwister.

Wiebke hatte eine Uhr, zwei Bilderbücher, ein neues Poesie-Album, ein Paar Handschuhe, einen Pulli, einen Schlafanzug, ein Trachtenjäckchen und einen Schottenrock eingesackt. Im Sommer wollten die Hannover-Schlossers sie auf eine Nordseeinsel mitnehmen.

Damit auch Pepik was vom Weihnachtsfest hatte, ließ Wiebke ihn im Wohnzimmer herumlaufen, und er verschwand unter dem Heizkörper hinter den beiden Sesseln am Fenster, auf denen nie jemand saß, weil man von da aus nicht fernsehkucken konnte.

»Den Käfig kannst du auch mal wieder saubermachen, so verwahrlost, wie der ist«, sagte Papa.

In der Nacht fiel Schnee. Weiße Weihnachten! Wiebke flitzte gleich nach dem Frühstück nach draußen, einen Schneemann bauen, aber ich wollte mir lieber meine neuen Platten anhören. Auf der einen schrie sich Adolf Hitler ziemlich was zusammen, und auf der anderen rief Melanie einen zum Handeln auf:

There's no time to lose, I heard her say
Catch your dreams before they slip away …

Ja, wenn das so einfach gewesen wäre! Dann hätte ich mal eben bei Michaela Vogt anrufen können: »Hallo, ich bin's, Martin, und ich dürfte dir kein Unbekannter sein, denn ich bin der Junge, der dich im Klassenzimmer jeden Tag stundenlang anstarrt! Wie wär's, hättest du nicht Lust, mich mal besuchen zu kommen? Ich könnte dir meine Platten vorspielen, von den Beatles, von Cat Stevens, Melanie, Joan Baez und Adolf Hitler, und du könntest meine Freundin werden!«

Mit jeder Sekunde, die ich ungenutzt verstreichen ließ, rückte meine Todesstunde näher, und auch Michaela Vogt würde nicht ewig leben, aber wenn ich sie tatsächlich angerufen hätte, wäre garantiert ihr kleiner Bruder an den Apparat gegangen. Oder ihr Vater. Oder ihre Mutter: »Michaela ist beim Tennis! Und wer spricht da bitte?«

Beim Fondue machte sich Mama über die Engländer lustig, die sich zu Weihnachten rosafarbene Tannenbäume aus Plastik hinstellten, und Papa fuhr mich an: »Du frißt mal wieder wie 'ne Zentrifuge!«

Nur weil mir mein Stück Brot vom Spieß gefallen war.

»Benehmen ist Glückssache«, sagte Volker, und dann erzählte Mama von früher. Wenn es nach Oma Jever gegangen wäre, hätte Tante Gisela Adelheid geheißen, aber Omas Mutter sei dagegen gewesen. Die habe immer gesagt: »Adelheid, de Hahn, de kreiht!« So oft, bis Oma und Opa Jever nachgegeben und das Kind statt Adelheid Gisela genannt hätten.

Jaja, sprach da der alte Oberförster, Hugo war sein Name, und er schwang sich von Geweih zu Geweih, um den Perserteppich zu schonen, der aufgerollt in der Ecke stand, und der zuständige Landesfürst schaute vollkommen betrunken hinter dem Sofa hervor …

Im Dritten kam ein Film über Elvis Presley, wie er bei seinem Comeback in Las Vegas das Publikum in Raserei versetzt hatte, als Halbgott, mit Koteletten bis zur Hüfte. Elvis the Pelvis. Diesen Anblick hatte Papa bald satt, und er ging in den Keller, während Elvis unverdrossen weitermachte.

»Die spinnen doch, die Amis«, sagte Volker. »Gibt's nichts besseres heute abend?«

Der einzige gute Film fing erst um Viertel nach elf an. Vorher schickte Mama die angeblich noch kein bißchen müde Wiebke ins Bett: »Keine Widerworte!«

Beim Rausgehen trat Wiebke mir auf den Fuß, mit Absicht, obwohl ich ihr mal ein Eis ausgegeben hatte, und dann gab es noch einmal Stunk, weil sie nicht damit aufhören wollte, beim Zähneputzen im Bad oben die ganze Zeit das Wasser in vollem Strahl aus dem Hahn laufenzulassen. Zeter und Mordio! »Du glaubst wohl, wir hätten Geld zuviel«, keifte Mama, die extra die Treppe hochgelaufen war, und Wiebke verfügte sich heulend und türenknallend in ihr Zimmer, statt sich zu entschuldigen.

Es war gar nicht so einfach, sich bei dem Lärm auf den Psycho-

Thriller zu konzentrieren, in dem eine von Doris Day gespielte Ehefrau von einem Unbekannten, der sie abmurksen wollte, in den Wahnsinn getrieben wurde.

Ein Kinderspiel war das Präludium Nr. 1 in C-Dur aus dem »Wohltemperierten Klavier«. Da brauchte man fast nie die schwarzen Tasten, und für Leute, die nichts vom Klavierspielen verstanden, klang die Sache trotzdem so, als ob man geübt hätte wie ein Blöder.

Als Renate und Olaf in dessen VW-Bus angeklappert kamen, setzte Mama sich da gleich mit rein, um das junge Paar nach Jever zu begleiten, wo Olaf endlich auch mal Oma und Opa vorgestellt werden sollte, als Renates künftiger Bräutigam, und als die ganze Bagage verschwunden war, schwang ich mich aufs Rad und fuhr durch den Schneematsch in die Stadt, eine neue LP kaufen.

Einmal um die ganze Welt,
und die Taschen voller Geld …

Leider gab's bei Ceka keine Beatles-Platten, aber mit leeren Händen wollte ich nicht nachhausekommen. Dann mußte es eben eine LP von Cat Stevens tun.

I'm looking for a hard headed woman,
One who will make me do my best …

Um in Mamas Langenscheidt nachzuschlagen, was »hard headed« bedeutete, war ich zu faul. Das konnte man sich ja denken. Dickköpfig. Selbstbewußt.

And if I find my hard headed woman,
I know the rest of my life will be blessed – yes, yes, yes.

Eine Frau, die einem Kontra geben konnte, war auf Dauer bestimmt besser erträglich als ein schüchternes Hämsken, aber an Cat Stevens' Stelle hätte ich die Betonung in diesem Song trotzdem nicht auf die Dickschädeligkeit der Frau gelegt. Was ich an Michaela Vogt am meisten liebte, waren die verträumten Blicke, die sie in langweiligen Schulstunden über die Wände wandern ließ. Woran sie dabei wohl dachte? An ihren heimlichen Liebeskummer? Wegen mir?

Her eyes like windows, tricklin' rain
Upon her pain getting deeper …

Damit kam Cat Stevens, was Michaela Vogt und mich betraf, der Sache schon näher.

In Wilhelmshaven hatte Mama neue Winterstiefel erstanden, gefütterte, mit Reißverschluß an der Seite. Mit denen sah sie richtig mondän aus. Die ganze Reise war angeblich ein voller Erfolg gewesen, bis auf Olafs Kavaliersstart zu Beginn der Rückfahrt: Den abgesoffenen VW-Bus hatte Tante Gisela in Jever ans Abschleppseil nehmen und mit ihrem Auto etliche hundert Meter weit ziehen müssen, um den Motor wieder flottzukriegen.

Im Gästezimmer durften sich Renate und Olaf das Klappbett teilen. Das waren ganz neue Sitten.

Morgens Mohnbrötchen und Eier, mittags Rumpsteak mit Kartoffelbrei und Bohnen, zum Nachtisch Apfelmus mit Schlagsahne, zum Tee am Nachmittag Haselnußplätzchen mit Zuckerstreuseln und abends Butterbrote mit Camembert, Fleischwurst und Kochschinken: Da hätte als Apéritif zwischendurch nur noch eine Lage Blubberlutsch aus Entenhausen gefehlt.

»Na, das war ja mal wieder so 'n richtiger Freß- und Sauftag heute«, sagte Renate, die faul auf dem Sofa lag, während Mama, Volker, Wiebke, Olaf und ich neue Kerzen in die Halter steckten, und dann kriegten wir zu hören, wie schlecht sich neulich ein alter Tanzstundenpartner von Renate aufgeführt habe: »Meldet sich großartig an, kommt 'ne Stunde zu spät und redet dann nur dummes Zeug!« Unterbelichtet sei gar kein Ausdruck. »Schrecklich, den ganzen Abend dessen blödes Gewäsch anzuhören! Und dann hat er auch noch fast unsere ganzen Pfeffernüsse weggeschrotet! Nur drei Stück hat er übriggelassen. Und drei Flaschen Bier ausgesoffen! Und als es dann zu regnen angefangen hat, da hat der Idi sogar noch bei uns übernachten wollen!«

Im Zweiten lief die erste Folge eines neuen Weihnachtsvierteilers, mit Raimund Harmstorf in der Hauptrolle als Michael Strogoff, aber Mama war dagegen, jetzt die Flimmerkiste einzuschalten. Unter normalen Umständen wäre ich sauer gewesen, aber wenn die Fernsehgewaltigen die ganze Serie im Programm nach Weihnachten versteckten, statt sie an den vier Adventssonntagen zu zeigen, konnte wohl wirklich nicht soviel an ihr dransein wie am »Seewolf« seligen Angedenkens.

Neben dem Weihnachtsbaum geriet man fast ins Schwitzen wegen der brennenden Kerzen, und als Papa hochkam, gab's ein Donnerwetter, weil der Eimer mit dem Löschwasser fehlte und an drei Stellen Wachs auf den Boden gekleckert war.

Im neuesten Asterixband erlitten Asterix und Obelix Schiffbruch und entdeckten Amerika, und Obelix sollte eine übergewichtige Häuptlingstocher heiraten, doch da kniff er lieber aus. In puncto Liebesleben war bei Asterix und Obelix tote Hose. Und wer waren eigentlich die Eltern von Tick, Trick und Track? Und wo kamen die Schlümpfe her? Auf Lummerland kriegten sogar die Lokomotiven Kinder, aber wie war es um die sexuellen Bedürfnisse von König Alfons, Herrn Ärmel und Lukas bestellt, wenn es da kein anderes weibliches Geschöpf gab als die alte Frau Waas und die Lokomotive Emma?

Wenn man abends mal so gnädig war, mit Pepik zu spielen, wollte er trotzdem immer nur weg, und wenn man ihn wieder eingefangen und in den Käfig gesetzt hatte, gab er sich nicht mit dem Laufrad zufrieden: Dann benagte er mit gewaltiger Ausdauer die Gitterstäbe, in der irren Hoffnung, sich als Flüchtling vom Emsland in den Nahen Osten durchschlagen zu können, in die Golanhöhen, wo er von Natur aus ja auch besser hingepaßt hätte als in das verpupte Zimmer einer minderjährigen Meppenerin mit Vollklatsche und Poposcheitel.

Den Millionärssohn Richard Oetker hatten Kidnapper in eine Holzkiste gesperrt und die irgendwo vergraben und ihn mit Elektroschocks gefoltert. Erst nach 47 Stunden war er befreit worden, mit Herzrhythmusstörungen, beidseitigen Oberschenkelhalsfrakturen, Lungenkollaps und zwei gebrochenen Brustwirbeln, und die Entführer hatten sich mit 21 Millionen Mark Lösegeld aus dem Staub gemacht. Ich wäre verrückt geworden, wenn ich selbst in dieser Kiste gelegen hätte. Schon in der ersten Minute. Da hätte ich dann doch lieber mit Pepik getauscht, denn der hatte wenigstens sein Laufrad.

Was das wohl für Typen waren, die sich jetzt in dem Lösegeld suhlten? Ob die irgendwo Champagner schlabberten, ohne bei jedem Schluck daran denken zu müssen, wer die Zeche dafür gezahlt hatte?

Mama sauste zur Sparkasse, um noch eben fix die Kfz-Steuer fürs nächste halbe Jahr zu überweisen, und Renate stellte Fettgebackenes her: Berliner, für jeden zwei, und sogenannte Hobelspäne mit Puderzucker. Mittags kriegten wir nur Buchstabennudelsuppe: »Reinhauen könnt ihr heute abend beim Fleischfondue!«

Es fand ein ziemliches Gerenne statt, bis alle Zutaten für das Fondue auf dem Eßtisch versammelt waren. Schweinefleisch, Rindfleisch, Paprika, Pfeffer, Salz, Salate, Remouladensoße, Mayonnaise, Meerrettichsahne, Silberzwiebeln, Rotwein und Toastbrot. Den Toaster bediente Volker, und Wiebke wurde in den Keller geschickt, Papa holen. »Am Silvesterabend brauchen da ja wohl keine Schrauben mehr sortiert zu werden«, sagte Mama. »Und nun wollen wir nicht länger warten. Long too!«

Papa bereitete seine Handverletzung Schwierigkeiten beim Hantieren mit der Fonduegabel. Im Topf kamen sich die vielen Stiele mit den Fleischbatzen an den Zinken ins Gehege, und Papa pfiff Volker an, weil der Toastnachschub stockte.

Um die Gemüter zu beruhigen, erzählte Olaf was von französischer Lebensart. So ein Fondue müsse man genießen. Es gehe dabei mehr um die im stillen wachsende Vorfreude auf das jeweils nächste Häppchen als um das Ziel, sich möglichst schnell vollzufuttern …

Renate hatte irgendwo gelesen, daß der 31. Dezember dieses Jahr eine Sekunde länger dauere als sonst, wegen der verlangsamten Erdrotation, und Mama sagte, sie würde die Zeit ja manchmal gerne anhalten oder zurückdrehen, »aber auf die eine Sekunde kommt's mir nun auch nicht an!«

Wenn sich die Himmelskörper bei ihren Umdrehungen nach dem europäischen Dezimalsystem richten wollten, hätten sie viel zu tun, sagte Papa. Darauf folgte eine längere Erörterung von Zeitmessungsproblemen und der Frage, weshalb der Februar nur so wenige Kalendertage abbekommen habe. Die Nazis, sagte Mama, hätten andere

Monatsnamen einführen wollen: »Hartung« für Januar, »Hornung« für Februar und so weiter. »Lenzmond«, »Gilbhart«, »Nebelung« und lauter solchen Quatsch, und damit waren wir bei der Hitlerzeit, in der Mama den Hitlergruß beim BdM einmal so lässig entboten hatte wie Hitler selbst, nur mit dem Unterarm: »Da war aber was los! Und ich sag noch, daß doch nix daran verkehrt sein kann, wenn auch der Führer das so macht!«

Mit drei Glas Rotwein war ich gut bedient bei diesem Essen. Die stiegen mir schon zu Kopf, und ich ging nach oben, um auf dem Balkon die andere der zwei Zigaretten zu rauchen, die ich Volker mal geklaut hatte. Das geheime Leben des Martin Schlosser.

Was Michaela Vogt jetzt wohl gerade machte? Heimlich rauchen? Oder war das nicht ihr Ding? Wenn ich Michaela Vogt gewesen wäre, hätte ich von morgens bis abends mein Spiegelbild angehimmelt und gar keine Zeit zum Rauchen gehabt.

I love you, I love you, I love you,
That's all I want to say …

Im neuen Jahr würden die Würfel fallen. So oder so. Vielleicht ja gleich am ersten Schultag nach den Winterferien. »Können wir uns mal kurz sprechen?« würde Michaela Vogt mich in der großen Pause fragen, und dann würde alles aus ihr herausbrechen, irgendwo in einem stillen Winkel – daß sie's nicht mehr aushalten könne ohne mich; sie habe es versucht, so oft schon, aber vergeblich, und wenn ich ihre Gefühle nicht erwiderte, dann gäb's nur eine Lösung, die aber auch keine Lösung wäre … und dann würde ich Michaela Vogt in meine Arme schließen, und sie würde weinen, fassungslos vor Glück.

She'll look at me
What a moment that moment will be!

Zum Abwischen der Tränen würde ich ihr dann ein Taschentuch reichen. Und zwar ein sauberes. Das sollte ab sofort zu meiner Grundausstattung gehören, damit ich nicht in die Verlegenheit käme, Michaela Vogt im Fall des Falles eine meiner alten Rotzfahnen mit Trokkenstarre anbieten zu müssen, dachte ich, und ich verjagte mich fürchterlich, als im selben Augenblick ein Böller explodierte, unten auf der Straße, wo irgendwelche Krachmacher Eindruck zu schinden versuchten.

Im Wohnzimmer durfte ich von der Feuerzangenbowle kosten, aber die zerfraß einem die Speiseröhre, und da stieg ich lieber wieder auf Rotwein um.

Komm, gieß mein Glas noch einmal ein
Mit jenem bill'gen roten Wein …

Während Volker sich mit angeberischem Gehabe der Aufgabe unterzog, eine Sektflasche zu öffnen, brachte Papa im Garten drei Raketen in Stellung, und Renate tischte die Berliner und die Hobelspäne auf. Olaf hatte sich zum Spülen der verstaubten Sektgläser bereitgefunden. Aber wo war eigentlich Wiebke? Schon zu Bett?

»Kinder, macht doch mal die Tür zu!« rief Mama, weil von der Terrasse kalte Luft hereinzog, und dann waren's plötzlich bloß noch fünf Sekunden bis zum Jahreswechsel. Cheerio!

Nachdem Papa sein Pulver verschossen hatte, kletterte ich im Garten am Schaukelgerüst hoch, um dem Feuerwerk am Himmel näherzukommen. Was kost' die Welt? Juchhei!

»Du bist wohl besoffen!« ranzte Papa mich an. »Komm da wieder runter!«

Das war typisch. Nicht einmal in der Silvesternacht durfte man seiner Lebensfreude freien Lauf lassen, jedenfalls nicht in Gegenwart von Papa, dem alten Kamuffel.

An alle, die sich dazu entschlossen hatten, wieder reinzukommen, verteilte Mama bunte Papierkronen. Davon setzte sich sogar Papa eine aufs Haupt, und Renate machte ein Foto von ihm, wie er einen Luftballon aufblies.

Der Sekt hatte mir besser geschmeckt als der Rotwein, und nach dem Sekt schmeckte mir auch die Bowle besser als zu Anfang. Mir ging's überhaupt ziemlich gut, aber als ich dann mal für kleine Mädchen mußte, verdoppelte sich die Kloschüssel vor meinen Augen, und ich mußte mich hinsetzen und Luft holen.

Das Strullen kriegte ich noch geregelt, aber bis zum Bett war's mir zu weit. Die ganze lange Treppe hoch? Unmöglich. Schlafen konnte ich auch irgendwo im Erdgeschoß, auf dem Läufer im Windfang zum Beispiel.

»Bist du denn von allen guten Geistern verlassen?« rief Mama und zerrte mich am Arm hoch. »Marsch mit dir ins Bett! Ich hab gedacht, da liegst du längst!«

Wie lange ich im Windfang schon geschlafen hatte, wußte ich nicht. Jedenfalls lange genug, um vor Kälte zu klappern. Mama hatte recht: In meinem weichen Bett, da wäre ich viel besser aufgehoben, kuschelig eingemummelt, und ich nahm alle meine Kräfte für den Weg dorthin zusammen, aber statt im Bett fand ich mich oben vor dem Badezimmerspiegel wieder, aus Gewohnheit, um mir die Zähne zu putzen, und wo ich schon mal da war, konnte ich mich auch in die leere Wanne legen. Die sah so einladend aus, und bis zum Bett wären's noch mehr als zehn oder zwölf Schritte gewesen …

»Nun sieh sich das mal einer an!« rief Mama. »Liegt der Kerl hier in der Badewanne! Hoch mit dir! Ab in die Falle! Aber 'n bißchen plötzlich!«

Rein in die Kartoffeln, raus den Kartoffeln. Diesmal hätte Mama mich ruhig weiterpofen lassen können, fand ich, aber sie blieb unerbittlich, auch als mir beim Aufstehen schwindlig wurde: »Los jetzt! Keine Faxen mehr! Du hast genug Quatsch angestellt für heute!«

In einem Traum, den ich hatte, mußte ich unglaublich dringend schiffen, und ich rüttelte von außen an den Klinken verschlossener Klotüren, bis ich merkte, daß der Traum wahr war und daß es mir nicht länger half, wenn ich mich im Bett von einer Seite auf die andere wälzte. Also raus aus den Federn, mitten in der Nacht. Die Augen kriegte ich kaum auf, aber den Weg fand ich auch blind.

Was für eine Wohltat, sich auszupissen! Besonders, wenn man sich zerschlagen und todmüde fühlte und sich darauf freuen konnte, gleich anschließend weiterzuschlafen. Oder vorher noch was aus dem Wasserhahn zu trinken. Frisches, klares, kühles Leitungswasser.

Auf dem Weg zurück zum Bett fiel mir auf, daß es gar nicht mehr tiefe Nacht war, sondern heller Vormittag. In der Küche unten waren

Mama und Renate am Zanken, und es stank sogar schon nach Mittagessen.

Damit brauchte mir keiner zu kommen. Ich wollte schlafen, sonst nichts, und im Bett zog ich mir die Decke über den Kopf.

Wie war das – hatte ich mich wirklich in den Windfang gelegt? Und danach, da war doch auch noch irgendwas gewesen? Irgendein Dreck? Genau, die Badewanne! Da war ich drin eingepennt und hatte dann irgendwelchen Mist gefaselt, und vorher hatte Papa mich angeschnauzt …

Na, egal. Mich konnten alle mal kreuzweise. Ich würde jetzt schlafen, bis abends und die ganze Nacht durch bis zum nächsten Morgen, dachte ich, aber mein Gehirn spielte nicht mit, obwohl ich hundemüde war. Das drehte sich, und das ganze Bett drehte sich mit, und zwar im umgekehrten Uhrzeigersinn. Noch ein paar Umdrehungen, und ich hätte alles vollgekotzt.

Also hoch! Wieder raus aus der Kiste und rüber ins Bad, wo ich mir mit beiden Händen kaltes Wasser ins Gesicht klatschte, über dem Waschbecken, in dem noch Reste von Wiebkes ausgespuckter Kinderzahnpasta klebten.

Dann saß ich auf dem Wannenrand. Von meiner Nase tropfte Wasser auf die Bodenkacheln, und ich wußte nicht weiter. Hau dich aufs Ohr, sagte ich mir, aber als ich wieder im Bett lag, ging die Karussellfahrt von vorne los.

Das Liegen hatte keinen Zweck. Ein Frühstück mußte her. Oder lieber doch keins? Und wo war meine Brille?

Weg. Dann eben ohne Brille. In der Hoffnung, niemandem Auskunft über meinen Zustand geben zu müssen, taperte ich nach unten.

Der Eßzimmertisch war ratzekahl abgeräumt. In der Küche köchelte ein Topf mit Bohnensuppe vor sich hin, im Brotschapp lag ein Knust aus dem Karbonzeitalter, und die Bananen in der Obstschale auf der Fensterbank hatten auch schon bessere Tage gesehen.

Ich machte den Kühlschrank auf. Zum sofortigen Verzehr boten sich rohe Eier, mehrere Sorten Streichwurst, eine halbe, eingetrocknete Zitrone, Remouladensoßenreste, schiere Margarine und eine Blutwurst an.

Fürs erste ließ ich es bei einem Schluck Milch bewenden. Dann zog ich mich aufs Gästeklo zurück, schloß mich ein, sackte auf den zuen Deckel und lehnte meinen pochenden Kopf an die Wand. Als ob ich ’n Drillbohrer im Schädel gehabt hätte. So ähnlich mußte Sepp Maier sich gefühlt haben, als er im Europacup einen Schneidezahn eingebüßt und mit einer Mullkompresse im Gebiß weitergespielt hatte.

Mein Cognac schmeckt nach Seife,
mein Pudding schmeckt nach Jod,
und mein Schwein fängt an zu pfeifen,
und am liebsten wär’ ich tot.

Aus dem Spiegel sah mich mein Ebenbild an, mit Fischmaul, zerstrubelter Frisur und geschwollenen Schielaugen. Nie wieder würde ich einen Tropfen Alkohol trinken. Das schwor ich mir, so wahr ich Martin Schlosser hieß. Gab’s da nicht sogar ein Lied drüber?

Der Teufel hat den Schnaps gemacht …

Von Udo Jürgens, wenn mich nicht alles täuschte.

Sitzen, Stehen und Gehen hatten ebenfalls keinen Zweck, und ich legte mich wieder ins Bett. Der Zwang zur Teilnahme am Mittagessen war mir erlassen worden. Lesen ging nicht, das verschärfte nur die Kopfschmerzen, und Musikhören ging erst recht nicht. Das einzige, was ging, war Abwarten.

Als ich zur Teestunde im Wohnzimmer erschien, fragte mich Renate, weshalb ich ihr letzte Nacht im oberen Flur ein Handtuch an den Kopf geworfen hätte, aber davon wußte ich nichts.

Meine Brille hatte sich inzwischen hinter dem Schirmständer im Windfang angefunden.

»Da biste wohl schon selbst ’n bißchen durch den Wind gewesen«, sagte Volker, und ich schnappte mir zwei Kekse und die Brille und ging wieder hoch in mein Zimmer. Sollte Volker sich da unten doch sein Lästermaul zerreißen!

Erst am späten Abend löste sich der Stau in meiner Birne auf. In der Küche schmierte ich mir Käsebrote, während sich die restliche Sippschaft im Wohnzimmer einen witzigen Spielfilm ansah. »Unternehmen Petticoat«. Um zu kapieren, worum es da ging, hätte ich früher aufstehen müssen.

Danach kam ein Krimi mit dem Inspektor Columbo, der immer nur so tat, als ob er wer weiß wie schusselig wäre. Diesmal ermittelte er gegen einen von dem echten Countrysänger Johnny Cash gespielten Countrysänger, der sein Satansweib von Ehefrau und eine Ex-Geliebte kaltgemacht hatte, um wieder ein freier Mann zu sein, und als er von Columbo überführt worden war, sagte der zu ihm: »Ein Mann, der so singen kann wie Sie, kann kein ganz schlechter Mensch sein.«

Was Columbo wohl zu mir gesagt hätte, wenn ich ihm als Mörder ins Netz gegangen wäre? Ein Mann, der Alkohol so schlecht verträgt wie Sie, kann noch nicht ganz erwachsen sein?

Renate und Olaf juckelten nach dem Frühstück davon, zurück nach Bonn am Rhein, wo die Freiheit grenzenlos war, während unsereiner an den überfälligen Dankesschreiben für die Weihnachtsgeschenke herumdoktern mußte.

Den längsten Brief kriegte Michael Gerlach. Wenn sein Antwortbrief weniger auf die Waage bringe, würde ich den Ventilmops aktivieren, hatte ich geschrieben. Der wäre sicherlich sehr interessiert an der Adresse jedes unsportlichen Fahrradeigentümers vom Mallendarer Berg.

Und weil ich eine Partie Briefschach spielen wollte, setzte ich meinen Eröffnungszug untendrunter: e2 – e4. Wenn Michael in die damit aufgestellte Falle tappte, blühte ihm ein Schäfermatt im vierten Zug.

Abends rief Renate an: In Unna sei der Motor stehengeblieben, und sie hätten sich für dreihundert Mark abschleppen lassen müssen bis Bonn.

»Hoffentlich verschrotten sie die olle Rostlaube jetzt und stecken da nicht noch mehr Geld rein«, sagte Mama.

An Volkers Victoria war auch schon wieder was kaputt, und zwar der Schaltdrehgriff, für den es kein Ersatzteil gab. Die Industriebetriebe stellten lieber fabrikneue Mopeds her als die Ersatzteile für Trümmerhaufen aus der Adenauerzeit.

Im Zuge seiner Politik der Ämterhäufung war der Arbeitgeberverbandspräsident Schleyer jetzt auch noch Chef des Bundesverbandes der Deutschen Industrie geworden. BDA und BDI. Was der wohl so verdiente jährlich? Mehr als 'ne Million bestimmt, zum Lohn dafür, daß er die Arbeitnehmer am ausgestreckten Arm verhungern ließ.

Wie man in einem Spielfilm sehen konnte, waren polnische Kavalleristen im Zweiten Weltkrieg gegen deutsche Panzer angeritten. Mama ging raus, weil sie für Kriegsfilme nichts übrig hatte, aber Papa blieb sitzen, bis zur letzten Szene, in der ein vereinsamter polnischer Reiter Kurs auf die Sowjetunion nahm.

»Und da erwartet ihn die gleiche Scheiße in Grün«, sagte Papa, der es ja wissen mußte.

Es regnete in Strömen, als ich am ersten Schultag nach den Weihnachtsferien losfuhr, mit der Brille auf der Nase, und natürlich waren die Bahnschranken mal wieder unten, und ich hatte nichts zum Brilleputzen dabei. Auf dem Schulhof ging Michaela Vogt dann einmal dicht an mir vorüber.

I nearly died, I nearly died …

In der großen Pause entzog sie sich meinen Blicken. Hermann Gerdes, der Bohnekamp und der Dralle seiberten über Michael Strogoff, und da konnte ich nicht mitreden, weil ich alle Folgen dieses Vierteilers verpaßt hatte.

Nach dem Klingeln versammelte sich die ganze Klasse zur Physikstunde in einem Hörsaal im Neubau. Michaela Vogt saß mit ihrem schulterlangen Lockenhaar zwei Reihen unterhalb von mir und schrieb fast alles mit, und zwar mit links. Das war eine Gemeinsamkeit, auf die ich sie irgendwann ansprechen könnte, dachte ich, denn ich war ja selbst ein geborener Linkshänder. Wenn man mal zusammen irgendwo in einem Fahrstuhl steckengeblieben war: »Ach, und du bist linkshändig?« Ganz überrascht tun, so als ob man das noch gar nicht gewußt hätte, und sich die linke Hand dann irgendwie genauer zeigen lassen …

In Magdeburg hatte ein Erfinder mal die Luft aus zwei kupfernen, luftdicht zusammengesetzten Halbkugeln rausgepumpt und gewettet, daß zwei Pferde die Halbkugeln nicht auseinanderziehen könnten. Das hatten erst sechzehn Pferde geschafft, was mit dem Luftdruck zusammenhing.

Mama saugte im Wohnzimmer die Nadeln auf, die unser abgewrackter Weihnachtsbaum verloren hatte, und das machte sie mit Schwung, beflügelt von der Nachricht, daß Frau Lohmann nach Venezuela mitkommen wollte. Deren Mann hatte ihr das erlaubt.

Von Samstag auf Sonntag durfte ich bei Hermann in Rütenbrock übernachten. Er hatte Vorsorge getroffen und ein Sechserpack Bier in der Ziegelei versteckt, wo man sich leider fast den Arsch abfror.

»Wer wärst du lieber«, fragte Hermann, »König Alfons der Viertel-vor-Zwölfte oder Tschetan, der Indianerjunge?«

Um gegen die staatliche Willkürherrschaft zu protestieren, hatten Intellektuelle in der Tschechoslowakei ein Manifest verabschiedet, die »Charta 77«, aber Hermann meinte, daß dahinter auch der amerikanische Geheimdienst stecken könne. Oder der Bundesnachrichtendienst: »Diese ganzen Meldungen über Unruhen im Ostblock sollte man mit Vorsicht genießen …« Zwei Mittelstufenschülerchen wie wir, was wüßten wir denn groß von der Weltpolitik? Wir kämen ja noch nicht mal mit unserem Unterrichtsstoff in Mathe klar. Die Wurzelfunktionen als Umkehrfunktionen der Potenzfunktionen. »Erklär mir doch mal, was du unter 'nem Wurzelterm verstehst!«

Mit den leeren Flaschen schmissen wir ein paar von den Dachpfannen ein, und dann versuchte ich, Hermann in den Kanal zu stoßen, als Fleischgericht für den Buhkeeler, hähä! Dabei verlor ich leider meine Brille, und wir fanden sie nicht wieder.

»Die müssen wir morgen suchen gehen, im Hellen«, sagte Hermann.

Schlafen durfte ich im Zimmer von Hermanns großem Bruder, der sich als Student in Bielefeld mit der Erforschung der menschlichen Sexualität befaßte. Das Bett war frisch bezogen und irre kalt, aber das gab sich bald.

Die Story von meiner verlorengegangenen Brille hatte Hermann seiner Mutter schon erzählt, als ich zum Frühstück erschien. Ohne die Brille hätte ich zuhause gar nicht erst wieder anzutanzen brauchen. Hermann trieb sie nach 'ner guten halben Stunde Suche auf, im Ufermatsch, dreckig und naß, aber heile, und mir fiel ein Riesenstein vom Herzen: Mein normales Leben konnte weitergehen.

Normal war es leider auch, morgens früh im Regen am Bahndamm zu warten, bis ein zehntausend Kilometer langer Güterzug vorbeigedonnert war, und dabei die Schlagzeile der Zeitung zu studieren, die im Schaukasten am Kiosk hing.

6 Millionen vergaste Juden – die Lüge des Jahrhunderts

Hätte man diesem Macker da nicht die Lizenz entziehen können?

In Deutsch ging's immer noch um den beknackten Kriminalroman. Der Wolfert malte ein Personengeflecht an die Tafel, mit beschrifteten Pfeilen, und in Geschichte wollte er hören, was wir über eine französische Karikatur von 1789 dächten. Da mußte ein alter Bauer auf seinem Buckel einen Priester und einen Adligen herumtragen. »Was hat der Zeichner damit veranschaulicht?«

Ich meldete mich und wurde drangenommen. »Daß die Bauern unterdrückt werden«, sagte ich, und da nahm der Wolfert gleich jemand anderen dran, den Holzmüller, ausgerechnet, und der sagte, daß der Klerus und der Adel sich auf Kosten der Bauern ein feines Leben gemacht hätten, und das war natürlich eine viel bessere Antwort als meine.

So bald würde ich nicht wieder aufzeigen in Geschi.

Michael Gerlach schrieb mir, daß es in Vallendar zur Zeit idyllisch sei.

Absolut keine Langeweile (hört, hört). Es hat nämlich geschneit. Und weil man jetzt super Schlitten fahren kann, ist alles prima. Vom Holger laß ich mich mit dem Fahrrad über die Straßen des wunderbaren Mallendarer Berges ziehen, und alles macht höllisch viel Spaß. Das Leben ist schön.

Leider stört es etwas, daß zu wenig Schnee liegt und man alle paar

Meter hängenbleibt und sich die Kufen zerschrammt. Holgers Fahrrad hat auch schon gelitten: Ein Pedal ist abgebrochen, und das andere dreht sich beim Treten gar nicht mehr mit, weil es so verbogen ist. Und auch der Sattel schreitet zügig der Pensionsreife entgegen.

Jetzt aber eine gute Nachricht: Ich habe zu Weihnachten 'nen Radiorekorder bekommen. Gut, was? Der Lautsprecher quäkt sehr schön, und das Gerausche aus dem Radio wird vollkommen klar wiedergegeben. Und die Aufnahmequalität – phänomenal. Originalgetreues Rauschen, bis ins Detail (laut Gebrauchsanweisung). Außerdem kann man mittels Oszillatorschalter den unangenehmen Pfeifton bei Mittelwelle derart stark beeinflussen, daß er unerträglich wird. Und erst die Kassettenauswurftaste – wie beim Toaster. Ich frage mich nur, wie lange die Kassetten diese grobe Behandlung mitmachen werden. Und die vielen Extras! Der Fleck auf der Rundfunkskala wurde kostenlos mitgeliefert, und der ist – garantiert – unverwüstlich. Es sei denn, man nimmt den Apparat bis auf das letzte Schräubchen auseinander, um von innen an das verdammte Ding heranzukommen. Aber jetzt der Clou: die Teleskopantenne! Voll einfahrbar (falls Hammer zur Hand) und in alle Richtungen drehbar (allerdings ist das nicht ohne Nachteil, schließlich will ich keinen Ventilator, sondern eine Antenne. Und selbst der billigste Ventilator läßt sich abstellen, was ich von der Antenne nicht behaupten kann). Das beste ist der Tragegriff. Der muß computergesteuert sein: Sobald man ihn anfaßt, liegt der Rekorder auf der Erde.

Mann, ich bringe es nicht fertig, mal was Lobendes zu schreiben. Das Ding ist nämlich wirklich gut. Ich bin froh, daß ich's hab.

Was ich nicht besitze, ist ein Schachspiel. Und ich bin auch viel zu blöd, um die Regeln zu kapieren.

Ich zeichne lieber Trickfilme. Ja, ich! Trickfilme. Zeichnen. Kennste das? Daumenkino. Im Lateinbuch sind schon alle Seiten bei mir voll damit. Meine Lieblingsthemen sind abstürzende Flugzeuge, zerschellende Autos oder sonst irgendwas, das sich bewegt und – vor allen Dingen – saubrutal ist.

Jetzt muß ich mit dem Brief aufhören, sonst dauert es wieder Monate, bis Du ihn bekommst. Zu berichten gibt es sowieso nichts mehr. Schalt lieber das Radio ein, da hörste interessantere Sachen.

Also, tschüß denn. Es grüßt die DMGS-Film GmbH!

Tolle GmbH, die erklärtermaßen zu dämlich fürs Schachspielen war.

Grund zum Jubeln hatte Wiebke nach ihrer Abmeldung vom Klavierunterricht, und Volker durfte sich über zweihundert Mark aus Jever freuen, zu seinem 18. Geburtstag, aber Gladbach verpatzte den Start in die Rückrunde, und am Sonntag kriegte ich den Ball bei einem gegnerischen Freistoß voll auf den Sack.

Über die Halbjahresnoten für die mündlichen Leistungen wurde in der Klasse offen diskutiert. Die Note 3 minus in Deutsch sei für mich nicht angemessen, sagte Irmela Krüger, eine segelohrige Person, mit der ich noch nie ein Wort gewechselt hatte. Die legte sich förmlich ins Zeug für mich: »Der Martin sagt vielleicht nicht viel, aber wenn er mal was sagt, dann hat das Hand und Fuß!«

Ob das auch andere in der Klasse so sähen, fragte der Wolfert, und da meldete sich der Rüßkamp zu Wort: »Ich finde auch, daß der Martin 'ne bessere Zensur verdient hat.«

Gut und schön, aber was ging Irmela Krüger oder den Rüßkamp meine Deutschnote an? Erhofften die sich irgendwie was Ähnliches von mir?

Michaela Vogt sah starr geradeaus an mir vorbei.

Der Wolfert änderte die Note ab. Ich kam mit einer glatten Drei davon, und als es schellte, nahm ich die Beine untern Arm, um mich bei niemandem bedanken zu müssen.

In einem Filmschocker griffen Ameisen, die in einem Atombombentestgelände zu Übergröße mutiert waren, die Menschheit an. Um Michaela Vogt zu retten, hätte ich mich dazwischengeworfen. Das hätte ich auch getan, wenn sie in Frankreich als Tochter von Ludwig XVI. auf der Abschußliste der Revolutionäre gelandet wäre. Das Kerkergitter zersägen, in einer mondlosen Nacht, und gemeinsam in einer Kutsche entfliehen, während Robespierre sich schon die Finger danach leckt, dem Volk am nächsten Tag das abgehackte Haupt der Königstochter vorzuzeigen. Und Michaela dann, den Kopf an meine

Brust geschmiegt, unter meinem Mantel, im Halbschlaf murmelnd: »Du mein Retter …«

Oma Schlosser hatte Papa ein schlaues Buch über Hügelbeete zugeschickt. Wenn die Beete Hügel hätten, würde sich die Anbaufläche vergrößern, und als Gärtner brauche man sich nicht mehr so tief zu bücken. Dieses Buch nahm Papa mit ins Bett.

Den geschrumpften Vorsprung konnte Gladbach im Rückspiel gegen Hertha BSC nur mit einem knappen 2:1-Sieg halten, aber Schalkes Mittelstürmer Klaus Fischer empfahl sich mit einem neuen Hattrick für höhere Aufgaben. Die WM in Argentinien rückte näher, mit jedem Spieltag, und es wurde Zeit, die Lücke, die Gerd Müller hinterlassen hatte, zu schließen und einen Mann mit untrüglichem Torriecher in die Sturmreihe der Nationalelf einzugliedern.

Von einer Zeugniskonferenz, zu der auch Eltern zugelassen worden waren, kehrte Mama in dem Glauben zurück, daß ich mich in Mathe nur ein bißchen mehr anstrengen müsse, um eine bessere Note herauszuholen: »Daß du nicht völlig doof bist in naturwissenschaftlich-technischen Fächern, sieht man ja an deiner Eins in Physik!«

Ach was? Ich hatte ’ne Eins in Physik? Woher war denn die auf einmal gekommen? Und deswegen kriegte ich jetzt Druck in Mathe? Da wär’s ja besser gewesen, wenn ich auch in Physik wieder zwischen Vier und Fünf gestanden hätte, dachte ich, und dann fing Wiebke zu nölen an, weil sie von Mama dazu aufgefordert worden war, Pepiks bis auf den letzten Tropfen ausgenuckeltes Trinkröhrchen mit frischem Wasser aufzufüllen.

Armer Pepik. Das einzige, was der vom Leben hatte, war Fressen und Saufen, und daß er als domestiziertes Haustier von der Schulpflicht entbunden war und keine Hausaufgaben machen mußte, konnte er nicht wissen. Der brauchte auch nie sein verdrecktes Fahrrad zu putzen, weil er keins besaß, aber tauschen wollen hätte ich mit Pepik trotzdem nicht.

Hermann hatte fast nur Einsen und Zweien in seinem Halbjahreszeugnis. Mein eigenes fiel nicht ganz so gut aus: Physik 1, Deutsch und Englisch 2, Reli, Geschi, Franz, Kunst und Sport 3, Mathe und Chemie 4.

Statt sich über die guten Noten zu freuen, monierte Mama die beiden Vieren, obwohl selbst Albert Einstein als Schüler nicht der Klassenprimus gewesen war. In Mathe hatte auch Wilhelm Busch keinen Durchblick gehabt. Das stand in einem von Volkers Büchern. Henry Kissinger, Winston Churchill, Hermann Hesse, Thomas Mann – alles Schulversager, durch die Bank. Und Abraham Lincoln war US-Präsident geworden, obwohl er nicht einmal ein Jahr lang die Schule besucht hatte!

In diesem Buch stand auch drin, wie Mark Twain in der Schule versohlt worden war. Die Lehrerin hatte ihn rausgeschickt, eine Rute suchen, und das ausgewählte Exemplar dann viel zu klein gefunden.

Sie sagte, sie würde versuchen, die Angelegenheit mit der Rute einem Jungen mit besserem Urteilsvermögen zu übertragen. Noch heute macht es mich traurig, wenn ich daran denke, wie viele Gesichter aufleuchteten in der Hoffnung, den Auftrag zu erhalten. Jim Dunlap bekam ihn, und als er mit der Rute seiner Wahl zurückkehrte, sah ich, daß er ein Fachmann war.

Da konnte man doch wohl nur lachen über zwei läppische Vieren.

In Bochum kam Gladbach über ein 0:0 nicht hinaus, während Frankfurt Köln mit 4:0 entzauberte. Der mir vorher noch nie aufgefallene Frankfurter Stürmer Rüdiger Wenzel hatte in der ersten Halbzeit das 1:0 erzielt und diesen Erfolg in der zweiten innerhalb von dreizehn Spielminuten mit einem astreinen Hattrick gekrönt.

Laut *Spiegel* spielte James Coburn in einem neuen Hollywood-Kriegsfilm den rauhbeinigen Feldwebel Steiner, der so allerlei erlebte:

Als ein ihm von der Gestapo zugeteilter Gefreiter eine der gefangenen Russinnen zur Fellatio zwingt, beißt diese ihm das Glied ab. Steiner überläßt ihn der Wut der Russinnen.

Fellatio? Was war das? In meinem Fremdwörterlexikon stand das Wort nicht drin, und auch im Volksbrockhaus nicht.

Ebenfalls laut *Spiegel* hatte sich der Frühschöppner Werner Höfer in einem *Playboy*-Interview damit gebrüstet, wie gut er Bescheid wisse: »Sie mögen das für einen Anfall teutonischer Arroganz halten, aber ich zähle mich zu den bestinformierten Menschen der Welt.« Dann wußte er wohl auch, was »Fellatio« genau bedeutete. Aber wahrscheinlich hatte Werner Höfer nur seine Informationen über politische Winkelzüge in Bonn gemeint, von denen man als Normalsterblicher nichts erfuhr, also was meinetwegen Egon Franke über Annemarie Renger zu Hans Matthöfer gesagt hatte.

»Für wen votierst du eigentlich im Zypernkonflikt«, fragte Hermann mich in der großen Pause, »für den Erzbischof Makarios oder für Rauf Denktasch?«

Rauf Denktasch wäre ein guter Name für eine Marionettenfigur gewesen, die versucht hätte, König Alfons dem Viertel-vor-Zwölften die Herrschaft über Lummerland streitig zu machen. Ein Raufbold, der sich einbildet, ein Denker zu sein und alle in die Tasche stecken zu können. Mit dem schwarzgewandeten Erzbischof hätte ich's auf Zypern aber auch nicht lange ausgehalten.

Wenn ich überhaupt für jemanden war, dann für den holländischen Ministerpräsidenten Joop den Uyl: Das war ein Name, der Gemütlichkeit verhieß.

Um halb elf Uhr nachts fing im dritten Programm ein Film von Alfred Hitchcock an, mit einem irren Mörder, der seine Opfer in der Dusche abstach und die Leichen irgendwo im Moor zu versenken pflegte. Man dachte bis zum Schluß, daß die Mutter die Täterin sei, aber dann kriegte man deren ausgedörrte Leiche gezeigt, die der Mörder aus Anhänglichkeit bei sich zuhause aufbewahrt hatte. Die Augenhöhlen des Skeletts sollten einem einen Schrecken einjagen, und das taten sie auch!

Erde war jetzt mittwochs in der Vierten. Die Ursachen der Überbevölkerung Indiens und die Lösungsversuche der damit verbundenen Probleme. Der Bohnekamp meldete sich und sagte, daß es nicht »Überbevölkerung« heiße, sondern »Übervölkerung«, und es sei auch irreführend, von den Lösungsversuchen der damit verbundenen Probleme zu sprechen, denn die Probleme würden ja keine Lösungsversuche anstellen: Gemeint seien doch wohl die Versuche zur Lösung der Probleme und nicht die Lösungsversuche der Probleme. Oder wie?

Da staunte der Pauker, aber nicht lange, und als Hausaufgabe sollten wir den Einfluß beschreiben, den der Monsun auf die indische Landwirtschaft ausübe.

»Ein Bett im Kornfeld«, sang der Albers, »das ist immer frei …«

Der Zusammenhang zwischen Industrialisierung und durchschnittlicher Lebenserwartung. Und was damit wieder alles zusammenhing: Verstädterung, Verelendung, Geburtenüberschuß, Analphabetismus, Kastenwesen …

Wie sollte man da jemals Ordnung hineinkriegen?

Bei einer Bundestagsaussprache über den Fall Rudel trat für die CSU Old Schwurhand Friedrich Zimmermann an und rühmte Rudels Qualitäten als Kampfflieger. »Rudel war im Zweiten Weltkrieg – das ist unbestritten – einer der tapfersten und in seinem militärischen Wirken erfolgreichsten Soldaten«, sagte Zimmermann. »Er erfüllte seine soldatische Pflicht, zuletzt beinamputiert, bis zum bitteren Ende. Dafür sollte man ihm Anerkennung entgegenbringen, auch wenn man heute seine politischen Irrungen mit Recht nicht akzeptiert …«

Merkwürdig: Während die KZ-Gefangenen auf ihre Befreiung gehofft hatten, war Rudel als Kampfflieger damit beschäftigt gewesen, möglichst viele Panzer der Befreier abzuschießen, und dafür sollte man ihm Anerkennung entgegenbringen? Weil er seine Pflicht erfüllt hatte, einem irren Diktator zu helfen, der seine Ruhe brauchte, um möglichst viele Juden vergasen lassen zu können?

Für die Juden wäre es besser gewesen, wenn die Russen Rudel abgeschossen hätten, oder wenn er übergelaufen wäre, zur Roten Armee, um die Waffen-SS und die Wehrmacht unter Beschuß zu nehmen, oder etwa nicht? Und da stellte sich nun dieser alte Meineidbauer von der CSU ans Rednerpult des Bundestags und seierte was von »soldatischer Pflicht« zusammen, und die Unionsfraktionen klatschten Beifall! Hatten die sie noch alle?

Im Zweiten kam abends ein Stück von Bertolt Brecht, mit dessen Tochter Hanne Hiob in der Hauptrolle, als andalusische Fischersfrau, die im Spanischen Bürgerkrieg ihren Frieden haben will und sich erst ganz am Ende des Dramas dazu entschließen kann, ihre Gewehre herauszurücken, zur Bewaffnung der Kämpfer, die sich gegen die faschistischen Truppen des Generals Franco verteidigen müssen: »Das sind keine Menschen. Das ist ein Aussatz, und der muß ausgebrannt werden wie ein Aussatz.«

Den Bürgerkrieg hatten aber die Franquisten gewonnen. Und in deren Polizeistaat hatten wir 1973 mit der ganzen Familie Urlaub gemacht.

Übers Wochenende fuhren Mama und Papa nach Wiesbaden, wo Onkel Dietrich eine Party steigen ließ, zu seinem 35. Geburtstag. »Schon die Hälfte eines biblischen Alters«, hatte auf der Einladungskarte gestanden. Onkel Dietrich war der Benjamin der Sippe.

Schön, so ein Wochenende ohne Eltern, doch was hatte man davon? Weil Gladbachs Heimspiel gegen Dortmund ausfiel und erst irgendwann später nachgeholt werden konnte, blieb bis dahin der Tabellenstand verzerrt. Ich fand es sowieso schon bekloppt, daß die Spiele nicht immer zur gleichen Zeit stattfanden, sondern manchmal welche am Freitagabend und die anderen am Samstagnachmittag. Als DFB-Chef hätte ich diesen Quatsch sofort verboten.

»Dein Patenonkel Dietrich scheint's ja zu haben, so wie der sich für die Feier in Unkosten gestürzt hat«, sagte Mama. Papa war im Keller verschwunden, und dann gab es noch Knatsch, als sich herausstellte, daß Wiebke wieder nicht Klavier geübt hatte.

In Deutsch kam ein Gedicht aus dem Dreißigjährigen Krieg an die Reihe. »Thränen des Vaterlandes« von Andreas Gryphius:

Wir sind doch nunmehr ganz, ja mehr denn ganz verheeret!
Der frechen Völker Schaar, die rasende Posaun',
Das von Blut fette Schwerdt, die donnernde Karthaun'
Hat Aller Schweiß und Fleiß und Vorrat aufgezehret ...

Eine »Karthaune« stellte ein schweres Geschütz dar. Eine frühneuzeitliche Vorform der Bordkanonen des Panzers »Leopard«, an dessen Entwicklung auch Papa beteiligt war.

Im Dreißigjährigen Krieg hätt' ich's keine Sekunde lang ausgehalten. Worum war's da überhaupt gegangen? Doch wohl nur um Zwistigkeiten zwischen lauter machtgeilen aristokratischen Sabbersäcken, die sich allesamt als gute Christen betrachtet hatten, und in dem Schlamassel waren die armen und einfachen Leute dem Verrekken preisgegeben worden, zur höheren Ehre Gottes.

Ich wäre abgehauen. Auf gut Glück, nach der Überlebensdevise der Bremer Stadtmusikanten: Etwas Besseres als den Tod findest du überall.

Außer vielleicht in Bodega Bay in Kalifornien, wo Alfred Hitchcock seine Vögel wüten ließ. Die stumme Szene mit der Leiche mit den ausgehackten Augen! Oder wie sich die Raben versammeln, zu Hunderten, hinter dem Rücken von Melanie Daniels, die nichts davon merkt, bis es schon fast zu spät ist, um die Kinder aus dem bedrohten Schulgebäude zu retten …

Was für ein Film! Dabei vergaß man einmal alles rings um sich herum, für zwei Stunden, bevor einem wieder bewußt wurde, wo man wohnte, wer man war und welche Fächer einem morgens bevorstanden.

Volker hatte sich ein Gerstenkorn im rechten Auge angelacht, was unglaublich Scheiße aussah.

Beim Frühstück belegte Papa den politischen Teil der *Meppener Tagespost* mit Beschlag, und Mama widmete sich dem Lokalteil. Einmal in der Woche lag der Zeitung eine Fernsehzeitschrift namens *rtv* bei, und die interessanteste Rubrik war die mit der Vorschau auf das Programm der jeweils übernächsten Woche, aber da wurde leider nie irgendwas Weltbewegendes angekündigt.

Was mich in Geschichte am meisten anödete, war die Karikatur von Napoleon und dem englischen Minister Pitt, wie sie in ihrer Freßgier die Erdkugel zerteilen. Napoleon schneidet sich Kontinentaleuropa ab und Pitt die Weltmeere, und der gargekochte Globus dampft. Mehr als einmal hätte ich mir diese Karikatur nicht anzusehen brauchen, um zu verstehen, was damit gemeint war, aber im Geschichtsbuch hatte ich sie mir jetzt schon mindestens fünftausendmal angekuckt. Und dann noch Kunst und dann noch Franz, im ungelüfteten Sprachlabor.

Complétez les phrases: S'il travaillait plus sérieusement … il pourrait avoir de meilleures notes.

Werder Bremen schlug Gladbach mit 1:0. Wenn das so weiterging, war nicht mehr viel zu hoffen. Und dabei hatte die Saison so berauschend angefangen!

Oma Jever litt an einer Venenentzündung am rechten Bein, und Oma Schlosser mußte in ein Altersheim umziehen, nach Bielefeld-Sennestadt. Da wären dann ja Tante Gertrud und Onkel Edgar in Rufweite, und die könnten Oma Schlosser oft besuchen und ihr Mut zusprechen, wenn sie welchen brauchte. Sie wolle nicht bei Krethi und Plethi wohnen, hatte sie erklärt.

Das sei auch so ein Schlossersches Erbteil, sagte Mama, nachdem sie lange mit Tante Gertrud telefoniert hatte. Dieses elitäre Getue! »Als ob die Familie die Absicht hätte, Oma Schlosser ins Gefängnis zu sperren! Die soll sich man nicht so anstellen!«

In welches Altersheim ich wohl mal selbst käme? Da müßte es dann eins ohne Gesinnungsschnüffelei und Radikalenerlaß geben. Aber ob ich das aushalten könnte, Tür an Tür mit gichtkranken *BamS*- und *WamS*-Lesern? Oder gar auf demselben Zimmer mit denen?

Und was war nur an Dreiecken so toll, daß die Mathematiker sich immerzu damit beschäftigten, obwohl es Dreiecke nur in Mathe gab und nicht in der Natur? Schon mal ein dreieckiges Tier gesehen? Oder 'ne dreieckige Wolke?

Hermann behauptete, er habe einmal einen dreieckigen Fisch erblickt, bei Grzimek oder Sielmann oder so, im Fernsehen, aber selbst wenn das zutraf, wäre das noch lange kein Grund gewesen, diesen Fisch zu angeln und auf dessen Wanst die Punkte A, B, C und P zu markieren und dann den Streckfaktor einer zentrischen Streckung zu berechnen, der BCP auf ein zu ABC kongruentes Dreieck abgebildet hätte.

Am Rosenmontag ging Wiebke als Clown zur Schule. Über dieses Alter war ich hinaus. Da hätten sich auch einige Leute gewundert, wenn ich als Cowboy oder Indianer kostümiert in der Klasse erschienen wäre. Oder als Ritter.

Idi Amin, der Präsident von Uganda, hatte nach einer Schätzung von Amnesty International fünfzigtausend bis dreihunderttausend Menschenleben auf dem Gewissen. Mißliebige Minister, schrieb der *Spiegel*, würde Idi Amin an Krokodile verfüttern und Oppositionelle mit dem Hammer totschlagen und das Leichenfleisch als Fraß für hungrige Mithäftlinge rösten lassen.

Ich hätte ja bald nicht mehr dran geglaubt, doch am Aschermittwoch lag mal wieder ein Schrieb von Michael auf der Treppe.

Hallo!

Der Brief kommt spät, aber er kommt. Und es ist inzwischen sogar was passiert! Wenn auch nichts Gutes. Ich meine unser tolles »Klassenfest«. Wir waren von einer Mädchenklasse (ganz recht: Mädchen) nach Neuendorf eingeladen worden. Es hätte aber nicht viel gefehlt, und ich wär gleich wieder abgezogen. Ich hatte mir so 'n gemütlichen, kleinen Raum mit 'n paar Sesseln vorgestellt, aber denkste – 'n Riesensaal war das, mit 'n paar Tischen als einziger Sitzgelegenheit. Und draußen war es noch wärmer als drinnen. Von ferne glaubte man einige Musikklänge wahrzunehmen. Ich und noch 'n paar andere haben uns erst einmal hingepflanzt und geguckt, was so alles passiert. Die ersten fingen an zu tanzen (ich frag mich heute noch, wonach die getanzt haben). Überhaupt: tanzen?!? Oje. Gehüpft wie die Irren, auf dem Boden rumgekrochen sindse. Haben bloß 'ne tolle Schau abgezogen. Oder es war ihnen zu kalt, und sie wollten sich aufwärmen. Die Ventilatoren in der Wand liefen nämlich auf vollen Touren, und außerdem war die Tür dauernd offen. Aber ich wär lieber erfroren, als mich auf diese Art aufzuwärmen. Dann fingen sie an, sogenannte Gesellschaftsspiele zu machen. Und weil man ja kein Spielverderber und Schneemann sein will, hab ich mitgemacht. Da mußte man sich also den linken Schuh ausziehen (in der Eiseskälte, brr!) und den in die Mitte schmeißen. Und als alle Schuhe in der Mitte lagen, konnte man sich seinen eigenen wieder rausklauben. Toll, was?

Unterdessen hatte auch der Plattenspieler schlappgemacht. Er ließ ab und zu noch ein Krächzen hören. Wenigstens war das (im Gegensatz zur Musik vorher) deutlich vernehmbar. Ist ja auch schon was wert. Irgendwie war dann um 7 Uhr abends Schluß, und man durfte nach Hause gehen. Das war also meine erste Party. Au Mann!

Jetzt sind Fastnachtsferien. Drei Tage lang. So was Langweiliges wie Fassenacht gibt's auch nicht oft. Meine Eltern sind nach Koblenz gefahren, sich den Zug ankucken. Nee, danke. Ich bleibe lieber hier. Im Gedränge zu stehen und Karamelle und Orangen an den Kopf geschmissen zu bekommen, das liegt mir nicht. Wenn man Pech hat, landet ein schönes Spiel oder sowas direkt neben einem, und im nächsten Augenblick wird man unter den Menschenmassen begraben, die gierig danach haschen. Ohne mich. Doof bin ich ja vielleicht, aber nich' lebensmüde.

In letzter Zeit hat's hier viel geregnet. Im Radio geben sie laufend durch, daß die Leute, die am Rhein wohnen, ihre Heizöltanks befestigen und die Keller ausräumen. Hoffentlich bleibt das Hochwasser bis Donnerstag, dann kommt der Bus nicht durch, haha, und wir brauchen nicht in die Schule. Eigentlich komisch, daß das gerade jetzt passiert, wo wir sowieso keine Schule haben. Bis Donnerstag ist wahrscheinlich alles wie immer. Grrgn! Scheißfassenacht! Scheiße, Scheiße, Scheiße!

Ich bin am Ende meiner Weisheit. Jetzt gibt's nix mehr zu schreiben. War ja auch genug.

Tschö.

Wasserstand Koblenz: 678 (steigend).

Hätte mich ja auch erstaunt, wenn es Michael besser gegangen wäre als mir. Beneidenswert war nur der Hochwasserpegel. Wenn in Meppen die Ems und die Hase mal Hochwasser hatten, hieß das noch lange nicht, daß man die Schule schwänzen durfte. Im Kreisgymnasium Meppen stand auch unter den schlechtesten Wetterbedingungen der Längenausdehnungskoeffizient von Quarzglas auf dem Unterrichtsprogramm.

Meinen Kommentar zur Diskussion über die Frauenbewegung hatte die *Zeit* unter den Tisch fallen lassen. Die hatten wohl genug von mir. Viermal Martin Schlosser, 14 Jahre, das reichte denen scheint's. Na gut! Dafür hatte ich der *Zeit* mit meinen vier veröffentlichten Texten einhundert Mark aus den Rippen geleiert.

In der Frauenzeitschrift *Emma*, die Mama sich gekauft hatte, wurde der Fernsehonkel Kulenkampff als »Pascha des Monats« angeprangert, weil er sich in einer seiner Sendungen über eine Frau mit Doktortitel mokiert hatte. Und es gab furchtbare Aufnahmen von einer Klitorisbeschneidung zu sehen, die in bestimmten Entwicklungsländern üblich war. Mit Messern, Scherben oder Rasierklingen wurde den Mädchen da unten was abgeschnitten.

Was waren denn das für idiotische Sitten?

Gladbachs Sturmreihe litt immer noch unter Ladehemmung. Das 0:0 gegen Kaiserslautern brachte zwar einen Punkt ein, aber Ruhmesblätter sahen anders aus. Einen Stürmer wie den Kölner Dieter Müller hätte Gladbach jetzt gebrauchen können: Vier Tore hatte der geschossen beim verrückten 8:4 gegen Tennis Borussia.

Der *Spiegel* kam am Montag mit einer Titelgeschichte über einen Lauschangriff heraus, den der Verfassungsschutz auf einen Manager der Atomindustrie unternommen hatte.

Verfassungsschutz bricht Verfassung
Lauschangriff auf Bürger T.
Atomstaat oder Rechtsstaat?

Klaus Traube hieß der Mann, und er stand im Verdacht, mit Terroristen zu konspirieren, weil er angeblich Kontakt zu Leuten gehabt hatte, die ihrerseits Kontakt zu Terroristen gehabt haben sollten. In Traubes Wohnung waren mehrere Verfassungsschützer eingebrochen und hatten elektronische Wanzen an der Rückseite von dessen Schreibtisch angebracht, außerhalb der Legalität. Das war ein klarer Verstoß gegen das Grundgesetz, Artikel 13, aber der Innenminister Werner Maihofer von der FDP konnte nichts dabei finden. Der hatte angeblich auch von nichts gewußt.

Die Verfassungsschützer waren dann sogar noch einmal in die Wohnung eingebrochen, um die Wanzen wieder zu entfernen.

Ich fand's okay, daß Heidemarie Wieczorek-Zeul Maihofer deswegen zum Rücktritt aufforderte, aber Mama sagte: »Ach, die rote Heidi will sich doch nur wichtig machen!«

Gegen den FC Brügge spielten die Gladbacher zuhause im Viertelfinale des Europapokals wie die Anfänger. 2:2. Im Rückspiel mußte ein Auswärtssieg her. Oder ein 3:3.

Wie die anderen deutschen Vereine abgeschnitten hatten, interessierte mich nicht mehr so doll wie früher. Das hätte auch Michaela Vogt nicht interessiert, so wie ich die einschätzte.

Deep in love, not a lot to say …

Die hatte bestimmt was Besseres zu tun, als sich Gedanken über Gladbachs Chancen in der Rückrunde zu machen.

Um auch selber mal auf andere Gedanken zu kommen, las ich in der Bibel. Konnte ja nichts schaden, oder?

Siehe, meine Freundin, du bist schön! siehe, schön bist du! deine Augen sind wie Taubenaugen zwischen deinen Zöpfen. Dein Haar ist wie eine Herde Ziegen, die gelagert sind am Berge Gilead herab.

Das Hohelied Salomos. Ulkig, daß das überhaupt Eingang in das Alte Testament gefunden hatte.

Deine zwei Brüste sind wie zwei junge Rehzwillinge, die unter den Rosen weiden …

Wenn es irgendwie gegangen wäre, hätte ich Michaela Vogt ja gern mal meine Bücher gezeigt und ihr alles erklärt: »Das eine Buch da, das hab ich mir in Jever gekauft, wo meine Großeltern wohnen, und das blaue daneben, das ist so 'ne Art Stadtplan von Berlin, was es da so für Sehenswürdigkeiten gibt. Da stehen auch die Öffnungszeiten von Theatern und Museen und so weiter drin. Das hab ich mir mal schicken lassen, von so 'ner Behörde, die kein Geld dafür verlangt hat. Einfach aus Interesse halt. Bist du schon mal in Berlin gewesen?«

Dann würde Michaela vielleicht sagen, daß ihr einer Bruder da gerade hingezogen sei, um Soziologie zu studieren, und daß wir den doch in den Osterferien mal besuchen und uns Berlin ansehen könnten, zu zweit, mit meinem Stadtführer im Gepäck. »Und abends kochen wir uns Spaghetti mit Tomatensoße, und dann gehen wir ins Kino. Mein Bruder, der ist da ganz unkompliziert, der hat 'ne Riesenwohnung, mitten in Kreuzberg, und da gibt's auch 'n Gästezimmer. Mit Hochbett. Oder würden deine Eltern dir das nicht erlauben? Ich fänd's toll, mit dir da hinzufahren …«

Wir wären dann schon ziemlich dicht zusammengerückt, und ich würde Michaela mit dem Zeigefinger an die Stirn tippen und flüstern: »Weißt du was? Zwei Doofe, ein Gedanke.« Und dann lägen wir einander in den Armen …

Bloß nichts überstürzen.

Der neue Quellekatalog gab nicht viel her außer ein paar halbwegs nackten Frauen in der Duschkabine, in der Sauna, im Moorbad und in Miederhöschen oder Slips. Für 59 Mark hätte man sich einen elektrischen Büstenformer bestellen können.

Strafft Ihre Brust auf ideale Weise. Das Gerät kann an jeden Wasserhahn angeschlossen werden.

Angepriesen wurden außerdem diverse Markenpräservative, gefühlsecht geformt und superfeucht.

Familienplanung leicht gemacht.

Auf den vorderen Seiten machten die Firmeninhaber Gustav und Grete Schickedanz gute Miene zum bösen Spiel:

Das ist uns Ansporn und Verpflichtung, auch weiterhin an unserem Grundsatz festzuhalten: Ihnen gute, zuverlässige Qualität zu günstigen Preisen zu bieten.

Also Qualitätsware wie den Bücherschrott von Seite 458:

NEU! 5 Vierfach-Frauenromane broschiert. Jeder Band enthält 4 abgeschlossene Romane auf 520 Seiten. Jeden Monat werden neue Titel geliefert. Format 19 × 12 cm.

Daß die sich nicht schämten, dieser Gustav und seine Grete? Bei denen hätte man wahrscheinlich auch Fahrten an FKK-Strände buchen können, so wie bei der Firma Oböna-Reisen. Oböna: Ob das der schwedische Ausdruck für »oben ohne« war?

Werner Maihofer behauptete jetzt, daß er von dem Lauschangriff auf Klaus Traube erst zwei Wochen hinterher in Kenntnis gesetzt worden sei und die Aktion dann nachträglich gebilligt habe. Nach allem, was man so las und hörte, galt Maihofer als FDP-Linker, aber die *Spiegel*-

Enthüllungen hatten ihn ziemlich in die Bredouille gebracht, und er machte keinen guten Eindruck, wenn er mit seiner komischen Hornbrille vor die Fernsehkameras trat. Als Jurist hätte Maihofer eigentlich wissen müssen, daß die Unverletzlichkeit der Wohnung auch für Verfassungsschützer galt.

Nicht einmal gegen die Gurkentruppe des Tabellenvorletzten Rot-Weiß Essen, die in 23 Spielen 63 Gegentore kassiert hatte, konnte Gladbach sich durchsetzen. Beim Abpfiff stand's im Georg-Melches-Stadion 1:0 für Essen, und es konnte nur ein schwacher Trost sein, daß die Geißböcke die Bayern am gleichen Spieltag mit 3:0 vorgeführt hatten. Franz Beckenbauer war dabei sogar ein Eigentor unterlaufen, und nach einer verstolperten Ballannahme wäre mir am Sonntag im Hindenburgstadion fast das gleiche passiert, beim Stand von 0:2, den wir nicht mehr aufholen konnten.

So machte mir der Fußball keine Laune mehr. Die Male davor hatten wir auch schon dauernd verloren.

Der *Spiegel* lieferte neues Material über die Affäre Traube, die sich mehr und mehr zu einer Affäre Maihofer auswuchs. Ein schöner Liberaler war das: Ließ die Verfassung von lichtscheuem Gesindel schützen, das bei Nacht und Nebel in die Häuser unbescholtener Bürger einbrach …

In Kambodscha hatten die Roten Khmer laut *Spiegel*-Informationen schon mehr als eine Million Menschen abgeschlachtet. Da sollte irgendwie so eine Art Urkommunismus durchgesetzt werden, ohne Bürgertum, und wer lesen konnte, war schon geliefert. Nach der Machtübernahme hatten die Khmer als erstes sämtliche Bibliotheken vernichtet und danach die Städte evakuiert. Jeder Kambodschaner sollte seinen Reis in Zukunft selbst anbauen.

Was dahinterstand, war der Gedanke, allen Einwohnern die gleichen Chancen zu eröffnen, aber wenn dann niemand mehr die Chance hatte, etwas anderes als Reisbauer zu werden, war ich dagegen. Was hätten die Roten Khmer wohl erst angestellt, wenn sie in Meppen an die Macht gekommen wären? Die Stadtbibliothek hätten sie angezündet und uns alle nach Hebelermeer verschleppt, als Bauernknechte: Kartoffeln aus der Ackerkrume klauben, in gebückter Haltung, mit 'ner MP an der Schläfe.

Wenn es wahr war, was im *Spiegel* stand, hatten die Amerikaner ganz andere Dinge im Sinn:

Auf dem Vormarsch in die totale Sex-Freiheit haben Amerikas Frauen neue Freuden entdeckt: Masturbation in Gruppen ... »Ich habe auch mit Gummigliedern experimentiert«, gesteht Betty, »aber die sind zu groß und zu hart.« Sie gibt einer geschälten grünen Gurke oder einer welken Möhre den Vorzug. »Obwohl die Männer das immer meinen«, weiß sie inzwischen, »wollen Frauen keine große Sachen in der Vagina.«

Irre. Frauen, die sich Gemüse zwischen die Beine steckten! Und hinterher kriegte die Familie das zum Essen vorgesetzt, oder was? Oder stimmte das alles gar nicht? Soweit ich das beurteilen konnte, war der Vormarsch in die totale Sex-Freiheit am Emsland spurlos vorübergegangen.

Hinten auf dem *Spiegel* machte ein Naturbursche in Jeans und Holzfällerhemd Werbung für eine Filterzigarettenmarke.

Er ist von Montag bis Freitag Angestellter. Er ist am Samstag und Sonntag Abenteurer. Er wünschte, es wäre umgekehrt. Und raucht Ernte 23, Reemtsmas beste Tabakmischung.

Wenn diese Firma eine »beste Tabakmischung« verkaufte, mußte es in diesem Sortiment doch auch schlechtere geben, aber welche? Das erfuhr man nicht.

»Stunde Null« hieß ein Fernsehfilm, der 1945 irgendwo bei Leipzig spielte. Die Amis zogen ab und die Russen ein, und in diesem Wirrwarr wollte ein deutscher Junge namens Joschi auf einem Friedhof Nazischätze bergen und dann nach Amerika auswandern, gemeinsam mit dem Flüchtlingsmädchen Isa, aber als die beiden auf eine amerikanische Patrouille stießen, hauten die Soldaten in ihrem Jeep mit der schönen Isa ab, und Joschi kuckte in die Röhre.

Die Brandung sei »nicht ohne«, schrieb Tante Dagmar mir auf einer Ansichtskarte aus Maspalomas. Urlaub unter Kokospalmen.

Der neue *Stern* erschien am Donnerstag mit »32 Extra-Seiten Journal für Ihre Schönheit«.

Wenn der Busen »schielt« – was dann?

Fotos barbusiger Frauen gab's in jedem *Stern* en masse. Am liebsten blätterte ich ihn abends in der Badewanne durch, wenn der Rest der Sippe unten vor der Glotze hockte. Leider hatte Wiebke, die blöde Nuß, den Badezimmerschlüssel verkläht, so daß man jederzeit von hereinplatzenden Familienmitgliedern aufgeschreckt werden konnte.

Im Ersten kam ein Drama von Henrik Ibsen: Ein Badearzt wollte etwas gegen die Ausbreitung von Krankheiten durch verseuchte Abwässer unternehmen, aber damit brachte er alle Leute gegen sich auf – die Industriellen, den Bürgermeister, den Hausbesitzerverein und dank der Intrigen schleimiger und korrupter Pressefritzen schließlich alle Einwohner der Stadt, in der er wohnte. Er hätte sich auch selbst bestechen lassen können, aber da spielte er nicht mit, und der aufgehetzte Pöbel wollte ihm ans Leder und schmiß diesem »Volksfeind« die Fenster ein. Ziemlich mutig, so einer Meute standzuhalten, fand ich, doch der Badearzt blieb standhaft, und er rief sogar noch aus: »Der ist der stärkste Mann der Welt, der ganz allein steht!«

Ich an dessen Stelle wäre lieber abgehauen.

Gladbachs Pechsträhne hielt an. Nach einem desaströsen 1:3 der Fohlen gegen Frankfurt kletterte Braunschweig an die Tabellenspitze. In der Rechnung fehlte zwar noch das Nachholspiel gegen Dortmund, aber davor mußte man eher Angst haben, wenn man für Gladbach schwärmte. Außerdem hatten sich inzwischen auch Schalke und Duisburg nach oben gekämpft. Jetzt mußte Udo Lattek das Ruder herumreißen, oder die Titelträume zerstoben im Wind.

Wie es sich anfühlte, wenn man 1:3 verloren hatte, wußte ich inzwischen selber, und es sollte nicht mehr lange dauern, bis ich auch wußte, wie es war, mit 0:9 zu verlieren.

Von ihrem jüngsten Ausflug nach Jever kehrte Mama mit zwei Pfund Thiele-Tee zurück, den man in Meppen nicht kaufen konnte, und mit einem speziellen Tropfenfänger aus Draht für die Teekannentülle, den es nur in dem jeverschen Haushaltswarengeschäft van Lengen zu kaufen gab.

Solche praktischen Sachen hätten sie einem in der Schule mal lieber beibringen sollen. Wo man Tropfenfänger herbekam, und nicht irgendwelchen abstrakten Mathe-Quatsch.

$(4x + 3)^2 + (2x - 5)^2 = 2(17 - 3x)$. Bringe die Gleichung zunächst auf die Normalform $x^2 + px = 0$. Gib dann die Erfüllungsmenge an.

Da konnte man doch nur das kalte Kotzen kriegen.

Im Bundestag gab Werner Maihofer eine gewundene Erklärung zu dem verfassungswidrigen Lauschangriff ab. Wie dieser Mann da herumlavierte, bloß um seinen Ministerposten nicht zu verlieren! Der Verfassungsschutz hatte die Verfassung gebrochen, aber Maihofer sülzte irgendwas zusammen, um sich selbst aus der Verantwortung für den Verfassungsbruch zu stehlen: »Hier stand, über die Sicherheit unserer Bürger hinaus, die Freiheit unserer Gesellschaft selbst auf dem Spiel ...«

Und das, obwohl sich Maihofer in derselben Rede bei Klaus Traube entschuldigte, denn der Verdacht gegen ihn habe sich nicht bestätigt. Wozu sollte das Grundgesetz überhaupt gut sein, wenn es dem Bundesinnenminister wurscht war, ob seine Untergebenen dagegen verstießen?

Mit mehr Glück als Verstand sicherte sich Gladbach durch ein Tor von Hannes in der 84. Minute des Rückspiels gegen den FC Brügge das Recht auf die Halbfinalteilnahme im Europapokal der Landesmeister. Bayern München war in Kiew mit 2:0 weggeputzt worden, aber dafür hatte der HSV Budapest mit 4:1 besiegt.

In Geschi sollten wir darüber diskutieren, wofür wir 1848 in der Nationalversammlung gestimmt hätten, für die kleindeutsche Lösung ohne Österreich oder für die großdeutsche mit. Ursula Kötter sprach sich für die großdeutsche Lösung aus, weil Preußen dann in Frieden mit Österreich gelebt hätte, aber der Dralle sagte, er sei mal mit seinen Eltern in Bayern gewesen und habe sich selbst da schon wie im Ausland gefühlt und kein Wort von dem Gerede der Eingeborenen verstanden: »Von mir aus hätten Österreich und Bayern sich 1848 zusammentun können, und der Rest wäre dann eben Deutschland gewesen.«

Der Wolfert ließ die Klasse abstimmen. Für die kleindeutsche Lösung votierten sieben Schüler und für die großdeutsche achtzehn. Ich enthielt mich der Stimme, weil mir nicht klar war, was die Preußen damals vorgehabt hatten. Neue Raubkriege anzetteln?

Der Drusenführer Dschumblat war ermordet worden. Den hätte Robert Lembke mal einladen sollen: Was bin ich? Drusenführer! Das hätte keiner geraten. War ja auch ein komischer Beruf: Drusen führen. Wohin eigentlich?

Hermann meinte, er würde wetten, daß sich im Libanon jetzt viele kleine Möchtegern-Drusenführer um die Amtsnachfolge kloppten, aber ich hätte mich beherrschen können, auch als drusischer Libanese: Drusen hätte ich keine führen wollen, und ich wäre auch nicht scharf darauf gewesen, mich einem neuen Drusenführer zu unterwerfen. Ich hätte ja auch keine Lust dazu gehabt, in Meppen einem Christenführer hinterherzulaufen. Wenn die Drusen ohne Führer auf dem Schlauch standen, dann taten sie mir leid.

Mama regte sich über die Pfennigfuchser von Eduscho auf. Da koste ein Pfund Kaffee jetzt schon zwölf Mark 25, und vor anderthalb Jahren habe das Pfund noch sieben Mark neunzig gekostet. Eine Preissteigerung um 55 Prozent! »Das ärgert mich wirklich maßlos«, sagte Mama. »Die glauben wohl, die könnten sich alles mit einem erlauben!« Aber da hätten sie sich ins eigene Fleisch geschnitten. »Dann boykottier ich die eben! Und da bin ich bestimmt nicht die einzige!«

Auch Frau Lohmann wollte jetzt Eduscho boykottieren.

In einem Spielfilm, der im Ersten lief, kam Jack Lemmon als Provinztrottel in New York unter die Räder und wurde fortlaufend attackiert und beraubt, aber Papa sagte, daß die Amis in dem Film noch viel zu gut wegkämen. Von den Ausmaßen der Kriminalität in New York würde einem dieser Film nur eine blasse Ahnung vermitteln.

Im Rheinstadion verlor Fortuna Düsseldorf 0:1 gegen Gladbach. Uff! Braunschweig und Bayern hatten unentschieden gespielt. Es lag nur an deren Formkrise, daß Gladbach überhaupt noch mitreden durfte oben in der Bundesliga.

Dieter Müller hatte wieder einmal einen Hattrick hingelegt, aber ein Fan vom 1. FC Köln hätte ich trotzdem nicht mehr werden können. Dazu war's zu spät. Da hätte ich mich von Grund auf umgewöhnen müssen, und dafür war ich zu alt.

Der Schlüter hatte Grippe, doch der Unterricht fiel trotzdem nicht aus. Irgendein Arsch, den ich nicht kannte, war als Vertreter eingetragen. Und das in den letzten beiden Stunden am letzten Schultag vor den Osterferien. Hätten sie einem da nicht einfach freigeben können?

Ralle und der Bohnekamp wollten die Vertretungsstunden schwänzen und lieber ein Bier saufen gehen, in der Stadtschänke. Das war eine Kneipe in der Innenstadt. »Scheiß doch auf die Schule«, sagte Ralle, und ich ging mit.

In der Stadtschänke kostete der halbe Liter Bier zwei Mark fünfzig. Wir legten unser Geld zusammen, und es reichte für drei halbe Liter, die wir auch anstandslos serviert kriegten, trotz Jugendschutzgesetz.

Als ich mal aufs Klo mußte, rief mir der Bohnekamp nach: »Hattu Harndrang? Muttu pinkeln!«

Die Stadtschänke hatte was Verruchtes an sich.

Falls ich mit 'ner Bierfahne zuhause angekommen sein sollte, merkte Mama nichts davon. »Tritt dir die Schuhe ab!« rief sie, wie immer, und dann erzählte sie, daß die alte Frau Borchers gestorben sei. »Die mit ihrem Tatterich! Das muß ja für die selbst bald 'ne Erlösung gewesen sein …«

Um meine Finanzen aufzubessern, nahm ich Mama das Fensterputzen ab, für eine Mark fünfzig pro Fenster, und das war schwerverdientes Geld, weil wir fast überall Doppelfenster hatten und die Außenfenster in lauter Butzenscheibchen unterteilt waren, die man nicht so lässig putzen konnte wie 'ne großflächige Glasfront. Nach dem Sauberwischen mußte jede Ecke mit geknülltem Zeitungspapier trockengerieben werden, und wenn danach das Sonnenlicht auf die geputzten Fenster knallte, sahen sie schmieriger aus als die ungeputzten. Es half auch nichts, mit dem Papier noch einmal drüberzugehen. Da konnte man nur ganz von vorn anfangen.

Wenn ich mich nicht verrechnet hatte, sprangen für jedes geputzte Butzenscheibchen rund sechs Pfennig für mich heraus.

Eine Heidenarbeit. Als Erwachsener wäre ich lieber in irgendeine fensterlose Gruft gezogen als in einen Palast mit tausend Doppelfenstern, die ich selber hätte putzen müssen.

Von manchen Fensterstreben bröckelte der Lack ab, und am widerlichsten war das Einsammeln der toten Stubenfliegen, die zwischen den Innen- und Außenfenstern herumlagen, mumifiziert, mit gekreuzten Beinen.

Am zweiten Osterferientag erhielt Papa einen Brief vom Kreisgymnasium, unterschrieben von Direktor Berthold persönlich.

Sehr geehrter Herr Schlosser,

Ihr Sohn Martin ist am 22. 3. 1977 in der 5. und 6. Stunde unentschuldigt dem Unterricht ferngeblieben. Damit hat Ihr Sohn gegen die Schulordnung verstoßen. Ich erteile Ihrem Sohn hiermit eine schriftliche Verwarnung. Ich darf Sie bitten, auf Ihren Sohn einzuwirken, daß er in Zukunft solche Verstöße gegen die Schulordnung unterläßt.

Es war dann aber Mama, die auf mich einwirkte, und zwar nicht zu knapp. Was ich mir dabei gedacht hätte. »Willst du dir deine ganze Zukunft verbauen? Als Schulschwänzer? Sieh mich an, wenn ich mit dir rede!«

Über die Frage, was aus mir werden sollte, hatte ich selber schon nachgedacht. Fußballprofi? Das war nicht so einfach, wie ich mir das mal vorgestellt hatte. Und um als Politiker zu reüssieren, hätte ich jeden Tag über »Eckwerte« und »Steuerpakete« quatschen müssen. Wie schafften die Politiker das überhaupt, sich mit allem und jedem auszukennen, vom Lombardsatz bis zur Hallstein-Doktrin?

Um ein bißchen besser dazustehen im Leben, zog ich mir die Strümpfe aus und beschnibbelte meine Zehnägel. Am härtesten und längsten war die Rinde vorn am linken großen Onkel, und ich nahm mir vor, das abgeschnittene Nagelstück meinem nächsten Brief an Michael Gerlach beizulegen, als Gruß aus dem Emsland.

In der Einfahrt lud ein Lkw zwanzig Kubikmeter Torf ab, die Papa für seine Hügelbeete geordert hatte. Der Torf mußte per Schubkarre in den Garten befördert werden. Papa hatte vorher Gräben ausgeschachtet, und die befüllte er jetzt nach einem ausgeklügelten System mit zerkleinertem Strauchwerk, alten Rasensoden, gesiebter Komposterde und Torf.

Sein großes Sieb hatte Papa mit Seilen an unserem alten Schaukelgestell festgebunden, und da rüttelte er die draufgeschippte Erde durch. Volker half mit.

Mama pflanzte währenddessen Blumenzwiebeln: Riesentulpen, Prunktulpen und Edeltulpen.

»Dann kann hier ja die nächste Bundesgartenschau steigen«, rief unser Nachbar Dr. Schmölders durch die Hecke, der sich sonst nie blicken ließ, und fast im selben Moment parkte der Lohmann bei uns ein und fragte nach dem Aussteigen: »Ist der Meister zuhause?«

Damit war Papa gemeint. Angesichts der Torfmassen sagte der Lohmann: »Das darf doch nicht wahr sein.« Da werde ja der Hund in der Pfanne verrückt.

Frau Lohmann war mitgekommen, um mit Mama die Reiseroute zu planen. Barbados zuerst und danach Caracas und Maracaibo.

In der Spitzenbegegnung des 27. Spieltags trennten sich Gladbach und Braunschweig mit 1:1. Es blieb spannend.

Auf Teneriffa waren zwei Jumbojets zusammengeknallt, ein holländischer und und einer von Pan Am, und Hunderte von Passagieren hatten dabei ihr Leben gelassen.

»Das haben sie nun davon«, sagte Papa. »Teneriffa! Wenn diese Idioten zuhausegeblieben wären und die Tür hinter sich zugemacht hätten, dann wären sie alle noch am Leben.«

»Bleibe im Lande und nähre dich redlich«, sagte Volker, aber der hatte es gerade nötig.

Um Viertel nach acht kam ein Krimi mit einer Schülerin, die ein heimliches Verhältnis mit einem Lehrer anfing. Die tickte ja wohl nicht mehr ganz sauber, meinte ich, und Mama stimmte mir zu: »Ich find's höchst vernünftig, daß du das so siehst.«

Die Liebelei mit dem Lehrer führte zu Mord und Totschlag. Wenn ich der Lehrer gewesen wäre, hätte ich der von Nastassja Kinski gespielten Schülerin allerdings wahrscheinlich auch nicht widerstehen können oder jedenfalls nicht so bravourös, wie ich als Schüler den Lehrerinnen am Kreisgymnasium widerstand. Da gab es absolut keine, mit der ich freiwillig ins Bett gegangen wäre.

An der Tabellenspitze hatte Gladbach jetzt einen Punkt Vorsprung vor Braunschweig und fünf vor Duisburg, Frankfurt und Schalke, während Bayern München auf Platz 9 abgesackt war, hähähä.

Oma Jever hatte einen Herzanfall gehabt und zwei Spritzen verpaßt bekommen, und Mama fuhr sofort hin, um ihr bei Opa Jevers Geburtstagsfeier auszuhelfen. Da standen vormittags zwölf Gäste ins Haus und nachmittags neun.

In der Hinrunde der Halbfinalspiele bezwang Dynamo Kiew Borussia Mönchengladbach mit 1:0, aber das würde nicht reichen. Auf dem Bökelberg würde Gladbach aufdrehen. Auch ohne mich. Das war so sicher wie das Amen in der Kirche.

Opa habe das Bundesverdienstkreuz verliehen bekommen, berichtete Mama, und ein Landrat habe Oma fünfzehn langstielige rote Rosen überreicht. »Und da wär sie fast schon wieder umgekippt vor lauter Hibbeligkeit!«

Ein Landrat mit Blumenstrauß hätte mich nicht so leicht aus dem Konzept gebracht wie diese eine von hinten fotografierte Rennradfahrerin in Shorts in der Zigarettenreklame:

Lernen Sie jemanden kennen, der John Player Special raucht – vielleicht steigt sie um auf Tandem.

Atlético Madrid – HSV 3:1.

In Karlsruhe hatten Terroristen den Generalbundesanwalt Siegfried Buback erschossen, auf offener Straße, und außerdem noch seinen Chauffeur und einen Justizhauptwachtmeister. Von einem Motorrad aus, im Vorbeifahren. Die Leichen lagen unter weißen Tüchern. Zu dem Attentat bekannte sich ein »Kommando Ulrike Meinhof«, aber ob der das recht gewesen wäre? Und was hatten die Terroristen damit gewonnen? Die hätten sich doch denken können, daß sie jetzt erst recht am Arsch waren und gesucht wurden? Wenn sie alle umlegen wollten, die ihnen im Weg standen, hätten sie 'ne Atombombe auf Deutschland schmeißen müssen.

In der nächsten großen Pause wollte Hermann ein »Kommando Holger Bohnekamp« ins Leben rufen, aber Holger Bohnekamp machte nicht mit.

Jeder für sich und Gott gegen alle.

Über Ostern kamen Olaf und Renate zu Besuch. Als Geschenk für Mama packte Renate einen rechteckigen Kuli aus, mit einer Halterung, die man ans Telefon kleben sollte, aber die hielt nicht lange.

In der Zeit zwischen Tee und Abendbrot vertiefte sich Renate in ein schlaues Buch über generative Transformationsgrammatik, und Olaf las im Wohnzimmer *Das Parlament*. Das war eine Wochenzeitung, die alle stenographischen Protokolle der Bundestagsdebatten enthielt, mit sämtlichen Zwischenrufen.

(Jäger, Wangen, CDU/CSU: Hört! Hört!)

Die Zwischenrufe, sagte Olaf, seien das Salz in der Suppe.

(Weitere Zurufe von der SPD: Unglaublich! Unverschämtheit!)

In einer Beilage mit dem Titel *Aus Politik und Zeitgeschichte* stand ein Beitrag über den libanesischen Bürgerkrieg zwischen Maroniten, Drusen und Schiiten und Sunniten. Um politischen Einfluß rangen im Libanon auch armenisch-orthodoxe und griechisch-katholische Bevölkerungsgruppen und pro-arabische Parteien mit wahlweise muslimischer, nasseristischer, syrisch-nationalistischer, syrisch-bathistischer und irakisch-bathistischer Ausrichtung sowie sogenannte Schihabisten und marxistische Sektierer. Wie in einem Hühnerhaufen, mit dem einzigen Unterschied, daß im Libanon scharf geschossen wurde. Ich hätte es da keinen Tag lang ausgehalten.

Nach der Eiersuche mußten auch Renate und Olaf im Garten mithelfen. Für sie, sagte Renate, komme später allenfalls ein pflegeleichter Rasen in Frage. Wenn überhaupt.

Im Zweiten fing eine neue Serie an, mit Siegfried Lowitz als Hauptkommissar. Den Assistenten mimte ein Schauspieler, den es von der Schatzinsel ins Morddezernat verschlagen hatte, und das paßte irgendwie nicht zusammen. Das Gesicht des Assistenten hätte dem Kommissar bekannt vorkommen müssen, aus der ZDF-Serie über die Schatzinsel, aber die Leute im Fernsehen saßen ja nie vor dem Fernseher, und insofern hatte dann doch wieder alles seine Richtigkeit.

In der zweiten Halbzeit des Spiels gegen den 1. FC Köln ging Gladbach durch Tore von Bonhof und Simonsen in Führung. Der gefürchtete Dieter Müller fand seinen Meister in Wolfgang Kneib. In der 75. Minute glückte Heinz Flohe zwar noch ein Anschlußtreffer, aber schon zwei Minuten später erhöhte Christian Kulik auf 3:1. Das war auch der Schlußstand.

Wer das für eine torreiche Begegnung hielt, der ahnte nicht, wie grausam Schalke am Samstag den KSC in die Pfanne gehauen hatte, durch Tore von Abramczik, Bongartz, Rüßmann (2) und Fischer (3). Da war Musik drin.

Das einzige, worauf ich mich freute, als die Schule wieder losging, war der Anblick von Michaela Vogt, aber die war krank, die hatte die Masern!

Ich hätte ihr ja gern dabei geholfen, den versäumten Unterrichtsstoff nachzuholen. Einfach da klingeln, frech wie Clark Gable: »Guten Tag, ich bin ein Mitschüler von Michaela, und ich möchte ihr was über den Terrassenfeldbau in China erzählen und über Phosphorsäuren. Nur damit sie nicht den Anschluß verliert …« Und die Mutter dann: »Ach, das ist ja ein komischer Zufall! Wir hatten uns schon gefragt, ob wir einen Nachhilfelehrer engagieren sollten. Nur herein in die gute Stube! Michaela? Hier ist jemand für dich!«

Die Länder im Deutschen Bund 1815–1866: Königreich Preußen, Königreich Sachsen, Königreich Bayern, Königreich Württemberg,

Großherzogtum Baden, Großherzogtum Hessen, Kurfürstentum Hessen, Herzogtum Nassau, Herzogtum Lauenburg ... solche Sachen hätte ich mit Michaela durchnehmen können. Welche Wärmeleistung hat ein Tauchsieder, der bei 220 V von 2,5 A durchflossen wird? Wieviel Wasser kann man mit ihm in 1 min um 50 K erwärmen?

The Russian cosmonaut Yuri Gagarin was the first man ever to enter space and to experience total weightlessness for any considerable length of time ...

Michaela und ich, unter einem Dach, in ihrem Zimmer, und beim Blättern im Englischbuch würde ihr kleiner Finger scheinbar zufällig meinen eigenen berühren.

If I fell in love with you would you promise to be true ...

Aber wenn ich da wirklich geklingelt hätte, wäre ja doch alles anders verlaufen. Wahrscheinlich hätte mich schon im Vorgarten ein Schäferhund überrumpelt, und aus dem Hauseingang wären womöglich der Harms, der Albers und der Holzmüller hervorgequollen, mit lautem Geschrei: »Was willst'n du hier, du Saftsack? Hat dich einer eingeladen? Michaela! Da will jemand was von dir! Und schätz mal, wer? Das rätst du nie!«

»Der eiskalte Engel« hieß ein Krimi, der um zehn vor zehn im Dritten anfing, mit Alain Delon als Mörder, aber mit der größten Eiseskälte ging Papa zu Werke, denn der eierte noch um halb zwölf Uhr nachts mit einer Taschenlampe draußen im Garten herum und verteilte gesiebte und gemischte Erde auf fünfzig Tontöpfe, in die er anschließend mit der Pinzette Samenkörner steckte, um irgendwann seinen eigenen Rosenkohl ernten zu können, der natürlich auch nicht besser schmecken würde als der von Comet.

»Man kann's auch übertreiben«, sagte Renate.

Schalke brachte Gladbach eine Auswärtsniederlage bei. Dieses 1:0 war aber noch längst nicht die größte Sensation des Spieltags: Der 1. FC Saarbrücken hatte Bayern München mit 6:1 geschlagen und Eintracht Frankfurt Werder Bremen sogar mit 7:1!

Papa murkste währenddessen an der Waschmaschine rum, und Alfred Dregger war beim Schah von Persien zu Gast.

An den Auswärtsspielen nervte mich am meisten das Gerülpse und Gefurze im Mannschaftsbus. Und das Kaugummikauen! Alles andere ging so einigermaßen, vorausgesetzt, daß einem auf dem Spielfeld keiner in die Eier trat. Am schönsten war's noch immer, einen Angriff zu vereiteln, den eroberten Ball nach vorn zu treiben, Didi einen Steilpaß zu servieren und als linker Verteidiger dann plötzlich von halbrechts in den gegnerischen Straufraum einzudringen und beim Eckstoß auch einmal mit hochzuspringen.

Neue Hoffnung schöpfte ich, als der Weiler sagte, daß es heute an die frische Luft gehe. Wir trabten von der Turnhalle in Richtung Bolzplatz, aber wie sich zeigte, wollte der Weiler nur mal wieder einen Dauerlauf veranstalten.

»Wann spielen wir denn mal endlich Fußball?« fragte ich, und statt mir zu antworten, setzte der Weiler eine blöde Grimasse auf und äffte mich nach: »Ma pinnema demma emmich Puppall?«

Was ein Arsch. Als ob ich ein Baby wäre und noch nicht richtig sprechen könnte. Und solche Mistpakete wurden als Pädagogen auf die Menschheit losgelassen.

Mit dem Weiler war ich fertig. Aus. Begraben. Bei dem Langlauf am Kanal lief ich extra lahm und kam als allerletzter in der verkackten Turnhalle an. Sollte der Holzkopf mir doch 'ne Sechs dafür geben.

Ooh I need your love babe, guess you know it's true …

Jetzt konnte ich auch Franz Beckenbauer verstehen, wenn der für viel Geld von Bayern München zu Cosmos New York wechseln wollte, in die amerikanische Operettenliga, gegen den Widerstand von Typen, die im DFB das Sagen hatten und womöglich ganz genauso dämlich und borniert waren wie der blöde alte Sabbersack Weiler.

»Enrichissez-vous!« hieß die Parole, die der französische Bürgerkönig Louis Philippe 1830 ausgegeben hatte: Bereichert euch! Der hätte mich mal sehen sollen, wie ich beim Nachhausefahren im Gegenwind meine Kapuze festhalten mußte, mit einer Hand, weil der eine Senkel weggerutscht war, so daß ich die Kapuze nicht mehr strammziehen konnte.

Im Rückspiel gegen Kiew räumte Wittkamp Gladbach in der 82. Minute mit dem 2:0 den Weg zur Titelverteidigung auf europäischer Vereinsebene frei, und das gleiche galt für den HSV, der Atlético Madrid mit 3:0 geschlagen hatte.

Nicht mehr lange, und ich würde selbst ganz oben mitspielen, und dann würde sich auch Michael Gerlach eines größeren Respekts vor mir befleißigen als auf seiner neuesten Postkarte:

Als medizinischer Experte stelle ich fest, daß der GMS sich in seine Bestandteile auflöst. Einwandfreie Beweise dafür hat der GMS in seinem letzten Brief geliefert. Der Fußnagel war nur der Anfang vom Ende. Ein klares Zeichen der Überlegenheit des DMGS! Hurra! Hurra! Hurra!

Vorschlag für die Übersendung des GMS-Kopfes: einfach unter die Briefmarke kleben! Aber Vorsicht: Bei Vakuum kann durch zu starken Druck eine Implosion stattfinden!

Ich mußte im Garten helfen, aber zur nächsten Nachrichtensendung ging ich wieder ins Haus. »Du hast doch gerade eben erst die Nachrichten gekuckt!« sagte Papa. Der verstand es eben nicht, daß ich rund um die Uhr informiert sein wollte. Mit meinem Anspruch auf das Recht, jederzeit die neuesten Nachrichten zu hören, würde ich wahrscheinlich irgendwann auch als Erwachsener auf Unverständnis stoßen. Als Partygast müßte ich mich eben einmal stündlich oder so entschuldigen und in ein Nebenzimmer mit Fernseher oder Radio gehen. Die wichtigste Sendung von allen war abends um sechs Uhr das *Echo des Tages* im NDR. Wenn man die nicht mitbekam, weil man seine Fahrradkette einfetten oder seine Stiefel putzen mußte, war man weg vom Fenster.

Mama kaufte einen neuen Terrassentisch, einen weißen, zum Draußensitzen, aber dann herrschte fast eine ganze Woche lang Kackwetter, und obwohl es jetzt auf jeden Punkt ankam, verschenkte Gladbach einen an Hamburg. Es war ein kleiner Trost, daß auch Braunschweig 0:0 gespielt hatte, in Dortmund. In der Partie gegen Essen hatte dagegen Gerd Müller mal wieder gezeigt, was er auf der Pfanne hatte, und vier Tore zum 5:1 der Bayern beigesteuert.

Bei uns standen die Kellerräume unter Wasser. Der Kellerbodensohle lag unter dem Grundwasserspiegel. Die Wände waren undicht, und selbst oben auf dem Dachboden war 'ne Regenpfütze. Die Ziegel, sagte Papa, seien »noch vom Konstruktionsstand 1939«. Nach seinem Dafürhalten müsse das ganze Dach neu eingedeckt werden.

In Sport war jetzt wieder mal Basketball dran, reiher, und in Düsseldorf standen ehemalige Aufseher des Vernichtungslagers Majdanek vor Gericht. Wieso hatten die denn eigentlich zweiunddreißig Jahre lang frei herumlaufen dürfen? In Majdanek waren zweihundertfünfzigtausend Häftlinge ermordet worden. Vor allem Juden. Vergast, erschossen, gehenkt, ertränkt oder zu Tode geprügelt.

Auf Antrag der Verteidigung mußte ein Sachverständiger versichern, daß er »arischer Abstammung« sei.

»Daß die sich nicht schämen, heutzutage noch mit ihrem Arierfimmel anzukommen«, sagte Mama. »Und das auch noch in so 'nem Prozeß! Nach allem, was diese Großschnauzen da angerichtet haben!«

Der DFB war sauer auf den Vaterlandsverräter Beckenbauer, weil der nach Amerika gehen wollte, und gegen Nordirland durfte er schon nicht mehr antreten. Wir gewannen zwar 5:0, aber mit Beckenbauer und Gerd Müller hätten wir wahrscheinlich 16:0 gewonnen. Da hätte mal jemand mit der Faust auf den Tisch hauen müssen beim DFB, doch dafür war Helmut Schön offensichtlich nicht Manns genug.

Danach kam ein Film mit dem moppeligen Schauspieler Fritz Muliar, der als braver Soldat Schwejk in einer Szene mit ein paar nackerten Weibern herumalberte. Busen kriegte man im Spätprogramm des öfteren zu sehen.

»Putz dir mal die Nase«, sagte Papa, dem es auf die Nerven ging, wenn man den Schnött hochzog.

Das Hauptgeschenk zu meinem fünfzehnten Geburtstag war ein sogenanntes Hollandrad, Marke Noblesse. »Behandle das pfleglich!« ermahnte mich Mama, aber mein erster Gedanke war, wie ich es vermeiden könne, mit dem neuen Rad auf dem Schulweg und auf dem Schulhof aufzufallen.

»Ey Schlosser, wie kommst'n zu dem neuen Düsenklipper? Ist der nicht 'n Nummern zu groß für dich? Haste die geklaut, die Mühle? Haben deine Eltern im Lotto gewonnen?« Solche Sprüche wollte ich mir nicht anhören, und in der Schule brauchte sowieso keiner zu wissen, daß ich Geburtstag hatte. Deswegen wollte ich auch den neuen Parka nicht gleich anziehen, sondern erst mit ein paar Tagen Verspätung.

Tante Dagmar hatte mir ein Doppelalbum von den Beatles geschenkt, Onkel Dietrich einen Bildband über das Dritte Reich und Oma Schlosser den Roman »Momo« von Michael Ende. Aus Jever und von Tante Gertrud aus Bielefeld waren jeweils zwanzig Mark eingetroffen, und dann eröffnete mir Mama noch, daß Papa und sie eine Erhöhung des Taschengelds auf dreißig Pfennig pro Woche und Lebensjahr beschlossen hätten. Das wären für mich also fortan vier Mark fuffzig in der Woche beziehungsweise achtzehn Mark im Monat oder aufs Jahr gerechnet zwölf mal achtzehn Mark gleich, äh, zehn mal achtzehn macht 180, plus zwei mal achtzehn gleich sechsunddreißig, plus 180 macht – rechne, rechne – 216 Mark bis zu meinem nächsten Geburtstag.

Stark.

Mein neues Rad konnte ich unbemerkt abstellen, aber auf meiner Schulbank warteten zwei unangenehme Überraschungen auf mich – ein Blumentöpfchen mit einem kleinen Kaktus und ein mit Blümchen bemalener und mit Unterschriften verzierter Zettel.

Herzlichen Glückwunsch zum Geburtstag! Von uns allen!

Ach du Kacke. Was hatte denn das zu bedeuten? Unterschrieben worden war der Wisch tatsächlich von allen aus der ganzen Klasse, kreuz und quer, auch von Michaela Vogt, an zentraler Stelle, und jetzt starrten mich alle an, um zu sehen, wie ich auf diese unverhoffte Gabe reagierte.

Am besten wohl so, wie Papa das an meiner Stelle getan hätte, mit Stirnrunzeln und Kopfschütteln.

»Ey, Schlosser«, rief der Harms, »man ist so alt, wie man sich fühlt!«

Ich dachte, es wäre das beste, lässig abzuwinken und dabei noch irgendwie verächtlich auszuschnauben. Dabei senkten sich, wie ich merkte, zwei Rotzglocken aus meinen Nasenlöchern. Ich schniefte die Dinger zwar sofort wieder hoch, aber als ich aufsah, traf mein Blick genau auf den von Michaela Vogt, und die kuckte dann lieber woandershin.

Besser wäre es doch, nie geboren worden zu sein.

Wessen Idee war das bloß gewesen? Auf dem Zettel hatte sich auch Hermann mit seiner Unterschrift verewigt, und ich fragte ihn in der Pause, wer ihm den hingeschoben habe.

»Der ging einfach so rum, ohne Absender«, sagte Hermann.

Zuhause schmiß ich den Kaktus weg und lief hoch in mein Zimmer, um meine neue Beatles-Doppel-LP aufzulegen, und dann sah ich mir den Zettel mit den Unterschriften genauer an.

Let me take you down,
'cos I'm going to Strawberry Fields …

Michaela Vogt. Der Name stand in der Mitte, aber in anderer Handschrift als der Glückwunsch. Tja. Was sollte ich damit anfangen? Und was hatte der verdammte Kaktus zu bedeuten? Daß ich ein Ekelpaket sei? Aber wozu dann der Aufwand mit der Unterschriftensammlung?

Climb in the back with your head in the clouds,
and you're gone.

Diese Unterschriftenliste war das eine, und das andere waren die Songs. Da gab es einen mit einem irren Orchesterorkan. Und dann meldete sich die Stimme von George Harrison:

I look at the world and I notice it's turning …

Als Beatle hätte ich keine schöneren Liebeslieder für Michaela Vogt schreiben können.

Something in the way she moves
attracts me like no other lover …

John Lennon fungierte irgendwie als Bandleader, Ringo Starr war der Clown am Schlagzeug, und Paul McCartney sang die Songs, die einen davon überzeugten, daß man nicht der einzige einsame Mensch auf der Welt war.

Many times I've been alone
And many times I've cried …

The long and winding road: Hieß das nun, daß die Straße windig oder daß sie gewunden war? Wenn es hieß, daß sie windig war, hätte man sich dabei die Bundesstraße 70 zwischen Lingen und Meppen vorstellen können. Die B 70 war windig, aber alles andere als gewunden.

In Stammheim waren Andreas Baader, Gudrun Ensslin und Jan-Carl Raspe wegen Mordes und Mordversuchs zu lebenslanger Haft verurteilt worden, und in Weinheim war Sepp Herberger gestorben, der Mann, der die deutsche Elf 1954 als Bundestrainer zu ihrem ersten Weltmeistertitel geführt hatte. Schade. Den alten Sepp Herberger hätte ich mit meinen eigenen Künsten ja gern noch hingerissen. »Wenn einer wie dieser Martin Schlosser die Mannschaft verstärkt hätte, anno '58 in Schweden und '62 in Chile, dann wären wir dreimal nacheinander Weltmeister geworden.« So etwas in dieser Art hätte Herberger noch von sich geben können, wenn er ein paar Jährchen länger am Leben geblieben wäre.

In dem Roman von Michael Ende saßen Momo und ihr Freund Girolamo alias Gigi nebeneinander unterm Sternenhimmel im silbernen Mondschein.

»Erzählst du mir ein Märchen?« bat Momo leise.
»Gut«, sagte Gigi, »von wem soll es handeln?«
»Von Momo und Girolamo am liebsten«, antwortete Momo.
Gigi überlegte ein wenig und fragte dann: »Und wie soll es heißen?«
»Vielleicht – das Märchen vom Zauberspiegel?«

Gulp.

Im Kaufrausch sicherte ich mir bei Ceka eine Live-LP der Beatles und bei Meyer zwei Taschenbücher; eins über Julius Cäsar und eins über die chinesische Kulturrevolution. Die LP erwies sich als Fehlinvestition, denn da brüllten die Beatles nur sinnlos rum, und was man aus dem einen Taschenbuch über Cäsar erfuhr, war ernüchternd.

Seine Berechnungen drehten sich sehr oft um Geld. Ja, man kann sein Leben als ein ständiges Bemühen ansehen, Geld aufzutreiben.

Genau wie bei mir. Nur daß Julius Cäsar seine Geldnot nicht durch Fensterputzen gelindert hatte, sondern durch Eroberungskriege.

Der Verfasser des anderen Taschenbuchs hielt nicht viel von Journalisten, die Rotchina als »Sklavenstaat« dargestellt hatten. Das sei Desinformations-Propaganda. Es gebe in der Volksrepublik China zwar nur eine einzige Partei, aber innerhalb dieser Partei dürften alle Mitglieder ganz offen ihre Meinung äußern. Es gebe auch keine Pressefreiheit in China, keine unabhängigen Gewerkschaften nach westlichem Vorbild und keine Demokratie in unserem Sinne, aber die Chinesen würden das billigen. Die kämen damit besser klar als die Russen mit dem »monopolbürokratischen Staatskapitalismus des Ostens«, und die Kritiker des chinesischen Wegs zum Sozialismus seien blind und befangen in den Schranken ihres bürgerlichen Bewußtseins …

Die Schrift war superkleingedruckt, und nach rund zweihundert Seiten hatte ich die Verherrlichung der maoistischen Diktatur und die Verdammung des Lebens im Kapitalismus ziemlich satt, auch wenn bei uns 1,7% der Bevölkerung 74% der Produktionsmittel besitzen mochten. Ein Bürgersöhnchen wie ich wäre in Rotchina gleich nach dem ersten Aufmucken langgemacht worden. In einem Anhang konnte man sich mit der Verfassung der Volksrepublik China vertraut machen:

Das Proletariat muß im Bereich des Überbaus einschließlich aller Sektoren der Kultur eine allseitige Diktatur über die Bourgeoisie ausüben. Kultur und Bildungswesen, Literatur und Kunst, Körperkultur und Sport, Gesundheitswesen sowie wissenschaftliche Forschung müssen der proletarischen Politik dienen und sind mit der produktiven Arbeit zu verbinden.

Gut, daß wir nach Meppen gezogen waren und nicht nach Peking! Der Kapitalismus mochte ja grundverkehrt sein, aber unter der allseitigen Diktatur der Maoisten hätte ich bestimmt noch weniger zu lachen gehabt als als emsländischer Mittelstufenschüler.

In der SPD tobte ein Streit um den Juso-Chef Klaus-Uwe Benneter, der in einem Interview mit der linksradikalen Zeitschrift *konkret* gesagt hatte, daß die Mitgliedschaft in der SPD für Jusos nicht zwingend erforderlich sei. Benneter gehört der Stamokap-Fraktion an, die den sogenannten staatsmonopolistischen Kapitalismus kritisierte.

»Der ist ja noch links von dieser Wieczorek-Zeul«, sagte Mama. »Und ich hab gedacht, links von der käm nix mehr!«

Der Radowski wollte, daß ich wieder was vorspielte, bei einem Konzert in der Musikschule Mitte Juni, gemeinsam mit einer Geigerin, und dann spielte er mir die scheißschweren Noten vor und schrieb mir die Telefonnummer der Geigerin auf. Die wisse schon Bescheid.

Ophelia Bustwig hieß die, und es wäre mir leichter gefallen, mich bei der zu melden, wenn sie einen normaleren Namen gehabt hätte. Konnte die nicht einfach Steffi Müller heißen?

»Bustwig!«

»Guten Tag, mein Name ist Martin Schlosser. Kann ich die Ophelia sprechen?«

»Wer ist da?«

»Martin Schlosser.«

»Wer?«

»Martin Schlosser.«

»Und Sie wünschen?«

»Ich hätte gern die Ophelia gesprochen.« Wen ich da an der Strippe hatte, war mir nicht klar. Die Mutter?

Es blieb ein paar Sekunden lang still in der Leitung, und dann hörte ich die Person am anderen Ende brüllen: »Offi! Teflon!«

Am liebsten hätte ich den Hörer wieder aufgelegt, aber wie hätte ich das dem Radowski erklären sollen? Im Haushalt der Bustwigs ging ein großes Getrappel vonstatten, während ich auf eine Antwort wartete.

»Ophelia Bustwig?«

»Ja, hallo, hier ist Martin Schlosser …«

»Ach, ich weiß schon, wegen dem Konzert! Können wir dafür nächste Woche üben? Vorher hab ich echt kein Fünkchen Zeit!«

So wie die sich anhörte, war sie höchstens dreizehn. Wir verabredeten uns für Dienstagnachmittag, bei mir, weil ich ja schlecht das Klavier mit zu der hätte schleppen können.

Im *Spiegel* stand, daß jeder zweite Deutsche für die Wiedereinführung der Todesstrafe sei. Zu den Befürwortern der Todesstrafe gehörte auch der CSU-Politiker Richard Jaeger. »Deshalb nennt man den auch Kopf-ab-Jaeger«, sagte Mama. Sie war strikt gegen die Todesstrafe: Einen Menschen ums Leben zu bringen, das stehe niemandem zu, auch keinem Richter oder Scharfrichter.

Weil der alte Staubsaugerschlauch porös war, kaufte Mama einen neuen, und wir kriegten auch eine neue Waschmaschine geliefert, aber die wichtigste Anschaffung war Volkers langersehntes Moped, Marke Zündapp, gebraucht, Typbezeichnung C 50, mit drei Gängen und zwei Komma acht PS. Das Moped war für zwei Personen zugelassen, aber von uns wollte keiner mitfahren. Ich schon gar nicht. Dazu hätte ich auch gar keine Gelegenheit gehabt, denn ich mußte mal wieder Unkraut rupfen.

Don't leave me waiting here
Lead me to your door ...

In Bonn war der Altkanzler Ludwig Erhard gestorben. Das war der mit der Zigarre und dem dicken Bauch. Wohlstand für alle: Aus gutem Grund ist Ludwig rund.

Mama wollte mit Wiebke nach Jever fahren, um Oma und Opa einen Besuch abzustatten, aber vorher mußte ein Brief an den BWB getippt werden, mit dem Papa sich noch immer wegen der Umzugskostenvergütung herumstritt. »In der Anlage«, diktierte Papa, »übersende ich Ihnen ... eine nicht mehr vollständige Sammlung von Zuschriften auf zwei Anzeigen Punkt. Mit allen Interessenten ... ist entweder telefonisch oder persönlich ... Kontakt aufgenommen worden Punkt. Da ich in Vorbereitung des Umzugs Dringenderes zu tun hatte Komma ... sind Aufzeichnungen über Telefonate oder gar Kopien von Antwortschreiben ... nicht gemacht worden und könnten nachträglich nur konstruiert werden ... Absatz ... Weitere Erklärungen zu diesem Punkt gebe ich nicht ab und stelle anheim, den Posten im Zweifelsfalle zu streichen.«

Mama hämmerte wie rasend auf die klingelnde Schreibmaschine ein und fragte dann: »Hochachtungsvoll?«

»Nein«, sagte Papa. »Das bleibt so, wie's ist. Diesen Arschlöchern kann ich keine Hochachtung erweisen.«

Im Eßzimmer hing noch der Blumenkohlgestank vom Mittagessen in der Luft, als ich das Stück übte, bei dem ich diese jungsche Geigerin in der Musikschule begleiten sollte.

Drei Minuten vor dem Schlußpfiff lag Saarbrücken gegen Gladbach mit 1:2 hinten und schaffte dann doch noch den Ausgleich. Es war nicht zu fassen, wie leichtsinnig Gladbach mit der Titelchance spielte. Braunschweig hatte zwar 0:1 gegen Bremen verloren, aber dafür war Schalke wieder im Aufwind und nach einem 4:0 gegen Hertha auf den zweiten Platz gerückt und nur noch zwei Punkte von Gladbach entfernt.

Rot-Weiß Essen hatte spektakulär mit 1:8 gegen Eintracht Frankfurt verloren, wobei Rüdiger Wenzel dreimal getroffen hatte. Über einen Mangel an Torjägern brauchte Helmut Schön sich nicht zu beklagen. Beim 6:1 gegen Bochum hatte Dieter Müller wieder vier Tore geschossen.

Über die Spiele in der Bundesliga führte ich genauer Buch als über meine eigenen, denn die interessierten ja doch keinen Menschen.

Nach der Rückkehr aus Jever erzählte Mama, daß sie und Oma Jever sich am Samstag in der Stadtkirche den kompletten »Messias« von Händel angehört hätten, ein Oratorium, und Opa habe mitgesungen, aber wer zum Teufel wollte das wissen?

Von meinem restlichen Geburtstagsgeld kaufte ich mir bei Meyer ein Taschenbuch über die Studentenrevolte,

Schlagt die Germanistik tot, macht die blaue Blume rot.

Damals hatten täglich irgendwelche Demos stattgefunden, Teachins, Go-ins, Bibliotheksbesetzungen, zum Teil unter der Federführung des Zentralrats der umherschweifenden Haschrebellen, und Berliner Kommunarden hatten in Flugblättern zum gewaltsamen Widerstand aufgerufen:

Den Schah pissen wir vielleicht an, wenn wir das Hilton stürmen, erfährt er auch einmal, wie wohltuend eine Kastration ist, falls überhaupt noch was dranhängt … es gibt da so böse Gerüchte.

Das war ein paar Tage vor dem Schahbesuch in Deutschland gewesen, 1967, bei dem der Polizist Kurras den Demonstranten Benno Ohnesorg erschossen hatte. Und die *Bild*-Zeitung hatte darüber dann so berichtet, als ob die Studenten geschossen hätten.

Sie müssen Blut sehen. Hier hören der Spaß und der Kompromiß und die demokratische Toleranz auf. Wir haben etwas gegen SA-Methoden. Die Deutschen wollen keine braune und keine rote SA. Sie wollen keine Schlägerkolonnen, sondern Frieden. Wer bei uns demonstrieren will, soll das friedlich tun. Und wer nicht friedlich demonstrieren kann, gehört ins Gefängnis.

In der Sache, um die es den Studenten hauptsächlich gegangen war, dem Kampf gegen den Vietnamkrieg, hatten sie ja wohl recht gehabt, wenn man an die Kriegsverbrechen der Amerikaner dachte: Die hatten in Vietnam die Wälder mit giftigen Chemikalien entlaubt, hordenweise Frauen vergewaltigt, Dörfer niedergebrannt und Zivilisten erschossen, selbst kleine Kinder, und sich dann noch darauf berufen, daß an dieser Front der freie Westen verteidigt werde. Da hätten sie sich nicht wundern müssen, die Amis, daß die Leute auf die Barrikaden gegangen waren.

Klaus-Uwe Benneter war als Juso-Chef suspendiert worden, und nun drohte ihm der Ausschluß aus der Partei.

»Das ist ’ne überzogene Reaktion der Rechten in der SPD-Spitze«, sagte Hermann. »So ’n angepaßter Musterknabe wie Matthias Wissmann von der Jungen Union, der würde denen gefallen, aber damit kommen sie nicht durch.«

Hermann war der einzige Mensch, mit dem ich über solche Themen diskutieren konnte.

Wie sich bei der ersten gemeinsamen Übungsstunde zeigte, war Ophelia Bustwig gerade mal zwölf Jahre alt, aber als Geigerin viel besser als ich als Pianist, und ich genierte mich, weil das Eßzimmer schon wieder nach Blumenkohl stank, obwohl ich ’ne halbe Stunde vor der Probe alle Fenster aufgerissen hatte.

Schneckenförmig gekringelte Zöpfe hatte dieses Mädchen links und rechts am Kopf über den Lauschern hängen, und es blickte immer seitwärts an mir vorbei in die Luft.

Als wir uns für die kommende Woche zu einer zweiten Probestunde verabredet hatten und Ophelia Bustwig wieder abgedüst war, mußte ich aufs Klo, und erst da fiel mir auf, daß mein Hosenschlitz die ganze Zeit über offengestanden hatte.

Für das Endspiel um den Europacup der Pokalsieger wünschte ich dem HSV alles Gute. Es war ominöserwiese immer noch so, daß die deutschen Mannschaften, wenn ich ihnen die Daumen drückte, meistens gewannen.

Nach achtunddreißig Jahren im Exil kehrte die 81jährige Präsidentin der spanischen KP, Dolores Ibárruri, aus Moskau in ihr Heimatland zurück. La Pasionaria: die Leidenschaftliche. Vom sogenannten Eurokommunismus der westeuropäischen Bruderparteien der KPdSU hielt sie nicht viel. Die waren auf einen Reformkurs eingeschwenkt, und dazu sagte sie nur: »Das ist Schwachsinn.«

Nachdem Gladbach den KSC mit 5:1 vermöbelt hatte, sah die Tabellenspitze folgendermaßen aus:

1. Gladbach	56:32 Tore	43:23 Punkte
2. Schalke	73:50 Tore	41:25 Punkte
3. Braunschweig	50:38 Tore	41:25 Punkte

Braunschweigs Torverhältnis war aller Wahrscheinlichkeit nach zu schlecht für realistische Titelhoffnungen, aber Schalke hatte gute Chancen, Gladbach am letzten Spieltag vom Thron zu stoßen und Meister zu werden, wenn die Fohlen in München verloren und Schalke Dortmund schlug.

Papa befand sich auf einer Dienstreise in Bayern, als Oma Schlosser anrief: Tante Lena sei gestürzt und liege jetzt mit Oberschenkelhalsbruch im Krankenhaus. Tante Lena, das war die aus dem Bochumer Altersheim. An die hatte ich schon seit Jahren keinen Gedanken mehr verschwendet.

Mama schickte einen Blumengruß per Fleurop los.

In einem Brief an Michael Gerlach brachte ich eine Bemerkung über dessen schleppendes Schreibtempo unter, und ich fragte ihn nach dem Datum des Beginns der Sommerferien in Rheinland-Pfalz. Vielleicht ließ sich da ja irgendwas deichseln.

Eine Million Arbeitslose, sagte Hermann in der großen Pause, das sei ein Armutszeugnis für die Bundesregierung.

Seinen Weltmeistertitel hatte Muhammad Ali mal wieder erfolgreich verteidigt. Eigentümlich, daß es immer noch ein paar Irre gab, die sich einbildeten, ihr Mütchen an Muhammad Ali kühlen zu können.

In Mathe fragte ich den Diepenholz, wozu der Satz des Pythagoras gut sei, außer in Mathe. Was man davon habe, diesen Satz zu kennen, im späteren Leben, und wofür man den brauche, wenn man nicht die Absicht habe, Mathelehrer zu werden.

»Ähähä«, sagte der Diepenholz, und das war wirklich und wahrhaftig alles, was mir dieser Wicht zur Antwort gab. »Ähähä …« Als ob ich eine total bescheuerte Frage gestellt hätte. Wenn einem nicht einmal die Mathepauker erklären konnten, wozu man die Rechenexempel aus dem alten Griechenland auswendig lernen sollte, wer dann?

In dem Leben, das ich als Erwachsener führen wollte, würden keine Dreiecke vorkommen, weder gleichschenkelige noch ungleichschenkelige, und wenn doch, dann würde ich sie vom Tisch wischen: BUFF! SPLAMM! BOING! Und auf den Satz des Pythagoras war geschissen!

Vor meiner zweiten Übungsstunde mit Ophelia Bustwig prüfte ich dreimal nach, ob mein Hosenstall geschlossen war.

Wolfgang Overath gab sein Abschiedspiel: 1. FC Köln gegen die WM-Elf von '74. Wieder einer weniger. Mit Overath hätte ich in der Nationalelf noch zusammen spielen können, wenn ich drei, vier Jahre älter gewesen wäre.

Im Geschichtsbuch war ein Holzschnitt aus dem Jahr 1844 abgebildet: Kinderarbeit in einem schottischen Kohlenbergwerk. Viele Kinder, stand da, hätten täglich zwölf bis vierzehn Stunden in den Nebenstollen kauern müssen, um die Wettertüren für jeden durchfahrenden Kohlenwagen zu öffnen und zu schließen.

Unsereiner konnte sich größere Freiheiten herausnehmen. In der Mathestunde trieben der Bohnekamp, Dralle, Ralle, Hermann und ich den Diepenholz in die Enge, im Rahmen einer konzertierten Aktion. Wir rückten millimeterweise vor mit unseren Bänken und Stühlen, langsam und kaum merklich, aber systematisch, und nach einer guten halben Stunde hatten wir den Diepenholz hinter seinem Pult eingekesselt und alle Auswege abgeriegelt.

»Ich glaube, ihr spinnt 'n bißchen«, sagte der Diepenholz, als er endlich merkte, was los war, und da brach die ganze Klasse in Gelächter aus.

Zuhause wartete ein Brief von Michael auf mich.

Um Dein Vorurteil über mein »Tempo« mal abzubauen, schreibe ich ganz schnell zurück. Hoffentlich.

Tja, aber was gibt's schon zu schreiben? Letzten Samstag hatte ich das erste Konzert mit diesem verflixten Orchester. In der Rhein-Mosel-Halle. Ich flaniere da in aller Unschuld rein, mit Jeans und Strickjacke, und alle anderen laufen mit Anzug und Fliege rum. Oje. Und das war nur der erste Schlag. Der zweite bestand darin, daß die Bühne fürs Orchester viel zu klein war. Die mit Flöten hatten's ja gut, aber unsereiner konnte praktisch keinen Platz zum Streichen finden. Bei vollen Noten mußte ich mich immer nach rechts rüberlehnen, damit ich den Apparat von meinem Nebenmann nicht zwischen die Rippen bekam. Und mein Nebenmann mußte aufpassen, daß mein Bogen ihm nicht die Augen auspiekt. Dann die Sache mit dem Umblättern. Ein Notenständer für zwei Leute, und beide spielen was anderes. Die meiste Zeit war ich nur am Umblättern, Notenauflesen und Papierzerreißen. Und wenn ich irgendwann doch mal gespielt hab, dann natürlich an der falschen Stelle. Wie soll man denn auch mitkommen bei so einem Mist. Ich hab mir sowieso schon angewöhnt, so leise zu »spielen«, daß niemand was hört. Schließlich war das Konzert um, und ich war wunderbarerweise mit dem Leben davongekommen. Wenn auch nur knapp. Das nächste Mal muß ich mir aber schwer überlegen, ob ich da hingehe.

Ächz, jetzt muß ich schon wieder Geige üben, und Französisch pauken muß ich auch noch. Also mach ich erstmal Schluß. Bis später dann.

So, jetzt ist später. Donnerstag, um genau zu sein. Geigen hab ich blaugemacht und die Französischarbeit versaut, versteht sich.

Da sonst nichts passiert, muß ich leider weiter von der Schule erzählen. In der letzten Deutschstunde sagt der Pauker doch glatt, einige sollten beachten, daß sie nur noch zwei Stunden Zeit dafür hätten, ihre Epochalnoten zu verbessern. Ich schau blöd drein, der Pauker stiert mich an und sagt, auch ich sei gemeint. Dumme Sau, damische. Ist doch wohl meine Privatangelegenheit, wie ich mir meine Noten einrichte.

Wann die Sommerferien bei uns anfangen, weiß ich nicht. Muß mal auf 'nem Plan nachsehen. Aber von Dir wüßt ich gern, wann genau Du hier bei uns einzutreffen gedenkst. Oder hast Du's Dir inzwischen anders überlegt? Ich könnt's verstehen. Welcher Irre würde wohl die Sommerferien auf dem Mallendarer Berg verbringen wollen?

Ich mach mal Schluß. Sonst kannst Du Dir diesen Brief erst durchlesen, wenn Du schon hier bist, und das ist ja nicht der Sinn der Sache.

Tschöblblbl.

Wenn man die Zeitschrift *GEO* abonnierte, kriegte man vier Farbdrucke, die man behalten durfte, auch wenn man die Zeitschrift sofort wieder abbestellte: ein Bild von zwei Rassepferden, eins von einem Sonnenuntergang über dem Santa-Monica-Freeway in Kalifornien, ein blaustichiges von der Küste in Bali und eine Daguerreotypie aus dem Jahr 1856, von einem kleinen Mädchen, das einen Blumenstrauß in der Hand hielt.

»Und diesen Mist willst du dir an die Wand pinnen?« fragte Mama.

Konnte der das nicht egal sein? Mama tat immer so, als ob sie mit Kochen und Putzen und Sockenstopfen total überlastet wäre, aber dann mischte sie sich doch in alles mögliche andere hinein.

Obwohl für den Gewinn der Meisterschale schon ein Unentschieden genügt hätte, spielte Gladbach in München auf Sieg und führte nach gut zwanzig Minuten durch Tore von Heynckes und Stielike mit 2:0, und es sah so aus, als ob die Bayern sich auf ihre erste Heimniederlage gegen die Erzrivalen vom Niederrhein einstellen dürften. Gerd Müllers Anschlußtor in der 36. Minute machte die Partie noch brisanter, zumal Schalke im Spiel gegen Dortmund in Führung gegangen war und zur Halbzeit mit 2:0 vorne lag.

Nach dem Seitenwechsel ließen die Bayern nichts unversucht, um Schalke Schützenhilfe zu gewähren und Wolfgang Kneib zu bezwingen, doch auf den konnte man sich verlassen. Schalke schoß noch zwei Tore mehr, mußte aber auch zwei Gegentreffer hinnehmen, während Gladbach die Führung verbissen verteidigte, und je näher das Ende rückte, desto trüber sah es für die Schalker Knappen aus. Die mußten ja hoffen, daß München mindestens noch zwei Tore schoß und Gladbach überhaupt keins mehr.

Fünf Minuten noch. Und dann bloß noch vier … noch drei … noch zwei … es war eine Spezialität von Gerd Müller, innerhalb von zwei Minuten zwei Tore zu schießen, aber bitte nicht heute! In wenigen Sekunden würde der Schiri abpfeifen müssen, und damit wäre Borussia Mönchengladbach Deutscher Meister, zum dritten Mal nacheinander, und hätte erstmals auch die arroganten Bayern in deren Heimstadion geschlagen, aber dann geschah das Unfaßliche, daß Hans-Jürgen Wittkamp ein Eigentor schoß, in der 90. Minute. 2:2!

Ja, war denn das die Possibility? Jetzt stand noch einmal alles auf der Kippe, in den letzten Sekunden des letzten Spieltags! Gott im Himmel! Nach all den Toren, Tränen und Triumphen in einer langen, nervenaufreibenden und kräftezehrenden Saison hing alles Wohl und Wehe des VfL Borussia Mönchengladbach nun plötzlich von den nächsten drei, vier Spielzügen ab! Das war ja wohl zum Verrücktwerden!

Der Fußballgott in Gestalt des Schiedsrichters Ferdinand Biwersi aus Saarbrücken hatte jedoch ein Einsehen und pfiff die Partie ab, und Gladbach war Meister! Geschafft!

Die Daumen gedrückt hatte ich den Fohlen seit der Saison 1974/75, und seither waren sie jedesmal Meister geworden. Vielleicht gab es zwischen mir und Mönchengladbach ja wirklich eine magische Beziehung. In ein paar Jahren würde ich selbst für Gladbach spielen. Ein anderer Verein kam für mich überhaupt nicht in Frage, und welcher Spitzenspieler hätte schon Lust dazu gehabt, für Absteiger wie den KSC, Tennis Borussia und Rot-Weiß Essen die Knochen hinzuhalten?

Als Tabellenletzter schloß Essen die Saison mit einem todtraurigen Torverhältnis von 49:103 ab. Dem Essener Torwart Heinz Blasey hatte Braunschweigs Stürmer Wolfgang Frank noch am letzten Spieltag vier Tore reingemacht. Man konnte nur hoffen, daß Helmut Schön davon Notiz genommen und sich den Namen dieses Torjägers eingeprägt hatte. Als Bundestrainer berief Schön, wie ich fand, viel zu selten neue Talente in den Kader. Torgefährliche Newcomer wie Wolfgang Frank, Horst Hrubesch und Rüdiger Wenzel hätte er ruhig mal nominieren können, der gemächliche Mann mit der Mütze. Aber wer wußte schon, welchen Einflüsterungen der Bundestrainer gehorchte. Wenn man sich die Freßleisten der DFB-Funktionäre ankuckte, wunderte einen gar nichts mehr. Die glichen den häßlichsten Fettsäcken der CSU, allen voran der widerwärtige Hermann Neuberger mit seiner Hornbrille und dem fetten Schwabbelgesicht. So sahen die Typen aus, die dafür verantwortlich waren, daß Gerd Müller, der gefährlichste Goalgetter aller Zeiten, nicht mehr in der Nationalmannschaft mitspielen wollte.

In der Saison 1981/82, meiner ersten in der Bundesliga, würden die übelsten alten DFB-Säcke hoffentlich pensioniert sein.

In Israel hatte der Politiker Menachem Begin vom rechtsnationalistischen Likud-Block die Wahlen gewonnen. Wie man als Jude rechtsnationalistisch sein konnte, kapierte ich nicht. Die rechtsnationalistischen Politiker in Deutschland hatten die Juden doch auszurotten versucht?

Unter den Juden, sagte Mama, gebe es leider welche, die allen Ernstes glaubten, daß sie einem von Gott auserwählten Volk angehörten. Aber jedes Volk sei so gut oder so schlecht wie alle anderen. Sie habe Adolf noch im Ohr und den Reichsheini und Goebbels und Göring und die ganze Bande, und sie habe mehr als genug gehört von deren selbstgefälligen Sprüchen.

Widerspenstigen Kongolesen, die sich geweigert hatten, Elfenbein und Kautschuk an die Krone auszuliefern, waren von Schergen der belgischen Kolonialverwaltung einst die Hände abgehackt worden. Mir kam ein Foto davon vor Augen: Da hielten die Neger ihre Armstümpfe hoch.

Eine Pleite sondergleichen war das Endspiel um den Europapokal der Landesmeister in Rom. In dieser Partie ging Gladbach gegen den FC Liverpool mit 1:3 unter, und es half nichts, daß ich in Meppen als daumendrückendes Maskottchen vorm Fernseher hockte. Irgendwas war falsch gelaufen.

Im neuen *Spiegel*, den es wegen Pfingsten schon am Samstag gab, stand ein Artikel über Jever und die Proteste gegen die geplante Kreisreform: Der Landkreis Friesland sollte aufgelöst und zweigeteilt und Jever einfach dem ostfriesischen Landkreis Wittmund einverleibt werden. Das paßte den Jeveranern nicht, die ihre Stadt schon zu Fräulein Marias Zeiten gegen alle Übergriffe der Ostfriesen verteidigt hatten.

Am Pfingstsonntag fuhren Mama, Wiebke und ich nach Jever. Mama wollte abends in den Schloßkrug, zu einem Treffen der Schüler aus Moorwarfen, wo Mama als kleines Mädchen zur Schule gegangen war.

Über die Kreisreform regte sich auch Oma Jever auf: »Was dieser Schaapschiet nun bloß soll! Als ob wir schlecht gelebt hätten in unserem alten Landkreis Friesland! Weshalb muß man den denn jetzt kaputtreißen?« Und an Gustavs Zimmertür klebte ein Aufkleber mit der Aufschrift:

Ich will den Landkreis Friesland ungeteilt!

Das sei hohe Politik, sagte Opa Jever, der aus Altfunnixsiel stammte und selber ein Ostfriese war.

Oben in der Mühlenstraße 47 wohnte jetzt eine Familie mit zwei kleinen Kindern, und das Schwanenpaar im Schloßgarten hatte acht Junge bekommen.

Gustav besaß die LP »Revolver« von den Beatles und erlaubte mir, die Platte in seinem Zimmer anzuhören. Der Song »For No One« war der beste.

You want her, you need her
And yet you don't believe her when she says her love is dead
You think she needs you ...

Der Song wurde nicht langweilig, egal wie oft ich mir den anhörte.

And in her eyes you see nothing
No sign of love behind the tears
Cried for no one
A love that should have lasted years ...

Eine andere gute LP war die mit dem Gestammel des ehemaligen Bundespräsidenten Heinrich Lübke. Der hatte einmal in Helmstedt eine Rede gehalten und dann schon gleich zu Anfang vergessen, wo er sich befand:

Liebe Mitbürger, liebe Jugend! Ich danke zunächst einmal herzlich für den großartigen Empfang, den mir hier diese Stadt und hier der Marktplatz voller gedicht-, dichter Leute, steh-, äh, dichtstehender Leute bereitet hat ... Ich darf Ihnen aber auch das eine versichern: Wenn ich dieses Jahr hier zum siebzehnten Juni in ... äh ... äh ...

Die Leute riefen es ihm zu: »Helmstedt!« Und dann Lübke:

... Helmstedt spreche ... Sie sehen daran, daß es nötig war, wenn ich hier dieses Jahr in Helmstedt spreche, dann ist das mein eigener Wunsch gewesen.

Mit diesem Staatsoberhaupt aus ihren Reihen hatte sich die CDU ganz schön blamiert in den sechziger Jahren.

Ich muß nur sagen, wer das nebeneinanderhält, der kann überhaupt keine andere Wahl ... äh ... bit-, äh ... Wahl ... äh ... ähm ... wählen, daß ohne die, ähm ... ohne die ... ähm ... Tiefkühlketten werden wir uns späterhin ... äh ... nicht mehr ... die Ernährung verbessern können.

Das war alles O-Ton Lübke.

Die Rückreise war sehr anstrengend. Wir fuhr-, wir flogen neunzehn Uhr dreißig gestern abend ab und waren neun Uhr dreißig hier. Das würd-, wür-, würde bedeuten, daß wir also fünf Stunden länger unter-

wegs waren, als notwendig war, denn das, diese fünf Stunden, ist eben die Umdrehung der … der Erde schuldig. Verantwortlich dafür.

Auf Madagaskar, sagte Mama, habe Lübke mal den Namen der Hauptstadt mit dem Namen des Präsidenten verwechselt und dessen Frau mit den Worten »Sehr geehrte Frau Tananarive« begrüßt. Dafür sollten sich die Christdemokraten schämen, daß sie diesen offenkundig senilen Mann nach seiner ersten Amtsperiode nicht in den verdienten Ruhestand entlassen hätten.

Nach dem Abendbrot gab es im Wohnzimmer Hagebuttenwein und warmes Eierbier. Das war eine altfriesländische Spezialität.

Oma und Opa hatten eine fünftägige Busreise nach Augsburg, Ingolstadt, München und Regensburg unternommen, und sie waren bedient von dem Reiseleiter. »Der hätte dringend Sprechunterricht haben müssen«, sagte Oma. »Dessen bayerisches Kauderwelsch haben wir nur schlecht verstanden.«

Opas rechte Hand zitterte oft. Wenn er das merkte, steckte er sie in die Tasche seines Jacketts.

Die Barockkirche in Regensburg, wie festlich die gewirkt habe, rief Oma, völlig anders als der dunkle Dom: »Die funkelte nur so vor Gold! Und nun sind wir trotzdem überglücklich, daß wir nicht mehr immer in so einem Pulk von Menschen sein müssen und wieder hier in Frieden leben können. Aber schön war das doch!«

Was schön sei und was nicht, darüber würden die Meinungen auseinandergehen, sagte Gustav. Was er selber, um nur mal ein Beispiel zu nennen, ums Verrecken nicht mehr hören könne, sei das Wort Krankenversicherungskostendämpfungsgesetz.

Er qualmte dabei eine Zigarre der Marke Tropenzierde, und Mama riß das Fenster auf.

»Was ist los?« fragte Gustav. »Steht dir hier zuviel Tropenbegierde im Raum?«

Das fand ich noch witzig, aber dann beschuldigte mich Gustav, daß ich aus seiner *Spiegel*-Sammlung Seiten herausgeschnippelt hätte.

Ich stellte mich dumm, doch Gustav hatte mich durchschaut.

Abends sah er sich einen Dokumentarfilm über die Comedian Harmonists an. Da wurden Greise interviewt, die in den zwanziger Jahren Bariton, Baß oder Tenor gesungen hatten.

Mein kleiner, grüner Kaktus
steht draußen am Balkon.
Hollari, hollari, hollaro ...

Gustav fand das interessant. Dafür ließ er sogar seine Gesetzbücher im Stich.

»Im Mai, im schönen Maien, hab ich noch viel im Sinn!« sang Oma Jever am Pfingstmontagmorgen beim Frühstückstischdecken, und sie scheuchte Gustav aus der Küche, weil er noch nicht angezogen war. Der hatte sich im Schlafanzug schon mal ein Toastbrot und 'ne Tasse Kaffee holen wollen, unrasiert und ungekämmt.

»Wie so 'n Gammler!« rief Oma. »Daß du dich nicht schämst!«

Im jeverschen Brauhaus war Tag der Offenen Tür, und bis auf Oma gingen wir alle hin. Man konnte sehen, wie die Flaschen abgefüllt wurden, am Fließband, und im Hof der Brauerei stand leibhaftig der amtierende Arbeitsminister Herbert Ehrenberg und trank ein Bier aus dem Glas.

»Sieh an, sieh an«, sagte Gustav, während wir hinter Herbert Ehrenberg vorübergingen. »In Petersburg ist Pferdemarkt!« Um den Minister zu reizen, zitierte Gustav dann noch halblaut ein Bonmot aus dem Munde des CDU-Sozialexperten Norbert Blüm: »Der Arbeitslosenberg ist größer als der Ehrenberg!«

Aber darüber hörte Herbert Ehrenberg hinweg.

Im Kellerschrank fand ich ein Buch über den Ersten Weltkrieg, mit Aufnahmen, die sich dreidimensional betrachten ließen, wenn man die Fotostreifen in das Scharnier der dazugehörigen Stereobrille steckte. Die war schon ein bißchen rostig, aber das dreidimensionale Sehen klappte gut: Schützengräben, Panzer, Explosionen, alles stand einem räumlich vor Augen, sobald man die jeweils doppelt abgebildeten Fotos beim Durchkucken zur Deckung brachte.

»Der Kampf im Westen« hieß das Buch, und ich es durfte es mir ausborgen, mitsamt Fotostreifen und Stereobrille. Das war mir mehr wert als dem 1. FC Köln der DFB-Vereinspokal.

In meinem Zimmer in Meppen segelte am letzten Pfingstferientag abends eine Schnake herum, und es gelang mir, gottlob, das elende Biest durchs Fenster hinauszuscheuchen. Fliegende Weberknechte konnte ich nicht gebrauchen.

Mit Hermann diskutierte ich über Klaus-Uwe Benneters Ausschluß aus der SPD. Da habe sich der Parteivorstand nicht mit Ruhm bekleckert, meinte Hermann. Abweichler aus der Partei auszuschließen, das sei ein Zeichen von Schwäche.

In Buenos Aires machte Klaus Fischer den Argentiniern zwei Tore rein, und dann legte Bernd Hölzenbein nach. In der 73. Minute kassierten wir das 1:3, und das war auch der Endstand, aber ich blieb meiner Überzeugung treu, daß die DFB-Oberen verrückt waren, wenn sie nicht versuchten, Gerd Müller in die Nationalmannschaft zurückzulotsen.

In den Sommerferien, das zeichnete sich ab, würde ich Tante Dagmar besuchen dürfen und nach einem Zwischenaufenthalt in Bonn auch ein paar Tage in Vallendar verbringen können, bei Gerlachs. Vom vielen Telefonieren hatten Mamas Haare an der linken Seite eine Delle.

Weil sich irgendwelche Kollegen von Papa angekündigt hatten, wienerte Mama das gesamte Haus, von oben bis unten. »Gegen die Spinnweben im Treppenhaus hab ich sowieso schon lange genug angekuckt«, sagte sie, und unsereiner mußte die toten Fliegen von den Fensterbänken beseitigen. Anfassen mochte ich die Viecher nicht, das ging nur mit Pinzette, und als alles fertig war, bliesen Papas komische Kollegen ihre Stipvisite telefonisch ab.

Im Zweiten kam der beste Western, den ich je gesehen hatte, mit John Wayne, der einen Cowboy spielte, der für die Frau, die er liebte und heiraten wollte, ein Haus gebaut hatte, und als er einsehen mußte, daß die einen anderen Mann liebte, soff er sich voll und steckte dann in seiner Verzweiflung im Vollrausch das schöne Haus in Brand, in dem er alleine nicht wohnen wollte.

The Man Who Shot Liberty Valance.

Phantastisch.

In Geschi wäre eigentlich Bismarck drangewesen, aber aus irgendwelchen Gründen rhabarberte der Wolfert fast die ganze Stunde lang über die griechische Mythologie: Daß Hephaistos, der Sohn des Zeus und der Hera, wegen seiner Häßlichkeit und Lahmheit von der eigenen Mutter vom Olymp ins Meer geworfen worden sei und ihr aus Rache einen goldenen Stuhl geschmiedet habe: »Was die Mutter nicht wußte, war, daß ihr Sohn den Stuhl so konstruiert hatte, daß sie daraus nicht wieder aufstehen konnte. Freigelassen hat Hephaistos seine Mutter erst, als er von seinem Halbbruder Dionysos in einen Rausch versetzt worden war. Dionysos ist ja unter anderem der Gott des Weines. Sein Vater Zeus hatte Dionysos zum König bestimmt, aber Hephaistos' Mutter Hera hetzte die Titanen gegen Dionysos auf, und die zerfleischten ihn. Das einzige, was Athene retten konnte, war sein Herz, das noch gezuckt hat. Zeus hat dieses Herz verspeist und seinen Sohn Dionysos zum zweiten Mal erzeugt, wozu man wissen muß, daß Zeus von seiner Gemahlin Metis einer Weissagung gemäß einen Sohn geschenkt bekommen sollte, der ihm die Herrschaft entwinden werde, und um das zu verhindern, hat Zeus seine Gemahlin verschlungen und seinem Sohn Hephaistos befohlen, ihm das Haupt zu spalten. Und dabei ist Athene dem Haupt des Zeus entsprungen …«

»Ouh, ouh, ouh«, flüsterte Ralle, der Mühe hatte, sich das Lachen zu verbeißen.

Ich flüsterte, mit einer Hand vorm Mund, zurück: »Der glaubt das alles wirklich, was er da erzählt«, und genau in dem Moment sah mir der Wolfert in die Augen.

Ophelia Bustwig erschien noch einmal zum Üben, und dann trafen Tante Therese und Onkel Bob bei uns ein.

Brian habe seine Examensprüfungen im College hinter sich und warte auf das Resultat, »with fingers crossed«, sagte Tante Therese beim Tee, und Kim sei jetzt Chefsekretärin und verdiene jährlich achthundert Pfund. »Nun hoffe ich, daß sie mich nicht mehr so oft anpumpt …« Kimmie sei einfach zu großzügig mit dem Geld, »easy come, easy go«, aber dafür hatte ich mehr Verständnis als für die chemikalische Ionenbindung und die Bevölkerungsprobleme der japanischen Industrienation.

Als die Engländer wieder weg waren, fuhr Mama nach Wiesbaden zur Kommunion der einen Tochter von Onkel Dietrich, deren Patentante Mama war. Onkel Dietrichs Frau hing dem katholischen Glauben an, und um nicht aus der Kirche rausgeschmissen zu werden, mußte sie ihre Kinder streng katholisch erziehen. Mir war das recht, denn wenn Mama in Wiesbaden weilte, konnte sie nicht an der Zeugniskonferenz im Kreisgymnasium teilnehmen.

Das in Montevideo ausgetragene Länderspiel gegen Uruguay bekam man erst um Mitternacht zu sehen. Die Siegtore schossen Flohe und Dieter Müller, und Papa rumorte noch nach dem Schlußpfiff im Keller herum. Ich schmiß eine halbe Zwiebel weg, die im Kühlschrank ausgeschlagen und Schimmelflecken angesetzt hatte.

Für Physik hätte ich noch pauken müssen, aber mit Kathoden und Anoden kam ich irgendwie nicht klar.

Beim Frühstück maulte Wiebke darüber, daß ihr Geburtstagstisch nicht ordentlich aufgebaut worden sei. Wenn die mal nichts zu mekkern gehabt hätte, wäre sie todunglücklich gewesen.

Wenn man mit der Stereobrille aus Opas Kriegsbuch die Frontsoldaten dreidimensional sehen konnte, mußte das doch eigentlich auch bei Aktmodellen funktionieren, dachte ich mir, und ich fuhr mit einer Plastiktüte auf dem Gepäckträger nach Bokeloh, um in einem Zeitungskiosk, wo mich keiner kennen konnte, zweimal das gleiche Sexheft zu kaufen.

Dabei durfte ich nicht lange zaudern, denn sonst hätt' ich's nicht geschafft. Meine Wahl fiel auf eins der billigsten Ferkelheftchen. Ich ging mit zwei Exemplaren davon zur Kasse, als keine anderen Kunden mehr anwesend waren. Das Geld hielt ich abgezählt bereit, denn ich wollte dieses Geschäft so schnell wie nur irgend möglich abwickeln. Nicht daß hier noch irgendwer hereinkam, der am nächsten Tag in der ganzen Schule herumerzählen würde, daß der Schlosser in Bokeloh Sexhefte kauft.

Die alte Kassentante hatte es nicht ganz so eilig wie ich. Die suchte zuerst einmal ewig nach dem Preis, und dann stellte sie fest, daß ich mir zweimal das gleiche Heft ausgesucht hatte: »Ist das nicht 'n Versehen?«

»Nein, nein, das ist Absicht … das ist okay … das andere Heft, das ist für 'n Bekannten von mir … dem bring ich das immer mit …«

Bis die Alte das begriff, vergingen viele kostbare Sekunden, in denen meine Zukunft auf dem Spiel stand.

Zuhause schnitt ich mit der Schere zweimal nacheinander den gleichen weiblichen Nackedei aus und befestigte die beiden Fotos in Opas Stereobrille, doch der 3-D-Effekt blieb aus, egal, wie lang ich durch die Gläser schielte. Ich versuchte es dann noch mit ein paar anderen Bildern, aber auch das haute nicht hin. Es war schier zum Irrsinnigwerden!

Die Plastiktüte mit den zerschnippelten Hefte stopfte ich an einer Bushaltestelle beim Hindenburgstadion in den Papierkorb, und dann holte ich mir bei Comet neuen Tee.

Auf dem Bürgersteig lagen Pappelsamen.

Selbstverständlich, sagte Mama, als sie wieder da war, habe ihre Patentochter sich beim Frühstück einen ganzen Becher Kakao über ihr weißes Gewand geschüttet. Und Onkel Dietrich, dieser Wahnsinnsknabe, habe sich ein Motorboot zugelegt. Der wisse offenbar schon gar nicht mehr wohin mit seinen Moneten.

Im nächsten Länderspiel ging Brasilien mit 2:0 in Führung, aber in der zweiten Halbzeit stellte Klaus Fischer mit zwei Treffern den Ausgleich her. An uns Deutschen bissen sich die Brasilianer immer wieder die Zähne aus. Nur bei einer WM hatten wir uns noch nie mit Brasilien messen müssen.

Mit Ophelia Bustwig traf ich mich zu einer letzten Übungsstunde in der Aula der Musikschule, bei dreißig Grad Hitze, und am Abend kam Mama mit zu dem Konzert, bei dem ein ganzer Haufen Musikschüler vor der Meppener Schickeria glänzen sollte.

»Hier ist ja die gesamte High Snobiety versammelt«, sagte Mama.

Als Ophelia Bustwig und ich an der Reihe waren, verspielte ich mich leider schon im zweiten Takt. Wir fingen vorn vorne an, und ich verspielte mich abermals. Miss Ophelia fiedelte fehlerfrei weiter, aber ich hatte den Faden verloren, und mir liefen die Schweißperlen über die Stirn. Es tropften auch welche aus meinen Achselhöhlen in das von Mama gebügelte Hemd, das ich anhatte.

Wir fingen noch ein drittes Mal von vorne an, und als ich zum dritten Mal bereits im zweiten Takt hängengeblieben war, gab ich mich geschlagen. Diese Sache mußte ein Ende haben. Ophelia Bustwig war nicht froh darüber, aber auf einen vierten Versuch wollte ich es nicht mehr ankommen lassen. Ich stand auf, nahm meine Noten in die Hand und verließ die Bühne. Ein matter Applaus wallte auf, als nach mir auch meine gedemütigte Begleiterin die Kurve kratzte.

Statt meinen Sitzplatz wieder einzunehmen, ging ich gleich weiter, raus aus der Aula und raus aus der ganzen Musikschule.

Was Ophelia Bustwig und deren Eltern jetzt wohl von mir dachten? Und die anderen Arschgeigen, die meine tödliche Blamage miterlebt hatten?

Vor den Sommerferien mußte ich danach zum Glück nur noch ein einziges Mal zur Schule, um mein Zeugnis abzuholen. Jetzt war ich auch in Sport und Reli auf 'ne Vier abgesunken, hatte aber wenigstens in Erdkäs eine Eins.

Wiebke hatte eine Vier in Werken. Sie bedürfe gelegentlich zusätzlicher Arbeitsanreize, stand in ihrem Zeugnis.

Im neuen *Stern* gab es Bilder von dem Kabarettisten Wolfgang Neuss zu sehen, einem Wrack mit schiefen und verfaulten Zähnen und verfilzter Mähne. Außerdem streikte Volkers Moped, und Pepik hatte Haarausfall. Hinter den Ohren und am Bauch war er schon völlig kahl.

Mama und Wiebke fuhren mit Pepik zum Tierarzt, und danach mußte Mama für ihre venezolanische Freundin Besorgungen machen, denn die wollte alles mögliche mitgebracht kriegen: Uhu, Teppichmesserklingen, Uhrarmbänder aus Nylon, Sandalen Größe 39, einen Teppichklopfer aus Bambus, eine Flasche mit einhundert Kapseln Geriatric Pharmaton und zwei Bremsseile für einen VW-Bus, Modell 1961. Und Gummibärchen. Wiebke mischte Pepik währenddessen eine sogenannte Appetit-Fellpflege ins Futter.

Murnil – Schönheit und Pflege, die von innen kommt.

Ein Goldhamster sein und von Wiebke gepflegt werden, das hätte ich nicht ausgehalten, mit oder ohne Murnil.

Mama chauffierte uns nach Hannover: Wiebke zu Onkel Rudis Familie und mich zu Tante Dagmar. Mit den Hannover-Schlossers durfte Wiebke per Rad an die Nordsee fahren und sich auf der Insel Juist vergnügen und im Anschluß daran noch für vierzehn Tage nach Butjadingen, auf einen Bauernhof, der einer Freundin von Tante Grete gehörte.

Wir gondelten die B 70 runter bis Rheine und bogen ab in Richtung Osnabrück. Da ging es streckenweise hinter lahmen Treckern her. Auf der Autobahn drückte Mama dann gewaltig auf die Tube: 145 Sachen holte sie aus der Karre heraus, und nach einer Pinkelpause wollte ich lieber mit Wiebke tauschen und hinten sitzen, um mir diese Raserei nicht länger durch die Windschutzscheibe ankucken zu müssen.

»Und wie fühlst du dich in deiner Geburtsstadt?« fragte Mama, als wir das Stadtkennzeichen von Hannover passiert hatten.

Wie man sich eben so fühlte, wenn man stundenlang versucht hatte, in einer wackelnden Blechkiste Fortschritte bei der Lektüre eines Buchs über die Kultur der Weimarer Republik zu machen.

Tante Dagmar hatte Tee für uns gekocht und Plätzchen eingekauft und die ganze Bude aufgeräumt.

»Allens kloar?«

Ich mußte erst einmal pissen gehen, und dann schaufelte ich mir für Mamas Geschmack zuviel Kandis in die Tasse: »Meine Herren, wieviel Zucker haust du dir denn da rein! Das ist ja kein Tee mehr, das ist Sirup!«

Mit meinem Apparat schoß ich ein Foto von Mama und Tante Dagmar beim Ausräumen aller möglichen Tüten und Taschen.

Onkel Rudi, sagte Tante Dagmar, rege sich darüber auf, daß seine Älteste, Franziska, in eine Wohngemeinschaft umgezogen sei, mitten in Hannover, drei Kilometer Luftlinie vom Elternhaus entfernt. »Was das kosten würde! Und sie hätte doch nun prima noch zuhause wohnenbleiben können. Gratis! Also, ich kann Franziska verstehen! Die will doch nun endlich auch mal raus aus ihrem angestammten Affenstall! Und unter ihresgleichen sein! Was glaubt ihr wohl, wie froh ich selbst gewesen bin, als ich hier in Hannover meine erste Bleibe gefunden hatte! Das Moorwarfener Fünfmädelhaus in Ehren, liebe Inge, aber du weißt doch bitteschön noch selbst, wie schwer man sich da gegenseitig auf den Keks gegangen ist, und dann noch unter Muttis Regiment!«

Da pflichtete Mama Tante Dagmar bei.

Franziska war zwanzig Jahre alt und studierte an der PH.

Bevor ich auf dem zum Bett umgebauten Sofa in Tante Dagmars Wohnzimmer einschlief, sah ich mir noch die Zeitschriften an, die da herumlagen. Es war ein Männermagazin darunter, mit einer nackten Frau vornedrauf, die bäuchlings auf einer Klappliege lag, durch einen Strohhalm lächelnd Cola einsaugte und dabei den Podex in die Höhe reckte.

Innen in dem Heft gab's noch andere nackte Weiber zu sehen, zum Beispiel »Rotraud, die Rothaut«.

Auf ihrer Haut kann man einen ganzen Sommer erleben: die Wärme, die Hitze, die Schwüle – und die kühle Frische am Morgen.

Diese Rotraud hatte eine Menge Sommersprossen und orangerotes Schamhaar. Die nächste, »Gräfin Katja«, stammte angeblich aus altem russischem Adel, und die dritte, »Britta«, hatte sich beim Sonnenbad so hingefläzt, daß man ihr zwischen die Beine kucken konnte.

Sie fegt wie eine frische Brise durch unsere Breiten. Ihre vitale Schönheit verdankt sie dem, was sie ihre sportlichen Aktivitäten nennt. Ihre Freunde schätzen sie als Kumpel, der nie einen hängen läßt.

Weiter hinten strippte eine gewisse Betty, »der heißeste Shot der internationalen Fotografen«.

Am Montagvormittag durfte ich ausschlafen. Vor ihrem Gang ins NDR-Büro hatte Tante Dagmar mir den Frühstückstisch gedeckt, aber ich biß nur einmal kurz von einem Brötchen ab und sauste dann zum nächsten Kiosk los, den neuen *Spiegel* kaufen.

In der Titelgeschichte ging es nicht um Politik, sondern ums Abnippeln und alles, was dazugehörte.

Das schöne Sterben – Erlebnisse im Grenzbereich des Todes

Da berichteten reanimierte Patienten, die schon klinisch tot gewesen waren, irgendwo zwischen Herzstillstand und Hirntod, daß sie sich selbst, also ihren Körper, beim Sterben von oben gesehen hätten, und zwar schmerzfrei, friedlich und selig. Es sei dann ein Wesen aus Licht erschienen, um ihren Astralleib abzuholen, und alle Wiederbelebten hätten nach dieser Grenzerfahrung Heimweh nach dem Jenseits empfunden.

Es mochte ja sein, daß das alles wahr war, aber mit dem Sterben hatte ich es nicht so drock!

Der Leiter der Redaktion, in der Tante Dagmar arbeitete, war gebildeter als Primus von Quack. »Der liest jede Nacht bis mindestens drei Uhr morgens Bücher«, sagte Tante Dagmar. »Wenn's sein muß, kann der einem auch Vorträge über Geologie und Mineralogie halten, mit hieb- und stichfesten Informationen.«

Beim Einkaufen brachte Tante Dagmar mir bei, daß Männer von Welt keinen Wein aus Flaschen mit Schraubverschluß söffen, denn da sei nur Fusel drin, und daß das Wort »Tafelwein« auf dem Etikett ungefähr soviel bedeute wie »Rausgeschmissenes Geld«.

Ich durfte mir eine LP aussuchen und entschied mich für »Please Please Me«, aber diese Platte war leider nicht so prächtig wie der Rest, den ich schon kannte.

Bab-shuab, mbab-mbab-shuab …

Da hatten die Beatles wohl noch in den Kinderschuhen gesteckt. Bessere Tanzmusik war das, mehr zum Rumhopsen als zum Zuhören.

Do you promise not to tell, whoa oh, oh …

Toller Text. Und »Please Please Me« hieß ja wohl »Bitte befriedige mich«, oder nicht? Ziemlich frech, das auch noch als Plattentitel zu nehmen.

Unterm Bahnhof existierte in Hannover eine Fußgängerzone, die sogenannte Passerelle. In diesem unterirdischen Geschoß kam anderntags ein verkrüppelter Bettler auf mich zu, mit Stock und Blindenhund, um mich zu fragen, ob ich eine Mark erübrigen könne, und dabei hatte ich ja selbst kaum was zum Beißen.

Zum Mittagessen lud Tante Dagmar mich einmal in ein vegetarisches Restaurant ein, aber so toll war's da nun auch wieder nicht. Da waren nur körnerfressende Nichtraucher willkommen, und es herrschte eine Stimmung wie in einer Altersheimkantine.

»Ich hab heute noch 'ne ganze Menge Brassel am Hals«, sagte Tante Dagmar, und vom Nebentisch kuckte ein kauender Hagestolz zu uns rüber.

In einem Kino sah ich mir den Zeichentrickfilm »Yellow Submarine« an. Den kapierte ich nicht so ganz.

Black, white, green, red,
Can I take my friend to bed …

Vorher gab es Werbung für bekloppte Filme mit Terence Hill und Bud Spencer. Riesengroß angekündigt wurde auch ein Film über einen Motorradfahrer mit dem bescheuerten Namen Evel Knievel. Das war ein Typ, der mit seiner Harley Davidson über Schluchten und über nebeneinander geparkte Lastwagen hopste.

Mama und Frau Lohmann flogen jetzt in die Karibik, und Tante Dagmar drückte mir zwanzig Mark für einen Friseurbesuch in die Hand.

Zwanzig Mark! Dafür hätte man sich in Meppen wahrscheinlich glatt 'ne Glatze scheren lassen können.

Als ich auf dem hochgepumpten Stuhl saß, legte mir eine der Friseusen einen *Playboy* hin, auf den Rand vom Waschbecken. Enterntainment for Men. Da hätte ich nur zuzugreifen brauchen, aber was hätte die Friseuse dann von mir gedacht, die an meinen Haaren herumschnibbelte?

Das einzige richtig gute Kino war das Programmkino am Raschplatz hinterm Hauptbahnhof. Da lief der neueste Film von Woody Allen. Der spielte darin einen intellektuellen Weiberhelden, der mit allen seinen Freundinnen unzufrieden war.

Den Film hatte auch Tante Dagmar gesehen, und sie diskutierte darüber in meinem Beisein mit einem NDR-Redakteur, der in der Baumstraße ein Stockwerk höher wohnte. Bei dem lag ein rororo-aktuell-Taschenbuch auf dem Wohnzimmertisch, das die SPD-Politikerin Herta Däubler-Gmelin verfaßt hatte: »Frauenarbeitslosigkeit oder Reserve zurück an den Herd!«

Woody Allen sei nicht ihr Typ, sagte Tante Dagmar.

»Weiß ich doch«, sagte der Redakteur und wandte sich an mich: »Deine Tante fährt mehr auf Jean-Paul Belmondo ab …«

»Nu' red dem Jungen man bloß keinen Stuß ein«, sagte Tante Dagmar. »Woody Allen ist wirklich nicht mein Typ …«

Die Hemden, die Mama mir eingepackt hatte, ließ ich über die Hose hängen. Männer, die ihre Hemden in die Hose stopften, mußten entweder impotent sein oder frei von der Angst, scheel angesehen zu werden, wenn sie mit einem Ständer herumliefen.

Auf dem Flohmarkt feilschten Philatelisten um abgestempelte Postwertzeichen. Briefmarken sammeln! Oder antike Münzen, o Graus! Da hätte man sich besser gleich begraben lassen können.

Irgendwelche Südländer boten ausgebaute Autoradios und Wasserhähne zum Verkauf an. Woher diese Waren wohl stammten.

Für zwei Mark erwarb ich eine historische *Spiegel*-Ausgabe mit einer Reportage über den Skandal um den englischen Heeresminister Profumo und dessen Geliebte Christine Keeler, ein Mannequin, das es auch mit dem Marineattaché der sowjetischen Botschaft getrieben hatte. Eine Riesenaffäre mit Spionagegerüchten, Verleumdungsklagen, Meineiden, Rücktritten, Gefängnisstrafen und Selbstmord.

Komischer Beruf: Mannequin. Was machten die eigentlich? Vor

der Kamera in Reizwäsche posieren? Sich verrenken, wie in dem einen Lied von Reinhard Mey?

Mich verbiegen
Und Beifall kriegen,
Wenn ich alsdann mein verknotetes Bein
Voller Grazie
Wieder g'radziehe …

Tante Dagmar gab mir eine Bratwurst aus, und in der Baumstraße durfte ich eine LP auflegen.

Making love in the afternoon with Cecilia,
Up in my bedroom,
When I come back to bed,
someone's taken my place …

Papa hätte Zustände gekriegt, aber Tante Dagmar kam das alles ganz normal vor.

Am Sonntag fuhren wir mit dem Zug nach Hildesheim und dann mit dem Taxi weiter nach Itzum, wo Oma und Opa Jever im Haus von Tante Luise und Onkel Immo auf deren Kater Simba aufpassen mußten, während sich die Hausbesitzer an der Adria bräunten.

Draußen konnte man es in der blödsinnigen Hitze nicht lange aushalten, und ich stieg auf den Dachboden. Da kramte ich eine Weile in den Schulsachen meiner Kusinen, bis Oma alle Mann zum Teetrinken zusammentrommelte.

Papa, sagte Oma, habe sich bei Mama darüber beklagt, daß ich niemals in Meppen anriefe oder ein Kärtchen schickte, aber was hätte ich Papa denn schreiben sollen?

Auf dem Umschlag eines Romans aus Tante Dagmars Besitz war eine Frau abgebildet, mit Lidschatten, offenem Mund und aufgestütztem nacktem Oberarm. In dem Roman ging es auch gleich ziemlich deftig los, mit den feuchten Brüsten einer Witwe und den Fingern eines Mannes, die sich zwischen deren Schenkel drängten, und es gab noch mehr solche Stellen.

Eine Woche lang hatte ich es mit jenem verheirateten Italiener, Alessandro, der wollte, daß ich ihm beim Ficken »Scheiße vögeln Votze« ins

Ohr flüsterte. Dabei mußte ich meistens hysterisch lachen, und dann machte mir das Ficken keinen Spaß mehr.

Danach trieb's die Erzählerin mit einem Professor der Kunstgeschichte, der Orangenschnitze aus ihrer »Möse« essen wollte. Als ich nach Bonn weiterreisen mußte, hatte ich das Buch noch nicht ausgelesen, aber ich konnte Tante Dagmar schlecht darum bitten, mir das auszuleihen.

In Bonn hausten Renate und Olaf ohne Trauschein in einer Drei-Zimmer-Wohnung, zwischen ausgesüffelten Weinflaschen von Aldi und Zeichnungen von progressiven Künstlern. In einer Ecke der Wohnstube stand ein Hocker vor dem Regal mit der Musikanlage, an die ein Kopfhörer angeschlossen war. Da saß ich oft und hörte mir die Platten aus den Sammlungen an, die Renate und Olaf beim Einzug zusammengeschmissen hatten.

It always ends up to one thing, honey
And I can't think of right words to say …

An der Wand hing ein feuerrotes Plakat mit den Köpfen von Lenin, Marx und Engels.

Alle reden vom Wetter. Wir nicht.

Im August wollten Renate und Olaf nach Schweden fahren. Die hatten's gut. Die hatten's sogar *verdammt* gut. Die wußten überhaupt nicht, wie gut sie's hatten mit ihrem selbstgemachten Tomaten-Paprika-Gurken-Zwiebel-Salat in ihren eigenen vier Wänden.

Pennen durfte ich auf 'ner Matratze im sogenannten Wohnzimmer. In der Küche gab es sogar 'ne Badewanne. Wenn man die benutzen wollte, mußte sie vorher leider erst superumständlich freigeräumt werden von allem möglichen Kleinscheiß.

Ins Römerbad wollte ich nicht mitkommen, weil ich es ablehnte, in meiner blaugestreiften Badehose herumzuhoppeln, aber ins Programmkino ging ich mit. Da lief ein Film über einen Bäckerlehrling, der andauernd Krach mit seinem Meister hatte. Der Bäckermeister kaufte sich schließlich eine automatische Brotstraße. »Die ist nie krank und sagt nicht ›Leck mich am Arsch‹«, sagte der Meister, und der Lehrling sagte: »Die sagt aber auch sonst nichts.«

Ein erstklassiger Film. Regie: Erwin Keusch. Das war ein Name, den man sich merken mußte.

Renate buk einen Apfelkuchen und tischte rote Tassen mit weißen Punkten auf. In Renates Haushalt war fast alles rot mit weißen Punkten, selbst die Kaffeekanne, und auf dem Eßtisch brannte eine dicke rote Kerze mit weißen Punkten. Da brauchte ich über meine Bettwäsche nicht mehr zu staunen.

Am Montag nahm Olaf mich in die Bundeszentrale für politische Bildung mit, und da staubte ich jede Menge Zeitschriften ab, und mein Taschengeld reichte dann auch noch für eine Beatles-LP, aber mit der war ich nicht zufrieden. Die stammte ebenfalls aus der Zeit, als die Beatles noch nicht so richtig laufengelernt hatten.

Olaf fand die Platte gut. Er überspielte sie auf Kassette. »Was gefällt dir denn daran nicht?«

»Erstens der Krach und zweitens der Schmalz.«

»Ach komm, nun übertreibst du aber …«

Nein. Es gab nur einen einzigen Song auf der LP, den man sich öfter als einmal anhören konnte.

Close your eyes and I'll kiss you,
tomorrow I'll miss you,
remember I'll always be true …

Alles andere fand ich leider nicht so packend.

Während Olaf noch am Aufnehmen war, kam Renate barfuß rein und kitzelte ihn mit dem Fuß am Bauch und anderswo.

»Aufhören, aufhören«, sagte Olaf, und er warf sich rücklings auf den Teppich, doch Renate ließ nicht locker. »Was hast du denn? Ich bekiller dich doch bloß so'n bißchen am Bauch!«

»Von wegen Bauch!« rief Olaf aus. »Mein Bauch ist ganz woanders!«

So hätte ich Mama und Papa mal erleben wollen, aber dazu waren sie wohl schon zu alt.

In ganz Bonn war's irre heiß. 35 Grad im Schatten, laut Außenthermometer. Ich hätte gern mal ein kühlendes Bad genommen, doch in der Wanne stand wie immer lauter Schrott.

Der Postbote brachte einen Brief von Mama aus Venezuela, in dem sie uns mitteilte, daß sie mit dem Bus durch viele kleine Käffer gefahren sei, so wie Bonn, Remagen, Andernach und so weiter, und Renate sagte, das sei ja wohl 'ne Unverschämtheit, Bonn als kleines Kaff zu bezeichnen. »Wo wir doch immerhin Bundeshauptstadt sind!«

In Venezuela war's bestimmt noch schlimmer mit der Hitze. Arme Mama. Aber die hatte es ja so gewollt.

Renate spannte eine neue Wäscheleine im Hof, weil der Wäscheständer nicht mehr ausreichte, und ich las den *Bonner Generalanzeiger.* Auf einer Pressekonferenz hatte Helmut Kohl gesagt: »Ich brauche nicht den Spuren irgendeines Kollegen zu folgen, ich wandle immer in meinen eigenen ganz und gar unverwechselbaren Spuren.« Wie er das wohl machte, das Wandeln in seinen eigenen Spuren.

Im Ersten lief abends ein Open-Air-Konzert von Joan Baez und Bob Dylan, auf das Renate sich gespitzt hatte, aber das fanden wir alle blöd. Da wurde nur herumgeplärrt.

Der neue starke Mann in Pakistan hieß Zia ul-Haq. Der hatte geputscht und das Kriegsrecht verhängt.

Olaf zeigte mir bei einer Autofahrt die Bonner Bundeshäuser. In einem 114 Meter hohen, nach dem ehemaligen Bundestagspräsidenten Eugen Gerstenmaier benannten Hochhaus namens Langer Eugen hatten die Abgeordneten ihre Büros.

»Da wird die Bundespolitik gemacht«, sagte Olaf, und er gab mir eine Broschüre mit dem Titel »Orientierungsrahmen '85« zu lesen. Da stehe alles drin, was die Jusos bis 1985 erreichen wollten. Die Jusos von heute seien die Minister von morgen.

Die Idee des Sozialismus umfaßt das Ziel einer neuen besseren Gesellschaftsordnung und den Weg dorthin. Die konkrete Gestaltung von Ziel und Weg muß unter gesellschaftlichen Bedingungen, die sich unaufhörlich verändern, stets aufs neue bestimmt werden …

Totalitäre Zwangswirtschaft zerstöre die Freiheit, stand in dieser Broschüre. Notwendig sei jedoch eine gewisse Investitionslenkung. Dabei gehe es um eine abgestufte Skala von Instrumenten, deren dosierter Einsatz zeitlich, sachlich und in der Eingriffstiefe in jedem Einzelfall sorgfältig geprüft werden müsse. Die letztverantwortliche Investitionsentscheidung innerhalb des gesetzten Rahmens verbleibe aber bei den Unternehmen.

Da waren die Kommunisten doch konsequenter, wenn sie die Kapitalisten kurzerhand enteigneten und den Privatbesitz von Produktionsmitteln verboten. Junkerland in Bauernhand! Dumm nur, daß die Planwirtschaft so schlecht funktionierte und die Leute ständig schlangestehen mußten im Ostblock.

»Bei den Sowjets gibt's statt Gulasch Gulags«, sagte Olaf. Deswegen sei er ja auch zum Bund gegangen. Nicht aus Liebe zum Kommiß oder aus übersteigertem Patriotismus, sondern in der festen Überzeugung, daß wir uns nun einmal schützen müßten vor der Bedrohung durch die Staaten des Warschauer Pakts.

Aber gab's denn nicht noch andere Alternativen? Den berühmten »Dritten Weg« zwischen West und Ost?

Olaf schlug mir vor, mal nach Jugoslawien zu fahren. Oder nach Albanien: »Das sind auch bloß Polizeistaaten, in denen die Menschenrechte mit Füßen getreten werden.«

Und China? Hatten es die Maoisten denn nicht geschafft, ein starres feudalistisches Regime zu stürzen und die Hungersnot zu lindern?

Mit den Verhältnissen in China kenne er sich nicht gut genug aus, um ein fundiertes Urteil abgeben zu können, sagte Olaf, doch soweit er wisse, würden die meisten Chinesen auch heute noch am Hungertuch nagen. »Und wenn einer 'ne dicke Lippe riskiert, gegenüber den Bonzen da, dann wird er ins KZ gesteckt und aus die Maus.«

Aber was war mit Kuba? Da gab es doch nun wirklich keine Hungersnöte mehr, im Gegensatz zu den kapitalistischen Staaten in Mittel- und Südamerika, und bessere Krankenhäuser und Schulen als für die meisten Einwohner der Slums am Rande von Mexiko-City oder Santiago.

»Kuba ist ein Sonderfall«, sagte Olaf. Bei der gescheiterten Invasion in der Schweinebucht hätten sich die Amerikaner nicht mit Ruhm bedeckt, und dann die Attentate auf Fidel Castro …

Renate klapperte mit ihren Stricknadeln. »Mach doch mal 'ne Flasche Rosé auf, Olaf! Im Kühlschrank müßte noch welcher sein.«

Am 7.7.77 wollten unglaublich viele Leute heiraten, weil sie diese Schnapszahl witzig fanden, aber Renate und Olaf lebten lieber weiter in wilder Ehe zusammen.

Beim Frühstück verirrte sich ein Rotkehlchen in die Küche, und es war gar nicht so einfach, das verängstigte Viech wieder nach draußen zu scheuchen.

Aufs Klo nahm ich danach ein Buch von Olaf mit. Grobian Gans: »Die Ducks. Psychogramm einer Sippe«.

Das Verschweigen der Eltern in der Ahnenreihe der Ducks verweist einmal auf ein gebrochenes Verhältnis zur eigenen Geschlechtlichkeit, zum anderen dient die scharfe Zeichnung einer nepotischen Grundlinie im Stammbaum dem Bestreben der älteren Generationen, ihre angemaßte Autorität mittels einer überzogenen Traditionspflege in eine kritische Gegenwart zu retten.

Angegriffen wurde in dem Buch vor allem der Monopolkapitalist Dagobert Duck. »Bindungsscheu« sei er, weil er weder Betty Bienenstich noch Gerta Gründlich geheiratet habe, und im übrigen sei er sexuell pervers:

Die Berührung mit Münzmetall und Banknotenpapier versetzt ihn offensichtlich in rasch zunehmende Erregung, bis er sich schließlich mit erigiertem Bürzel kopfüber hineinstürzt und zur Erfüllung gelangt.

Der faule Franz Gans wurde als heimlicher Liebhaber von Oma Duck entlarvt und Donald Duck als faschistoider Kleinbürger und Sexualmuffel, der nur pseudogenitale Aktivitäten entfalten könne. Den Panzerknackern fehle es an Klassenbewußtsein, und Gustav Gans sei eine homosexuelle Marionette der CIA.

In einem französischen Schwarzweißfilm, der abends im dritten Programm kam, schoß Jean Gabin aus Eifersucht erst einen Nebenbuhler tot und dann sich selbst.

Tags darauf reiste ich von Bonn zu Konsultationen mit Michael Gerlach nach Vallendar. Wir tauschten unsere Erfahrungen aus, die wir im Mathe-Unterricht über Kubikwurzeln, Katheten und Hypotenusen gewonnen hatten.

Schwieriger als die internen Gespräche über schulische Belange gestalteten sich die Freizeitpläne. Irgendwas mußten wir ja unternehmen, und zwar ohne Michaels Bruder Holger, der an Mumps erkrankt war. Nach eingehenden Beratungen entschieden wir uns für eine Radtour über Simmern und Neuhäusel nach Bad Ems, und auf den letzten Metern überholten wir auf dieser Tour sogar ein Auto, das allerdings nur drei Räder hatte; vorne eins und hinten zwei. Das war eigentlich kein richtiges Auto, sondern mehr so eine motorisierte Pötterkarre in Ostereierform, aber immerhin.

Meppen lag an der Ems, und Bad Ems lag an der Lahn. Wer sich das wohl so ausgedacht hatte.

Michael kannte eine Schlucht hinter Bad Ems, durch die man wieder in die Höhe kraxeln konnte. Die Ruppertsklamm. Da stiegen wir hinauf, was nicht ganz ungefährlich und zudem verdammt beschwerlich war, weil wir ja die Fahrräder mit hochschleppten mußten, Michael sein eigenes und ich dem Holger seins, das noch schwerer war.

Einmal glitschte ich aus und kriegte erst im letzten Augenblick mit meiner freien Hand 'ne Baumwurzel zu packen. Sonst wäre ich sieben oder acht Meter tief abgestürzt.

Ganz oben wußten wir, daß wir lieber unten geblieben wären, wenn wir die Gefahren des Aufstiegs richtig eingeschätzt hätten, aber da wir nun mal oben waren, konnten wir uns einen der vielen schönen Waldwege zum Weiterfahren aussuchen.

In der Luft lag der Geruch von Baumharz, so wie früher in dem Wald über der Horchheimer Höhe, und als wir 'ne Weile lang in die Pedale getreten hatten, stellte sich heraus, daß wir uns genau in diesem Wald befanden! Das sagte mir meine Nase, aber glauben konnte ich es erst, als wir tatsächlich auf den steil abfallenden Waldweg einbogen, der zum Hochhaus auf der Horchheimer Höhe führte.

Mann, wie lange war das alles her! Und wen hätte ich hier alles besuchen können! Ingo Trinklein! Kalli! Uwe Strack und seine Brüder! Lauter alte Kumpel, die ich zuletzt als Grundschüler gesehen hatte …

Aber besser nicht. Keine schlafenden Hunde wecken. Nachher bekam man da an der Haustür 'n Vogel gezeigt oder so. (»Martin Schlosser? Kennen wir hier nicht. Hau ab, du Arsch!«)

Unser altes Haus wollte ich mir dann aber doch mal ankucken. Die Haustür mußte irgendwann ausgewechselt worden sein. Und wie winzig der Garten aussah!

Mein alter Kletterbaum im Wäldchen vor dem Haus war abgehackt worden. Da stand jetzt irgendsoein Scheißbetonklotz.

»Laß uns abhauen«, sagte Michael. Dem war die ganze Horchheimer Höhe nicht geheuer.

Weil in Rheinland-Pfalz die Sommerferien noch nicht angefangen hatten, mußte Michael am Montagmorgen zur Schule, und ich saß nach dem Frühstück alleine herum, während Frau Gerlach stundenlang staubsaugte.

Beim Herumstöbern fiel mir ein altes Tagebuch von Michael in die Hände, aus dem Jahr 1975, und ich las mich darin fest, auf der Suche nach meinem eigenen Namen. Und ich kam tatsächlich darin vor:

Martin, mein bester Freund, wird nun bald wegziehen von hier. Eigentlich müßte ich ja traurig darüber sein, aber im Grunde bin ich sogar ganz froh darüber. Ich komme mir ein bißchen fies dabei vor, aber so isses nun mal.

Ach du Scheiße. Ich klappte das Tagebuch wieder zu und stellte es so ordentlich wie möglich an die Stelle zurück, wo ich es gefunden hatte.

Weshalb hatte dieser Armleuchter mir denn dann überhaupt noch jahrelang Briefe geschrieben? Und mich nach Vallendar eingeladen? Oder hatte er sich das mittlerweile alles anders überlegt?

Draußen knallte eine blödsinnige Hitze vom Himmel,

Mit Michael schäkerte ich noch so ein bißchen herum, im gewohnten Stil, aber dann war ich meinerseits ganz froh, als ich die Heimreise antreten durfte, von Vallendar über Bonn, wo Renate zustieg, bis zum Bahnhof Meppen, wo wir nach dreitausendmal Umsteigen von Papa abgeholt und über die neuesten Ereignisse informiert wurden: Auf der Radtour nach Juist seien Kirstin und Wiebke mit den Lenkern aneinandergekommen, und Wiebke habe sich bei dem Sturz das rechte Handgelenk gebrochen und den Arm eingegipst gekriegt, bis zum Ellenbogen. Kein Radfahren mehr und kein Baden!

Das ganze Auto roch nach Fit, der Frisiercreme, die Papa benutzte.

Zuhause brachte ich meine Dreckwäsche zur Waschtonne, und dann studierte ich die Post, die in meiner Abwesenheit eingegangen war. Wiebke hatte eine Postkarte aus Juist abgesandt:

Lieber Papa! Diese Karte wird gekritzelt, denn sie ist mit links geschrieben, und das ist schwierig. Onkel Rudi hat heute meinen Flug gebucht. Das Bild auf der Vorderseite unten links ist in der Nähe unseres Hotels. Deine Wiebke!

Es gab auch einen neuen Brief von Mama aus Venezuela, in dem sie uns schrieb, daß sie die Cucarachas eklig finde, die da überall als mittelamerikanische Ableger der Kakerlaken durch die Zimmer kröchen. Tante Gisela hatte mir ein Autogramm des Rundfunkmoderators Wolf-Dieter Stubel geschickt, dem sie auf der Hannover-Messe begegnet sei.

Ich hoffe, Du freust Dich darüber.

Hätte ich bestimmt getan, wenn ich gewußt hätte, wer Wolf-Dieter Stubel war.

Abends rief Oma Jever an, um uns mitzuteilen, daß im Garten die ersten grünen Bohnen gesprossen seien. Oma Jever hatte abermals ihr schlimmes Bein und mußte jeden Tag 'ne Spritze kriegen, aber immerhin war Pepiks Fell wieder okay.

In meinem Fremdwörterlexikon schlug ich »Mannequin« nach.

Gliederpuppe; Anprobier- und Vorführdame.

Ach? Und das war alles?

Die Amis hatten eine Neutronenbombe konstruiert, die alle Gebäude stehenließ und nur die Menschen killte, mit Todesstrahlen. Das sei ein »Symbol der Perversion menschlichen Denkens«, hatte der SPD-Bundesgeschäftsführer Egon Bahr gesagt, und jetzt stritten sich die Politiker darüber.

Ich ging mit einem rororo-aktuell-Band über den persischen Geheimdienst SAVAK in die Badewanne und kippte einen Viertelliter Fichtennadelzusatz ins Wasser.

In Persiens Folterknästen war es üblich, politischen Gefangenen die Fingernägel auszureißen, aber die USA lieferten den Persern Jagdbomber, Kampfhubschrauber und Überschallabfangjäger, und Alfred Dregger hatte den Schah von Persien in den höchsten Tönen gelobt und ihn zum Durchhalten aufgefordert: »Wenn Sie von den vereinigten Linken der Welt kritisiert werden, dann ist dies eine Bestätigung für Ihre Politik.«

Ja, hatte der sie denn noch alle, dieser Speichellecker, der sich hier bei uns zuhause als guter Demokrat gerierte? Dieser Faschistenknecht? Und von dem hatte ich mir ein Autogramm geholt!

Ein eigenes Nachrichtenmagazin hätte man haben müssen und dann mutige Reporter in den Nahen oder Mittleren Osten entsenden, die herausfinden, daß der Schah seit neuestem die Atombombe besitzt. Einen Riesenskandal auslösen, und am Ende stehen das Bundesaußenministerium, das State Department und der Schah bedröppelt da, und ich würde in die Weltgeschichte eingehen, als Verleger, der mit seinen Enthüllungen den Ausbruch des Dritten Weltkriegs verhindert hat …

Aber eines Tages würde ich abkratzen. So oder so. Entweder als berühmter Verleger oder als Schütze Arsch im letzten Glied.

Fünfzehn Jahre war ich alt. Da blieben mir noch fünfundfünzig Jahre, bis ich ein siebzig Jahre alter Opi wäre. Ich kuckte mir die Kacheln an und zählte nach: Wenn jede einzelne für ein Lebensjahr stand, dann hatte ich noch Zeit von oben links bis Mitte unten, bevor ich an die Rente und ans Sterben denken müßte.

Manche Leute wurden ja sogar hundert Jahre alt oder noch älter. Die hatten dann natürlich auch nichts mehr zu lachen. Kriegten keinen mehr hoch oder hatten Rheuma und Gicht und so weiter.

Na, ich würde es schon schaffen, irgendwie, aber hoffentlich besser als der Typ aus dem Lied von Mike Krüger:

Ja, das Leben verlangte Walther schon 'ne Menge ab,
und sein Pech verfolgte ihn sogar bis ins Grab.
Denn sein Sarg glitt den Trägern aus den Händen.

Auf den Boden knallt er,
Der Pfarrer rief entsetzt:
Mein Gott, Walther.

Wenn das Wasser abgeflossen war, mußte man den Stöpsel wieder reinstecken, damit kein Gestank aus dem Gulli quoll.

Volker bastelte an seinem Moped und spritzte es um, von Blau auf Rallye-Schwarz und Felgen-Silber.

»Das Ding hat mehr Fehler als ein Hund Flöhe«, sagte Papa.

Aus Venezuela brachte Mama Souvenirs mit. Für mich einen geschnitzten Indiokopf und fürs Wohnzimmer einen runden Wandteppich in schreienden Farben sowie ein Holzrelief mit einem indianischen Bogenschützen, zum An-die-Wand-Hängen. Weil der Jäger in der Hocke saß, sagte Papa, der sehe so aus, als ob er am Kacken sei, und da hatte Mama schon bald wieder genug.

Abends gab's auf der Terrasse Rosé. Mama erzählte lange Geschichten über die Insekten und das sonstige Viehzeug in Venezuela. »Wir mußten immer in langen Hosen gehen, auch bei der größten Hitze!« In Mittelamerika sei's noch viel heißer als in Südwestafrika, und die Bauern würden da noch pflügen wie in Urzeiten …

Wiebke war auf ihrem Sessel eingepennt, und als Mama mal 'ne Pause einlegte, fragte Papa: »Und was hast du da nun eigentlich gewollt? In diesem grauenhaften Ungezieferparadies?«

Volker und Renate kreischten darüber vor Lachen, und Mama verdrehte die Augen, so als ob es gar nicht nötig wäre, diese Frage zu beantworten. Denn was hatte Mama schon groß gewollt? Weggewollt, das hatte sie, aus Meppen, und nun saß sie wieder da.

Und wie sollte es mit mir und Michaela weitergehen? Im neuen Schuljahr? Nach der wochenlangen Trennung? Gab es da noch irgendwas zu kitten?

Babe … I'm gonna leave you
Oh, baby, you know, I've really got to leave you …

Besser wär's, sich einzugestehen, daß es vorbei war. Besser für alle

Beteiligten, also für mich. Für Michaela war ich ja doch nur eine lästige Begleiterscheinung am Rande ihres Lebenswegs.

Leave you when the summer comes a-rollin'

Leave you when the summer comes along.

Andererseits konnte ich diese Liebe ja auch noch irgendwann im Spätsommer aus meinem Herzen verbannen und bis dahin die Augen offenhalten.

Renate fuhr zurück nach Bonn, Mama dampfte nach Jever ab, mit Wiebke und drei Sonnenblumenköpfen, und in meinem Zimmer ließ ich Pepik freien Lauf.

Im Zweiten lief zum letzten Mal *Bonanza* und im Ersten später ein australischer Horrorfilm über gespenstersehende Schulweiber, und als ich davon genug hatte, fand ich Wiebkes verdammten Hamster oben auf meinem Kleiderschrank wieder. Da hatte er sich irgendwie hinaufgewriggelt, und es war gar nicht so leicht, ihn wieder einzufangen und in den Käfig zurückzubefördern. Was für ein Scheiß, so ein Hamsterleben.

In China war jetzt Teng Hsiao-ping die neue Nummer Zwei.

Die Nachrichtenlage: Der Chef der Dresdner Bank war erschossen worden, Jürgen Ponto, in seinem Haus im Taunus, im DFB-Pokal hatte Borussia Mönchengladbach dem 1. FC Viersen acht Tore reingemacht, und Wiebke fragte mich, ob ich Lust hätte, ins Schwimmbad mitzukommen.

Ich? Mit Wiebke? Um da halbnackt in der Sonne zu braten?

»Dir haben sie wohl ins Gehirn gekackt«, sagte ich, und erst tief in der Nacht fiel mir ein, daß hinter diesem absurden Vorschlag eine Freundin von Wiebke gesteckt haben könnte. Eine, die mich gut fand. Und wenn Wiebke der von meiner schroffen Reaktion auf ihren Vorschlag erzählt hatte … oje.

Aber wie in drei Teufels Namen hätte ich ahnen sollen, was Wiebkes Freundinnen über mich dachten?

Am ersten Schultag eroberte ich einen Stuhl zwischen Ralle und einem vierschrötigen Typen namens Niebold. Michaela Vogt nahm schräg gegenüber Platz, am anderen Ende der U-förmigen Schultischreihe. Irmela Krüger und noch zwei oder drei andere Hinterbänkler waren backengeblieben, und der Rüßkamp hatte sich davongemacht. In die freie Welt hinaus. Bienvenu!

»Und was sind deine Ansichten zur kommunalen Gebietsreform?« fragte Hermann mich in der großen Pause. »Bist du stolz?«

»Worauf?«

»Das weißt du nicht? Mensch, Junge, seit dem heutigen Tag sind die Landkreise Lingen, Meppen und Aschendorf-Hümmling im neuen Landkreis Emsland vereinigt, und Meppen ist Kreissitz, obwohl Lingen viel größer ist! Und du hast das noch nicht mal mitgekriegt! Du bist ja 'n schöner Lokalpatriot!«

Wieso Lokalpatriot? Die Landkreise Lingen, Meppen und Aschendorf-Hümmling hätte man von mir aus komplett an die Aborigines abtreten können. Oder besser noch an die Marsianer.

Im *Spiegel* stand ein Bericht über den Journalisten Günter Wallraff, der sich als Redakeur in die Redaktion der *Bild*-Zeitung eingeschlichen hatte und jetzt deren Machenschaften enthüllen wollte, so wie früher schon alle möglichen Sauereien von bigotten Pfaffen, geldgierigen Unternehmern und anderen gewissenlosen Nutznießern des kapitalistischen Systems.

Die Fächer, zu denen ich am wenigsten Lust hatte, waren Erdkunde, Bio, Mathe, Kunst, Physik und Chemie. Polare und unpolare Atombindung, nein danke. Oder Englisch bei Frau Gewonk: Wie die Weißen die Indianer massakriert und die Büffelherden abgeschlachtet hatten. Und heute lebten die Indianer von dem Kleingeld weißer Touristen, denen sie ihre Stammestänze vorführten. Dabei sah die Gewonk selbst so aus, als ob sie von Wilden abstamme.

In der Pause sangen Hermann und ich die Gewonk-Hymne, die wir uns ausgedacht hatten:

Gewonk, das schallt wie Jagdgesang,
Gewonk, das tönt wie Hörnerklang,
wie Jagdgesang, wie Hörnerklang,
Gewonk, Gewonk, Gewonk!

Zweite Strophe:
Kommst du in ihren Folterstall,
dann grüßen dich die Leichen all',
im Folterstall, die Leichen all',
Gewonk, Gewonk, Gewonk!
Weiter waren wir noch nicht gekommen.

Um kurz nach sechs fiel mir ein, daß um fünf das Donnerstagstraining angefangen hatte. Da noch hinzuwatzen hatte keinen Zweck mehr. Dann ließ ich's doch besser ganz ausfallen, dieses eine Mal. Meinen Stammplatz würde mich das schon nicht kosten. Außerdem hatte ich mir gerade Badewasser einlaufen lassen.

Nach allem, was die Polizei ermittelt hatte, war Jürgen Ponto von einer gewissen Susanne Albrecht erschossen worden. Deren Vater war mit Ponto befreundet gewesen, und sie sei da mit einem Blumenstrauß und irgendwelchen Komplizen an der Haustür aufgekreuzt, unter Vorspiegelung falscher Tatsachen.

Abartig sei das, sagte Mama. Mit Blumen zu so einem Überfall zu erscheinen und dabei zu wissen, daß die Leute einem die Tür öffneten, weil sie dächten, daß da jemand Nettes aus der Bekanntschaft geklingelt habe. Die arme Familie! »Und was soll denn dieser Irrwitz überhaupt? Ist die Dresdner Bank was Schlechtes? Den Kapitalismus kriegen diese Heinis ja doch nicht kaputt, und wenn sie noch so viele Leute umlegen! Jetzt hocken sie in ihrem Versteck und högen sich, aber irgendwann werden sie ja doch alle erwischt, diese Traumtänzer, und was haben sie dann davon, wenn sie lebenslänglich im Zuchthaus sitzen? Nüschte.«

Französisch hatten wir jetzt bei einer bebrillten Tante namens Wuttke und Sozialkunde bei Hilbrich, einem Typen mit Halbglatze. Da ging es um das Thema Vorurteile. »Trau keinem über 30«, schrieb er an die Tafel. Was wir davon hielten?

Den Hilbrich schätzte ich auf Mitte Dreißig.

Gegenüber wem man alles Vorurteile haben könne, fragte er, und so nach und nach kamen die Antworten: Ausländer, Farbige, Unternehmer, Gewerkschafter, Katholiken, Protestanten, Juden, Jäger, Schlachter, Rentner, Viehzüchter, Mercedesfahrer …

Von den Mädchen besaßen manche schon einen echten Balkon, und den konnten sie auch nicht verstecken, sondern allenfalls mit Büstenhaltern bändigen, aber was sollte man als Junge tun, wenn man mit einem Steifen nach vorn an die Tafel gerufen wurde?

Die Ständer bildeten sich von ganz allein und völlig unabhängig vom Unterrichtsstoff. Der Kollektorstromkreis, die Exponentialfunktionen, der Ost-West-Konflikt, die Erdzeitalter, die Kontinentaldrift, Schildvulkane, Schichtvulkane, vollkommen egal, auf einmal hatte man 'ne Latte, und man wußte nicht woher und schon gar nicht wohin damit.

In der großen Pause zielten Hermann und ich mit Steinen nach einer Bierbüchse, die im Dortmund-Ems-Kanal schwamm.

»Mit wem würdest du lieber im Tretboot von hier aus bis Grönland klabastern«, fragte ich Hermann, »mit der Gewonk oder mit Zia-ul Haq?«

»Geht's vielleicht mit beiden?«

Das Training ließ ich auch am Dienstag wieder ausfallen. Irgendwie war mir nicht mehr danach, da herumzustratzen.

Tante Dagmar rief an, um mir mitzuteilen, daß der NDR am Abend eine Reportage über Pädagogikstudenten aus Hannover senden werde, die ein Praktikum auf einem Bauernhof gemacht hätten, und da könne ich auch meine Kusine Franziska hören.

Die kam in der Sendung tatsächlich zu Wort. Von ihrer Gastfamilie sei sie sehr herzlich aufgenommen worden und auch schon mit zum Stammtisch gegangen, erzählte sie, und es sei ihr aufgefallen, daß auch Frauen in der Landwirtschaft schwere körperliche Arbeit verrichten müßten. Selbst von den Kindern werde erwartet, daß sie in der Erntezeit im Betrieb helfen. »Kinder haben, wenn sie Sommerferien haben, keine richtigen Ferien …«

Gut, daß ich kein Bauernsohn war.

Irritiert hätten sie »die komischen Ernährungsgewohnheiten« ihrer Gastgeber. »Die trinken keine Frischmilch, kaufen H-Milch, essen keinen Joghurt, keinen Käse, trinken viel Sprudel und essen gekaufte Marmelade. Das hat mich gewundert, ich hab mir vorgestellt, daß die Landbevölkerung sich von dem ernährt, was sie selber produziert.« Auf die Dauer, sagte Franziska, würde sie das kulturelle Angebot der Großstadt vermissen.

Zum Schluß durfte sie sich ein Lied wünschen, und sie wählte eins von Simon & Garfunkel aus.

The autumn winds blow chilly and cold …

Das entsprach meiner Stimmung, obwohl wir's erst Anfang August hatten. In diesem Sommer würde ich mit Michaela Vogt auf keinen grünen Zweig mehr kommen.

Hermann, der jetzt auch immer den *Spiegel* las, hatte sich zur Abwechslung eine Ausgabe der Tageszeitung *Die Welt* gekauft, ein Springerblatt. Er wolle doch mal sehen, was der Klassenfeind so schreibe, sagte er, und das war allerhand:

Ich bin's, die Susanne! Dieser lieblich-familiäre Lockruf der Einlaß begehrenden Mörderin wird noch lange in unserem Bewußtsein nachklingen. Er bezeichnet eine äußerste Grenze menschlicher Perversion. Golo Mann hat recht: Nicht einmal die Nazis waren zu solcher Gemeinheit fähig.

Ich wollte es nicht glauben, aber so stand es da, schwarz auf weiß.

»Dann wird die Baader-Meinhof-Bande wohl als nächstes Rußland überfallen«, sagte Hermann. »Hätte ich den Typen gar nicht zugetraut!«

Zum Training ging ich nicht mehr hin. Ich hatte keinen Nerv mehr dazu, meinen Stammplatz in der Abwehrreihe zu verteidigen. Wozu denn auch? Um irgendwann im Dreß der Fohlen und dann vielleicht sogar im Trikot mit dem Bundesadler als Manndecker aufzulaufen? Als Nachfolger von Berti Vogts? Das hatte ich mir anders vorgestellt, als ich in Vallendar zum erstenmal dem König Fußball hinterhergehechelt war.

Für Fußball konnte man sich ja auch als Außenstehender begeistern, so wie Gustav, der alle Ergebnisse aller Bundesligaspiele auswendig kannte, aber selbst viel zu dick für eine Fußballerkarriere gewesen wäre.

Als Leistungssportler hätte ich außerdem nicht mehr die Zeit gefunden, die ich brauchte, um mein Interesse an der Weltpolitik zu befriedigen. Wenn ich zum Training gegangen wäre, hätte ich solange nichts über die Spannungen im Mittelmeerraum nach dem Tod des Erzbischofs Makarios lesen können, und die waren ja nun wohl doch ein bißchen wichtiger als das Gebolze der B-Jugend im Hindenburgstadion.

Papa ärgerte sich über die Mäuse in den Hügelbeeten, aber mehr noch über ein Kaninchen, das angeblich alle Beete kahlfraß. Um das Biest zu fangen, baute Papa eine Falle aus Holz und Maschendraht. Da konnte das Kaninchen von beiden Seiten aus hineinspazieren, wenn es nach der Mohrrübe gierte, die in der Mitte lag, und sobald es innendrin durch sein Gewicht einen Mechanismus auslöste, würden an beiden Eingängen die Luken runterklappen.

Beim ersten Spiel in der neuen Saison schaffte Gladbach im Bochumer Ruhrstadion nur ein mausgraues 0:0 gegen den VfL. Da hatten die Frankfurter in ihrem Waldstadion besser abgeschnitten – 4:0 gegen Saarbrücken! Drei der Tore hatte Bernd Nickel geschossen. Wieso Helmut Schön den nur ein einziges Mal nominiert hatte, 1974 für ein Länderspiel gegen Malta, wußte der Geier. Steckte Neuberger dahinter?

Bayern München mußte jetzt ohne Beckenbauer auskommen, der bei Cosmos New York unter Vertrag stand.

Das erste Tier, das in Papas Falle tappte, war ein Igel. Dem servierte er ein Schälchen Milch und ließ ihn laufen.

Am nächsten Morgen hatte irgendein anderes wildes Tier die Falle von innen heraus zerstört und den festgenagelten Maschendraht zerbissen und aufgerissen. Ob das der Karnickelbock gewesen war?

»Weiß der Kuckuck«, sagte Papa, und er trug die Falle in die Werkstatt.

Mittags gab es Bratkartoffeln mit Zwiebeln, Rührei und Speck. Ich langte zu, bis mir übel wurde, und den Nachmittag verbrachte ich größtenteils auf dem Gästelokus unten, mit Durchfall und erhöhter Temperatur. Das vom Bett aus bequemer erreichbare Klo im ersten Stock sollte Papa vorbehalten bleiben.

Mama telefonierte einen Hausarzt herbei, den ich vorher noch nie gesehen hatte. Der verschrieb mir Penicillintabletten, und als ich die gefressen hatte, ging es mir so schnell wieder besser, daß ich sogar noch meine Hausaufgaben erledigen mußte.

Und ich hatte mich schon auf mehrere Karenztage im Bett gefreut.

Aus Ruhpolding schickte Michael mir eine Ansichtskarte mit 'ner Seilbahn vornedruff.

Hallihallo – Grüße aus dem Bayernland. Schönes Wetter, gutes Essen. Ich lebe hier wie im Schlaraffenland. Morgens Brötchen mit Honig, mittags Jägerschnitzel, Pfeffersteak oder was das Herz begehrt und abends das gleiche, wenn man will. Und zwischendurch Bootfahren (wir haben ein Schlauchboot, und hier gibt's tolle Seen!). Oder Berge erklettern oder einfach faulenzen und dabei Zitronenlimo saufen. Tschö denn, und amüsier Dich gut in der Schule. Höhöhö!

Das alte Schwein. Dem würde ich's noch zeigen!

Auch von Renate war ein Kärtchen eingetroffen, aus Boda Kyrkby in Schweden: Es herrsche prachtvolles Wetter, nur die Mücken und die Bremsen seien eine Plage.

»Dann hättense da eben nicht hinfahren sollen«, sagte Papa.

Zum 48. Geburtstag kriegte Mama aus Jever einen Zuschuß zu den Kosten einer Bodenvase und von Papa einen neuen Plattenspieler, Marke Telefunken Studiocenter, mit Radio und Kassettenrekorder, alles inklusive unter einem transparenten Plastikdeckel. Mit dem Gerät konnte man LPs auf Kassette überspielen oder auch Sachen aus dem Radio auf Kassette aufnehmen, aber wir sollten die Finger davon lassen.

Als ich auf mein Fahrrad steigen wollte, sah ich plötzlich auf dem Rasen das von Papa gehaßte Kaninchen hocken, und ich jagte es einmal ums Haus herum und durchs Vorgartentor auf die Straße hinaus.

So fett das Vieh auch war, es zischte ab wie ein geölter Blitz und schlüpfte schließlich irgendwo auf der gegenüberliegenden Straßenseite durch einen Jägerzaun.

Das waren wir los.

Nach der Schule steckte ich meine Nase ins Wohnzimmer, wo Mama sich kartoffelschälenderweise mit romantischer Klaviermusik von Robert Schumann beschallen ließ.

»Mußt du nicht auch allmählich wieder mal Klavier üben?«

Ach ja, die Scheißmusikschule! Da wäre mir doch einiges erspart geblieben, wenn ein bestimmtes altes Rindvieh sich dazu entschlossen hätte, ein paar zweistimmige Inventionen weniger zu komponieren.

Morgens trank ich jetzt keinen Kaba mehr, sondern Kaffee, mit schön viel Büchsenmilch und mit fünf Löffeln Zucker pro Tasse, weil er mir sonst zu bitter schmeckte.

Am Kiosk vorm Bahnübergang hing die *National-Zeitung* aus, in einem extra konstruierten Holzrahmen.

Hitlers Geheimbefehl über Juden entdeckt: Vergasungslüge widerlegt

Ich erzählte Hermann davon, und er meinte, daß wir diesen Kioskfritzen in die Zange nehmen sollten, heute noch, zu zweit, gleich nach der letzten Stunde, und das taten wir dann auch, aber das war nicht so einfach, denn als er kapiert hatte, was wir wollten, kehrte er uns einfach den Rücken zu.

»Sie betreiben hier Propaganda für den Faschismus«, sagte Hermann, »und Sie hängen vorn an Ihrer Bude eine Zeitung aus, die den Mord an den Juden leugnet! Warum tun Sie das?«

Der Kioskheini brummelte, daß wir abhauen sollten.

»Vielleicht sollten Sie lieber selber abhauen!« rief Hermann. »Mitsamt ihrem Naziblatt!«

Der Kioskheini drehte sich noch immer nicht zu uns um. Man sah ihm aber auch von hinten an, daß er vor Wut fast überkochte.

»Komm, wir gehen«, sagte ich. »Mit alten Nazis kann man nicht reden, die kann man nur anzeigen, wegen Volksverhetzung …«

»Und ich kann euch wegen Hausfriedensbruch anzeigen!« brüllte der Kioskheini, aber damit konnte er uns nicht mehr schocken.

Dem hatten wir's gezeigt.

Im Gegensatz zu Hermann würde ich dann leider wohl noch jahrelang an diesem braunen Dreckskiosk vorbei zur Schule radeln und jedesmal daneben warten müssen, wenn die Schranken unten waren.

Renate schrieb aus Schweden, daß Olaf und sie jetzt ein Holzhaus bewohnten, am Waldrand, wo es Unmengen von Blaubeeren gebe, und sie habe damit schon diverse Hefekuchen gebacken.

Die konnte es selbst im Urlaub nicht lassen.

Gladbachs knappes 2:1 gegen Hertha war auch nicht gerade das, was man von einer Meistermannschaft erwarten durfte. Zwei Tore in zwei Spielen, das war ziemlich mittelmäßig. Im Münchner Olympiastadion hatte Gerd Müller zur gleichen Zeit den Aufsteiger FC St. Pauli mit vier Toren in neunzig Minuten sturmreif geschossen.

Die Hügelbeete sollten dazu gut sein, daß man sich im Garten nicht mehr ganz so tief zu bücken brauche, aber nach der Erdbeerernte tat mir trotzdem der Buckel weh, und als ich abends baden wollte, zur Erholung, tröpfelte nur lauwarmes Wasser in die Wanne, weil Volker alles heiße vorher schon verbraten hatte, der verdammte Egoist.

Die nächste Karte von Renate las ich der versammelten Familie am Eßtisch vor.

Liebe Meppener, heute sind wir in Stockholm angekommen. Es ist ja eine tolle Stadt, nur etwas unübersichtlich, weil sie so groß ist. Übernachten tun wir in einem Stundenhotel …

»Was?« rief Papa dazwischen. »Das kann ja wohl nicht angehen!«

Er hatte recht. Da stand »Studentenhotel«. Und was hatte man sich unter einem Stundenhotel vorzustellen?

»Darüber unterhalten wir uns ein andermal«, sagte Mama.

Der *Spiegel* dokumentierte Auszüge aus einem umstrittenen Nachruf, den ein anonymer Student aus Göttingen auf Buback verfaßt hatte.

Ich konnte und wollte (und will) eine klammheimliche Freude nicht verhehlen …

Von den Attentätern distanzierte sich der Verfasser dann aber doch:

Unser Weg zum Sozialismus (wegen mir: Anarchie) kann nicht mit Leichen gepflastert werden.

Irgendwelche Professoren hatten diesen Nachruf vervielfältigt und kriegten Druck von oben.

Elvis Presley war gestorben, an Verfettung, und ein deutscher Kriegsverbrecher war aus italienischer Gefangenschaft nach Deutschland geflohen, ein gewisser Herbert Kappler: Der hatte als SS-Obersturmbannführer 335 italienische Geiseln hinrichten lassen und einige davon auch selbst umgebracht, per Genickschuß, zur Vergeltung für einen Partisanenangriff. Die Italiener hatten Kappler nach dem Krieg zu lebenslänglicher Haft verurteilt. In der Bundesrepublik befand er sich in Sicherheit, weil deutsche Staatsbürger nicht ins Ausland ausgeliefert werden durften.

»Das ist ja eigentlich 'n dicker Hund«, sagte Mama. »Aber davon, daß der alte Tattergreis noch länger hinter Gittern sitzt, wird keiner von den Toten wieder lebendig.«

Was war bloß mit Gladbach los? Das 1:1 gegen Duisburg war keine Meisterleistung. Die Musik spielte woanders – im Rheinstadion (Düsseldorf – Bayern 4:2), im Ruhrstadion (Bochum – Hertha 5:0) und am allerherrlichsten im Müngersdorfer Stadion: Köln–Schalke 7:2, mit sechs Toren von Dieter Müller! In einem einzigen Spiel! Wenn in der zweiten Halbzeit das 5:1 und das 5:2 nicht gefallen wären, hätte er zwei Hattricks nacheinander geschafft. Ob das ein Weltrekord gewesen wäre?

Wahrscheinlich hatten Stürmer wie Pelé, Garrincha, Eusebio, Sir Stanley Matthews, Ferenc Puskás und Alfredo di Stefano in ihren besten Zeiten noch tollere Kabinettstückchen vollbracht, aber davon kriegte man im Fernsehen nie irgendwas zu sehen.

Allein im DFB-Pokal war noch Verlaß auf die Fohlen. Das wäre ja auch ein Trauerspiel gewesen, wenn sie die Amateure von BV 04 Düsseldorf nicht vom Platz gefegt hätten.

Die Terrassentür stand offen. Die Gardinen bauschten sich im leichten abendlichen Sommerwind, bis vom Durchzug irgendeine Tür zuknallte, und aus dem Keller brüllte ein Mastodont: »Und wessen Fahrrad steht mal wieder draußen?«

Wer war eigentlich wofür da? Ich für das Fahrrad oder das Fahrrad für mich?

Im Fernsehen wurde der Start von Voyager 2 gezeigt, einer Sonde mit irdischen Nachrichten und Fotos an Bord, für Außerirdische, die das Geschenkpaket vielleicht in ein paar Millionen Jahren in einer anderen Galaxie in Empfang nehmen würden.

»Wenn wir von den grünen Männchen so behandelt werden, wie die Amis mit den Indianern umgesprungen sind, dann gnade uns Gott«, sagte Volker. Es sei ziemlich leichtsinnig, Außerirdische darüber zu informieren, was hier auf Erden alles zu holen sei.

Bei uns im Garten hätten die grünen Männchen haufenweise flekkige Tomaten und matschige Erdbeeren konfiszieren können, ohne daß ich deswegen sauer gewesen wäre. Das einzige, was ich nicht kampflos preisgegeben hätte, war der Fernseher. In dem besten Film, den ich je gesehen hatte, spielte Cary Grant die Hauptrolle als Nervenbündel in der Auseinandersetzung mit zwei alten Mördertanten und einem brutalen Superschurken und dessen schwitzendem Gehilfen, dargestellt von Peter Lorre, einem deutschen Schauspieler, der vor den Nazis in die USA geflohen war. Den fand ich gut.

Auf der Heimreise machten Renate und Olaf in Meppen Station. Eine Flasche Scotch und eine Flasche Wodka hätten sie aus Deutschland mitgenommen und die Flaschen in Schweden für insgesamt achtzig Kronen verkauft, umgerechnet rund 45 Mark. In Bonn hätten die Flaschen zusammen nur knapp zwanzig Mark gekostet.

Quark gebe es da überhaupt nicht, und auch Obst und Gemüse seien teuer, schon fast Luxus. Und die Seen seien alle wunderschön und nur zum Baden viel zu kalt. Olaf habe eines Nachts einen Barsch geangelt, aber der habe zu lange unausgenommen rumgelegen, und sie hätten sich nicht überwinden können, den zuzubereiten. Der sei dann formlos beerdigt worden.

Einmal hätten sie im Wald zwei Elchbullen gesehen und hinterher noch zwei Elchkühe mit Nachwuchs. Wie bei uns vor Wildwechsel werde auf den schwedischen Straßenschildern vor Elchwechsel gewarnt. »Und in Stockholm«, sagte Renate, »haben wir das königliche Schloß besucht, aber ich würde in diesem grauen Kasten nicht wohnen wollen …«

»Erzähl doch auch mal von der Achterbahnfahrt im Tivoli«, sagte Olaf, aber davon gab es offenbar nicht so viel zu erzählen oder nur Albernes.

Im September stand Renate ein Schulpraktikum mit Erstkläßlern bevor.

»Nicht daß dir das in ein paar Jahren leidtut, daß du keine Gymnasiallehrerin geworden bist«, sagte Mama. »Ewig diese kleinen Zappelphilippe unterrichten, ich stell mir das gräsig vor!«

»Ich aber nicht«, sagte Renate, und das war der Moment, in dem Papa mit einer angebrochenen Literflasche Weißwein in der Hand ins Wohnzimmer hereingestrunkelt kam.

Ein halbes Glas war alles, was ich davon abkriegte, bevor ich ins Bett geschickt wurde.

Der Kreisgymnasiumsdirex Berthold hatte eine teuflische Idee: Alle Eltern, die sich dafür interessierten, sollten im September zwei Tage lang die Möglichkeit haben, sich beim Unterricht in die Klasse zu hocken. Ein Formular wurde ausgeteilt, auf dem sich die Eltern namentlich eintragen konnten. Ich packte dieses Blatt zuhause aus und handelte mir einen Riesenstreit mit Mama ein, denn ich hatte gedacht, sie würde das Drecksding sofort zerknüllen, aber sie nahm das alles ganz ernst und wollte persönlich in der Klasse aufkreuzen.

»Und wie steh ich dann vor meinen Mitschülern da, wenn du die einzige bist, die sich da breitmacht?«

»Nun red doch nicht solchen Quatsch! Da gehen doch auch noch andere Mütter hin! Und was soll das überhaupt heißen, daß ich mich da breitmache? Das ist ja wohl mein gutes Recht, wenn ich von deinem Schuldirektor dazu aufgefordert werde, in aller Form! Und nun halt gefälligst dein Maul! Das wird ja wohl noch erlaubt sein, daß ich mir ein Bild von der Qualität deines Unterrichts mache, nachdem ich dir zweitausendmal den Frühstückstisch gedeckt hab!«

Zweitausendmal? Ich rechnete nach. Das konnte hinkommen, okay, doch das gab Mama trotzdem nicht das Recht, mich vor der ganzen Klasse zu blamieren.

Hermann hatte sich Gedanken über die bevorstehende Klimakatastrophe gemacht und sich ein Patentrezept gegen das schmelzende Polareis und den steigenden Meeresspiegel ausgedacht: »Man könnte doch irgendwie das überschüssige Wasser von den Küsten in die wachsenden Wüsten umleiten, und schon wäre allen geholfen.« Es müßten einfach Kanalrohre verlegt werden, von der Nordsee bis zur Sahara. Das wäre ein gigantisches Industrieprojekt und würde Tausende von Arbeitsplätzen schaffen. »Die Wüste wird grün, Holland ist nicht mehr in Not, die Arbeitslosenrate sinkt, und die Wirtschaft boomt. Und schon hat man vier Fliegen mit einer Klappe geschlagen!«

Meinen Einwand, daß den Wüstenbewohnern der Salzwasserzufluß von der Nordhalbkugel unwillkommen wäre, tat Hermann ab: »Dann müssen da eben Meerwasserentsalzungsfabriken gebaut werden. Zu Hunderten! Und das bedeutet – noch mehr Arbeitsplätze, noch mehr Wirtschaftswachstum und noch mehr Steuereinnahmen für den Fiskus. Steigendes Bruttosozialprodukt – sinkender Meeresspiegel! Die Afrikaner kriegen destilliertes Süßwasser, und unsereiner kann in den Handel mit Meersalz einsteigen ...«

»Unsereiner?«

»Wir Europäer! Die Herrenrasse!« Er trommelte sich auf die Brust. »Wir tragen doch die Verantwortung für die Geschicke der Welt! The white man's burden! Schon vergessen? Nimm mal Haltung an, du Schlaffi!«

Mama hatte sich den neuen Romanklotz von Günter Grass gekauft. »Der Butt«. Darüber würde ich mich demnächst wohl ebenfalls hermachen müssen, wenn ich mitreden wollte. Fragte sich nur mit wem.

Auf höhere Weisung wanderten wir von der Schule aus als ganzer Jahrgang zum Residenz, wo ein Dokumentarfilm über Adolf Hitler lief. In einer Szene war die Erschießung von Juden zu sehen. Die Leichen sackten zusammen und fielen in ein Massengrab, und aus einer der hinteren Sitzreihen rief irgendein Arsch: »Ey, da passen aber noch 'n paar mehr von denen rein!«

Von der Elternversammlung brachte Mama Informationen über eine geplante Klassenfahrt mit. Die 10b und noch eine andere Klasse sollten im September nach Rheinland-Pfalz ausrücken, in eine Jugendherberge in einem Kaff namens Hermeskeil.

Da konnte man nur hoffen, daß der Herbergsvater mit einer soliden Unfallversicherung handelseinig geworden war.

Die Kripo hatte im letzten Moment einen Anschlag auf das Gebäude der Bundesanwaltschaft in Karlsruhe vereitelt.

»Die Terroristen haben da 'ne Stalinorgel aufgestellt«, sagte Papa, und mir war nicht ganz klar, ob er die Terroristen als Staatsfeinde verachtete oder ihrem technischen Knowhow Respekt zollte.

In der DDR war der kommunistische Systemkritiker Rudolf Bahro verhaftet worden, obwohl die Verfassung das Recht auf Meinungsfreiheit garantierte. Wer da drüben den Mund aufmachte, der wurde hopsgenommen und eingebunkert.

Was dazu der alte Karl Marx wohl gesagt hätte.

»Das Sein bestimmt das Bewußtsein«, schrieb der Hilbrich in Sozialkunde an die Tafel, und er wollte wissen, was wir darüber dächten.

Wenn das Sein das Bewußtsein bestimme, sagte ich, dann bestimme das Bewußtsein auch das Sein. Das könne man nicht voneinander trennen.

»Sie meinen also, daß darunter kein kausaler Zusammenhang zu verstehen ist, sondern ein dialektischer Prozeß?«

»Ja, genau.«

Der Hilbrich kritzelte was in sein Notizbuch, und als es zur Pause geläutet hatte, sagte er zu mir: »Herr Schlosser, Sie besitzen die Fähigkeit, in Strukturen zu denken …«

Das wäre mir ebensogut runtergegangen, wenn der Hilbrich mich geduzt hätte, aber mit dem Duzen war's vorbei. Selbst der Wolfert mußte unsereinen jetzt siezen.

Auf dem Bökelberg empfing Gladbach mit dem TSV 1860 München einen der ältesten Fußallvereine Deutschlands, der vor einer Ewigkeit mal ganz oben mitgespielt hatte und jetzt an seine ruhmvolle Vergangenheit anknüpfen wollte. Der Sieg über diese Aufsteigermannschaft, der für den Meister eine Ehrensache war, fiel mit 2:1 nicht sonderlich glanzvoll aus.

Mama ersann Bildunterschriften für das große Album mit den Fotos aus Venezuela.

Die untere Terrasse – im Efeu ein Kolibri-Nest.

Kaum zu erkennen: Pelikane im Flug.

Da bestimmte das Bewußtsein das Bewußtsein, ohne daß es unterwegs zu irgendeinem nennenswerten Sein gekommen wäre. Denn was hatte Mama denn nun eigentlich von ihrem Urlaub, außer einem Haufen langweiliger Fotos?

Papa wollte aufs obere Klo und rüttelte an der Klinke, aber da hatte sich Wiebke häuslich niedergelassen. »Der Schnelle Brüter ist besetzt«, sagte ich zu Papa, und er starrte mich so böse an, als ob ich ihm ins Gesicht gefurzt hätte. In dieser Familie konnte man sich nicht den kleinsten Spaß erlauben.

Im Waldstadion ließ Gladbach sich von der Eintracht mit 4:2 einseifen. Es durfte doch wirklich nicht wahr sein. Wo war sie hin, die einst so berühmte Auswärtsstärke der Fohlenelf?

Mitten in der Mathestunde drehte irgendwer im Innenhof sein Kofferradio auf.

Oh, baby, baby, it's a wild world
It's hard to get by just upon a smile …

»Cat Stevens«, sagte Tanja Gralfs, und alle lachten, außer Michaela Vogt. Die lachte nie.

Die litt wohl an einem geheimen Kummer.

Im Dritten lief abends ein 1967 gedrehter Bordellfilm von Luis Buñuel, aber ohne nackte Frauen. Dafür war es 1967 wohl noch zu früh gewesen.

Der Bohnekamp holte sich in der großen Pause in der Verbraucherzentrale das neueste Heft der Stiftung Warentest. Da war er ganz heiß drauf.

Getestet worden waren Hifi-Kompaktanlagen, Waschmaschinen, Kinderwagen, Multivitamintabletten und Brat- und Frittierfette, aber den Bohnekamp interessierten nur die Kompaktanlagen.

Mamas neue war auch dabei. Qualitätsurteil: gut. Die Veränderung der Sollgeschwindigkeit des Rekorders nach 100 Stunden sei allerdings weniger zufriedenstellend.

Gegen Kaiserslautern lag Gladbach noch zwölf Minuten vor Schluß mit 2:1 vorn, aber dann düpierte Toppmöller die Fohlen und verwandelte eine Torchance zum 2:2-Endstand. Es machte keinen Spaß mehr, Gladbach-Fan zu sein, wenn man den Verein so schwunglos herumeiern sah, ohne Fortune und Siegeswillen.

In der Nacht träumte ich, daß ich wieder zum Training gegangen und von Uli Möller als Mittelstürmer aufgestellt worden sei.

Den neuen Roman von Günter Grass hatte Mama ausgelesen oder jedenfalls so getan als ob. Ich nahm den »Butt« dann in die Badewanne mit. Ein Kapitel hieß »Der Arsch der dicken Gret«. Der sei so groß gewesen »wie zwei volkseigene Kollektive«. Der dicken Gret beleckte der Erzähler,

damit alles weich und tränennaß wurde, das Arschloch und was sonst anrainte, wie eine Ziege (hungrig nach Salz) …

Arschlecken mochte ja Geschmackssache sein, aber wieso hätte das Arschloch dabei tränen sollen? Hätten da nicht andere Drüsen sitzen müssen?

Als die dicke Gret einen Furz fahren ließ, weil ich sie zu spitzfindig geleckt hatte, nahmen wir beide das bißchen Gegenwind hin.

Kaum zu glauben, daß das Mamas jüngste Bettlektüre gewesen war. Papa wußte davon wahrscheinlich gar nichts.

Mit den Hinterteilen hatte es Günter Grass irgendwie. Das ging auch aus einem Gedicht in dem Roman hervor:

Wir wollen jetzt (laut Beschluß) jeder vereinzelt essen
und in Gesellschaft scheißen;
steinzeitlich wird Erkenntnis möglicher sein.

Was das alles sollte und worum es überhaupt ging, außer ums Scheißen, ums Vögeln und ums Fressen, verstand ich nicht.

Einmal hatte auch die E-Stelle ihren Tag der Offenen Tür, und Papa chauffierte Mama, Volker, Wiebke und mich auf dem ganzen Gelände herum. Ich wäre lieber zuhausegeblieben, statt mir vom Auto aus irgendwelche Geschoßfänge, Baracken und Beobachtungsbunker ankucken zu müssen oder von innen alle möglichen Pulverlaboratorien und Drucksimulatoren, aber Papa war scheint's doch irgendwie stolz darauf.

»Mich interessiert das alles nicht so«, hatte ich irgendwann gesagt, um einen weiteren Abstecher zu verhindern, und daran mußte ich noch abends denken, im Bett. Papa opferte sich da auf, und sein Herr Sohnemann wollte nichts davon wissen. Aber wenn es doch wahr war?

Von den militärstrategischen Machenschaften auf der E-Stelle wollte ich wirklich nichts wissen.

Im *Spiegel* standen Zitate aus einem Report über das sexuelle Erleben der Frau. Vier Fünftel der befragten Frauen im Alter zwischen 14 und 78 Jahren würden regelmäßig masturbieren, und 95 % von denen würden dabei zum Orgasmus kommen. Eine Frau hatte gesagt, daß sie zum Masturbieren die Rückenlehne eines Schreibtischstuhls benutze.

Wie man sich das wohl vorzustellen hatte. Setzte diese Frau sich da rittlings drauf? Und dann?

Der Arbeitgeberpräsident Schleyer war entführt worden, in Köln, von Terroristen, die bei dem Überfall mehrere Leute erschossen hatten. Ich lief in den Keller, um Papa davon zu berichten, und dann lief ich wieder hoch.

In Bonn würden Betroffenheit, Ratlosigkeit und Wut und Trauer herrschen, sagte der Fernsehjournalist Friedrich Nowottny, aber als Papa aus dem Keller hochgestiefelt war, kamen bloß noch lauter langweilige Nachrichten zur Lage der Konjunktur. Ernst-Dieter Lueg interviewte Egon Bahr, der sich für die steuerliche Entlastung mittlerer und unterer Einkommen aussprach, und darauf folgte irgendwelcher Mist über Entwicklungshilfe und Verkehrslärm. Erst ganz zum Schluß wurde bekanntgegeben, daß es in der Spätausgabe noch einmal um den Fall Schleyer gehen werde, und es folgte die Wettervorhersage über die Ausläufer eines Sturmtiefs: »Im Norden gelegentlich auflockernde, sonst starke Bewölkung …«

Papa ging wieder in die Werkstatt runter, wo er Gott weiß was zu reparieren hatte, aber Mama holte ihn wieder rauf, als Helmut Schmidt eine Erklärung der Bundesregierung abgab. »Uns alle erfüllt nicht bloß tiefe Betroffenheit angesichts der Toten, uns erfüllt alle auch tiefer Zorn über die Brutalität, mit der die Terroristen in ihrem verbrecherischen Wahn vorgehen. Sie wollen den demokratischen Staat und das Vertrauen der Bürger in unseren Staat aushöhlen«, sagte Schmidt. »Der Staat muß darauf mit aller notwendigen Härte antworten.«

Während unsereiner sich mit der Oxidationszahl von Alkalimetallen herumplagen mußte, beriet der Große Krisenstab in Bonn über die Forderung der RAF, Andreas Baader und zehn andere Terroristen gegen Schleyer auszutauschen.

Hermann glaubte nicht, daß die Entführer damit durchkämen. »Die haben doch 'n Knall, wenn sie glauben, sie müßten nur mal hier 'n Unternehmer kidnappen und da 'n Bankier und dessen Leibwächter umnieten, um sich bei der Arbeiterklasse lieb Kind zu machen …« Er kenne sich ziemlich gut aus im Proletariat, jedenfalls in dem von Rütenbrock, und wenn das auch nur halbwegs repräsentativ sei, dann sehe er schwarz für die RAF und deren revolutionäre Pläne.

Gestoppt hatten die Terroristen Schleyers Autokolonne in einer Seitenstraße und dann die Leibwächter mit Kugeln durchsiebt. Die große Frage war, wo die Geisel jetzt versteckt gehalten wurde.

»In Pjöngjang«, sage Hermann. »Weit, weit weg. Oder irgendwo hier – in Rühlermoor! Da käme doch nie einer drauf, die Kuhställe zu durchsuchen!«

Ach ja, und es sei ihm zu Ohren gekommen, daß ein paar Typen aus der Oberstufe vorhätten, eine Schülerzeitung zu gründen. »Da könnten wir mitmachen. Die suchen noch nach Redakteuren aus der Mittelstufe.«

Volker, Wiebke und ich sollten jeder neue Schuhe kriegen, in Lingen, wo die Auswahl größer war als in Meppen. Auf der Fahrt dorthin las ich die *Zeit*, obwohl mir vom Lesen im Auto oft schlecht wurde, aber das wäre immer noch besser gewesen als die Sabbelei mit Mama, Volker oder Wiebke.

Wann werden die intellektuellen Brutstätten der gewalttätigen Radikalität einmal in Augenschein genommen? Geschieht dies nicht, wird nur an Symptomen operiert, nicht an Ursachen.

Diese intellektuellen Brutstätten hätte ich ja gern mal kennengelernt, von innen, aber dafür hätten wir ein bißchen weiter fahren müssen als bis Lingen.

In den Schuhgeschäften strömte einem der Ledergestank entgegen, und natürlich war in meiner einen Socke vorn ein Loch, obwohl ich gedacht hatte, ich hätte eins der heilen Sockenpaare angezogen.

Am blödesten war das Probelaufen. Wer konnte schon nach zehn Sekunden sagen, ob ihm Schuhe gut paßten, die er zum erstenmal anhatte?

Ich bleib beim vierten Paar, weil ich keine Lust dazu hatte, das fünfte anzuprobieren, und ich hätte den Tag schon fast abgehakt, als sich Mama plötzlich von ihrer spendablen Seite zeigte. Für mich fiel dabei eine LP ab, »Beatles For Sale«, auf der ziemlich viel Schrott drauf war, aber allein für den Song »I'm a Loser« hatte sich die Einkaufsreise gelohnt.

My tears are falling like rain from the sky,
Is it for her or myself that I cry …

»Genau hier habe ich gesessen, als ich dieses Lied zum erstenmal gehört habe«, würde ich später einmal zu Michaela Vogt sagen, wenn zwischen ihr und mir alles geklärt wäre, »und nun rate mal, an wen ich dabei gedacht habe …«

Dann würden wir beide lächeln, aber Michaela wäre anzusehen, daß sie die Vorstellung, wie intensiv ich hier an sie gedacht hatte, bewegend fände, und ich würde sagen: »Das liegt alles so weit hinter mir …«

Und Michaela würde sagen: »Ich hab immer nur auf dich gewartet, Martin.«

Und ich würde sagen: »Jetzt brauchst du nicht länger zu warten.«

Und dann würde draußen der Mondschein durch die Wolken brechen, und es wäre alles gut, für immer.

Meine Fußballschuhe hatte ich an den Nagel gehängt, aber die anhaltende Formschwäche der Gladbacher ärgerte mich trotzdem. Inzwischen wurden selbst die Stuttgarter frech und machten Gladbach platt, mit 2:0. Vielleicht war Udo Lattek ja doch der falsche Trainer. Ich hätte lieber Hennes Weisweiler wiedergehabt, der jetzt die Kölner trainierte.

Volker kam erst nachts um zwei nachhause und wurde oben auf dem Flur von Mama abgefangen: Was er sich eigentlich denke und so weiter. Auch nicht gerade schön, sich noch als Achtzehnjähriger von der eigenen Mutter zusammenstauchen lassen zu müssen wie so 'n Kleinkind mit Milchbart und Ringelsocken.

Weil Volker danach seine Zimmertür zugeknallt hatte, kriegte er gleich noch den nächsten Anpfiff. Und dabei sollte man pennen können!

Trautes Heim, Glück allein.

Lust zu einem Sonntagsausflug nach Jever mit Mama hatte außer mir nur Wiebke, und wir wären wohl noch rechtzeitig zum Mittagessen angekommen, wenn dieses dumme Huhn eine weniger schwache Blase gehabt hätte. Alle paar Kilometer mußte Mama anhalten, damit Wiebke in irgendwelche Sträucher schiffen konnte. Die armen

Würmchen, die da im Erdboden vegetierten, in aller Stille, und auf einmal werden sämtliche Gänge mit Mädchenpisse geflutet …

In der Mühlenstraße war der graue Treppenaufgang zur Haustür mit orangen Steinen verklinkert worden. Der hatte vorher besser ausgesehen, fand ich, aber Oma war anderer Meinung: »Das ist doch wunderhübsch!«

Gustav saß in seinem Zimmer und ochste fürs Studium.

Wir kriegten aufgewärmtes Essen hingestellt, Rindsragout mit Erbsen und Pellkartoffeln und zum Nachtisch Götterspeise, und die ganze Zeit erzählte Oma von ihrem und Opas Besuch bei Tante Therese in England. In Basildon sei es so herrlich ruhig, und der Garten sei so schön! »In London sind wir wohl auch mal gewesen, Vati und ich, aber in der Oxford Street ist uns das Menschengewimmel direkt unheimlich geworden …« Sie hätten auch den Lake District besichtigt und eine Fahrt mit einer Schmalspurbahn gemacht, »richtig mit Dampf, o jungedi, was glaubt ihr wohl – da sollte es über eine Zugpaßstraße gehen, aber wir hatten uns keine Vorstellung gemacht, was uns da blühte! Das war atemberaubend!« Wie in einer Achterbahn hätten sie sich gefühlt, und als es nach einer Dreiviertelstunde rasender Fahrt immer noch höhergegangen sei, habe Bob gesagt: »Next station heaven!«

Von Tante Therese hatte Oma einen neuen Trägerrock gekriegt, den sie Mama stolz vorführte.

Kimmie habe sich bei Reuters, wo sie jetzt arbeite, gut eingewöhnt, und Norman sei immer so elegant gekleidet, wie ein Manager! Auf der Rückreise mit der Fähre seien dann leider lauter Soldaten an Bord gewesen, die nach reichlich Biergenuß einen Mordskrach geschlagen hätten.

Im Schloßgarten suchten Gustav und ich vergeblich nach dem Pfau, und als ich den Enten Omas altes Brot hinbrocken wollte, kam ein aufdringlich quäkendes Paar Gänse anmarschiert, das überhaupt nicht mehr lockerließ. Diese aggressiven Biester machten Miene, mir mit dem Schnabel den Brotbeutel aus der Hand zu hacken, und ich kriegte es mit der Angst zu tun.

Das seien Höckergänse, sagte Gustav. »Die wissen ganz genau, wo der Bartel den Most holt.«

Als dann auch noch zwei Schwäne angeschissen kamen, schmiß ich alle Brotstücke auf die Wiese und räumte das Feld.

Früher hatte es mir im Schloßgarten besser gefallen.

Beim Tee verbreitete sich Oma über die RAF. »Was hat denn der Schleyer eigentlich verbrochen, daß er der Baader-Meinhof-Bande so ein Dorn im Auge ist? Das kann doch nicht falsch sein, den Leuten Arbeit zu geben! Dafür sind Arbeitgeber doch da!«

Die Terroristen seien fanatisierte Kindsköpfe, sagte Mama, und Oma sagte, daß es besser wäre, diese Mischpoke mal ein bißchen härter anzufassen, vielleicht nicht so wie bei Adolf, aber doch streng, denn es gehe ja nicht an, daß Vater Staat sich von irregeleiteten Jünglingen auf der Nase herumtanzen lasse.

Opa sagte dazu nichts. Er schüttelte nur den Kopf, und dann steckte er sich eine seiner Stinkezigarren an.

In Meppen rückte Volker abends mit der Nachricht heraus, daß Pepik im Sterben liege. Wiebke wetzte gleich nach oben, und wir liefen allemann hinterher.

Wenn Pepik noch lebte, ließ er sich das nicht anmerken. Er lag verkrümmt und starr in seinem Häuschen. Wiebke rupfte ihn heraus und fing an zu wimmern. Papa machte eine Wärmflasche fertig, aber damit konnte er Pepik nicht ins Leben zurückrufen. Danach probierte es Papa mit einem elektrischen Heizkissen.

Wiebke waren die Tränen nur so am Runterlaufen. »Lieber Gott«, betete sie, mit gefalteten Händen, »bitte mach, daß mein Pepik nicht stirbt …«

Und siehe da, nach einer Viertelstunde der verschärften Wärmezufuhr wurde es dem scheintoten Pepik zu heiß. Er regte sich und strebte fort von dem glühenden Heizkissen, auf matten Pfötchen, aber immerhin.

Ich mußte packen, für die Klassenfahrt: Unterbüxen, Strümpfe, Pullis, Hosen, Hemden, Waschlappen und Schlafanzug und Regenzeug und Personalausweis. Mama wollte mir noch Gummistiefel aufnötigen, doch die Reisetasche war schon pickepackevoll.

Morgens gab Mama mir eine Plastiktüte mit Butterbroten und Obst und zwanzig Mark Taschengeld: »Hau nicht gleich alles auf den Kopp!«

Versammeln sollten wir uns um halb acht auf dem Schulhof, und von da ging's direkt in den Omnibus, der mit offenen Türen auf dem Schulhof stand. Das Gepäck mußte man unten in den Stauraum unter den Sitzreihen pferchen.

Ganz hinten saßen die Psychopathen – der Albers, der Harms, der Holzmüller, der Niebold und Konsorten – und in den vorderen Reihen die zarter besaiteten Weiber, mit denen ich auch nichts zu tun haben wollte. Ich suchte mir einen Platz in der Mitte aus, am Fenster. Da machte ich's mir gemütlich, und dann sah ich, daß Michaela Vogt vorne einstieg und den Gang entlangkam. Bloß nicht hinkucken! Ich tat so, als ob ich mir die Schuhbänder noch einmal gründlich zuschnüren müßte, und als ich wieder aufrecht saß, hatte sie sich irgendwo im hinteren Bereich plaziert.

»Ist hier noch frei?« fragte der Bohnekamp, und dann schwang er seinen dicken Hintern auf den freien Platz neben mir. An und für sich hätte ich lieber neben Hermann gesessen oder neben Ralle, aber es hätte ja auch passieren können, daß überhaupt niemand neben mir Platz genommen hätte, und dann wäre ich wahrscheinlich vor Scham gestorben.

Als Aufsichtspersonen fuhren der Schafskopf Böhringer und Frau Wuttke mit, die uns alle insgesamt zehn- oder zwölfmal durchzählen ließ. Das Busmikrophon war kaputt, und auch um Viertel nach acht fehlten noch welche. Zwei von den Mädchen wollten noch einmal austreten, und mir fiel ein, daß ich Idiot nichts zum Lesen dabeihatte. Also hin zur Buchhandlung Meyer, zack-zack, und irgendwas ausgesucht, aber schnell – ein Taschenbuch, »Andreas Vöst« von Ludwig Thoma, den neuen *Spiegel* noch – und im Galopp zurück zum Bus.

»Sind wir jetzt komplett?«

Irgendwo zwischen Lingen und Rheine hielt der Fahrer an und kassierte die Zwille ein, mit der der Albers Kaugummiknödel verschossen hatte. Wie war dieser Affe überhaupt aufs Gymnasium gekommen?

Der Bohnekamp hatte sich zu Dralle und Ralle rübergesetzt, als dritter Doppelkopfpartner. Hermann schäkerte bei den Weibern weiter hinten im Bus herum, und ich konzentrierte mich auf die *Spiegel*-Lektüre. Ein Rechtsaußen von der CSU-Landesgruppe hatte vorgeschlagen, alle inhaftierten Terroristen zu erschießen, und es gab auch wieder was über Idi Amin zu lesen: daß man unter dessen Herrschaft in Uganda unliebsame Leute zu Tausenden foltere und abschlachte oder sie bei lebendigem Leibe ausweide oder mit Panzern plattwalze oder mit Sprengstoff in die Luft jage. Außerdem habe Idi Amin auch schon mal Menschenfleisch gefressen …

Und ratsch, da riß mir einer das Heft weg. Der Holzmüller. »Was hast'n da Schönes? Zeichma her! Eujeujeu – ey Leute, der Schlosser liest Pornos!«

Riesengelächter. Und Rufe von hinten: »Weitergeben!« – »Vorlesen!« – »In den See! Mit einem Gewicht an den Füßen!«

Wie sollte ich das sechs Tage lang aushalten?

Für die Pinkelpause an der Autobahnraststätte Münsterland veranschlagte Frau Wuttke maximal zehn Minuten, aber bis sich alle wieder eingefunden hatten, war bald 'ne halbe Stunde vergangen.

Der Niebold ließ 'ne Literbuddel Cola reihum gehen, aber ich wäre lieber verdurstet, als an einem Flaschenhals mit dem seiner Spucke zu nuckeln. Es war heiß, und in dem Bus regte sich kein Lüftchen, obwohl der Fahrer sein Seitenfenster offen hatte. Wenn ich schlau gewesen wäre, hätte ich meinen Durst am Wasserhahn im Herrenklo gestillt.

Im Gang beharkten sich der Harms und der Holzmüller. Die spielten sogar Fangen über sämtliche Sitze hinweg, mit Gebrüll und Gewieher. Frau Wuttke griff jedoch erst ein, als der Niebold dem armen Ralle von hinten den bis obenhin mit Müll gefüllten Buspapierkorb über den Kopf gestülpt hatte.

Irgendwann setzte sich Hermann neben mich und sagte, er habe gehört, daß laut Emnid 67 Prozent aller Bundesbürger für die Wiedereinführung der Todesstrafe votiert hätten. »Und wie hältst du's damit?«

Prinzipiell war ich dagegen, aber den Niebold und den Holzmüller hätte ich doch ganz gern baumeln gesehen.

»Soso!« rief Hermann. »Soll ich das denen mal sagen? Oder gibst du mir Schweigegeld, damit ich dichthalte?«

»Wieviel?«

»Zehntausend Eier.«

»Einverstanden. Die überweis ich dir.«

»Nein, nein, die will ich cash haben! Bar auf die Kralle!«

»Ich kann dir 'ne Anzahlung geben. Fünf Pfennig.«

»Okie-dokie! Her damit!«

Auf dem Fünf-Pfennig-Stück, das ich ihm gab, biß Hermann rum, um zu prüfen, ob es echt war. Daß Falschgeld beim Reinbeißen Dellen kriegte, wußte ja jedes Kind.

Achteinhalb Stunden dauerte die Fahrt bis zu der Jugendherberge in Hermeskeil. Die Mädchen sollten da im ersten Stock pennen und die Jungs im zweiten, in Schlafsälen mit Doppelstockbetten, und zu essen gab's ein Drei-Gänge-Menü: Plörre mit Fettaugen, zerkochte Kartoffeln und als Nachtisch wäßrigen Pudding. Das waren vermutlich die Reste vom Mittagessen.

Die Zeit bis zum Zapfenstreich verbrachten der Bohnekamp, Ralle und ich mit der Suche nach einer brauchbaren Kneipe, aber wir fanden keine. Irgendwelche Spastis hatten in der Zwischenzeit im Schlafsaal alle außer ihren eigenen Reisetaschen ausgekippt, den Inhalt kreuz und quer durch die Bude gekickt und sich danach verdünnisiert.

Man hörte die ganze Rotte durchs Haus toben. Meinetwegen hätte keiner von denen wiederzukommen brauchen. Ich haute mich auf eins der oberen Betten, was sich als strategischer Fehler erwies, denn als der Albers mich da entdeckt hatte, belegte er das Bett darunter mit Beschlag und bearbeitete meine Matratze von unten mit Fußtritten, im Rhythmus einer wohlbekannten Fernsehserientitelmelodie, die er dazu grölte: »Dämm, däddelämm, däddelämm, däddelämm, Bonanzaaa ...«

Einmal kam der Böhringer kurz rein und bat um Ruhe. Der hatte eine Mansarde für sich allein, und ich hätte gern mit ihm getauscht. Der Holzmüller brach unmittelbar nach dieser zaghaften Intervention eine Kissenschlacht vom Zaun, bei der die Fetzen flogen. Als dem Albers die Wurfgeschosse ausgingen, schnappte er sich meine Bettdecke, und als ich sie mir wiederholen wollte, zerrte der Niebold, dieses Urviech, meine Matratze vom Gestell und ballerte sie Ralle auf die Omme.

Die Affen rasen durch den Wald,
der eine macht den andern kalt ...

Mitten in diesem Gemetzel erregte der Harms großes Aufsehen mit einer Pulle Erdbeersekt, die er in die Herberge geschmuggelt hatte und jetzt fachmännisch entkorken wollte, gegen den Widerstand einer Meute von Schlaumeiern, die das angeblich viel besser konnten.

»Vor Gebrauch schütteln!« schrie der Albers.

Ich war noch damit beschäftigt, mein Bett wieder aufzubauen, als der Korken an die Decke knallte, und bevor ich kapierte, was los war, ergoß sich eine schäumende Fontäne Erdbeersekt aus dem Hals der hart umkämpften Flasche auf mein Kopfkissen und meinen Buckel.

Der Harms riß die Flasche herum und ließ den Rest in die entgegengesetzte Richtung sprudeln.

»Ich werd noch wahnsinnig«, rief Ralle, der auch einen Strahl abgekriegt hatte, und urplötzlich legte sich der Lärm, denn der Herbergsvater stand in der Tür, zwei Meter hoch und resolut wie ein Gorilla. Wir hätten die Wahl, sagte er. »Entweder kehrt hier jetzt augenblicklich Ruhe ein. Oder ihr lernt mich von meiner unangenehmen Seite kennen. Hab ich mich klar genug ausgedrückt?«

»Jawohl«, sagte der Holzmüller, und der Niebold lachte, aber das hätte er besser gelassen.

»Du da«, sagte der Herbergsvater und kam einen Schritt näher. »Wie heißt du?«

»Stefan«, sagte der Niebold.

»Kannst du fliegen?«

»Nein.«

»Soll ich's dir beibringen?«

Keine Antwort.

»Na also. Hat hier sonst noch irgendwer Probleme mit der Schwerkraft? Nein? Ich kann jedem einzelnen von euch das Fliegen beibringen! Versprochen! Ihr müßt nur Bescheid sagen! Und ich garantiere euch, daß ihr nach eurer ersten Flugstunde nie wieder zu Fuß gehen könnt!«

Nach diesem Auftritt einer Respektsperson hielten sich die weiteren Umtriebe in engen Grenzen, bis der Albers einen ziehenließ: »Hey, Schlosser! Telegramm für dich! Aus Darmstadt!«

Der Holzmüller und ein paar andere tigerten irgendwann noch einmal mit Taschenlampen los und erbeuteten im Mädchentrakt einen Büstenhalter. Der wurde unter allgemeinem Gejohle aus dem Fenster geschleudert, und am nächsten Morgen mußte der Böhringer auf eine Leiter steigen und den BH aus den Ranken zupfen, in denen er sich verfangen hatte.

Die Wuttke nahm das Ding mit spitzen Fingern an sich, und dann fuhren wir nach Trier.

In dem Roman von Ludwig Thoma ging's um einen Bauern, der nicht einsah, daß sein totes Kind außerhalb des Friedhofs beerdigt werden sollte. So wollte das der katholische Pfarrer, weil das Kind noch nicht getauft war, und der Bauer legte sich mit ihm an.

Grauenhaft, solchen Moralaposteln ausgeliefert zu sein und als alteingesessener Landwirt mit beschränktem Horizont nicht einfach wegziehen zu können aus so einem bayrischen Kuhdorf. Das hätte mir noch gefehlt, einen Erbhof am Hals zu haben, so wie der Bohnekamp, und nach dem Abi bis ans Lebensende Schweine zu züchten und jeden Sonntag zur Kirche zu gehen …

Die Porta Nigra war ein klotziger Torbau aus der Römerzeit. Angeblich hatte sich da vor knapp eintausend Jahren ein griechischer Mönch im Nordturm einmauern lassen, nach einer Bettelreise, und bis zum letzten Stündlein sieben Jahre lang als Einsiedler in seiner

Zelle gehaust. Eigentlich ja impertinent, wenn man sich das genauer überlegte – Tag und Nacht zu faulenzen, von anderen Leuten durchgefüttert zu werden und sich dann noch jahrhundertelang von der Nachwelt als besonders frommer Gottsucher verehren zu lassen.

Irgendwo im Dom lagerte eine Reliquie aus der Garderobe von Jesus Christus, der Heilige Rock, den man aber nicht zu sehen bekam, im Gegensatz zum Grabmal des Erzbischofs Richard von Greiffenklau. Der stammte wohl von Wilddieben ab, dem Namen nach zu urteilen.

Dann gab's noch eine mordsmäßig große Basilika zu besichtigen, und anschließend durften wir zehn Kilometer bergauf zur sogenannten Mariensäule pilgern, einem Denkmal zu Ehren der Heiligen Muttergottes.

»Und ich hatte gedacht, das wär 'ne Klassenfahrt und keine Wallfahrt«, sagte Ralle.

Am Wegrand lag eine total zerfetzte Taube inmitten ihrer Gedärme und ausgerissenen Federn. Könnte ein Fuchs gewesen sein, meinte der Bohnekamp, oder ein Marder.

Um von oben die Aussicht auf Trier und das Moseltal zu genießen, hätte man auch untenbleiben und 'ne Ansichtskarte anglotzen können.

Auf der Rückfahrt erzählte Hermann einen Witz über einen Mann aus Klein-Fullen, der in Groß-Fullen ein Zugticket nach Peking lösen will. Der Bahnbeamte ist hoffnungslos überfordert und muß drei Tage und drei Nächte lang schwitzend alle möglichen Inlands- und Auslandskursbücher wälzen, bis er endlich eine Verbindung herausgefunden hat und den Fahrschein ausstellen kann. In Peking verbringt der Fullener eine schöne Zeit, und als er wieder nachhause will, geht er im Pekinger Hauptbahnhof zum Schalter und sagt: »Ich hätte gern eine Fahrkarte von Peking nach Fullen.« Und der Chinese, der da sitzt, fragt wie aus der Pistole geschossen: »Klein-Fullen odel Gloß-Fullen?«

In der Herberge waren alle Klosetts besetzt, und ich hätte mir fast in die Hose gemacht, wenn nicht in letzter Sekunde eins frei geworden wäre.

Der Albers rüttelte von außen an den Klinken und brüllte: »Aufmachen, ihr Säue! Oder soll ich hier ins Waschbecken scheißen?«

Dann machte der Holzmüller einen auf witzig, indem er auf Ralles zu Boden geworfene Zahnpastatube sprang. Der Inhalt spritzte an die Wand und an die Armaturen unterhalb der Waschbecken.

»Leckt mich doch alle anne Füße!« rief Ralle, und von Hermann ereilte mich die Warnung, daß der Albers wieder einmal Unfug mit meinen Klamotten treibe. Ich sauste in den Schlafsaal und kriegte gerade noch mit, wie mein Kopfkissen aus dem Fenster flog, gefolgt von meinem Schlafanzug.

»Die erzählen hier alle, daß du heute nacht mal nackig schlafen willst«, sagte der Albers. »Paß bloß auf, daß du dir keine Erkältung holst!«

Ich wollte mich beim Böhringer beschweren, aber der hatte Zahnweh und verwies mich an den Herbergsvater.

Himmel, Sterne, Rotzkaserne.

Am Mittwoch stand ein Ausflug nach Bernkastel-Kues auf dem Programm. Das war ein Moselkaff mit einem Armenhospital, das der Universalgelehrte Nicolaus Cusanus alias Nikolaus von Kues alias Johann Cryfftz im fünfzehnten Jahrhundert gestiftet hatte. Ob das ein Urahne von Johan Cruyff gewesen war?

In den Gewölben des Kreuzgangs spiegele sich architektonisch der cusanische Leitgedanke der allumfassenden Einheit, hieß es bei der Führung. Die sterbliche Hülle des Stifters ruhe in Rom, aber sein Herz sei hier in der Kapelle beigesetzt worden, in einer Bleikapsel.

»Is' ja widerlich«, sagte Ulla Nölting.

Es gab da auch einen Flügelaltar mit einer Kreuzigungsszene. Das mußte lästig gewesen sein für die Maler damals, daß sie immer und immer nur Joseph, Maria und Jesus hatten malen dürfen und dann vielleicht noch Engel und Apostel oder Daniel in der Löwengrube oder den betlehemitischen Kindermord und solchen Mist, tagaus, tagein, und nicht irgendwann mal ganz normale Leute, wie sie ihre Katze kraulen oder sich 'n Spiegelei braten. Ich hätte wetten können, daß es im Mittelalter Maler gab, die sich von dem ewigen Bibelgedöns schwer genervt gefühlt hatten.

Nicolaus Cusanus, verkündete der Hospitalführer, sei der größte Sohn der Mosel. Na, und was war mit mir? Ich hatte schließlich auch mal ziemlich dicht am Moselufer gewohnt, in Koblenz-Lützel, oder galt das nicht?

Danach ging's wieder steil bergauf, und zwar geschlagene sieben Kilometer, bis zu einer Burgruine, und wo ich schon mal oben war, schleppte ich mich auch die Turmtreppe noch hoch.

Von hier aus hatten die alten Rittersleute ihren Besuchern also siedendes Pech auf den Kopf gekippt. Sehr interessant.

Als ich wieder nach unten gehen wollte, kam Michaela Vogt herauf, aber ich hatte mich schon so zielstrebig in Richtung Treppe bewegt, daß ich nicht mehr unauffällig kehrtmachen konnte, auch wenn ich mich noch so gern in Michaelas Nähe herumgedrückt hätte.

Ein hartes Los, bis zum Wahnsinn verliebt zu sein und das geheimhalten zu müssen.

Wenn ich geahnt hätte, daß uns am gleichen Tag noch eine zweistündige Moselfahrt bevorstünde, wäre ich am Morgen nicht ohne den Roman von Ludwig Thoma aufgebrochen.

An Bord hielt sich ein Haufen Rentner auf. Denen schien es wenig auszumachen, daß sie nicht mehr lange zu leben hatten. Siebzig oder achtzig Jahre alt waren die, aber trotzdem ganz fröhlich, obwohl ihnen klar sein mußte, daß sie die Radieschen schon bald von unten ansehen dürften.

An der Reling war der Bohnekamp am Seufzen: »So bei kleinem wär ich doch ganz gern wieder zuhause!«

»Das sag ich dir«, rief Ralle.

Der Albers und der Niebold standen am Heck und rotzten um die Wette ins Wasser.

Weil meine Waschtasche verschollen war, mußte ich dem Dralle seine Läuseforke borgen und mir die Zähne mit dem linken Zeigefinger putzen. Trick siebzehn: Zahnpasta auf die obere Zeigefingerkuppe drücken und so tun, als ob der Finger die Bürste wäre.

»Was sind 'n das für Manieren?« fragte der Niebold. »Ist das in deiner Familie so üblich?«

Der Holzmüller kannte die Ergebnisse der Europapokalspiele, aber Gladbachs Auswärtssieg über Vasa Budapest konnte diesen vergeigten Tag dann auch nicht mehr retten.

Auf die Reise nach Luxemburg nahm ich vorsichtshalber mein Buch mit. Dem Bauern Andreas Vöst starb die Mutter, und es gab Gerede, weil seine Tochter sich ein Kind angelacht hatte, bei einem Stelldichein mit einem Mistkerl namens Hierangl Xaver, der aber alles abstritt …

Als einzige Attraktion hatte Luxemburg die Kasematten zu bieten, ein altes Festungsbollwerk, also wieder einmal eine Kriegsbastion aus einer Zeit, in der sich unsere Vorfahren am laufenden Meter gegenseitig verdroschen hatten. Mir hingen diese steinernen Vergangenheitsmonumente allmählich zum Hals raus. Ich setzte mich ab und trieb mich in einem sonnigen Park herum und in den Gassen der Stadt. Vielleicht würde ja irgendwo eine lebenslustige Einwohnerin zufällig durch ihr Verandafenster kucken, wenn ich da vorüberflanierte, und mich zu sich hereinbitten, zu 'ner Tasse Kaffee, aus Spaß an der Freude, und auf einmal würden wir uns miteinander auf dem Teppich wälzen. Nachher wüßten wir dann selbst nicht mehr so genau, welcher Teufel uns geritten hatte. Zum Abschied würde ich einen Kuß bekommen und danach ewiges Stillschweigen über die Affäre bewahren, aber noch als Greis mit wehem Herzen daran zurückdenken: Weshalb war ich damals nicht in Luxemburg geblieben, bei der herzensguten Swantje?

Hätte doch sein können, daß sich so etwas ergab? Im befreundeten Ausland? Ich hielt die Augen offen, aber alles, was ich erblickte, war ein bissiger, in die Erkermauer eines Hauses gemeißelter Wahlspruch:

Mir wölle bleiwe wat mir sin.

Na, dann sollten sie's doch, die Luxemburger. Wenn sie das unbedingt wollten?

Abends trieben Hermann, Ralle, der Bohnekamp und ich eine Kneipe in Hermeskeil auf, in der man es aushalten konnte. Wir bestellten uns jeder einen halben Liter Bier. Auf einem Regalbrett hinterm Tresen stand ein Fernsehgerät, in dem sich der Bundeskanzler mit einem Wort an die Entführer von Hanns-Martin Schleyer bemerkbar machte: »Sie irren sich! Wir werden uns von Ihrem Wahnsinn nicht anstecken lassen. Sie halten sich für eine kleine ausgewählte Elite, welche ausersehen sei – so schreiben Sie – ›die Massen zu befreien‹. Sie irren sich! Die Massen stehen gegen Sie!«

»Da hat er recht«, sagte Hermann. Die Massen hätten kein Verständnis für die RAF, zumindest nicht die Massen in Rütenbrock, und wahrscheinlich würden auch die Massen in Haren und Rühle den Terror mehrheitlich ablehnen.

Der Bohnekamp bestätigte das für Haren, während Ralle sich als Eingeborener von Rühle nicht für alle seine Nachbarn verbürgen wollte: Da gebe es 'n paar Männeken, denen er durchaus zutraue, daß sie den Schleyer in ihrem Heuschober gefangenhielten.

Im Trierer Landesmuseum warteten am Freitag eine Menge alter Pötte, Vasen, Teller, Scherben, Faustkeile und Münzen auf gebührende Beachtung, und dann kamen noch die Ruinen der römischen Kaiserthermen an die Reihe und ein steinaltes Amphitheater, von dem einem aber keiner sagen konnte, ob auf dessen Bühne im Altertum christliche Märtyrer von Löwen zerrissen worden waren.

»Ave Cäsar, morituri te salutant …«

Hermann war ausgerückt, um sich das Geburtshaus von Karl Marx anzusehen, und der Albers meinte, er wäre lieber in das eine Kino gegangen, wo der Film »Drei Schwedinnen in Oberbayern« lief.

Den vorläufig letzten Programmpunkt bildete eine Wanderung über einen anderthalb Kilometer langen Weinlehrpfad mit anschließender Weinprobe. Ob sich der Böhringer und die Wuttke das auch gut überlegt hatten?

Anfangs ging es noch ganz gesittet zu, aber mit dem dritten oder vierten Gläschen hatten sich der Holzmüller und der Albers schon genug Mut angetrunken, um laut herumzukrakeelen und den Winzer zu verärgern, der ja nicht wissen konnte, daß seine Gäste aus einer weniger zivilisierten Ecke Deutschlands angereist waren.

Ich fand den Wein generell zu sauer, aber ich war mir nicht sicher, ob das an den Rebsorten lag. Papa hatte mal erzählt, daß die Weinbauernknechte nach der Traubenlese traditionell mit nackten Drecksfüßen auf den Weintrauben herumsprängen. Eine Bierprobe wäre mir und auch Ralle jedenfalls lieber gewesen.

Auf dem Weg zum Bus kam uns die dicke Ulla Kötter entgegengeschlurft und sagte: »Na, Ralle, du altes, versoffenes Loch?«

Was das wohl gesollt hatte? Wir lachten uns halb krank darüber, immer wieder, auch Stunden später noch, beim Essenfassen in der Herberge: »Na, Ralle, du altes, versoffenes Loch?«

Wie es aussah, war einigen anderen der Wein tatsächlich zu Kopf gestiegen. Der Holzmüller, der Niebold und der Harms versuchten sich nach dem frugalen Abendessen in Hermeskeil draußen gegenseitig in einem Brunnen zu ersäufen, und danach hauten sie in der Herberge auf die Kacke. Ob die Haschisch genommen hatten?

Ich schmiß mich ins Bett und hielt mir die Ohren zu, und genau in dem Moment platzte der Herbergsvater wieder rein, um ein Machtwort zu sprechen, und weil ich mir vorm Zubettgehen die Schuhe nicht ausgezogen hatte, kriegte ich den größten Teil des Anpfiffs ab.

»Du bringst uns noch alle in Verruf, du Schweinekerl«, sagte der Albers, als der Herbergsvater abgezogen war. »Kannst du dich denn nich' mal ordentlich benehmen?«

Fünf Mark und ein paar Zerquetschte waren von meinem Taschengeld am Abreisetag noch übrig. Das reichte beim ersten Halt an einer Tankstelle dicke für eine *Frankfurter Rundschau*, eine Literflasche Cola und einen Schokoriegel.

Topset ist groovy, Eiffe ist meff!

Jetzt wollte ich doch mal wissen, was in der Welt so los war, nachdem ich die ganze Woche lang keine Zeitung gelesen hatte.

Bundeskanzler Schmidt hat wegen der Lage nach der Entführung von Arbeitgeberpräsident Hanns-Martin Schleyer seinen für nächste Woche geplanten Besuch in Polen abgesagt …

In Bonn wurden die Sicherheitsmaßnahmen für prominente Politi-

ker weiter verstärkt. Die Bundesregierung sieht jedoch im Gegensatz zu CDU-Generalsekretär Geißler keinen Anlaß, die Bundeswehr bei der Sicherung einzusetzen …

Das Bundeskriminalamt hat den Entführern von Arbeitgeber-Präsident Hanns-Martin Schleyer über den Genfer Kontaktmann Rechtsanwalt Denis Payot eine neue Nachricht übermittelt …

Warnung vor Obstverzehr bei Kernreaktor-Unglück – Empfehlungen für Bevölkerung in der Wesermarsch …

Der scheidende Bundeswirtschaftsminister Hanns Friederichs (FDP) hat am Freitag »mit allem Nachdruck« Vorwürfe des CSU-Abgeordneten Werner Dollinger zurückgewiesen, er habe mit seiner zurückgehaltenen Skepsis über das erreichbare Wirtschaftswachstum dieses Jahres zu einer Verharmlosung der negativen wirtschaftlichen Entwicklung beigetragen und eine bewußte Irreführung von Bürgern und Wirtschaft betrieben …

Die baden-württembergische Regierung will auf eine baldige Aufhebung des Arbeitsverhältnisses von Schauspieldirektor Claus Peymann hinarbeiten. Kultusminister Wilhelm Hahn (CDU) erklärte vor dem Stuttgarter Landtag auf eine mündliche Anfrage mehrerer CDU-Abgeordneter, Peymann habe durch den Aushang eines Spenden-Aufrufs für eine Zahnbehandlung Gudrun Ensslins am Schwarzen Brett des Theaters die notwendige Vertrauensbasis für die Fortführung seines Amtes erschüttert …

Für eine Konzentrierung der Terroristenbekämpfung in einer Hand hat sich der hessische CDU-Vorsitzende Alfred Dregger ausgesprochen. In einem Interview der »Westfälischen Nachrichten« äußerte Dregger, nach seiner Auffassung sollte überall ein »Jagdkommando« das Recht des ersten Zugriffs haben …

Der Tod des Bürgerrechtlers und Studentenführers Steve Biko (30) in südafrikanischer Haft hat scharfe kirchliche Proteste ausgelöst …

Die griechisch-amerikanische Sängerin Maria Callas starb am Freitag in ihrer Pariser Wohnung in der Avenue Georges Mandel überraschend, vermutlich bei einem Herzanfall …

Der britische Popstar Marc Bolan ist am Freitagmorgen bei einem Autounfall ums Leben gekommen …

Eine Transportmaschine des taktischen amerikanischen Luftkom-

mandos, die, wie berichtet, am späten Mittwochabend im US-Staat Neu-Mexico gegen einen Bergrücken prallte, wäre beinahe in ein Atomwaffendepot gestürzt …

Ein Spieler aus der Zweiten Liga Nord steht auf der Wunschliste zahlreicher Vereine der Fußballbundesliga ganz oben. Die Rede ist von Horst Hrubesch, dem Goalgetter von Rot-Weiß Essen …

Der amerikanische Fußballmeister Cosmos New York, bei dem Franz Beckenbauer und Pele spielen, ist nach einer Meldung der chinesischen Nachrichtenagentur Hsinhua in Peking eingetroffen …

Zwischen einem Hoch bei Island und dem Tief über Rußland strömt weiterhin Meeresluft polaren Ursprungs nach Deutschland ein …

Davon merkte man im Bus aber nicht viel.

Auf den Seiten mit den Heirats- und Bekanntschaftswünschen gefiel mir die Anonnce eines aufrichtigen Schnorrers am besten:

Junger Mann, zum Geldverdienen zu schade, sucht Dame bis 40 J. mit gehobenen Ansprüchen sowie Lebensstandard – bitte Bildzuschrift unt. B 932.

Ob man sich auch so durchs Leben schlagen konnte? Aber was würde man dann sagen, wenn einen die Eltern fragten, wovon man eigentlich lebe? »Ach, ich weiß auch nicht … zum Geldverdienen bin ich mir auf jeden Fall zu schade …«

In Köln steuerte der Fahrer einen Parkplatz an, und da blieben wir aus unbekannten Gründen stehen.

»Das Leben ist wie 'ne Hühnerleiter«, sagte Ralle. »Kurz und beschissen.«

Aber weshalb dauerte dann diese Fahrtunterbrechung so lange?

Ich nahm mir meinen Roman wieder vor. Um den zum Bürgermeister gewählten Bauern Andreas Vöst kleinzukriegen, streute der Pfarrer im Dorf das Gerücht aus, daß der Bauer seinen hilflosen alten Vater mißhandelt habe, und daraufhin stellte sich auch das Bezirksamt quer und verweigerte die amtliche Bestätigung der Wahl. Der übertölpelte Bauer war wehrlos dagegen, und in seiner Wut über den Betrug und die Gemeinheit haute er nach einem Streit im Wirtshaus dem Hieranglbauern einen Bierkrug auf den Kopf und wanderte als Totschläger ins Gefängnis.

Da konnte einen selbst die Wut packen, wenn man das las.

Am ärmsten waren die Ärsche dran, die nachher von Meppen aus noch weiterfahren mußten, bis Dörpen oder womöglich bis Papenburg.

Im Garten hatte Papa neunzehn Mäuse zur Strecke gebracht, und auf dem Bökelberg war Gladbach mal wieder mit dem Schrecken davongekommen, im Spiel gegen St. Pauli, nachdem Berti Vogts persönlich kurz vor dem Abpfiff nach vorne marschiert war und das 2:1 erzielt hatte.

Ich schilderte Michael Gerlach die Highlights der Klassenfahrt in einem langen Brief und machte auch aus meinem Heimweh nach Vallendar kein Geheimnis. Wie das Leben in Meppen weitergehen würde, ahnte ich bereits, bevor ich die neueste Schlagzeile im Aushang des Kiosks am Bahnübergang erblickt hatte.

Hitler – Ich wurde verraten

Armer Adolf! Aber wenigstens in Meppen hatte er ja offensichtlich noch einen Freund, der zu ihm hielt. In Treue fest.

In der großen Pause gingen Hermann und ich in den Neubau hinüber, in das Zimmer, wo eine Redaktionssitzung der Schülerzeitung stattfand. Als einzige Vertreter der Mittelstufe hörten wir uns erst einmal an, was die älteren Gründungsväter zu sagen hatten. Einer von denen hatte sogar schon ein Konto bei der Meppener Kreissparkasse eingerichtet, und ein anderer kannte einen Kleinunternehmer in Esterfeld, dem es angeblich geradezu eine Ehre wäre, die Schülerzeitung zu drucken.

Ein Name müsse noch gefunden werden, und kosten dürfe das Heft nur ganz wenig. Die Schmerzgrenze liege bei fünfzig Pfennig.

Eine von den Schülerinnen aus der Oberstufe hatte einen Minirock an und fläzte sich auf einem Hocker, so daß man ihr bis in den siebten Himmel kucken konnte.

Im *Spiegel* stand eine Reportage über indische Tischsitten. Die Hindus würden dem Trinken ihrer Pisse eine gesundheitsfördernde Wirkung zuschreiben: Die glaubten, daß einen das vor Krebs, Lepra, Pest, Tuberkulose, Bronchitis und Lähmungen schütze. Selbst der Regierungschef Morardschi Desai schlürfe seinen Urin jeden Tag wie Nektar in sich hinein.

Andere Länder, andere Sitten.

Auf die neue Langspielplatte von Wolf Biermann, die es in Meppen nirgendwo gab, war ich neugierig genug, um mit dem Fahrrad bis nach Lingen zu fahren und sie mir da zu kaufen. Zwanzig Kilometer hin und zwanzig zurück, am Rande der B 70, immer entlang an einer der ödesten Routen des Emslands. Auf der Rückfahrt riß der Henkel der Plastiktüte, die ich an den Lenker gehängt hatte, so daß ich meine Fracht in den ausgeleierten Gepäckträger spannen mußte, von dem sie insgesamt fünfmal hinunterfiel, und als ich die so mühsam erworbene LP in Meppen auf den Plattenteller legte, stellte sich heraus, daß sie mehr was für Kinder war, die es toll fanden, Frieden zu spielen.

André François, der Friedensclown, lalla, lallalalla, laaa …

Um mir eingestehen zu können, daß die Platte Kacke war, brauchte ich ein Moratorium. Da hatte ich mich »bekauft«, wie Renate zu sagen pflegte, wenn sie ihr Geld für irgendwelchen Mist verjubelt hatte.

Als ich draußen vor der Hecke wieder Unkraut schöveln mußte, kam auf einmal Didi angeradelt. »Na? So schwer am arbeiten hier?«

»Siehste doch«, sagte ich.

»Ja, das seh ich! Hast gar keine Zeit mehr über für Fußball, was?«

»Im Moment eher nicht.«

»Und später mal?«

»Weiß nicht … kann ich noch nicht sagen …«

»Aber früher, da haste doch öfter mal Zeit gehabt?«

Ich schövelte stur vor mich hin. War ich denn Didi eine Erklärung schuldig, wenn ich keinen Bock mehr darauf hatte, mich im Hindenburgstadion langmachen zu lassen?

»Na denn«, sagte Didi, »ich fahr jetzt mal weiter, zum Training … Soll ich Uli einen Gruß von dir bestellen?«

»Ja, klar, warum nicht …«

In der Nacht darauf kam mir ein Traum, in dem ich in der alten Mannschaft spielte, in besserer Form denn je. In dem Traum überquerte ich völlig sorglos die Mittellinie und bediente Didi mit perfekten Flankenschüssen, und von der Seitenlinie jubelte Uli Möller mir zu.

Endstation Sehnsucht.

Uwe Seeler, Berti Vogts und der Tierfilmemacher Bernard Grzimek wünschten sich nach einer Umfrage, die der *Stern* unter Prominenten veranstaltet hatte, die Wiedereinführung der Todesstrafe für Terroristen. Seeler, Vogts und Grzimek waren also Verfassungsfeinde, denn im Grundgesetz stand ja, daß die Todesstrafe abgeschafft sei.

Der *Stern* brachte auch eine Reportage über einen Bodybuilder aus Österreich. Der stemmte täglich fünfzig Tonnen Gewichte. Oberarmumfang bei angespanntem Bizeps: 57 Zentimeter. Mister Universum. Dessen Brustmusukulatur sah aus wie künstlich aufgepumpt.

»Jane bleibt Jane« hieß ein Fernsehfilm, in dem eine Frau, die ich bis dahin nur als Reklametante im Einsatz für das Waschpulver Ariel gekannt hatte, eine Charakterrolle als eingebildete Geliebte von Tarzan spielte. Johanna König. In dem Film lief sie in einem Tigerbikini im Altersheim herum und sehnte sich nach Afrika, was einerseits zum Totlachen und andererseits tieftraurig war.

»Gehst du mit deinen Eltern morgen auch zum Schulball?« fragte mich Hermann. Dieser Ball fand statt, weil das Kreisgymnasium 325 Jahre alt geworden war, aber die Einladung hatte ich Mama gar nicht erst gezeigt, weil Papa da ja doch nicht mit ihr hingelatscht wäre.

Im Derby gegen Gladbach ging Düsseldorf ruhmlos mit 1:3 unter. Es würde sich beim Rückspiel im Europapokal zeigen, ob Gladbach trotzdem noch immer in einer Formkrise steckte.

Am Montag nahmen Hermann und ich nach der fünften Stunde an der nächsten Redaktionssitzung teil. Nach langem Gebabbel einigte sich die Versammlung darauf, eine LP als Gewinn für den Einsender des besten Namensvorschlags für die Schülerzeitung auszuloben.

Mitten in einer Deutschstunde traf mich der Blick von Michaela Vogt wie ein heißer Strahl. Ich hielt ihm stand, so gut ich konnte, aber dann sah sie doch wieder woandershin, und in der großen Pause drehte sie sich nicht einmal nach mir um, obwohl ich fünfmal dicht hinter ihr vorüberspazierte.

Aus diesem Mädchen sollte einer schlau werden.

Jetzt ging auch Volker wieder auf Klassenfahrt, nach München, und ich suchte in seinem Zimmer nach Zigaretten. Wenn ich da nach Staubflusen oder vergilbten Raketenbauplänen gesucht hätte, wäre ich schneller am Ziel gewesen. Eine durchgebrochene Fluppe war am Ende alles, was ich auftreiben konnte.

Im Rückspiel gegen Vasas Budapest trat die altbekannte Heimschwäche der Fohlen zutage. Es reichte nur zu einem 1:1, aber immerhin, damit war Gladbach für die nächste Runde qualifiziert.

Seit das vom Bundestag beschlossene Kontaktsperregesetz in Kraft war, durften die Häftlinge in Stammheim nicht mehr miteinander reden und auch nicht mit ihren Anwälten. Das sei ja eigentlich 'n starkes Stück, sagte Hermann, wenn ein Rechtsstaat Gefangenen das Gespräch mit ihren Anwälten verbiete. Seiner Meinung nach säßen die wahren Systemveränderer im Bonner Bundestag.

Mama hatte eine zweite Eintrittskarte für ein Theaterstück über, in dem es laut ihrem Schauspielführer höher herging als in jedem Fernsehkrimi.

Penthesilea, rasend in Haßliebe, rückt mit Elefanten und Hunden gegen Achilles, stürzt sich mit ihren Hunden auf ihn und zerfleischt ihn, nachdem sie ihn mit einem Pfeil durch den Hals getötet hat. Als sie aus ihrem Rausch erwacht, tötet sie sich selbst …

Elefanten in der Aula? Das wollte ich sehen, und ich wartete die ganze Zeit gespannt auf diese blutige Schlachtszene, aber als es endlich hart auf hart kam, zeigte sich, daß die Theaterdirektion am falschen Ende gespart und die Elefanten außen vor gelassen hatte. Was mich außerdem noch störte, waren die Kostüme der Amazonen, denn die hätten ruhig ein bißchen mehr Haut zeigen können.

Mama war trotzdem begeistert, allerdings weniger wegen der schauspielerischen Leistungen als wegen der Musikalität der Sprache des Dichters Heinrich von Kleist, der das Drama geschrieben hatte. »Die abgestorbne Eiche steht im Sturm, doch die gesunde stürzt er schmetternd nieder, weil er in ihre Krone greifen kann …« Da müsse man doch taub sein, wenn einen das nicht mitreiße.

In ihrer Hochstimmung spendierte Mama uns danach in der Innenstadt jeweils eine Bratwurst, »auf die Faust«, und in der Georg-Wesener-Straße drückte meine werte Frau Mutter sogar noch aus Jokus auf den Knopf an der Ampel, damit sie für die Autofahrer auf Rot umsprang. Unsereinem war das streng verboten worden.

Ein Anschluß- und ein Ehrentreffer, das war alles, was Gladbach den Kölnern beim 2:5 auf dem Bökelberg entgenzusetzen hatte. Für Hennes Weisweiler mußte das eine Genugtuung sein und für Lattek ein Schuß vor den Bug.

Als Andenken an seine Klassenfahrt präsentierte Volker uns eine häßliche Plastiktöle, die er an einer Schießbude auf dem Oktoberfest gewonnen hatte. Die Jugendherberge sei das letzte Loch gewesen, mit Sanitäranlagen, die im wahrsten Sinne des Wortes zum Himmel gestunken hätten, aber München entschädige einen für alles: Bei den U-Booten, Torpedos und Flugzeugen im Deutschen Museum hätte er's noch tagelang ausgehalten.

Wenn Volker mal heiraten sollte, dann wohl am besten eine Amazonenkönigin, die seine Vorliebe für Kriegsspielzeug teilte und ihn trotzdem nicht auffressen wollte.

Die Herbstferien brachten den Vorteil mit sich, daß der Quälgeist Wiebke nach Bonn abgeschoben wurde, und den Nachteil, daß ich zwei Wochen lang durchhalten mußte, ohne Michaela Vogt zu sehen.

Draußen goß es. Meppen war ein Regenloch, ein verschissenes, verfluchtes. Ich ließ die Jalousien runter und legte meine Lieblingsplatte auf.

Bright are the stars that shine,
Dark is the sky …

Da schrillte das Telefon. Michaela! Ein Fall von Gedankenübertragung: Sie konnte es nicht mehr aushalten ohne mich, und jetzt riskierte sie's und rief hier an. Unter irgendeinem Vorwand: Ob ich vielleicht wüßte, wo ihr Zirkelkasten abgeblieben sei, sie habe schon überall danach gesucht …

Ich jagte nach unten und griff zum Telefonhörer, mit klopfendem Herzen, und am anderen Ende meldete sich Oma Jever mit der Frage, was wir heute gegessen hätten. »Bei uns hat's Puterkeulen gegeben, o wie lecker!« Sie mache morgen Gurken ein, und baden würde sie jetzt immer mit Reichenhaller Latschenkiefer.

So lebte sich's in unserer Überflußgesellschaft, wenn man kalorienreiche Mahlzeiten und prickelnde Badezusätze für das Nonplusultra hielt.

Im ZDF wurde ein Bühnenwerk von Gerhart Hauptmann gezeigt. Die Hauptrolle spielte ein Fuhrmann namens Henschel, der seiner sterbenden Frau versprach, nach ihrem Tod ganz bestimmt nicht die Magd Hanne zu heiraten, aber dann tat er's doch, und als er Wind davon bekam, daß diese Magd fremdging, kriegte er die Wut; zuerst auf die Leute, die ihm das erzählt hatten, dann auf die Magd und zuletzt auf sich selbst. »Wo ein Henschel hinhaut, da wächst kein Gras mehr«, sagte einer, und am Ende hängte der alte Fuhrmann sich auf.

»Tja«, sagte Papa und reckte und streckte sich, bis es knackte. »Das ganze Unglück in der Welt kommt bloß daher, daß die Leute alle kreuz und quer durcheinandervögeln.«

Männer ohne Nerven.

Was gab's Neues? In einem Freundschaftsspiel gegen Italien behielt die deutsche Elf die Oberhand, das Wetter wurde wieder besser, und zu fressen kriegten wir eine neue Gemüsesorte: Chinakohl. Damit konnte sich aber auch Papa nicht anfreunden.

Von meinen Ersparnissen kaufte ich mir das Weiße Album der Beatles, eine Doppel-LP, die sich zum Teil mit dem Blauen Album überschnitt, aber das war halt nicht zu ändern.

Manche Stücke fand ich zu radaumäßig, »Birthday« und »Helter Skelter« zum Beispiel, und was die Beatles mit »Revolution 9« bezweckten, einer Kakophonie aus Gestammel, Musikfetzen und Radiosendungsschnipseln, verstand man wohl nur, wenn man vorher die richtigen Drogen genossen hatte. (Mir waren noch nie welche angeboten worden.)

Ein paar Songs waren so mittel und einige Spitze, und der Rest war, schlicht und ergreifend, genial.

Half of what I say is meaningless
But I say it just to reach you, Julia.

Da war schon die Sprache so einmalig schön.

Swaying daisies sing a lazy song beneath the sun …

Mama behauptete immer, daß Französisch die schönste Sprache sei, aber gegen die Beatles kamen die Franzosen nicht an. Die konnten sich ihren accent circonflexe an den Hut stecken.

Und selbst wenn die Beatles was Trauriges sangen, hörte sich das verheißungsvoll an. Im Diesseits gab es doch eben etwas Schöneres als Fußschweiß und Matheklausuren, auch wenn sich das bis nach Meppen wohl noch erst herumsprechen mußte.

So many tears I was searching
So many tears I was wasting
Oh … Oh …

Das war das Leben. Und nicht das, was ich arme Sau hier führte. Und auch nicht das, was Mama und Papa führten. Verglichen mit denen hatte ich's ja noch relativ gut: In dreieinhalb Jahren würde ich aus Meppen abhauen, irgendwohin, wo die Musik spielte, und ich würde den Teufel tun und mir nach dem Studium von was auch immer einen Job in einem Kaff wie Meppen suchen. Geschweige denn in Meppen selbst. Als Lokalreporter der *Meppener Tagespost* womöglich, um bis zur Rente von Kegelvereinsfeiern und der Neugestaltung irgendwelcher Sparkassenparkplätze zu berichten. Oder als Pauker am Kreisgymnasium! Das Allerhinternachletzte!

Mama und Papa dagegen waren hier gefangen, mindestens bis zu Papas Pensionierung irgendwann in grauer Zukunft. Und in der ganzen Zeit würde sich absolut nicht das geringste ändern. Papa würde mufflig zur Arbeit fahren, mufflig zurückkommen und dann in der Werkstatt abtauchen oder im Garten, und Mama würde einkaufen, kochen, aufräumen, saubermachen und sich abends vor die Flimmerkiste hocken. Jahrein, jahraus. Mit krampfigen Familienfeiern als einzigem Lichtblick. Und die brachten mehr Streß mit sich als gute Laune.

Als Jugendlicher in Meppen festzustecken war ja schon schlimm genug. Aber als Erwachsener? Dazu verurteilt, erst im Greisenalter von hier verduften zu dürfen? Grauenhaft. Und dazu kam noch, daß Mama und Papa jetzt schon viel zu alt waren, um sich mit der Musik von den Beatles trösten zu können. Ich selbst wußte gar nicht mehr, wie ich es früher ohne meine Platten ausgehalten hatte in diesem erdrückenden, stinkenden Scheißhaufen namens Meppen.

Den neuen Wirtschaftsminister Otto Graf Lambsdorff, der kriegsverletzt war und am Stock ging, nannte man in Bonn »Seine Eloquenz Graf Silberkrücke«. Das war auch wieder einer von der FDP. Das Wirtschaftsministerium verwalteten die irgendwie in Erbpacht.

Mama brach zu einer großen Tour auf, von Meppen über Hannover und Hildesheim nach Bielefeld und Bonn, wo Wiebke eingesammelt werden mußte, aber von mir aus hätte diese alte Pißnelke ruhig noch länger in der Ferne weilen können.

Neue Post aus Vallendar:

Hallohallollollo.

Viel zu schreiben gibt es ja nicht. Also, der Harald hat sich ein Auto angeschafft. Nicht gekauft, nee. Geliehen vonner Bekannten. 14 Jahre alt isse, die Mühle (nicht die Bekannte), und außerdem 'n Käfer. Was sind schon 14 Jahre für 'nen Käfer? Die paar Roststellen. Und daß die Beifahrertür während der Fahrt ab und zu mal aufgeht, was issen schon dabei? Alles Kleinigkeiten. Nur der Spritverbrauch fällt ins Gewicht. Der würde nämlich jedem Straßenkreuzer zur Ehre gereichen. Die Hauptsache ist jedenfalls, daß das Auto fährt. Jedenfalls manchmal, wenn nicht gerade die Benzinleitung verstopft ist oder irgendwelche Teile aus dem Motor herausfallen. Aber wenn es fährt, ja dann … wow, dann entfaltet sich die volle Schubkraft von altersschwachen 30 PS. Allerdings wäre es besser, auf diese Schubkraft zu verzichten, da erstens das Motorgeräusch die Verwendung von (leider nicht vorhandenem) Ohropax erfordert und zweitens die Bremsen die Verzögerung auf Nullgeschwindigkeit nur dann ermöglichen, wenn irgendwo ein Baum zurhand ist. Da jedoch die Höchstgeschwindigkeit die eines Mofas nur unwesentlich überschreitet (ca. 80 km/Woche, aber auch nur bei Rükkenwind, Gefälle und maximal zwei Motorschäden pro km), braucht man sich um die Wirkung der Bremsen eigentlich nur dann Sorgen zu machen, wenn man losfährt, weil die Dinger ab und zu klemmen und dann plötzlich Verzögerungswerte erreicht werden, als ob man einen Rennwagen unter dem Hintern hätte.

Aber die Scheibenwischer, die funktionieren. Und was will man mehr?

Das war's von Haralds Mistkarre. Was ist sonst noch passiert? Ach ja, mein Lateinlehrer will mir einen meiner Trickfilme abkaufen. Für 5 DM. Toll, was? Ich hab ja schon immer gewußt, daß der Kerl total bekloppt ist.

Gestern haben sich in der Pause 'n paar Kommunisten vor das Schulhoftor gestellt und da mit 'ner Flüstertüte irgendwas rumgebrüllt. Verstehen konnte man nichts, weil das Ding irgendwie kaputt war, jedenfalls hat's meistens bloß gerauscht. Ich hab nur den Namen von 'nem Lehrer verstanden, der bei uns unterrichtet und ziemlich rechts ist. Unser Physiklehrer ist gleich ans Tor gesprungen und hat es zugeschmissen, damit keiner rauskonnte. Schließlich ist »das Verlassen des Schulgeländes untersagt«. Der Physiklehrer ist übrigens auch ziemlich rechts. Das wird wohl noch irgendwelche Nachspiele haben. Der DMGS bleibt am Ball.

Ein Freund vom Harald ist vor ein paar Tagen aus Indien zurückgekehrt. Jetzt liegt er im Krankenhaus. Gelbsucht oder so was. Also: Vor dem Lesen dieses Briefes das Papier desinfizieren. Haste nich' gemacht? Dann biste verseucht, hähähä!

So, ich warte mal bis morgen, vielleicht is' bis dahin was passiert.

Heute ist morgen, aber es ist beim besten Willen nichts passiert, aber auch gar nichts. Na ja, ist ja jeden Tag so.

Die nächsten Tage ist auch nichts los gewesen. Also hör ich jetzt auf und mach Schluß.

Tschö – zappeldipappel.

Wolfgang Kleff war endlich wieder fit, doch im Weserstadion büßte Gladbach in den letzten neun Spielminuten durch Dusseligkeit zwei Punkte ein, als Bremen beim Stand von 1:2 den Ausgleichstreffer schoß und dann auch noch den Siegestreffer. Auf dem elften Platz stand Gladbach jetzt und damit bereits im oberen Einzugsbereich der Abstiegszone. Es war eine Schande.

Um den Forderungen der Schleyer-Entführer Nachdruck zu verleihen, hatten palästinensische Terroristen ein Flugzeug voller Touristen gekapert, die Landshut, eine Lufthansa-Boeing, die jetzt irgendwo zwischen Zypern, Beirut und Damaskus herumflog, und dann hieß es, daß die Maschine Kurs auf Bagdad nehme und dann auf Kuwait und dann auf Bahrein und dann auf Dubai.

Dubai fand ich im Diercke-Atlas auf Seite 96 in dem Rechteck G 4, auf einer Landspitze zwischen dem Persischen Golf und dem Golf von Oman.

Was da wohl für Gangster den Ton angaben?

Im DFB-Pokal besiegte Gladbach den Bonner SC mit 3:0, und Bayern München war vom FC Homburg, hahaha, mit 3:1 geschlagen worden.

Papa fuhr am Sonntagvormittag in dichtem Nebel ab, nach Bielefeld, wo Oma Schlossers 78. Geburtstag in kleinem Kreis gefeiert werden sollte.

In den Nachrichten hieß es am Nachmittag, daß der Landshut im Südjemen keine Erlaubnis zur Landung erteilt worden sei. Diese Luftpiraten wußten wohl selbst nicht so genau, wo sie hinwollten. Bedasselter ging's ja überhaupt nicht mehr. Ein Flugzeug entführen und dann ziellos in der Gegend herumdüsen. Da fragte man sich doch, was die Hijacker sich davon versprachen?

Dann wurde gemeldet, daß die Landshut in Aden gelandet sei, aber wo steckte jetzt der Scheiß-Diercke?

Mama kam mit Wiebke superspät in der Meppener Nebelsuppe an. Man habe ja kaum mal drei Meter weit sehen können, sagte Mama, und jetzt brauche sie einen Sherry.

Papa ließ sogar noch länger auf sich warten.

Von dem Kiosk am Bahnübergang lachte mir morgens die neueste Ausgabe der *National-Zeitung* entgegen.

›Juden-Verbrennungen‹ erfunden

Die Lügen gegen deutsche Soldaten

Kommt Hitler wieder?

In Meppen war alles beim alten.

In der großen Pause gingen Hermann und ich zu Meyer, wo ich mir den neuen *Spiegel* kaufte. »Terror«, stand groß auf der Titelseite, und darunter: »Schleyer«, »Flugzeug«, »Atom«.

»Wieso Atom?« fragte Hermann. Das sei eine »Unstimmigkeit«.

Diese Unstimmigkeit klärte sich beim Lesen des betreffenden Artikels über mögliche Akte der Sabotage gegen Atomkraftwerke auf. Damit könnten Terroristen ganze Landstriche auf Jahrzehnte hinaus verseuchen.

Im *Spiegel* stand auch ein Aufsatz über Heinrich von Kleist, der in diesen Tagen 200 Jahre alt geworden wäre, wenn er sich nicht 1811 erschossen hätte, zusammen mit einer Freundin, »deren Seele wie ein junger Adler fliegt«, laut Kleist, der das geschrieben hatte, als es seine »ganze jauchzende Sorge« war, »einen Abgrund tief genug zu finden, um mit ihr hinabzustürzen«.

Bassa Teremtetem! Von Heinrich von Kleist würde ich mir mal was holen bei Gelegenheit, aus der Stadtbücherei.

Die Landshut war in Mogadischu in Somalia gelandet, und da schmissen die Entführer die Leiche des erschossenen Piloten aus dem Flugzeug. Jürgen Schumann. Auf eine Geisel mehr oder weniger schien es denen nicht anzukommen.

Die alte Unterhose wieder anziehen oder sich die Mühe machen, eine frische aus dem Schrank zu holen, das war jeden Morgen die gleiche Herausforderung, aber nicht an diesem Dienstagmorgen. Da war es egal, in was für 'ner Unterhose ich den Tag über rumrennen würde: Eine Spezialeinheit deutscher Polizisten hatte die Landshut gestürmt, alle Geiseln befreit und bei dieser Aktion drei der Entführer erschossen. Eine Komplizin hatte schwerverletzt überlebt.

Hermann meinte, daß die Bullen jetzt bald auch die anderen Ganoven zu fassen kriegten. Das sage ihm sein sechster Sinn. Die hätten irgendwie den Bogen überspannt, und wenn sie vernünftig wären, dann würden sie den Schleyer laufen lassen.

Mittags kam die Nachricht, daß sich drei der vier in Stammheim einsitzenden Terroristen umgebracht hätten: Baader erschossen, Raspe erschossen, Ensslin erhängt. Nur Irmgard Möller sei dem Tod von der Schippe gesprungen, mit schweren Schnittverletzungen. Die Pistolen, mit denen sich Baader und Raspe erschossen hätten, seien in den Knast hineingeschmuggelt worden.

Mord oder Selbstmord, das war die Frage, über die auch bei der nächsten Sitzung der Schülerzeitungsredaktion heiß diskutiert wurde. Andreas Baader habe merkwürdige Sandspuren an den Kreppsohlen seiner Schuhe gehabt …

Er traue dem Führungspersonal der BRD ja so einiges zu, sagte Hermann, aber nicht den Mord an irgendwelchen Hampelmännern.

Das seien ja nun nicht irgendwelche Hampelmänner gewesen, die da gekillt worden seien, sondern eindeutig politisch ganz bewußte Vorkämpfer einer besseren Gesellschaftsordnung, auch wenn man über die Methoden dieser Typen natürlich streiten könne, sagte ein vollbärtiges Monstrum aus der Oberstufe, und dann stand auf einmal das Wort Hungerstreik im Raum. Ob wir nicht selbst einen Hungerstreik machen wollten, hier und jetzt, aus Protest gegen die Morde in Stammheim …

Die hätten zuviele Krimis gesehen, sagte Hermann, als wir in der Stadtschänke saßen und einen hoben. Er komme da nicht mit. »Die haben doch 'n Vogel, wenn sie glauben, daß der Baader und seine Kumpane da irgendwie meuchlings exekutiert worden sind. Oder glaubst du vielleicht an diesen Quatsch?«

Ich glaubte an gar nichts, und es erstaunte mich auch nicht, daß die Polizei bald darauf Schleyers Leiche entdeckte, im Kofferraum eines Autos. Der Bundesregierung teilte die RAF dazu mit:

Wir haben nach 43 Tagen Hanns-Martin Schleyers klägliche und korrupte Existenz beendet.

Per Genickschuß. So hatten die sich ihre Geisel vom Halse geschafft.

Den stürmischen Fohlen hielt Roter Stern Belgrad nicht einmal im Heimspiel stand. 0:1 Schäfer, 0:2 Heynckes, 0:3 Simonsen. Hoho! Und wenn die jugoslawischen Vereinsoberen den Trainer entließen, würden sie noch genau so blöde dastehen mit ihrer Holzhackertruppe.

Mama tippte Einladungen zur Feier von Papas Fünfzigstem, die im November stattfinden sollte, an dem Wochenende nach dem Geburtstag, der auf einen Donnerstag fiel. Mit rund dreißig Gästen sei zu rechnen, sagte Mama, und es müsse kein Lokal gemietet werden. Hier zuhause sei die ganze Chose doch gemütlicher und billiger zu haben.

Als ich mich auf den neuen Fotos erblickte, hätte ich fast gekotzt. In Papas altem Schlabberpulli sah ich aus wie ein Doofi, und mit meiner Grünschnabelfresse wäre ich auch sonst kein schöner Anblick gewesen.

Auf dem Bökelberg war Gladbach den Bayern noch immer gewachsen und gewann mit 2:0 durch Tore von Heynckes in der 9. und der 48. Minute. Ob es nun wohl endlich aufwärtsging?

Zur Strafe für die verfehlte Kreisreform war die CDU in Jever bei den Kommunalwahlen von 44% auf 28,2% abgeschmiert, während sich die SPD von 44,2% zu satten 62,9% emporgeschwungen hatte. In den meisten anderen Bezirken sahen die Ergebnisse ganz ähnlich aus.

Da hätten sie aber einen Nackenschlag verpaßt gekriegt, die Brüder, sagte Oma, als sie anrief, um ihre Freude mit uns zu teilen.

An dem Abend ging ich mit Mama mit zu einer blöden Komödie, die in der Aula dargeboten wurde, und das beste war, daß Mama hinterher vor unserem Haus selber abermals gegen das Tabu verstieß, auf den Ampelknopf zu drücken, dessen Betätigung die Autofahrer auf der Georg-Wesener-Straße zum Anhalten zwang.

Im Radio sang Gilbert Bécaud.

Elle avait un joli nom, mon guide
Nathalie ...

Der hatte einen runden Geburtstag.

L'important,
c'est la rose,
crois-moi ...

Otto Waalkes hatte dieses Lied mal parodiert: »L'Impotenz dans ma Hose.« Ob Gilbert Bécaud das wußte?

In Englisch beorderte die Gewonk einen gewissen Mr. Finch als Referendar in die vordere Gefechtslinie.

Ihr Ehrensklave, der heißt Finch,
den nimmt sie täglich in den Clinch,
das härtet ab fürs frühe Grab,
Gewonk, Gewonk, Gewonk!

Hermann und ich skandierten die neue Strophe auf dem Pausenhof, bis wir merkten, daß die Gewonk die Aufsicht führte. Hoffentlich hatte die nichts von unserer Einlage mitgekriegt.

In Erde ging's um die drei Klimatypen (tropisch, gemäßigt, polar) und in Sozialkunde um die Manipulation durch Massenkommunikationsmittel, aber ich hatte nur Augen für Michaela Vogt. Von der schädlichen Wirkung der Massenkommunikation hatte ich in diesem Fall noch nichts bemerkt, und in einer tropischen Klimazone hätten Michaela und ich vielleicht schon mal ein Faß zusammen aufgemacht.

Um mich zu bilden, kaufte ich mir ein Taschenbuch mit Essays von Thomas Mann und nahm mir vor, darin bis drei Uhr morgens zu lesen. In einem der Essays berichtete Thomas Mann von einer Schiffsreise nach Amerika. An Bord des Schiffs mußten die Uhren jeden Tag ein Stückchen zurückgestellt werden, wegen der Zeitverschiebung. Die gewonnene Zeit, schrieb Thomas Mann, würde ihm am Zielhafen aber nichts nützen:

Denn Zeitgewinn ist nicht Lebensgewinn, und wenn wir versuchten, dem Kosmos ein Schnippchen zu schlagen, und, drüben angelangt, weder vorwärts noch rückwärts gingen, sondern mit unseren sechs Stunden sitzenblieben und sie hüteten wie Fafner den Hort, so würde damit der uns organisch beschiedenen Lebensfrist nicht eine Sekunde hinzugefügt sein …

Um nicht einzuschlafen, rieb ich mir das Gesicht zwischendurch mit einem nassen Waschlappen ab. Besonders aufregend war es nicht, was Thomas Mann da zu Papier gebracht hatte. Manchmal fiel mir erst am Ende einer Doppelseite auf, daß ich zwar alles gelesen, aber mir nichts davon gemerkt hatte.

Bis halb drei hielt ich durch; dann fiel mir vor Müdigkeit immerzu das Buch aus der Hand. Irgendwann ließ ich es liegen, um es niemals wieder anzufassen, schon aus Ärger nicht, weil mir das ganze Experiment nichts eingetragen hatte außer Langeweile und am nächsten Morgen dann noch schlafmangelbedingten Kopfschmerzen.

Aus Bad Sassendorf erhielt ich einen Brief von Tante Lena, mit einem eingelegten Fünfmarkschein.

Lieber Oliver!

Die verwechselte mich wohl mit einem meiner Vettern oder mit sonstwem, denn sie war ja mittlerweile auch schon über Achtzig und befand sich in einem Senioren-Pflegeheim. Wenn ich es zeitlich einrichten könne, schrieb sie, solle ich mal schreiben, denn ihr Leben sei oft sehr einsam, und sie selbst sei ein sterbensreifes Wrack und habe schon wochenlang keinen Besuch mehr bekommen. Wegen ihrer Gehbehinderung könne sie nichts unternehmen. Für die schlechte Handschrift bat Tante Lena um Entschuldigung: Die Beweglichkeit des rechten Armes und der Hand wollten trotz vieler Massagen und Gymnastik nicht besser werden. Daher habe sie sehr viele Briefschulden, und bald würden ihr alle Verwandten böse sein. Das Altwerden sei oft schwer, doch der treue Gott werde wissen, warum …

Solche Briefe konnten einem Angst einjagen, einerseits vorm Älterwerden und andererseits vor der Möglichkeit, diese Tante jemals besuchen zu sollen, ihr die knochige Hand zu schütteln und sich dann stundenlang das Jammern über die Gicht und die Einsamkeit anhören zu müssen. An der Wand Albrecht Dürers »Betende Hände« als Kunstdruck im Wechselrahmen, auf der Fensterbank 'ne tote Wespe und neben der Nachttischfunzel ein Traktat über die Kunst des Sterbens, so stellte ich mir das Pflegeheimzimmer vor, und da zog es mich nicht hin. Ich kam mir ein bißchen schäbig vor deswegen, zumal Tante Lena sich als Geschenk für mich fünf Mark von ihrer Rente abgeknapst hatte, aber ich hätte wirklich keine Lust dazu gehabt, dieser gebrechlichen Großtante einen Besuch abzustatten.

Mich interessierte mehr die große Politik. »Afrika ist kein Exerzierfeld für pervertierte Vorstellungen von parlamentarischer Demokratie«, hatte Franz-Josef Strauß im Bundestag gesagt, um seine Kumpanei mit afrikanischen Diktatoren zu rechtfertigen. Deutschland hätte der wahrscheinlich auch am liebsten als Diktator regiert, wenn er gedurft hätte.

Johan Cruyff gab seinen Länderspielabschied. Mit dreißig Jahren! Stanley Matthews war noch als 41jähriger Feldspieler zu Europas Fußballer des Jahres ernannt worden, und was hatte man von einer WM zu erwarten, bei der die holländische Mannschaft ohne Cruyff antreten würde?

In Kunst sollten wir ein politisches Plakat zeichnen, egal, mit welcher Aussage. Hermann pinselte einfach eins von Klaus Staeck nach, mit ordensbehangenen Generalen der Bundeswehr:

Wir produzieren Sicherheit (für die Aktionäre der Rüstungsindustrie).

Um den Lorber zu ärgern, malte ich eine Bombe mit einem Lorbeerkranz obendrauf und mit einer feuersprühenden Zündschnur an der Seite.

»Thema verfehlt«, sagte Hermann, als er das sah.

Ralle malte ein Protestplakat, auf dem ein überschäumender Humpen Bier zu sehen war. »Alkohol? Ja – aber nur in Maßen!« Diesen Aufruf zur Mäßigung schrieb er obendrüber, aber weil er Großbuchstaben benutzte, stand da:

ALKOHOL? JA – ABER NUR IN MASSEN!

Zum Klavierüben vermochte ich mich immer seltener aufzuraffen, aber von meiner Gage fürs Fensterputzen kaufte ich mir ein Taschenbuch über Beethoven. Als Jüngling hatte der einmal Mozart getroffen und behauptet, auf dem Pianoforte über jedes Thema frei improvisieren zu können.

Verdutzt blickte Mozart in die Runde, klopfte dem jungen Pianisten freundschaftlich auf die Schultern und sagte: »Auf den gebt acht, der wird einmal in der Welt noch von sich reden machen!«

Da hätte ich gern Mäuschen gespielt, bei dieser Begegnung. Oder bei der ersten zwischen Paul McCartney und John Lennon. Oder bei der allerersten zwischen Müller, Maier und Beckenbauer. Da hätte einer mit der Kamera dabeistehen müssen. Was dieser Film wohl wert wäre inzwischen!

Papa baute zwei neue große Kompostsilos, und er wollte höchstpersönlich auch die Polstergarnitur neu beziehen, obwohl Mama gerade mit viel Glück die Nummer eines Polsterers ermittelt hatte.

Von mir aus hätte Mama auch die Nummer eines professionellen Blätterharkers ermitteln können, aber was mich am meisten fertigmachte, war die Hausaufgabe, den Flächeninhalt irgendwelcher Kreise zu berechnen. Wie gut hatten es doch die Neandertaler gehabt – ohne Polstergarnituren, aber auch ohne Mathe!

Dafür war Gladbach wieder in Form: Nach einem Hattrick von Allan Simonsen lag Braunschweig zur Pause mit 0:3 hinten und mußte sich am Ende mit 0:6 geschlagen geben. Sauber.

Oma Jever rief an, um uns mitzuteilen, daß sie drei Richtige im Lotto habe, »endlich, endlich«, und daß Tante Gisela mit einem neuen Mann in engerer Verbindung stehe, der offenbar recht wohlhabend sei. Zu Papas Geburtstagsfeier wolle dieser Mensch aber nicht mitkommen. Der gehe nicht so gern aus sich heraus.

»Dann soll er's eben bleiben lassen«, sagte Mama.

Bei der nächsten Fensterputzorgie ließ ich das Weiße Album laufen.

Crabalocker fishwife pornographic
priestess boy you been a naughty girl,
you let your knickers down …

Genau an dieser Stelle kam Mama ins Wohnzimmer rein und fragte: »Na, was macht dieses unartige Mädchen da?«

»Knickers« waren Damenschlüpfer, wie ich später herausfand. Ich hatte nicht geahnt, daß diese Songzeile so anzüglich war.

Den Thriller »Achterbahn«, der im Germania an der Hubbrücke lief, wollte mal wieder niemand ansehen außer mir. Ich fragte sogar Wiebke, aber die winkte ab: »Interessiert mich nicht …« Ein von mir spendiertes Eis fressen, das konnte sie, aber mir dann auch mal 'ne Gefälligkeit zu erweisen, das war nicht drin, und ich mußte alleine hin.

Der beste Moment war der, in dem das Saallicht erlosch und keiner mehr so genau sehen konnte, daß niemand neben mir saß, und der zweitbeste, als der erste große Achterbahnunfall passierte. Den hatte ein Saboteur herbeigeführt, der sich danach mehrmals telefonisch vernehmen ließ, aber nie so lange, daß der Anruf zurückverfolgt werden konnte. Das hätte man sich merken können, als Verbrecher: Ganz kurz angebunden sein am Telefon, sardonisch lachen und den Hörer auflegen, bevor die Bullen einen am Schlafittchen kriegen.

Den Hauptdarsteller, George Segal, kannte ich bereits aus Robert Altmans Glücksspielerfilm.

Ich hatte schon gedacht, jetzt wär's vorbei, aber dann lag doch wieder ein dicker Umschlag mit Michaels Absenderangabe auf der Treppe.

Blblbl.

Wir hatten mal wieder Klassenfest. Meine Erfahrungen vom letzten Mal kühl in Betracht ziehend, ging ich nicht hin. Es soll nicht viel besser geworden sein als letztes Mal. Weil eine »Lehrperson« mitmußte und sich kein Lehrer in Aussicht dessen, was ihn erwartete, meldete, gaben sie einfach den Längsten aus der Klasse (1,87 m) als »Studienreferendar Baum« aus, und alles ging glatt. Mehr weiß ich von dem »Fest« nicht. Is' auch besser so.

Im Moment hab ich Ferien. Sonst hab ich außer Langeweile nichts, nich' mal Geld. Woher auch? Wenn man den ganzen Tag im Zimmer hockt und die Wände anstarrt? Damit läßt sich natürlich kein Geld machen. Im Radio hör ich gerade: »Gravedigger is on its way to you.« Schluck.

Der Harald hat's gut. Sitzt als Student in Aachen und haut auf die Pauke. 100 Mark hatter in einer Woche ausgegeben! Soviel brauche er wohl jede verdammte Woche, sagter. Menschenskinder! Hundert Mark! In der Woche! In sieben Tagen! Einfach ausgegeben! 14 Mark am Tag verpraßt!! Von 14 Mark leb' ich 'n ganzes Jahr. Und der schmeißt das Geld an einem einzigen Tag irgendwelchen Kapitalisten in den Rachen. Frißt Kaviar und Cremeschnitten, und unsereiner knabbert an seinem versteinerten Brotknusen herum. Selbst die Mehlwürmer für unsere neue Dohle haben's da besser. Haferflocken kriegense und schönes, frisches Weißbrot. Da soll einer nich' überschnappen. Und auch die Wellensittiche, die genäschigen Viecher, werden von früh bis spät mit auserlesenen Spezereien beliefert. Honigperlen, Vitaminkörner, knakkige Salatblätter und so weiter. »Gravediggers get a job to do, Gravediggers are waiting for you …« Der Kerl im Radio soll die Schnauze halten.

Bis jetzt hab ich ja nur Mist geschrieben. Das ändert sich wohl auch nicht mehr. Ich schildere bloß wahrheitsgetreu, wie es hier ist. Und Du Dussel sehnst Dich nach hier zurück! Du weißt überhaupt nicht, was für ein Glück Du hast. Oder es ist so, daß Old Valla im Vergleich mit Meppen wie das reinste Paradies abschneidet. Dann hast Du aber wahrlich nichts zu lachen! Wenn ich mir das vorstelle … Vallendar ein

Paradies ... nee, das geht nicht. Dann wäre Meppen längst entvölkert (durch Selbstmord). Also, sei froh, daß Du in Meppen wohnst.

Meinen geharnischten Antwortbrief trug ich noch am selben Tag zum Postamt. Da hing ein Fahndungsplakat aus, mit einem Foto von Susanne Albrecht oben links an erster Stelle. Den verkniffenen Gesichtsausdruck hätten sich diese steckbrieflich gesuchten Gestalten sparen können, denn man wußte ja auch so, daß sie gegen den Staat waren.

Von Gladbach wurde Roter Stern Belgrad auf dem Bökelberg an die Wand gespielt, mit 5:1, wobei sogar ein Eigentor der Gastmannschaft gefallen war, und da kriegte ich fast doch schon wieder Lust dazu, meine Karriere beim SV Meppen fortzusetzen.

Aus dem Zeitschriftenregal bei Meyer angelte sich Hermann das Satiremagazin *Pardon* heraus, aber das war blöd. Da erklärte einer allen Ernstes, daß er beim Meditieren die Schwerkraft überwunden habe.

Kein Witz: Ich kann fliegen!

Um mein Spektrum zu erweitern, kaufte ich mir auch mal die von linken Radikalinskis verfaßte Monatszeitschrift *konkret*. Darin stand ein Bericht von Atomkraftgegnern, die von der Polizei und dem Bundesgrenzschutz mit schikanösen Mitteln behindert worden waren, auf der Fahrt zu einer Demonstration in Kalkar.

Zur Atomkraft hatte ich keine Meinung, aber wenn jemand dagegen protestieren wollte, hätte das doch erlaubt sein müssen?

Mein politisches Plakat war dem Lorber nicht politisch und nicht plakativ genug erschienen, und er gab mir eine 4 dafür, der alte Stinker, aber Hermann kriegte eine glatte 2 für sein Plagiat. Daß Hermann sich bei Klaus Staeck bedient hatte, war dem Lorber gar nicht aufgefallen.

Auf dem Bökelberg holte sich Saarbrücken eine 6:1-Packung ab, und Gladbach stand auf einmal auf Platz 4, nur zwei Punkte hinter dem Tabellenführer Köln.

In der Krimiserie *Tatort* wollten Polizisten einer Frau die traurige Nachricht überbringen, daß ihr Mann bei einem Autounfall ums Leben gekommen sei, aber die rief bloß: »Hans, komm mal her und hör dir das an!« Und siehe da, der Mann war noch putzmunter, und der Tote mußte jemand anderes gewesen sein.

In dieser Folge kamen auch die Meppener E-Stelle und ein Panzer vom Typ Leopard vor, an dessen Herstellung Papa mitgewirkt hatte.

Ob die Russen wohl schon mal einen Spion auf Papa angesetzt hatten? Oder eine Spionin?

Ich quälte mir einen Dankesbrief an Tante Lena ab und in Englisch eine Nacherzählung, die 151 Wörter länger ausfiel als das Original. Das Fatale war, daß man desto mehr Fehler machen konnte, je mehr man schrieb.

Auf ihrer Deutschlandreise kam uns eine Tochter von Mamas nach Venezuela ausgewanderter Jugendfreundin besuchen und quartierte sich für sechs Wochen bei uns ein. Sylvia Döbel. Die sprach ein lustiges falsches Deutsch, aber im Vergleich mit Michaela Vogt hatte sie nicht viel zu bieten.

Mama wollte abends mit Sylvia und Papa zu den Lohmanns fahren und einen heben, und ich wurde streng ermahnt: »Mach hier ja keinen Blödsinn!«

»Nee, ich kuck mir bloß 'n alten Spielfilm an.«

»Und welchen, wenn ich fragen darf?«

Der Film, den ich sehen wollte, war ein sowjetischer Stummfilmklassiker mit dem Titel »Sturm über Asien«. Da verdrehte Mama die Augen: »Haben die's nicht 'ne Nummer kleiner?«

Als Sowjetkommissarin hätte Mama dem Film wahrscheinlich einen bescheidener klingenden Titel verpaßt. »Laues Lüftchen über Omsk« oder so.

In Englisch ging es um die Frage, welche Adjektive in der Reklame für Konsumprodukte am häufigsten vorkämen – new, good, better, best, free, delicious, full, sure, clean, wonderful, special, fine, big, great, real, easy, bright, extra, safe, rich, unique –, und da merkte man erst, wie subtil sich dieser Werbescheiß auswirkte, bei einem selber, denn ich soff ja selbst, so oft ich konnte, viel lieber Cola als Apfelsaft, obwohl doch kein Mensch so genau wußte, was in Cola alles drin war. Tante Dagmar hatte mir mal gesagt, daß Wissenschaftler über Nacht ein rohes Hühnerbein in ein Glas Cola gestellt hätten, und am nächsten Morgen sei bloß noch der Knochen übrig gewesen.

Es grenzte ja an Gehirnwäsche, wenn man das wußte und dann trotzdem der bewährten Marke treu blieb.

Von Hermann lieh ich mir ein von Freimut Duve, Heinrich Böll und Klaus Staeck herausgegebenes Taschenbuch aus (»Briefe zur Verteidigung der Republik«). Darin hatte der Psychoanalytiker Alexander Mitscherlich einen »Brief an einen (fiktiven) Sohn« veröffentlicht:

Lieber Sohn, ich schreibe Dir, weil mich unser gestriges Gespräch sehr nachdenklich gestimmt hat und ich glaube, daß es noch einiges zu klären gibt. Zuerst war ich, wie Du weißt, zornig und erschreckt …

Was war denn das für 'ne verquere Tour? Keinen Sohn haben, aber dem dann einen Brief schreiben, voller Zorn über ein Gespräch, das gar nicht stattgefunden hat?

Da war mir Papa doch lieber. Mit dem konnte man zwar überhaupt nicht reden, aber dafür ließ er einen in Ruhe, solange es keine Blätter zu harken gab.

Die Eins für meine Nacherzählung in Englisch brachte mir eine Mark ein, und mit den restlichen Bodenschätzen aus meinem Sparstrumpf konnte ich am Samstag Ralle und Bohnekamp nach der letzten Stunde in die Stadtschänke begleiten, als gleichberechtigter Zechkumpan.

»Jetzt gibt's für mich nur noch eins, was zählt«, erklärte Ralle. »Saufen, saufen, saufen!« Das bezog sich aber nur auf den Konsum von einem halben Liter Bier.

An der Wand befand sich ein Aushang mit den Jugendschutzgesetzen. Höhö. Wenn in der Stadtschänke vorn die Bullen hereinkamen, zischten manchmal irgendwelche Wichte durch die Hintertür ab, während unsereiner ganz gelassen sitzenblieb und sich am gläsernen

Henkel des Bierkrugs festhielt, in dem Bewußtsein, schon alt genug auszusehen, um dieses Recht in Anspruch nehmen zu dürfen.

Den Tabellendritten Schalke warf Heynckes durch sein 1:2 in der 87. Minute aus dem Rennen und beförderte Gladbach durch diesen Siegestreffer auf den zweiten Tabellenrang. Die Kölner kriegten hoffentlich schon kalte Füße an der Spitze.

Als die Lohmanns abends bei uns zu Gast waren, drängte Herr Lohmann Sylvia ein Bier auf, aber die wollte nicht, und das enttäuschte ihn: »Da ist das Mädchen nun schon mal in Deutschland, und es will kein Bier trinken!«

Auf geringe Gegenliebe stieß er auch mit der Einladung zu einem gemeinsamen Saunabesuch. In diesem Moment hätte man Papas Gesichtszüge auf die Platte bannen müssen, um sich noch fünfzig Jahre später daran ergötzen zu können. Papa in der Sauna!

Was zu weit ging, ging zu weit.

Interessanter wär's gewesen, wenn Mama und Papa mal die Eltern von Michaela Vogt zu Gast gehabt hätten. Schlotter! Ich hätte mich wahrscheinlich versteckt vor denen. Oder hätte ich mich dann irgendwie produzieren sollen? Damit sie ihrer Tochter erzählten, wie gut ich auf den Händen laufen und klavierspielen könne? »Also, dieser Martin, das ist echt 'n doller Typ, Michaela, den solltest du mal näher kennenlernen …«

»Mit Martin verlier ich immer«, sagte Sylvia nach einem Schachspiel am Volkstrauertag, denn im Kräftemessen mit mir zog sie immer den kürzeren, obwohl ich Scheiße spielte.

Beim Abendbrotschmieren fragte Mama sich, wo Sylvia blieb. Die habe nur einen Brief einwerfen wollen, und nun sei sie schon mehr als eine Stunde lang auf Achse.

Als Sylvia endlich wieder bei uns ankam, sagte sie: »Ich wollte einen Spaziergang machen, aber ich hab mich verloren.«

Um sich über das Weltgeschehen ganz objektiv informieren zu können, hätte man außer der *Meppener Tagespost* auch die Zeitungen aus dem Ostblock lesen müssen. *Neues Deutschland*, *Literaturnaja Gazeta*, *Prawda* und *Trybuna Ludu*, aber diese Blätter kriegte man in Meppen nicht zu kaufen, und ich konnte weder Russisch noch Polnisch. Eigentlich 'ne Bildungslücke.

René Goscinny war gestorben, der Erfinder von Asterix, mit 51 Jahren, aber der Weiler weilte noch unter den Lebenden. Andersrum hätte ich's besser gefunden.

Ein Kreisgymnasiumspauker, den ich nicht persönlich kannte, hatte angeblich gesagt: »Zu enge Jeans erhöhen das Wollen und vermindern das Können.«

Um mich politisch zu engagieren, wollte ich in die SPD eintreten, aber das war gar nicht so leicht, denn die existierte nicht im örtlichen Telefonbuch, und ich mußte Olaf telefonisch um die Adresse der Bonner Parteizentrale bitten. Wir sähen uns dann ja bald, sagte er, und ich wußte erst gar nicht, wovon er sprach, bis mir einfiel, daß Papas fünfzigster Geburtstag vor der Tür stand, mit Besuchermassen, die einen unkrautfreien Garten besichtigen wollten.

In einem Freundschaftsspiel gegen die Schweiz erzielte Klaus Fischer nach einer Flanke von Abramczik per Fallrückzieher das 4:1, und da juckte es mich selbst wieder im linken Fuß. Aber einfach so das Training wiederaufzunehmen und so zu tun, als ob alles paletti sei, das wäre auch nicht gegangen.

Zum Geburtstag schenkte Mama Papa zwei neue Arbeitshosen, die er sich gewünscht hatte. Ich selbst hatte einen Comic gezeichnet, in dem Papa als Heimwerker figurierte, und von Sylvia erhielt er eine Packung Lutschdrops.

»Na, da haben wir ja wieder was zum Anbieten«, sagte Papa. Von der E-Stelle brachte er mittags einen Gummihammer mit, der ihm von seinen Kollegen geschenkt worden war.

Was es für einen selbst bedeutete, von einem Vater abzustammen, der bereits ein halbes Jahrhundert alt war, das mußte man sich auch erst einmal klarmachen.

Immerhin war Papa noch jung genug, um einem bei der Gartenarbeit ins Genick zu springen, wenn man das Unkraut nicht mitsamt der Wurzel ausriß.

Am späten Abend stellte sich heraus, daß Wiebke sich an meinen Walt-Disney-Taschenbüchern vergriffen hatte, und ich zwang sie dazu, mir alle entwendeten Exemplare wieder auszuliefern.

»Schluß da oben mit dem Gegalpe!« rief Mama von unten.

Ich hätte gern eine Wohnung für mich ganz allein gehabt, so wie Tante Dagmar. Die Tür hinter sich zumachen können und für sich sein, ohne Eltern und Geschwister. Schlüssel rumdrehen, zack, und alle können einen am Arsch lecken!

Nach der Schule entnahm ich den Radionachrichten, daß der Schatzmeister der SPD verstorben sei, Wilhelm Dröscher, ein Vorkämpfer der europäischen Einigung.

»Der Dröscher ist gefreckt«, sagte ich beim Mittagessen, vor einem Teller mit Kartoffelbrei, Klopsen und Bohnen, und Papa verbat sich diese Ausdrucksweise. »Wenn du mal tot bist, dann sagen wir ja auch nicht: Martin ist verreckt!«

»Das hat er doch auch nicht gesagt«, wandte Mama ein.

»Sondern?«

Ich hatte keine Lust zu wiederholen, was ich gesagt hatte, und die blöde Mißstimmung hielt auch beim Nachtischessen noch an.

»Ist dein Zimmer aufgeräumt?« fragte Mama mich, als ich meinen Teller leergekratzt hatte.

»Noch nicht.«

»Marsch ab!«

Aus Jever holte Papa Oma und Opa ab sowie zwei Wannen voll Geschirr. Wir seien ja alle tüchtig gewachsen, sagte Opa, als er dem einen Meter neunzig langen Elend Volker im Hausflur die Wichsgriffel schüttelte.

Am Nachmittag kamen auch Renate und Olaf. Für Papa hatten sie zwei Eisenbahnhäuschen mitgebracht.

Beim Tee drehte sich das Gespräch um die RAF. »Hoffentlich fängt die Polizei nun bald diese Verbrecherbande«, sagte Oma.

Für die große Feier hatte Mama sieben tiefgefrorene Torten geordert, mehrere Stühle von Lohmanns ausgeborgt und eine Köchin engagiert. Im gesamten Erdgeschoß ging es ab mittags wie in einem Hornissennest zu. Tante Gertrud und Onkel Edgar trafen ein, mit Oma Schlosser und Bodo, und gleich danach Onkel Rudi und Tante Hilde, Onkel Walter und Tante Mechthild, Tante Hanna und deren kettenrauchende Freundin Fräulein Kunze, Tante Luise mit Gustav und Onkel Immo, per Mercedes Tante Gisela und, sieh an, auch ihr Verehrer, ein gewisser Herr Dellbrügge, der stinkreich sein sollte, aber auch etwas sonderbar, und dazwischen eierten Renate und Sylvia mit Serviertabletts herum.

Onkel Dietrich und Tante Jutta beglückten Papa mit einer Modelleisenbahnlokomotive, für die alle drei Brüder zusammengelegt hatten.

Nun komme er wohl nicht mehr umhin, eine Anlage zu konzipieren, sagte Papa, und Onkel Rudi sagte: »Der Umgang mit gutem Werkzeug ist eine manuelle Delikatesse.« Das habe Alexander Spoerl mal geschrieben. »In Abwandlung dieses Wortes könnte man sagen, daß der Umgang mit guten Modellen eine manuelle und deren Anblick eine visuelle Delikatesse ist, aber das würden Leute, die diesen Sport als Spielerei betrachten, nie verstehen …«

Und dabei moderte Papas Modelleisenbahnsammlung seit Jahren in einem Schrank vor sich hin, der für alle anderen Familienangehörigen tabu war.

Vor der Kaffeestunde nahm Onkel Rudi Onkel Dietrichs silbrig schimmernden Schlips in die Hand und sagte: »Du bist ja vom feinen Mann nur noch mühsam zu unterscheiden!«

»Tja, ich wollte mal mit dir konkurrieren«, sagte Onkel Dietrich, und es war gar nicht so einfach, jedesmal dahinterzukommen, worum es ging, wenn sich diese Onkels gegenseitig hoppnahmen.

Tante Doro und Onkel Jürgen fehlten noch, aber die kamen ja immer zu spät, und Tante Dagmar unterzog sich in Bad Salzuflen einer Kur, bei der sie nicht blaumachen durfte.

Bei der Führung durch den Garten erregten Papas Hügelbeete allgemeines Staunen. Papa zeigte auf eine Stelle ganz hinten und sagte, da würde er gern ein Gewächshaus hinstellen.

Die Kinderzimmer wurden nur oberflächlich gemustert, weil die Besuchermenge zu groß war, und zu fressen gab's dann Hühner- und Rindfleischsuppe, Schweine- und Rinderbraten, Dosenspargel, Erbsen, Wurzeln, Blumenkohl, Pommes, gefüllte Paprikaschoten und Bohnensalat.

Ich trank Weißwein.

Seine Zweitgeborene habe sich im Sommer beim Gummitwisten einen Gipsfuß angelacht, sagte Onkel Dietrich zu Gustav. Nichts gebrochen, aber das Sprunggelenk sei gestaucht gewesen. Meinen Patenonkel Dietrich hatte Gustav das letztemal vor fünfzehn Jahren gesehen und Tante Jutta noch nie.

Ihr munde es vortrefflich, rief Oma Jever, und das sah man, denn ihr tropfte das Fett vom Kinn.

Als Mama, Renate und Sylvia die Tabletts mit den Nachtischtellern hereintrugen, Eis mit heiß, schneiten endlich auch Tante Doro und Onkel Jürgen herein und behaupteten, daß sie stundenlang in einem Verkehrsstau festgesteckt hätten.

Von einem Verwandten hatte Tante Jutta mehr als einhundert Milliarden Mark geerbt. »Oder glaubt ihr mir das nicht? Hier, bitte!« Und sie holte einen Geldschein aus ihrer Handtasche: 100 Milliarden Mark. Westfälisches Notgeld. Tante Jutta führte auch noch anderes aus ihrem Erbe vor: ein 500-Mark-Stück von 1922, eine König Friedrich Wilhelm IV. gewidmete Münze, eine andere mit Loch in der Mitte und einen sowjetischrussischen Geldschein mit Lenins Konterfei.

Leider sei das alles nicht viel wert, sagte Onkel Dietrich. Da hätten sie sich schon kundig gemacht.

Tante Luise packte Fotos von Onkel Immos Südafrikareise aus. Der hatte da dienstlich zu tun gehabt bei den Rassisten, die auch den

Tafelberg bei Kapstadt kolonisiert hatten. »Der winzige Höcker obendruff heißt im Volksmund Engelsklo«, sagte Tante Luise, und Onkel Immo, der schwerhörig war, protestierte dagegen, daß wir alle so fürchterlich nuschelten.

Onkel Dietrich fragte Gustav aus: Ob es stimme, daß die Studenten in Göttingen in einer Tour streikten?

»Also, für unsereins, der sowohl die linken Chaoten als auch die rechten grölenden Burschenschaftler und RCDS-Leute, mit Verlaub gesagt, zum Kotzen findet, ist die Lage, vornehm ausgedrückt, bescheiden«, sagte Gustav.

»Und wie war das nun mit deinem Fahrradunfall?« fragte Tante Luise.

Er habe, wie man das in Dortmund nenne, »einen Schlabber gedreht«, sagte Gustav, und da fiel ihm Onkel Edgar ins Wort: Vom Fahrrad aus erlebe man die Landschaft wesentlicher intensiver als bei der beschaulichsten Autofahrt.

Und wenn einem bei längeren Radtouren mal die Knochen wehtäten, sagte Onkel Rudi, sei das auch nicht weiter schlimm. »Selbstgewähltes Schicksal!«

Ein Riesengeschiebe ging los, als wir uns alle auf der Haustreppe für ein Familienfoto versammeln sollten. Ich verdrückte mich nach hinten oben, zwischen Papa und Onkel Dietrich.

Ein Foto schoß Olaf, eins Onkel Rudi und eins Gustav.

Es gab dann im Wohnzimmer Doornkaat, Weißwein, Bier und Sherry. Letzterer schmeckte nach verfaultem Holz, wie ich fand.

Opa Jever las eine Geschichte von Rudolf Kinau vor, »Dat Piepenlock«, worüber alle lachten. Ich las lieber im »Aufmacher«, dem Enthüllungsbuch von Günter Wallraff, das ich mir gekauft hatte. In der *Bild*-Redaktion schien's zuzugehen wie in der Klapsmühle:

Plötzlich rast ein Amokläufer durch den Raum und schüttet dir den Papierkorb über den Schreibtisch, freut sich wie ein Irrer, wenn du unter dem Müll deine Sachen wieder raussuchen mußt. Oder jemand kippt dir den vollen Aschenbecher in die Schreibmaschine.

Ein in *Bild* erschienenes Interview mit dem niedersächsischen Kultusminister Werner Remmers hatten dessen Referent und Günter Wallraff alias Hans Esser sich einfach ausgedacht, und ein Redakteur hatte eine Geschichte über einen Jungen geschrieben, der auf irgendwelche Hunde geschossen und dabei spielende Kinder in Gefahr gebracht hatte, aber dann war ein Anruf von der Mutter des Jungen gekommen: Sie würde sich umbringen, wenn die Meldung über ihren Sohn erscheinen sollte. Zu dem verunsicherten Redakteur hatte daraufhin eine Kollegin gesagt: »Sie sollten ihr heute noch eine Kopie des Artikels ins Haus schicken. Wenn Sie Glück haben, bringt die sich dann auf sehr originelle Art und Weise um: frißt Gift und steigt bei Mondschein in einen See oder so. Dann haben Sie morgen endlich die ganz große Geschichte.«

Onkel Walter wollte wissen, wie Gladbach im Achtelfinale des DFB-Pokals gegen den VfL Bochum gespielt habe. Das wußte ich, aus dem Radio (3:0), und dann ging's rund: »Jetzt wollen wir mal das Glas auf den Dipl.-Ing. erheben«, rief Onkel Rudi. »Ritschie, auf die nächsten fünfzig!«

Mitten in dem Gläsergeklirr fing Tante Doro eine Geschichte über ihren Sohn Robert zu erzählen an, daß dem neulich bei einer Rauferei in der Schule ein Stückchen von einem oberen Schneidezahn ausgeschlagen worden sei.

»Mit einer Milchflasche!« sagte Onkel Jürgen. »Und was du ein Stückchen nennst, ist immerhin null Komma sieben drei Millimeter groß!« Der Zahn sei etwas abgeschliffen worden, müsse aber weiter behandelt werden. Es gebe jetzt ein Verfahren, mit dem man Zahnersatzplastikmasse mit ultraviolettem Licht anschweißen könne.

»Doll«, sagte Opa Jever. »Doll, was heute alles möglich ist.«

Und was niemand für möglich gehalten, wurde wahr: Oma Jever und Oma Schlosser tranken Brüderschaft.

Die Verwandten verteilten sich im Laufe der Nacht auf ihre Hotels. Bei uns pennten nur Oma und Opa Jever und Oma Schlosser.

Am Sonntagmorgen stand Mama früh auf, um die qualmverpestete Stube zu lüften und Frühstück zu machen.

Wir hätten es sonst alle ruhig und friedlich haben können, aber dann saß Wiebke mit ihrem leblosen Hamster in der Hand im Treppenhaus und war am Heulen.

Papa packte den Kadaver noch einmal auf ein Heizkissen, aber Pepik war tot, endgültig. Es war ja auch Totensonntag.

Als die Gäste wieder da waren, gingen Papa und Onkel Immo in den Keller hinunter, wo sie irgendwas löten wollten.

»Was die da wohl zu löten haben, während wir hier alle schön feiern!« sagte Oma Jever. Das sei doch nicht mehr normal.

Sie kamen dann mit einem schwarzlackierten Miniatursarg für Pepik wieder nach oben. Der Sarg sah richtig edel aus, und Papa versprach Wiebke, Pepik auf der E-Stelle zu bestatten, unter den Salutschüssen einer Abteilung der Bundeswehr.

Mama mußte mittags neunzehn Leute beköstigen. Sie wärmte die Essensreste vom Vortag auf, und beim Abräumen rief Oma Jever: »Meine liebe, liebe Inge, es ist dir gelungen, uns alle wieder pappsatt zu machen!«

In Papas Arbeitszimmer spielten Wiebke und Bodo Canasta.

Die letzten Gäste, Oma und Opa Jever, chauffierte Mama am Montag persönlich nachhause, mit Sylvia, im Schneeregen, wovon Sylvia ganz entzückt war, denn solche Witterungsverhältnisse kannte sie aus Venezuela nicht.

Helmut Schmidt war zu einem fünftägigen Besuch nach Polen aufgebrochen, bei den Parlamentswahlen in Griechenland hatte die Partei des Ministerpräsidenten Karamanlis die absolute Mehrheit errungen, und an der südindischen Küste hatte ein Zyklon mehr als zehntausend Todesopfer gefordert.

Es war doch eigenartig, daß solche Naturkatastrophen fast immer in Landstrichen passierten, wo es den Leuten sowieso schon dreckig ging, also in Indien, Bangladesch und Ecuador und anderswo hinterm Mond.

Über die chilenischen Christdemokraten, die auf internationale Unterstützung für ihre Opposition gegen die Militärjunta hofften, hatte Franz-Josef Strauß gesagt: »Das sind greinende, verbrauchte und verschlissene Typen. Es ist klar, daß die Militärs die Regierung nicht den Politikern übergeben und dann zuschauen können, wie das Land wieder zerstört wird.«

Am Dienstagnachmittag kamen Mama und Sylvia aus Jever zurück. Das Edo-Wiemken-Denkmal sei leider verschlossen gewesen, sagte Mama. Das hätte sie Sylvia sonst gern gezeigt, aber meiner Meinung nach hätte die keinen Pfifferling darum gegeben, diesen Apparat besichtigen zu dürfen.

Es regnete wie blöd, und Sylvia fror sich einen ab. Ihre Winterpullover wollte sie trotzdem nicht anziehen, weil die kratzten.

»Die spinnen, die Venezolanerinnen«, sagte Volker.

Im ZDF kamen vier Gruselkurzfilme. In einem davon spitzte sich der Schauspieler Klaus Schwarzkopf als Restaurantgast auf eine selten servierte Spezialität des Hauses, und man kriegte irgendwann mit, daß es sich um ein Gericht aus Menschenfleisch handelte.

In der neuen Ausgabe von *konkret* berief sich der Herausgeber Hermann L. Gremliza auf Willy Brandt, der seine »kritischen Freunde« aus dem Lager der linken SPD-Wahlhelfer darum gebeten hatte, ihn weiter zu bedrängen:

Wir machen dann zwar doch wieder einen 88a und eine Kontaktsperre, wir bleiben auch beim Berufsverbot. Aber gebt uns das schöne Gefühl, daß wir dabei leiden. Oder wie jener sächsische Masochist sagte: Gratz misch, beiß misch, gib mir wilde Diernamen – sag Ildis!

Und was war jetzt eigentlich mit den verdächtigen Sandspuren an Baaders Kreppsohlen?

Nachdem Gladbach den HSV mit 2:1 geschlagen und Köln in Stuttgart verloren hatte, bestand an der Tabellenspitze Punktgleichheit zwischen Köln, Gladbach und Kaiserslautern. Im Kampf um die Herbstmeisterschaft würde es am nächsten Spieltag ernst werden.

Ausnahmslos alle anwesenden Familienmitglieder außer Papa folgten Mamas Einladung zu einem Essen in einem indisch-chinesischen Restaurant in Emmen. Bei der Hinfahrt saß Sylvia auf dem Beifahrersitz, und hinten mußte sich Wiebke zwischen Volker und mir zusammenquetschen.

So war das nun mal. Ich hatte selber lange genug auf einen Fensterplatz im Auto warten müssen. Wiebke mußte erst noch lernen, ihre Ungeduld zu bezähmen, und zwar mit einem Eis im Bauch, das ich ihr ausgegeben hatte, von meinem eigenen Taschengeld, aber davon wollte sie nichts mehr wissen: »Ja, damals! Vor dreitausend Jahren!«

Das Essen schmeckte besser als das meiste, was Mama uns sonst zuhause aufzutischen pflegte, bis auf eine Soße, die so scharf war, daß mir der Schweiß ausbrach. Mir tränten die Augen, aber Mama sagte: »Stell dich nicht so an!« Der machte es gar nichts aus, ihre Mahlzeit mitsamt der überwürzten Soße zu verschlingen.

Keiner wollte mitkommen, als der Spielfilm »Dr. Schiwago« lief, obwohl es ein Wunder war, daß man sich diesen Filmklassiker der Extraklasse in einem Meppener Kino ankucken konnte.

Links und rechts von mir ließ sich mal wieder niemand nieder, und in der Pinkelpause, die es gab, weil der Film Überlänge hatte, studierte ich draußen das Kleingedruckte unten auf den Filmplakaten.

Nach der Pause fiel der Ton aus, und dann riß auch noch der Film. Ich war erst um Mitternacht wieder zuhause, als die gesamte Familie schnarchend in den Mulden lag.

In seinem Arbeitszimmer baute Papa auf dem Tisch Geleise auf und ließ seine neue Modelleisenbahn darauf zirkulieren, mit so vielen Waggons, daß sich der Zug fast ins Hinterteil biß.

»Nun isses aber auch langsam mal genug«, sagte Mama. Das Abendbrot sei serviert. »Könnt ihr nicht mal aufhören mit diesem Kinderkram?«

Tante Gisela zog zu ihrem Millionär nach Melle. In dem Haus wohnte auch noch die gehbehinderte alte Mutter von Herrn Dellbrügge, und Mama sagte, sie mische sich da nicht ein.

In den Pausen wurde man trotz Kälte hinausgescheucht, während die Pauker sich den Arsch an der Lehrerzimmerheizung wärmten. Reingehen durfte man nur, um beim Hausmeister was zu kaufen.

Ungerecht war auch, daß es zwar zwei Raucherhöfe gab, die aber nur von Schülern der Sek II betreten werden durften, obwohl auch in den zehnten Klassen welche sechzehn Jahre alt waren und damit laut Jugendschutzgesetz das Recht hatten, in der Öffentlichkeit zu rauchen. Und im Grundgesetz stand doch, daß vor dem Gesetz alle Menschen gleich seien.

»Aber einige sind gleicher«, sagte Hermann. »Rat mal, wer in der Gesamtkonferenz stimmberechtigt ist – fünf Schüler und fünf Eltern, aber einhundert Lehrer!«

In einer Schule in Bremen war im Deutschunterricht ein Gedicht von Erich Fried über die Terroristen Horst Mahler und Ulrike Meinhof behandelt worden, mit der Strophe:

Aber Anfrage an die Justiz
betreffend die Länge der Strafen:
wieviel tausend Juden
muß ein Nazi ermordet haben
um heute verurteilt zu werden
zu so langer Haft?

Das konnte man sich ja schon mal fragen, wenn alte Nazis, die Beihilfe zum Mord an Tausenden von Juden geleistet hatten, mit einer Bewährungsstrafe davongekommen waren. Trotzdem hatte es wütende Proteste von Eltern gehagelt, der Verfassungsschutz war eingeschaltet worden, und bei einer Debatte in der Bremischen Bürgerschaft hatte der CDU-Abgeordnete Bernd Neumann gesagt, so etwas wie das Gedicht von Erich Fried würde er lieber verbrannt sehen, »das will ich Ihnen einmal ganz eindeutig sagen!«

Darüber schrieb ich was für die Schülerzeitung. Man höre sie schon, die Stimme: »Ich übergebe den Flammen die Schriften des Erich Fried!«

Im *Spiegel* stand ein Bericht über den Verlauf einer Dienstreise, die Franz-Josef Strauß nach Chile geführt hatte, zu einem Treffen mit dem Diktator Augusto Pinochet. Bei einer Kundgebung hatte Strauß die chilenische Junta zum Durchgreifen ermuntert: »Sorgen Sie dafür, daß die Freiheit in Ihrem Lande, gleichgültig von woher sie bedroht wird, erhalten bleibt.« Und dabei hatten die Militärputschisten in Chile die vom Volk gewählte sozialistische Regierung gewaltsam gestürzt, den Präsidenten Salvador Allende in den Selbstmord getrieben, ein Folterregime errichtet und jede freiheitliche Regung im Keim erstickt. Franz-Josef Strauß aber war hingegangen und hatte sich von einer chilenischen Universität unter dem Patronat des Folterers Pinochet die Ehrendoktorwürde verleihen lassen. Wie sollte man das nennen? Kryptofaschistisch?

Nicht viel besser als der CSU-Chef Strauß kam mir der DFB-Chef Neuberger vor. Von Franz Beckenbauer war zu hören gewesen, daß er bei der WM in Argentinien gern wieder für Deutschland spielen werde, und auch Paul Breitner hatte seine Bereitschaft signalisiert, in den Kader der deutschen Nationalelf zurückzukehren. Neuberger aber, die alte Schwabbelpflaume, hatte verlautbart: »Wir brauchen sie nicht, denn die Mannschaft müßte sich ja erst wieder an beide gewöhnen.« Als ob irgendein Profi mangels Gewöhnung unfähig zum Doppelpaßspiel mit Breitner oder Beckenbauer gewesen wäre! Breitner hatte daraufhin seinen Abschied von der deutschen Elf erklärt, und dazu hatte Neuberger den Kommentar abgelassen: »Er gehörte ja noch gar nicht wieder zur Nationalmannschaft.«

Das war der Stil der DFB-Funktionäre. Wenn ich da der Boß gewesen wäre, hätte Hermann Neuberger sich sofort zur Sprossenwandgymnastik abmelden müssen.

Nach der Penne mittags einen neuen Brief von Michael vorzufinden, das war immer noch das Schönste.

Wie ich mit Freuden feststelle, geht es nicht nur mir dreckig. Es ist doch ein großer Trost, daß am anderen Ende der Welt Menschen herumgammeln, die genauso leiden (ach, wie tröstlich).

Gibt's bei mir was zu erzählen? Du wirst es nicht glauben – es gibt tatsächlich nichts. Das ist doch mal was ganz Neues. Schließlich sprühen meine Briefe sonst nur so über vor Abenteuern und Erlebnissen. Aber ich liebe eben die Abwechslung.

Halt, ich habe doch nichts zu erzählen: Wir hatten mal wieder Klassenfest. Und stell Dir vor: Ich bin hingegangen! Jaa, das hättste nicht für möglich gehalten, was? Für so blöd hätteste mich dann doch nicht gehalten!? Ich sorge eben immer wieder für Überraschungen. Aber nicht nur ich. Auch die ehrenwerten Veranstalter des Klassenfestes hatten ein Faible für Überraschungen. Der Raum für das »Fest« war nämlich inner Wirtschaft. Mein Vater kannte die. Sein Kommentar: »Dreckige Türkenkaschemme.« Nachmittags um Viertel vor vier haben sich zehn Mann aus unserer Klasse da versammelt. Und dann kamen die Weiber. Alle, ohne jede Ausnahme, 'n Kopf größer als unsereins, Visagen wie eingetretene Stühle und Figuren wie zu stark aufgeblasene Luftballons. Jedenfalls war ich schnell wieder weg, mit noch drei anderen. Billard hamwer dann noch gespielt. Der Tag war jedenfalls gründlich versaut..

Leider nicht nur der. Montag war wieder Orchesterprobe. Das war eine musikalische Kesselschlacht. Ich setz mich also hin, krieg Noten für die dritte Stimme (als einziger!) und lege los. An einer Stelle war Pause für alle, und ich haue da mit Bravour einen Fortissimo-Akkord rein, daß es nur so splitterte und krachte. Das Gesicht vom Dirigenten hätteste sehen sollen! Auweia! Grundsätzlich spiele ich leise, wenn's laut sein soll, und natürlich umgekehrt. Langsam, wenn's schnell sein muß, und schnell, wenn's langsam sein soll. Und immer diese verfluchten Pausen! Das ganze Orchester schweigt ergriffen. Nur wer dudelt munter weiter? Eben. Oder bei einer gefühlvollen, leisen Passage. Der Dirigent schwingt verzückt den Taktstock, alle sind erfaßt vom Zauber der Musik, aber auch nur solange, bis mein Einsatz kommt. Dann knirscht es plötzlich aus der Ecke der dritten Stimme, Saiten reißen, Bogenhaare verfangen sich, Akkorde holpern, Läufe stolpern, Harmonien zerbersten, Katzen miauen, Hunde bellen, Krähen kreischen, die Probe wird abgebrochen, der Dirigent kommt ins Krankenhaus, durch sechzehn Schlaganfälle fällt die komplette Blechbläsergruppe aus – kurz: Ich habe das gesamte Orchester lahmgelegt. Und da soll noch einer sagen, ich würde mein Instrument nicht beherrschen!

Heute hamwer 'ne Mathearbeit geschrieben. Der Verlauf hat mich lebhaft an die Orchesterprobe erinnert. Was muß es diesen ollen Griechen doch langweilig gewesen sein, daß die sich damals so eindringlich mit irgendwelchen Ungereimtheiten an doofen Dreiecken beschäftigt haben! Und ich kann es ausbaden. Als wenn ich daran schuld wär, daß da ein Strich am Dreieck nun zufällig 3,567fach so lang ist wie der daneben oder dadrüber oder was weiß ich wo. Herrgottnochmal, wie kann sich nur irgendein Mensch für sowas interessieren?

Überhaupt ist in den letzten Tagen in der Schule der Teufel los. Alle bauen Mist und sind am Rumblödeln, Apfelsinenschalenschmeißen, Gedichteverfassen oder Trickfilmekucken. Zwei sammeln sogar Punkte: einen für jede Ermahnung, für 'n Klassenbucheintrag zwei und für 'n Rausschmiß drei. Die beiden Typen haben jetzt ungefähr 30 Punkte jeder. Und der Typ, der bei uns Tafeldienst hat, rennt während der Pausen durch alle Klassen und klaut Tafellappen. 75 Stück hat er im Klassenschrank schon gehortet. Täglich zerplatzen 300 Wasserbomben auf dem Schulhof, oder es knallen einem Kreidestücke oder angekaute Äpfel aus dem vierten Stock auf den Ballon. Stühle fliegen durch den Raum, ab und zu auch mal ein Tisch oder Socken. Manchmal knoten irgendwelche Wüstlinge einen Tafellappen zusammen, machen ihn naß und beschmeißen sich gegenseitig damit. Wer was abkriegt, hat selber schuld. Und was das Tollste ist: Wenn der Lehrer reinkommt, geht's erst recht ans Eingemachte. Dann werden (siehe oben) eifrig Punkte gesammelt. Es ist einfach unbeschreiblich! Besoffen ist zwar noch keiner in die Schule getorkelt, aber das kommt sicher auch noch. Benehmen tun sich jedenfalls alle so, als ob sie in ein Whiskyfaß gefallen wären.

So, ich mach jetzt Schluß, damit der Brief nicht so lange hier rumliegt. Is' ja auch sowieso nüscht passiert.

Tschö.

Das las man doch lieber als alle Hausaufgabentexte über Ballungsräume und Steinkohleförderung oder über die Unternehmenskonzentration im Einzelhandel und die Funktion des Kartellamts.

»Wenn Militärs eingreifen, ist das etwas anderes, als wenn Franziskaner Suppe verteilen«, hatte Franz-Josef Strauß laut *Stern* in Chile verkündet, und Alfred Dregger war unter seinen politischen Freunden in Südafrika noch deutlicher geworden: »Wenn ich Bure wäre, würde ich mich auch auf eine Festung zurückziehen und um mich schießen.«

Und mit solchen Männern an der Spitze wollte die Union in Bonn die Macht übernehmen.

Hermann hatte sich den »Aufmacher« von mir geliehen und sagte: »Ich kapier's nicht. Ich kapier's nicht! Wie kann das sein, daß die ein Interview mit dem Kultusminister drucken, das sie sich einfach ausgedacht haben? Und der wehrt sich noch nicht mal dagegen! Wie kann das angehen?«

In Dortmund ging Gladbach zwar früh in Führung, mußte dann aber gleich zweimal einem Rückstand hinterherlaufen und verdankte es einem Tor von Kalle Del'Haye in der 89. Minute, daß die Partie mit 3:3 ausging und wenigstens ein Punkt für Gladbach abfiel.

Köln dagegen hatte St. Pauli mit 4:1 weggehauen und war als Hinrundenmeister psychologisch im Vorteil.

Kraken, Haifisch und Muränen!

In einem Spionagethriller kam ein britischer Agent bei einem Fluchtversuch an der Berliner Mauer ums Leben, kaltblütig abgeknallt von seinen Verfolgern. Unter Sozialismus stellte man sich doch irgendwie was Humaneres vor als ein Regime von Befehlshabern, denen solche Scharfschützen gehorchten.

Dann stand der Oberkommissar Heinz Haferkamp, gespielt von Hansjörg Felmy, vor der Leiche eines fünfzehnjährigen Mädchens, das sich mit Männern herumgetrieben hatte.

»Frühreif«, sagte Mama. »Traurig, sowas.«

Ob es wohl Frauen gab, die an mir als frühreifem Sechzehnjährigen interessiert gewesen wären?

Den Schauspieler Hansjörg Felmy mochte Mama gern leiden, das merkte man. Der kuckte immer etwas bedripst, weil er als Kommissar keine glückliche Ehe führte.

Der Marschall Bokassa hatte sich selbst zum Kaiser von Zentralafrika ausgerufen und gekrönt.

»Der spinnt doch«, sagte Hermann. »Der soll erstmal zusehen, wie er seine Landeskinder sattkriegt, bevor er sich mit solchen Würden behängt.«

Aber spinnte dann nicht auch die Königin von England?

Im Nahen Osten wollte der ägyptische Präsident Sadat Frieden mit Israel schließen, und nun argwöhnten die Syrer, daß Ägypten ein Separatabkommen anstrebe. Für die Spannungen zwischen Kairo und Damaskus brachte Hermann jedoch nur wenig Verständnis auf. »Was könnte diesen Idioten denn Besseres passieren als eine lange Friedensperiode? Dann würden sie doch alle nur um so fester im Sattel sitzen, wenn die Wirtschaft prosperiert und die Bevölkerung genug zu futtern hat!«

Schweren Ärger gab es wegen einer Zeichnung von Kurt Halbritter, die in der Schülerzeitung erscheinen sollte. Da sagte eine Katholikin in der Kirche, so weit hätte es nicht gehen dürfen, daß man zur Kommunion die Pille reiche, und am Altar sah man ein Mädchen stehen, das vom Priester die Pille empfing. Diese Seite mußte geschwärzt werden, sonst hätte die Schülerzeitung nicht auf dem Schulgelände verkauft werden dürfen.

Geschwärzt werden mußte auch ein Satz, in dem es hieß, daß Franz-Josef Strauß die letzten freiheitlichen Trümmer vom Boden des Grundgesetzes fegen wolle.

Ärgerlich, einerseits, aber andererseits war es ja auch bemerkenswert, wie hoch die Wellen der Erregung schlugen, fand ich, aber Hermann wiegelte ab: Das sei doch nur ein Sturm im Wasserglas.

Die Bilder von Papas Geburtstagsfeier waren allesamt total mißlungen. Wiebke mit ihrer Käferspange im Haar! Und dann noch die unmöglichen Treppenfotos: Auf dem einen prangten Gustav und Volker unten vorne riesengroß und breitbeinig im Bild, und von Mama und Papa und mir hinten oben hätte man nicht einmal mit der Lupe die Köppe erkennen können.

Ich bastelte irgendeinen Dreck für Oma Schlosser zusammen, doch ohne Erfolg, und Volker plagte sich mit der Herstellung eines bebilderten Wandkalenders für Onkel Walter ab. Mit dem Moped war

Volker angeblich schon fünftausend Kilometer weit gefahren, aber nach dem ersten Schnee wollte er's stillegen. Die Gangschaltung sei im Eimer, und Ersatzteile gäb's für die alte Kiste nicht mehr. Ein neueres Modell müsse her, da helfe alles nichts!

Für Onkel Walters und Tante Mechthilds Brut besorgte Mama einen Scherenschnittkalender. Die Motive seien zwar stark katholisch angehaucht, aber doch ganz reizvoll.

Leider ließ sich dann Volkers eigenes Kalenderfabrikat beim besten Willen nicht in die vorbereitete Papprӧhre würgen, und es mußte extra eingepackt und verschickt werden.

Gegen Bochum holte Gladbach nur ein 2:2 heraus, und auch das bloß mit Dusel, durch Simonsens Ausgleichstreffer zwei Minuten vor Schluß. In der Ära Weisweiler hatte man als Fan von Gladbach ein leichteres Leben gehabt als jetzt, wo der Lattek am Ruder war.

In einem rororo-aktuell-Band über die Revolte in Soweto und den Kampf der Schwarzen gegen die Apartheid berichtete ein Mitglied des African National Congress von seiner Zeit als Häftling auf Robben Island. Für die weißen Wärter seien die schwarzen Häftlinge da Freiwild. Wenn sie ihr Arbeitspensum im Steinbruch nicht erfüllten, kriegten sie nichts zu essen, und wenn sich einer beklage, werde er gefesselt, hinten an ein Pferd gebunden und eine Meile weit zurück zum Gefängnis geschleift. Und das sei noch lange nicht das Schlimmste. Wenn den Folterknechten der Sinn danach stehe, würden sie Gefangene bis zum Hals in einem Loch im Sand eingraben und sie in der brütend heißen Sonne schwitzen lassen.

Und wenn der Gefangene um Wasser bat, zwang ihn ein Wärter, den Mund aufzumachen, pißte ihm da rein und sagte, das sei »der beste Whisky«, den er jemals bekommen habe …

Und die Bundesrepublik unterhielt mit einem Regime, in dem so etwas zum Alltag gehörte, freundliche diplomatische Beziehungen.

Auf Michaela Vogt wollte ich demnächst einmal ganz beherzt zugehen, das nahm ich mir fest vor, aber dann brach in der Spülmaschine der Henkel von meiner Jägertasse ab.

»Materialermüdung«, sagte Volker.

Das sah ich anders. Ich faßte diesen Vorgang als böses Omen auf, das mir sagen sollte: Schuster, bleib bei deinem Leisten.

Im Erdkundesaal saß Michaela Vogt vier Reihen oberhalb von mir, und manchmal war mir so, als ob der Blick aus diesen Augen über meinen Hinterkopf und meine Schultern gleite.

Industrialisierung und Bevölkerungsentwicklung. Da gab es in allen Gesellschaften vier Phasen: In der ersten war die medizinische Versorgung schlecht, und wenn die Menschen im Alter nicht verhungern wollten, mußten sie möglichst viele Kinder in die Welt setzen. Folge: hohe Geburtenraten, hohe Sterberaten. In der zweiten Phase ging die Sterberate zurück, weil sich die hygienischen Verhältnisse verbesserten, aber die Geburtenrate blieb so weit oben, daß die Bevölkerung rasch anwuchs. In der dritten Phase brachte die fortschreitende Industrialisierung bessere Verdienstmöglichkeiten mit sich, die zu einem deutlichen Geburtenrückgang führten, weil Kinderreichtum nicht mehr gleichbedeutend mit einer guten Altersversorgung war. Und in der vierten Phase war in den hochindustrialisierten Staaten die Geburtenrate mitunter sogar niedriger als die Sterberate.

Was wäre also vonnöten, um das Bevölkerungswachstum in den Entwicklungsländern zu bremsen?

»Mehr Verhütungsmittel!« rief Ulla Nölting, doch der Albers hatte einen praktischeren Vorschlag: »Mehr Weltkriege!«

Als Hausaufgabe sollten wir die Alterspyramide der Bundesrepublik Deutschland von 1976 interpretieren. Die wies zwei Dellen auf – bei den Dreißigjährigen, weil in der Nachkriegszeit weniger Kinder geboren worden waren, und bei den plusminus Sechzigjährigen, weil da die Opfer des Zweiten Weltkriegs fehlten.

Wenn Opa Jever an der Ostfront gefallen wäre, hätte seine Pyramidenstufe noch um ein Nanometerchen kürzer ausfallen müssen.

In dem Film »Die verlorene Ehre der Katharina Blum« spielte Angela Winkler eine Frau, die einem polizeilich gesuchten Mann Unterschlupf bot und sich danach von einem Kommissar die Frage stellen lassen mußte, ob sie mit diesem »Anarchisten« auch »gefickt« habe. Von den Fernsehkommissaren, die ich kannte, hätte sich nie einer so ruppig ausgedrückt. Wenn das der Originalton deutscher Kriminalisten war, dann gute Nacht, Marie.

In einer anderen Szene sah man, wie sich ein Reporter über eine Ansammlung junger Frauen freute: Das scheine hier ja ein »sexuelles Notstandsgebiet« zu sein. »Vielleicht können wir hier noch einen wegstecken!« Am Ende wollte er auch Katharina Blum noch interviewen und ficken, aber die schoß ihn tot.

Nach einer traumhaft genauen Flanke von Abramczik erzielte Fischer im Testpiel gegen Wales das 1:0, und da wurde ich wieder unsicher. Ob ich nicht doch zum SV Meppen zurückgehen sollte?

Im Kreisgymnasium spielten die Heizkörper verrückt. Sibirische Kälte in der Umkleidekabine, aber dafür Backofentemperaturen in der Turnhalle. Erst bibbern und dann schwitzen müssen, das hatte man gern.

Der Einfachheit halber schenkte ich Tante Gertrud, Onkel Dietrich und Tante Dagmar sowie Oma und Opa Jever zu Weihnachten schlußendlich allen das gleiche Taschenbuch mit Radio-Eriwan-Witzen. Frage an Radio Eriwan: »Bei uns in der Arbeit ist einer gefeuert worden, der immer zu spät gekommen ist. Grund: Er wollte die Produktion sabotieren. Jetzt ist einer entlassen worden, der immer zu früh zur Arbeit gekommen ist. Bei ihm war der ›Verdacht auf Werksspionage‹. Warum ist mein Freund Igor jetzt weg, er war immer ganz pünktlich?« Antwort von Radio Eriwan: »Er hatte eine westliche Uhr.«

Für Oma Schlosser mußte ich mir was anderes überlegen, denn die hatte vermutlich keinen Sinn für Witze über den Kommunismus. Ein Taschenbuch mit Erzählungen von Siegfried Lenz, das schien das richtige zu sein.

Mama und Papa schenkten Oma Schlosser ein Jahres-Abonnement der *Zeit* und taten dem Verlag gegenüber so, als ob ich Oma dazu überredet hätte. Wenn man als Abonnent der *Zeit* einen neuen Abonennten warb, kriegte man eine Buchprämie hinterhergeworfen.

Für Papas Patensohn Robert mußte Mama auch noch ein Geschenk aussuchen, einpacken und zur Post bringen, und zwar eine Kassette von den »Vielharmonikern«. Das waren welche, die die Comedian Harmonists nachmachten. »Ich wollt', ich wär ein Huhn«, »Veronika, der Lenz ist da« und solches Zeugs.

Vor Weihnachten kam es noch einmal knüppeldick mit Arbeiten in Mathe, Sozialkunde und Physik.

Dicke Rippe mit Porree, das war auch nicht gerade mein Leibgericht. Und bei einem richtig guten Essen, fand ich, hätte hinterher die Küche nicht so abstoßend miefen dürfen. Da taumelte man mit den abgegessenen Tellern ja bald rückwärts wieder raus vor Ekel.

»Mach mal lieber deine Hausaufgaben, statt hier rumzustänkern«, sagte Mama.

Hertha BSC – Borussia Mönchengladbach 2:1. Mir langte es nun allmählich.

Am vierten Advent war's draußen diesig. Morgens Nebel und tagsüber Nieselregen, der einem die Kopfhaut wie mit vielen fiesen kleinen Nadelstichen punktierte, wenn man doof genug war, die Mülltonne an die Straße zu stellen, ohne sich vorher die Parkakapuze überzuziehen.

Papa rahmte im Eßzimmer Dias für einen wehrwissenschaftlichen Vortrag ein, den er an der Bundeswehrakademie in Mannheim halten mußte, und Mama brachte Sylvia zum Bahnhof. Was die bei sich daheim wohl so erzählen würde über uns.

Im DFB-Pokal schlug auch Werder Bremen Gladbach mit 2:1. War das noch meine alte Fohlenelf?

In der Schweiz hatte die Polizei zwei Terroristen geschnappt: Christian Möller und Gabriele Kröcher-Tiedemann. So zu heißen, Kröcher-Tiedemann, das war ja schon eine Strafe für sich.

Und in Utrecht war der Terrorist Knut Folkerts zu zwanzig Jahren Haft verurteilt worden. Der würde also erst Ende 1997 wieder auf freien Fuß kommen. Dann wäre ich selber, äh, fuffzehn plus zwanzig, also 35 Jahre alt. So alt wie Onkel Dietrich jetzt. Puha!

Am vorletzten Tag vor den Weihnachtsferien bauten ein paar Typen aus der Oberstufe Tische in der Eingangshalle auf und verkauften von da aus die druckfrischen Exemplare der Schülerzeitung, und die gingen weg wie warme Semmeln.

Gleich am Anfang, nach der Hausmitteilung und dem Inhaltsverzeichnis, stand mein Artikel über Bernd Neumann und Erich Fried. Einer aus der Oberstufe hatte sich kritisch mit der Militärdiktatur in Chile befaßt, und in einem anderen langen Beitrag wurde die Propaganda der Atomindustrie widerlegt. Da werde zum Beispiel behauptet, daß die Strahlenbelastung in zwei Kilometern Entfernung von einem Kernkraftwerk maximal zwei Millirem pro Jahr betrage. Die Arbeitsgemeinschaft Umweltschutz der Universität Heidelberg habe aber nachgewiesen, daß allein die äußere Strahlenbelastung in der Umgebung des Kernkraftwerks Obrigheim bei jährlich 50 bis 250 Millirem liege und daß außerhalb der Kernforschungsanlage Karlsruhe Strahlenbelastungen zwischen 260 und 1750 Millirem pro Jahr gemessen worden seien.

Von Hermann stand ein Artikel über Günter Wallraff im Heft und von einem Zwölftklässer einer über Scientology. Das sei ein Studierkreis angewandter Philosophie mit Sitz in Gelsenkirchen und »die erste wirklich funktionierende Wissenschaft über das Denken und den Verstand … Deswegen: Fahrt doch mal in den Weihnachtsferien nach Gelsenkirchen. Ihr werdet sehen, daß es sich lohnt.«

Es gab auch Anzeigen von Engbers und der Meppener Kreissparkasse und einen aus *Pardon* geklauten Comic, mit einem Engelchen, das einem Jungen in den Hosenstall faßte: »Emil kennt ein Engelchen, das zwiebelt oft sein Stengelchen.« Da hatten die Zensoren wohl nicht so genau hingesehen.

Über der unbedruckten Fläche auf Seite 17 stand: »Für Notizen«. Den Schüler hätte ich mal sehen wollen, der die Schülerzeitung wie ein Notizbuch mit sich herumschleppte, um sich dann auf Seite 17 irgendwas zu notieren: »Morgen Karin anrufen!« Oder: »Donnerstag Lakritze kaufen!«

Unter dem verfaulenden Laub im Garten wollten Igel ihren Winterschlaf halten, aber Papa bestand darauf, daß alle Blätter weggeharkt und kompostiert werden müßten. Die Igel würden sich dann schon zu helfen wissen.

In diesem Kleinkrieg hatten sie's hoffentlich leichter als die Opfer der Mafiosi, die in einem Film im dritten Programm reihenweise abgeknallt wurden, von elegant angezogenen Killern, die beim Schießen auch noch grinsten.

Am ersten Weihnachtsferientag kamen Olaf und Renate angetuckert, in ihrem schwindsüchtigen VW-Bus. Dreieinhalb Stunden hätten sie nur gebraucht von Bonn bis Meppen. Renate sagte, bei ihr müsse ein Zahn überkront werden. Der sei schon viermal geflickt worden, und die Füllung habe nicht mehr genügend Halt.

Ich radelte noch einmal in die Stadt, letzte Weihnachtsbesorgungen machen. Am schwersten war es immer, irgendwas Passendes für Papa zu finden. Nach langer Suche entschied ich mich für das Buch »Kleine Bettlektüre für den feurigen Skorpion«.

Weihnachtsvierteiler gab's dieses Jahr im ZDF überhaupt keinen, und dabei hatte es doch nie was Besseres gegeben im Fernsehen. Ich verstand das nicht. Wie war das früher immer so schön gewesen mit den Vierteilern: »Tom Sawyer«, »Der Seewolf«, »Zwei Jahre Ferien«, und jetzt? Im Dritten lief ein schauderhaftes Musical mit Fred Astaire und Ginger Rogers, die wieder endlose Steptänze aufs Parkett legten. Meiner Meinung nach war Steptanz die stupideste aller künstlerischen Ausdrucksformen; noch beknackter als Seidenmalerei, Ikebana und Gummitwist.

Mama verzog das Gesicht, als sie bei der Bescherung mein Geschenk aus dem Papier gewickelt hatte: »Das Alter« von Simone de Beauvoir.

In Mamas fortgeschrittenem Alter, hatte ich gedacht, müßte sie dieses Thema doch interessieren.

Mein eigenes Hauptgeschenk war ein großes Wandregal. Das hatte Papa im Wohnzimmer provisorisch aufgebaut. Was ich außerdem noch einheimsen konnte, waren jeweils zwanzig Mark von Tante Gertrud und Tante Dagmar und ein *Kursbuch*-Reprint von Renate und Olaf. Onkel Dietrich hatte mir eine LP von Reinhard Mey vermacht, und den Rest konnte man vergessen. Oder bildeten sich Oma und Opa Jever ein, ich würde Freudenschreie über einen neuen Schlafanzug ausstoßen?

Die anderen hatten auch fast nur lauter Schrott gekriegt: Renate ein Deodorant, Mama einen neuen Keramiktopf von Tante Grete, Wiebke ein Pferdebuch von Tante Therese und Papa von seinen Brüdern eine Spielzeuglokomotive und neue Schienen für seine mistige alte Eisenbahn und von Oma Schlosser eine Bibelkonkordanz. Wiebke hatte außerdem noch ein Filzstiftmäppchen und einen Kassettenrekorder abgestaubt, dem man auf den ersten Blick ansah, daß er nicht für die Ewigkeit geschaffen worden war. Von Renate erhielt Wiebke zwei gestrickte Känguruhs, die sie spontan auf die Namen Skippy und Hoppedi taufte, und da mußte ich erst einmal rausgehen, weil mir der Glühwein und die Lebkuchenherzen hochkamen.

Volker paradierte später im Wohnzimmer mit einem fabrikneuen Sturzhelm auf dem Dez und einer LP von Emerson, Lake und Palmer unterm Arm. Von Onkel Walter hatte Volker einen Haufen Geld eingestrichen. Sein aktueller Kontostand belief sich angeblich auf 505 Mark und 14 Pfennig.

Das beste an der ganzen Bescherung war der gebrauchte Zweitfernseher, den Tante Gisela uns vermacht hatte. Ein Schwarzweißgerät, leider, aber immer noch besser als keins. Dieser Apparat sollte irgendwo oben angeschlossen werden, und dann müßten wir uns nie wieder über das Fernsehprogramm streiten.

Frühmorgens was von den Adventstellern der anderen zu naschen, die noch im Tiefschlaf lagen, das konnte ich nicht lassen. Jeder ist sich selbst der Nächste.

Dann legte ich die Platte von Reinhard Mey auf. Der schien Vater geworden zu sein.

Menschenjunges, dies ist dein Planet,
Hier ist dein Bestimmungsort, kleines Paket ...

Etwas besser als dieses Geplänkel gefiel mir ein Liebeslied, von dem ich sogar eine Gänsehaut kriegte, ohne sagen zu können, ob es daran lag, daß das Lied so schön oder so scheußlich war.

Ihr Haar fiel, als sie neben mir schlief,
Wie Strahlen zu Bändern gereiht ...

Dabei stand mir Michaela Vogt vor Augen. Die Frau meiner Träume. Ihr nur einmal durch das Haar zu streichen, wenn sie neben mir schlief, das wäre schon die Erfüllung gewesen.

»Schmatz nicht so!« rief Papa beim Mittagessen. »Und schling nicht so! Wir sind hier nicht bei den Botokuden!«

In den alten *Kursbuch*-Nummern konnte man nachlesen, was die Studenten 1968 auf die Barrikaden gebracht hatte:

Die Empörung darüber, untätig zusehen zu müssen, wie Einzelne vor aller Augen verprügelt werden, treibt die Demonstranten dazu, sich handelnd von der Empörung zu befreien. Indem sie zu Mitteln greifen, die sie mit dem Gesetz in Widerspruch bringen, zahlen sie den Preis, den ihre moralische Identität ihnen abverlangt.

Die Studenten hatten zurückgeschlagen, anders als die Feiglinge und Mitläufer aus Opa Jevers Nazi-Generation.

Wenn bei uns jemand klingelte, dachte ich jedesmal: Das ist jetzt Michaela Vogt. Die hat's nicht länger ausgehalten ohne mich, und nun steht sie vor der Tür, bleich und angespannt: »Kann ich den Martin mal sprechen?«

Meistens war es dann nur falscher Alarm, und es stand irgendein stumpfer Paketbote auf der Matte, aber diesmal war es Uli Möller.

»Hallo Martin«, sagte er. »Ich will nur dein Trikot wiederhaben, denn du spielst ja nicht mehr für uns.«

O Scheiße.

»Gut«, sagte ich, »na klar, ich hol's eben von oben ...«

Ich rannte die Treppe hoch in mein Zimmer und riß die Schranktür auf. Mein Trikot vom SV Meppen. Wann hatte ich denn das zuletzt gesehen?

Das Trikot lag hinter einem Hemdenstapel unter einem Knäuel verwumpelter Klamotten, und das war das Ende aller meiner Träume von einem Dasein als Fußballstar.

Im Hauseingang nahm Uli Möller mir das Trikot aus den Händen, und er sah mir dabei nicht in die Augen.

»Tschüß«, sagte er und ging weg, und ich machte die Haustür zu und sah ihm durch die Türgardine nach.

Wie hätte ich dem erklären sollen, weshalb ich keine Lust mehr dazu hatte, in der B-Jugend mitzuspielen?

Nach einem Telefonat, das Mama mit Michael Gerlachs Mutter geführt hatte, stellte sich heraus, daß ich nach Vallendar fahren durfte. Renate und Olaf würden mich nach Silvester bis Bonn mitnehmen, dann würde ich bei denen pennen und am nächsten Tag mit dem Zug nach Vallendar weiterreisen, für ein paar Tage, bis zum Ende der Weihnachtsferien.

»Und nun unterbrich mal dein Freudengeheul und sieh zu, daß du bis dahin wieder regelmäßig jeden Tag Klavier übst«, sagte Mama. »Von nichts kommt nichts, und es ist wirklich nicht einzusehen, daß wir das Geld für die Musikschule aus dem Fenster schmeißen!«

Mit meiner Armbanduhr war nichts mehr anzufangen. Erst war sie dauernd nachgegangen, dann hatte der Minutenzeiger seinen Dienst eingestellt, und jetzt streikte auch der Stundenzeiger.

Den Gebrauchtfernseher schloß Papa in dem einen leerstehenden Zimmer oben an, und als ich da zum ersten Mal allein die Nachrichten sah, kam die Meldung, daß Charlie Chaplin gestorben sei.

Der Mann mit der Melone. Der Mann mit der Mütze war Helmut Schön. Als welcher Mann ich wohl mal selbst in die Geschichte eingehen würde? Helmut Schmidt kannte man als Träger einer sogenannten Prinz-Heinrich-Mütze.

In der neuesten *konkret*-Ausgabe wurde ein Bettelbrief von Mildred Scheel zitiert, der Gattin des ehemaligen Bundespräsidenten Walter Scheel. Im Namen des Vereins Deutsche Krebshilfe e.V. hatte sie sich im voraus für Spenden bedankt, und die Redaktion erwiderte darauf:

Liebe Mildred Scheel,

auch wir danken Ihnen – für die Gelegenheit, die uns Ihr Brief bietet, endlich einmal zu sagen, was wir von einer staatlichen Ordnung halten, die der Ordenssehnsucht von Chefredakteuren, des Gequatsches von Wim Thoelke, des Fernsehballets, der Volkswagen-Verlosung und der Bahama-Reisen für zwei Personen alles inklusive bedarf, um Kranken und Behinderten zu helfen:

Nichts.

In meinem Zimmer ging ein gräsiges Gedröhne los, als Papa da die Löcher für die Wandregale bohrte. Da wäre ich am liebsten abgehauen, doch ich sollte darauf achten, ob der Schlagbohrer im rechten Winkel zur Zimmerwand stehe. Der Lärm war gewaltig, und beim Bohren flog Papa der Dreck aus der Wand um die Ohren.

Fünfunddreißig Löcher wollte Papa bohren, und ich mußte die gesamte Zeit über danebenstehen und aufpassen.

»Höher! Nein, nicht ganz so hoch! Jetzt stimmt's!«

Die Regale saßen hinterher bombenfest.

Nach dem Sturz des Ministerpräsidenten Süleyman Demirel durch ein parlamentarisches Mißtrauensvotum war in der Türkei der bisherige Oppositionsführer Bülent Ecevit mit der Regierungsbildung beauftragt worden. Da löste ein Schnurrbärtiger einen anderen Schnurrbärtigen ab. Türkische Politiker ohne Schnoddenbremse hätten sich wahrscheinlich gleich im Bosporus ersäufen können.

Am Silvesterabend wollten alle den Sketch mit dem britischen Butler sehen, der einer durchgedrehten Omi und ihren imaginären Gästen das Essen und die Getränke servierte.

Mama baute Sherrygläser auf und schenkte ein, wobei auch ich was abkriegte, und Papa sagte, daß er mit seinem Leben zufrieden sei.

Das einzige, was ihn störe, sei dieser kackende Indianer an der Wohnzimmerwand.

Darauf ging Mama nicht ein. Sie sei bloß froh, daß sie im späten zwanzigsten Jahrhundert lebe und nicht in der Zukunft. Allein schon die Atomkriegsgefahr: Nachher müsse sich die Menschheit noch auf andere Planeten retten und die irgendwie kultivieren, weil die Erde in Dutt geschossen wäre. Oder diese neureichen Amerikaner, die ihren Leichnam einfrieren ließen, um in tausend Jahren mit modernster Technik aufgetaut und wiederbelebt zu werden. Da habe sie überhaupt kein Interesse dran. Wenn dann keiner mehr am Leben sei, den man kenne? Und alles voller Roboter? Ihr reiche die Technik von heute vollkommen. Eigentlich gebe es schon vielzuviel davon. »Wer freiwillig in eine Mondrakete steigt und da irgendwo in der Stratosphäre verglüht, der hat's auch nicht besser verdient!«

Als Jünger dieser Lehre säßen wir noch immer alle auf den Bäumen, sagte Papa, aber Mama beharrte darauf, daß es früher viel gemütlicher gewesen sei, zum Beispiel mit der Singerei im Familienkreis, wo gebe es das denn heute noch?

Jaja, sprach da der alte Oberförster, Hugo war sein Name, indem er sich von Kronleuchter zu Kronleuchter schwang, und alle Tiere des Waldes duzten ihn, und seine Frau, die Käte, die saß am Nähtisch und nähte, bis sie sich mit der Nadel in den Finger stach, und das Blut spritzte meilenweit bis in den Himmel empor …

Im Ersten fing um zehn eine Silvestershow an, mit Didi Hallervorden, Helga Feddersen, Karl Dall und Ingrid Steeger. Wiebke durfte umschalten.

»Du wirst mir auch bald über den Kopf wachsen«, sagte Mama, und daran schloß sich eine Unterhaltung über die Variable der menschlichen Körperlänge an. Friedrich der Große habe darauf geachtet, in seine Armee nur sogenannte lange Kerls zu holen, sagte Mama, aber aus heutiger Sicht wären selbst die Längsten von denen nur Mittelmaß. »Wer da einen Meter siebzig lang war, der hatte schon die Chance, rekrutiert zu werden!«

Das brachte nun wieder Papa auf die Palme: »Was heißt hier Chance? Die liefen Gefahr, die Leute!«

So habe sie das nicht gemeint, sagte Mama. Ihr brauche doch keiner zu erzählen, was der Krieg für 'ne Scheiße sei. »Wenn ich bloß an diese Bombennächte denke ...«

Die Friesen seien im Zweiten Weltkrieg noch verhältnismäßig billig davongekommen, sagte Papa. Und den Vertriebenen hätten sie dann die Tür vor der Nase zugeschlagen.

Renate produzierte von irgendwoher eine Zigarre, als Gag, und Papa sollte sie anrauchen. Dann durfte jeder mal dran ziehen, bis auf Wiebke, die aber sowieso nicht wollte, und Olaf schoß Fotos davon. Jetzt hätte man Rauchringe aushauchen können müssen, so wie Opa Jever früher.

Zu einer Platte von Baccara, die Renate angeschleppt hatte, tanzte sie nach der Silvesterknallerei barfuß mit Mama durchs Wohnzimmer.

Yes Sir, I can boogie ...

Und da tanzte dann sogar Papa mal mit. Volker ging raus, der hatte genug, und als Papa sich in seinem Sessel niederließ, goß Mama Sekt nach. »Wohl bekomm's!«

1978: Mit dieser futuristischen Jahreszahl konnte ich mich noch nicht anfreunden, aber den anderen schien es nicht viel auszumachen, vom Kalender in die Zukunft katapultiert zu werden.

Nach dem Frühstück verzögerte sich die Abfahrt, weil Renate im gesamten Haus ihren blöden Jeanshosenrock suchen mußte. Als ob sie den nun unbedingt gebraucht hätte, um ihre Diplomprüfung zu bestehen.

Als die Reise endlich losging, kam mir Volker mit seinen langen Spinnenbeinen in die Quere. Für normale Leute wäre die halbe Sitzbank im VW-Bus weißgott breit genug gewesen.

Zur Wegzehrung hatte Mama uns eine große Tüte Nutellabrötchen mitgegeben, die bis Bonn reichen sollte, aber die war schon kurz hinter Nödike leergefressen. Ich wollte dann in meinem *Kursbuch*-Reprint lesen, doch beim Fahren wurde mir schlecht davon, und so genoß ich das Vergnügen, vier Stunden lang aus dem Fenster eines fahrenden Autos in die Infrastruktur zu glotzen und Volker alle fünf Minuten darum bitten zu müssen, seine Beinknochen einzusammeln.

In Bonn hatte ich am nächsten Vormittag noch Zeit für einen Abstecher in eine Buchhandlung, bevor mein Zug nach Koblenz fuhr, und ich kaufte mir Heinrich von Kleists sämtliche Werke in einem Band. 1390 Seiten!

Die Gedichte hatten es in sich. Da wünschte Kleist den Franzosen Schlimmeres als den Tod:

Dämmt den Rhein mit ihren Leichen;
Laßt, gestäuft von ihrem Bein,
Schäumend um die Pfalz ihn weichen,
Und ihn dann die Grenze sein!

Was waren denn das für Töne?

Meine Vorfreude auf die Ferienwoche in Koblenz wäre geringer gewesen, wenn ich geahnt hätte, was mir bevorstand. Am Montag brachen Michael und ich zum Kühkopf auf, einem von Vallendar aus gesehen auf der anderen Rheinseite gelegenen Berg im Koblenzer Stadtwald. Vom Kühkopf ragte auch so ein riesiger Fernseh- oder Fernmeldeturm in die Höhe, den wir mal aus der Nähe bestaunen wollten. Ob man das schaffen könnte, zu Fuß dahin und wieder zurück, an ein und demselben Tag?

Die Wanderung fing nicht gut an. Hinter der Haarnadelkurve unten in Urbar wollte Michael über einen Zaun flanken und fiel auf die Fresse, und als wir in Koblenz anlangten, ging es schon auf die Mittagszeit zu. Auf einer Bank am Busbahnhof verspeisten wir die letzten Reste unseres Proviants und begaben uns dann auf den langen Marsch zum Gipfel des Kühkopfs.

Von einer Stelle des Wanderwegs aus konnte man die Horchheimer Höhe betrachten, am gegenüberliegenden Rheinufer, in ihrer vollen Pracht, mitsamt unserem alten Reihenhaus. Da wären wir die ganzen Jahre über wohnhaft geblieben, wenn Mama und Papa nicht höher hinausgewollt hätten als Stracks und Kasimirs und die anderen Nachbarsfamilien, die da jetzt noch hausten.

Weil uns die Füße froren, wollten wir den Heimweg abkürzen, zum Rhein runter, doch da verhedderten wir uns in einem feuchten und dornigen Gebüsch über einer Schlucht und mußten uns umständlich wieder daraus befreien, rückwärts und bergauf, im Schneegestöber. Als wir das geschafft hatten, waren wir beide kladdernaß, bis auf die Haut. Von da an blieben wir stur auf dem abschüssigen Wanderweg, der uns irgendwann zurück in die Zivilisation führen mußte.

Nach einem ewig langen Gelatsche fanden wir unten in Koblenz eine Telefonzelle. Von der aus rief Michael bei sich zuhause an, und eine seiner Schwestern erklärte sich dazu bereit, uns abzuholen.

Um dem Regen zu entgehen, stellten wir uns zu zweit in der Telefonzelle unter. Ganz in der Nähe hatte ein Zeitschriftenbüdchen geöffnet, und da lief ich zwischendurch mal hin und kaufte mir den neuen *Spiegel.* Mein Geld hätte auch für das eine oder andere Exemplar aus der Produktion der Arsch- und Tittenpresse gereicht, aber selbst wenn ich so eins hätte haben wollen, wäre ich außerstande gewesen, das so einfach frech aus dem Regal zu ziehen und es an der Kasse zu bezahlen.

Dann scheuchte uns eine dumme Kuh, die telefonieren wollte, aus der Zelle raus.

In unserem durchgeweichten Zustand boten wir keinen schönen Anblick.

»Hej, gugge mo do!« rief ein Mann, der unter einem aufgespannten Regenschirm auf der anderen Straßenseite vorüberging. »Wo kimmt ihr zwei Pänz dann her?«

»Vom Mallendarer Berg«, rief ich zurück.

»Ei, von do! Vom Känguruh-Hüjel! Gruuse Sprüng, awwer nix im Beudel, gä?«

Und ich hatte gedacht, der wollte uns irgendwie helfen.

Zuhause bei Gerlachs kriegten wir heiße Zwiebelsuppe. Das tat gut! Als ich meine ausgelöffelt hatte, wollte ich nur noch ins Bett und zehn Stunden lang schlafen. Im Trockenen liegen, satt und müde, unter einer warmen Decke, das war doch wahrlich was Besseres als das Rumgestehe in nassen Klamotten.

Michaels Mutter hatte mich in Haralds Zimmer einquartiert. Da hätte ich prima wegdämmern können, doch auf einmal kam Holger rein. »Nachtilein!« rief er, riß mir die Bettdecke vom Leib und ging wieder raus.

Ich hob die Decke auf und breitete sie über mich, aber darauf hatte Holger nur gewartet: Er platzte ins Zimmer, sagte »Nachtilein!« und riß mir die Decke abermals weg. Dieses Spielchen wiederholte sich wohl noch zwanzig- oder dreißigmal, bis er die Lust daran verlor.

Am Morgen kam er wieder rein und schnappte sich meine zerknitterte *Spiegel*-Ausgabe. Auf der Titelseite war das Gesicht des Bankiers Ludwig Poullain zu sehen, der wegen irgendwelcher dubioser Beraterhonorare seinen Vorstandsposten in der Westdeutschen Landesbank verloren hatte.

»Ist das ’n Morphiumsüchtiger?« fragte Holger.

Auf dem Foto sah dieser Poullain tatsächlich nicht besonders vorteilhaft oder vertrauenswürdig aus, sondern aufgequollen, speckig, abgekämpft und verschwitzt. Und dieser Typ mußte jetzt damit leben, daß seine häßliche, vom Streß entstellte Fresse als Titelbild millionenfach an allen Kiosken aushing.

Draußen lachte die Sonne vom Himmel, und nach dem Frühstück fuhren Holger, Michael und ich mit dem Bus nach Koblenz und von da aus weiter zur Horchheimer Höhe und gingen dann zu Fuß die Schmidtenhöhe hinauf. Da standen ein paar schrottreife Panzer am Straßenrand, auf denen man herumklettern konnte, aber so richtig brachte es das irgendwie nicht.

Zum Mittagessen kamen wir zu spät. Frau Gerlach hatte Steckrübeneintopf gekocht, und mit ihrer Erlaubnis streckte ich mich nach dieser Mahlzeit eine halbe Stunde lang in der Badewanne aus.

Im *Spiegel* stand ein Manifest von kommunistischen DDR-Oppositionellen.

Wir sind für eine offensive nationale Politik, für ein Konzept, das auf die Wiedervereinigung Deutschlands zielt, in dem Sozialdemokraten, Sozialisten und demokratische Kommunisten ein Übergewicht gegen die konservativen Kräfte bilden.

An einem wiedervereinigten, blockfreien Deutschland, schrieben diese Leute, müßten auch die Kapitalisten interessiert sein:

Die BRD-Wirtschaft könnte für die nächsten zehn Jahre mit der Aufpäppelung des herabgewirtschafteten Entwicklungslandes DDR auf Hochkonjunktur laufen.

Die DDR, ein Entwicklungsland? Für das Politbüro der SED wär's ja schon peinlich genug gewesen, daß sich die Opposition nur in einem Organ des Klassenfeinds artikulieren konnte. Oder hatte da ein westlicher Geheimdienst seine Finger drin?

Spätabends lief im Zweiten ein Gangsterfilm: »Chikago – Engel mit schmutzigen Gesichtern«. Da werde sicherlich auch der Poullain mitspielen, sagte Holger.

Herr Gerlach, der sich sonst nur selten blicken ließ, saß in dem Sessel mit der besten Aussicht auf den Bildschirm. Die schlechteste hatte der Wellensittich in seinem ringsherum verhängten Käfig auf der Fensterbank. Das Getschirpse dieses Vogels nervte, und nach zehn Minuten merkte ich, daß ich den Film schon kannte: Das war der mit James Cagney auf dem Weg zum elektrischen Stuhl, und als ich am Ende verraten wollte, wie's ausging, hätten Holger und Michael mir fast den Hals umgedreht.

Zur Sporkenburg hätte ich wohl mal wieder gewollt, aber Michaels Rad war platt. Die einzige interessante Sache, die wir dann noch erlebten, trug sich auf dem Parkplatz hinterm Sportplatz zu. Wir latschten da so lang, als uns ein Junge auf einem offensichtlich aus Sperrmüllschrott zusammengebastelten Fahrrad überholte. Wo normalerweise die Lenkstange saß, hatte dieses Rad 'ne zweite Sattelstange und einen Sattel zum Lenken. Und dieser Junge fuhr nun ausgerechnet einem fetten Polizisten in die Arme, der da an seinem Streifenwagen lehnte.

»Wat kimmt dann do für 'n Zirkuskutsch?« rief der Bulle, stellte sich dem Jungen in den Weg und ließ dem Gefährt die Luft aus den Reifen; erst vorne, dann hinten. »Absteije unn schiewe!«

Und da wunderten sich die Staatsmänner noch, daß es junge Leute gab, die sich im Untergrund wohler fühlten als im ganz normalen bürgerlichen Leben.

Mitten in einem spannenden Gerichtsfilm mit Charles Laughton und Marlene Dietrich fiel der Strom aus. Irgendwie ging alles schief.

Gladbach – Duisburg 1:3.

Was es auch nicht richtig brachte, war ein Spielfilm im Zweiten. Da ließ sich eine Bankiersgattin auf eine Affäre mit einem Abiturienten ein. Das war doch total unrealistisch. Den Abiturienten hätte ich mal sehen wollen, der in Meppen als Liebhaber der Frau des Direktors der Sparkasse zum Zug gekommen wäre. Wo hätten die sich denn überhaupt kennenlernen sollen?

Besser gefiel mir dann im Zweiten ein Science-Fiction-Film mit Marsmenschen, die auf der Erde Angst und Schrecken verbreiteten, bevor sie an Krankheitskeimen zugrunde gingen.

Am letzten Weihnachtsferientag sammelte Mama mich in Vallendar ein. Volker hockte auf dem Beifahrersitz und las eins von Mamas öden alten Krimitaschenbüchern.

In Oldenburg sei vor zwei Tagen Opa Jevers jüngster Bruder Fritz gestorben, mit 66 Jahren, erzählte Mama unterwegs, aber der war mir kein Begriff. Eigentlich 'ne Schande, daß man die Onkel und Tanten der eigenen Eltern bloß vom Hörensagen kannte und von diesen Leuten erst was mitbekam, wenn sie ins Gras gebissen hatten.

Ich las Kleist. »Der zerbrochene Krug«, das war Mamas Lieblingsstück. Davon hatte sie einmal eine Verfilmung gesehen, noch als halbes Kind, mit Emil Jannings in der Hauptrolle, und den Inhalt kannte sie auswendig: Der Dorfrichter Adam stellt einem Mädchen nach, wird von dessen Liebhaber überrascht, ergreift die Flucht, zerdeppert dabei einen Krug, purzelt durchs Fenster ins Rosenspalier, verliert seine Perücke und muß dann als Richter darüber urteilen, von wem der Krug zerbrochen worden sei. Bei dem Prozeß redet sich der Richter um Kopf und Kragen. Wie ein Depp benimmt er sich aber schon vorher, als er dem Gerichtsschreiber Licht am Morgen nach der Tat mit ramponierter Glommse gegenübertritt:

LICHT. Und was hat das Gesicht Euch so verrenkt?
ADAM. Mir das Gesicht?
LICHT. Wie? Davon wißt Ihr nichts?

ADAM. Ich müßt ein Lügner sein – wie siehts denn aus?
LICHT. Wies aussieht?
ADAM. Ja, Gevatterchen.
LICHT. Abscheulich!
ADAM. Erklärt Euch deutlicher.
LICHT. Geschunden ists,
Ein Greul zu sehn. Ein Stück fehlt von der Wange,
Wie groß? Nicht ohne Waage kann ich's schätzen.

Am Ende kommt raus, daß der Richter selbst den Krug zerbrochen und erfolglos versucht hat, die Schuld auf andere abzuwälzen.

Volker stritt ab, daß er einen fahrengelassen habe, aber ich war das auch nicht gewesen.

»Wenn ihr mir einen Gefallen tun wollt«, sagte Mama, »dann hört doch mal wenigstens für die nächsten zwei Stunden mit euerm Gekabbel auf und benehmt euch wie Brüder. Oder seid ihr dazu beide noch zu dösig?«

An der Ausfahrt einer Raststätte stand ein struppiges Anhalterpärchen mit Riesenrucksäcken, und in die Frau hätte ich mich sofort verlieben können. Lockige schwarze Haare hatte die, braune Augen und einen dunkelroten Kußmund. Der unrasierte Typ an ihrer Seite wedelte mit einem Schild, auf dem »HB« stand, als Abkürzung für Hansestadt Bremen.

»Bis zur nächsten Raststätte könnten wir die doch mitnehmen«, schlug ich vor, aber Mama sagte, daß wir für das Gepäck dieser Leute zu wenig Platz im Kofferraum hätten, und man wisse ja auch gar nicht, was man sich mit solchen Fahrgästen alles aufhalse. Nachher hätten die noch Filzläuse oder irgendwelche ansteckenden Krankheiten oder sie würden einem plötzlich ihre Fahrtenmesserklinge an die Gurgel halten.

Mama fuhr an dem Pärchen vorbei, ohne anzuhalten, und scherte nach links in die Autobahn ein.

»Die haben aber nicht so ausgesehen wie Verbrecher.«

»Jack the Ripper hat vielleicht auch nicht so ausgesehen«, sagte Mama. »Wenn du mal dein eigenes Auto besitzt, dann kannst du von mir aus mitnehmen, wen du willst, aber solange ich hier das Kommando habe, mußt du mir gefälligst schon erlauben, daß ich mir meine Passagiere selber aussuche.«

Volker sagte nichts. Der hätte sich bestimmt schwarz geärgert darüber, daß er vorne saß, wenn diese Schönheit direkt neben mir auf der Rückbank Platz genommen hätte. Und vielleicht war der bärtige Typ ja auch gar nicht deren Freund, sondern ihr Bruder oder ihr Vetter, und es wäre auf ein Techtelmechtel zwischen mir und dieser Frau hinausgelaufen …

Daß man sich unterwegs geneckt hätte, das lag ja nahe, und dann hätte mich die Frau vielleicht nach Bremen eingeladen, in ihr Studentenheim, und nach einer Kneipenrunde wäre sie praktisch dazu verpflichtet gewesen, mir einen Platz in ihrem Bett anzubieten, denn wo hätte ich sonst schlafen sollen?

Unter der Bettdecke hätte ich mich ganz vorsichtig vorgetastet, und ich hätte auch Verständnis dafür aufgebracht, wenn die Frau gesagt hätte, es tue ihr leid, aber sie müsse noch so oft an ihren Exfreund denken, von dem sie sitzengelassen worden sei. Der habe Schluß gemacht, von heute auf morgen. Und ich hätte dann sagen können, daß ich so etwas niemals täte. Wenn ich mich für jemanden entschieden hätte, dann für immer und ewig.

»Hat es in deinem Leben denn noch nie jemanden gegeben, dem du ewige Treue geschworen hast?«

Diese Frage wäre unweigerlich gekommen.

»Na ja«, hätte ich gesagt, »da gab es schon welche, bei denen ich mir das hätte vorstellen können, aber irgendwie hat's dazu nie so ganz gereicht …«

Und dann hätte mir die Frau ihre eine Hand auf die Brust gelegt und mir tief in die Augen geschaut und gesagt: »Von einem Mann wie dir habe ich immer geträumt.«

Das wäre die größte Herausforderung: So zu tun, als ob man das nicht zum erstenmal hörte. Und dann vor allem so zu tun, als ob man selber schon total viele Erfahrungen gesammelt hätte im Bett.

O Gott. Was da noch so auf einen zukam mit der Zeit.

Und ob Michaela Vogt wohl noch Jungfrau war?

In einem anderen Drama von Kleist, das ich schon aus der Aula kannte, fraß Penthesileia den von ihr geliebten griechischen König Achilles im Blutrausch halb auf, und als sie wieder zur Besinnung fand und merkte, was sie getan hatte, wollte sie sich erdolchen:

Denn jetzt steig ich in meinen Busen nieder,
Gleich einem Schacht, und grabe, kalt wie Erz,
Mir ein vernichtendes Gefühl hervor.
Dies Erz, dies läutr ich in der Glut des Jammers
Hart mir zu Stahl; tränk es mit Gift sodann,
Heißätzendem, der Reue, durch und durch;
Trag es der Hoffnung ewgem Amboß zu,
Und schärf und spitz es mir zu einem Dolch;
Und diesem Dolch jetzt reich ich meine Brust:
So! So! So! So! Und wieder. – Nun ists gut.

Wieso? Was sollte daran gut sein? Wenn Penthesileia so verrückt nach Achilles gewesen war, dann hätte sie dem das doch besser sagen sollen, statt ihn totzubeißen. Die beiden hätten ohne weiteres zusammenziehen können, irgendwo im alten Griechenland, in einem Haus mit Blick auf die Ägäis, und wenn Penthesileia keine Kinder hätte haben wollen, wäre Achilles vielleicht sogar damit einverstanden gewesen, den Coitus interruptus zu praktizieren und das Ejakulat auf die Marmorfliesen kleckern zu lassen oder in seine Tunika oder was die Griechen damals im Ehebett eben so angehabt hatten als Nachtgewand.

Darüber hätte ich gern mal mit jemandem geredet, aber mit niemandem, den ich kannte.

»Renate wird noch irgendwann dahintersteigen, daß ihre Romanze nicht für die Ewigkeit ist«, sagte Mama. Und ob wir auch mitgekriegt hätten, wie der Köpcke sich vorbeibenommen habe am Montag? Der Fernsehnachrichtensprecher Karl-Heinz Köpcke hatte in der neuen Sendung *Tagesthemen* aus Ärger über den Moderator, neben dem er nur die zweite Geige spielen durfte, in die Kamera gegähnt und angeblich extra laut mit seinen Papieren geraschelt. Zu der Zeit waren Michael und ich im Unterholz des Koblenzer Stadtwalds herumgekrochen.

Aus der alten Küchentischplatte vom Mallendarer Berg und noch anderen Brettern hatte Papa mir einen neuen Schreibtisch von zweieinhalb Metern Länge gezimmert, und da konnte ich nun abends sitzen und von Michaela träumen.

In einem mit Füller geschriebenen Bedankemichbrief an Papa beschwerte sich Tante Doros Sohn Robert darüber, daß am Ende der zweiten Seite seiner Kassette ein Stück mittendrin aufhöre, obwohl dann noch ungefähr zwei Minuten und vierzig Sekunden unbespieltes Band kämen, und dann wandte er sich indirekt an mich:

Sag Martin doch bitte, daß ich durch Briefeschreiben die Autofahrerei fördere und in dieser Hinsicht auch ein inkonsequenter Mensch bin. »Mensch« ist für mich allerdings ein Schimpfwort, weil er das am schlimmsten über- oder unterentwickelte Lebewesen ist, das ich kenne, und »Tier« ist für Menschen ein zu guter Ausdruck.

Bitte wie? Was wollte der von mir? Als Kleinkind hatte er mir mal beim Autofahren auf meinen Luftballon gekotzt, und seitdem hatte ich diesen Irren nur selten wiedergesehen.

Daß ich in Bonn als Juso registriert worden war, merkte ich daran, daß ich die Parteimitgliederzeitschreift zugeschickt kriegte: *Sozialdemokrat Magazin.* Da stand aber leider nur lauter Kappes drin. Ich hätte lieber ein ordentliches Parteibuch bekommen.

Im Garten schmolzen die Ruinen einer von Wiebke errichteten Schneeburg vor sich hin. Die gab einen traurigen Anblick ab. Allein die Vorstellung, wie langweilig es gewesen wäre, Wiebke beim Bauen zu helfen! Ödnis und Blödnis hoch sieben.

Das Fernsehprogramm gab nichts her, und ich verzog mich nach dem Zähneputzen in mein Zimmer und nahm mir Kleists Drama »Prinz Friedrich von Homburg« vor. Da widersetzte sich der Held in einer Schlacht einem Befehl und führte gerade dadurch den Sieg herbei, aber diese Verweigerung des Gehorsams wollten die militärischen Vorgesetzten dem Prinzen nicht durchgehen lassen, und sie verurteilten ihn zum Tode. Das machte dem Prinzen anfangs nicht viel aus, doch auf dem Weg zu seiner Tante, einer Kurfürstin, kriegte er Fracksausen:

Ach! Auf dem Wege, der mich zu dir führte,
Sah ich das Grab, beim Schein der Fackeln, öffnen,
Das morgen mein Gebein empfangen soll.
Sieh, diese Augen, Tante, die dich anschaun,
Will man mit Nacht umschatten, diesen Busen
Mit mörderischen Kugeln mir durchbohren.
Bestellt sind auf dem Markte schon die Fenster,
Die auf das öde Schauspiel niedergehn,
Und der die Zukunft, auf des Lebens Gipfel,
Heut, wie ein Feenreich, noch überschaut,
Liegt in zwei engen Brettern duftend morgen,
Und ein Gestein sagt dir von ihm: er war!

Die Kurfürstin verlangte von ihm, sich mit Mut und Fassung zu rüsten, doch der Prinz hatte Angst:

Seit ich mein Grab sah, will ich nichts, als leben,
Und frage nichts mehr, ob es rühmlich sei!

Zum Tode verurteilt sein und dann noch mit stolzgeschwellter Brust herumlaufen? Das hätte ich auch nicht fertiggebracht.

Genaugenommen waren ja leider alle Menschen zum Tode verurteilt, schon mit der Geburt. Irgendwann würde auch ich den Löffel abgeben müssen. Und dann? Gevatter Hein, der wartete auf einen, und über kurz oder lang würde einen der Sensenhieb treffen …

Lieber gar nicht dran denken! An was anderes denken! An was Schöneres! Aber an was?

Früher hatte es geholfen, nachts in solchen Notlagen an Weihnachten zu denken, aber da hatte ich mir noch nicht so deutlich klargemacht, daß mir kein ewiges Leben auf Erden bevorstand. Eines Tages, Martin Schlosser, wirst du sterben. Totgehen. Verrecken!

Mit einem Satz sprang ich aus dem Bett und riß vom Tisch die Schreibtischunterlage an mich und biß hinein, um nicht schreien zu müssen.

Das Buch war bei dieser Aktion auf den Boden gefallen, und es überschlug sich auf den Teppichfliesen, verknautscht und verknickt.

Wenn jetzt jemand reingekommen wäre, hätte ich alt ausgesehen.

Unten im Wohnzimmer wurde noch lauthals herumgealbert. Da saßen die Ahnen beisammen, aus deren Schoß ich aus dem Nichts hierherbefördert worden war.

Rein logisch gab es keinen Grund dafür, sich zu beruhigen, aber ich konnte ja auch nicht gut die ganze Nacht lang in meine Schreibtischunterlage beißen.

Reiß dich zusammen, sagte ich mir. Wo du vor deiner Geburt gewesen bist, weißt du ja auch nicht, und außerdem sind schon Abermillionen Menschen vor dir gestorben, da wirst du kleines Würstchen das auch noch hinkriegen, wenn deine Stunde schlägt.

Und das war ja noch weit hin, wenn alles gutging. Manche Leute wurden älter als hundert Jahre.

Mein hundertster Geburtstag wäre 2062. Das hörte sich an wie Science-fiction.

Und viele alte Leute waren schlechter dran als ich. Die würden das Jahr 2062 unter Garantie nicht mehr erleben und wußten das genau, aber den meisten, die ich kannte, also Oma und Opa Jever und Oma Schlosser, schien das überhaupt nichts auszumachen. Opa Jever arbeitete sogar ehrenamtlich in der Lebensabend-Bewegung. Wenn man alt genug war, um der beizutreten, war das Ende nicht mehr fern …

Und ich? Der göttliche Wille hatte mir einen Körper verliehen und einen Geist, aber ich, ich hing hier faul herum, wenn man davon absah, daß mein Körper automatisch seinen Stoffwechsel betrieb.

Erstaunlicherweise überlegte es sich der Prinz von Homburg nachher anders, und er wollte gar nicht mehr begnadigt werden, sondern voller Freude in den Tod gehen:

Nun, o Unsterblichkeit, bist du ganz mein!
Du strahlst mir, durch die Binde meiner Augen,
Mit Glanz der tausendfachen Sonne zu!

Der hatte eben Michaela Vogt nicht gekannt und war vielleicht auch sonst nie so richtig verliebt gewesen, denn wer wollte schon in die Grube, ohne vorher Michaela Vogt geküßt zu haben?

Ich nicht. Das war mir jetzt ganz klar. Ich würde sterben müssen, irgendwann, in ferner Zukunft, aber vielleicht ja auch schon morgen oder übermorgen. Mitten im Leben sind wir vom Tode umfangen. Wer hatte das noch gesagt? Eine falsche Bewegung im Straßenverkehr, und Michaela Vogt würde irgendwann einem anderen Mann ihre Gunst erweisen. Und ihn heiraten womöglich. Und eine Familie mit ihm gründen. Mit dem Holzmüller, dem alten Schwein, oder mit dem Albers.

Aber noch war ich nicht tot, und als lebendiger Mensch konnte ich tun, was ich wollte, also auch gleich morgen einfach hingehen zu Michaela und ihr meine Liebe gestehen: »Könnte ich dich mal 'n Augenblick sprechen? Ich muß dir was sagen …«

Nein, so nicht. Viel direkter. Ohne Herumgedruckse. Den Stier bei den Hörnern packen. Alle anderen in der Klasse waren ja ebenfalls zum Tode verurteilt und würden eines Tages vermodern, und es konnte mir absolut gleichgültig sein, was die über mich dachten. Das ging mich überhaupt nichts an, und als sterblicher Mensch hatte ich sowieso nur die Wahl zwischen meinem jetzigen Unglück und einem Glück auf Zeit.

Oder wär's doch besser, Michaela etwas sanfter darauf vorzubereiten, daß ich ohne sie nicht mehr leben wollte? Und was wäre, wenn sie sagte, daß es da schon einen anderen Mann in ihrem Leben gebe?

Das hätte mir eigentlich auffallen müssen. Und weshalb hatte sie mir dann so oft oder jedenfalls manchmal so direkt in die Augen gesehen? Da mußte doch irgendwas im Busch sein zwischen uns. Um mir Mut zu machen, legte ich eine Platte von den Beatles auf.

How could I ever misplace you?

Oh, I need you …

Das hatte ich doch auch in Michaelas Augen schon gesehen, daß sie sich zu mir genauso stark hingezogen fühlte wie ich mich zu ihr.

Mein Entschluß stand fest. Unverrückbar. Morgen würde ich mich Michaela offenbaren, und dann würde ein neues Leben anfangen. Gleich morgen früh, noch vor der ersten Stunde.

Gerhard Henschel
Kindheitsroman
Roman
494 Seiten, Taschenbuch
ISBN 978-3-455-00597-4
Atlantik Verlag

Bundesrepublik Deutschland, 1964 bis 1975: Ein Kind erzählt aus seinem Leben, vom Sandkasten bis zur Pubertät, von den ersten Liebesperlen im Hinterhof bis zum Wunschtraum, der neue Eddy Merckx zu werden, der neue Mark Spitz, der neue Gerd Müller oder am besten alle drei auf einmal.

»Der einzige Verlust, über den man nie hinwegkommt, ist der Verlust der Kindheit. Genau davon erzählt dieser schrecklich schöne Roman.«
Frankfurter Allgemeine Zeitung

»Ein Wunderwerk, zutiefst anrührend und ebenso komisch. Ein Meisterstück literarischer Inszenierung.«
taz